KB166618

부덴브로크가의 사람들 1

Buddenbrooks: Verfall einer Familie

세계문학전집 56

부덴브로크가의 사람들 1

Buddenbrooks: Verfall einer Familie

토마스 만

홍성광 옮김

민음사

일러두기

1 이 책은 Thomas Mann, *Buddenbrooks*(S. Fischer, 1986)를 저본으로 번역했다.
2 모든 주석은 옮긴이주이다.

차례

1부

1

"다음이 뭐야. 다음이…… 뭐야……."

"그래, 대체 다음이 뭐지, 그게 문제구나, 우리 귀엽고 소중한 아가씨야!"

황금 사자 머리가 새겨진 소파에 앉은 시어머니 옆에 부덴브로크 영사 부인이 앉아 있었다. 흰 래커칠을 한 네모난 소파의 덮개는 노란색이었다. 그녀는 옆의 안락의자에 앉아 있는 남편을 쳐다보고 나서 창가 할아버지의 무릎에 앉아 있는 어린 딸을 도와주러 왔다.

"토니!" 영사 부인이 말했다. "저는 믿습니다, 하느님께서 저를……."

이제 여덟 살이 된 연약하게 생긴 딸아이 안토니는 여러 가지 빛깔로 반짝이는 아주 가벼운 실크 옷을 입고 있었다. 그녀는 귀여운 금발을 할아버지의 얼굴에서 살짝 떼고는 회청색 눈으로 진지한 표정을 지으며 곰곰이 생각에 잠겨 방 안을 골똘히 응시했다. 그녀가 또 한 번 같은 말을 되풀이했다. "다음이 뭐야?" 그러고 나서 천천히 다음처럼 덧붙였다. "저는 믿습니다, 하느님께서 저를……." 그러다가 그녀의 얼굴이 갑자기 환해지면서 이렇게 덧붙였다. "모든 피조물과 함께 창조하셨음을." 이로써 그녀의 말이 마치 미끄러운 길에 들어선 듯 터져 나왔다. 이제는 기쁨에 빛나는 얼굴로 그녀는 『교리문답서』의 모든 항목을 정확하게 술술 외워 나갔다. 이 『교리문답서』는 1835년에 고귀하고 현명한 시의회의 인준을 받아 새로 수정되어 나온 것이었다. 일단 시작만 되면 이것은 겨울에 형제들과 함께 예루살렘 언덕을 자그마한 썰매를 타고 내려가는 것과 같으며, 그렇게 되면 생각이 술술 터져 나와 아무리 멈추려고 해도 멈출 수 없게 되는 거라고 토니는 생각했다.

"게다가 옷과 구두……." 그녀가 말을 이어 나갔다. "음식과 물, 집과 뜰, 여자와 아이, 밭과 가축……." 그러나 요한 부덴브로크 노인은 이 말을 듣고 그만 웃음을 터뜨렸다. 그것은 속으로 꾹 참고 있다가 터져 나온 킥킥대는 명랑한 웃음이었다. 그는 교리 문답에 관해서 웃을 수 있다는 사실에 흡족하여 웃었다. 그는 필경 이 목적을 위해서만 사소한 시험 문제를 내 볼 생각이었다. 그는 토니의 밭과 가축에 대해서 질문하고 그녀가 밀을 몇 말이나 거두는지 물어본 후 자기와 거래를 하자고 제안했다. 기분이 아주 좋을 때는 심술궂은 표정이 전혀 드러나지 않는 홍조를 띤 그의 인자하고 둥근 얼굴은 백발에 둘러싸여 있었다. 그리고 아주 살짝 땋은 머리처럼 보이는 그의 머리카락은 쥐색 프록코트의 넓은 칼라 위에 흘러내렸다. 그는 나이가 일흔이나 되는 노인이지만 옷은 젊은 시절에 유행했던 디자인을 따르고 있었다. 다만 단추들과 커다란 주머니들 사이에 줄 장식만 하지 않았을 뿐이었다. 하지만 그는 평생 단 한 번도 긴 바지는 입지 않았다. 그의 넓은 턱은 흰 셔츠 위에서 이중 턱이 되어 있었는데 그것은 편안한 느낌을 주었다.

온 식구가 그의 웃음에 보조를 맞추었다. 그런데 그것은 주로 집안 어른에 대한 존경심 때문이었다. 두캄프스 가문 출신인 안토아네트 부덴브로크 부인은 그녀의 남편과 똑같은 모습으로 킥킥대며 웃었다. 몸집이 비만한 그녀는 머리숱이 많았으며 곱슬곱슬한 흰 머리카락이 귀를 뒤덮고 있었다. 그녀가 입고 있는 검은색과 담회색의 무늬가 있는 옷에는 아무런 장식이 없었는데, 이는 그녀의 소박하고 겸손한 성격을 나타내 주었다. 무릎 위에 놓여 있는 여전히 아름다운 그녀의 흰 손에는 조그만 공단 편물이 쥐어져 있었다. 그녀의 표정은 오랜 세월이 지나는 동안에 놀랄 정도로 남편의 표정과 닮아 있었다. 다만 눈의 윤곽과 생기 있는 검은 빛으로 보아 그녀가 반은 로마인의 혈통을 이어받았음을 어느 정도 알 수 있었다. 함부르크 태생인 그녀는 할아버지 쪽이 프랑스-스위스계 출신이었다.

그녀의 며느리 엘리자베트 부덴브로크 부인은 크뢰거 가문 출신이었는데, 그녀도 크뢰거가 특유의 웃음을 터뜨렸다.

그것은 입술에서 웃음이 터져 나오면서 턱을 가슴 쪽으로 누르는 웃음이었다. 그녀는 크뢰거가 사람들이 다 그렇듯이 아주 우아한 여자였다. 그녀는 비록 아름답다고는 할 수 없었지만 목소리는 밝고 사려 깊었으며, 거동은 조용하고 안정되며 부드러워 뭇사람들에게 호감과 신뢰감을 주었다. 그녀의 정수리 위에 조그만 화관처럼 얹힌 머리, 넓게 퍼져 귀를 덮고 있는 불그스름하고 예술적인 곱슬머리는 조그만 주근깨가 드문드문 나 있는, 아주 부드럽고 흰 얼굴의 혈색과 잘 어울렸다. 그녀의 코는 좀 긴 편이고 입은 작았으며 특징적인 것은 아랫입술과 턱 사이에 푹 파인 곳이 없다는 점이었다. 소매가 높이 부푼 그녀의 짧은 보디스는 목의 아름다움을 완연히 드러내 주었다. 그녀의 보디스는 밝은 꽃무늬의 얇은 실크 스커트에 맞춰져 있었고, 커다란 다이아몬드들이 박힌 채 반짝거리는 새틴 리본으로 장식되어 있었다.

영사는 안락의자에서 약간 신경질적으로 몸을 움직여 앞으로 구부렸다. 그는 계피색 상의를 입고 있었는데, 옷깃은 넓지만 곤봉 모양의 소매는 팔꿈치 아래쪽으로 갈수록 좁아져서 손목을 꽉 졸라매고 있었다. 물빨래가 가능한 천으로 된, 몸에 꼭 맞는 그의 흰 바지는 양쪽에 검은 줄무늬가 있었다. 그의 턱이 익숙하게 적응한 딱딱하고 높은 칼라 주위에는 실크 넥타이가 매여 있었는데, 그것은 다채로운 색깔의 조끼 전체를 덮을 만큼 큼지막하고 두꺼웠다. 영사의 눈의 표정은 아마 좀 더 꿈꾸는 것 같을지라도 그것은 아버지처럼 약간 움푹 들어간 푸른색의 주의 깊은 눈이었다. 하지만 그의 표정은 아버지의 얼굴보다 더 진지하고 날카로웠으며 우뚝 솟은 코는 구부러져 있었다. 그리고 그의 뺨에는 곱슬곱슬한 황금빛 수염이 얼굴의 절반가량을 뒤덮고 있었지만 아버지의 수염보다는 훨씬 성긴 편이었다.

부덴브로크 노부인은 며느리 쪽으로 몸을 돌려 손으로 며느리의 팔을 잡고는 그녀의 무릎을 내려다보며 킥킥 웃으면서 이렇게 말했다.

"노상 같은 말씀을 영감은, 베티……?" 그녀는 '늘상'을 '노상'이라고 발음했다.

영사 부인이 아무 말 없이 부드러운 손을 움직이자 그녀의 금팔찌에서 나지막하게 찰그랑거리는 소리가 났다. 그리고 그녀는 손을 입언저리에서 이마로 가져가는 독특한 동작을 했다. 이는 마치 흐트러진 머리카락을 손으로 쓰다듬어 올리려는 것 같았다.

하지만 영사는 웃음과 비난이 반반 섞인 목소리로 말했다.

"그런데 아버님께서는 또 가장 성스러운 문제에 관해 농담을 하려고 그러시는군요!"

그들은 멩가(街)에 있는 널찍하고 오래된 집의 2층 '풍경실'에 앉아 있었다. 요한 부덴브로크 상사(商社)가 얼마 전에 구입한 이 집에 가족이 거주한 지는 아직 얼마 되지 않았다.

벽과 약간 사이를 두고 걸려 있는 튼튼하고 탄력 있는 벽융단들은 바닥에 깔려 있는 얇은 양탄자처럼 부드러운 색조를 띠었는데, 그것은 18세기적 취향의 그림으로 전원적인 광대한 풍경을 보여 주었다. 포도를 따는 사람들이 흥겨워하는 모습들, 부지런한 농부들, 거울같이 맑은 시냇가에서 깨끗한 새끼 양들을 무릎에 안고 있거나 사랑하는 목동과 입맞춤을 하는 귀여운 리본을 단 양치기 소녀들……. 이러한 풍경화들에는 대체로 누르스름한 석양이 비치고 있었는데 그것은 흰 래커칠을 한 가구들의 노란 덮개나 두 개의 창 앞에 드리워 있는 노란색 비단 커튼과 조화를 잘 이루었다.

방의 크기에 비하면 가구는 그리 많은 편이 아니었다. 둥근 탁자의 다리는 가늘고 반듯하며 약간의 금으로 장식되어 있었다. 그 탁자는 소파 앞이 아니라 맞은편 벽 근처, 조그만 오르간 건너편에 놓여 있었고 오르간 덮개 위에는 플루트통이 놓여 있었다. 벽에 규칙적으로 배열된 딱딱한 안락의자들 외에 창가에는 조그만 재봉틀 한 대가 있었다. 소파 맞은편에는 금방 부서질 것 같은 사무용 책상이 하나 있었고 그 위에는 자질구레한 장난감들이 잔뜩 쌓여 있었다.

창 건너편에 있는 유리문을 통해서 내다보면 어둠침침한 주랑(柱廊)이 보이며, 입구 왼쪽에는 식당으로 통하는 높고 흰 두짝문이 있었다. 그리고 다른 쪽 벽의 반원형으로 움푹 들어간 자리에는 난로가 있어, 번쩍거리는 단철(鍛鐵)의 예술적인 체눈 세공문 뒤에서 불꽃이 파닥거리고 있었다.

때 이르게 날씨가 추워졌기 때문이다. 벌써 시월 중순이라 거리 저편 바깥에는 마리아 교회를 둘러싸고 있는 작은 보리수들의 잎사귀는 누렇게 변했으며, 거대한 고딕식 교회의 구석구석에서는 바람이 피리 소리를 내고 있었다. 그리고 차가운 가랑비가 내리고 있었다. 부덴브로크 노부인을 위해 이미 이중창이 마련되어 있었다.

때는 목요일이었다. 이날은 이 주일마다 한 번씩 가족들이 정기적으로 모이는 날이었다. 그러나 오늘은 시내에 거주하는 가족들 외에 몇몇 친한 친구들도 조촐한 오찬에 초대되었다. 오후 네 시경인 지금, 사람들은 저물어 가는 황혼 녘에 앉아 손님들을 기다리고 있었다.

어린 안토니가 썰매를 타는 일은 할아버지의 방해를 받지 않았다. 그녀는 다만 부루퉁한 채로 늘 약간 튀어 나와 있는 윗입술을 한층 더 아랫입술 위로 쑥 내밀 뿐이었다. 이제 그녀는 '예루살렘 언덕'의 밑에까지 도달했다. 하지만 미끄러지는 것을 갑자기 멈출 수 없어서 그녀는 목적지를 지나 한 발짝 더 나가 버렸다.

"아멘." 그녀가 말했다. "나 아는 게 또 있어요, 할아버지!"

"그래! 또 무얼 알고 있지?" 할아버지는 크게 말하고는 그게 무엇인지 알고 싶어 죽겠다는 시늉을 했다. "여보, 당신도 들었지? 토니가 무얼 알고 있다는구려! 누가 나에게 좀 말해 줄 수 없겠소?"

"따뜻한 충돌이 일어나면⋯⋯." 토니가 말끝마다 고개를 까딱거리며 말했다. "번개가 치고요. 차가운 충돌이 일어나면 천둥이 치지요!"

이렇게 말하고 나서 그 아이는 팔을 가슴에 포개고 자신의 성공을 확신하는 사람처럼, 웃고 있는 사람들을 쳐다보았다. 하지만 부덴브로크 할아버지는 손녀가 이렇게 영리한 것이 마음에 들지 않아서 누가 아이에게 이런 엉터리를 가르쳐 주었는지 알아내려고 했다. 그 장본인은 최근에 이 집에 들어온 마리엔베르더 출신의 가정 교사이자 보모인 이다 융만으로 밝혀졌다. 일이 이렇게 되자 영사는 이다를 변호할 수밖에 없게 되었다.

"아버님은 너무 엄격하십니다. 그 정도 나이라면 그런 일에 대해 나름대로 독특한 생각을 가져도 되지 않겠습니까?"

"그런 게 아니다, 아범아! 하지만 그것은 아둔한 짓이야! 너도 알다시피 어린아이의 머리를 그렇게 뒤죽박죽으로 만드는 것이 나는 싫다는 거야. 뭐, 천둥이 친다고? 그래, 칠 테면 치라지! 저 프로이센 여자를 그냥……."

문제는 부덴브로크 노인이 이다 융만을 좋게 생각하지 않는다는 사실이었다. 하지만 그는 편협한 인물은 아니었다. 그는 세상 한 귀퉁이를 보았던 사람이었다. 그는 1813년에 군납업자가 되어 프로이센 군대에 납품할 양곡을 구매하려고 사두마차를 타고 남독일로 갔으며 암스테르담과 파리에도 갔다. 그는 박공지붕이 있는 고향 도시의 성문 밖에 있는 모든 것이 나쁘다고는 하지 않는 개명된 사람이었다. 하지만 그는 사업상의 교제가 아닌 사회적 관계에서는 영사인 아들 이상으로 엄격한 한계를 긋고, 낯선 사람들을 배척하는 경향이 있었다. 그 때문에 어느 날 그의 자식들이 서부 프로이센으로 여행을 갔다가 이 아가씨를(그녀는 그때 갓 스무 살의 고아로, 부덴브로크 일가가 여기로 오기 직전에 마리엔베르더에서 사망한 어느 여관집 주인의 딸이었다.) 아기 예수로 여겨 집에 데리고 왔을 때 영사는 이러한 경건한 행위를 한 것에 대해 아버지와 언쟁을 벌

인 적이 있었다. 그때 노인은 거의 프랑스어와 저지 독일어로
만 말했다. 그런데 이다 융만은 가사나 아이들을 돌보는 데 능
숙한 솜씨를 보였다. 그리고 충직성이나 프로이센적인 계급 관
념에서 볼 때 그녀는 근본적으로 이 집안에서 그 위치에 딱
맞는 존재였다. 그녀는 원래 귀족 출신이었다. 당시는 제일급
과 제이급, 중산층과 하급 중산층의 구분이 엄격하던 시절이
었다. 이다는 비록 자신이 하녀로 일하고 있지만 제일급에 속
해 있다는 것에 자부심이 대단했다. 그래서 자신이 판단해 볼
때, 토니가 기껏해야 중산층에 지나지 않는 학교 친구와 사귀
면 좋지 않게 생각했다.

이 순간 바로 그 프로이센 여자가 주랑에 모습을 나타내더
니 유리문을 열고 들어왔다. 상당히 키가 크고 뼈대가 튼튼해
보이는 그녀는 검은 옷을 입고 정갈한 머리카락에다 성실한
얼굴이었다. 그녀는 바싹 마르고 키가 작은 클로틸데의 손을
잡고 들어왔다. 그 아이는 꽃무늬가 있는 옷을 입고 윤기가 없
는 잿빛 머리카락에 애늙은이같이 얌전한 얼굴을 하고 있었
다. 완전히 빈털터리의 방계 혈족인 그녀는 로스토크에서 재
산 관리인으로 일하는 부덴브로크 노인의 조카딸이었다. 안
토니와 동갑인 데다가 그녀도 기꺼이 원해서 이 집에서 그 아
이를 기르고 있었다.

"줌비가 다 됐어요." 융만이 말했다. 그녀는 'ㄴ'을 'ㅁ'으로
발음했는데 그것은 원래 그 발음을 제대로 할 수 없기 때문이
었다. "클로틸데가 부엌에서 일을 다 도왔어요, 트리나가 거의
할 일이 없을 정도로요."

주름 잡힌 셔츠를 입은 부덴브로크 노인은 이다의 이상한 발음을 듣고 비웃듯이 히죽히죽 웃었다. 그러나 영사는 어린 클로틸데의 뺨을 어루만지면서 말했다.

"그래 착하지, 틸다야. 기도하고 일하는 거야. 우리 토니가 그것을 본받아야겠어. 그 애는 너무 게으름만 피우고 잘난 체하는 경향이 있거든."

토니는 머리를 숙였다가 고개를 들어 할아버지를 쳐다보았다. 이럴 때는 으레 할아버지가 자기 편을 들어 준다는 것을 알고 있기 때문이었다.

"아니야, 아니야." 그가 말했다. "토니야, 머리를 들거라, 용기를 내야지! 사람이 뭐든지 다 잘할 수는 없지. 누구나 다 제 방식이 있는 법이야. 틸다가 착하기는 하지만 그렇다고 해서 우리 모두가 무시당해서도 안 되지. 내 말이 맞지, 베티?"

그는 자기의 구미를 잘 맞추곤 하던 며느리를 향해 몸을 돌렸다. 반면에 할머니 안토아네트는 무슨 확신이 있어서라기보다는 눈치로 대개 아들 영사의 편을 들었다. 이렇게 해서 두 세대가 엇갈리게 손을 맞잡은 것이었다.

"아버님 말씀이 옳습니다." 영사 부인이 말했다. "토니는 현명하고 유능한 여자가 되려고 노력하고 있습니다. 사내애들은 학교에서 돌아왔니?" 그녀가 이다한테 물었다.

그와 거의 동시에, 할아버지의 무릎에 안겨 '감시경'을 통해 창문 밖을 내다보던 토니가 이렇게 소리쳤다.

"톰과 크리스티안이 요한 거리를 올라오는데요. 호프스테드 씨랑…… 의사 선생님도요."

성 마리아 교회의 종에서 찬송가 소리가 울려 퍼졌다. 딩! 동, 동——딩! 박자가 맞지 않아서 무슨 노래인지는 제대로 분간할 수 없었지만 하여튼 아주 장엄한 음악이었다. 그리고 작은 종은 경쾌하게, 큰 종은 장중하게 네 시라는 것을 알리는 동시에 저 바깥에서도 현관문에 달린 초인종이 날카로운 소리를 내면서 널찍한 복도에 울려 퍼졌다. 그러고는 정말 톰과 크리스티안이 들어왔으며 첫 손님들인 시인 장 자크 호프스테드와 가정의 그라보 박사도 함께 들어왔다.

2

오늘도 확실히 시 몇 편을 써서 주머니 속에 지니고 왔을 이 도시의 시인 장 자크 호프스테드는 취미로 즐겨 입는 녹색 연미복을 제외한다면 요한 부덴브로크 노인보다도 그리 젊어 보이지 않았다. 하지만 그는 그의 늙은 친구보다 몸이 더 가냘프고 민활했으며, 녹색을 띤 작고 민첩한 눈과 길고 뾰족한 코를 지녔다.

"대단히 고맙네." 시인이 주인과 악수하면서 이렇게 말하고 부인들한테는(그가 특히 존경하는 영사 부인한테는) 애써 찾아낸 인사말을 했다. 그런 인사말은 젊은 세대의 사람들은 도저히 더 이상 할 수 없는 종류의 것이었다. 그리고 이 인사말에는 그윽하고 정중한 미소가 곁들여 있었다. "존경해 마지않는 친구분들, 친절한 초대에 심심한 감사를 드리는 바이오, 이 두 젊은이들에게도." 그러면서 그는 푸른 상의에다 가죽 혁대를 차고 옆에 서 있는 톰과 크리스티안을 가리켰다. "우리는 쾨니히가에서 만났더랬지요. 박사와 나, 학교에서 돌아오는 두 아이들 말입니다. 훌륭한 아이들입니다. 영사 부인, 안 그런가요? 토마스는 견실하고 진지한 아이라서 사업가가 제격이지요. 그 점에는 의심의 여지가 없습니다. 반면에 크리스티안은 제가 보기에 약간 덜렁대는 것 같습니다, 안 그래요? 믿을 수 없는 구석이 좀 있지요. 하지만 나는 그 점이 마음에 드는 걸 숨길 수 없군요. 제가 볼 때 그 아이는 공부에 자질이 있는 것 같습니다. 총기가 있고 재기가 번득이니까요."

부덴브로크 노인은 금으로 된 담뱃갑을 열었다.

"재주가 있어! 그 아이는 곧 시인이 되어야 하지 않을까, 호프스테드?"

융만은 창문의 커튼을 닫았다. 그러자 곧장 사무용 책상 위에 놓여 있는 화관형의 촛대와 가지형의 촛대에서 약간 흔들리기는 하지만 그윽하고 온화한 촛불이 방을 비췄다.

"그런데, 크리스티안." 머리카락이 금빛으로 일렁이는 영사 부인이 말했다. "오늘 오후엔 무얼 배웠니?" 그러자 크리스티안은 쓰기, 셈하기와 노래를 배웠다고 대답했다.

이제 일곱 살이 된 소년은 벌써 거의 우스꽝스러울 정도로 아버지를 닮아 있었다. 그들은 둘 다 작고 둥글며 움푹 들어간 눈과 우뚝 솟은 굽은 코를 갖고 있었다. 그리고 광대뼈 밑에는 이미 선이 몇 줄 그어져 있어서 아이의 얼굴 형태가 언제까지나 지금처럼 어린이답게 둥글지는 않으리라는 점을 암시해 주었다.

"우린 배꼽 빠지게 웃었어요." 크리스티안은 방 안에 있는 사람들을 차례로 둘러보며 말을 늘어놓기 시작했다. "슈텡겔 씨가 지그문트 쾨스터만한테 무슨 말을 했는지 잘 들어 보세요." 그가 몸을 앞으로 굽히고 머리를 흔들면서 허공을 향해 인상적으로 말했다. "겉으로는, 얘야, 너는 매끄럽고 말끔하다, 그런데 속으로는, 얘야, 너는 곰다……" 그런데 그는 이 말을 하면서 '검다'를 '곰다'로 발음했다. 그리고 그는 이 '겉으로는' 매끄럽고 말끔하다는 표현이 못마땅한 듯 아주 우스꽝스러운 표정을 지어서 모두들 큰 소리로 웃음을 터뜨렸다.

"재주가 있어!" 부덴브로크 노인은 킥킥 웃으며 같은 말을 되풀이했다. 호프스테드도 우스워 죽겠다는 듯 배꼽을 움켜잡았다.

"매혹적이야!" 그가 소리쳤다. "아주 끝내주는군요! 마르셀루스 슈텡겔이 어떤 사람인지 알아야 합니다! 그것도 정확히! 그렇습니다, 그것은 너무나 중요한 일입니다!"

그와 같은 재주가 없었던 토마스는 동생 옆에 서서 아무런 질투심도 없이 진심으로 웃고 있었다. 그의 치아는 그리 좋지 않아 작고 누르스름했다. 하지만 그의 코는 무척 잘생겼고 눈과 얼굴 형태는 할아버지를 판에 박은 듯했다.

사람들은 일부는 의자에 앉기도 하고 일부는 소파에 앉기도 했다. 그들은 아이들과 잡담을 주고받기도 하고, 너무 일찍 찾아온 추위와 집에 관한 얘기를 나누기도 했다. 호프스테드는 사무용 책상 옆의 호화스러운 잉크병을 보고 감탄했다. 그

것은 검은 반점이 있는 사냥개 모양의 세브르 도자기였다. 영
사와 비슷한 연배인 그라보 박사는 뺨에 수염이 드문드문 난
긴 얼굴에 선량하고 부드러운 미소를 지었다. 그는 식탁 위에
놓인 케이크, 건포도를 넣은 빵과 가득 담긴 여러 종류의 소
금통을 바라보았다. 그것은 가족이 이사 올 적에 친구와 친지
들이 보내온 이른바 '빵과 소금'이었다. 하지만 그 선물이 미천
한 가정들에서 온 것이 아니라는 것을 보여 주기 위해서 빵은
달콤하고 향기로운, 묵직한 페이스트리의 형태로 왔고, 소금
은 묵직한 금 용기에 들어 있었다.

"오늘 톡톡히 얻어먹겠는걸." 박사는 과자를 가리키면서 아
이들한테 말했다. 그런 다음 머리를 흔들면서 소금, 후추, 겨자
가 든 견고한 그릇을 들어 보였다.

"레브레히트 크뢰거한테서 온 거지요." 부덴브로크 노인이
껄껄 웃으며 말했다. "우리 사돈 양반은 언제나 싹싹하지. 나
는 그가 성문 밖에 별장을 지었을 때 그런 선물을 보내지 못
했는데 말이야. 그러나 사돈은 항상 그랬어. 고상하고 통이 크
지! 그리고 기사풍의 양반이야."

온 집안에 여러 번 날카로운 초인종 소리가 울렸다. 길고 검
은 옷을 입은 분더리히 목사가 도착했다. 작달막한 늙은 신사
인 그는 머리카락은 반백이고 흰 얼굴은 느긋하고 명랑해 보
였으며 번득이는 회색 눈은 생기에 넘쳤다. 그는 여러 해 전에
홀아비가 되었지만 같이 온 키가 큰 중개인인 그레트옌스처럼
자신을 구닥다리 총각이라고 생각했다. 그 중개인은 마치 그
림을 감정하려는 듯이 항시 자기의 여윈 손을 둥글게 말아 망

원경처럼 만들어 눈앞에 가져다 댔다. 그는 널리 정평이 난 예술 전문가였다.

오래전부터 이 집과 교유를 맺고 있던 시의원 랑할스 박사도 부인과 함께 도착했다. 얼굴이 검붉고 큰, 포도주 도매상 쾨펜은 소매가 부푼 옷을 입고서 역시 몸이 비만한 부인과 함께 나타났다.

마지막으로 크뢰거 가족이 들어왔을 때는 벌써 네 시 반이 지나 있었다. 부모와 자식들이 함께, 즉 크뢰거 부부가 톰과 크리스티안 나이 정도의 아들들, 야코브, 위르겐과 함께 도착했다. 그리고 그들과 거의 동시에 목재상을 하는 크뢰거 영사 부인의 아버지 외버디크도 그의 부인과 함께 들어왔다. 아주 금슬 좋은 노부부인 그들은 아직도 사람들 앞에서 신혼 때의 애칭을 그대로 부르곤 했다.

"우아한 분들은 늦게 나타나시는군요." 부덴브로크 영사가 이렇게 말하고 장모의 손에 입맞춤을 했다.

"어서들 오시구려!" 요한 부덴브로크 노인은 사돈 영감과 악수를 하면서 크게 팔을 벌려 그들을 맞이했다.

기사풍의 신사인 레브레히트 크뢰거는 키가 커서 눈에 확 띄는 사람이었다. 머리에는 흰 머리카락이 희끗희끗했지만 그는 유행에 따르는 옷을 입고 있었다. 그의 우단 조끼에는 보석 단추가 두 줄로 번쩍거렸다. 콧수염을 뾰족하게 말아올린 그의 아들 유스투스는 턱수염은 얼마 없었지만 풍채나 거동 면에서 자기 아버지와 완전히 판박이였다. 게다가 손을 우아하고 둥글게 움직이는 모습도 꼭 아버지 그대로였다.

손님들은 자리에 앉지 않았다. 그들은 서서 그날 저녁의 주된 사건을 기다리며 이런저런 이야기를 주고받았다. 이때 요한 부덴브로크 노인이 분명한 목소리로 이렇게 말하면서 쾨펜 부인의 팔을 잡고 안내를 했다.

"자, 여러분, 시장하실 텐데 우리 모두······."

융만과 하녀가 식당으로 통하는 흰 두짝문을 열자 손님들은 천천히 그쪽으로 움직이기 시작했다. 이제 그들은 부덴브로크 댁에서 영양가 있는 음식을 먹을 수 있게 되었다.

3

손님들이 움직이기 시작하자 젊은 주인은 손을 왼쪽 가슴쪽으로 가져갔는데 거기서 종이가 바스락거리는 소리가 났다. 갑자기 그의 얼굴에 사교적인 미소가 사라지고 대신 긴장되고 근심스러운 표정이 나타났다. 그리고 마치 이를 꽉 물기라도 한 듯 관자놀이에는 근육이 불거졌다. 그는 식당으로 가는 척하며 몇 발짝 움직이다가 멈추어 서서 눈으로 어머니를 찾았다. 그녀는 제일 뒷줄의 분더리히 목사 옆에서 문지방을 넘으려는 참이었다.

"목사님, 죄송합니다만······. 어머님, 몇 마디 드릴 말씀이!"

그리고 목사가 그에게 쾌활하게 고개를 끄덕이는 동안 부덴브로크 영사는 어머니를 풍경실로 되돌아가게 해서 창가로 데리고 갔다.

“간단히 말씀드리자면 고트홀트한테서 편지가 왔어요.” 그가 궁금해하는 어머니의 검은 눈을 들여다보며 반으로 접힌 봉함 편지를 주머니에서 꺼내면서 재빨리 그리고 나지막하게 말했다. “이것이 그가 쓴 글입니다. 세 번째 편지입니다. 첫 번째 편지에만 아버님이 답장을 하셨지요. 어떻게 하면 좋겠어요? 벌써 두 시 정각에 편지가 왔는데 아버님께 진작 보여 드리려고도 생각해 보았어요. 하지만 오늘같이 즐거운 날 아버님의 기분을 상하게 할까 봐 그냥 제가 가지고 있었어요. 어머님 생각은 어떠세요? 아버님께 보여 드릴 시간은 얼마든지 있으니까…….”

“그래, 장, 네 말이 옳아, 가지고 있거라!”라고 말하고 부덴브로크 부인은 으레 그렇듯이 신속한 동작으로 아들의 팔을 움켜잡았다. “무슨 내용이 있다지!” 그녀가 근심스러운 듯이 덧붙였다. “그 애가 양보하지 않는구나. 그는 이사 온 집의 자기 지분에 대한 보상액을 완강하게 고집하는구나. 아니, 안 되겠어, 장, 아직은 안 되겠어. 아마 오늘 밤 주무시기 전에나…….”

“뭐라고요?” 숙인 고개를 흔들면서 영사가 거듭 물었다. “전 직접 아버님께 양보하라고 거듭 부탁을 드리려고 했습니다. 이복 동생인 제가 부모님 곁에 붙어서 고트홀트에 반대하는 음모를 꾸미기라도 하는 것처럼 보이기는 싫습니다. 아버님께도 제가 이러한 역할을 하는 듯한 인상을 보이기가 싫고요. 그러나 솔직히 말씀드리자면…… 저도 주주입니다. 그리고 베티와 전 3층집에 대한 집세를 정상적으로 꼬박꼬박 내고 있습니다. 프랑크푸르트에 있는 누님의 일은 정리가 된 셈입니다. 매형은 이제 아버님이 살아 계시는 동안 가옥 대금의 사분의 일만 배상금으로 받게 됩니다. 이는 아버님께서 매끄럽고 현명하게 해결해서 회사로서도 아주 만족스러운 유익한 처사입니다. 그런데 아버님께서 고트홀트에게는 저토록 완강하게 거절하시는 바람에 일이 이렇게 된 것입니다…….”

“아니야, 장, 쓸데없는 걱정일랑 말아라. 이 일에 대한 너의 태도는 아주 분명해. 그러나 고트홀트는 계모인 내가 내 자식들만 생각해서 그와 아버지의 관계를 고의적으로 이간질시킨다고 생각하고 있어. 그게 암담한 일이지…….”

“하지만 그것은 그의 탓입니다!” 영사가 다소 크다 싶을 정도로 소리친 다음 식당 쪽을 쳐다보더니 목소리를 누그러뜨렸다. “이러한 암담한 상황이 초래된 것은 그의 탓입니다! 어머니, 직접 판단해 보세요! 무엇 때문에 형이 그렇게 사리분별이 없는지요! 무엇 때문에 기어이 슈튀빙 양과 결혼하려고 하며 그리고 그…… 가게를…….”

영사는 이 말을 하면서 화가 나기도 하고 어처구니도 없다는 듯 웃었다. “아버지의 뜻을 거슬러 가게를 물려받으려고 하는 것이 약점입니다. 하지만 고트홀트는 이러한 하찮은 허영심을 자제해야만 했을 텐데…….”

“아, 장, 최선의 방도는 아버지가 양보하시는 것일 거야!”

“하지만 제가 그렇게 하도록 권할 수 있을까요?” 영사가 흥분하여 손을 이마에 가져다 대면서 나지막이 속삭였다. “저는 개인적으로 이해관계가 걸려 있습니다. 그러므로 이렇게 말해야 할 것 같습니다. 아버님, 배상금을 치르십시오. 하지만 저도 주주니까 회사의 이해관계를 대변해야 합니다. 만약 아버님께서 운영 자금에서 그만한 금액을 빼내, 고분고분하지 않고 뻗대는 아들에게 줄 의무가 없다고 생각하신다면…… 1만 1000탈러 이상 되는 그 금액은 적지 않은 돈입니다. 아니, 아닙니다, 전 그렇게 하도록 권할 수 없어요. 하지만 그렇게 하지 못하도록 권할 수도 없어요. 전 그런 문제에 개입하고 싶지 않아요. 아버지와 그런 이야기를 하는 장면은 생각만 해도 불쾌합니다."

"장, 나중에 밤에 이야기하자꾸나. 이제 가자, 손님들이 기다릴 테니까……."

영사는 종이를 안쪽 주머니에 넣고 어머니의 팔을 잡았다. 두 사람은 나란히 밝게 빛나는 식당으로 가는 문지방을 넘었다. 식당에서는 손님들이 긴 식탁 주위에 막 자리를 잡고 앉았다.

가느다란 기둥들 사이에 걸린 벽 융단의 하늘색 배경에서 흰색으로 그려진 신들이 거의 실물처럼 우뚝 솟아 있었다. 붉은색의 묵직한 창문 커튼은 내려져 있으며 방의 구석구석마다 여덟 개의 초들이 높은 황금 촛대 위에서 타고 있고 식탁 위에서는 가지형 은촛대에서 초들이 타고 있었다. 풍경실 맞은편의 육중한 찬장 위에는 이탈리아의 항구를 그린 방대한 그림이 하나 걸려 있었다. 그 그림의 푸른 색조는 초의 불빛을 받아 탁월한 효과를 내고 있었다. 뒤쪽에는 붉은 우단으로 된 튼튼하고 딱딱한 소파들이 벽 쪽에 놓여 있었다.

부덴브로크 노부인이 창가에 좌정한 크뢰거 영감과 분더리히 목사 사이에 자리를 잡았을 때 그녀의 얼굴에서 모든 근심과 불안의 흔적이 말끔히 사라졌다.

"많이들 드세요!" 그녀는 아이들이 앉아 있는 저쪽까지 식탁 전체를 재빨리 죽 둘러보고는 짧고 신속하지만 진심에서 우러나오는 인사를 하며 말했다.

4

"이미 말했듯이 부덴브로크 씨에게 심심한 경이를 표하는 바입니다!" 쾨펜의 묵직한 음성이 좌중의 다른 대화를 압도해 버렸다. 무늬가 있는 두꺼운 치마를 입고 뒤통수에 조그만 흰 모자를 쓰고서 붉은 팔을 걷어붙인 하녀가 융만과 영사 부인 하녀의 도움을 받으며 위쪽에서부터 뜨거운 채소 수프와 구운 빵을 대접하고 있다. 사람들은 조심스럽게 숟가락질하기 시작했다.

"심심한 경이를! 이렇게 널찍하고 고상한 곳에서…… 지 말씀은 여기가 살기 좋은 집이라는 것입니다, 지 말씀은……." 쾨펜은 이 집의 전 소유자와는 면식이 없었다. 그는 부자가 된 지 얼마 되지 않았으며 문벌가 출신도 아니었다. '지 말씀은'이라는 표현을 되풀이하는 데서 알 수 있듯이 유감스럽게도 그는 몇몇 사투리의 결점을 아직 못 버리고 있었다. 그것 말고도 그는 '경의'를 '경이'라고 발음했다.

"많은 돈을 들인 것도 아니지요." 분명 사정을 알고 있었을 그레트옌스가 건성으로 말했다. 그러고는 손을 둥글게 말고 항구 그림을 찬찬히 들여다보았다.

　사람들은 될 수 있는 대로 이리저리 섞어 앉았기 때문에 부부끼리 옆자리에 앉지 않았다. 이러한 배열이 엄격하게 지켜진 것은 아니었다. 외버디크 노부부는 언제나 그러듯이 서로 거의 무릎을 맞대고 딱 달라붙어 있었다. 하지만 크뢰거 영감은 랑할스 시의원 부인과 안토아네트 부인 사이에 몸을 곧추세우고 반듯하게 앉아 손을 움직이며 두 부인들에게 조심스럽게 농담을 했다.

　"이 집은 언제 지어졌습니까?" 호프스테드가 식탁의 대각선 방향에 앉아서 다소 농담조로 쾨펜 부인과 유쾌하게 환담을 나누고 있는 부덴브로크 노인한테 물어보았다.

　"건축된 연도가…… 가만있자…… 내 기억이 틀리지 않는다면 1680년경일 거요. 그런데 그런 날짜라면 우리 아들이 더 잘 알고 있지요……."

　"1682년이지요." 영사가 몸을 숙이면서 확실한 연도를 말해 주었다. 그는 저 아래쪽에 파트너도 없이 랑할스 시의원 옆에 앉아 있었다. "1682년 겨울에 완공되었습니다. 당시 '라텐캄프 상사'는 전성기를 맞이하기 시작했지요. 그런데 이 회사는 애석하게도 이십 년 전부터 몰락의 길을……."

　좌중의 대화가 중단되어 삼십 초 정도 침묵이 흘렀다. 사람들은 접시 속을 들여다보며 한때 날리던 그 가족을 생각했다. 그 가족은 이 집을 짓고 살다가 영락하고 몰락하여 마침내 집을 팔고 이사를 갔던 것이다.

"참 애석한 일이지." 중개인 그레트옌스가 말했다. "어떤 광기가 이러한 몰락을 초래했는지 생각해 보면…… 디트리히 라텐캄프가 당시 겔마크를 동업자로 받아들이지 않았더라면! 그가 경리를 맡아 보기 시작했을 때 난 정말이지 놀라서 머리 위로 두 손을 맞잡았지요. 여러분, 저는 아주 확실한 소식통을 통해 사정을 알고 있었거든요. 그자는 라텐캄프 몰래 막대한 투기를 하면서 여기저기에 회사 명의로 수표를 끊고 어음을 발행했지요. 결국 결딴나고 말았어요. 은행은 라텐캄프를 불신하고 담보는 부족했지요. 여러분은 그걸 전혀 모릅니다. 누가 그러한 상황을 통제했겠어요? 겔마크가 아니었겠습니까? 그들은 몇 해 동안이나 쥐새끼들처럼 들락날락했지요! 그런데도 라텐캄프는 아무것도 모르고 천하태평이었으니……."

"그는 몸이 마비된 것 같았어요." 영사가 말했다. 그의 얼굴은 음울하고 무뚝뚝한 표정을 띠었다. 그는 몸을 앞으로 굽히고 숟가락으로 수프를 저으며 때때로 작고 둥근 움푹 들어간 눈으로 잠깐씩 식탁의 윗모서리를 바라다보곤 했다. "그는 압력에 눌린 것처럼 무너졌지요. 누구나 이러한 압력을 이해할 수 있을 겁니다. 무엇이 그로 하여금 자본 한 푼 없고 아무에게서도 좋은 평판을 얻지 못했던 겔마크와 인연을 맺게 했을까요? 그는 끔찍스러운 책임감의 일부를 다른 누구한테 전가해야 한다는 필요성을 절감했을 것입니다. 회사가 걷잡을 수 없이 망해 가고 있음을 느꼈으니까요. 회사는 파산하고 오래된 가문은 몰락했습니다. 빌헬름 겔마크는 이러한 몰락에 다만 최후의 일격을 가한 셈이었지요……."

"그러니까 친애하는 영사님 견해로는……."이라고 말하고 분더리히 목사는 사려 깊은 미소를 지으며 자기 부인과 자신의 잔에 포도주를 따랐다. "겔마크가 관여하지 않고 그가 방종하게 행동하지 않았더라도 회사가 결국 망했을 거라는 겁니까?"

"그런 말은 아닙니다." 영사가 특정한 누구에게 말하지 않고 생각에 잠겨 말했다. "하지만 제 생각으로는 디트리히 라텐캄프가 겔마크와 인연을 맺은 것은 어쩔 수 없는 필연이었으며 그러므로 그의 몰락은 어쩌면 운명적인 것이라고……. 그는 불가피한 필연성의 압력을 받고 행동했음에 틀림없습니다. 아, 저는 그가 겔마크가 하는 일을 얼마쯤은 알고 있었다고 확신합니다. 그가 자신의 회사 사정에 아예 캄캄했던 것은 아니었지요. 하지만 그는 몸이 마비되어 버린 것이었어요……."

"장, 이제 그만해라." 부덴브로크 노인은 이렇게 말하고서 손에 든 숟가락을 내려놓았다. "그건 네 생각에 불과해……."

영사는 어색한 미소를 지으며 술잔을 아버지를 향해 들어 올렸다. 그 순간 레브레히트 크뢰거가 이렇게 말했다.

"자, 우리 이제 유쾌하게 현재를 즐깁시다!"

그러면서 그는 조심스럽고 우아하게 백포도주 병의 목을 움켜잡았다. 마개 위에는 조그만 은노루가 달려 있었다. 그는 병을 약간 비스듬히 기울이고는 상표를 주의 깊게 관찰했다. 그는 "C. F. 쾨펜."이라고 읽으며 포도주 도매상을 향해 고개를 끄덕였다. "아 그래, 우린 당신 없이는 안 되겠는걸!"

금테가 둘린 마이센산(産) 접시가 교체되었다. 이럴 때 안토아네트 부인은 하녀들의 움직임을 면밀하게 관찰했다. 융만이 부엌과 식당을 연결하는 메가폰에 입을 대고 지시를 내리고 있었다. 이번에는 생선이 나왔다. 그리고 분더리히 목사가 조심스럽게 생선을 들면서 이렇게 말했다.

"이런 즐거운 순간이 그저 주어지는 건 아닙니다. 여기에서 우리 같은 노인들과 함께 즐거운 시간을 보내고 있는 젊은 사람들은 예전에는 우리가 이렇지 않았을 수도 있었음을 아마 생각지 못할 겁니다. 나는 우리 부덴브로크가의 운명에 어느 정도 내 개인적인 몫이 들어 있음을 말할 수 있습니다. 이러한 일들을 뇌리에 떠올릴 때마다……." 그가 묵직한 은숟가락을 식탁에서 하나 집어 들며 안토아네트 부인 쪽으로 몸을 돌렸다. "이 숟가락이 나폴레옹 황제 폐하 군대의 상사이자 우리의 친구인 철학자 르누아르가 1806년에 집어 들었던 그 숟가락이 아닐까 하는 생각이 듭니다. 그리고 그때 알프가에서 우리가 만났던 일이 기억납니다, 부인."

부덴브로크 노부인은 반은 당황한, 반은 기억을 더듬는 미소를 지으며 눈을 아래로 내리깔았다. 저 아래쪽에서 생선은 먹지 않고 어른들의 대화에 주의를 기울이고 있던 톰과 토니가 거의 한목소리로 소리 질렀다. "아 그래요, 할머니, 그 이야기 좀 들려주세요!" 하지만 그녀에게 약간 괴로웠던 그 불의의 사건을 그녀가 직접 이야기하기 좋아하지 않는다는 것을 알고 있던 목사는 자신이 짤막한 그 옛이야기를 또 한 번 하기 시작했다. 아이들은 그 이야기를 수백 번도 더 들었으면서도 늘 또 듣고 싶어 했다. 그러나 여기에 온 몇몇 사람은 아직 그

이야기를 못 들었을지도 모른다.

"간단히 말씀드리자면 여러분, 이런 경우를 상상해 보십시오. 때는 십일월 오후로 날씨는 차고 비가 추적추적 내리고 있었습니다. 나는 공무를 마치고 알프가로 올라오며 험악한 시절들을 생각하고 있었습니다. 블뤼허 공은 피난을 가고 프랑스인들이 도시를 점령하고 있었습니다. 하지만 격앙된 일반의 분위기가 별로 드러나지는 않았지요. 거리는 조용했고 사람들은 각자 자기 집에서 숨을 죽이고 있었지요. 도축업자인 프랄이 손을 바지 주머니에 넣고 문 앞에 서서 쩌렁쩌렁 울리는 목소리로 이렇게 말했지요. '이런 젠장, 지랄 같구나, 이런 젠장!' 그런데 갑자기 탕 하더니 그의 머리 앞으로 총알이 날아가는 것이었어요……. 그런데 나는 이렇게 생각했지요. 일단 부덴브로크네 집으로 들어가 보자. 어서 들어오라고 환영할지도 모른다. 주인장은 머리 단독(丹毒)으로 누워 있고 부인은 외인 부대를 숙박시키느라 골치를 앓고 있을 거야.

바로 그 순간, 내게로 다가오는 이가 누구였겠습니까? 우리가 존경해 마지않는 부덴브로크 부인이었지요. 그러나 어떤 상태로 오고 있었겠습니까? 그분이 모자도 쓰지 않고 빗속을 허겁지겁 달려오는 것이었습니다. 어깨에는 숄도 두르지 않고 말입니다. 걸어온다기보다는 경황없이 뛰어오고 있었습니다. 그리고 그분의 머리는 완전히 풀어헤쳐져 있었습니다. 아니, 부인, 정말입니다! 하지만 문제는 머리 모양이 아니었습니다.

'아니, 이게 웬일이십니까!'라고 말했는데도 나를 전혀 쳐다보지 않기에 감히 부인의 소매를 붙잡았습니다. 아무래도 불길한 예감이 들었기 때문입니다. '어디로 그리 급하게 가시는 겁니까, 부인?' 부인은 그제서야 나를 알아보고 쳐다봅니다. 그녀가 나에게 이런 말을 쏟아 놓았습니다. '목사님이시군요…… 안녕히 계십시오! 모든 게 끝장입니다! 나는 저 아래 트라베강으로 들어갈 겁니다!'

'그 무슨 말씀입니까!' 나는 이렇게 말하면서 안색이 창백해짐을 느꼈습니다. '거기는 부인이 가실 곳이 아닙니다! 무슨 일이라도 생겼습니까?' 그리고 예의가 허락하는 한 부인을 꽉 잡았습니다. '무슨 일이 생겼느냐고요?' 부인이 소리 지르며 몸을 부르르 떨었습니다. '그들이 은붙이에 덤벼들고 있습니다, 분더리히! 그런 일이 벌어졌습니다! 그런데 장은 머리 단독으로 누워 있어서 나를 도와줄 수 없어요! 남편이 몸이 성하더라도 어쩔 수 없겠지요! 그들이 내 숟가락, 내 은숟가락을 훔치고 있습니다, 분더리히. 그래서 트라베강으로 들어가려는 겁니다!'

나는 부인을 꼭 붙잡고 그런 상황에서 해 줄 수 있는 말을 했습니다. '용기를 잃지 마세요. 부인, 모든 일이 잘될 겁니다! 우리 그 사람들과 얘기하러 갑시다, 부디 마음을 가라앉히시고 함께 갑시다!' 그리고 나는 부인을 모시고 부인의 집으로 갔습니다. 거기 식당에는 부인의 말대로 민병대가 있더군요. 스무 명은 족히 되어 보이는 그들은 은붙이가 들어 있는 커다란 궤에 눈독을 들이고 있었습니다.

'당신네 중 누구와 의논 좀 합시다.' 내가 공손히 물었습니다. '여러분?' 그러자 그들은 웃기 시작하며 소리쳤습니다. '우리 모두와 하죠, 목사 양반!' 그러나 그중 한 사람이 대표로 나서더군요. 나무처럼 키가 껑충한 사람으로 시커먼 콧수염에 레이스가 달린 소매 밖으로 나와 있는 손은 크고 붉더군요. '나는 르누아르라고 합니다.'라고 말하면서 왼손으로 인사를 합니다. 오른손에는 대여섯 개의 은숟가락 뭉치를 들고 있었기 때문이지요. '르누아르 중사입니다, 댁이 원하는 게 뭐요?'

 '장교님!' 하고 말하며 나는 명예심에 호소했습니다. '혁혁한 전공을 세운 귀관이 이러한 일을 벌이다니요?…… 우리 도시는 황제를 거부하지 않습니다. 당신들은 무엇을 원하십니까?' 그가 이렇게 답변했습니다. '전쟁입니다! 그러기 위해서는 이 물건이 필요합니다.'

 '잘 생각해 보십시오.' 내가 그의 말을 가로막았습니다. 문득 어떤 생각이 떠올라서요. '이 부인은……' 하고 저는 서두를 뗐습니다. 그런 상황에서 무슨 말을 못 하겠습니까. '이 댁의 안주인인 이 부인은 독일인이 아니라 거의 당신네 동포라고 할 수 있습니다. 그녀는 프랑스 여자입니다.' '뭐, 프랑스 여자라고요?' 그가 따라서 묻습니다. 그런데 키가 껑충한 그자가 뭐라고 말했는지 아십니까? '그러면 이민 온 여자란 말입니까?'라고 했습니다. 그러더니 이렇게 힘주어 외치더군요. '그렇다면 그녀는 철학의 적입니다!'

 나는 어이가 없었지만 웃음이 나오는 것을 겨우 참고 말합니다. '내가 보기에 당신은 분별력이 있는 분입니다. 이런 물건들에 손을 대는 것은 당신의 품위에 어울리지 않는다는 점을 거듭 말씀드립니다!' 그는 잠깐 아무 말이 없더니 갑자기 얼굴을 붉히고 쥐고 있던 여섯 개의 숟가락을 궤 속에 던지면서 외쳤습니다. '이 물건들을 약간 들여다보았을 뿐인데 누가 당신에게 다른 목적이라도 있다고 말하던가요? 그게 귀여운 물건이긴 합니다! 내 부하들이 각자 한 개씩 기념으로 가져갈 수 있다면……'

어쨌든 그들은 기념물을 충분히 가지고 갔습니다. 인간적인 혹은 신적인 정의에 호소해 봤자 아무 소용이 없었습니다. 그들이 알고 있는 신이란 아마 그 끔찍하고 작은 사내밖에 없었던 모양입니다……"

5

"그 사내를 본 적이 있습니까, 목사님?"

접시들이 교체되었다. 빵가루가 붙은, 벽돌처럼 붉은 거대한 훈제 햄이 나왔다. 게다가 새콤한 갈색 샬롯 소스와 많은 양의 채소가 나왔는데 이 한 접시만으로도 모두 배불리 먹을 수 있을 정도였다. 레브레히트 크뢰거가 토막 낸 고기를 넘겨받았다. 그는 팔꿈치를 사뿐히 들고 나이프와 포크의 뒷부분을 잡은 기다란 집게손가락을 쭉 뻗어 조심스럽게 고기의 연한 부분을 썰었다. 부덴브로크 영사 부인의 걸작품인 '러시아 냄비'도 나왔다. 이것은 저장된 과일로 만든 것으로 톡 쏘는 맛과 술맛이 나는 음식이었다.

그렇다, 분더리히 목사는 보나파르트를 한 번도 직접 보지 못한 것을 유감으로 생각했다. 하지만 부덴브로크 노인과 장자크 호프스테드는 직접 그를 대면한 적이 있었다. 부덴브로크 노인은 러시아 원정을 떠나기 직전 때마침 파리의 튀일리 궁 안뜰에서 퍼레이드가 벌어지고 있을 때였고, 호프스테드는 단치히에서 그를 보았다.

"그는 별로 인정이 없어 보였어요." 호프스테드가 햄, 양배추와 감자를 포크에 찍어 눈썹을 치켜뜨고 한 입 베어 입 속으로 밀어넣으면서 말했다. "게다가 그는 단치히에서 아주 유쾌하게 놀았다고 합니다. 당시의 일에 대한 재미있는 일화가 있지요……. 그는 독일인들과 종일 도박을 했는데 사실 많이 잃었습니다. 그런데도 저녁에는 장군들과 또 도박을 했습니다. '안 그런가, 라프?'라고 말하면서 그는 탁자에 있는 금화를 한 줌 가득 쥐었습니다. '독일인들은 이 작은 나폴레옹들을 아주 좋아한다면서?' '네, 폐하, 황제보다 더 좋아합니다.' 라프가 이렇게 대꾸했답니다……."

일동은 아주 유쾌하게 큰 소리로 웃었다. 호프스테드가 그 일화를 재미있게 들려주면서 심지어 황제의 표정까지 약간 흉내 냈기 때문이다. 부덴브로크 노인이 말했다.

"아니, 농담이 아니라 그의 인간적인 위대함에 대해서는 어쨌든 존경을 금할 수 없지. 참으로 위대한 분이야!"

"아니, 그렇지 않습니다, 우리 젊은이들은 더 이상 그 남자를 존경하지 않습니다. 엥기엔 공작을 살해하고 이집트에서는 800명의 포로를 학살한 장본인을……."

"그 모든 것은 필시 과장되고 조작된 것입니다." 분더리히 목사가 말했다. "그 공작은 경솔하고 선동적인 인물이었을 겁니다. 포로 문제에 관해서라면 그 사형 집행은 아마 엄정한 군법 회의에서 심사숙고한 끝에 내린 필연적인 결정이었을 겁니다……." 그리고 그는 수년 전에 나온, 자기가 읽은 책 이야기를 들려주었다. 그것은 황제의 비서가 저술한 책인데 주목할 만한 값어치가 있다는 것이다.

"그야 어찌 됐든 간에……." 영사는 자기 앞에 놓인 촛대에서 팔락거리고 있는 초의 심지를 자르며 주장을 굽히지 않았다. "전 이해가 안 됩니다. 전 이러한 잔혹무도한 인간을 경탄하는 것이 이해되지 않습니다! 기독교인으로서, 종교적 감성을 지닌 인간으로서 제 마음속에는 그런 인간에 대해 경탄할 공간이 없습니다."

영사의 얼굴은 조용하지만 흥분된 표정을 띠고 있었다. 그렇다, 그는 심지어 머리를 약간 옆으로 기울이기까지 했다. 반면에 그의 아버지와 분더리히 목사는 서로 아주 은근히 미소 짓는 것처럼 보였다.

"그래, 그래." 요한 부덴브로크가 웃으면서 말했다. "하지만 그 작은 나폴레옹들은 나쁘지 않았지? 내 아들은 루이 필립에 더 열광하지."라고 그가 덧붙였다.

"열광한다고?" 장 자크 호프스테드가 약간 놀리듯이 말했다. "기묘한 배합인걸! 필립의 평등권과 열광한다는 표현은……."

"그런데 제 생각으로는 칠월 왕정에 대해서 분명 배울 점이 많은 것 같습니다." 영사가 진지하고 열성적으로 말했다. "프랑스 입헌제의 새로운 실제적 이상과 시대의 이해관계에 대한 친근하고도 도움을 주는 관계……. 이것은 어느 모로나 감사하게 생각해야 할 점입니다."

"실제적 이상이라……. 음, 그래……." 부덴브로크 노인은 고개를 끄덕이는 동안 말을 멈추며 금제 담뱃갑을 매만졌다. "실제적 이상이라……. 에, 나로서는 그런 게 마음에 안 든단 말이여!" 불쾌한 나머지 사투리가 튀어나왔다. "그래서 공업 학교니 기술 학교니 상업 학교가 막 생겨나는구나. 그리고 김나지움이나 고전적인 교양은 갑자기 어리석은 것이 되어 버리는구나. 그래서 온 세상은 광산이라든가…… 공장이라든가…… 돈벌이에만 혈안이 되어 있어. 좋지, 다 아주 좋은 거야! 하지만 다른 관점에서 보면 약간 어리석은 짓이 아닐까, 이렇게 계속된다면 어떻게 될까? 왠지 나에게는 그것이 모욕으로 여겨지거든. 장, 나는 아무 말도 안 했지만 그 칠월 왕정은 좋은 것이지."

그러나 시의원 랑할스, 그레트옌스와 쾨펜은 영사의 편을 들었다. 그렇다, 정말이지 프랑스적인 정부나 그와 같은 노력에 독일 사람은 최대한 경의를 표해야 한다는 것이다. 쾨펜은 경의를 또 '경이'라고 발음했다. 그는 음식을 들면서 더욱더 얼굴이 붉어졌고 옆에서 들릴 정도로 가쁘게 숨을 몰아쉬었다. 분더리히 목사는 비록 편안한 마음으로 술을 한 잔 한 잔 계속 마셔 댔지만 얼굴빛은 여전히 희었고 정신도 말짱했다.

초들이 서서히 타들어 갔다. 그리고 이따금 불꽃이 바람에 옆으로 나부끼면서 향긋한 밀랍 냄새가 식탁 너머로 퍼져 나갔다.

사람들은 손잡이가 높은 묵직한 의자에 앉아 묵직한 은그릇에 든 걸쭉하고 좋은 음식을 먹고, 향기롭고 맛좋은 포도주를 마시며 자신의 견해들을 피력했다. 곧 사업 이야기가 나오면서 자신도 모르게 점점 더 사투리로 말했다. 이것은 말하기 편한 둔중한 표현 방식으로 여기에는 상인들 특유의 간단명료함뿐만 아니라 부자들의 나태함도 깃들어 있는 것 같았다. 그리고 이따금 선의의 자기 반어도 과장되게 등장했다. 사람들은 '주식 시장'이라고 말하지 않고 그냥 간단히 '주시장'이라고 말했다. 이렇게 말하면서 그들은 흡족한 표정들을 지었다.

　부인들은 이러한 논쟁을 오랫동안 듣고 있지 않았다. 크뢰거 부인은 가장 구미를 돋우는 말투로 최상의 방법을 설명하면서 적포도주로 잉어를 요리하는 이야기를 끄집어냈다. "생선을 가지런히 토막 낸 다음 스튜 냄비에 양파, 정향과 빵과자를 넣으세요. 그런 다음 설탕 조금하고 버터를 한 숟가락 넣고 불위에 얹습니다. 그러나 씻지는 마세요, 여러분, 피가 그대로 남아 있어야 하니까요, 반드시……."

　크뢰거 영감은 아주 재미난 농담들을 곁들였다. 한데 그의 아들 유스투스 영사는 저 아래 아이들 가까이 그라보 박사 옆에 앉아 융만과 우스갯소리를 하기 시작했다. 그녀는 갈색 눈을 가늘게 뜨고서 자신의 습관대로 나이프와 포크를 반듯이 치켜들고 날렵하게 이리저리 움직였다. 외버디크 부부조차도 활기를 띠며 아주 큰 소리로 떠들었다. 그 늙은 영사 부인은 남편에 대한 새로운 애칭을 만들어 내 "이 착한 염소야!" 하면서 모자가 들썩이도록 웃으며, 좋아 어쩔 줄 몰라 했다.

장 자크 호프스테드가 좋아하는 주제로 이야기가 옮아오
자 대화는 한 가닥으로 모아졌다. 그가 십오 년 전에 어떤 부
유한 함부르크 친척과 함께 이탈리아로 여행 갔던 이야기였
다. 그는 베네치아며 로마며 베수비오에 관해 이야기했고 고인
이 된 괴테가 『파우스트』의 일부를 썼다는 보르게세 별장에
관해 말했다. 그는 더운 공기를 식혀 주는 르네상스풍의 샘과
아주 즐거운 마음으로 산책할 수 있는, 가지가 잘 정리된 가로
수들이 늘어서 있는 길에 관해 열광하며 이야기했다. 그런데
누군가가 바로 성문 밖에 부덴브로크 일가가 소유하고 있는
크고 황량한 정원 이야기를 꺼냈다.

　　"그래요, 여러분!" 노인이 말했다. "내가 당시 정원을 좀 더
잘 가꿀 생각을 왜 못 했는지 지금도 후회가 되는군요! 나는
최근에 다시 한번 거기 가 보았어요. 부끄럽게도 원시림이더
군요! 풀을 잘 손질하고 나무들을 둥글거나 네모지게 잘라
두었더라면 참 보기 좋았을 텐데……."

　　하지만 영사가 열을 내며 항의했다.

　　"원 세상에, 아버님! 저는 여름이면 거기 관목 속으로 즐겨
들어갑니다. 하지만 그 아름답고 자유로운 자연이 볼품없게
잘려 버린다면 모든 걸 망쳐 버리는 셈입니다……."

　　"하지만 그 자유로운 자연이 내 소유가 된다면 그때는 그것
을 내 마음대로 가꿀 권리를 갖게 되지 않을까……."

　　"아, 아버님, 그 무성한 숲 아래 기다란 풀밭에 누워 있으면
제가 자연을 조금이라도 소유하는 것이 아니라 오히려 제가
자연의 일부라도 되는 양 여겨집니다……."

"크리스티안, 너무 많이 먹지 마라." 갑자기 부덴브로크 노인이 이렇게 소리쳤다. "틸다, 너는 그래도 괜찮아…… 마치 아귀처럼 쑤셔 넣는군, 저 아이는……."

그런데 정말 놀랍게도 얼굴이 길고 바싹 마른, 얌전하고 애늙은이 같은 그 아이는 식사 때 엄청난 능력을 발휘했다. 그녀는 수프를 한 접시 더 먹고 싶냐는 물음에 허리를 펴더니 "네, 주세요." 하고 대꾸했다. 틸다는 햄이나 생선의 가장 큰 조각을 두 개씩 두 번이나, 그것도 소스를 듬뿍 곁들여서 집어 갔다. 조심스레 접시 위에 얼굴을 바짝 갖다 대고 몸을 굽혀서 모든 것을 먹어 치웠다. 너무 서두르지 않고 조용조용히 어그적어그적 씹어먹었다. 주인 할아버지의 말에 그녀는 길게 말을 빼면서 친절하고 어리벙벙한 표정으로 단조롭게 대꾸했다. "네에—사—암—초온?" 그 아이는 맛이 있건 없건, 남이 흥을 보건 말건 거리낌없이 먹어 치웠다. 그 불쌍한 빼빼 마른 친척은 본능적인 엄청난 식욕을 느끼는 듯, 잔뜩 차려진 식탁에 아무런 구애를 받지 않고 미소 지으며 맛있는 음식을 접시에 잔뜩 쌓아 놓은 채 배가 고파 걸신 들린 듯 집요하고 끈질기게 먹어 치웠다.

6

이제 커다란 수정 접시 두 개에 담긴 '푸딩'이 나왔다. 그것은 마카롱, 딸기, 비스킷과 커스터드가 층층이 섞여 있는 음식이었다. 한편 식탁 반대편 끝에서는 불꽃이 터졌다. 아이들은 그들이 제일 좋아하는 불타는 플럼 푸딩을 후식으로 제공받고 있었기 때문이다.

"톰, 어디 착한 일 한번 하렴." 요한 부덴브로크가 이렇게 말하고 바지 주머니에서 커다란 열쇠 뭉치를 끄집어냈다. "제2창고 오른쪽 둘째 칸 붉은 보르도 뒤에 있는 병 두 개를 가져올래?" 이러한 주문을 익히 잘 이해하고 있는 토마스는 달려가서 먼지가 쌓이고 거미줄이 쳐진 병을 가지고 왔다. 그러나 포도 향기가 진동하는 오래된 황금색 말바시아산 포도주가 초라한 병에서 후식용의 작은 포도주 잔에 따라지는 순간 분더리히 목사가 일어섰다. 대화가 잠잠해지자 목사는 잔을 손에 들고 흥겨운 어조로 축배의 말을 시작했다. 그는 머리를 약간 옆으로 기울이고 흰 얼굴에 우아하고 익살스러운 미소를 머금은 채, 손을 자유롭게 움직이며 우아한 제스처를 써 가면서 말했다. 그것은 그가 설교단 위에서도 즐겨 하는 자유분방하고 포근한 좌담 조의 축배사였다. "자 이제, 나의 성실한 친구분들, 우리 자신을 영광되게 합시다, 이렇게 훌륭한 새집에 들어온, 우리가 존경해 마지않는 주인의 안녕을 위하여 나와 함께 이 뜻있는 술잔을 비우게 된 데 대하여…… 이 자리에 참석하고 계시거나 참석하지 못한 부덴브로크 가족들의 안녕을 위하여, 우리 건배합시다!"

'참석하지 못한 가족들이라…….' 사람들이 그를 향해 높이 치켜든 술잔들을 향해 몸을 숙이며 영사는 생각했다. '그말이 다만 프랑크푸르트에 있는 친척이나 함부르크에 있는 두캄프스를 두고 하는 말인가, 혹은 저 늙은 분더리히에게 무슨 저의가 있는 것일까?' 그는 아버지의 잔에 자기 잔을 부딪치려고 일어섰다. 그러면서 그는 아버지의 눈을 다정하게 들여다보았다.

이제 다음으로 중개인 그레트옌스가 자리에서 일어나 조금 장황하게 이야기를 늘어놓았다. 그는 말을 끝내자 약간 쉿 소리 나는 목소리로 '부덴브로크 상사'와 앞으로 상사의 성장, 발전, 번영 및 도시의 영광을 위해서 건배하자고 말했다.

그러자 요한 부덴브로크는 그 모든 친절한 말들에 대해 감사의 표시를 했다. 한편으로는 가족의 수장으로서, 다른 한편으로는 상사의 나이 많은 대표로서. 그러고는 토마스에게 세 번째로 말바시아산 포도주 병을 가져오라고 일렀다. 두 병으로 족하리라던 예상이 어긋났기 때문이다.

레브레히트 크뢰거도 말을 했다. 그는 앉은 채로 말하겠노라고 양해를 구했다. 그렇게 하는 게 더 친근한 인상을 주기 때문이었다. 그리고 그가 머리와 손으로 제스처를 쓰는 것이 무척 사람들 마음에 들었다. 그의 인사말은 이 집의 두 부인네인 안토아네트 부인과 영사 부인에게 하는 말이었다. 하지만 그가 말을 끝냈을 때, 이미 푸딩이 거의 다 떨어지고 말바시아도 거의 다 마셨을 때, 장 자크 호프스테드가 헛기침과 함께 "에!" 하는 상투적인 소리를 내면서 천천히 일어섰다. 저 아래쪽의 아이들은 손뼉을 치며 좋아했다.

"에, 실례합니다만! 참을 수 없어서……." 그는 이렇게 말하면서 자신의 뾰족한 코를 살짝 만지고는 상의 주머니에서 종이 한 장을 끄집어냈다. 식당은 일순 깊은 정적에 휩싸였다.

그가 손에 쥐고 있는 종이는 아주 아름다운 알록달록한 색을 띠고 있었다. 그는 종이 겉면에 붉은 꽃들과 수많은 황금색 장식 곡선으로 둘러싸인 타원형 안의 글귀를 낭독했다.

"1835년 시월, 부덴브로크 일가가 새로 구입한 집에서 흥겨운 집들이를 하는 때에 우정 넘치는 참가를 한 기회에……."

그러고는 종이를 뒤집어서 벌써부터 다소 떨리기 시작하는 목소리로 읽어 내려갔다.

지극히 존경하는 이여! 반드시
닿게 해 주소서 그대에게
나의 하찮은 노래가, 하늘이
그대에게 정해 준 이 공간에서.

백발의 친구 그대와
그대의 존귀하신 부인에게,
경애하는 그대 아드님 부부에게
이 노래를 즐거이 바치나이다!

유능함과 단아한 아름다움이
우리 눈앞에서 하나가 되었도다,
비너스 아나디오메네와
화신(火神)의 부지런한 손이여.

그대 삶의 즐거움을 어떤
암울한 미래도 방해하지 못하리,
모든 새날은 항시 그대에게
새로운 기쁨을 가져다드리리.

무한히 기쁘게 하리라 나를
앞으로의 그대 행복은.
내 소망이 종종 새로워질지는
내 눈이 그대에게 증거하리라.

이 훌륭한 집에 사는 그대여
보잘것없는 골방에서 오늘
시 몇 줄을 써 온 나를
반갑고도 정답게 맞아 주오!

그가 몸을 굽혔다. 그리고 감동의 박수 갈채가 일시에 터져
나왔다.

"매혹적이야, 호프스테드!" 부덴브로크 노인이 소리를 질렀
다. "그대의 건강을 위해서! 오, 너무나 멋진 시였어!"

그러나 영사 부인은 시인과 술을 마시면서 그녀의 부드러운
살결이 발갛게 물들었다. 시인이 그녀에게 '비너스 아나디오메
네'라고 부른 것을 아마도 부인은 은근한 아부라고 느꼈기 때
문이다.

좌중의 명랑한 분위기는 이제 무르익을 대로 무르익었다. 쾨펜은 자신의 조끼 단추를 몇 개 열어 놓고 싶은 마음에 사로잡혔다. 하지만 유감스럽게도 그럴 수 없었다. 더 연로한 사람들도 감히 그러지 못했기 때문이다. 레브레히트 크뢰거는 식사를 시작할 때 앉았던 자리에 반듯이 앉아 있었다. 분더리히 목사는 여전히 얼굴이 희고 단정했으며, 부덴브로크 노인은 약간 몸을 뒤로 젖히고 있었지만 단정한 몸가짐을 유지하고 있었다. 다만 유스투스 크뢰거만은 약간 취해 있다는 것을 누가 봐도 알 수 있었다.

그라보 박사는 어디에 있었던가? 영사 부인은 남의 눈에 띄지 않게 일어서서 옆으로 걸어갔다. 저 아래 융만, 그라보 박사와 크리스티안의 자리가 비어 있었고 주랑에서는 거의 목이 멘 것 같은 신음이 들려왔기 때문이다. 그녀는 버터, 치즈와 과일을 내놓고 있는 하녀를 뒤로하고 재빨리 식당을 나갔다. 그런데 정말로 그 어둠 속에서 중간 크기의 기둥을 둘러싸고 있는 둥근 쿠션 의자 위에 조그만 크리스티안이 엎어져 웅크린 채 나지막이 신음하며 가슴을 쥐어뜯고 있었다.

"이 일을 어쩌죠, 마님!" 그라보 박사와 함께 크리스티안 옆에 서 있던 이다가 말했다. "크리스티안이 몸이 저렇게 불편하니⋯⋯."

"엄마, 아파, 우라지게 아파!" 크리스티안이 아주 큰 코 위로 움푹 들어간 둥근 눈을 불안하게 이리저리 굴리며 앓는 소리를 냈다. 그는 이 '우라지게'라는 말을 다만 엄청난 절망감에서 내뱉었을 뿐인데 부인이 이렇게 말했다.

"그런 말을 사용하면 하느님께서 더 크게 벌하신단다!"

그라보 박사가 맥박을 재 보았다. 그의 선량한 얼굴은 더 길고 더 부드러워진 것 같아 보였다.

"약간의 소화 불량 증세입니다. 별것 아닙니다, 영사 부인!" 그가 부인을 안심시켰다. 그러고는 현학적이고 사무적인 어조로 천천히 말했다. "아이를 침대에 눕히는 것이 가장 좋겠습니다. 어린이용 가루약을 조금 먹이고 카밀러 차를 한 잔 먹여서 땀을 흘리게 해 주십시오. 그리고 섭생을 엄격히 해 주십시오, 부인? 이미 말했듯이 엄격한 섭생을요. 비둘기 고기 약간하고 프랑스 빵을 약간……."

"비둘기는 안 먹을래!" 크리스티안이 정신없이 소리를 질러 댔다. "다시는 아무것도 안 먹을래! 아파, 우라지게 아프단 말이야!" 이렇게 소리를 질러 대는 것이 바로 그의 아픔을 덜어 주는 것 같았다. 그래서 그렇게 악을 바락바락 쓰면서 소리를 질러 대는 것이었다.

그라보 박사는 혼자 미소 지었다. 약간 우울한 듯한 자비로운 미소였다. 얼마 안 가서 먹게 될걸, 이 꼬마는! 누구나처럼 그렇게 살 것이다. 그의 아버지, 친척이나 친지 들처럼 매일 앉아서 지내고 하루에 네 끼씩, 그것도 기름지고 맛있는 음식을 골라 먹을 것이다. 이제 안녕! 프리드리히 그라보는 이러한 훌륭하고 유복하며 안락한 상인 가족의 모든 생활 습관을 뒤엎어 버릴 사람은 아니었다. 그는 부르면 달려와서 하루나 이틀 정도 엄격한 섭생을 하라고 이를 것이다, 비둘기 고기 약간하고 프랑스 빵 한 조각요. 네, 네, 그러고는 이번에는 별일이 아니라고 양심에 거리낌 없이 안심시킬 것이다. 젊을 때 그는 마지막 남은 훈제 고기나 속을 채운 칠면조 고기를 과식하고 나서 갑자기 깜짝 놀라, 사무실 의자나 낡고 딱딱한 침대에서 괴로워하다가 모든 것을 하느님께 맡겨 버린 많은 착한 사람들의 손을 자신의 손으로 꼭 잡아 주었다. 그러면서 그는 쇼크, 마비나 뜻하지 않은 돌발적인 사망이라고 말했다. 네, 네, "아무 일도 아니었습니다."라고 했던 경우나 그가 부름조차 받지 못했던 경우 혹은 다만 식사에 초대된 경우 그리고 사무실로 되돌아간 환자가 이상하게도 약간 현기증이 일어난다고 알려 왔을 경우에 프리드리히 그라보는 그러한 사건들을 미리 예측할 수 있었을지도 모른다. 이제 안녕! 프리드리히 그라보, 그는 속을 채운 칠면조를 거절할 사람이 아니었다. 오늘 샬롯소스를 곁들인 햄은 그야말로 맛이 근사했다. 그런데 망할 것 같으니라고, 잔뜩 쑤셔 넣어 호흡하기도 힘든데 마카롱, 나무딸기와 커스터드가 자꾸 나오다니. "네, 네…… 제가 말한 대로 엄격한 섭생을 하십시오. 영사 부인? 비둘기 고기 약간하고 프랑스 빵 약간을요."

8

식당은 파장 분위기에 접어들었다.

"즐거운 식사가 되셨기를, 신사 숙녀 여러분, 많이들 드셨는 지요! 건너편에 애연가를 위한 담배와 우리 모두가 마실 커 피가 준비되어 있습니다. 그리고 원하시는 부인들한테는 술도 충분히 준비되어 있습니다. 뒤쪽에서는 물론 누구나 당구를 칠 수 있습니다. 장, 너는 뒤뜰로 손님들을 안내해 드리렴. 쾨 펜 부인을 모시는 영광은 제가……."

축복된 식사를 하고 만족해서 최고의 기분으로 와자지껄하 게 찬사를 나누며 사람들은 커다란 두짝문을 통과해 풍경실 로 되돌아왔다. 하지만 영사는 거기로 가지 않고 당구를 좋아 하는 사람들을 곧장 자기 주위에 모이게 했다.

"아버님, 당구 한 게임 하시겠어요?"

아니다, 레브레히트 크뢰거는 부인들 곁에 남았지만, 유스 투스는 뒤쪽으로 가도 좋다고 했다. 장 자크 호프스테드는 나 중에 가겠다고 한 반면, 랑할스 시의원, 쾨펜, 그레트옌스 및 그라보 박사는 영사한테 가담했다. "나중에! 나중에! 요한 부 덴브로크가 플루트를 불겠다니까 들어 봐야겠어. 이따가 봅 시다, 여러분."

여섯 사람이 주랑을 통해 걸어 나가는데 풍경실에서 벌써 플루트 부는 소리가 들렸다. 그에 맞춰 영사 부인이 오르간으 로 반주를 넣자 밝고 우아한 나지막한 선율이 넓은 공간에 우 아하게 울려 퍼졌다. 영사는 귀 기울여 그 소리를 들으려고 애 썼다. 그는 풍경실에 남아 안락의자에 기대어 그 소리를 들으 며 꿈결 같은 감정에 사로잡히고 싶었지만 주인으로서의 의무 때문에…….

"커피 몇 잔과 시가를 당구실로 가져오렴." 그가 현관을 지나가는 하녀한테 말했다.

"그래, 리네. 커피를, 알겠지? 커피를!" 쾨펜은 뚱뚱한 배에서 나오는 목소리로 되풀이해서 말하며 소녀의 붉은 팔을 꼬집으려고 했다. 그는 벌써 커피를 삼켜 맛을 보려는 듯 'K' 발음을 목 뒤에서 냈다.

"쾨펜 부인이 유리창으로 분명 내다봤을 거요." 크뢰거 영사가 주의를 주었다.

랑할스 시의원이 질문을 던졌다. "부덴브로크, 그럼 자네는 저 위에서 지내는가?"

오른쪽에 영사와 가족들의 침실이 있는 3층으로 통하는 계단이 있었다. 하지만 현관의 왼편에도 방들이 일렬로 있었다. 사람들은 흰 래커칠에 체눈 세공이 된 나무 난간이 있는 넓은 계단을 지나 저 밑으로 걸어갔다. 영사는 층계에서 잠깐 발을 멈췄다.

"이 중간층에 방이 세 개나 있습니다." 그가 설명했다. "제 부모님이 아침 식사하시는 방, 침실 그리고 정원으로 통하는 그다지 자주 사용하지 않는 방이 있습니다. 옆으로 좁은 복도가 나 있지요. 하지만 앞쪽으로! 네, 보시다시피 건물의 통로는 배달 마차를 타고 통과할 수 있습니다. 그것은 그런 다음 건물 전체를 지나 베커그루베까지 갈 수 있습니다."

소리가 울리는 저 아래쪽의 넓은 통로에는 커다란 사각형 석판이 깔려 있었다. 현관문 양쪽에는 사무실이 있었으며 아직도 새콤한 샬롯 소스 냄새가 풍겨 나오는 부엌은 계단 왼편의 지하실로 가는 길에 있었다. 부엌 맞은편의 상당히 높은 곳에는 이상하게 생겨 볼품은 없지만 말끔하게 흰 래커칠이 된 목조 방이 있었는데 그게 하녀들 방이었다. 통로에서 그 방으로 가려면 벽에 걸려 있는 어떤 반듯한 사다리 층계를 타고 올라가는 수밖에 없었다. 방 옆에는 아주 낡아 빠진 몇 개의 장롱과 무늬가 새겨진 궤가 하나 놓여 있었다.

사람들은 높은 유리문을 통과하고 아주 널찍한 몇 개의 계단을 지나서 뜰로 나갔다. 그 뜰 왼편으로는 작은 세탁실이 있었다. 사람들은 여기에서 예쁘게 정돈된, 하지만 지금은 가을이라 회색을 띠고 있는 축축한 정원을 들여다보았다. 저 뒤에 '정문'으로 막혀 있는 정원의 화단은 추위를 막기 위해 멍석으로 덮여 있었다. 정원의 정자는 전면이 로코코 양식으로 되어 있었다. 하지만 사람들은 뜰의 왼쪽으로 길을 접어들었다. 두 개의 벽 사이에 나 있는 이 길을 따라가면 또 다른 정원이 나오는데 그 정원을 지나면 뒤채가 나왔다.

그곳의 미끄러운 계단들을 내려가면 반구형의 지하실이 나오는데 그것은 곳간으로 이용되었다. 점토질 바닥으로 된 곳간의 가장 높은 지면에는 밀 포대를 위로 감아올리기 위한 밧줄이 달려 있었다. 하지만 사람들은 깨끗하게 정리된 오른쪽 계단을 통해 2층으로 올라갔다. 바로 거기에서 영사는 손님들에게 당구실의 흰 문을 열어 주었다.

쾨펜은 기진맥진하여 딱딱한 의자에 몸을 던졌다. 이 의자들은 민숭민숭하고 삭막해 보이는 공간의 벽가에 놓여 있었다. "처음 보는데!"라고 쾨펜이 외치면서 그의 상의에 묻은 가느다란 빗방울을 털어 냈다. "이런 제길, 자네 집을 돌아다니는 게 여행하는 것 같다니, 부덴브로크!"

풍경실에서처럼 여기에서도 놋쇠 창살 뒤에서 난롯불이 활활 타오르고 있었다. 높고 좁은 창문 세 개를 통해서 비에 젖은 붉은 지붕, 회색 뜰과 박공이 보였다.

"한 게임 붙어 보실까요, 시의원님?" 진열대에서 큐를 집어 들면서 영사가 물었다. 그리고 돌아다니면서 두 자리를 정해 놓았다. "누가 우리와 같이 하시렵니까? 그레트옌스? 박사? 좋습니다. 그러면 그레트옌스와 유스투스는 다른 공으로 하십시오. 쾨펜은 저와 같이 하고요."

그 술 도매상은 일어서서 입 안 가득 담배 연기를 머금은 채 집들 사이를 윙윙거리는 세찬 바람 소리와, 창문을 때리고 난로 연통 속을 윙윙거리게 하는 빗소리에 귀를 기울였다.

"빌어먹을!" 그가 말하면서 담배 연기를 앞으로 내뿜었다. "'모직상'이 항구에 들어올 수 있을까, 부덴브로크? 아주 흉측한 날씨야……."

그렇다, 트라베 항구에서 온 소식들은 그리 좋은 것이 아니었다. 큐 끝에 초크를 묻히고 있던 크뢰거 영사도 이 점에 동의했다. 모든 해안에 바닷물이 밀어닥쳤다. 상트페테르부르크에 대홍수가 났던 1824년에도 분명 이보다 더 나쁘지 않았다. 그때 커피가 도착했다.

각자 커피를 한 모금씩 마시고 놀이를 시작했다. 그러다가 관세 동맹 이야기가 나왔다. 부덴브로크 영사는 관세 동맹에 열광했다!

"기막힌 작품입니다, 여러분!" 그가 초구를 치고 나서 활기차게 몸을 돌리며 그 이야기를 처음 시작한 상대 쪽을 향해 소리쳤다. "우린 기회가 주어지면 당장 가입해야 합니다."

하지만 쾨펜의 의견은 달랐다. 그렇다, 그는 가쁘게 숨을 몰아쉬면서 반대 의견을 내놓으려는 참이었다.

"그러면 우리의 자립은! 그러면 우리의 독립은?" 감정이 상한 그는 큐를 버팀목 삼아 버티고 서서 도전적으로 물었다. "그러면 어찌 되겠어? 이러한 프로이센의 계획에 함부르크가 찬동을 하겠소? 우리 아주 합쳐 버리잔 말인가, 부덴브로크? 당치도 않은 소리야, 안 되지, 뭣 하러 관세 동맹을 하자는지 알다가도 모르겠어. 이대로 다 잘돼 가잖아?"

"그래요, 쾨펜 씨의 적포도주는 잘돼 가죠! 그리고 아마 러시아 물건도요. 그 점에는 아무 할 말이 없습니다. 하지만 앞으로는 수입이 이루어지지 않을 겁니다! 그리고 수출에 관해 말할 것 같으면 여러분도 알다시피 우리는 약간의 곡물을 네덜란드와 영국으로 보내고 있습니다, 확실히! 아 — 아니요, 유감스럽게도 모든 게 다 잘돼 가지는 않을 겁니다. 예전에는 여기에서 다른 돈벌이들이 잘됐습니다. 그러나 관세 동맹이 체결되면 메클렌부르크와 슐레스비히홀슈타인에 우리 지점이 개설될지도 모릅니다. 그러면 자영업체들이 일어서게 될지 누가 알겠습니까?"

"부덴브로크, 한데 내 부탁은……." 당구대 위에 오랫동안 몸을 굽히고 마디가 굵은 손으로 쥐고 있던 큐를 목표물을 향해 조심스럽게 이리저리 움직이며 그레트옌스가 말을 시작했다. "그 관세 동맹…… 그건 잘 모르지만 우리의 제도는 그래도 간단하고 실용적이지 않은가, 어때? 시민 서약에 의한 선박 입항세란 것이……."

"오래된 좋은 제도지요." 영사도 이 점은 시인해야 했다.

"아니에요, 정말, 영사님! 그것을 '좋다'라고 생각하다니!" 랑할스 시의원은 약간 노기를 띠었다. "저는 물론 상인은 아닙니다. 하지만 솔직하게 말하자면…… 그렇습니다, 시민 서약이라는 것이 점점 어리석은 것으로 돼 가고 있다는 점을 말씀드려야겠습니다! 그것은 형식적인 것에 불과하게 돼 버려 사람들한테서 약간 무시당하고 있습니다. 그리고 나라에서도 속수무책이지요. 사람들은 이것이 잘못된 것이라고 말합니다. 확신하건대 시의회의 입장에서 보면 관세 동맹에 가입하는 것은……."

"그렇다면 춘돌이 있게 되지 ─!" 쾨펜은 화가 나서 큐를 땅바닥에 처박았다. 그는 '춘돌'이라고 말했다. 그러고는 이제 발음에 관해서는 전혀 신경 쓰지 않았다. "춘돌, 그 점 저는 잘 압니다. 네, 책임감을 갖고 모든 것에 주의하십시오, 시의원님. 하지만 당신은 아마 저를 도울 의향이 없는 것 같군요, 어찌 그럴 수가!" 그리고 그는 열이 나서 의결 위원회, 국가의 안녕, 시민 서약 및 공화국에 관해 이야기를 늘어놓았다.

다행히도 이때 장 자크 호프스테드가 분더리히 목사와 팔짱을 끼고 나타났다! 걱정이 덜했던 세대인 그들은 아무런 편견이 없는 쾌활한 노인들이었다.

"자, 내 참신한 친구들." 그가 시작했다. "그대들한테 한 가지 농담을 하겠어요, 프랑스풍의 짤막한 시구인데 재미난 것입니다. 잘 들어 보세요!"

그는 편안하게 의자에 앉아 당구 치는 사람들을 마주 보았다. 그들은 큐를 세우고 당구대에 기대어 서 있었다. 호프스테드는 주머니에서 쪽지를 꺼내 인장 반지를 낀 긴 집게손가락을 뾰족한 코에 얹고는 흥겹고도 순진하게 서사적인 어조로 낭독했다.

작센의 대공이 언젠가 거만한 귀부인을 황금마차에 태우고 흔쾌히 드라이브를 할 때, 프레론이 이들을 보았다. 오, 이 둘을 좀 봐! 하고 외쳤다. 왕의 칼과 그의 칼집을!

쾨펜은 잠깐 말문이 막혔다. '춘돌'과 국가 안녕은 어디론가 사라져 버리고 다른 사람들과 함께 방이 떠나갈 듯이 큰 소리로 웃었다. 그러나 분더리히 목사는 창가로 갔는데 그의 어깨가 들썩거리는 것으로 보아 혼자서 조용히 킥킥거리는 모양이었다.

사람들은 꽤 오랫동안 뒤채의 당구실에 있었다. 호프스테드가 더 많은 우스갯소리를 준비해 왔기 때문이다. 쾨펜은 조끼를 온통 열어젖혔고 기분이 최고조에 달해 있었다. 그는 식당에서 식사할 때보다도 여기서 기분이 훨씬 더 좋았기 때문이다. 그는 말끝마다 우스꽝스러운 저지 독일어 투로 말했는데 때때로 행복에 겨워 이런 시구를 혼자서 낭송했다.

"작센의 대공이 언젠가……."

이 시가 놀랍게도 그의 거친 저음으로 재생되어 나왔다.

9

사람들이 또 한 번 풍경실에 모였다가 곧 다시 헤어지기 시작한 것은 상당히 늦은 열한 시경이었다. 영사 부인은 모든 손님들로부터 손에 입맞춤을 받은 후에 고통스러워하는 크리스티안을 살펴보기 위해 즉각 자기 방으로 올라갔다. 그녀는 설거지하는 하녀들을 감독하는 일을 융만한테 맡겨 놓았다. 그리고 안토아네트 노부인은 중간층으로 되돌아갔다. 하지만 영사는 마루를 지나 계단을 내려가 대문 앞까지 나가서 손님들을 배웅했다.

세찬 바람에 비가 사선을 그으며 내렸다. 크뢰거 노부부는 두꺼운 모피 외투를 걸치고 벌써 오랫동안 대기하고 있던 화려한 마차에 급히 올라탔다. 집 앞 기둥 위에서 타고 있는 석유등의 누런 불빛과 저 아래 거리 맞은편의 굵은 쇠사슬에 달린 석유등의 누런 불빛이 불안하게 일렁거렸다. 여기저기 툭 튀어나온 집들이 트라베강 쪽으로 비스듬히 나 있는 거리 쪽으로 쑥 비어져 나와 있었다. 몇몇 집들에는 테라스와 긴 의자가 있었다. 축축한 풀이 투박한 포장도로 사이에 솟아 있었다. 저 건너에는 마리아 교회가 비 내리는 칠흑 같은 밤에 아주 희미하게 보였다.

"고맙네." 레브레히트 크뢰거가 이렇게 말하며 마차 옆에 서 있는 영사의 손을 잡았다. "고맙네, 장, 아주 즐거웠어!" 그다음에 마부가 말 엉덩이를 냅다 갈기자 마차는 덜거덕거리면서 출발했다. 분더리히 목사와 중개인 그레트엔스도 감사의 인사를 하면서 각자 자신의 길을 떠났다. 다섯 겹으로 된 어깨 망토를 걸친 쾨펜이 머리에 챙이 넓은 회색 실크해트를 쓰고서 뚱뚱한 부인을 팔로 감싸며 우직한 저음으로 말했다.

"잘 있게, 부덴브로크! 자 들어가라고, 감기 걸리겠어. 고맙네그려. 오늘같이 잘 먹기는 처음이야. 그러면 내 적포도주를 자네한테 4마르크에 넘기면 되겠지? 잘 있게, 다음에 또⋯⋯."

쾨펜 부부는 크뢰거 영사 가족처럼 강 쪽으로 내려갔다. 반면에 랑할스 시의원, 그라보 박사와 장 자크 호프스테드는 반대 방향으로 접어들었다.

밝은색의 바지 주머니에 손을 넣고 있는 부덴브로크 영사는 상의만 걸쳤기 때문에 약간 떨면서 대문 앞에서 몇 발짝 떨어진 지점에 서 있었다. 그러고는 인적이 드문 축축한 거리, 으스름하게 빛나는 거리에서 희미하게 사라져 가는 발소리에 귀 기울였다. 그리고 몸을 돌려 집의 회색 정면을 올려다보았다. 그의 시선은 현관 위에 고풍스러운 글자로 새겨진 금언(金言)에 머물렀다. "주님이 보살펴 주시리라."라는 글이었다. 머리를 약간 숙이고 집 안으로 들어가서 그는 둔중하게 삐거덕 소리를 내는 대문을 조심스럽게 잠갔다. 그런 다음 그는 현관문을 자물쇠로 잠그고, 걸을 때마다 꽝꽝 울리는 현관으로 천천히 걸어갔다. 유리잔이 가득 담긴 쟁반을 들고 찰가락 소리를 내면서 계단을 내려오는 여자 요리사에게 그는 이렇게 물었다. "트리나, 아버님은 어디 계시지?"

"식당에 계세요, 영사님……." 그녀의 얼굴이 그녀의 팔처럼 붉어졌다. 그녀는 시골 출신이라 툭하면 당황하기 때문이었다.

그는 올라갔다. 어두운 주랑에서 손을 조끼 주머니 쪽으로 가져가자 종이가 바스락거리는 소리가 났다. 그는 식당에 들어갔다. 식당 한쪽 구석의 촛대 위에는 아직 다 타지 않은 초가 음식이 치워진 식탁을 비추며 타고 있었다. 샬롯 소스의 새콤한 냄새가 끈질기게 공중에 맴돌고 있었다.

저 뒤 창가에서 요한 부덴브로크는 뒷짐을 진 채 한가롭게 이리저리 왔다 갔다 하고 있었다.

10

"거기 내 아들 요한이니! 어디 갔었니!" 그는 선 채로 아들을 향해 부덴브로크가 특유의 약간 짧지만 마디가 매끈한 흰 손을 내밀었다. 흰 머리와 셔츠의 주름 장식이 희게 빛나는 건장한 체격이 창문의 진홍빛 커튼에 비쳐서 흐릿하고 불안하게 모습을 드러냈다.

"피곤하지 않으냐? 나는 여기 와서 바람 소리를 듣고 있다. 아주 흉측한 날씨로구나! 클로트 선장이 리가에서 오는 중인데……."

"네, 아버님, 하느님의 도우심으로 만사가 잘될 겁니다!"

"믿어도 될까? 네가 주 하느님과 아주 가까운 사이라는 것은 인정한다마는……."

영사는 아버지의 기분이 이렇게 좋은 걸 보고 흡족하게 생각했다.

"네, 본론을 말씀드리자면……." 그가 시작했다. "아버님께 문안 인사 말고 달리 드릴 말씀이 있어서……. 하지만 노하시지는 마세요. 이 편지는…… 오늘 오후에 도착했는데요, 아버님을 괴롭히고 싶지 않았습니다. 이 유쾌한 밤에……."

"이거 고트홀트구나!" 노인은 봉인된 푸르스름한 편지를 받고 전혀 아무렇지도 않다는 듯이 행동했다. "요한 부덴브로크 귀하 친전이라…… 네 이복 형한테서 온 거구나, 장! 최근에 두 번째 편지에 대해서는 내가 답장을 보냈지? 한데 또 세 번째 편지를……." 그의 밝은 얼굴이 점점 더 어두운 빛을 띠었고 그는 손가락으로 편지를 뜯어 재빨리 얇은 종이를 펼쳤다. 그러고는 글씨를 촛불에 비춰 잘 보이게 하려고 비스듬히 몸을 기울이고는 손등으로 종이를 세차게 두드렸다. 필체에 벌써 배반과 반항의 흔적이 배어 있는 것 같았다. 부덴브로크가의 글씨는 종이에다가 비스듬히 휘갈겨 쓰는 작고 약한 글씨인 반면에 그의 글씨는 높게 수직으로 꾹꾹 눌러 쓴 글씨였기 때문이다. 그리고 여러 군데에 꼬불꼬불하게 밑줄을 마구 그어 놓았다.

영사는 의자가 있는 벽 가장자리로 약간 물러서 있었다. 하지만 아버지가 서 있어서 자리에 앉지는 않고 불안하게 몸을 움직이며 아버지를 쳐다보면서 의자의 높은 손잡이를 잡고 있었다. 노인은 머리를 옆으로 기울인 채 눈썹을 찡그리고 입술을 재빨리 움직이며 편지를 읽어 내려갔다.

아버님!

첫 번째 답장만을 받은 후(그게 어떤 내용이었던가는 차치하고서라도!) 익히 잘 아는 문제에 관한 저의 간절한 두 번째 편지에 아무런 답장이 없을 때 제가 느낀 분노를 헤아려 줄 만큼 아버님의 관대함이 크리라고 기대하는 것은 아마 잘못인 것 같습니다. 애석하게도 아버님과 저 사이에 존재하는 깊은 골이 아버님의 고집으로 더욱 깊어진다는 점을 말씀드려야겠습니다. 이는 언젠가 아버님이 최후의 심판일에 아주 곤혹스럽게 책임지셔야 할 죄악이올시다. 전에 제가 아버님의 뜻을 거역하고 제 마음이 끌리는 바에 따라 지금의 제 아내와 결혼해 그 가게를 인수함으로써 아버님의 한량없는 자부심에 먹칠을 하게 되었다고 해서 아버님이 저를 잔혹하고도 무정하게 버린 것에 대해 한량없이 유감스럽게 생각하는 바입니다. 하지만 아버님이 지금 저를 대하시는 방법은 하늘이 노할 일입니다. 만일 제가 아버님의 침묵에 만족하여 가만히 있을 거라고 생각하신다면 커다란 착각입니다. 멩가에 새로 산 집 값은 10만 마르크에 달합니다. 더군다나 아버님이 재혼해서 낳은 아들이자 주주인 장이 집세를 내고 함께 살며 아버님의 사후에 가게와 아울러 그 집도 물려받을 거라는 점은 불을 보듯 뻔한 사실입니다. 프랑크푸르트에 있는 이복 여동생과 그녀의 남편과는 합의를 보았지만 저와는 그러지 않았습니다. 아버님은 장남인 제게 집의 지분 중에서 제 몫에 해당하는 보상금을 치르는 것을 일언지하에 거절하시며 기독교인답지 않게 화만 내고 계실 따름입니다! 제가 결혼해서 개업할 때 10만 마르크를 주시고 유산 분배금으로 겨우 10만 마르크를 주시겠다고 유언으로 말씀하셨을 때 저는 잠자코 넘어갔습니다. 저는 당시 아버님의 재산 상태에 대해서 자세히 알고 있지도 못했습니다. 하지만 지금은 분명히 알고 있습니다. 그리고 제가 원칙적으로 상속권을 박탈당한 것으로 볼 필요가 없기 때문에 이 특별한 경우에 집 값의 삼분의 일에 해당하는 3만 3335마르크의 배상금을 요구하는 바입니다. 제가 여태까지 억지로 참아 온 행위가 어떠한 저주스러운 영향 덕택인지에 대해서는 아무런 추측도 하지 않으렵니다. 저는 기독교인과 상인의 완전한 권리 의식으로 이와 같은 것에 대해 항의합니다. 그리고 아버님이 저의 정당한 요구를 존중해 줄 결심을할 수 없다면 더 이상 아버님을 아버지로, 기독교인, 실업가로존중해 줄 수 없다는 점을 마지막으로 분명하게 말씀드리는 바입니다.

고트홀트 부덴브로크

"이런 장황한 이야기를 또 들려주게 되어 즐겁지 않구나. 이것 봐라!" 요한 부덴브로크는 잔뜩 골이 나서 그 편지를 아들에게 획 던져 주었다.

영사는 나풀거리며 무릎 높이로 떨어질 때 그것을 붙잡았다. 그리고 당황하고 슬픈 눈길로 아버지가 걸어가는 모습을 바라보았다. 노인은 창가에 기대진 촛불 끄는 기다란 막대기를 붙잡고, 굳은 표정으로 식탁을 따라 맞은편 구석에 있는 촛대로 갔다.

"내 말은 그것으로 충분하단 거야! 더 이상 말을 말고 그만 두자! 가서 자거라! 어서!" 막대기 위에 붙어 있는 조그만 쇠 깔때기를 덮자 불꽃이 다시 살아나지 않고 하나씩 사라졌다. 노인이 다시 아들 쪽으로 몸을 돌렸을 때는 두 개의 촛불만이 타고 있었다. 그 뒤에 있는 아들은 거의 눈에 띄지 않았다.

"왜 그러고 서 있니? 무슨 할 말이라도 있는 게냐? 그래도 뭔가 할 말이 있느냐!"

"무슨 할 말이 있겠어요, 아버님? 저로서는 속수무책입니다."

"너로서야 어쩔 수 없겠지!" 요한 부덴브로크가 성난 목소리로 말했다. 하지만 그는 이러한 말이 진심이 아니며 주주인 아들이 사건을 결정적으로 유리하게 해결하는 문제에서 종종 자기보다 월등히 낫다는 것을 알고 있었다.

"고약하고 저주스러운 영향들이……." 영사가 말을 이어 갔다. "그것이 제가 해독한 첫 줄입니다! 아버님은 그것이 저를 얼마나 괴롭히는지 알지 못하십니다. 그리고 그는 우리를 비기독교적이라고 비난하고 있습니다!"

"너는 이 참담한 헛소리에 겁이 나는가 보구나, 그렇지?" 요한 부덴브로크는 촛불 끄는 막대기를 뒤로 질질 끌며 성이 나서 다가왔다. "비기독교적이라! 쳇! 품위 있는 말이군, 이 경건한 돈벌레가! 너희 젊은것들은 도대체 어찌 된 놈들이냐? 머리는 기독교적이고 환상적인, 허튼 생각으로 꽉 차서…… 그리고…… 이상주의라! 우리 늙은이들은 냉혹한 조롱가들이고…… 칠월 왕정이나 실천적 이상 따위를 지껄이고…… 그러면서 수천 마르크를 포기하는 대신 늙은 제 아비한테 무례하기 짝이 없는 글이나 써서 집에 보내고! 그리고 상인으로서 감히 나를 멸시할 생각이나 하다니! 그래! 상인으로서 나는 무엇이 그의 잘못인지를 알고 있어, 알고 있어!" 그는 분에 못 이겨 같은 말을 반복했다. "이 주제넘은 못된 자식한테 굴복하지 않을 거야, 내가 비굴하게 항복한다면……."

"아버님, 무슨 답변을 드려야 할지 모르겠습니다! 저는 고트홀트가 말하는 '영향'이라는 것이 옳다는 것은 아닙니다! 저는 주주로서 그와 이해관계에 있습니다. 그런데 바로 그 때문에 아버님의 입장을 고수하라는 충고를 드릴 수 없는 처지입니다, 하지만…… 그리고 저는 고트홀트보다는 나은 기독교 신자입니다, 하지만……."

"하지만! 그래, 네가 '하지만'이라고 말하는 것은 확실히 옳다, 장! 그러면 도대체 어떻게 해야 한다는 말이냐? 그놈이 슈튀빙 양한테 열을 올리던 그때, 사사건건 나를 비난하더니 결국 엄중히 금지하는데도 불구하고 그 어울리지 않는 결혼을 저질렀을 때 나는 그에게 이렇게 편지 썼다. '사랑하는 나의 아들아, 너는 네 가게와 결혼하는 거다, 그것으로 끝이다. 나는 네 상속권을 박탈하지 않겠으며 야단법석을 떨지도 않겠다. 하지만 부자간의 정은 이것으로 끝장이다. 너에게 결혼 자금으로 10만 마르크를 주겠으며 또 유언으로 너에게 10만 마르크를 물려주겠다. 그러나 그것으로 그만이다. 그것으로 너의 문제는 끝났으며 더 이상은 한푼도 없는 줄 알아라.' 그것에 대해 그놈은 아무 말이 없었다. 우리가 돈을 잘 버는 것이 그놈과 무슨 상관이란 말이냐? 너와 누이의 몫이 훨씬 더 많다고 해서 말이야? 네 몫인 유산으로 집을 샀기로서니……."

"아버님, 저의 안타까운 처지를 한번 생각해 보신다면! 가족의 평화를 위해서 충고 말씀을 드린다면…… 하지만……." 영사는 가벼운 한숨을 쉬고 의자에 몸을 기댔다. 요한 부덴브로크는 막대기를 짚고 아들의 표정을 관찰하기 위해 희미한 어둠 속을 찬찬히 들여다보았다. 마지막 남은 두 개의 촛불 중 한 개가 다 타 버리면서 저절로 불이 꺼졌다. 이제 마지막 촛불만이 저 뒤에서 나풀거리고 있었다. 가끔씩 크고 흰 형상이 조용히 미소 지으며 벽 융단 밖으로 나타났다가 다시 사라지곤 했다.

"아버님, 고트홀트와의 이러한 관계가 저의 마음을 억누르고 있습니다!" 영사가 나지막이 말했다.

"허튼소리 말아라, 장, 감상적이어서는 안 돼! 무엇이 네 마음을 억누르느냐?"

"아버님, 우린 여기에 유쾌한 기분으로 함께 앉아서 좋은 날을 축하했습니다. 우리는 무언가를 성취하고 달성했다는 기분으로 의기양양하고 행복했습니다. 회사와 가정은 절정기를 맞이했고, 우리의 신용과 명성은 최고의 상태에 있습니다. 하지만 아버님께서 저의 형이자 아버님의 장남과 이러한 고약한 적대 관계에 있으니…… 신의 자비로운 도움으로 건축한 이 건물에 암암리에 틈이 벌어져서는 안 될 것입니다. 가정은 하나가 되어 일치단결해야 합니다, 아버님, 그러지 않으면 화가 밀어닥칠 겁니다."

"쓸데없는 소리 말아라, 장! 이런 젠장! 고집불통인 그놈……."

한동안 침묵이 흘렀다. 마지막 남은 촛불이 점점 더 밑으로 타들어 갔다.

"뭘 하고 있는 거냐, 장?" 요한 부덴브로크가 물었다. "더 이상 네 모습이 보이지 않는구나."

"제 생각으로는." 영사가 건조한 음성으로 말했다. 촛불이 확 피어올랐다. 그는 곧바로 일어서서, 춤추며 타오르는 불꽃을 냉정하고 꼼꼼하게 들여다보았다. 이런 모습은 오후 내내 불꽃을 쳐다보던 시선과는 전혀 다른 것이었다. "한편으로 아버님이 고트홀트한테 3만 3335마르크를, 프랑크푸르트에 있는 누님에게는 1만 5000마르크를 주신다면 합계가 4만 8335마르크가 됩니다. 다른 한편 프랑크푸르트에 있는 누님한테만 2만 5000마르크를 주신다면 회사에 2만 3335마르크의 이득이 생기는 셈입니다. 하지만 그것으로 전부가 아닙니다. 아버님이 집에 대한 지분으로 고트홀트한테 배상금을 주신다면 원칙이 파괴됩니다. 그는 또 참지 못하고 아버님의 사후에 저나 누님과 같은 액수의 유산을 요구할 수 있을 겁니다. 그렇게 되면 회사로서는 감당할 수 없는 수십만 마르크의 손실이 생깁니다. 그리고 앞으로 유일한 상속인인 저로서도 감당할 수 없는 문제입니다……. 안 됩니다, 아버님!" 그는 힘차게 손을 흔들며 말을 끝맺고는 몸을 더 꼿꼿이 세웠다. "저는 아버님이 굴복하지 않기를 권고드립니다!"

"그래! 이제 그만하자! 말은 그만하고! 어서! 자러 가라!"

마지막 촛불이 쇠깔때기에 덮여 꺼졌다. 칠흑 같은 어둠 속에서 두 사람은 주랑 속을 걸어갔다. 그리고 3층으로 올라가는 입구에서 둘은 손을 맞잡고 흔들었다.

"잘 자거라, 장. 용기를 내! 화가 나더라도 말이야. 그럼 내일 아침 식사 때 보자꾸나!"

영사는 계단을 올라가 거실로 들어갔다. 그리고 노인은 난간에서 저 아래 중간층으로 더듬거리며 나아갔다. 이리하여 넓고 오래된 그 집은 완전히 어둠과 침묵 속으로 빠져들면서 자부심, 희망 그리고 두려움도 잦아들었다. 반면에 바깥 거리에는 조용히 가랑비가 내리고 있었고 가을바람으로 박공 지붕과 건물 모서리에서 윙윙거리는 소리가 났다.

2부

1

그로부터 이 년 반이 지난 1838년 사월 중순경이었다. 봄은 어김없이 제때에 찾아왔다. 그리고 요한 부덴브로크 노인으로 하여금 콧노래를 부르게 하고 동시에 그의 아들을 너무나 기쁘게 한 사건이 일어났다.

어느 일요일 아침 아홉 시 정각에 영사는 아침 식사를 하는 방의 커다란 갈색 사무용 책상 앞에 앉아 있었다. 창가에 있는 그 책상의 둥근 뚜껑은 뒤로 젖혀져 있었다. 그 책상은 재미있게 생긴 장치를 작동하여 뚜껑을 접게끔 되어 있었다. 종이가 가득 들어 있는 두꺼운 가죽 가방이 그의 앞에 놓여 있었다. 하지만 그는 커버에 금박이 된 공책 한 권을 끄집어내서는 그 위에 엎드려 가늘게 날림 글씨로 쉬지도 않고 열심히 무언가를 썼다. 그러다가 가끔 펜을 묵직한 금속 잉크병 속에 담그곤 했다.

창문 두 개가 열려 있었다. 부드러운 햇살이 첫 꽃봉오리를 비추고, 작은 새 몇 마리가 서로 정답게 지저귀고 있는 정원에서는 봄바람이 불어 상쾌하고 은은한 향기가 감돌았다. 그리고 때때로 커튼이 소리 없이 부드럽게 나부꼈다. 저 건너편의 아침 식탁 위에 빵 부스러기가 여기저기 흩어진 흰 식탁보에는 햇살이 눈부시게 내리쬐고 있었다. 그리고 절구 모양 잔의 금박 테두리를 따라 햇살이 반짝이며 어지럽게 춤을 추고 있었다.

침실로 통하는 문이 열려 있었는데 거기서 요한 부덴브로크의 목소리가 들려왔다. 그는 혼자서 우스꽝스러운 옛 멜로디를 나지막이 흥얼거리고 있었다.

선한 남자, 착실한 남자,
공손한 남자,
그는 수프를 끓이고 아기를 본다.
그리고 밀감 냄새를 맡는다.

그는 녹색 비단 커튼을 단 조그만 요람 옆에 앉아 그것을 손으로 일정하게 흔들었다. 그 요람은 높은 천개(天蓋)가 달린 영사 부인의 침대 옆에 있었다. 영사 부인과 영사는 부모를 모시기에 더 편리하다는 이유로 당분간 이 아래층에서 생활하고 있었다. 반면에 무늬 옷 위에 앞치마를 두르고 숱이 많은 백발의 곱슬머리에 모자를 쓴 채 저 뒤 식탁에서 플란넬과 리넨을 가지고 바느질에 몰두하고 있는 안토아네트 부인과 부덴 브로크 노인은 중간층의 셋째 방을 침실로 사용했다.

부덴브로크 영사는 옆방에 거의 시선을 보내지 않았다. 그만큼 자기 일에 몰두한 탓이었다. 그의 진지한 얼굴은 기도할 때 짓는 거의 고뇌하는 듯한 표정이었다. 입은 약간 벌어지고 턱은 약간 내려갔으며 눈은 이따금씩 으스름하게 흐려졌다. 그는 이렇게 썼다.

"오늘 1838년 사월 십사 일 아침 여섯 시에 나의 사랑하는 아내이자 크뢰거 가문의 딸인 엘리자베트는 자비로우신 하느님의 도움으로 경사스럽게도 딸을 분만했다. 그 아이는 세례 때 클라라라는 이름을 받게 된다. 그렇다, 하느님은 얼마나 자비롭게 그녀를 도와주었던가. 그라보 박사의 말에 따르면 미리 완벽한 준비를 갖추기도 전에 아이가 약간 일찍 나오는 바람에 출산하는 데 상당한 어려움을 겪기는 했지만 말이다. 아, 당신과 같은 신이 사방천지 어디에 있겠나이까! 모든 고난과 위험으로부터 도와주시고 당신의 의지를 올바로 인식하도록 우리에게 가르쳐 주시는 주 여호와여! 그것은 우리가 당신을 두려워하고 당신의 의지와 계율에 충실히 따르도록 함이로다! 아, 주여, 우리가 지상에 살고 있는 한 우리 모두를 이끌고 인도해 주옵소서!"펜은 계속 매끄럽고 신속하게 움직였다. 그리고 이따금씩 글씨는 상인의 수결(手決)을 닮기도 했는데, 그것은 줄마다 하느님과 대화하는 형식이었다. 2페이지부터는 이런 내용이 이어졌다.

"나는 갓 태어난 딸을 위해 150탈러[1]의 보험에 들었다. 아,

주여, 그 아이를 당신의 길로 인도해 주옵소서! 그리고 그 아이가 언젠가 영원한 평화의 처소로 들어갈 수 있도록 순수한 마음을 갖게 해 주옵소서. 사랑하는 예수가 온전히 우리 것임을 진심으로 믿는 것이 얼마나 어려운 일인지를 우리는 잘 알고 있기 때문입니다. 지상에서의 우리의 작고 연약한 마음은……." 세 페이지 뒤에 영사는 "아멘."이라고 적었다. 그러나 펜은 계속 미끄러졌다. 우아한 소리를 내며 또 몇 페이지를 미끄러졌다. 펜은 피곤한 나그네가 마시고 원기를 회복하는 귀중한 샘 이야기와 피가 뚝뚝 떨어지는 구세주의 성스러운 상처 이야기를 썼다. 그리고 좁은 길과 넓은 길 및 하느님의 위대한 영광에 관해서 썼다. 영사가 이런저런 문장을 쓴 후에 이만하면 됐으니 펜을 놓고 부인한테 가거나 사무실에 가 봐야겠다는 느낌을 가졌음은 부인할 수 없는 일이었다. 하지만 어찌 그럴 수 있단 말인가? 그의 창조자요, 구세주인 하느님과 대화를 나누는 데 그렇게 빨리 피로해졌다는 말인가? 하느님께 글을 쓰는 일을 벌써 그만두는 것이 얼마나 날강도 같은 심보인가……. 아니야, 아니야, 그런 불경스러운 마음을 먹은 데 대한 징계로 그는 성서에 나오는 좀 더 긴 구절을 또 인용하고 부모, 아내, 자식들 및 자신을 위해서 기도했다. 그리고 이복형 고트홀트를 위해서도 기도했다. 드디어 성서를 인용하고 나서 마지막으로 세 번 아멘을 한 뒤 그는 글에다가 금모래를 뿌리고 안도의 한숨을 내쉬며 등받이에 몸을 기댔다.

---

1) 3마르크 상당의 옛 은화.

그는 다리를 꼬고 앉아 천천히 공책을 넘기며 여기저기 날짜를 기입한 대목과 우연히 손에 집히는 부분들을 읽어 보았다. 어떠한 위험에 처하더라도 하느님의 자비로운 손길이 자신을 축복해 주셨음을 인식하고 그는 또 한 번 감사하는 마음으로 기뻐했다. 그는 언젠가 심한 천연두에 걸린 적이 있었다. 모두들 살아날 희망이 없다고 했지만 그는 살아났다. 그가 소년이었을 때만 해도 맥주를 많이 담갔다. 하루는 그가 결혼식을 준비하는 데 갔다. 맥주를 집에서 담그는 것이 오랜 관습이었기 때문에 커다란 맥주통이 문 앞에 놓여 있었는데, 그것이 쿵 하고 넘어져서 엄청난 힘으로 그 소년을 덮쳤다. 이웃 사람들 여섯 명이 힘을 합쳐서야 겨우 맥주통을 다시 일으켜 세울 수 있었다. 그의 머리는 으깨졌고 온몸에서 피가 철철 넘쳤다. 그는 가게로 옮겨졌다. 아직도 숨이 약간 붙어 있었기 때문에 가정의와 외과의가 불려 왔다. 하지만 사람들은 소년의 아버지에게 그가 하느님 나라로 불려 갈 것이라고, 소년이 살아나는 것은 불가능하다고 말했다. 그런데 보라. 전능하신 하느님이 약을 내리사 소년을 다시 완전히 건강한 몸으로 만들어 주시지 않았던가! 그때의 불행한 사건을 다시금 뇌리에 생생히 떠올린 영사는 다시 펜을 잡고서 마지막 "아멘." 뒤에 다음과 같이 써넣었다. "오, 주여, 당신을 영원히 찬미하겠나이다!"

또 한 번은 그가 아주 젊어서 베르겐으로 갔을 때 하느님이 그를 큰 수해의 위험으로부터 구해 주었다. 그에 관해서는 이렇게 적혀 있었다.

"장마 때 북해선(北海船)이 오게 되면 우리는 나룻배를 타고 우리의 다리까지 오느라 무척 고생해야 했다. 그래서 나는 거룻배의 가장자리에 서서 발은 노받이를 딛고 등은 나룻배에 괸 채 거룻배를 점점 더 가까이 대려고 했다. 그러다가 불행히도 내가 딛고 있던 참나무 노받이가 부러지는 바람에 나는 물속에 거꾸로 처박혔다. 물에서 처음 떠올랐을 때 나를 붙잡아 줄 사람이 옆에 아무도 없었다. 하지만 내가 두 번째 떠올랐을 때는 거룻배가 내 머리 위를 덮쳤다. 그 안에 있던 사람들이 나를 구해 주려고 안간힘을 썼지만 우선 그들은 나룻배와 거룻배가 내 머리를 박지 못하도록 나를 밀어야 했다. 그 순간 북해선의 밧줄이 저절로 끊어지지 않았더라면 그들이 밀어 보았자 아무 소용이 없었을 것이다. 밧줄이 끊어지자 나룻배가 풀려나가 나는 신의 뜻으로 공간을 확보했다. 그런데 세 번째는 머리카락만 보이고 내가 뜨지 않았는데도 여기저기에 있던 모든 사람이 거룻배에서 몸을 물 쪽으로 내밀고 있어서 마침 거룻배 앞으로 몸을 쑥 내밀고 있던 어떤 사람이 내 머리카락을 붙잡게 되었다. 난 그의 팔을 붙잡았다. 하지만 자신의 몸을 지탱할 수 없었던 그가 죽어라고 소리치며 울부짖었다. 다른 사람들이 이 소리를 듣고 재빨리 그의 허리를 붙잡고 힘껏 잡아당겨 그는 버틸 수 있었다. 그가 나의 팔을 물어뜯었지만 내가 끈덕지게 붙잡고 있었던 까닭에 그도 나를 구할 수 있게 되었다."

그다음에는 장문의 감사 기도문이 있었는데 영사는 그것을 눈물을 훔치며 훑어보았다.

"많은 것을 인용할 수도 있을 텐데." 다른 곳에 그런 대목이 있었다. "내가 나의 정열을 표현할 생각이 있다면, 하지만……." 이제 영사는 이 부분을 지나쳐서 그가 결혼하여 처음으로 아버지가 된 시절의 이야기를 여기저기 읽기 시작했다. 이러한 결합은 솔직히 말하자면 연애 결혼이라 할 만한 것은 아니었다. 아버지는 아들의 어깨를 두드리며 그의 회사에 대거 출자한 부호 크뢰거의 딸에게 관심을 갖도록 유도했다. 그는 진심으로 거기에 동의하고 이후로는 자기 아내를 하느님이 정한 배필로 존중했다.

아버지의 두 번째 결혼 문제에 대해서도 물론 사정이 다를 바 없었다.

선한 남자, 착실한 남자,
공손한 남자…….

아버지는 침실에서 나지막이 콧노래를 부르고 있었다. 아버지가 옛날에 적은 기록이나 종이에 대해 별로 관심이 없는 것은 유감스러운 일이었다. 두 다리로 현재 속에 붙박고 사는 아버지는 가족의 과거사에는 아무런 관심이 없었다. 비록 예전에는 두꺼운 금박 노트에 날림 글씨로 몇 자 메모를 남기기는 했지만 말이다. 그것도 주로 아버지 자신의 첫 번째 결혼에 관한 것이었다.

영사는 그 메모지를 펼쳤다. 자신이 철한 공책보다도 더 질기고 거칠었던 그것은 벌써 누렇게 변색하기 시작했다. 그렇다, 요한 부덴브로크는 첫 번째 부인인 브레멘 상인의 딸을 열렬히 사랑했음에 틀림없었다. 그리고 아버지가 그녀의 친정에서 보냈던 몇 년 동안의 짧은 시절이 아버지 인생의 황금기였던 것 같았다. "내 인생의 황금 시절"이라고 씌어 있었다. 그 구절에는 꼬불꼬불하게 밑줄이 그어져 있어서 안토아네트 부인이 그걸 읽었을 위험이 농후했다.

그다음에 고트홀트 이야기가 나왔는데 이 아기가 요세핀을 죽음의 길로 몰아넣었다고 한다. 이에 관한 놀랄 만한 소견이 거친 종이에 적혀 있었다. 요한 부덴브로크 1세는 아기가 아내의 배 속에서 처음으로 무섭게 날뛰면서 그녀에게 끔찍한 고통을 안겨 준 순간부터 새로 태어날 이 아이를 정말 지독하게 증오한 모양이었다. 그러한 증오는 아이가 건강하고 활기차게 세상에 나올 때까지 계속되었다. 반면에 요세핀은 베개에 핏기 없는 얼굴을 묻고 숨을 거뒀다. 그리고 요한 부덴브로크는 아무것도 모르고 힘차게 자라나는 이 뻔뻔스러운 침입자가 어머니를 죽인 것을 결코 용서하지 않았던 모양이었다. 영사는 이것을 이해할 수 없었다. 그녀는 여성으로서의 고귀한 임무를 수행하다가 죽었다고 그는 생각했다. 그리고 자기 같으면 부인에 대한 사랑을 그녀가 목숨과 바꾸면서까지 남겨 준 자식에 대한 사랑으로 옮겼을 텐데⋯⋯. 하지만 아버지는 장남이 자신의 행복을 파괴한 고약한 놈이라고밖에 생각하지 않았다. 그러다가 나중에 그는 함부르크의 부자이자 명망가의 딸인 안토아네트 두캄프스와 결혼해서 두 사람은 서로 존중하며 조심스럽게 살았다.

영사는 이리저리 공책을 넘겼다. 그는 거의 맨 뒤쪽에 기재

된 자기 자식들에 관한 사소한 이야기들을 읽었다. 톰은 홍역을 치렀고 안토니는 황달에 걸렸으며 크리스티안은 수두를 앓았다. 그는 아내와 함께 파리, 스위스, 마리엔바트로 여러 차례 여행한 이야기를 읽었다. 그리고 노란 반점이 박혀 있는 양피지 모양의 너덜너덜해진 종이까지 펼쳤다. 그것은 아버지의 아버지인 요한 부덴브로크 할아버지가 담회색 잉크로 큼직하게 휘갈겨 쓴 글이었다. 이 기록은 조상의 종손을 중심으로 한 상세한 계보로 시작되었다. 16세기 말경, 후세에 알려진 조상 중에서 가장 오래된 부덴브로크라는 사람이 파르힘에서 살았는데 그의 아들 그라바우는 시의원이 되었다고 한다. 어떤 조상이 부덴브로크라는 이름으로 양복점을 운영했는데 로스토크에서 결혼해 "아주 잘살았다."(이 구절에 밑줄이 그어져 있었다.) 그리고 자식을 아주 많이 낳았는데 당시에 그랬듯이 죽은 아이들도 있었고 산 아이들도 있었다. 또 다른 할아버지는, 드디어 요한이라는 이름을 쓰기 시작했는데, 로스토크에서 상인으로 살았다. 그러다가 여러 해 뒤에 영사의 조부가 여기로 와서 마침내 곡물 회사를 열었다는 것이다. 이 할아버지에 대해서는 이미 모든 날짜들이 분명하게 기록되었다. 그가 언제 속립진열(粟粒疹熱)에 걸렸으며 언제 진성 천연두에 걸렸는지 정확하게 기록되어 있었다. 그리고 3층에서 떨어져 건조장에 처박혔을 때 중간에 들보가 많이 있었는데도 목숨을 건진 사건이 기록되어 있었다. 또 열이 심해 정신을 잃어버린 사건이 분명히 기록되어 있었다. 그리고 그는 자신의 기록에 자손을 위한 좋은 훈계의 말을 많이 적어 놓았다. 그중에서 정성스레 커다란 고딕체로 써서 주위에 선을 두른 문장이 눈에 확 띄었다. "내 아들아, 낮에는 즐거운 마음으로 사업에 임해라. 하지만 밤에 편히 쉴 수 있는 사업만 해라!" 그다음에는 비텐베르크에서 인쇄된 오래된 성서가 자기 것이라는 사실이 상세히 입증되어 있었고 그것이 자신의 장남에게 그리고 다시 장남의 장남에게 물려져야 한다고 적혀 있었다.

부덴브로크 영사는 가죽 가방을 끌어당겨 나머지 서류들을 이것저것 끄집어내서 읽어 보려고 했다. 거기에 아주 오래되어 누런 찢어진 편지들이 있었다. 그것은 외지에 나가 일하고 있는 아들들을 염려하여 어머니들이 쓴 편지들로, 받은 사람이 거기에 자신의 소견을 적어 놓았다. "잘 받았습니다. 말씀 명심하겠습니다." 그리고 한자(Hansa) 자유시의 문장(紋章)과 인장이 찍힌 시민증, 보험 증서, 축시가 있었으며 대부가 대자한테 주는 대부 증서가 있었다. 가령 아들이 아버지한테, 또는 암스테르담이나 스톡홀름의 동업자에게 보내는 감동적인 상용(商用) 편지가 있었으며 상당한 양의 밀이 확보되었으니 안심하라는 내용과 함께 부인과 자식들에게 안부를 전하는 간절한 부탁의 편지가 있었다. 거기에는 영사가 영국이나 브라반트로 여행한 내용을 적은 특수한 일기장이 있었다. 동판으로 된 그 공책의 표지에는 건초 시장과 함께 에든버러성이 찍혀 있었다. 또한 고트홀트가 아버지에게 보낸 불효막심한 편지가 참담한 기록물로 보존되어 있었고 마지막으로 장 자크 호프스테드가 최근에 쓴 축시가 유쾌한 결말로 씌어 있었다.

종소리가 급하고 우아하게 들려왔다. 사무용 책상 위에는 흐릿한 색상의 그림이 걸려 있었다. 고풍스러운 시장 풍경을 나타내는 그 그림 위의 교회탑에는 진짜 시계가 있었는데 그것이 이제 열 시를 알리는 소리를 냈다. 영사는 가정용 서류 가방을 닫고 그것을 조심스럽게 사무용 책상의 뒤쪽 서랍에 보관했다. 그런 다음 침실로 건너갔다.

커다란 꽃무늬의 검은색 천으로 둘러쳐진 침실의 벽들은 산욕(産褥)용 높은 침대 휘장과 같은 재료로 만들어져 있었다. 불안과 고통을 극복한 후의 조용하고 평화로운 분위기가 맴돌고 있었다. 난로로 포근하게 데워진 공기에는 오드콜로뉴 냄새와 약제 냄새가 뒤섞여 있었다. 내려진 커튼의 틈새로 햇빛이 으스름히 들어왔다.

두 늙은이가 요람 위에 허리를 구부리고 나란히 서서 잠자고 있는 아이를 들여다보았다. 레이스 달린 우아한 재킷에 아주 정갈하게 다듬은 불그스름한 머리카락으로 누워 있는 영사 부인은 아직 얼굴이 약간 창백해 보였지만 행복한 미소를 지으며 남편에게 아름다운 손을 내밀었다. 그 손목에 차고 있던 금팔찌가 찰그랑 하고 조그만 소리를 냈다. 그러면서 그녀는 버릇대로 손바닥을 될 수 있는 한 넓어 보이게 했는데 그러한 동작이 애정의 진실성을 배가해 주는 것 같았다.

"베티, 이제 좀 어떻소?"

"좋아요, 좋아요, 사랑하는 장!"

그녀의 손을 잡고 영사는 부모 맞은편으로 가서 아기의 얼굴 가까이 접근했다. 아기는 쌕쌕 소리를 내며 숨 쉬고 있었다. 영사는 잠시 동안 아기한테서 나오는 따뜻하고 기분 좋은 감동적인 향기를 맡았다. "하느님의 축복이 있기를." 그가 아기의 이마에 입맞춤을 하며 나지막하게 말했다. 아기의 쪼글쪼글한 노란 손가락이 닭의 발가락과 너무 닮아 있었다.

"아기가 실컷 먹었단다." 안토아네트 부인이 말했다. "봐라, 아주 포동포동하지 않니."

"아기가 할머니를 닮은 것 같지 않소?" 요한 부덴브로크 노인의 얼굴은 오늘따라 행복과 자부심으로 빛나고 있었다. "저 까만 눈동자를 좀 봐."

안토아네트 부인이 겸손하게 반대의 말을 했다. "벌써 누굴 닮았는지 어떻게 말할 수 있겠어요? 교회에 가려고 그러니, 장?"

"네, 열 시입니다, 시간이 급해요. 아이들을 기다리는 중입니다."

그런데 벌써 아이들 소리가 들려왔다. 그들은 계단에서 왁자지껄 떠들었다. 클로틸데가 조용히 하라는 뜻으로 "쉿." 하는 소리를 냈다. 그리고 털외투를 입은 아이들이(마리아 교회는 아직 추웠기 때문이다.) 조용조용 조심스럽게 들어왔다. 첫째는 갓 태어난 여동생을 보기 위해서였고 둘째는 예배 보러 가기 전에 모여야 했기 때문이다. 그들의 얼굴은 발그레한 홍조를 띠고 있었다. 오늘은 얼마나 신나는 축제일인가! 근육이 튼튼한 황새[2]가 여동생 말고도 큰맘 먹고 각종 선물을 가져왔던 것이다. 토마스한테는 수달 가죽으로 된 새 가방을, 안토니한

---

2) 서양에는 황새가 아이를 물어다 준다는 속담이 있다.

테는 진짜 머리카락이 달린 커다란 인형(이것은 아주 진기한 것이었다.)을, 얌전한 클로틸데한테는 알록달록한 그림책을 선물했던 것이다. 그러나 클로틸데는 그림책과 함께 받은 설탕 봉지만 감사한 마음으로 조용히 만지작거렸다. 그리고 크리스티안은 술탄, 죽음 및 악마가 등장하는 장난감 인형 한 세트를 받았다.

아이들은 어머니에게 입맞춤하고 또 한 번 잠깐이지만 녹색 비단으로 된 커튼 뒤를 보도록 허락받았다. 그런 다음에 아이들은 외투를 걸치고 찬송가 책을 손에 쥔 아버지를 따라 발소리를 죽이며 교회로 갔다. 그때 갑자기 잠에서 깨어난 새 식구가 바락바락 악을 쓰며 우는 소리가 들려왔다.

2

여름으로 가는 길목에, 오월이나 유월쯤 되면 토니 부덴브로크는 아주 즐거운 마음으로 외조부모가 사는 성문 밖으로 가곤 했다.

거기는 아주 살기 좋은 곳이었다. 바깥에는 널찍한 부속 건물들이 딸린 호화스러운 별장, 하인들의 집, 마차를 두는 헛간, 엄청나게 큰 과수원, 채소밭, 화원이 있었다. 이러한 것들은 비스듬히 경사가 져서 트라베강까지 연결되어 있었다. 크뢰거 가족은 호화스럽게 살았다. 이러한 찬란한 부와 견실한 부 사이에는 차이가 있었는데, 토니의 본가도 잘살았지만 외가에 비하면 약간 묵직한 맛이 있었다. 외가는 모든 면에서 분명 자기 집보다 두 배 정도는 화려해 보였다. 이것이 어린 부덴브로크 아가씨가 받은 인상이었다.

여기서는 집안일이나 부엌일은 전혀 생각할 필요가 없었다. 멩가의 자기 집에서 역시 할아버지나 엄마는 그런 일을 별로 문제 삼지 않았다. 반면에 아버지와 할머니는 너무 자주 먼지를 닦으라고 주의를 주었으며 헌신적으로 열심히 일하는 얌전한 친척 틸다를 본받으라고 말했다. 그녀가 흔들의자에 앉아 하녀나 하인에게 명령을 내릴 때는 외가의 봉건적인 분위기가 조그만 소녀의 마음속에서 작동하는 것이었다. 그들 외에도 소녀 두 명과 마부가 늙은 주인들의 몸종들이었다.

아침에 밝은색 벽지를 바른 커다란 침실에서 일어나, 처음으로 손을 움직여 묵직한 공단 이불이 손에 닿으면, 토니는 말할 수 없이 기분이 좋았다. 열린 유리문을 통해 정원에서 들어오는 아침 공기를 맡으며 테라스에서 아침 식사를 할 때 커피나 차 대신 초콜릿 한 접시가 나오면 그녀는 정말 기쁘기 한량없었다. 정말이지 촉촉하고 두꺼운 둥근 카스텔라 한 조각과 함께 매일 생일 초콜릿이 들어오는 셈이었다.

물론 토니는 일요일 말고는 이러한 아침 식사를 혼자서 해야 했다. 조부모들은 으레 등교 시간이 훨씬 지나서야 식사하러 내려오기 때문이었다. 토니는 초콜릿에다 카스텔라를 먹어치운 후 책가방을 들고 총총걸음으로 테라스를 내려와서는 잘 손질된 앞뜰을 지나갔다.

조그만 토니 부덴브로크는 아주 귀여운 소녀였다. 밀짚모자 밑으로 드러난 숱이 많은 머리카락은 나이가 들면서 점점 더 까만색을 띠며 자연히 곱슬머리가 되어 갔다. 그리고 약간 튀어나온 윗입술 때문에 회청색의 쾌활한 눈을 가진 상큼한 얼굴은 당돌해 보였다. 그러한 모습은 단아하고 조그만 몸에서도 그대로 나타났다. 그녀는 눈같이 흰 양말을 신은 조그만 다리로 자신만만하게 활보했다. 정원의 문을 지나 밤나무 거리에 나가면 많은 사람이 그녀가 부덴브로크 영사의 어린 딸임을 알아보고 인사했다. 담록색 리본을 단 커다란 밀짚모자를 쓴 채소 장수인 듯한 아주머니가 마차를 타고 시골에서 들어오며, 토니한테 친절하게 "안녕, 아가씨!" 하고 인사했다. 흰 양말과 버클 달린 구두를 신고 반바지 차림에다 시커먼 옷을 입은, 키가 큰 곡물 운반인 마티센은 옆으로 지나가며 경의를 표하느라 수수한 실크해트를 벗어 들었다.

토니는 늘 학교에 같이 가는 이웃 친구 율헨 하겐슈트룀을 기다리느라 잠시 서 있었다. 꽤 높은 어깨에다 크고 반짝이는 검은 눈을 가진 이 아이는 포도 덩굴로 완전히 뒤덮인 이웃의 저택에 살고 있었다. 이곳에 정착한 지 아직 얼마 되지 않은 그녀의 아버지 하겐슈트룀은 프랑크푸르트 출신의 어떤 젊은 여자와 결혼했다. 검은 머리가 남달리 숱이 많은 그의 부인은 도시에서 가장 큰 보석을 귀에 달았는데 그녀에게는 별도로 젬링어라는 이름이 있었다. '슈트룽크 하겐슈트룀'이라는 무역 회사의 대표인 하겐슈트룀은 열성적이고 야심만만하게 시행정에 관여했다. 하지만 다소 의아한 그의 결혼은 묄렌도르프, 랑할스 및 부덴브로크가와 같은 좀 더 엄격한 전통을 가진 가문의 사람들을 술렁이게 했다. 그 밖에도 시의원,[3] 동업자, 행정 위원회 및 여타의 회원으로 열성적으로 활동하는데도 그는 이렇다 할 호감을 얻지 못했다. 그는 사사건건 토박이 가문들에 대항하고 그들의 의견을 간악한 방법으로 반박하려고 작심한 것 같았다. 반면에 자기의 의견을 관철시키고 자신의 의견이 그들 의견보다 훨씬 더 유용하고 필수불가결하다는 것을 증명하려고 했다. 부덴브로크 영사는 그를 이렇게 평했다. "힌리히 하겐슈트룀은 자기의 어려운 일을 가지고 남을 못살게 군단 말이야. 그가 바로 나를 개인적으로 노렸음에 틀림없어. 그는 자기가 할 수 있는 일이라면 어디서나 나를 방해한단 말이야. 오늘은 중앙빈민위원회 대표단 회의석상에서 그런 일이 있었고 며칠 전에는 재정 분과에서 그런 일이 있었거든……." 그리고 요한 부덴브로크 노인이 이렇게 덧붙였다. "구역질 나는 놈이야!" 한번은 부자(父子)가 분개하고 의기소침해져서 식탁으로 왔다. 무슨 일이 생긴 건가? 아, 대수롭지 않은 일이야…… 네덜란드로 다량의 호밀을 보내는 일을 그들에게 빼앗겼다고 한다.

'슈트룽크 하겐슈트룀' 회사가 그들의 코앞에서 호밀을 낚아챘다는 것이다. 힌리히 하겐슈트룀, 이 여우 같은 자식…….

토니는 그러한 표현을 너무나 자주 들어서 율헨 하겐슈트룀에 대해 좋지 않은 인상을 가졌다. 그들이 이웃에 사는 까닭에 일단 학교에는 같이 가지만 대체로 서로 으르렁거리는

---

3) 시 참사 의원을 말한다.

사이였다.

"우리 아빠한테는 1000탈러나 있어!"라고 말하며 율헨은 엄청난 거짓말이라도 한 것처럼 생각했다. "너희 아빠는 얼마나 있니?"

토니는 질투와 굴욕감에 사로잡힌 채 잠자코 있었다. 그러고 나서 아주 조용히 지나가는 투로 이렇게 말했다.

"우리 집 초콜릿은 되게 맛이 좋아. 율헨, 넌 아침으로 무얼 먹니?"

"응, 잊어버리기 전에……." 율헨이 대답했다. "너 우리 집 사과 좀 하나 먹어 볼래? 흥, 칫! 하나도 안 줄 테야!" 그러면서 그녀는 입술을 삐죽거렸다. 그리고 그녀의 검은 눈에는 흡족한 나머지 눈물이 고였다.

율헨보다 몇 살 위인 그녀의 오빠 헤르만이 함께 학교에 갈 때가 종종 있었다. 헤르만 외에 그녀에게는 모리츠라는 둘째 오빠가 있었는데 그는 병약해서 집에서 교육을 받았다. 헤르만은 금발이었지만 입술 위의 코는 약간 납작했다. 그는 입으로만 숨을 쉬었기 때문에 항시 입술을 달싹거렸다.

"무슨 소리야!" 그가 말했다. "아빠한테는 1000탈러보다 더 많이 있어." 하지만 그에 대한 토니의 관심사는 그가 오전 간식으로 보통 빵이 아닌 흰 레몬빵을 가져간다는 데 있었다. 그것은 건포도가 든 타원형의 부드러운 우유 페이스트리였는데 그는 거기에 소 혀로 만든 소시지와 오리고기를 듬뿍 곁들여 먹었다. 이게 그가 좋아하는 음식이었다.

토니 부덴브로크에게 그건 다소 색다른 것이었다. 오리고기에 흰 레몬빵을 먹는다는 것, 그러면 얼마나 맛이 좋겠는가! 그가 토니에게 함석 깡통에 든 그 음식을 보여 주자 토니는 그것을 한 조각 먹어 보고 싶은 마음이 굴뚝같았다. 어느 날 아침에 헤르만이 이렇게 말했다.

"난 그것 없이는 못 살아, 토니. 하지만 내일 한 조각 더 가져와서 너한테 줄게. 그 대신 너도 나한테 무언가를 줘야 돼."

다음 날 아침 토니가 가로수 길로 나가서 오 분 동안이나 기다렸으나 율헨은 오지 않았다. 일 분 더 기다리자 헤르만이 혼자 왔다. 그는 오전 간식이 든 도시락을 가죽 끈으로 매고 이리저리 흔들며 왔다. 그는 입술을 가볍게 달싹거렸다.

"야!" 그가 말했다. "여기에 오리고기를 곁들인 흰 레몬빵이 있어. 이것은 지방은 하나도 없고 순 살코기야. 나한테는 뭘 줄래?"

"음, 1실링이면 어떻겠어?" 토니가 물었다. 그들은 가로수 길 한가운데에 서 있었다.

"1실링이라……." 헤르만이 되풀이해서 말했다. 그런 다음 그가 침을 꿀꺽 삼키고 나서 이렇게 말했다.

"안 돼, 난 그것 말고 다른 걸 갖고 싶어."

"도대체 뭔데?" 토니가 물었다. 그녀는 그 맛있는 것을 얻어 먹는 대신 무엇이라도 줄 준비가 되어 있었다.

"뽀뽀 말이야!" 헤르만 하겐슈트룀은 이렇게 소리치며 양팔로 토니를 감싸고 마구 달려들었지만 그녀의 얼굴에 닿지는 못했다. 그녀가 완강히 반항하며 머리를 뒤로 젖히고 책가방을 든 왼손으로 그의 가슴을 밀치면서 오른손으로 서너 번 그의 얼굴을 힘껏 후려갈겼기 때문이다. 그는 뒤로 비틀거렸다. 그런데 바로 그 순간 나무 뒤에서 그의 여동생 율헨이 나타나 시커먼 작은 악마처럼 씩씩대며 토니한테 달려들었다. 그녀는 토니의 머리에서 모자를 벗기고 야멸차게 뺨을 할퀴었다. 이 사건 이후로 그들의 우정은 거의 끝이 났다.

그런데 토니가 수줍어서 어린 헤르만의 뽀뽀를 거절한 것은 확실히 아니었다. 방종한 경향이 있는 토니는 그녀의 부모, 특히 영사에게 걱정을 끼치는 좀 되바라진 아이였다. 그녀는 머리가 총명해서 학교에서 배우는 것은 금방 이해했지만 그녀의 태도에는 상당한 문제점이 있어 급기야는 아가테 페어메렌이라는 여교장이 당황한 나머지 진땀을 흘리며 멩가에 나타나는 일이 벌어졌다. 그녀는 영사 부인에게 어린 딸을 단단히 혼내 주라고 정중히 충고했다. 이 아이는 사랑 어린 충고를 수없이 받았음에도 거리에서 공공연히 새로운 행패를 저질렀기 때문이다.

토니가 시내를 걸어가며 모든 사람을 알고 그들 모두와 얘기를 나누는 일은 전혀 허물이 되지 않았다. 그러한 행동이 오만함이 아니라 공공 의식이나 이웃에 대한 사랑을 나타내는 것이기 때문에 영사는 특히 그 점을 좋아했다. 그녀는 토마스와 함께 트라베 강가에 놀러 가서 땅에 널려 있는 귀리와 밀더미 사이의 낟가리 위로 기어 올라갔다. 그녀는 거기 평평한 땅 위의 작고 어두컴컴한 사무실에 앉아 있는 노동자들이나 서기들과도 잡담을 나누었다. 그녀는 심지어 바깥에서 포대를 감아 올리는 일을 돕기도 했다. 그녀는 흰 앞치마를 입고 통을 끌며 대로를 돌아다니는 도축업자들도 알고 있었다. 그리고 그녀는 양철통을 가지고 시골에서 오는 우유 파는 여인들을 알고 있었으며 때로는 그들의 마차를 잠시 타 보기도 했다. 그녀는 시장 입구에 작은 나무로 지은 금대장간의 흰 수염이 난 대장장이를 알고 있었고 시장의 고기 장수, 과일 장수, 채소 장수 여인들이나 거리 모퉁이에서 담배를 씹고 있는 짐꾼들을 알고 있었다. 이런 건 얼마나 좋고 아름다운 일인가!

하지만 나이를 제대로 알 수 없는 어떤 창백하고 턱이 맨숭맨숭한 남자가 있었는데 그는 아침에 우울한 미소를 지으며 넓은 거리를 어슬렁거리곤 했다. 그는 누가 "하!" 혹은 "호!" 하고 갑자기 큰 소리를 지르면 화들짝 놀라곤 했다. 그런데도 토니는 그를 보기만 하면 그를 깜짝 놀라게 했다. 그리고 머리는 아주 크지만 키가 아주 작은 어떤 여자는 날씨가 좋든 나쁘든 간에 구멍이 뻥 뚫린 커다란 우산을 받치고 다니는 버릇이 있었는데 토니는 그녀를 보기만 하면 "우산 부인!"이니 "싸리버섯!"이니 하고 불러서 그녀를 우울하게 만드는 더욱 고약한 버릇이 있었다. 그리고 토니는 심보가 자기와 같은 여자 친구 두서넛과 함께 요한가 부근의 작은 골목길에서 털 인형을 파는, 눈이 빨갛고 아주 특이하게 생긴 어떤 노파의 집 앞에 몰려가 힘껏 초인종을 누르고서 그 늙은 여자가 나오면 짐짓 친절한 목소리로 "여기에 스푸크나프 씨 부부가 사시는지요?" 하고 묻고는 커다랗게 소리치며 뺑소니치는 못된 장난을 했다. 토니 부덴브로크는 이런 온갖 짓을 했다. 그런데 얼핏 보기에는 그녀는 전혀 양심에 가책을 받는 것 같지 않았다. 피해를 당한 측에서 위협을 하면 토니는 한 발짝 뒤로 물러서서 윗입술이 튀어나온 예쁜 얼굴을 뒤로 젖히고 반쯤은 화가 난 듯 반쯤은 놀리는 듯 "피!" 하는 소리를 내기 때문이었다. 이는 마치 이러한 의미와 같은 것이었다. "어디 나한테 해를 끼치려면 끼쳐 봐! 난 부덴브로크 영사의 딸이야, 알겠어!"

그녀는 기분 내키는 대로 친절하게 대하거나 잔인하게 행동할 수 있는 특권을 지닌 작은 여왕처럼 시내를 돌아다녔다.

3

장 자크 호프스테드가 부덴브로크 영사의 두 아들에 대해 내린 판단은 확실히 적절했다.

태어날 때부터 이미 사업가와 회사의 장래 소유자로 점찍힌 토마스는 현명하고 활동적이며 분별력 있는 아이였다. 그는 둥근 지붕의 고딕식 구식 실업 학교를 다녔다. 그리고 인문계 학교에 다니는, 재주는 있지만 진지함이 결여된 크리스티안이 아주 재치 있게 선생님 흉내를 낼 때면 토마스는 무척 좋아했다. 특히 음악, 그림과 같은 재미난 과목을 가르치는 유능한 마르셀루스 슈텡겔 선생님의 흉내를 낼 때면.

새빨간 털외투와 거의 무릎까지 내려오는 담갈색 상의를 입고 다니는 슈텡겔 선생님의 조끼 주머니에는 반 다스나 되는 끝이 뾰족한 연필들이 늘 튀어나와 있었다. 그의 옷깃은 심지어 관자놀이를 덮을 만큼 높았다. 그리고 그는 가령 다음과 같은 철학적 차이를 사랑하는 재치 있는 두뇌의 소유자였다. "애야, 넌 '션'을 그어야 하는데 뭘 하는 거지? 획을 긋고 있잖아!" 그는 '선'이라고 말하지 않고 '션'이라고 했다. 혹은 게으른 학생에게는 이렇게 말했다. "넌 '샴' 학년 한 '새'가 아니라 여러 '새' 유급이다!" 그러면서 그는 '삼 학년' 대신에 '샴 학년'이라는 표현을 썼으며, '해'라는 말은 거의 '새'에 가깝게 발음했다. 그는 음악 시간에 아름다운 가곡 「푸른 숲」이라는 노래를 연습시키기를 좋아했다. 이때 "우리는 흥겹게 들과 숲으로 여행하나니……."라는 합창이 시작되면 학생들은 아주 나지막이 조심스럽게 마지막 가사를 메아리로 되풀이하기 위해 복도에 나가 있어야 했다. 하지만 크리스티안 부덴브로크와 그의 사촌 위르겐 크뢰거나 소방서장의 아들인 그의 친구 안드레아스 기세케의 차례가 되었을 때 그들은 부드러운 소리로 메아리를 내는 대신에 석탄통을 계단 밑으로 굴렸기 때문에 오후 네 시에 슈텡겔 선생님의 집에 불려 가야 했다. 하지만 그 벌이라는 것이 상당히 정겨운 것이었다. 슈텡겔 선생님은 모든 것을 잊고 그의 부인한테 부덴브로크, 크뢰거 그리고 기세케에게 커피 한 잔씩 내오게 해서 마시게 한 후 아이들을 집으로 돌려보냈다.

사실 구식 학교(이전의 수도원 학교)의 둥근 지붕 밑에서 코담배를 피우는 인간적인 늙은 교장의 친절한 지도 아래 자기의 직무를 수행하는 탁월한 학자들은 학문과 명랑함이 서로 상치되지 않는다는 견해에 동의하는 선량하고 마음씨 좋은 사람들이었다. 그들은 친절하고 유쾌하게 일을 하려고 애썼다. 거기 중등 과정에 라틴어를 가르치는 예전의 설교가가 있었는데 그는 어떤 의미에서는 목사라 할 수 있는 히르테라는 자였다. 그는 큰 키에 갈색 수염과 명랑한 눈을 가졌는데 그의 인생의 행복은 바로 자기 이름과 직함⁴⁾을 일치시키는 데 있었다. 그는 목사라는 단어의 뜻을 너무나 자주 해설했다. 그가 자주 쓰는 말은 "무한정 제한받는다!"였다. 그런데 이 말이 의식적인 농담인지는 한 번도 해명하지 않았다. 하지만 그는 학생들을 깜짝 놀라게 하기 위해 입술을 꽉 다물었다가 갑자기 딱 벌려서 마치 샴페인 병마개를 따는 듯한 소리가 나게 하는 재주가 있었다. 그는 천천히 교실을 어슬렁거리며 돌아다니다가 몇몇 학생들에게 그들의 장래를 아주 생생하게 이야기해 주기를 좋아했다. 그것도 그들의 상상력을 약간 자극한다는 투철한 목표를 가지고서 말이다. 그런 다음 그는 진지하게 수업에 들어갔다. 즉, 그가 작시법을 초월하여(그는 작사법이라고 말했다.) 실제적 기량과 까다로운 구성으로 지은 시, 히르테 목사가 리듬과 운을 더할 수 없이 의기양양하게 강조해 지은 시를 암기했는지 물어보았다.

톰과 크리스티안의 소년 시대는 이렇다 할 만한 것 없이 지나갔다. 사업이 썩 번창했던 그 시절에는 부덴브로크 집안에 햇살이 가득했다. 어쩌다가 다음 같은 작은 불상사가 소낙비처럼 덮치기도 했다.

종 만드는 사람들의 거리에 사는 슈투트는 재단사였는데

---

4) 히르테(Hirte)는 목자라는 뜻이다.

그의 부인은 헌 옷가지를 사들이는 여자라서 상류 가정에 출입이 잦았다. 양털 속옷을 입고 다니는 슈투트의 배는 너무 불룩해서 바지 위로 처져 있었다. 그가 부덴브로크가의 두 아들이 입을 양복을 두 벌 지었는데 가격의 합계가 70마르크였다. 그러나 그는 아이들의 부탁으로 계산서에는 80마르크로 적고 그 차액은 아이들한테 현금으로 주기로 했다. 이는 대수롭지 않은 일이었다. 별로 좋은 일은 아니지만 흔히 있는 일이었던 것이다. 하지만 불행히도 가혹한 운명의 장난으로 사건의 전모가 백일하에 드러나게 되었다. 슈투트는 털 속옷 위에 검은 상의를 입고 영사의 개인 사무실에 출두해야 했으며, 톰과 크리스티안은 그의 입회하에 가혹한 심문을 받게 되었다. 다리를 넓게 벌리고 머리를 옆으로 기울인 채 영사의 안락의자 옆에 공손한 자세로 서서 슈투트는 듣기 좋은 어조로 설명을 했다. 내용인즉 "사정이 그렇게 되어", "일이 잘못되었으니" 70마르크를 되돌려주겠다고 했다. 영사는 이러한 소행에 굉장히 격분했다. 하지만 영사는 진지하게 곰곰이 생각한 끝에 두 아들의 용돈을 올려 주기로 결론을 지었다. 성서에 "우리를 유혹에 빠지게 하지 마라."라는 구절이 있지 않은가.

사람들은 크리스티안보다도 형 토마스에게 더 큰 희망을 걸었다. 토마스의 행동에는 일관성과 합리적인 명랑성이 있었다. 반면에 크리스티안은 기분파였고, 한편으로 속된 우스꽝스러운 짓거리에 경도됐으며 다른 한편으로 온 가족을 이상한 방식으로 놀라게 하는 버릇이 있었다.

한번은 식구들이 식탁에 앉아 과일을 들며 화기애애하게

대화를 나누고 있었다. 그런데 한 입 베어 먹은 복숭아를 도로 쟁반 위에 올려놓은 크리스티안의 얼굴이 갑자기 창백해지더니 무척 큰 코 위로 움푹 들어간 둥근 눈이 휘둥그레졌다.

"다시는 복숭아 안 먹을래." 하고 그가 말했다.

"왜 그러니, 크리스티안…… 무슨 소리야…… 어쩐 일이니?"

"만약 내가 실수로…… 이 커다란 씨를 삼켰다고 생각해 보세요. 그러면 씨가 목에 걸려…… 난 숨을 쉴 수 없게 될 테고…… 그리고 난 벌떡 일어서서 정신없이 뱉어 내려고 할 거고. 그러면 여러분도 덩달아 벌떡 일어서서……." 그러다 그가 갑자기 짧게 신음하듯 "오!" 하는 소리를 내뱉자 모두들 경악했다. 그는 불안하게 의자에서 벌떡 몸을 일으키고 마치 도망을 치려는 듯 옆쪽으로 몸을 돌렸다.

영사 부인과 융만은 실제로 벌떡 일어섰다.

"아니, 저런, 크리스티안, 정말 씨를 삼켰니?!" 크리스티안이 정말 씨를 삼킨 것 같은 광경을 연출했기 때문이다.

"아니야, 아니야." 하고 크리스티안이 말하자 모두들 점차 안도의 한숨을 쉬었다. "하지만 내가 정말 삼키기라도 한다면!"

역시 너무 놀란 나머지 얼굴이 하얘진 영사가 꾸짖기 시작했다. 그리고 할아버지도 격분해서 식탁을 쾅쾅 두드리며 이런 얼빠진 장난을 다시는 하지 말라고 나무랐다. 그러나 크리스티안은 그 후 오랫동안 정말 복숭아를 더 이상 입에 대지 않았다.

4

부덴브로크 일가가 멩가로 이사 온 후 약 육 년이 지난 어느 추운 일월에 안토아네트 부덴브로크 부인이 2층의 침실에 있는 높은 침대에 몸져눕게 된 것은 그녀가 늙었기 때문만은 아니었다. 노부인은 마지막까지 정정해서 숱이 많은 흰 곱슬머리를 단정하게 빗고 남편, 자녀들과 함께 시내에서 벌어지는 아주 중요한 연회에 참석했다. 그리고 부덴브로크 일가가 개최하는 모임들에서도 그녀의 차림새는 우아한 며느리에 뒤지지 않았다. 그러나 어느 날 갑자기 그녀는 병명을 제대로 알수 없는 고통에 시달리게 되었다. 처음에는 그냥 가벼운 장염으로 시작되어, 그라보 박사는 비둘기 고기 약간하고 프랑스빵을 먹도록 처방했다. 그러다가 구토와 더불어 복통이 일어나고 걷잡을 수 없이 급격히 힘이 떨어지더니 생사를 예측할수 없는 중태에 빠지게 되었다.

그라보 박사가 바깥 계단에서 영사와 잠깐 심각한 상의를한 끝에 새로 두 번째 의사가 불려 왔다. 그는 검은 수염이 난 땅딸막한 사나이로 음울한 눈초리를 하고 있었다. 그가 그라보 옆에서 방을 들락날락하기 시작하더니 집 안의 분위기가 갑자기 돌변했다. 사람들은 발끝으로 조심조심 걸어 다니며 심각한 표정으로 소곤소곤 말을 나누었다. 그리고 통로에서 마차가 못 굴러가게 했다. 무슨 새롭고 낯선 이상한 것이 들어온 것 같았고, 사람들의 눈초리에 비밀스러운 기운이 스며 있었다. 죽음에 대한 생각이 비집고 들어와 넓은 집에 침묵의 분위기가 감돌았다.

그러나 방문객이 찾아왔기 때문에 일손을 놓을 수도 없었다. 병은 십사 일 내지 십오 일가량 끌었다. 며칠 후에 영사의 누나가 프랑크푸르트 출신의 은행가인 남편과 함께 왔으며 일주일 후에는 중환자의 오빠인 두캄프스 시의원이 딸과 함께 함부르크에서 당도했다. 손님들이 집에 들이닥치는 바람에 이다 융만은 눈코 뜰 새 없이 바빠졌다. 그녀는 여러 침실들을 살펴 주어야 했고 게와 포도주로 훌륭한 아침을 준비해야 했으며 반면 부엌에서는 굽고 지지느라 정신이 없었다.

요한 부덴브로크는 병상에 앉아 눈썹을 치켜올리고 아랫입술은 약간 내민 채 망연히 늙은 아내의 여윈 손을 바라보았다. 둔탁한 소리를 내며 벽시계가 가고 있었다. 환자는 오래 뜸을 들였다가 띄엄띄엄, 그것도 짧게 마지못해 숨을 쉬었다. 얼굴이 검은 어떤 하녀는 식탁에서 쇠고기 수프를 젓느라 열심이었다. 그것을 환자한테 한번 먹여 보려는 것이었다. 이따금 누군가가 소리 없이 들어왔다가 다시 살며시 사라지곤 했다.

요한 부덴브로크 노인은 사십육 년 전 첫 번째 부인의 병상에 처음 앉아 있던 때를 상기했다. 그는 당시에 느꼈던 극심한 절망감과 지금의 고요한 슬픔을 비교해 보았다. 이제 폭삭 늙은 그는 늙은 아내의 변해 버린 무표정한 얼굴, 놀랄 정도로 무표정한 얼굴을 들여다보았다. 그녀는 그에게 한 번도 커다란 행복이나 커다란 고통을 안겨 준 적이 없었지만 오랜 세월 동안 현명한 몸가짐으로 그와 함께 어려움을 견뎌 오다가 이제 서서히 사그라지고 있는 것이다.

그는 오래 생각하지 않고 한곳을 꼼짝 않고 응시하다가 가볍게 머리를 흔들며 자신의 인생과 인생 전반에 대해 회고해 보았다. 갑자기 인생이 너무 낯설고 이상하게 여겨졌다. 그가 그 한가운데 서 있었던 너무나 시끄러운 소동은 어느새 저절로 사라져 버리고 이제 흠칫 놀라 귀 기울이는 그의 귀에 멀리서 울려 오고 있었다. 때때로 그는 들릴락말락 한 소리로 혼자 이렇게 중얼거렸다.

"이상하구나! 이상해!"

그다음에 부덴브로크 노부인이 마지막으로 짧고 힘없이 한숨을 내쉬었을 때 장례식이 거행된 식당에, 인부들이 나중에 느릿느릿 운반해 가도록 꽃으로 장식한 관을 올려놓았을 때에도 그의 기분은 변하지 않았으며 심지어 그는 울지도 않았다. 하지만 놀라서 머리를 가볍게 흔드는 행동은 남아 있었다. 그리고 거의 미소를 짓다시피 하며 말했던 "이상하구나!"가 그가 즐겨 쓰는 표현이 되었다. 요한 부덴브로크의 임종 또한 임박했음은 의심의 여지가 없었다.

그는 가족 모임에 멍하니 넋 잃은 사람처럼 앉아 있기 시작했다. 그리고 한번은 어린 클라라를 무릎 위에 올려놓고 우스꽝스러운 옛날 노래, 예를 들면 이런 것이었다.

마차 버스가 시내를 달리는데
에잇, 쇠파리가 벽에 앉았구나……

요한 부덴브로크 노인은 이런 노래를 들려주려다가 갑자기

입을 다물고 오래 생각한 나머지 반쯤 무의식적으로 머리를 흔들었다. 그리고 "이상하구나!" 하고는 손녀를 방바닥에 내려놓으며 고개를 돌렸다. 어느 날 그가 이렇게 말했다.

"장, 자신 있느냐?"

곧 시내에는 말끔히 인쇄된, 서명이 두 개 있는 서류가 나돌기 시작했다. 그 서류에는 늙은 요한 부덴브로크는 노령으로 인해 여태까지의 사업 활동을 포기함으로써 그의 선친이 1768년에 창설한 '요한 부덴브로크' 상사는 동일한 상호로 채권 채무 관계를 유지하면서 오늘부로 아들이자 주주인 요한 부덴브로크에게 소유권이 계승된다고 되어 있었다. 그리고 자신에 대한 다방면의 신뢰를 아들에게도 계속 유지해 달라는 부탁도 곁들여 있었다. '경구: 노(老) 요한 부덴브로크, 그는 이제 물러난다.'라는 표시였다.

이러한 선언이 있고 나서 이제 노인이 사무실에 발을 들여놓기를 거부하게 되자 그의 생각에 잠긴 무관심은 놀랄 정도로 증가되었다. 부인이 죽고 나서 몇 달이 흐른 삼월 중순 그는 봄 감기에 걸려 병석에 드러눕게 되었다. 그 후 어느 날 밤 가족이 그의 침상 주위에 둘러섰을 때 그는 영사에게 이렇게 말했다.

"모두들 행복하게 살거라. 장, 항상 용기를 가져라!"

그리고 토마스한테는 이렇게 말했다.

"네 아버지를 도와라!"

그리고 크리스티안한테는 이렇게 말했다.

"훌륭한 사람이 되거라!"

그러고 나서 그는 입을 다물고 일동을 쳐다보며 마지막으로 "이상하구나!"라고 한 뒤 벽 쪽으로 몸을 돌렸다.

그는 마지막까지 고트홀트에 대해서는 아무런 언급도 하지 않았다. 아버지의 임종에 참석하라는 영사의 서면 요구에 장남은 아무런 응답이 없었다. 하지만 다음 날 아침, 아직 부고가 발송되지도 않은 꼭두새벽에 사무실에서 긴급한 일을 처리하려고 영사가 계단으로 나가는데 이상한 일이 일어났다. 넓은 거리에 있는 리넨 회사인 '지크문트 슈튀빙 상사'의 대표 고트홀트 부덴브로크가 총총걸음으로 복도를 통과해 오고 있었다. 작달막하고 살찐 마흔여섯 살의 그는 회색빛 금발에 흰 수염이 섞인 빳빳한 구레나룻의 소유자였다. 다리가 짧은 그는 거친 격자무늬 천으로 만든 자루처럼 통이 넓은 바지를 입고 있었다. 그는 계단을 올라와 영사를 향해 걸어왔다. 그러면서 그는 회색 모자의 챙 아래로 눈썹을 치켜올리고 일그러뜨렸다.

"요한." 그가 동생에게 악수도 청하지 않고 크고 유쾌한 목소리로 말했다. "용태가 어떠셔?"

"오늘 새벽에 돌아가셨어요!" 영사는 떨리는 목소리로 말하며 우산을 쥐고 있는 형의 손을 잡았다. "우리 아버님이!"

고트홀트가 눈썹을 밑으로 내리자 그의 눈꺼풀이 닫혔다. 잠깐 침묵이 흐른 후 그는 단호한 어조로 말했다.

"요한, 최후까지 변한 게 아무것도 없었나?"

그러자 즉각 영사는 손을 놓고 한 계단 뒤로 올라섰다. 움푹 들어간 그의 둥근 눈이 밝아지더니 그는 이렇게 말했다.

"아무것도 없었어요."

고트홀트의 눈썹이 다시 모자 챙 쪽으로 올라가며 그의 눈은 힘들여 아우를 쳐다보았다.

"그렇다면 내가 너의 정의감에서 무얼 기대할 수 있겠니?" 그가 목소리를 낮추어 말했다.

이번에는 영사가 눈을 내리깔았다. 그는 다시 눈을 들지 않고 위에서 아래로 힘차게 손을 움직이며 나지막하고도 단호하게 말했다.

"나는 이 어렵고 심각한 순간에 동생의 입장에서 형님께 손을 내밀었어요. 하지만 사업상의 문제에 관해서는 난 오늘 명예로운 상사의 유일한 주인이 된 상사 대표로서 형님과 항시 맞설 수밖에 없어요. 이러한 자격으로 나에게 부과되는 의무들에 반하는 행동은 기대하실 수 없습니다. 그 밖의 감정은 무시해야 하니까요."

고트홀트는 갔다. 하지만 많은 친척, 친지, 사업 친구, 회사 대표, 곡물상, 사무원과 창고 인부들이 방, 계단 및 복도를 가득 채우고, 시의 모든 대절 마차들이 멩가를 온통 메웠던 장례식에 그가 다시 나타나서 영사는 너무나 기뻐했다. 그렇다, 그는 심지어 슈튀빙 부인과 이미 장성한 세 딸까지 대동하고 나타났던 것이다. 프리데리케와 헨리에테는 키가 홀쩍 크고 말랐으며 막내인 피피는 열여덟 살로 아주 작은 키와 살진 몸을 갖고 있었다.

그리고 이러한 일이 있은 후에 성문 밖의 묘지 숲 주변에 있는 부덴브로크가의 선산에서, 노골적인 언사를 쓰는 머리

숱이 빽빽하고 건장한 성 마리아 교회의 쾰링 목사가 '향락가, 대식가나 음주자'의 삶과 대비되는 고인의 신실하고 독실한 삶을 찬미했을 때 최근에 사망한 늙은 분더리히 목사의 신중한 표현을 기억하는 많은 사람들이 고개를 절레절레 흔들었지만 그의 표현 방식은 그러했다. 모든 의식과 절차가 끝나고 대절한 칠팔십 대의 마차가 시내로 돌아가기 시작했을 때 고트홀트 부덴브로크는 영사에게 단둘이 할 말이 있으니 좀 같이 가자고 제의했다. 그런데 그는 높고 넓은 볼품없는 마차의 뒷자리에 이복 동생과 나란히 앉아 자신의 짧은 다리 하나를 다른 다리에 얹고 부드럽고 유순한 태도를 보였다. 그는 영사의 행동이 점점 더 잘 이해된다고 했다. 그리고 아버지에 대해 품었던 나쁜 생각을 버리겠다고 했다. 그는 자신의 모든 요구를 포기했다. 게다가 모든 사업을 그만두고 차라리 그의 유산과 그 밖의 남은 재산으로 편히 쉬고 싶다고 했다. 리넨 장사가 별로 재미도 없고 해서 거기에 정력을 기울일 결심이 서지 않는다는 것이다. '아버지한테 반항한 것이 형에게 복을 가져다주지 않은 게로구나!' 영사는 언뜻 이렇게 경건하게 생각했다. 고트홀트도 필경 그렇게 생각했을 것이다.

그는 아우를 따라 멩가의 아침 식사 방까지 왔다. 둘은 연미복을 입고 봄바람을 맞으며 오랫동안 선 채로 추위에 떨었던 터라 거기서 오래된 코냑을 함께 마셨다. 그러고 나서 고트홀트는 제수와 정중하고 진지한 몇 마디 대화를 나누고 아이들의 머리를 쓰다듬은 후 다음에 저 시내 외곽의 크뢰거 집에서 있을 '어린이날' 모임에 참석할 것을 약속하고 떠났다. 그는 이미 사업을 정리하기 시작했다.

5

한 가지 일이 영사의 마음을 아프게 했다. 즉, 아버지는 당신의 장손인 토마스가 벌써 그해 부활절 무렵에 사업에 참여했는데 그걸 보지 못하고 세상을 떠난 것이다.

토마스가 학교를 졸업했을 때 그의 나이는 열여섯이었다. 그는 최근에 키가 부쩍 자라 견진 성사를 치른 후로는 신사복을 입고 다녀 훨씬 더 숙성해 보였다. 견진 성사 때는 쾰링 목사가 강한 어조로 그에게 절도를 지키라고 권고했다. 그의 목에는 할아버지가 준 기다란 금 시곗줄이 걸려 있었고 그 시곗줄에는 가문의 문장이 새겨진 메달이 달려 있었다. 강가에 헐벗은 버드나무 한 그루가 외롭게 서 있는 평평한 늪지와 울퉁불퉁한 평지를 보여 주는 이 문장은 울적한 분위기를 자아냈다. 녹색 보석이 박힌 그보다 좀 더 오래된 인장 반지는 커다란 성서와 함께 영사한테 넘어왔다. 그 반지는 필시 이미 로스토크에서 명성을 날렸던 재단사 할아버지가 꼈던 것일 게다.

크리스티안이 아버지를 닮은 것처럼 토마스는 할아버지를 너무나 많이 닮았다. 특히 둥글고 견고한 턱과 우아하게 생긴 반듯한 코는 바로 할아버지를 꼭 빼다박은 것이었다. 핏줄이 드러난 좁은 관자놀이로부터 휘어져 들어간, 양옆으로 가르마를 탄 머리카락은 짙은 금발이었다. 그와 반대로 그가 한쪽만 약간 위로 치켜올리곤 하는 긴 속눈썹과 눈썹들은 이례적으로 밝고 아무 색이 없었다. 말할 때나 웃을 때는 상당히 부실한 치아가 보였으며 거동은 조용하고 사려 깊었다. 그는 자신의 직업에 진지하고도 열성적으로 임했다.

영사가 아침 식사 후에 그를 데리고 사무실에 가서 지배인 마르쿠스, 회계 하버만 및 다른 직원들에게 소개한 날은 아주 경사스러운 날이었다. 물론 그들과는 진작부터 잘 아는 사이였다. 그는 처음으로 책상 옆 회전 의자에 앉아 열심히 도장을 찍고 서류를 정리하고 등사를 했다. 그리고 오후에 영사는 그를 저 아래 트라베강으로 데리고 가서 '보리수', '사자' 및 '고래' 같은 창고들을 보여 주었다. 물론 토마스는 진작부터 이러한 것들을 익히 알고 있었지만 이번에는 동업자로서 소개받은 것이었다.

그는 일에 헌신적으로 몰두했으며 아버지의 조용하고 끈질긴 근면을 본받았다. 아버지는 이를 악물고 일했으며 도움을 요청하는 많은 기도의 말을 일기장에 적어 넣었다. 노인이 사망하면서 어떤 신격화된 의미를 지니고 있던 '회사'에 끼친 상당한 손실을 다시 만회할 필요가 있었기 때문이다. 어느 날 저녁 아주 늦은 시각 풍경실에서 그는 부인한테 이러한 사정을 꽤 상세히 털어놓았다.

열한 시 반이었다. 아이들과 융만은 바깥 복도 옆의 방들에서 잠을 잤다. 이제 3층은 비어 있어 손님들이나 가끔씩 이용할 뿐이었다. 영사 부인은 시가를 입에 물고《시보(市報)》의 시세표를 살펴보고 있는 남편 곁의 노란 소파에 앉아 있었다. 부인은 비단 자수를 놓느라 몸을 숙이고 바늘 땀을 헤아리며 가볍게 입술을 움직였다. 그녀 옆의 금테를 두른 우아한 재봉틀 위에서는 가지형 촛대에서 여섯 개의 초들이 타고 있었다. 화관형 촛대는 사용되지 않은 채 달려 있었다.

어언 사십 대 중반에 들어선 요한 부덴브로크는 최근 들어 부쩍 늙어 버렸다. 그의 작고 둥근 눈들은 더 움푹 들어가 보였으며 커다랗고 굽은 코는 광대뼈처럼 더 날카롭게 우뚝 솟아 있었다. 그리고 관자놀이 옆으로 조심스레 가르마를 탄 회색빛 금발은 여러 번 살짝 분을 바른 것같이 보였다. 부인의 나이는 삼십 대 후반이었다. 그녀는 별로 아름답지는 않지만 화려한 면모를 아주 잘 간직하고 있었다. 그리고 주근깨가 군데군데 박힌 그녀의 희멀건 안색에는 상냥함이 그대로 배어 있었다. 정교하게 가다듬은 그녀의 불그스름한 머리카락이 촛불에 반사돼 반짝거렸다. 그녀는 담청색 눈을 옆으로 살짝 굴리며 이렇게 말했다.

"여보, 하인을 한 명 더 고용하는 게 어떨까 하고 진작 이야기하려고 했어요. 나는 이러한 확신이 들었어요. 우리 친정 부모님들을 생각하면……."

영사는 신문을 무릎 위에 내려놓았다. 그리고 시가를 입에서 빼면서 긴장하는 모습을 보였다. 돈을 지출하는 문제였기 때문이다.

"글쎄, 여보." 이렇게 말문을 열며 그는 뜸을 들였다. "하인을? 우리는 선친이 돌아가신 후 융만을 제외하고 하녀를 모두 세 명 데리고 있소. 그런데 내 생각으로는……."

"아, 집이 너무 커서요, 모든 게 엉망진창이에요, 여보. 내 말은 뒤채에 있는 하녀 리나의 방은 청소하지 않은 지가 끔찍이 오래됐다는 거예요! 그런데 나는 아이들을 부려 먹기 너무 싫어요. 개네들은 이 앞쪽만 깨끗이 청소하는 데도 힘에 부쳐 하거든요. 남자 하인이 한 명 있으면 그런 일에 제격이겠는데…… 시골에는 그런 활달하고 착한 남자가 있을 거예요. 그런데 여보, 잊어버리기 전에 말하겠어요. 루이제 묄렌도르프 집에서 안톤을 내보내려고 해요. 그가 일을 아주 잘 처리하는 것을 봤어요."

"사실을 말하자면……." 영사는 이렇게 말하며 약간 불안한 듯이 이리저리 몸을 움직였다. "그런 생각은 나로서는 뜻밖이오. 우리는 이제 모임에 참석하지도 않고 우리 집에서 모임을 갖지도 않는데……."

"아니, 아니에요. 그렇지만 우리 집에 손님들이 자주 찾아오잖아요. 그리고 그건 내 책임이 아니잖아요, 여보. 당신은 손님이 오는 것을 내가 진심으로 반긴다고 생각하겠지만요. 먼 데서 당신의 사업 친구들이 오면 당신은 식사를 권하잖아요. 게다가 그가 아직 여관을 잡지 않았다면 물론 우리 집에서 묵게 되지요. 그리고 우리 집에서 일주일 동안 머무르는 선교사가 오지요. 다음다음 주엔 칸슈타트에서 마티아스 목사가 오기로 되어 있잖아요. 간단히 말하면 목사의 월급이라야 몇 푼안 되니……."

"하지만 티끌 모아 태산이오, 베티! 우리는 네 명이나 부리고 있어요. 그리고 회사에 고용돼 있는 그 많은 남자들을 잊었단 말이오!"

"정말 우리가 하인 한 명도 더 쓸 수 없다는 거예요?" 영사 부인이 미소 지으며 물었다. 그러면서 그녀는 머리를 옆으로 기울인 채 남편을 바라보았다. "우리 부모님의 하인들을 생각해 보면……."

"당신 부모님은, 여보! 아니, 이젠 내가 당신에게 물어야겠소. 당신은 도대체 우리 형편을 제대로 알고나 있소?"

"그래요, 당신 말이 맞아요, 장. 아마 난 현실을 제대로 꿰뚫지 못하는지도 모르겠어요."

"그야 간단히 말해 줄 수 있지." 영사가 말했다. 그는 소파에 반듯이 앉더니 다리를 포개고 시가 한 모금을 빨아들였다. 그러고는 눈을 약간 가늘게 뜨면서 아무 막힘 없이 숫자를 읊기 시작했다.

"간단명료하게 말하면 이렇지. 내 선친께서는 누님이 결혼할 당시 딱 90만 마르크의 돈을 갖고 계셨소. 물론 부동산이나 회사의 유가 증권은 제외하고 말이오. 누님 지참금으로 8만 마르크를 프랑크푸르트에 보냈고 고트홀트가 개업할 때 10만 마르크가 나갔어요. 차액이 72만 마르크지. 그리고 알프가의 작은 집을 판 돈이 들어왔지만 집을 개축하고 새로운 물품을 들여놓아 이 집을 사는 데 총 10만 마르크가 들었으니까 62만 마르크가 됐소. 그리고 프랑크푸르트에 보상금으로 2만 5000마르크가 나갔으니 59만 5000마르크가 남았지요. 아버지가 돌아가실 때 사정이 이러했는데 일 년에 약 20만 마르크의 수입이 있다 하더라도 이 모든 비용이 메워지지 않았을 거요. 그렇다면 전 재산이 79만 5000마르크가 됐겠지요. 더구나 고트홀트한테 10만 마르크, 프랑크푸르트에는 26만 7000마르크가 나갔소. 그리고 아버지의 유언에 따라 성령 병원, 상인 미망인 후원회 등에 지출되는 수천 마르크의 소소한 액수를 제하고 나면 약 42만 마르크가 되는데, 여기에다 당신의 지참금 10만 마르크 정도가 있소. 물론 약간의 재산 변동은 있겠지만 이게 대략의 사정이오. 여보 베티, 우린 그다지 부자가 아니오. 게다가 사업 규모가 줄어들었는데도 사업 비용은 그대로라는 것을 알아야 하오. 사업 규모를 줄여도 부대 비용은 줄지 않는다오. 내 말 알아듣겠소?"

영사 부인은 수놓던 옷감을 무릎에 내려놓은 채 다소 망설이며 고개를 끄덕였다. "잘 알겠어요, 여보." 이 모든 사정을 이해한 것은 아니었고 이러한 많은 액수 때문에 하인을 고용하지 못한다는 것을 완전히 파악한 것은 아니었지만 그녀는 그렇게 말했다.

영사는 머리를 뒤로 비스듬히 젖히고 빨갛게 타오른 시가의 연기를 내뿜으며 계속 말을 이어 갔다. "언젠가 당신 부모님이 하느님의 부름을 받으시는 경우 상당한 지출을 예상해야 한다는 것을 생각해 보구려. 그건 정말이오. 그걸 아무렇지도 않게 생각해서는 안 되오. 내가 알기로 당신 아버님은 상당히 뼈아픈 손실을 겪었어요. 당신도 알다시피 유스투스 때문에. 유스투스는 너무나 좋은 사람이지만 사실 건실한 사업가는 아닌 데다 까닭 없이 불행한 일도 당했지요. 그는 몇몇 고객들한테서 극히 성가신 손실을 입었어요. 운영 자금이 악화되다

보니 그는 비싼 이자를 물면서 은행 거래를 해야 했소. 그리고 당신 아버지는 불행을 막기 위해서 막대한 금액을 대 줘야 했소. 그러한 일은 되풀이될 수 있어요. 그리고 내가 우려하는 점은 그러한 일이 되풀이될 거란 사실이오. 왜냐하면, 미안한 말이지만, 베티, 솔직히 말하면, 더 이상 사업을 해서는 안 되는 당신 아버지한테 일종의 낙천적이고 명랑한 생활 방식이 배어들어 사업가인 당신 오빠한테 나쁜 영향을 끼친 거요. 내 말 이해하겠지요? 그는 그리 신중하지 못해요, 안 그렇소? 약간 성미가 급하고 배포는 크지요. 게다가 당신 부모님이 아무런 구애를 받지 않고 상황에 맞지 않게 화려한 생활을 영위해 가는 것이 솔직히 말해 난 기쁘지 않구려."

영사 부인은 온화하게 미소 지었다. 그녀는 자기 가족의 우아한 경향에 대한 남편의 선입견을 잘 알고 있었다.

"충분하지." 그가 말을 이어 가면서 시가를 재떨이에 넣었다. "나로서는 대체적으로 보아 하느님이 나의 활동력을 유지시켜 주리라 믿고 있소. 내가 그분의 은총으로 회사 재산을 예전 상태로 되돌릴 수 있도록 말이오. 이제 당신의 통찰이 더 명확해졌기를 희망하오, 베티."

"완전해졌어요, 장, 완전해졌어요!" 부인이 서둘러 대답했다. 그녀는 오늘 밤에 하인을 고용하는 문제를 단념했기 때문이다. "그런데 우리 자러 가는 게 어떻겠어요? 너무 늦었어요."

며칠 후 영사는 유달리 좋은 기분으로 회사에서 퇴근하면서 묄렌도르프네의 안톤을 고용하기로 마음을 굳혔다.

6

"토니를 기숙사로 보냅시다. 바이히브로트 양한테요." 부덴브로크 영사가 말했다. 그의 말이 너무 확고해서 일은 그대로 진행되었다.

즉, 사업에 수완이 있는 토마스, 명랑하게 자란 클라라, 대단한 식욕으로 사람들을 흥겹게 해 주는 불쌍한 클로틸데와 달리 토니나 크리스티안은 사람들의 기대에 부응하지 못했다. 크리스티안에 대해 말하자면 그가 거의 매일 오후에 슈텡겔 씨 댁에서 커피를 마셔야 한다는 것은 별로 문제가 아니었다. 그렇지만 영사 부인은 그것이 너무 지나치다고 생각하고 하루는 그에 대해 상의할 목적으로 선생님에게 고상한 짧은 편지를 써서 멩가에 와 주십사고 기별을 보냈다. 높고 빳빳한 칼라가 달린 외출용 털외투를 입고, 조끼에는 창 같은 연필들을 잔뜩 꽂은 슈텡겔 씨가 와서 풍경실에서 부인과 마주 앉았다. 크리스티안은 몰래 식당에서 둘의 대화를 엿들었다. 훌륭한 그 교육자는 약간 수줍어하는 모습이었지만 자신의 견해를 막힘없이 개진했다. 그는 '선'과 '획'의 중요한 차이점에 대해 말했고, 아름답고 푸른 숲과 석탄 상자에 관해 언급했으며, 게다가 대화 중에 자주 '그 결과로'라는 말을 사용했다. 그는 아마도 이 고상한 분위기에 그 말이 가장 잘 들어맞는다고 생각한 모양이었다. 십오 분 후에 영사가 와서 크리스티안을 쫓아내고 자기 아들이 불만의 원인으로 작용한다는 사실에 대해 슈텡겔 씨에게 심심한 유감의 뜻을 표했다. "원 별말씀을요, 영사님, 그렇지 않습니다! 부덴브로크 학생은 머리가 영민하고 명랑한 녀석이지요. 그리고 그 결과로…… 하지만 감히 말씀드리자면 너무 명랑해서, 에…… 그리고 그 결과로……."
영사는 공손히 집 안을 이리저리 안내해 주었다. 그러고 나서 슈텡겔 씨는 집을 떠났다. 하지만 이러한 일은 별 문제가 아니었다.

다음 같은 사실이 알려짐으로써 사정이 고약해졌다. 크리스티안 부덴브로크는 어느 날 저녁 어떤 착한 학생과 시립 극장을 방문하게 되었다. 거기서는 실러의 『빌헬름 텔』이 상연되고 있었다. 크리스티안과 잘 알던 마이어드라그랑즈라는 어린 아가씨가 텔의 아들 발터 역을 했다. 한데 그녀는 자기의 역과 맞든 안 맞든 무대에서 보석 브로치를 달곤 했다. 그것은 정말 악명이 높은 브로치였다. 그것이 젊은 영사 페터 될만이 선사한 물건이라는 것은 누구나 잘 아는 사실이었기 때문이다. 그는 홀스텐 성문 밖 발1가에 사는, 고인이 된 목재상 될만의 아들이었다. 페터 영사는 시내에서 '난봉꾼'이라 불리는 사람들(예를 들면 유스투스 크뢰거처럼) 축에 들었다. 즉 그의 품행은 다소 방정치 못했다. 그는 결혼해서 심지어 어린 딸까지 있었지만 진작부터 부인과 불화가 있어서 마치 총각처럼 살았다. 아버지가 물려준 재산과 그것으로 그가 벌이는 사업은 꽤 거창했지만 사람들 말에 의하면 그가 상당한 재산을 까먹고 있다는 것이다. 그는 아침 식사를 대체로 클럽이나 시청의 지하 식당에서 해결했으며 매일 새벽 네 시면 거리 어디선가 눈에 띄었다. 그리고 뻔질나게 함부르크로 출장을 떠났다. 하지만 무엇보다도 그는 열성적인 연극 애호가여서 연극이라면 빼먹지 않고 보러 다녔으며 출연하는 배우한테 개인적 관심을 보였다. 마이어드라 그랑즈는 그가 가장 최근에 보석을 선물한 배우였다.

본론을 이야기하자면 발터 텔 역을 맡은 어린 아가씨(그녀는 이 역에서도 보석 브로치를 달았다.)가 최고로 예쁘게 보였으며 너무나 연기가 감동적이어서 크리스티안은 감격한 나머지 눈물을 흘렸다. 정말이지 그가 얼마나 감격했으면 눈물까지 흘렸겠는가. 그래서 그는 막간을 이용해 건너편 꽃가게에서 1마르크 85실링어치의 꽃다발을 샀다. 코가 크고 작은 눈이 움푹 들어간 열네 살의 이 꼬마는 꽃다발을 들고 무대로 발걸음을 옮겼다. 아무도 제지하는 사람이 없었기 때문에 그는 탈의실 문 앞에서 페터 될만 영사와 대화를 나누며 서 있는 마이어드라그랑즈와 마주쳤다. 영사는 크리스티안이 꽃다발을 들고 다가오는 것을 보고 너무 우스워서 하마터면 벽에 나둥그러질 뻔했다. 하지만 이 새로운 난봉꾼은 진지한 태도로 발터 텔한테 최상의 찬사를 늘어놓으며 꽃다발을 건네주었다. 고개를 절레절레 흔들며 말하는 그의 음성이 너무 진지해서 마치 걱정하는 투로 들릴 지경이었다.

"어쩌면 그렇게도 멋있게 연기하십니까!"

"누가 이 크리스티안 부덴브로크를 좀 봐!" 될만 영사가 걸걸한 음성으로 소리쳤다. 그런데 마이어드라그랑즈는 어여쁜 눈썹을 치켜올리고 이렇게 물었다.

"부덴브로크 영사 아들이니?" 이렇게 묻고 나서 그녀는 이 새로운 숭배자의 볼을 정답게 쓰다듬어 주었다.

　이것이 페터 될만이 그날 저녁 클럽에서 이야기한 실상이었다. 이 이야기는 순식간에 시내에 쫙 퍼져 심지어 교장의 귀에까지 들어가게 되었다. 그래서 교장은 다시금 그 문제를 가지고 부덴브로크 영사와 상의했다. 영사는 이러한 사실을 어떻게 파악했던가? 그는 화가 나기보다는 충격을 받았다. 그는 부인에게 이러한 사실을 알리면서 거의 낙담한 채 풍경실에 앉아 있었다.

　"우리 아들이 이렇소, 이렇게 성장해 가니……."

　"여보, 당신 아버님 같았으면 그 말을 듣고 분명 껄껄 웃었을 거예요. 목요일에 우리 부모님한테 가서 이야기해 보세요, 그러면 우리 아버지는 퍽 재미있어하실 거예요."

　영사는 이 말을 듣고 울컥 화가 치밀었다. "쳇! 그래! 그분이 재미있어할 거라고 확신해요, 베티! 그분은 자신의 경박한 피와 불경스러운 경향이 유스투스…… 그 난봉꾼한테뿐만 아니라 자기 손자 중의 한 명에게 보란 듯이 전승되는 것을 기뻐할 거야. 제기랄, 당신이 내가 이런 표현을 쓰도록 하는 거요! 그 때문에 손자가 이 꼴이란 말이오! 이런 일을 하려고 자기 용돈을 쓰다니! 그 아이는 모를 거요, 모를 거야. 하지만 그러한 경향이 나타나고 있어! 그리한 경향이 나타나고 있다고!"

　그렇다, 이는 고약한 사건이었다. 그리고 앞서 말했듯이 토니의 행실 또한 엉망이라 영사는 그만큼 더 격분했다. 그녀는 점차 창백한 남자를 놀라게 하고 인형 가게를 찾아가는 일은 포기했지만 머리를 목 뒤로 젖히는 점점 더 뻔뻔스러운 모습을 나타냈다. 그리고 여름에 시외의 외할아버지 댁에서 지낼 때면 특히 오만불손함과 허영심을 드러냈다.

하루는 그녀가 융만과 같이 클라우렌의 『미밀리』를 읽는 현장에 영사가 갑자기 나타나 불쾌한 표정을 지었다. 그는 책장을 이리저리 넘기면서 아무 말이 없었는데 그 일에 대해서는 영원히 입을 다물었다. 그런 직후에 토니(안토니 부덴브로크)가 오빠 친구인 어떤 중학생과 단둘이 성문 밖에서 산책을 한 일이 있었다. 슈투트 부인, 상류 가정에 드나드는 바로 그 여자가 이 둘을 목격하고 묄렌도르프 댁에서 옷을 하나 사면서 부덴브로크 아가씨도 이제 정말 다 컸더라고 말했다. 그리고 묄렌도르프 시의원 부인이 쾌활한 어조로 영사에게 그 이야기를 들려주었다. 그 후 이러한 산책은 중지되었다. 하지만 그런 후에 토니가 성문 바로 뒤에 있는 속이 비고 모르타르가 잔뜩 발라져 있는 오래된 나무 틈새에서 조그만 쪽지를 꺼내기도 하고 혹은 그 속에다 쪽지를 남기기도 한다는 사실이 밝혀졌다. 그 쪽지는 바로 그 중학생이나 토니가 쓴 것이었다. 이러한 일이 탄로나자 열다섯 살이 된 토니는 이제 어쩔 수 없이 더 엄격한 감독을 받는 기숙사로 보내지게 되었다. 즉, 그곳은 묄렌브링크 7번지에 있는 바이히브로트 기숙사였다.

7

테레제 바이히브로트는 곱사등이였다. 그녀는 등이 너무

굽은 나머지 키가 겨우 책상 높이 정도밖에 안 되었다. 나이는 마흔하나였지만 겉치레에 전혀 신경을 쓰지 않아 육칠십살 된 할머니 같은 옷을 입고 다녔다. 곱슬곱슬한 회색 머리카락 위에는, 아기 어깨처럼 좁은 어깨 위까지 드리운 녹색 리본이 달린 두건이 얹혀 있었다. 그녀의 궁색해 보이는 검은 드레스에는 장식물이라곤 하나도 보이지 않았다. 그녀 어머니의 초상이 눈에 확 띄는 커다란 타원형 도자기 브로치를 제외하고.

이 작은 바이히브로트는 영리해 보이는 날카로운 갈색 눈, 약간 굽은 코와 아주 단호하게 꽉 다물 수 있는 얇은 입술을 지녔다. 요컨대 그녀의 빈약한 몸집과 모든 행동거지에는 사실 우스꽝스러운 면도 있었지만 존경을 자아내는 힘이 있었다. 그녀의 말도 이에 지대한 일조를 했다. 그녀는 아래턱을 활발하게 씰룩씰룩 움직이고, 머리를 재빨리 인상적으로 흔들며 사투리 없이 분명하고 정확하게 확실히 모든 자음을 면밀하게 강조하면서 말을 했다. 하지만 모음은 지나치게 과장되게 발음했는데, 예를 들면 '버터병'이라고 해야 할 것을 '보터 ──'나 심지어 '바터병'이라고 발음했으며, 제멋대로 짖어대는 자기 강아지를 '보비'라 하지 않고 '바비'라고 불렀다. 여학생한테 말할 때는 "얘, '고렇게' 아둔해선 안 돼!" 하며 집게손가락을 구부려 아주 짧게 만들고는 두 번 책상을 쾅쾅 내리쳤는데 이러한 모습이 인상적이었다. 정말로 그랬다. 프랑스 여자인 포피네가 커피에 설탕을 너무 많이 타자 바이히브로트는 천장을 쳐다보며 한 손으로 식탁보 위에다 피아노 치는 시늉을 하면서 "내가 설탕통을 모두 가져갈 테야!" 하는 바람에 포피네는 얼굴이 홍당무가 되었다.

아이처럼(정말 그녀는 아이처럼 얼마나 작았던가!) 테레제 바이히브로트는 자신을 '세세미'라고 불렀다. 그녀는 기숙생이건 통근생이건 간에 좀 더 나은, 좀 더 유능한 여학생들이 자기를 그렇게 부르는 것을 허락하면서, 새로 지은 자기 이름을 고수했다. "얘, 나를 '세세미'라고 불러 다오." 그녀는 토니 부덴브로크의 이마에 살짝 소리 나게 짧은 입맞춤을 하면서 토니가 도착한 바로 그날 그렇게 말했다. "난 그게 듣기 좋단다." 그녀의 언니 케텔젠 부인은 '넬리'라는 이름으로 불렸다.

마흔여덟 살쯤 되어 보이는 케텔젠 부인은 남편이 사망하자 생계가 막연해져 여동생 집 위층의 조그만 방에 살면서 같이 식사를 하게 되었다. 그녀는 세세미와 비슷하게 옷을 입었지만 동생과는 달리 유난히 긴 옷을 입었다. 그녀는 뼈가 앙상한 손목 관절에 양모로 만든 토시를 끼고 다녔다. 그녀는 여선생이 아니어서 엄격한 면이 없었다. 그녀의 본질은 천진난만함과 고요한 쾌활함에 있었다. 바이히브로트의 학생 한 명이 어떤 못된 일을 저지르면 케텔젠 부인은 선량한 웃음, 가슴에서 터져 나오는 거의 우는 듯한 웃음을 터뜨렸다. 그러다가 세세미가 책상을 치면서 거의 '날리'처럼 들릴 만큼 인상적인 발음으로 "넬리!" 하고 소리쳐야 그녀는 움찔해서 입을 다물었다.

케텔젠 부인은 동생이 하는 말에 복종했다. 그녀는 아이처럼 동생한테 심하게 꾸지람을 들었다. 사실은 세세미가 그녀를 완전히 업신여겼다. 글줄깨나 읽은, 그러니까 거의 박식하다고 할 수 있는 테레제 바이히브로트는 진지하고 사소한 싸움을 겪으며 소박한 믿음, 긍정적인 신앙심과 저세상에 가면 언젠가 자신의 힘들고 미미한 삶이 보상받을 거라는 확신을 간직해야 했다. 반면에 케텔젠 부인은 무학이고 순진무구한데다가 우직한 품성을 지녔다. 세세미는 "착한 넬리"라고 말했다. "대관절 그녀는 어린아이 같아서 결코 회의를 품는 일이 없고, 싸울 일이 없으며 그저 행복하기만 하다." 이러한 말에는 부러움뿐만 아니라 멸시의 감정도 배어 있었다. 비록 눈감아 줄 수 있는 특징이라 하더라도 그게 세세미의 약점이었다.

시외 변두리 높은 곳에 말쑥하게 정돈된 정원으로 둘러싸인 붉은 벽돌집 1층은 교실과 식당으로 쓰인 반면 2층과 꼭대기 방은 침실로 사용됐다. 바이히브로트의 학생들은 그리 많지 않았다. 그 기숙사는 좀 큰 소녀들만 받아들였고 집에서 통학하는 여학생들을 위해서도 단 1학년 세 학급밖에 운영하지 않았기 때문이다. 또한 세세미는 반드시 상류 계층 가문의 여학생들만 받아들인다는 원칙을 엄격하게 지켰다. 앞서 암시했듯이 토니 부덴브로크는 무척이나 귀여움을 받았다. 그렇다, 저녁 식사 때 테레제는 붉은 포도주에 설탕과 향료를 섞어 차게 마시는 혼합주인 '비숍'을 만들었다. 그녀는 자기가 그것을 만드는 명수라고 자처했다. "'비숍' 좀 더 할래?" 그녀는 진심으로 고개를 흔들며 물었다. 그 말이 너무나 식욕을 돋우는 까닭에 아무도 저항하지 못했다.

바이히브로트 양은 소파 쿠션을 두 개 포개 놓고 식탁의 상석 끝에 앉아 힘차게 눈을 번득이며 식사를 통괄했다. 그녀는 불구인 몸을 곧추세우고 식탁을 쾅쾅 두드리며 "날리!", "바비!" 하고 연신 불러 댔다. 그리고 포피네 아가씨가 송아지 고기구이로 만든 젤리를 모두 차지하려고 하면 힐끗 한 번 쳐다봄으로써 그녀를 창피하게 만들었다. 토니는 다른 두 명의 기숙생 가운데에 자리를 잡았다. 한 명은 메클렌부르크에서 온 금발의 튼튼한 아름가르트 폰실링으로 대지주의 딸이었고, 다른 한 명은 암스테르담이 고향인 게르다 아놀트선으로 우아하고 이국적인 모습이었다. 묵직해 보이는 그녀의 머리는 진홍색이고 갈색 눈은 서로 바짝 붙어 있으며 희고 아름다운 얼굴에 다소 교만한 인상이었다. 그녀의 맞은편에서는 마치 흑인 여자처럼 보였던 프랑스 여자가 큼지막한 금귀걸이를 달고 수다를 떨고 있었다. 식탁 아래쪽 끝에서는 비쩍 마른 브라운이라는 영국 여자가 새초롬한 미소를 짓고 있었는데 그녀 역시 이 집에 살고 있었다.

그들은 세세미가 만든 '비숍' 덕분에 서로 금방 친해졌다. 포피네는 간밤에 또 악몽에 시달렸다며 이렇게 말했다……. 아이, 끔찍해! 또 그녀는 "늑대다, 늑대다! 도둑이다, 도둑이다!" 하고 소리치곤 해서 모두들 침대에서 뛰쳐나오기 일쑤였다. 게다가 게르다 아놀트선은 남들처럼 피아노를 치지 않고 바이올린을 켠다는 사실이 밝혀졌다. 그리고 아버지(그녀의 어머니는 안 계신다.)가 그녀에게 스트라디바리 진품을 사 주겠다고 약속했다고 한다. 토니는 음악에 재질이 없었다. 대부분의 부덴브로크가와 모든 크뢰거가 사람들이 그러했다. 그녀는 마리아 교회에서 연주되는 합창곡조차 구별해 내지 못했다. 아, 암스테르담의 니외브 케르크에 있는 오르간은 인간의 목소리를 냈는데 얼마나 매혹적으로 들렸던가! 아름가르트 폰 실링은 자기 집 암소 이야기를 들려주었다.

이 아름가르트를 처음 본 순간부터 토니는 매우 강렬한 인상을 받았다. 사실 그녀는 토니가 여태껏 접해 본 아이들 중에서 가장 귀족적인 소녀였다. 폰실링이라고 불리는 사실이 얼마나 행운인가! 토니의 부모는 시내에서 가장 멋지고 오래된 집을 소유하고 있었고 조부모들은 고상한 사람들이었지만 그들은 단지 '부덴브로크'나 '크뢰거'로 불렸다. 그녀는 그러한 사실이 아주 유감스러웠다. 고상한 레브레히트 크뢰거의 손녀는 아름가르트가 귀족이라는 사실에 감탄해서 얼굴이 빨갛게 달아올랐다. 그래서 그녀는 속으로 이러한 '폰'이 달린 찬란한 이름이 자기한테 훨씬 더 잘 어울릴 텐데 하고 가끔 생각했다. 왜냐하면 아름가르트, 정말이지 자기의 타고난 행운을 평가할 줄도 모르는 그녀는 머리를 굵게 땋은 채로 푸른색의 선량한 눈을 하고 세련되지 못한 메클렌부르크식 사투리를 쓰면서 돌아다녔기 때문이다. 그녀는 그 점을 조금도 개의치 않았다. 그녀는 조금도 고상하지 않았으며 귀족이라는 사실에 조금도 신경 쓰지 않았다. 그녀는 고상하다는 데 대한 아무런 의식이 없었다.

'고상한'이라는 단어가 토니의 뇌리에 놀랄 정도로 깊이 박혔다. 그리고 그녀는 누구나 인정하리만큼 그 단어를 주로 게르다 아놀트선한테 적용했다.

게르다는 약간 특이하게 생겨 다소 낯선 이국적인 면을 지니고 있었다. 그녀는 세세미가 이의를 제기했는데도 윤이 나는 붉은 머리를 남의 눈에 띄게 하고 다녔다. 그리고 많은 아이들은 그녀가 바이올린을 켜는 것을 '속되다'고 여겼다. 그런데 여기서 주목할 점은 '속되다'란 표현이 아주 가혹한 비난을 의미했다는 사실이다. 하지만 게르다 아놀트선이 고상한 소녀라는 점에는 토니뿐만 아니라 모두의 의견이 일치했다. 나이에 비해 완전히 숙성한 몸매, 그녀의 습관, 그녀가 지니고 있는 물건들, 이 모두가 고상한 것들이었다. 예를 들면 게르다는 토니가 자기 집에도 각종 화장품이 있어서 특히 그 진가를 평가할 줄 알았던, 상아로 만든 파리제 화장 도구를 갖고 있었다. 토니의 부모나 조부모들이 파리에서 가져온 화장품은 매우 귀한 것들이었다.

이 어린 세 소녀들은 급속히 우정의 끈으로 묶였다. 그들은 같은 학급에 속했으며 2층 침실의 가장 큰 방을 함께 사용했다. 열 시 정각 잠자리에 들기 위해 옷을 벗으면서 재잘거리는 시간은 얼마나 재미나고 아늑한 순간이던가. 하지만 옆방에서 포피네가 도둑에 관한 꿈을 꾸기 시작했기 때문에 목소리를 낮추어 소곤소곤 이야기를 나누었다. 포피네는 함부르크 출신인 조그마한 에바 에버스와 함께 잠을 잤다. 열렬한 예술 애호가이자 수집가인 그녀의 아버지는 뮌헨으로 이사 가서 살고 있었다.

갈색 무늬의 블라인드는 닫혀 있었다. 탁자 위의 나지막한 램프는 붉은 갓 아래에서 불타고 있고, 은은한 제비꽃 향기와 상큼한 세탁물 냄새가 온 방에 가득했다. 그리고 나른하고 태평스러운, 꿈속 같은 안락한, 부드러운 분위기가 방에 충만했다.

"정말이지." 옷을 반쯤 벗은 채 침대 가장자리에 앉은 아름가르트가 말했다. "노이만 박사는 너무 유창하게 말하더라! 그분이 교실에 들어와 교탁에 서서 라신에 대해 이야기하는데……."

"그는 멋지고 높은 이마를 가졌지." 두 개의 창 사이에 있는 거울 앞에서 두 개의 촛불 빛에 비추어 머리를 빗으며 게르다가 거들었다.

"그렇고말고!" 아름가르트가 재빨리 말했다.

"그런데 너, 그 목소리가 듣고 싶어 그의 강의에 들어가는 거지, 아름가르트? 네 푸른 눈으로 계속 그를 빤히 쳐다보기만 하잖아, 마치……."

"그를 사랑하니?" 토니가 물었다. "내 구두끈이 안 풀려, 게르다. 이제 됐다! 너 그를 사랑하니, 아름가르트? 그와 결혼해. 아주 좋은 배우자야. 그는 고등학교 교사가 될 거야."

"맙소사! 야비한 소리들 말아, 얘들아. 나는 그를 사랑하지 않아. 난 선생이 아닌 지주한테 시집 갈 거야."

"귀족이면서 지주한테?" 토니는 손에 쥐고 있던 양말을 내려놓고 사려 깊게 아름가르트의 얼굴을 찬찬히 들여다보았다.

"그건 아직 모르겠어. 한데 많은 땅을 가지고 있어야 해…… 아, 얼마나 기쁜 일이겠니, 얘들아! 다섯 시면 일어나 집안일을 할 거야." 그녀는 이불을 위로 끌어당기며 꿈꾸듯이 천장을 쳐다보았다.

"쟤 눈앞에선 오백 마리의 소들이 뛰놀고 있어." 게르다가 거울에 비친 친구의 모습을 바라보면서 말했다.

토니는 아직 준비가 끝나지 않았다. 하지만 머리를 베개 위에 얹고 손을 목 뒤로 깍지 낀 채 자기 나름대로 생각에 잠겨 천장을 쳐다보았다.

"나는 물론 상인한테 시집 갈 거야." 토니가 말했다. "꽤 돈이 많아야 돼. 그래서 고상하게 차려입을 수 있도록 말이야. 그것은 우리 가족과 회사 탓이야." 그녀가 진지하게 말을 덧붙였다. "그래, 기필코 그렇게 되고 말 테니 두고 봐."

게르다는 잠자리에 들기 전에 머리 매만지기를 끝내고 상아로 된 손거울을 들여다보며 희고 넓은 이를 닦기 시작했다.

"난 절대 결혼하지 않을 거야." 그녀가 다소 힘들여 말했다. 박하 가루를 입에 넣고 있어 말이 잘 안 나왔기 때문이다. "무엇 때문인지는 모르지만 결혼하고 싶은 생각이 전혀 없어. 난 암스테르담으로 가서 아빠와 이중주를 할 테야. 나중에는 결혼한 언니 집에서 살 거야."

"정말 말도 안 돼!" 토니가 언성을 높여 소리쳤다. "안 돼, 정말 말도 안 돼, 게르다! 넌 여기서 결혼해서 계속 여기 있어야 돼. 내 말 좀 들어 봐. 가령 내 형제들 중의 한 명과 결혼하는 게 어때?"

"코 큰 그 오빠하고?" 게르다는 이렇게 묻고는 귀엽고 나른한 표정으로 작게 한숨지으며 하품을 했다. 그러면서 그녀는 손거울을 입 앞에 가져다 댔다.

"아니면 남동생하고 말이야. 그건 아무래도 상관없어. 정말 너희가 어떻게 집을 꾸미고 살까! 그런 일은 야콥스가 해야 할 거야. 어부 골목에 사는 실내 장식가인 야콥스가 말이야. 그는 고상한 취미를 갖고 있어. 난 매일 그 사람 집에 들락거릴 거야……."

그런데 그때 포피네의 목소리가 들려왔다. "야! 이봐 아가씨들! 제발 좀 자라니까! 오늘 밤에 결혼하기엔 너무 늦었어!"

토니는 일요일이나 방학이 되면 멩가의 자기 집이나 교외 할머니 집에서 보냈다. 부활절 기간의 일요일에 날씨가 좋아 드넓은 크뢰거의 정원에서 달걀과 아몬드 과자 찾기를 할 수 있을 때면 얼마나 행복했던가! 휴양원에 머무르면서 호텔에서 식사하고 수영하며 나귀를 타던 해변에서의 여름 방학은 얼마나 즐거웠던가! 또 몇 해 전에는 영사의 사업이 잘돼 멀리 여행을 떠난 일도 있었다. 세 곳에서나 선물이 몰려들었던 성탄절 축제는 어떠했던가! 집에서, 외가에서 그리고 바로 그날 밤 세세미한테서 '비숍'이 억수같이 나왔던 일은……. 그렇지만 성탄절 밤 집에서 보낸 때가 가장 멋있었다. 왜냐하면 영사는 성탄절 축제에 성스러움, 영광과 정취 어린 분위기가 있어야 한다는 것을 중히 여겼기 때문이다. 영사가 주랑 현관에서 북적거렸던 하인들, 모든 늙은이 및 불쌍한 사람들과 일일이 그들의 붉고 푸르죽죽한 손을 붙잡고 악수를 나누는 동안 성탄절을 축하하려고 사람들이 풍경실에 모일 때면 저 바깥에서는 마리아 교회의 합창대가 부르는 사중창이 울려 퍼졌다. 그러면 사람들의 가슴은 두근거리고 축제의 분위기는 무르익어 갔다. 그다음 벌써 높고 흰 두짝문을 통해 전나무 향기가 들어오는 동안 영사 부인은 무척 커다란 글씨로 인쇄된 낡은 가정용 성서를 펴서 성탄절 장을 낭송했다. 바깥에서는 또 한 번 합창 소리가 울렸는데, "오, 전나무여"로 시작되는 노래였다. 이때 사람들은 장엄한 행렬을 이루며 주랑을 지나 양탄자가 깔려 있고 입상이 서 있는 넓은 방으로 이동했다. 그 방에는 흰 백합으로 장식된 나무가 반짝반짝 빛을 내고 향기를 뿜으며 천장까지 솟아 있었다. 그리고 선물 꾸러미가 창에서부터 문까지 이어져 있었다. 눈이 꽁꽁 얼어붙은 바깥 거리에서는 이탈리아 배럴 오르간 주자들이 음악을 연주했고 시장에서는 성탄절 장날의 시끌벅적한 소리가 들려왔다. 어린 클라라를 제외한 아이들도 주랑에서 열린 만찬에 참석했는데 잉어와 속을 채운 칠면조 요리가 무지무지 많이 나왔다.

여기서 토니 부덴브로크가 그해에 메클렌부르크의 두 농장을 방문했다는 사실을 언급해야겠다. 그녀는 여름에 몇 주 동안 친구 아름가르트와 함께 폰 실링의 농장에 머물렀다. 그 농장은 트라베강 어귀 해안의 만(灣) 건너편에 있었다. 그리고 그녀는 또 친척인 틸다와 함께 베른하르트 부덴브로크가 관리인으로 있는 곳으로 여행을 갔다. '불운'이라는 이름의 이 농장은 불모의 땅이었지만 방학을 보내기에는 그럭저럭 괜찮은 곳이었다.

이렇게 여러 해가 지나갔다. 그리고 이 모든 것은 토니의 행복한 소녀 시절에 있었던 일이다.

3부

1

유월 어느 날 오후 다섯 시가 지나 사람들은 정원의 '현관' 앞에 앉아 커피를 마시고 있었다. 높은 벽거울이 걸려 있는 정자의 내부는 희게 석회칠이 되어 있었고 그 벽면에는 날고 있는 새들의 그림이 그려져 있었다. 그리고 엄밀히 살펴보면 결코 문이라고 할 수 없지만 뒷면에 래커칠을 한 커다란 두짝문은 손잡이에만 색칠이 되어 있었다. 방 안의 공기는 너무 후텁지근했다. 그래서 사람들은 물감칠 한 울퉁불퉁한 나무로 간단하게 만든 가구들을 밖으로 내놓았다.

영사, 영사 부인, 토니, 톰과 클로틸데는 둥근 천으로 덮인 식탁 둘레에 반원형으로 앉아 있었다. 식탁 위에는 먹다 남긴 음식이 든 식기들이 희미한 빛을 내고 있었다. 반면에 크리스티안은 몸을 약간 옆으로 숙이고 불행한 표정을 지으며 키케로의 두 번째 카틸리나 연설을 예습하고 있었다. 영사는 시가를 입에 문 채 신문을 들여다보고 있었다. 영사 부인은 비단 자수를 내려놓고 어린 클라라를 바라보며 미소 짓고 있었다. 클라라는 이다 융만과 함께 잔디밭에서 오랑캐꽃을 찾고 있었다. 거기에 군데군데 오랑캐꽃이 피어 있었기 때문이다. 두 손으로 머리를 받치고 호프만의 『세라피온 형제』를 읽는 데 몰두해 있는 토니의 목덜미를 톰은 아주 조심스럽게 풀줄기로 간질이고 있었다. 영리한 그녀지만 이러한 장난을 전혀 눈치채지 못하고 있었다. 마른 데다가 애늙은이 같은 클로틸데는 꽃무늬가 있는 캘리코 옷을 입고 『눈멀고, 귀먹고, 말 못해도 행복하다』라는 이야기책을 읽고 있었다. 그러면서도 식탁보 위에 남아 있는 비스킷을 다섯 손가락으로 듬뿍 집어 조심조심 먹어 치우고 있었다.

흰 구름 몇 조각이 두둥실 떠 있는 하늘이 서서히 잿빛으로 변하기 시작했다. 길과 화단이 대칭으로 배치된 작은 정원은 오후의 햇살을 받아 알록달록한 빛을 내고 있었다. 화단의 테두리를 장식하고 있는 목서초의 향기가 때때로 바람에 실려왔다.

"봐라, 톰." 영사가 기분이 좋아 시가를 입에서 빼며 말했다. "내가 말한 바 있는 '판헹크롬' 상사와의 호밀 문제가 잘되어 가고 있다."

"어떻게 한다는 겁니까?" 토마스는 관심 있게 묻고는 토니에게 하던 장난을 중단했다.

"1000킬로에 60탈러……. 나쁘지 않지, 어떠니?"

"아주 좋은데요!" 톰은 이것이 아주 수지 맞는 장사라는 것을 알았다.

"토니, 자세가 그게 뭐니?" 영사 부인이 주의를 주자 토니는 눈을 책에서 떼지 않고 탁자에서 팔꿈치를 내렸다.

"아무 지장 없어요." 톰이 말했다. "저 앉고 싶은 대로 놔두세요. 토니 부덴브로크의 버릇이 어디 가나요. 틸다와 토니가 우리 집에서 최고 미인이라는 점은 아무도 부인하지 못해요."

클로틸데는 까무러칠 정도로 놀랐다. "웬일이야! 토오옴?" 그녀가 탄성을 질렀다. 그녀가 이 짧은 음절을 어떻게 그렇게 길게 뺄 수 있는지 이해할 수 없는 일이었다. 토니는 아무 말 없이 참고 있었다. 톰이 자기보다 수준이 월등해서 덤벼 봤자 아무런 소용이 없다는 것을 알고 있기 때문이었다. 그는 다시 대응책을 찾아내 결국 승리의 웃음을 지을 것이다. 다만 그녀는 콧구멍을 벌리고 숨을 쌕쌕 들이쉬며 어깨를 추켜들 따름이었다. 하지만 영사 부인이 얼마 안 있어 후노이스 영사 댁에서 열릴 무도회에 관해 이야기하기 시작하고, 새로운 에나멜가죽 구두에 관한 이야기를 하자 토니는 다른 쪽 팔꿈치도 탁자에서 떼며 지대한 관심을 보였다.

"말이 되게 많네." 크리스티안이 불평하면서 소리쳤다. "그런데 이거 되게 어려운데! 나도 상인이 될까 보다!"

"그래, 넌 맨날 소망이 달라지는구나." 톰이 말했다. 이때 안톤이 쟁반에 명함을 얹고 뜰을 가로질러 왔다. '무슨 일일까?' 하고 사람들은 잔뜩 기대에 차서 그를 쳐다보았다.

"중개업자 그륀리히라." 영사가 읽었다. "함부르크 출신의 점

않고 훌륭한 남자로, 목사의 자제로군. 그와 거래가 있지. 일거리가 있어. 그분께 말하게, 안톤. 베티, 당신도 괜찮겠지요? 여기 오느라 꽤나 고생했겠는걸."

서른두 살가량 된 중키의 어떤 남자가 손에 모자와 지팡이를 들고 상당히 보폭이 짧은 걸음으로 머리를 약간 앞으로 내밀고 정원을 가로질러 왔다. 그는 무릎까지 내려오는 황록색 양복을 입고 회색 털장갑을 끼고 있었다. 숱이 적은 연한 금발 아래서 그의 얼굴은 쾌활하게 미소 짓고 있었다. 하지만 한쪽 콧날개 옆에 있는 사마귀가 눈에 확 띄었다. 턱수염과 콧수염은 말끔히 면도했는데 구레나룻은 영국식으로 길게 기르고 있었다. 관자놀이에서 늘어뜨린 이 구레나룻은 확연히 황금빛을 띠고 있었다. 제법 먼 거리에서부터 벌써 그는 커다란 담회색 모자를 들고 존경의 표시를 했다.

그는 마지막 발걸음을 성큼 내디디며 다가와서는 상체로 반원을 그리면서 모두 앞에서 몸을 숙였다.

"가족이 다 모여 있는데 폐를 끼치게 되었군요." 그가 부드러운 음성과 우아하게 삼가는 자세로 말했다. "좋은 책들을 읽으며 정담을 나누시는데…… 실례를 하게 되어 죄송하게 됐습니다!"

"잘 오셨습니다, 그륀리히 씨!" 영사는 이렇게 말하고 두 아들과 함께 일어서서 손님과 악수를 나눴다. "사무실이 아닌 내 가족이 있는 곳에서 당신을 맞이하게 되어 반갑습니다. 여보, 내 사업 친구인 그륀리히 씨요. 얘는 내 딸 안토니고…… 얘는 내 질녀 클로틸데고…… 토마스는 벌써 알고 계시지요?

얘가 내 둘째 아들 크리스티안인데 고등학교에 다니지요."

그륀리히는 가족 이름을 댈 때마다 몸을 숙여 답례했다.

"아까 말한 바와 같이……." 그가 말을 계속했다. "제가 침입자 노릇을 하려는 것은 아닙니다……. 사업상 용건이 있어 왔습니다. 영사님과 정원을 거닐며 대화를 나누고자 합니다."

영사 부인이 이렇게 대답했다.

"남편과는 나중에 이야기하시고 잠깐 우리에게 시간을 내주시면 매우 고맙겠습니다. 앉으십시오!"

"고맙기 이를 데 없습니다." 그륀리히가 감격해서 말했다. 그러고 나서 그는 톰이 가져온 의자 끄트머리에 자리잡았다. 그는 모자와 지팡이를 무릎에 놓고 반듯이 앉아 손으로 구레나룻을 쓰다듬었다. 그러고는 가벼운 헛기침을 하는데 그 소리가 마치 "에헴!" 하는 것처럼 들렸다. 이 모든 행동은 "이제 인사가 끝났으니 다음 순서는?" 하고 말하려는 것 같은 인상을 주었다.

영사 부인이 대화의 실마리를 꺼냈다.

"함부르크에 사시나요?" 그녀가 물었다. 그녀는 머리를 옆으로 기울이고 일거리를 무릎에 내려놓으며 물었다.

"물론입니다, 영사 부인." 그륀리히가 다시 몸을 숙이며 대꾸했다. "집은 함부르크에 있지만 너무 바빠서 자주 돌아다니고 있습니다. 사업이 워낙 활기를 띠고 있어서요. 에헴, 네, 말하자면요."

영사 부인이 눈썹을 치켜올리고 입을 움직였는데 그것은 마치 정중한 어조로 "그래요?"라고 말하는 것 같았다.

"저로서는 왕성한 활동이 삶의 조건이지요." 그륀리히가 반쯤 영사 쪽을 향하면서 덧붙였다. 안토니가 자기한테 시선을 보내는 것을 깨닫자 그는 다시 헛기침을 했다. 소녀들이 낯선 젊은 남자를 훑어볼 때 던지는 차가운 그 시선은 당장이라도 경멸로 바뀔 듯이 보였다.

"우린 함부르크에 친척이 있어요." 토니가 무언가를 말하려고 입을 열었다.

"두캄프스 일가지요." 영사가 설명했다. "돌아가신 제 어머니의 가계지요."

"아, 잘 알고말고요!" 그륀리히가 재빨리 대답했다. "영광스럽게도 저는 그분들과 약간 면식이 있습니다. 모두 훌륭한 분들이지요. 마음씨나 정신적인 면에서……. 에—헴. 사실 모든 가정에 이러한 분들과 같이 정신이 충만하다면 세상이 더 나아질 거예요. 그분들한테는 신에 대한 믿음, 자비심, 내적인 경건함, 즉 저의 이상인 진실한 그리스도 정신이 깃들어 있지요. 그분들은 이러한 정신을 고상한 현실 감각, 고귀함, 찬란한 우아함과 연결시키고 있지요. 영사 부인, 이러한 것들이 개인적으로 저를 매혹시키지요!"

토니는 이렇게 생각했다. 이자가 어떻게 우리 부모를 알게 되었을까? 부모 마음에 드는 말만 하는군. 하지만 영사는 무심결에 이런 말을 했다.

"이러한 두 갈래 취향은 어떤 사람하고도 어울리지요."

그래서 영사 부인은 손님에게 손을 내밀지 않을 수 없었다. 그때 그녀가 진심으로 손바닥을 쫙 펴서 회전시켰기 때문에 팔찌 흔들리는 소리가 나지막하게 났다.

"친애하는 그륀리히 씨, 정말 진심에서 우러나는 이야기를 하시는군요!" 그녀가 말했다.

그러자 그륀리히는 몸을 숙이고 나서 반듯이 앉아 구레나룻을 쓰다듬었다. 그러고는 헛기침을 하는데 그것은 마치 "계속 이야기합시다."라고 말하려는 것 같았다.

영사 부인은 그륀리히의 고향에서 1842년에 일어난 끔찍한 화재에 대해서 몇 마디 늘어놓았다.

"정말." 그륀리히가 지적했다. "엄청난 불행이자 비참한 재앙이었어요, 그 화재는. 1억 3500만 마르크의 손실이 발생했지요. 네, 아마 정확히 그 정도일 겁니다. 그런데 저는 하느님의 높으신 섭리 덕을 봤지요. 저는 조금도 피해를 입지 않았답니다. 주로 성 베드로와 니콜라이 구역에서 화재가 맹위를 떨쳤지요. 너무나 매력적인 곳인데 말입니다." 그는 영사가 내미는 시가를 고맙게 받아 드는 동안 말을 중단했다. "하지만 시내 공원으로는 엄청 큽니다! 그리고 꽃이 필 때는 얼마나 아름다운지! 아, 맙소사, 고백하자면 전 꽃이나 자연 일반에 대해선 맥을 못 춥니다! 저기 개양귀비꽃은 색다르게 치장했군요."

그륀리히는 이 집의 고상한 정원을 칭찬하고, 도시 전체를 칭찬하고, 영사의 시가에 대해서도 칭찬했다. 그리고 그는 식구 모두에게 상냥하게 말을 걸었다.

"안토니 아가씨, 무슨 책을 읽고 계시는지 감히 물어봐도 되겠습니까?" 그가 미소 지으며 물었다.

토니는 어떤 이유에서인지 갑자기 미간을 찌푸리며 그륀리히를 쳐다보지도 않고 대답했다.

"호프만의 『세라피온 형제』예요."

"정말이지! 이 작가는 참으로 대단한 일을 해냈어." 그가 지적했다. "죄송합니다만…… 영사 부인, 그만 둘째 아드님의 이름을 깜박 잊어버렸네요."

"크리스티안입니다."

"멋진 이름이군요! 전 그 이름을 좋아하지요." 그륀리히는 다시 가장 쪽으로 몸을 돌렸다. "그 이름들은 그 자체가 벌써 이름의 주인이 기독교 신자임을 알게 해 줍니다. 댁의 가문이 요한이라는 이름을 물려받아 오고 있다는 것은 알고 있습니다. 그 이름을 듣고 주님의 사랑하는 제자를 생각하지 않을 사람이 누가 있겠습니까. 예컨대 이러한 지적을 해도 된다면……." 그는 말이 많아졌다. "제 이름은 대부분의 우리 조상처럼 벤딕스입니다. 그것은 베네딕트가 사투리로 그렇게 변한데 지나지 않습니다. 그런데 부덴브로크 씨는 무슨 책을 읽고 계십니까? 아, 키케로군요! 이 위대한 로마 웅변가의 작품은 어렵지요. 카틸리나 책이로군요……. 에 — 헴. 네, 제가 아직 라틴어를 완전히 잊어버린 것은 아니로군요!"

영사가 이렇게 말했다.

"선친과는 달리 나는 젊은이들이 한없이 라틴어나 그리스어 공부에 몰두하는 것을 반대하는 입장입니다. 실제적인 생활을 준비하는 데 필요한 진지하고 중요한 일이 많습니다."

"저의 견해도 그와 똑같습니다, 영사님." 그륀리히가 재빨리 대답했다. "그건 바로 제가 하려던 말이었습니다! 제가 덧붙이는 것을 깜박 잊었는데 그것은 논란의 여지가 있는 어려운 독서물이지요. 다른 것은 차치하고서라도 그 연설에서 제 마음에 들지 않는 부분 몇 군데가 기억납니다."

대화가 끊기자 토니는 이렇게 생각했다. 지금이 내 차례구나. 왜냐하면 그륀리히의 시선이 그녀한테 머물렀기 때문이다. 그리고 정말 그녀의 차례가 되었다. 즉, 그륀리히가 갑자기 자리에서 약간 튀어오르며 영사 부인 쪽으로 짧고 힘차게, 그렇지만 우아하게 손을 흔들더니 뭐라고 열심히 소곤거렸다.

"제발이지, 영사 부인, 보이십니까? 단언하건대……." 토니가 이 말만은 알아들어야 한다는 듯이 그는 말을 중단했다가 크게 말했다. "아가씨, 그 자세 그대로 계셔 주세요! 보이십니까?" 그가 다시 조그만 소리로 속삭였다. "햇살이 따님의 머리카락을 어떻게 비추는지? 전 이보다 더 아름다운 머리카락을 일찍이 본 적이 없습니다!" 그는 너무나 황홀한 듯 갑자기 진지하게 공중에다 대고 말했다. 그것은 마치 하느님이나 자신의 심장에다 말하는 것 같았다.

영사 부인은 흡족해서 미소 지었다. 영사가 이렇게 말했다. "그 애를 너무 추어 주지 마십시오!" 그러자 토니는 다시 말없이 미간을 찌푸렸다. 몇 분 후에 그륀리히가 일어섰다.

"폐를 그만 끼치겠습니다, 네, 부인, 폐를 그만 끼치겠습니다! 저는 볼일이 있어 왔습니다. 그러니 어쩌겠습니까…… 이제 볼일을 봐야지요! 영사님께 간청드려도 된다면……."

"우리 집에 계시는 동안." 영사 부인이 말했다. "즐거운 시간이 되셨다면 기쁘기 한량없겠습니다."

그륀리히는 감사한 나머지 한동안 말을 잊은 채 서 있었다. "진심으로 감사드립니다, 영사 부인!" 그는 감격한 어조로 말했다. "하지만 부인의 친절한 마음을 악용해서는 안 되지요. 저는 '함부르크시'라는 여관에 방을 몇 개 얻어 놓았습니다."

'몇 개의 방이라……' 영사 부인이 생각했다. 그륀리히가 노렸던 의도가 바로 이것이기도 했다.

"어쨌든……" 또 한 번 진심으로 손을 내밀며 그녀는 결정을 내렸다. "다음에 또 뵈었으면 해요."

그륀리히는 영사 부인의 손에 입맞춤을 하고는 토니도 자기에게 손을 내밀기를 한동안 기다렸지만 아무 일도 일어나지 않자 상체로 반원을 그리고 뒤로 크게 발걸음을 옮기면서 또 한 번 몸을 숙였다. 그러고는 날렵하게 머리를 뒤로 젖히며 회색 모자를 쓰고 영사와 함께 걸어갔다.

"유쾌한 사람이야!" 영사는 그륀리히를 바래다주고 돌아와서는 이렇게 되풀이해서 말했다. 그리고 다시 자리에 앉았다.

"내가 보기에는 속돼 보이던걸요." 토니는 감히 그렇게 말했다. 그것도 또박또박 힘을 주어서.

"토니, 무슨 소리니! 말도 안 돼!" 영사 부인은 다소 화가 나서 말했다. "그렇게 기독교적인 젊은이를!"

"행실이 바르고 세상 물정에 밝은 사람이던데!" 영사가 보충해서 말했다. "넌 제대로 알지도 못하고 말하는 거야." 부모는 이런 식으로 정중하게 서로를 편드는 일이 가끔 있었다. 그러면서 서로가 일심동체라는 사실을 그만큼 더 굳게 다졌다. 크리스티안이 커다란 코를 찡그리며 말했다.

"그는 항상 너무 거들먹거리며 말해요! 허풍을 떤단 말이에요! 우리는 그러지 않는데. 그리고 오랑캐꽃을 색다르게 치장했다고! 어떤 때는 꼭 큰 소리로 자신한테 말하는 것 같아요. 폐를 끼치게 되었군요, 실례를 하게 되어 죄송하게 됐습니다! 전 이보다 더 아름다운 머리카락을 일찍이 본 적이 없습니다!" 그런데 크리스티안이 그륀리히의 흉내를 어떻게나 잘 내는지 영사도 웃음을 터뜨리지 않을 수 없었다.

"그래, 그는 너무 거들먹거려!" 토니가 다시 시작했다. "내내 자기 이야기만 한단 말이야! 사업이 활기를 띤다는 둥, 자연을 사랑한다는 둥. 자기 이름이 벤딕스라는 걸 자랑하지 않나……. 그런 게 우리하고 무슨 상관이람. 모든 게 제 자랑뿐이야!" 그녀는 갑자기 화가 나서 소리쳤다. "그는 엄마 아빠한테 환심 살 이야기만 잔뜩 늘어놓았어!"

"그건 비난할 일이 아니다, 토니!" 영사가 엄하게 말했다. "사람이란 낯선 장소에 가면 자신의 가장 좋은 점을 드러내고, 말을 많이 해서 환심을 사려고 하는 법이야. 그건 분명한 이치야."

"제가 보기에 좋은 사람 같던데요." 클로틸데가 말을 길게 빼며 부드럽게 말했다. 비록 그륀리히가 조금도 언급하지 않은 유일한 사람이 그녀였지만 말이다. 토마스는 판단을 삼갔다.

"됐다." 영사가 결론을 내렸다. "그는 기독교적이고, 유능하고, 활동적이고 교양 있는 사람이다. 토니, 너는 이제 열여덟 살이고 내년이면 열아홉 살이 되는 다 큰 처녀다. 그런 너한테 그가 얼마나 점잖고 공손하게 대하던. 남을 헐뜯는 버릇을 자제하거라. 우린 모두 약한 인간들이야. 그리고 미안하다만 너는 앞장 서서 남을 헐뜯을 입장이 못 돼. 톰, 일하러 가자꾸나!"

토니가 혼잣말로 종알거렸다. "황금빛 구레나룻 같으니라고!" 그러면서 이미 여러 번 그래 왔던 것처럼 양미간을 찌푸렸다.

2

"아가씨를 뵙지 못해 얼마나 슬펐는지 모릅니다!" 며칠 후 토니가 외출했다가 돌아오는 길에 넓은 거리와 멩가의 모퉁이에서 그와 마주쳤을 때 그륀리히가 말했다. "댁의 어머니에게 폐를 끼쳐 죄송합니다. 아가씨가 얼마나 보고 싶었는지 모릅니다. 그런데 이제 이렇게 만나 뵈니 얼마나 황홀한지 모르겠군요!"

그륀리히가 말하기 시작하자 부덴브로크 양은 어쩔 수 없이 멈춰 섰다. 하지만 반쯤 감겨 갑자기 암담한 표정이 된 그녀의 눈은 그의 가슴 위쪽은 바라보지 않았다. 그리고 입가에는 조소 어린 냉혹한 웃음이 맴돌았다. 그것은 젊은 소녀가 남자를 훑어보며 배척하는 표정이었다. 그녀의 입술이 씰룩거렸다. 무슨 대답을 해야 할까? 그렇다! 이 벤딕스 그륀리히라는 남자가 기겁을 해서 달아날 말이어야 했다. 하지만 잽싸고, 재치 있고, 정곡을 찌르는 말인 동시에 그한테 결정적인 상처를 주어 나둥그러지게 하는 말이어야 했다.

"양쪽 다 그런 것은 아니란 말이에요!" 그녀가 말했다. 그녀의 시선은 여전히 그륀리히의 가슴에 머물러 있었다. 그녀가 이러한 독화살을 톡 쏘자 그는 멍하니 그대로 서 있었다. 그녀는 머리를 뒤로 젖히고 신랄하게 말대꾸를 한 데 의기양양해하면서 집으로 갔다. 집에서 그녀는 그륀리히가 다음 일요일에 송아지 고기 식사에 초대받은 사실을 알았다.

그리고 그가 왔다. 아주 신식은 아니지만 종(鐘) 모양의 주름 잡힌 우아한 프록코트를 입었는데 그것이 그에게 진지하고도 견실한 인상을 주었다. 게다가 불그스름한 얼굴은 환한 미소를 짓고 있었다. 얼마 안 되는 머리카락은 가르마를 탔고 향수를 바른 구레나룻은 잘 손질되어 있었다. 그는 조개 스튜, 채소 수프, 구운 혀가자미, 매시트포테이토와 꽃채소를 곁들인 송아지 고기, 버찌술 푸딩, 양젖 치즈를 곁들인 호밀빵을 먹었다. 그는 이러한 음식이 나올 때마다 새로운 찬사의 말을 늘어놓을 줄 알았다. 이를테면 그는 디저트용 숟가락을 치켜들고 벽 융단의 조상(彫像)을 쳐다보며 큰 소리로 자신한테 말했다. "신이여, 이럴 수밖에 없는 저를 용서해 주소서. 큰 조각을 하나 맛보았나이다. 그런데 이 푸딩 맛은 정말 그만이군요. 자비로우신 마나님께 한 조각 더 부탁해야겠습니다!" 그러면서 그는 영사 부인을 익살맞게 슬쩍 쳐다보는 것이었다. 그는 영사와 사업이나 정치 이야기를 나누며 진지하고 유용한 원칙을 내세웠다. 영사 부인과는 연극, 사교나 화장에 관한 이야기를 나누었다. 그리고 톰, 크리스티안과 불쌍한 클로틸데, 심지어는 어린 클라라와 융만한테도 상냥한 말을 건넸다. 토니는 침묵을 지키고 있었다. 그는 그녀한테 접근하려고 하지 않고 머리를 옆으로 기울인 채 이따금씩 그녀를 쳐다보았다. 그의 시선에는 슬픔과 활기가 함께 배어 있었다.

그날 밤 헤어지게 되었을 때 그는 첫 번째 방문에서 심어 준 인상을 더욱 굳게 했다. "완벽하게 교육받은 사람이야." 영사 부인이 말했다. "기독교적이고 존경받을 만한 사람이야." 영사가 말했다. 크리스티안은 그의 몸짓과 말투를 이제 더욱 잘 모방할 수 있게 되었다. 그리고 토니는 찌푸린 표정으로 잘 가라는 인사를 했다. 그녀는 부모님의 마음을 단번에 사로잡은 이 남자를 다음에 또 봐야 할 것 같은 예감을 막연하게나마 느꼈기 때문이다.

실제로, 그녀가 오후에 여자 친구들과 만나고 집에 돌아와 보니 그륀리히가 풍경실에 둥지를 틀고 있었다. 거기서 그는 영사 부인에게 월터 스콧의 『웨이벌리』를 낭독해 주고 있었다. 그것도 모범적인 표준 발음으로. 그 스스로 이미 밝혔듯이 그는 분망한 사업 관계로 영국에도 가 보았기 때문이다. 토니는 다른 책을 들고 옆에 떨어져 앉았다. 그러자 그륀리히가 부드러운 음성으로 이렇게 물었다. "제가 읽고 있는 것이 아가씨 취향에 안 맞는 모양이지요?" 그러자 그녀는 머리를 뒤로 젖히고 이렇게 톡 쏘아붙였다. "조금도요!"

하지만 그는 개의치 않고 오래전에 사망한 부모 이야기를 꺼내기 시작했다. 설교사이자 목사였던 그의 아버지는 지극히 기독교적인 남자인 동시에 아주 세상 물정에 밝은 분이었다고 말했다. 그다음 그륀리히가 함부르크로 떠나려고 작별 인사를 하러 왔을 때 토니는 그 자리에 없었다. "이다!" 그녀가 자신의 친한 여자 친구 격이던 융만에게 말했다. "그 사람 갔지!" 하지만 이다 융만은 이렇게 대답했다. "애, 두고 보면 알게 될 거야."

팔 일이 지난 후 아침 식사를 하는 방에서 이런 장면이 벌어졌다. 토니가 아홉 시 정각에 내려와 보니 아버지는 아직도 어머니 옆 식탁에 앉아 있는 것이 아닌가. 이마에 입맞춤을 하게 한 후 눈이 벌겋게 충혈된 그녀는 싱싱하고 허기진 표정으로 자기 자리에 앉아 설탕과 버터, 향신료를 가미한 녹색 치즈를 먹었다.

"아빠가 여기 있는 걸 한 번이라도 보게 되어 얼마나 좋은지 몰라요!" 그녀는 냅킨으로 뜨거운 달걀을 싸서 찻숟가락으로 껍데기를 까며 그렇게 말했다.

"오늘은 우리 잠꾸러기를 기다리는 중이란다." 영사가 말했다. 그는 시가를 피우며, 접은 신문지로 탁자를 계속 가볍게 내리쳤다. 영사 부인은 천천히 단아한 동작으로 아침 식사를 끝내고는 소파에 몸을 기댔다.

"틸다는 벌써 부엌에서 일하고 있단다." 영사가 의미심장하게 말을 이었다. "내가 아직 여기에 있는 것도 네 엄마와 내가 우리 딸 문제에 관해 진지한 이야기를 나누기 위해서란다."

버터 바른 빵을 잔뜩 입에 넣은 토니는 호기심과 놀라움이 섞인 표정으로 아버지와 어머니를 차례로 쳐다보았다.

"먼저 식사부터 하렴, 얘야." 영사 부인이 말했다. 그런데도 토니가 나이프를 내려놓고 "아빠, 그 이야기부터 해요!" 하고 소리치자 영사는 계속 신문으로 탁자를 내리치며 "식사부터 하렴." 하고 같은 말을 반복했다.

입맛을 잃은 가운데 잠자코 커피를 마시고, 달걀과 녹색 치즈에다 빵을 먹어 치우는 동안 그녀는 문제의 핵심이 무엇인지 예감하기 시작했다. 아침의 신선한 기운이 그녀의 얼굴에서 사라지고 안색이 약간 창백해졌다. 그녀는 꿀을 준 것에 감사의 표시를 하고 곧 나지막한 목소리로 준비가 끝났음을 알렸다.

"얘야." 영사가 잠깐 동안 침묵을 지킨 뒤 말했다. "우리가 이야기하려는 문제는 이 편지에 담겨 있다." 그리고 그는 이제 신문 대신에 푸르스름한 커다란 봉투로 탁자를 쳤다. "단도직입적으로 말하면 우리가 행실이 바르고 상냥하다고 본 벤딕스 그륀리히 씨가 우리 집에 드나들다가 너한테 깊이 반해 정식으로 구혼한다고 쓰고 있구나. 그에 대해 너는 어떻게 생각하느냐?"

토니는 머리를 아래로 숙이고 몸을 뒤로 기댄 채 앉아 있었다. 그리고 그녀의 오른손은 은제 냅킨 링을 천천히 돌리고 있었다. 그러나 갑자기 그녀는 눈앞이 캄캄해져서 눈물이 그렁그렁한 눈을 번쩍 떴다. 그러고는 목멘 소리로 이렇게 말했다.

"그 사람이 나를 어쩐다고——! 내가 뭘 어쨌다고——?" 그러면서 그녀는 왈칵 울음을 터뜨렸다.

영사는 부인을 흘끗 쳐다보고는 약간 당황해서 자기의 빈 찻잔을 들여다보았다.

"얘야." 영사 부인이 부드럽게 말했다. "왜 이렇게 흥분하니!

너도 알다시피 우리 안중에는 오로지 너의 행복밖에 없잖니. 남이 너한테 제공하는 사회적 지위를 내팽개치라고 권고할 수는 없는 게 아니겠니. 네가 아직 그륀리히 씨에 대해 결정적인 생각을 품지 않고 있다는 것은 알고 있어. 하지만 그럴 때가 올 거야. 내가 확신하는 바로는 차차 그럴 때가 올 거야. 너처럼 나이가 어릴 때는 자기가 진정으로 원하는 게 뭔지 분명히 알지 못한단다. 머리도 마음도 모두가 혼란스러워 보이지. 계획성 있게 우리의 행복을 염려해 주는 경험 많은 사람들의 충고를 수용할 수 있게끔 마음속으로 시간적 여유를 갖고 머리를 열어 두어야 해."

"나는 그 사람에 대해 아는 것이 아무것도 없단 말이에요." 토니는 절망적인 심정으로 이렇게 내뱉고는 달걀 얼룩이 묻어 있는 조그만 흰 냅킨으로 눈을 눌렀다. "내가 알고 있는 거라고는 그의 구레나룻이 황금빛이고 사업이 바쁘다는 것밖에 없단 말이에요." 우느라 떨리는 그녀의 윗입술은 이루 형언할 수 없을 정도로 감동적인 인상을 주었다.

영사는 돌연 부드럽게 몸을 움직여 자기 의자를 바짝 그녀 곁으로 옮겨 미소를 지으며 그녀의 머리카락을 쓰다듬었다.

"토니." 그가 말했다. "그에 대해서 또 무엇을 알아야 하겠니? 너도 알다시피 너는 어리다. 그가 사 주가 아니라 오십이 주 동안 여기에 머무른다 해도 너는 그에 대해 결코 더 이상 알지 못할 거다. 너는 아직 세상을 보는 안목이 없는 어린 소녀야. 그러므로 너의 장래를 걱정해 주는 다른 사람들의 안목을 신뢰해야 해."

"모르겠어요…… 모르겠어요……." 토니는 어쩔 줄 몰라 흐느끼며 고양이처럼 아버지의 손 밑에 머리를 파묻었다. "그는 여기 와서…… 모두에게 유쾌한 말을 하고…… 다시 떠나가서는…… 나를 좋아한다고 편지 쓰고……. 모르겠어요…… 어떻게 그렇게 됐는지…… 내가 뭘 어쨌다고!"

영사는 다시 미소 지었다. "아까도 그렇게 말했잖니, 토니. 애들처럼 네가 어쩔 줄 몰라 하는 것도 무리는 아니지. 그렇다고 내가 우리 딸을 몰아붙여 고통을 안겨 주려는 것은 결코 아니란다. 모든 일은 차분히 생각해 볼 수 있으며 또 그래야만 한다. 왜냐하면 그 일은 중대한 문제니까. 그륀리히 씨한테도 잠정적으로 그렇게 답장할 거야. 그의 청혼에 거절도 승낙도 않는다고……. 곰곰이 생각해 보아야 할 일이 많아…… 그래…… 내 말 알아듣겠지? 얘기는 끝났다! 나는 이제 일하러 가야겠다. 여보, 내 다녀오리다."

"여보, 잘 다녀오세요."

"토니, 너는 꿀을 좀 더 먹으렴." 머리를 아래로 향한 채 꼼짝 않고 있는 딸과 단둘이 있게 되자 영사 부인이 말했다. "충분히 먹어야 돼……."

토니의 울음이 점차로 진정되어 갔다. 그녀의 머리는 뜨거웠고 온갖 생각으로 가득 찼다. 이를 어쩌나! 이 무슨 사건이란 말인가! 그녀는 물론 가문과 회사의 품위에 걸맞은 복되고 유리한 결혼을 해서 어느 날 상인의 아내가 되리라는 것은 알고 있었다. 그런데 이제 어떤 남자가 정말 진지하게 자기와 결혼하겠다는 일이 처음으로 느닷없이 일어난 것이었다! 이럴 때는 어떻게 처신해야 한다는 말인가? 소설에서나 보아 왔던 '청혼 승낙……' '맹세코'라는 말이 느닷없이 그녀, 토니 부덴브로크에게 너무나 중요한 표현으로 대두되었다. 이를 어쩌나! 갑자기 이렇게 새로운 상황이 닥치다니!

"그런데 엄마?" 그녀가 말했다. "그럼 내가 승낙을 하도록 권하는 거예요?" 그녀는 '승낙'이란 표현을 쓰는 것을 한동안 주저했다. 그 말이 너무나 엄청나고 거북스럽게 생각돼서였다. 하지만 그런 다음에는 일생 처음으로 품위 있게 그 말을 표현했다. 그녀는 처음에 당황해서 냉정을 잃은 자신을 약간 부끄러워하기 시작했다. 그녀에게는 그륀리히와 결혼한다는 사실이 십오 분 전 못지않게 터무니없는 것으로 생각되었다. 하지만 그녀가 처한 위치의 중요성도 있고 해서 마음을 편하게 먹기 시작했다.

영사 부인은 이렇게 말했다.

"얘야, 권하느냐고? 아빠가 권했느냐고? 못 하도록 말린 것은 아니란다. 그게 전부야. 그리고 우리가 그런 일을 하려고 한다면 무책임한 일일지도 몰라. 너에게 제공된 조건이란 좋은 배필이 나타났다는 사실밖에 없다, 토니……. 네가 함부르크에 가게 되면 아주 좋은 생활 환경에서 팔자 편하게 살게 될 거야."

토니는 꼼짝도 않고 앉아 있었다. 갑자기 그녀의 눈앞에 외조부의 방에 있었던 것 같은 비단 커튼이 떠오르는 것이었다. 그륀리히 부인이 되어 아침에 초콜릿을 먹게 될 건가? 그런 것을 물어보기는 멋쩍었다.

"네 아버지가 말씀하셨듯이 찬찬히 생각할 시간이 있다."
영사 부인이 말을 계속했다. "그러나 우리가 분명히 밝혀 두지
만 그러한 행운을 잡을 기회란 자주 오는 게 아니야. 그리고
이 결혼은 의무와 운명이 정하는 바로 그런 결혼이야. 그래,
애야, 그러한 사실도 너에게 알려 주어야겠구나. 오늘 네 앞에
열린 길은 너에게 정해진 길이야. 너 자신도 그건 잘 알 거야."

"네." 토니 부덴브로크가 수심에 잠겨 말했다. "그래요." 그
녀는 가문과 회사에 대한 그녀의 책임을 잘 알고 있었다. 그리
고 그녀는 이러한 책임에 대해 자랑스러워했다. 짐꾼 마티센이
앞에서 조야한 실크해트를 벗어 들고 깊숙이 몸을 숙였던 그
녀, 안토니 부덴브로크, 영사 부덴브로크의 딸로서 마치 조그
만 여왕처럼 시내를 누비고 다녔던 그녀는 가문의 역사에 정
통해 있었다. 로스토크에 살았던 양복점 주인은 벌써 상당한
재산을 모았다. 그리고 그때부터 계속 번창일로를 달려왔다.
그녀는 부자와 고상한 결혼을 해서 자기 나름대로 가문과 '요
한 부덴브로크' 상사의 영화를 드높여야 할 사명을 지니고 있
었다. 그러기 위해 톰은 사무실에서 일하고 있었다. 그렇다, 이
러한 배필이 확실히 적격이었다. 하지만 그륀리히로 낙착되다
니…… 그녀는 황금빛 구레나룻이며, 콧날개에 사마귀가 달
린 환하게 미소 짓는 얼굴이며, 짧은 보폭의 걸음걸이를 혼자
떠올려 보았다. 그의 양모 양복의 감촉을 느끼고 그의 부드러
운 음성을 듣는다고 생각해 보았다.

"나는 사실……" 영사 부인이 말했다. "우리가 안정된 생각
에 접근할 수 있음을 알고 있었다…… 혹시 이미 어떤 결정

을 내린 게 아니니?"

"아니, 당치도 않은 소리예요!" 토니가 소리쳤다. 그녀는 돌연 '아니'라는 발음을 격분해서 강조했다. "그륀리히 씨와 결혼한다는 것은 터무니없는 짓이에요! 나는 늘상 신랄하게 그를 조롱해 왔어요. 그가 나를 이렇게 괴롭힐 줄은 꿈에도 몰랐어요! 그는 약간 자부심이 있는 게 분명해요."

그러면서 그녀는 호밀빵 조각에 꿀을 뚝뚝 떨어뜨리기 시작했다.

3

그해 부덴브로크 일가는 크리스티안과 클라라의 방학 중에도 휴양 여행을 가지 않았다. 영사는 사업이 너무 바빠 시간을 낼 수 없다고 설명했다. 그리고 안토니 문제도 해결이 안 되어 그들은 멩가에서 기다리고 있어야 했다. 영사가 직접 쓴 아주 외교적인 편지가 그륀리히한테 전해졌다. 하지만 아주 어린애 같은 식으로 표출된 토니의 완강한 반대로 일이 제대로 진척되지 않았다. "당치도 않은 일이야, 엄마!" 그녀가 말했다. "그는 내 쎵미에 맞지 않아요!" 이렇게 말하며 그녀는 '성미'를 '쎵미'라고 힘을 주어 발음했다. 혹은 그녀는 "아버지!" 하고 정중하게 말했다.(이전에는 '아빠'라고 불렀다.) "결코 그의 청혼을 승낙하지 않을 거예요."

아침 식사 방에서 그런 대화가 있은 지 열흘이나 됐을까.

때는 칠월 중순이었다. 그런데 다음과 같은 사건이 일어나지 않았더라면 결혼 문제는 오랫동안 별 진전이 없는 상태로 머물러 있었을 것이다.

푸르고 따사로운 어느 오후였다. 영사 부인은 외출하고 집에 없었다. 안톤이 명함을 가지고 왔을 때 토니는 소설책을 읽으며 혼자 풍경실에 앉아 있었다. 이름을 채 읽기도 전에 종(鐘) 모양의 프록코트와 완두색 바지를 입은 어떤 신사가 방에 들어섰다. 그자는 알다시피 그륀리히였다. 그의 표정에는 애원하는 기색이 완연했다.

깜짝 놀란 토니는 의자에서 벌떡 일어나 식당으로 도망치려는 동작을 취했다. 자기한테 구혼한 남자와 어떻게 대화를 나눌 수 있겠는가? 심장은 목까지 방망이질 치고 얼굴은 하얗게 질렸다. 그륀리히가 멀리 있었을 때는 부모와의 진지한 대화나 자신과 자신의 결정이 돌연 중요한 의미를 띠게 되었다는 사실이 재미있기조차 했다. 그런데 이제 그가 다시 눈앞에 나타난 것이다! 그가 자기 앞에 서 있는 것이 아닌가! 무슨 일이 벌어질 건가? 벌써 또 눈물이 터지려고 했다.

그는 총총걸음으로 걸어와서 팔을 벌리고 머리를 옆으로 기울인 채 이렇게 말하려는 자세를 취했다. 내가 여기 왔소! 죽일 테면 죽이시오! 그륀리히는 그녀한테 다가왔다. "이 무슨 섭리인가요!" 그가 외쳤다. "그대를 찾아냈군요, 안토니!" 그는 '안토니'라고 말했다.

소설책을 오른손에 쥔 토니는 의자 옆에 일어서서 입술을 삐죽 내밀었다. 그녀는 말할 때마다 머리를 까딱까딱 흔들고 말마다 분노의 표시로 강조하면서 이렇게 내뱉었다.

"당치도—않은—생각—작작—하세요!"

그런데도 이미 눈물이 목구멍에까지 차올랐다.

그륀리히는 너무 흥분한 나머지 이러한 비난에도 아랑곳하지 않았다.

"더 기다릴 수 없어서…… 이리로 되돌아오지 않았습니까?" 그는 집요하게 들러붙었다. "일주일 전에 당신 아버님의 편지를 받았습니다. 그 편지는 저를 희망으로 충만시켰습니다! 제가 미적지근한 상태로 더 기다릴 수 있었겠습니까, 안토니 양? 더는 견딜 수 없어 마차에 몸을 던져 달려왔습니다. 이리로 허겁지겁 달려왔단 말입니다. '함부르크시' 여관에 방을 몇 개 잡아 두었습니다. 그리고 당신한테서 최후의 결정을 듣고 싶어 이렇게 왔습니다. 말할 수 없이 행복한 말을 듣기 위해서요!"

토니의 몸이 마비되었다. 너무 어이가 없어 눈물이 도로 들어가 버렸다. 그러므로 이런 일이 생긴 것은 아버지가 신중하게 결정을 무기한 연기한다는 편지를 보낸 탓이었다! 그녀는 서너 번 더듬더듬 이렇게 말했다.

"잘못 생각했어요…… 잘못 생각한 거예요……."

그륀리히는 그녀가 있는 창가의 자리로 안락의자를 바짝 당겨 와서 앉았다. 그는 그녀에게도 다시 앉으라고 재촉했다. 그리고 그는 몸을 앞으로 굽혀 어찌할 바를 모르고 축 늘어져 있는 그녀의 손을 잡고 떨리는 목소리로 계속 말했다.

"안토니 양, 당신을 처음 본 그날 오후부터…… 그날 오후 생각나세요? 당신 가족들 틈에서 처음으로 그렇게 고귀하고 꿈결처럼 아름다운 자태를 보았을 때부터 당신의 이름은 지울 수 없는 활자가 되어 내 가슴에 씌어 있습니다." 그는 정정해서 이렇게 말했다. "박혀 있습니다. 그날부터, 안토니 양, 그 이름은…… 이 목숨 바쳐 당신의 아름다운 손을 잡는 게 내 유일한, 뜨거운 소원이 됐습니다. 그리고 당신 아버님의 편지가 제게 희망을 준 것은 당신이 조만간 경사스러운 확답을 할 거라고 하셨기 때문입니다. 그렇지 않나요? 승낙하신 걸로 믿으렵니다, 승낙하실 걸로 확신하는 바입니다!" 이러면서 그녀의 다른 손도 잡고는 불안스럽게 열려 있는 그녀의 눈을 그윽한 시선으로 들여다보았다. 그는 오늘은 털장갑을 끼지 않았다. 길고 흰 그의 손에는 툭 튀어나온 푸른 정맥이 돋아나 있었다.

토니는 그의 붉은 얼굴이며, 코에 난 사마귀며, 거위 눈처럼 푸른 그의 눈을 들여다보았다.

"아니에요, 아니에요!" 그녀가 급히 불안스럽게 내뱉었다. 그녀는 또 이렇게 말했다. "승낙하지 않아요!" 확고하게 말하려고 애썼지만 눈에서는 벌써 눈물이 쏟아졌다.

"어떻게 해서 내가 당신의 의심과 주저를 마주하게 되었나요?" 그가 머리를 깊이 숙이고 거의 비난하는 듯한 목소리로 물었다. "당신은 부모의 과잉보호를 받으며 버릇없이 키워진 소녀입니다. 하지만 맹세하건대 당신을 애지중지할 것을 사나이의 명예를 걸고 보장하겠습니다. 나의 아내로서 아무런 부족함 없이 살게 해 줄 것과 함부르크에서 남부끄러울 것 없는 삶을 영위하게 해 줄 것을 보장하겠습니다."

토니는 벌떡 일어서서 그의 손을 물리쳤다. 눈물을 철철 흘리며 완전히 절망적인 심정으로 이렇게 외쳤다.

"아니에요…… 아니에요! 난 싫다고 말했어요! 퇴짜를 놓는 거예요. 무슨 말인지 모르겠어요, 나 원 참!"

그러나 그륀리히도 따라 일어섰다. 그는 한 발짝 뒤로 물러나더니 그녀에게 양 손바닥을 내밀며 팔을 쭉 뻗었다. 그러고는 명예를 중시하는 남자답게 진지하고 단호하게 말했다.

"부덴브로크 양, 꼭 이런 식으로 모욕을 주셔야겠습니까?"

"하지만 당신을 모욕하는 것이 아니에요, 그륀리히 씨." 토니가 말했다. 너무 매몰차게 몰아붙인 것을 후회했기 때문이다. 대관절 토니에게 왜 이런 일이 일어나야 하는가! 그녀는 이런 식의 구혼은 생각한 적이 없었다. 그녀는 이렇게 말하기만 하면 되는 줄 알았다. "당신의 구혼은 영광입니다만 받아들일 수 없어요." 이러면 모든 일이 해결될 줄 알았는데…….

하지만 그륀리히는 물러서지 않았다.

"저를 물리치시는 겁니까?" 그가 힘없이 물었다.

"그래요." 토니가 말했다. 그러고는 조심스럽게 이렇게 덧붙였다. "유감스럽지만……."

그러자 그륀리히는 거칠게 숨을 몰아쉬더니 두 발짝 뒤로 성큼 물러나서 상체를 옆으로 숙이며 집게손가락으로 벽 융단을 가리켰다. 그러고는 무서운 목소리로 이렇게 외쳤다.

"안토니——!"

그들은 한동안 그렇게 마주 서 있었다. 그는 정말 화가 나고압적인 자세를 취했고 토니는 창백한 얼굴로 울먹이며 젖은 손수건을 입에 댄 채 떨고 있었다. 마침내 그는 몸을 돌리고 뒷짐을 진 채 마치 여기가 자기 집인 것처럼 방을 두 번 왔다 갔다 했다. 그러고 나서 그는 창가에 서서 유리창 너머로 저물 어 가는 석양을 바라보았다.

토니는 천천히 조심스럽게 유리문 쪽으로 걸어갔다. 하지만 그녀가 방 중간에 이르자 그륀리히가 다시 그녀 옆에 다가섰다.

"토니!" 그는 부드럽게 그녀의 손을 잡으며 아주 나지막하게 말했다. 그러면서 천천히 그녀 옆 방바닥에 꿇어앉았다. 그의 양 구레나룻이 그녀의 손 위에 놓여 있었다.

"토니……." 그가 되풀이해서 말했다. "여기 저를 보십시오. 당신이 이렇게 만들었습니다. 당신에게는 가슴, 감정을 지닌 가슴이 있는 겁니까? 제 말을 들어 주십시오. 당신 앞에는 절 망의 구렁텅이에 빠진 한 남자가 있습니다. 그렇습니다, 비탄 에 빠져 죽을 지경인 남자가." 그는 너무 경황 없이 말하는 통 에 잠시 말을 중단했다. "당신이 그의 사랑을 뿌리친다면! 여 기에 저는 누워 있습니다. 이런 제게 '당신을 혐오해요.'라고 감히 말하시렵니까?"

"아니에요, 아니에요!" 토니가 갑자기 위로하는 어조로 말했 다. 그녀의 눈물은 다 말라 있었다. 감동과 동정심이 그녀 내 부에서 솟구쳐 올랐다. 대관절 그는 얼마나 그녀를 사랑하기 에 내심 그토록 냉담하고 무관심한 그녀에게 이렇게까지 한 단 말인가! 그녀가 이것을 체험한다는 것이 가능한 일이겠 는가? 소설에서는 그와 같은 이야기를 읽을 수 있었다. 그런데 지금 일상생활에서 프록코트를 입은 어떤 신사가 그녀 앞에 무릎을 꿇고 애원하고 있는 것이다! 그녀에게는 그와 결혼한다는 것이 도무지 터무니없는 짓으로 여겨졌다. 그륀리히가 속돼 보였기 때문이다. 하지만 맹세코 지금 이 순간은 그가 전혀 속돼 보이지 않았다! 그의 목소리나 얼굴에는 정녕 불안감과 솔직하고 절망적인 애원이 담겨 있었다.

"아니에요, 아니에요." 토니가 되풀이해서 말했다. 그러면서 그녀는 완전히 감동해서 그의 머리 위로 몸을 굽혔다. "당신을 혐오하지 않아요, 그륀리히 씨. 어떻게 그런 말을 입에 담을 수 있겠어요! 하지만 이제 일어나세요…… 제발요."

"저를 죽이려는 게 아닙니까?" 그가 다시 물었다. 그러자 그녀는 또 한 번 어머니가 위로하는 것 같은 어조로 말했다.

"아니에요…… 아니에요……."

"그거 정말이지요!" 그륀리히는 이렇게 외치며 펄쩍 뛰어올랐다. 하지만 토니의 놀란 모습을 보고 즉각 그는 또 한 번 꿇어앉아 걱정스러운 듯 그녀의 마음을 진정시키는 말을 했다. "좋아요, 좋아요. 이제 더 이상 말하지 마세요, 안토니! 이것으로 충분합니다. 이 문제는 다음에 계속 이야기해요. 오늘은 그만합시다. 안녕히 계세요. 돌아가렵니다. 안녕히 계세요!"

그는 벌떡 일어나서 큼지막한 회색 모자를 탁자에서 홱 집어 들고 토니의 손등에 입맞춤을 하고는 쏜살같이 유리문을 빠져나갔다.

토니는 그가 주랑에서 자기 지팡이를 집어 들고 복도에서 사라지는 모습을 보았다. 그녀는 축 늘어진 손에 젖은 손수건을 쥐고서 완전히 얼이 빠지고 기진맥진한 채 방 한가운데에 멍하니 서 있었다.

4

부덴브로크 영사는 부인한테 이렇게 말했다.

"내가 생각해 보건대 토니가 결심을 하지 못하는 어떤 미묘한 동인(動因)이 있지 않은가 하오! 하지만 걔는 아직 어린애로 오락을 즐기고 있소. 무도회에서 춤추며 총각들이 따르게 해요. 그것도 순 재미로 말이오. 왜냐하면 걔는 자기가 예쁘고, 번듯한 가문 출신이라는 것을 알기 때문이오. 아마 남몰래 무의식중에 누구를 찾고 있을지도 모르오. 하지만 내가 아는데 걔는 흔히 말하듯이 마음에 드는 상대를 아직 발견하지 못한 거요. 걔한테 물어보면 고개를 이리저리 흔들며 곰곰 생각할 거요. 하지만 아무도 발견하지 못할 거요. 걔는 어린애고 장난꾸러기고 말괄량이요……. 만일 청혼을 승낙한다면 제자리를 찾아 마음의 안정을 얻을 수 있을 거요. 그리고 며칠 후면 남편을 사랑하게 될 거요. 그 사람이 겉멋이 든 사람은 아니지, 그래 결코 그런 사람은 아니야. 언제나 아주 당당하지. 상인의 말주변이 아무리 좋다지만 양의 다리가 다섯이라고는 주장할 수 없는 거요! 잘생긴 데다가 나무랄 데 없는 배우자가 나타날 때까지 기다리려고 한다면, 영영 끝장이오! 토니 부덴브로크는 또 다른 트집을 잡을 거요. 그건 하나의 모험이오. 다시 상인이 쓰는 말을 빌리자면 매일 미끼를 던진다 해서 매일 한몫 잡는 것은 아니오! 어제 한결같이 진지하게 구혼하는 그륀리히 씨와 비교적 오랫동안 대화하는 가운데 그의 장부들을 볼 기회가 있었소. 그걸 나한테 보여 주더군. 액자에 넣어 둘 만한 장부들이더군, 베티! 난 최대한 만족감을 표시했소! 젊은이가 왕성하게 사업하려면 그래야지, 암 그래야지. 그의 재산은 외견상의 잠정적인 토대만 하더라도 물경 12만 탈러에 달하오. 해마다 상당한 액수를 벌기 때문이오. 두캄프스가한테 물어봐도 괜찮다더군. 그의 생활상은 잘 모르지만 그는 신사답게 살고 일류 사교계에 드나들며, 사업 또한 소문이 자자할 정도로 활기 있게 널리 가지를 치고 있다고 하더군. 이를테면 은행가인 케셀마이어 같은 몇몇 다른 함부르크 사람들한테 물어보아도 아주 만족스럽더군. 요컨대 여보, 나는 가문과 회사에 이익을 가져다줄 이 결혼을 간절히 원하는 바요! 그런데 걔가 저렇게 궁지에 몰려 사방에서 시달리고, 의기소침해서 돌아다니며 말도 안 하고 있으니 가슴이 아프군. 하지만 난 서둘러 그륀리히 씨에게 퇴짜를 놓을 생각은 절대로 없소. 또 한 가지 이유는 베티, 간혹 말하지만 요근래 우리 사업이 순풍에 돛단 듯이 되는 게 아니오. 하느님의 은혜가 없는 것은 아니지만 과히 좋지 않아요. 아니, 열심히 일하면 응분의 보답이 있겠지만 사업이 부진해…… 아, 너무 부진해. 그것은 내가 너무 조심스럽게 사업에 임하기 때문이오. 아버님이 돌아가신 후로 본질적인 면에서는 아무런 진척이 없었어. 지금 세상은 진실로 상인한테 이롭지 않아요. 요컨대 장사가 별반 재미가 없소. 그런데 우리 딸이 결혼 연령에 도달해서 누가 보더라도 유리하고 영광스럽게 여겨지는 배필을 맞이할 상황에 있어요. 걔는 이 결혼을 해야 하오! 기다리는 게 상책이 아니오, 상책이 아니란 말이오, 베티! 걔하고 한번 얘기해 봐요. 나는 오늘 저녁 걔한테 온갖 설득의 말을 다 했소."

토니는 궁지에 몰려 있었다. 그 점은 영사의 말이 옳았다. 그녀는 다시는 "아니에요."라고 말하지 않았다. 그렇지만 "네."라는 말을 입에 올릴 수도 없었다. 하느님이라도 그녀를 좀 도와주었으면! 무엇 때문에 승낙의 말을 할 수 없는지 그녀 자신도 잘 몰랐다.

그러는 사이에 아버지가 그녀 옆에 와서 진지한 말을 나누기도 하고, 어머니가 그녀를 옆에 앉히고는 최종 결정을 촉구하기도 했다. 큰아버지 고트홀트 일가는 그 일의 내막을 제대로 알지 못했다. 그들은 멩가 사람들을 늘상 비웃는 입장이었기 때문이다. 하지만 심지어 세세미 바이히브로트도 일의 내막을 알고서는 또박또박한 발음으로 좋은 쪽으로 택하라고 충고했고, 융만조차도 "얘 토니, 걱정 마, 최상류 사회에서 살 거니까……."라고 말했다. 그리고 토니가 시외 성문 밖의 호화스러운 외가를 방문하자 크뢰거 할머니는 이렇게 서두를 꺼냈다. "아, 거, 저, 네 이야기 다 들었는데 정신을 차리렴, 아가야……."

어느 일요일 온 식구가 마리아 교회에 앉아 있는데 쾰링 목사가 "여자는 부모 곁을 떠나 남편을 좇아야 한다."라는 성서 구절을 강한 어조로 말했다. 그러다가 그는 돌연 열을 냈다.

토니는 깜짝 놀라 목사가 마치 자기를 쳐다보기라도 하는 듯 고개를 들어 그를 빤히 쳐다보았다. 하지만 다행히도 그는 숱이 많은 머리를 다른 방향으로 돌리고 다만 신자 일반에게 설교했다. 그렇지만 이 말이 그녀에 대한 새로운 공격이며 말 한마디 한마디가 그녀에게 적용된다는 것은 너무나 명백했다. 그가 말하기를 어떤 젊고 아직 어린애 같은 여자로, 아직 자기 나름대로의 의지나 주관도 없으면서 부모의 사랑 어린 결정에 거역하는 여자는 벌을 받는다고 했다. 그런 여자한테는 주 예수께서 직접 침을 뱉는다는 것이다. 퀼링 목사가 흥분해서 열변을 토하는 중에 토니는 꿰뚫어 보는 듯한 그의 시선과 마주쳤는데, 그때 그는 팔을 마구 휘젓고 있었다. 옆자리의 아버지는 마치 이렇게 말하려고 손을 든 것처럼 보였다. "그렇습니다! 지나친 말씀이 아닙니다……" 그런데 퀼링 목사가 아버지나 어머니한테서 모종의 언질을 받았음은 의심의 여지가 없었다. 모든 사람들의 시선이 자기한테 집중되는 느낌을 받자 그녀는 얼굴을 붉히고 허리를 굽힌 채 앉아 있었다. 그래서 다음 주일에는 교회 가는 것을 단호히 거부했다.

그녀는 말이 없어졌으며 웃음도 사라졌다. 식욕마저 잃어버리고 어떤 결단을 내리느라 애를 쓰는 듯 때로는 땅이 꺼져라 한숨을 짓기도 하면서 가족들을 애처롭게 바라보았다. 그러니 그녀한테 동정심을 안 가질 수가 없었다. 그녀는 눈에 띄게 몸이 여위고 생기를 잃어 갔다. 드디어 영사는 이런 말을 꺼냈다.

"이대로 둘 수는 없소, 여보. 그 아이를 괴롭혀서는 안 되겠소. 잠깐 어디 가서 휴식을 취하며 마음을 추스르도록 해야겠소. 두고 보면 알겠지만 그 애는 정신을 차릴 거요. 내가 일에서 손을 뗄 수도 없고 휴가도 거의 다 끝나 가니……. 하지만 우리는 모두 집에서 잘 지낼 수 있어요. 어제 우연히 트라베뮌데에서 슈바르츠코프 영감이 여기 왔더랬어요. 수로 안내인인 디드리히 슈바르츠코프 말이오. 내가 몇 마디 했지. 그랬더니 흔쾌히 그 아이를 잠시 맡아 주겠다고 하더군요. 그에게 약간의 사례금을 주었어요. 거기서 토니는 마음 편한 생활을 하며, 수영도 하고 바깥 공기도 쐬며 마음을 정리할 수 있을 거요. 톰이 그 애를 데려다주면 그만이오. 이런 일은 미루는 것보다 당장 해치우는 게 더 좋은 법이오."

이러한 아이디어에 토니는 기꺼이 동의했다. 그녀는 사실 그륀리히를 보지 않게 되었으나 그가 시내에 머무르며 부모와 대화하면서 기다리고 있다는 것은 알았다. 어쩌면 그는 날이면 날마다 다시 그녀 앞에 나타나 소리 지르고 애원할지도 모른다! 트라베뮌데의 낯선 집은 그로부터 더 안전할지도 모른다. 그래서 흡족한 마음으로 서둘러 짐을 쌌다. 그래서 칠월 마지막 어느 날 그녀를 데려다주게 된 톰과 함께 크뢰거가의 호화로운 마차에 올라 최상의 기분으로 작별을 고한 뒤 안도의 한숨을 쉬며 성문 쪽으로 길을 떠났다.

5

트라베뮌데로 가는 길은 줄곧 반듯하게 나 있다. 강을 건너도선장을 지나도 다시 반듯한 길이 나 있다. 둘은 그 길을 익히 알고 있었다. 태양이 작열하고 먼지에 가려 시야가 막혔지만 레브레히트 크뢰거의 메클렌부르크산(産) 짙은 갈색 말이 규칙적으로 내딛는 말발굽 아래서 회색 도로가 신속하게 미끄러져 갔다. 그들은 보통 때와는 달리 한 시 정각에 점심을 먹었다. 남매가 정각 두 시에 출발했더라면 네 시 직후에 도달하게 될 것이다. 보통 전세 마차를 타면 세 시간 걸리지만 크뢰거가의 말은 명성에 걸맞게 그 길을 두 시간 만에 주파하기 때문이다.

크고 납작한 밀짚모자를 쓴 토니는 크림색 양산을 들고 꿈꾸듯이 비몽사몽간에 꾸벅꾸벅 졸고 있었다. 날씬한 몸에 꼭 맞는 수수한 드레스와 회색 끈이 달린 양산을 그녀는 마차의 뒷지붕에 기대고 있었다. 흰 양말과 십자형 리본이 달린 신발을 신은 발을 그녀는 귀염성 있게 가지런히 벌리고 있었다. 그녀는 편안하고 우아하게 뒤로 기대 앉았다. 그녀의 몸은 마치 이 호화 마차를 위해서 만들어진 것 같았다.

나무랄 데 없이 옷을 입는, 벌써 스무 살이 된 톰은 청회색 옷을 입고 있었다. 그는 밀짚모자를 뒤로 젖히고 러시아제 담배를 피웠다. 그의 몸은 별로 크지 않았지만 머리카락이나 속눈썹보다 더 검은 콧수염이 무성하게 자라기 시작했다. 그는 평상시 버릇대로 눈썹을 약간 치켜올리고 먼지구름과 옆을 지나가는 도로변의 나무들을 바라보았다.

토니가 이렇게 말했다.

"트라베뮌데에 오는 게 이번처럼 즐거운 적이 없었어. 첫째로 여러 가지 이유 때문에 그래, 톰. 그렇다고 날 비웃지는 마. 나는 그 황금빛 구레나룻과 몇 킬로미터나마 떨어져 있기를 바랐어. 그러면 아주 새로운 트라베뮌데가 될 거야. 거기 해변의 슈바르츠코프 집이…… 휴양객은 전혀 신경 쓰지 않을 거야. 그런 것은 충분히 알고 있어…… 그런 데는 조금도 개의치 않아. 게다가 거기는 바깥 모든 장소가 그 사람에게 개방돼 있거든. 그는 아무 거리낌이 없어, 알겠어? 그가 어느 날 다정히 미소 지으며 내 옆에 불쑥 나타날지도 몰라."

톰은 담배를 획 내던지고 담뱃갑에서 새로 한 개비를 집어들었다. 그 담뱃갑 뚜껑에는 늑대의 습격을 받은 삼두마차가 예술적으로 그려져 있었다. 그것은 어떤 러시아 고객이 영사한테 보낸 선물이었다. 물부리가 노란 이 조그맣고 날씬한 담배는 톰이 애용하는 물건이었다. 골초인 그는 연기를 폐 깊숙이 빨아들였다가 말을 하면서 천천히 다시 뿜어내는 나쁜 습관이 있었다.

"그래." 그가 말했다. "말하자면 휴양지에는 함부르크 사람들이 우글우글할 거야. 휴양원을 몽땅 사 버린 프리체 영사가 그중 한 사람이지. 아빠 말로는 그가 지금 엄청나게 돈을 번대. 아닌 게 아니라 네가 그 일에 약간 관여하지 않으면 많은 것을 놓치게 돼. 페터 될만도 물론 거기에 있을 거야. 이 무렵이면 그는 자기 집에 있질 않아. 그의 사업은 아마 그냥 놓아둬도 잘되어 갈걸. 우습지! 그래…… 유스투스 아저씨는 일요일이면 잠깐 집에서 나와 도박장에 드나들지……. 그리고 내 생각에 묄렌도르프 일가와 키스텐마커 일가는 모두 전력을 기울이고 있어. 그리고 하겐슈트룀 일가는……."

"아! 물론이지! 사라 젬링어가 어찌 빠질쏘냐."

"그녀는 게다가 라우라라고도 불려. 그 점을 알아 둬야 해."

"물론 율헨도…… 율헨은 이번 여름 아우구스트 묄렌도르프와 약혼한대. 율헨은 그럴 거야! 그러면 그들은 결정적으로 한통속이 되는 거야! 톰, 알겠지. 그게 화나는 일이야! 우리를 추격하고 있는 이 가족이……."

"그래, 젠장. '슈트룽크 하겐슈트룀' 상사는 사업에 성공을 거두고 있거든. 그게 주목적이야……."

"물론이고말고! 그들이 어떻게 일하는지 다 알고 있어. 팔꿈치로 하는 거야, 알겠지…… 예의도 염치도 없이 말이야. 할아버지는 힌리히 하겐슈트룀을 이렇게 말하셨어. '황소가 새끼를 깐다.'라고. 그게 할아버지가 늘상 하시던 말씀이야."

"그래, 그래, 그래. 그런 말은 이제 지겨워. 돈 버는 게 최고야. 그리고 약혼에 관한 한 그것은 아주 확실한 사업이야. 율헨은 묄렌도르프가 돼. 그리고 아우구스트는 상당한 재산을 얻겠지."

"아, 공연히 기분 상하게 하지 마. 오빠, 내 말은 이거야…… 난 그런 인간들을 경멸해."

톰은 웃기 시작했다. "정말이지…… 그들에게 대응할 준비를 해야 할 거야. 알겠지. 얼마 전에 아빠가 이렇게 말하셨어. '그들은 떠오르는 자들이다.' 이를테면 묄렌도르프가는…… 그리고 하겐슈트룀가의 능력도 무시할 수 없어. 헤르만은 벌써 사업에 없어서는 안 될 사람이야. 그리고 모리츠는 폐는 안 좋지만 학교를 우수한 성적으로 마쳤어. 수줍음이 많다지만 법학을 공부하고 있어."

"좋아. 하지만 그들 앞에서 고개를 숙이지 않아도 되는 다른 가문이 있다는 것이 적어도 나에게는 기쁜 일이야, 톰. 이를테면 우리 부덴브로크가와 같은……."

"그렇지." 톰이 말했다. "우리 자랑하는 걸로 시작하지는 말자꾸나. 어떤 가문이든 결점은 있는 거야." 그는 말의 넓은 등을 바라보며 나지막하게 말을 계속했다. "예를 들면 유스투스 삼촌이 어떤 상황에 있는지는 누구나 다 알아. 그에 관한 이야기가 나오면 아빠는 늘상 고개를 절레절레 흔드시지. 내가 알기로는 크뢰거 외할아버지도 몇 번이나 거액을 융통해 주어야 했어. 외사촌들도 모두 엉망이야. 대학에 가려는 위르겐은 몇 번이고 졸업 시험에 떨어지고 있지, 함부르크의 '달베크 상사'에 근무하는 야코브에 대한 평판은 신통치 않다고 해. 제법 집에서 도움을 받는 모양인데 돈 문제에 대해서는 완전히 젬병이야. 그리고 유스투스 외삼촌이 거절하면 로잘리 외숙모가 돈을 보내 주지……. 아니야, 남을 비난할 필요는 없다고 생각해. 게다가 네가 하겐슈트룀가와 견주어 보려거든 그륀리히와 결혼하는 게 좋겠어!"

"우리가 그 얘기 하려고 이 마차를 탄 거야? 그래! 그래! 아마 그래야 될지도 모르지! 하지만 지금은 그 생각을 하고 싶지 않아. 딱 잊어버리고 싶어. 이제 우리는 슈바르츠코프한테 간다. 난 알다시피 그들을 본 적이 없어. 친절한 사람들일까?"

"아! 디드리히 슈바르츠코프, 그는 아주 괜찮은 사람이야.

말하자면 그는 그로크주⁵⁾를 다섯 잔 이상 마셔야만 하는 사람이지. 언젠가 그가 사무실에 왔을 때 함께 선원들 모임에 간 적이 있었어. 그는 밑 빠진 독처럼 마셔 댔어. 그의 아버지는 노르웨이로 항해하는 중에 태어났고 그러한 연유로 나중에 선장이 되었지. 디드리히는 교육을 잘 받았어. 수로 안내직은 꽤 수입이 좋은 책임 있는 자리야. 그는 노련한 수부(水夫)지. 하지만 그는 여자 후리는 데는 귀신이야. 조심해, 너한테도 지분거릴지 모르니까……."

"칫! 그럼 부인은?"

"그의 부인은 나도 몰라. 아마 상냥한 사람일 거야. 게다가 아들이 하나 있는데 내가 학교 다닐 때 고등학교 일이 학년이었으니까 지금은 아마 대학에 다닐 거야. 봐라! 바다야! 십오 분이면 이제……."

한동안 마차는 어린 너도밤나무가 늘어선 도로를 바다 쪽으로 바짝 붙어 달렸다. 바다는 햇빛을 받아 푸르고 평화스럽게 보였다. 노란색의 둥근 등대가 나타났다. 그들은 한동안 만과 부두를 바라보았고 도시의 붉은 지붕들이며 돛과 닻이 늘어선 조그만 항구를 바라보았다. 그런 다음 첫 번째 집들을 통과하고 교회를 지나 강가에 죽 늘어선 집들 앞을 굴러가다 보니 아담하고 작은 집이 나왔다. 그 집의 테라스에는 포도 덩굴이 무성하게 자라고 있었다.

수로 안내인 슈바르츠코프는 문 앞에 서 있다가 마차가 다

---

5) 럼주에 뜨거운 설탕물을 혼합한 것.

가오는 것을 보자 선원 모자를 벗어 들었다. 그는 붉은 얼굴에다 푸른색 눈을 지닌 땅딸막하고 어깨가 떡벌어진 남자였다. 서리처럼 희고 뾰족한 수염은 양쪽 귀 밑에 부채꼴로 나 있었다. 나무 파이프를 물고 있는 입은 옆으로 비틀어져 있으며, 입 주위는 단정하게 면도돼 있고 윗입술은 완고하게 붉고 둥근 모습이었다. 그의 입은 위엄 있고 우직한 인상을 주었다. 금줄로 장식된 열린 상의 아래에서 흰 피케 조끼가 빛나고 있었다. 그는 다리를 넓게 벌리고 배를 약간 앞으로 내민 채 거기에 서 있었다.

"아가씨가 한동안 우리 집에서 지내게 된 것을 우리는 무한한 영광으로 생각합니다." 그는 조심스럽게 토니를 마차에서 들어 내렸다. "안녕하십니까, 부덴브로크 씨! 아버님도 안녕하시고요? 그리고 영사 부인도 잘 지내시죠? 정말 반갑습니다! 자아, 좀 더 가까이 오십시오! 집사람은 먹을 것을 준비하고 있습니다. 자네는 페더슨 여관에 가게." 그가 트렁크를 집 안으로 다 옮긴 마부한테 말했다. "거기서 말들을 마구간에 넣으면 되지…… 부덴브로크 씨는 우리 집에서 주무시지요? 아, 상관없어요! 말들은 좀 쉬어야 해요. 그러다 보면 어둡기 전에 시내에 갈 수 없을 겁니다."

"이제 보니 여기도 최소한 휴양원만큼은 지내기가 좋겠는데요." 십오 분 정도 지나 테라스에서 커피를 마시며 토니가 말했다. "공기가 너무 좋은데요! 해조류 냄새가 여기까지 나는군요. 다시 트라베뮌데에 있다는 게 너무너무 기뻐요!"

푸른 잎이 무성한 테라스의 기둥들 사이로 햇빛에 반짝거리는 넓은 강이 보였다. 잔교(棧橋)가 있는 강에는 작은 배들이 떠 있었다. 그리고 저 건너 메클렌부르크의 툭 튀어나온 반도인 프리발의 도선장이 보였다. 푸른 테두리가 있는 데다가 주발같이 생긴 넓은 찻잔들은 집에 있는 아기자기한 옛날 도자기와 비교해 볼 때 무척이나 조야해 보였다. 하지만 토니의 자리에 들꽃 한 묶음이 놓여 있는 식탁은 먹음직스러웠다. 그리고 먼 길을 오느라 배도 고팠다.

"그래요, 여기서 건강을 회복하도록 해야죠, 아가씨." 안주인이 말했다. "이렇게 말해도 실례가 안 될지 모르지만 얼굴이 좀 상해 보이네요. 도시 공기 때문일 거예요. 그리고 파티도 자주 벌어지니……."

슐루투프 출신의 목사 딸인 슈바르츠코프 부인은 나이가 대략 쉰쯤 되는 것 같았고, 키는 토니보다 머리 하나는 더 작은 데다가 꽤 수척해 보였다. 정갈하게 매만진 검고 매끄러운 머리카락은 굵은 그물 헤어네트가 감싸고 있었다. 그녀는 조그만 흰 칼라와 소맷부리에 주름 장식이 달려 있는 암갈색 옷을 입고 있었다. 말쑥하고 부드럽고 친절한 그녀는 직접 구운 코린트 빵을 자꾸 토니에게 권했다. 크림, 설탕, 버터와 벌꿀을 발라 먹는 그 빵은 보트 모양의 빵 광주리에 들어 있었다. 이 광주리의 테두리는 어린 메타가 만든 진주 자수로 장식되어 있었다. 스코틀랜드 옷을 입고 아맛빛 머리카락을 양옆으로 땋아 내린 여덟 살의 얌전한 그 소녀는 어머니 옆에 앉아 있었다.

슈바르츠코프 부인은 토니의 거처로 정해진 방이 너무 수

수해서 미안하다고 말했다. 그런데 토니는 벌써 그 방에서 옷매무새를 가다듬고 약간 단장을 했다.

"아네요, 아주 좋은데요!" 토니가 말했다. 바다가 내려다보인다는 게 중요하다는 것이다. 그러면서 그녀는 네 번째 빵 조각을 커피에 담갔다. 톰은 노인과 지금 시내에서 수리 중인 '모직기'에 대한 대화를 나누었다.

갑자기 스무 살쯤 되어 보이는 청년이 책을 들고 테라스로 들어왔다. 그는 펠트 모자를 벗어 들고 얼굴을 붉히며 다소 어색하게 고개를 꾸벅했다.

"얘, 늦었구나." 수로 안내인이 말했다. 그런 다음 "얘가 내 아들이오." 하고 소개했다. 그가 이름을 말했지만 토니는 무슨 말인지 알아들을 수 없었다. "의과 대학에 다니지요. 방학 중이라 집에 와 있어요."

"만나게 되어 반가워요." 토니는 배운 대로 말했다. 톰은 일어서서 악수를 청했다. 그 젊은이는 또 한 번 허리를 굽히고 책을 손에서 내려놓고는 다시 얼굴을 붉혔다가 자리에 앉았다.

그는 중키에 상당히 마른 체격이고 금발이었다. 길쭉한 머리를 덮고 있는 짧게 깎은 머리카락처럼 아무런 색깔이 없는 콧수염은 이제 막 나기 시작해서 거의 보이지 않았다. 그리고 아주 밝은 안색이 그에게 잘 어울렸는데 마치 구멍이 숭숭 뚫린 도자기 같은 피부였다. 이러한 피부는 조금만 자극받아도 금세 얼굴이 빨개지곤 한다. 아버지의 눈보다 다소 짙은 푸른색인 그의 눈은 아주 생기가 있는 것은 아니지만 아버지처럼 표정이 선량했다. 그의 얼굴은 균형이 잘 잡혀 있었고 상당히 명랑한 표정이었다. 밥 먹을 때 보니까 아주 잘생긴 가지런한 치아가 눈에 띄었다. 반짝반짝 빛나는 게 마치 윤이 나는 상아 같았다. 게다가 그는 단추가 잠긴 회색 재킷을 입고 있었는데, 재킷 주머니에는 덮개가, 뒤쪽에는 고무밴드가 달려 있었다.

"네, 늦어서 죄송합니다." 그가 말했다. 그의 말은 약간 둔중하고 걸쭉했다. "해변에서 책을 좀 읽었어요. 그런데 미처 시계를 보지 못했어요." 그러고는 말없이 망설이며 이따금씩 톰과 토니를 아래위로 훑어보았다.

조금 있다가 토니가 여주인한테서 많이 들라는 독촉을 자꾸 받자 그가 이렇게 말했다.

"그 벌꿀은 믿어도 좋아요, 부덴브로크 양. 순전히 자연산이지요. 꿀꺽 삼켜 보면 안다니까요. 실컷 드세요, 아시겠죠! 이곳 공기는 식욕을 돋우고 신진대사를 촉진시킵니다. 충분히 드시지 않으면 쓰러집니다." 그는 순진하고 인정 많은 성격을 드러내며 이렇게 말하면서 몸을 앞으로 숙였다. 그러면서 가끔 말하는 상대방이 아닌 다른 사람을 쳐다보기도 했다.

그의 어머니는 자상하게 그의 말에 귀 기울였다. 그러면서 그가 이야기할 때 토니의 얼굴 표정을 살폈다. 그런데 슈바르츠코프 노인은 이렇게 말했다.

"아, 박사님, 신진대사 가지고 그만 떠들지 그래. 우린 무슨 말인지 도통 알 수가 없단 말이야." 그러자 젊은이는 웃으면서 다시 얼굴이 빨개져서는 토니의 접시를 바라보았다.

그 수로 안내인은 몇 번이고 아들 이름을 불렀지만 토니는 무슨 말인지 전혀 알 수 없었다. 아마 '모어'나 '모르트'라고 하는 듯싶었다. 하여튼 노인의 투박한 시골 사투리를 알아듣는다는 것은 불가능했다.

식사가 끝나자 흰 조끼 위에 입은 상의를 헐렁하게 풀어젖히고 햇빛을 향해 기분 좋게 눈을 끔벅거리는 디드리히 슈바르츠코프와 그의 아들은 짧은 나무 파이프로 담배를 피우기 시작했으며 톰도 다시 담배를 피우느라 정신이 없었다. 젊은이들은 옛날 학교 이야기로 꽃을 피우기 시작했고 토니는 그 이야기에 정신이 팔려 있었다. 그때 슈텡겔 씨 이야기가 나왔다. "선을 그어야지. 뭘 하는 거야? 획을 긋잖아!" 여기에 크리스티안이 없는 게 유감이었다. 그는 이보다 훨씬 더 잘할 수 있었다.

한번은 톰이 여동생 앞에 피어 있는 꽃들을 가리키면서 이렇게 말했다.

"그륀리히 씨라면 '이 꽃은 색다르게 치장했군요!'라고 할 거야."

그러자 골이 나서 얼굴이 빨개진 토니는 오빠의 옆구리를 쿡 찌르면서 젊은 슈바르츠코프 쪽으로 수줍은 시선을 옮겼다.

여느 때와 달리 오늘따라 아무리 기다려도 커피가 나오지 않았다. 그래서 사람들은 오랫동안 그냥 앉아 있었다. 벌써 여섯 시 반이었다. 수로 안내인이 일어섰을 때는 이미 저 건너 프리발 위로 황혼이 찾아들기 시작했다.

"자아, 미안합니다만." 하고 그가 말했다. "난 저 건너 수로 안내소에서 아직 할 일이 있어서요. 괜찮다면 여덟 시 정각에 저녁을 먹도록 하지. 아니면 오늘 저녁은 좀 늦게 먹든가, 메타야, 어떠니? 그리고 너는……." 그러면서 그는 다시 아들의 이름을 불렀다. "이제 여기에 앉아 있지만 말고 나가서 네 할 일을 해야지. 부덴브로크 양이 짐을 풀지도 모르니까. 혹 손님이 해변으로 가시려 하거든 방해하지 말거라!"

"디드리히, 도대체, 어째서 걔가 더 앉아 있으면 안 된다는 거예요." 슈바르츠코프 부인이 부드럽지만 나무라는 듯이 말했다. "그리고 손님이 해변으로 갈 때 왜 함께 가면 안 되는 거죠? 방학이잖아요, 디드리히! 그리고 걔가 우리 손님에 대해 아무것도 몰라야 한다는 거예요?"

6

환한 꽃무늬 사라사로 덮인 가구가 갖춰진 작고 깨끗한 방에서 토니는 다음 날 아침 흥분되고 즐거운 기분으로 깨어났다. 두근거리는 마음으로 그녀는 새로운 생활 환경에서 눈을 뜬 것이다.

그녀는 벌떡 일어났다. 두 팔로 무릎을 휘감고 흐트러진 머리를 뒤로 젖히며 닫힌 창의 덧문 사이로 가느다랗게 새어 들어오는 햇빛을 향해 눈을 깜박거렸다. 그러면서 천천히 어제 있었던 일을 더듬어 보았다.

그륀리히 생각은 전혀 나지 않았다. 시내며 풍경실에 소름 끼치게 나타나던 일이며 가족과 쾰링 목사의 훈계는 저 멀리 아득하게 느껴졌다. 여기서는 이제 아침마다 아무 걱정 없이 일어날 수 있을 것이다. 이 슈바르츠코프 일가는 훌륭한 사람들이었다. 어제저녁에는 오렌지 펀치가 나왔고, 그들은 함께 행복하게 생활하기를 기원하며 건배를 했다. 그들은 매우 흡족해했다. 슈바르츠코프 노인의 바다 이야기는 너무 재미있었으며 그의 아들은 자기가 공부하고 있는 괴팅엔에 관한 이야기를 해 주었다. 하지만 그녀가 아직 그의 이름을 모른다는 사실이 이상했다! 그녀는 그 문제에 신경을 잔뜩 썼지만 저녁 식사 때 그의 이름이 다시는 나오지 않았다. 그리고 이름을 다시 물어보는 것은 어쩐지 실례가 될 것 같았다. 그녀는 안간힘을 써서 곰곰이 생각해 보았다. 대체 그 청년 이름이 뭐였던가! 모어…… 모르트……? 게다가 그는 그녀의 마음에 쏙 들었다. 그가 물을 달라면서 숫자와 함께 철자 몇 개를 말하는 것을 아버지가 몹시 못마땅해하자 그는 교활하지만 선량하게 웃었다. 그렇다, 그것은 물의 화학 공식이었다. 물론 이 강물을 일컫는 말은 아니리라. 트라베뮌데 물의 화학 공식은 훨씬 더 복잡할 테니까 말이다. 거기에는 아마 해파리가 득시글거릴 것이다.. 고위 당국은 담수(淡水)를 일컫는 고유한 개념을 갖고 있다고 한다. 그런데 아들이 당국을 모욕하는 어조로 말했기 때문에 아버지가 질책을 한 것이었다. 슈바르츠코프 부인은 토니가 놀라지나 않는지 계속 살피고 있었다. 사실 그는 아주 재미있으면서도 흥겹고 박식하게 말했다. 그 젊은 신사는 그녀에게 상당히 신경을 썼다. 그녀는 식사하면서 피가 너무 많아서인지 머리가 뜨겁다고 호소했다. 그가 어떻게 대답했을까? 그는 그녀를 찬찬히 들여다보며 이렇게 말했다. 그렇군요,

관자놀이 부근의 동맥이 과잉 상태군요. 하지만 피가 너무 적거나 머리에 적혈구가 부족해서 그럴지도 모르겠어요. 어쩌면 가벼운 위황증(萎黃症)일지도 모르겠네요.

조각된 벽시계에서 뻐꾸기가 뛰쳐나와 여러 번 밝고 공허하게 꾹꾹거렸다. "일곱, 여덟, 아홉." 하고 토니가 셌다. "아, 잘 잤다!" 그러면서 침대에서 벌떡 일어나 창의 덧문을 열어젖혔다. 하늘에는 구름이 약간 끼었지만 태양이 빛나고 있었다. 잔물결이 이는 바다 저 너머 탑이 있는 밝은 곳이 보였다. 메클렌부르크 해안 오른쪽은 활처럼 굽어 있었고 바다는 흐릿한 수평선에 이르기까지 푸르스름한 선으로 뻗어 있었다. 나중에 해수욕하러 가야지 하고 토니는 생각했다. 하지만 활발한 신진대사로 몸이 여위지 않으려면 미리 아침을 든든히 먹어야지. 이렇게 생각하고 그녀는 미소 지으며 흡족한 마음으로 급히 세수를 하고 옷을 입었다.

그녀가 방을 나섰을 때는 아홉 시 반이 지난 직후였다. 톰의 방문은 열려 있었다. 그는 꼭두새벽에 다시 시내로 갔던 것이다. 침실들만 있는 상당히 높은 층까지 커피 냄새가 났다. 이것이 이 작은 집의 독특한 냄새인 것 같았다. 토니가 단순하고 부서지지 않은 나무 난간 계단을 내려와서 거실, 식당, 수로 안내인의 사무실이 있는 복도를 지났을 때 그 냄새가 더욱 진해졌다. 최고로 상쾌한 기분으로 그녀는 흰 피케 드레스를 입고 테라스에 들어섰다.

슈바르츠코프 부인은 아들과 단둘이 커피 탁자에 앉아 있었다. 탁자의 일부는 벌써 치워져 있었다. 그녀는 갈색 옷에 푸른 격자무늬 앞치마를 두르고 있었다. 그녀 앞에는 열쇠 광주리가 있었다.

"너무너무 미안해요." 일어나면서 그녀가 말했다. "기다리지 않아서, 부덴브로크 아가씨! 우리 같은 보통 사람들은 일찍 일어나지요. 할 일이 한두 가지가 아니라서요. 그이는 사무실에 있어요. 아가씨, 화나지 않았죠?"

토니 쪽에서도 용서를 구했다. "저도 항상 이렇게 늦잠을 자는 것은 아니에요. 양심의 가책이 느껴지네요. 하지만 어제 저녁에 마신 오렌지 펀치가……."

이 말에 이 집 아들이 웃기 시작했다. 그는 짧은 나무 파이프를 손에 들고 탁자 뒤에 서 있었다. 그의 앞에는 신문이 놓여 있었다.

"그래요, 그 때문이에요." 토니가 말했다. "안녕하세요? 자꾸 저한테 독촉하는 바람에…… 이젠 냉커피가 좋을 것 같아요. 진작 식사를 하고 해수욕을 했어야 하는 건데."

"아니에요, 젊은 숙녀한테는 너무 일러요! 일곱 시면 물이 꽤 찬데. 11도면 따뜻한 침대에서 나온 직후에는 조금 오싹할 거예요."

"제가 뜨뜻미지근한 물에서 해수욕하려는 걸 대체 어떻게 아셨어요?" 그러고는 토니는 탁자 옆에 앉았다. "저를 위해 커피를 따끈하게 데워 놓으셨군요, 슈바르츠코프 부인! 하지만 제가 직접 따라 마시겠어요. 고마워요!"

부인은 손님이 어떻게 식사를 시작하는가 지켜보았다.

"그래, 아가씨는 여기서 맞은 첫날 밤이었는데 잘 주무셨나요? 참, 매트리스는 해조로 채웠어요. 우리는 보통 사람들이라서…… 식사 많이 하시고 즐거운 아침이 되길 바라겠어요. 해변에 나가면 확실히 아는 사람을 여럿 만나게 될 거예요. 괜찮으시다면 우리 아들이 바래다드리도록 하지요. 미안하지만 이제 자리를 떠야겠군요. 음식을 살펴봐야 하니까요. 구운 소시지가 있어요. 할 수 있는 한 잘해 드리고 싶어요."

"전 벌꿀이 좋던데요." 단둘이 있을 때 토니가 말했다.

"그것 보세요, 꿀꺽 삼켜 보면 안다니까요!"

젊은 슈바르츠코프는 일어서서 파이프를 테라스의 난간에 얹었다.

"담배 피우시지 그래요! 아니에요, 저는 정말 상관없어요. 집에서도 아침 식사 하러 가면 언제나 아빠의 담배 연기가 방에 가득하니까요…… 좀 말씀해 주세요." 하고 그녀가 갑자기 물었다. "달걀 한 개가 생선 사분의 일 파운드와 맞먹는다는 게 정말인가요?"

그의 얼굴이 점점 더 빨개졌다. "저를 또 놀리시려는 겁니까, 부덴브로크 양?" 그는 웃는 듯 화난 듯 말했다. "전 어제저녁에 아버지한테 야단 맞았어요. 전공 이야기만 하면서 잘난 체한다고요."

"하지만 전 순수한 의도로 물었단 말이에요!" 토니는 놀라 잠시 식사를 중단했다. "잘난 체하다니요! 어떻게 그런 말을 할 수 있겠어요! 꼭 알고 싶어서 그런 거예요. 기가 막혀서, 전 아는 게 별로 없는 여자예요, 아시겠어요! 세세미 바이히브로트 기숙사에 있을 때 전 항상 제일 게으른 편이었어요. 제 생각에 댁은 많이 아시는 것 같은데⋯⋯." 그녀는 마음속으로 이렇게 생각했다. 잘난 체한다고? 모르는 사람과 어울리면 자신의 가장 좋은 점을 내보이고 점잔 빼면서 환심을 사려고 한다. 그건 누구나 다 아는 사실이야.

"그래요, 어느 정도는 맞는 말입니다." 그는 토니의 마음에 들도록 말했다. "영양분에 관해 말하자면⋯⋯."

이어서 젊은 슈바르츠코프가 계속 담배를 피우는 동안 토니는 아침 식사를 하면서 세세미 바이히브로트, 자신의 기숙사 시절, 자신의 여자 친구들, 즉 이제는 암스테르담에 있는 게르다 아놀트선이나 날씨가 좋을 때면 흰 집을 백사장에서 볼 수 있는 아름가르트 폰실링에 관해 이야기하기 시작했다.

나중에, 벌써 식사를 끝내고 입을 닦은 후 신문을 가리키며 토니가 물었다.

"뭐 새로운 소식이라도 있나요?"

젊은 슈바르츠코프는 웃으며 비웃는 듯한 동정심으로 머리를 흔들었다.

"아, 아닙니다. 무슨 별다른 뉴스가 있겠어요? 이 《시보》는 내용이 빈약한 신문인걸요, 아시겠어요!"

"그래요? 그런데 우리 아빠와 엄마는 늘 그걸 보시던데요!"

"하긴 그렇지요!" 그가 이렇게 맞장구치며 다시 얼굴을 붉혔다. "보시는 바처럼 저도 사실 다른 게 없으니까 보고 있습니다. 하지만 대실업가 모모 영사가 은혼식을 올린다는 기사는 별로 놀랄 일이 아니지요. 그래요, 그래요! 웃고 계시는군요. 그렇지만 다른 신문들, 《쾨니히스베르크 일월 신문》이나

《라인 신문》을 한번 보세요. 거기에는 다른 내용이 실려 있을 겁니다! 프로이센 왕이 무슨 말을 할지라도……."

"대체 뭐라고 말하는데요?"

"네…… 아니에요, 유감스럽게도 숙녀 앞에서는 입에 담을 수 없군요." 그러면서 그는 또 얼굴이 빨개졌다. "그는 이 신문에 대해서 못마땅한 언사를 썼지요." 그가 계속 이상야릇한 미소를 지었다. 토니는 잠시 몸이 화끈 달아오르는 느낌을 받았다. "그 신문은 정부와 별로 사이가 좋지 못해요. 귀족이나 사제나 지주 들과도요. 그 신문은 아주 교묘하게 검열을 희롱할 줄 알지요."

"그러면 댁도 귀족과 사이가 좋지 않은가요?"

"저요?" 그는 그렇게 묻고서 당황해했다. 토니는 일어섰다.

"그럼, 그에 관해서는 다음에 이야기하도록 하죠. 지금 해변에 가면 어떻겠어요? 보세요, 하늘이 아주 파래졌어요. 오늘은 다시 비가 오지 않을 거예요. 다시 한번 바닷물에 풍덩 뛰어들 수 있다는 게 얼마나 기쁜지 몰라요. 저를 저 아래로 바래다주시겠어요?"

7

그녀는 커다란 밀짚모자를 쓰고 양산을 받쳐 들었다. 바닷바람이 약간 불기는 하지만 뜨거운 태양이 작열하기 때문이었다. 젊은 슈바르츠코프는 회색 펠트 모자를 쓰고 책을 든 채 그녀 옆에서 나란히 걸었다. 그리고 그녀를 가끔 옆으로 쳐다 보았다. 그들은 늘어서 있는 집을 따라 피서지 정원을 통과했다. 정원의 자갈길과 장미 화원은 말없이 햇볕을 쬐고 있었다. 침엽수림 사이에 가려진 음악당은 말없이 피서지 여관, 제과점과 마주 서 있었다. 이 두 건물은 중간의 길쭉한 건물로 서로 연결된 스위스식 건물이었다. 열한 시 반경이었다. 피서객들이 아직 백사장에 있을 시간이었다.

둘은 벤치와 커다란 시소가 있는 어린이 놀이터를 지나갔다. 그들은 목욕탕 근처를 지나서 천천히 등대 주변을 돌아다녔다. 풀밭에 내리쬐는 태양은 클로버와 풀의 뜨겁고 향기로운 냄새를 진동하게 했다. 풀밭에서 푸른 파리들이 붕붕거리며 날아다녔다. 바다에서는 단조롭고 약한 파도 소리가 들려왔다. 멀리서는 이따금씩 거품이 하얀 빛을 내며 부서졌다.

"읽고 계시는 게 뭐예요?" 토니가 물었다.

젊은이는 두 손으로 책을 쥐고 뒤에서 앞으로 재빨리 책장을 넘겼다.

"아, 댁이 읽을 만한 책이 아닙니다, 부덴브로크 양! 순전히 피와 장과 비참함에 대한 책입니다. 보세요, 이건 바로 폐수종에 대한 글인데 일종의 '흐름이 막히는 현상'이지요. 말하자면 이런 경우에는 폐포(肺胞)가 수포로 가득 차게 됩니다. 이것은 극히 위험한 상태로, 폐렴일 때 생기지요. 그게 악화되면 숨도 제대로 못 쉬게 되어 그만 죽고 말지요. 처음부터 끝까지 이렇게 냉정한 내용으로 꽉 차 있어요."

"어머나, 그래요? 하지만 의사가 되시려면…… 나중에 그라보가 은퇴하거든 우리 집의 가정의가 되도록 힘써 보겠어요. 꼭요!"

"하하! 그런데 댁은 무슨 책을 읽으시는지 물어봐도 될까요, 부덴브로크 양?"

"호프만이라고 아시는지요?" 토니가 물었다.

"『악장(樂長)』과『황금 단지』를 쓴 사람 말인가요? 네, 아주 재미있지요. 하지만 여성들에게 더 어울릴 책이더군요. 남자들은 오늘날 다른 것을 읽어야 하죠."

"그럼 한 가지 묻겠는데요." 토니는 몇 발짝 걷다가 결심을 하고 물었다. "이름이 뭔지 좀 가르쳐 주시겠어요? 한 번도 제대로 알아들을 수 없었지 뭐예요…… 하지만 거기에 너무 신경이 쓰여서요! 방금도 골똘히 생각해 보았어요."

"그것에 대해 골똘히 생각해 보았다고요?"

"네, 그래요. 이제 그 문제로 골머리 앓기 싫어요! 그걸 묻는다는 게 별로 내키는 일은 아니지만요. 하지만 물론 알고는 싶죠. 게다가 그러면 이제 다시는 안 물어도 되니까요."

"저, 모르텐이라고 해요." 이렇게 말하더니 그는 이전과는 비할 수 없을 정도로 얼굴이 더 빨개졌다.

"모르텐? 귀여운 이름이네요!"

"뭐! 귀엽다고요……."

"그래요, 정말로…… 힌츠나 쿤츠라는 이름보다는 더 귀엽지요. 좀 색다른 이국적인 이름이랄까."

"낭만주의자시군요, 부덴브로크 아가씨. 호프만 책을 너무 많이 읽었어요. 그래요, 사정은 아주 간단하지요. 우리 할아버지가 반은 노르웨이 사람으로 모르텐이라고 불렸지요. 저는 그 이름을 따랐어요. 이게 전부예요."

토니는 모래뿐인 백사장의 가장자리에 높다랗게 자란 뾰족한 갈대를 지나 조심스럽게 나아갔다. 원추형 지붕으로 된 목조 간이 정자들이 그들 앞에 나타났다. 여기서는 바다 가까이에 놓여 있는 비치 의자가 잘 보였다. 그 의자 둘레에는 가족들이 따뜻한 모래 속에 진을 치고 있었다. 푸른 선글라스를 쓰고 빌린 책을 읽는 부인들, 밝은 옷을 입고 지팡이로 모래에 그림을 그리는 남자들, 머리에 커다란 밀짚모자를 쓴 채 시소를 타고, 뒹굴고, 샘을 파고, 목판으로 과자를 굽고, 굴을 뚫고, 바지를 걷고 야트막한 물에 들어가 배를 띄우는, 얼굴이 검게 그은 아이들……. 오른편에는 피서장의 목조 건물이 바다 쪽으로 툭 튀어나와 있었다.

"이제 똑바로 묄렌도르프 정자로 가요." 토니가 말했다. "그런데 약간 돕시다!"

"그러지요. 하지만 댁은 이제 아는 사람들과 만나게 될 테니…… 전 저기 바위 위에 앉아 있겠어요."

"만나게 된다고요? 네, 네, 아마 인사야 하겠지만 별로 달갑지 않아요. 제가 여기에 온 목적은 마음의 평화를 얻기 위해서예요."

"평화라고요? 누구로부터요?"

"가만있자! 누구로부터라……."

"부덴브로크 양, 그런데 한 가지 물어볼 게 있어요. 하지만 나중에 적절한 기회를 봐서요. 이제 댁과 작별을 해야겠군요.

저 뒤 바위 위에 앉아 있겠어요."

"댁을 소개하면 안 될까요, 슈바르츠코프 씨?" 토니가 진지한 표정으로 물었다.

"아니, 아, 아니에요……." 모르텐이 급히 말했다. "감사합니다만 저는 그럴 입장이 아니에요. 전 저 뒤 바위 위에 앉아 있겠어요."

모르텐 슈바르츠코프가 오른편의 커다란 바위 쪽으로 가는 동안 토니는 걸어가며 많은 사람들을 만났다. 그 바위는 피서장 옆의 물에 씻겨 있었다. 토니는 묄렌도르프 정자 앞에 진을 치고 있는 묄렌도르프 가족, 하겐슈트룀, 키스텐마커 및 프리체와 마주쳤다. 피서장 전체를 소유하고 있는 함부르크 출신의 프리체 영사와 난봉꾼인 페터 될만을 제외하면 모두 여자들과 아이들뿐이었다. 평일인 탓에 대부분의 남자들은 시내에서 일을 보고 있기 때문이었다. 면도를 말끔히 한 중년 신사인 프리체 영사는 눈에 확 띄는 얼굴의 소유자로, 열린 정자에서 망원경으로 멀리 있는 돛단배를 보고 있었다. 챙이 넓은 밀짚모자를 쓰고 선원처럼 수염을 둥글게 깎은 페터 될만은 모포를 깔고 모래에 앉아 있거나 범포(帆布)로 된 작은 안락의자에 앉아 있는 여자들과 잡담을 하며 서 있었다. 처녀 때 성이 랑할스인 묄렌도르프 시의원 부인은 긴 손잡이가 달린 안경을 만지작거리고 있었는데 그녀의 회색 머리카락은 마구 헝클어져 있었다. 하겐슈트룀 부인 옆의 딸 율헨은 아직 어렸지만 어머니처럼 귀에 이미 보석을 달고 있었다. 키스텐마커 영사 부인은 어린 딸을 데리고 있었고, 주름살이 있는 조그만 숙녀인 프리체 영사 부인은 두건을 쓰고 있었는데 그녀는 해수욕하는 것을 주인의 의무라고 여겼다. 얼굴이 붉은 그녀는 만사에 싫증이 나서 사교 무도회, 아이들 무도회, 복권 판매나 뱃놀이밖에 생각하지 않았다. 그녀에게 책을 읽어 주는 여자는 좀 떨어져 앉아 있었다. 아이들은 물에서 놀고 있었다.

'키스텐마커 부자(父子) 회사'는 번창하는 포도주 도매 상사였다. 최근 들어서 'C. F. 쾨펜 회사'는 밀리기 시작했다. 두 아들인 에두아르트와 슈테판은 벌써 아버지 회사에서 일하고 있었다. 될만 영사에게는 유스투스 크뢰거가 지니고 있는 용의주도한 면이 결여되어 있었다. 그는 상스러운 난봉꾼으로 그의 장기는 선량한 조야함이었다. 그는 사교적인 모임에서 아주 뻔뻔스러운 이야기를 곧잘 했다. 특히 유유자적하고 대담하고 시끄러운 거동으로 말미암아 자기가 부인들한테 명물로 인기가 높다는 사실을 알고 있기 때문이었다. 부덴브로크 댁에서 오찬을 하는데 아무리 기다려도 요리가 나오지 않아 안주인이 당황해하고, 멍하니 앉아 있는 손님들이 무료해하자 그는 좌중을 둘러보며 쩌렁쩌렁 울리는 걸쭉한 목소리로 "전 막가는 인간입니다, 영사 부인!" 하고 말해서 다시 사람들의 기분을 돌려놓았다.

바로 이런 쩌렁쩌렁한 거친 목소리로 그는 그 순간 저지 독일어를 섞어 가며 미심쩍은 이야기를 늘어놓았다. 묄렌도르프 영사 부인은 포복절도한 나머지 힘이 다 빠져서 "제발이지, 영사님, 좀 그만해 주세요." 하고 외쳤다.

토니 부덴브로크는 하겐슈트룀 가족한테는 쌀쌀한 대우를

받았지만 다른 사람들한테는 진심으로 환영받았다. 프리체 영사조차 급히 정자 계단을 내려왔다. 그는 내년에는 부덴브로크 가족도 해수욕하러 오기를 희망했기 때문이다.

"가족은 다들 안녕하시고요, 아가씨!" 될만 영사가 되도록 세련된 목소리로 말했다. 그는 토니가 자신의 행동을 별로 달가워하지 않는다는 것을 알고 있었다.

"부덴브로크 아가씨!"

"여기 어쩐 일이지요?"

"참 매력적이기도 하시지!"

"그런데 언제 여기에?"

"곱게도 화장을 하셨구먼!"

"어디에 묵고 계시지요?"

"슈바르츠코프 댁에요?"

"그 수로 안내인 말이지요?"

"참 독창적이셔!"

"꿈찍하게도 독창적이셔!" 그는 '끔찍하게도'를 '꼼찍하게도'라고 발음했다.

"시내에 묵고 계십니까?" 피서장의 주인인 프리체 영사가 물었다. 그러면서 이러한 사실이 자신의 마음을 아프게 한다는 기색을 보이지 않으려고 했다.

"그럼 다음 사교 모임에서도 뵙지 못한다는 말인가요?" 그의 아내가 물었다.

"아, 트라베뮌데에 잠시만 오시면 좋겠는데요." 다른 부인이 대답했다.

"부덴브로크가 사람들이 얼마나 배타적인 줄 모르시나요?" 하겐슈트룀 부인이 묄렌도르프 영사 부인한테 나지막이 말했다.

"그런데 아직 바닷물에 안 들어가셨나요?" 누군가가 물었다. "젊은 여자 가운데 누가 아직 해수욕을 하지 않았나요? 마리, 율헨, 루이스인가요? 서로 대화하면서 같이 들어가죠, 안토니 양⋯⋯."

몇몇 처녀들이 토니와 해수욕하러 무리에서 빠져나왔다. 그리고 페터 될만은 백사장을 따라 처녀들을 바래다주는 것을 잊지 않았다.

"참! 너 그때 우리 학교 다니던 일 생각나니?" 토니가 율헨 하겐슈트룀한테 물었다.

"응, 그래! 네가 툭하면 토라지곤 했지." 율헨이 동정적인 미소를 띠며 말했다.

그들은 백사장 위쪽에 서너 명이 지나다닐 수 있는 피서장의 널빤지 길로 올라갔다. 모르텐 슈바르츠코프가 책을 보면서 앉아 있는 바위 곁을 지나가며 토니는 멀리서 그를 향해 몇 번 고개를 끄덕였다. 누가 물어보았다. "누군데 그러니? 토니야?"

"아, 슈바르츠코프 아들이야." 토니가 말했다. "그 사람이 나를 여기에 바래다주었어⋯⋯."

"수로 안내인의 아들이란 말이지?" 율헨 하겐슈트룀이 그렇게 묻고는 반짝이는 새까만 눈으로 모르텐 쪽을 날카롭게 쳐다보았다. 모르텐도 그 나름대로 다소 우울한 표정으로 아리

따운 아가씨들을 면밀히 관찰했다. 하지만 토니가 큰 소리로 이렇게 외쳤다. "딱 한 가지 아우구스트 묄렌도르프가 여기 없다는 게 유감인데…… 평일에는 바닷가도 꽤 지겨운걸!"

8

토니 부덴브로크의 아름다운 여름날은 이렇게 시작되었다. 이전에 트라베 강구에서 묵었을 때보다는 짧은 기간이었지만 그래도 더 즐거운 시간이었다. 그녀는 활짝 피어났다. 아무것도 그녀를 방해하지 않았다. 예전처럼 말이나 행동에서 조심성 없는 대담한 면이 되살아났다. 영사는 일요일에 톰과 크리스티안을 데리고 트라베뮌데에 와 보고는 흡족해했다. 그리고 그는 호텔에서 식사를 하고 음악을 들으며 제과점의 차양 아래에서 커피를 마셨다. 그는 유스투스 크뢰거나 페터 될만같이 쾌활한 사람들이 홀 안에서 북적대며 룰렛을 하는 것을 지켜보았다. 영사는 도박에는 일절 손대지 않았다.

토니는 일광욕과 해수욕을 하고 후추 소스를 뿌린 구운 소시지를 먹었다. 그리고 모르텐과 함께 차도를 따라 이웃 마을까지 산책을 했으며, 백사장을 따라 멀리 바다와 육지를 굽어보고 있는 '해안 사원'으로 산책을 했다. 혹은 피서지 뒤의 자그마한 숲으로 갔다. 거기의 높은 곳에는 호텔의 식사 시간을 알리는 커다란 종이 걸려 있었다. 그들은 때로 트라베강을 지나 진주가 자라는 프리발로 노를 저어 갔다.

모르텐은 생각이 다소 격하고 독단적이기는 했지만 유쾌한 길동무였다. 그는 모든 사항에 대해 엄정하고 공정한 판단을 내렸다. 그러면서 얼굴이 빨개지기는 했지만 그의 판단은 단호했다. 토니는 우울해졌다. 그가 다소 어색하고 성난 제스처로 모든 귀족들은 백치이며 형편없는 인간이라고 설명하자 그녀는 그를 책망했다. 하지만 그가 자기 부모한테는 숨기는 견해를 자기에게는 솔직하고 친밀하게 털어놓은 데 대해 그녀는 아주 의기양양해했다.

　한번은 그가 이렇게 말했다. "이건 댁한테만 이야기하는 거요. 괴팅엔의 내 하숙방에 온전한 해골이 하나 있습니다. 뼈가 앙상한 해골을 아쉬운 대로 철사로 묶어 두었습니다. 그런데 이 해골에다 옛날 경찰복을 입혔어요. 하하! 훌륭한 착상 아닙니까? 하지만 우리 아버지한테는 절대 이야기하시면 안 됩니다!"

　토니는 해변이나 피어지에서 시내의 아는 친구들과 종종 만나는 일이 있었다. 그리고 이런저런 무도회나 뱃놀이에도 끌려다녔다. 그럴 때면 모르텐은 '바위 위에' 앉아 있었다. 두 사람 사이에는 이 바위가 첫날부터 관용적 숙어가 되었다. '바위 위에 앉는다'는 것은 '고독한 상태가 된다'와 '무료하다'를 의미했다. 어느 날 비가 와서 바다가 온통 회색의 베일로 가려지고 높은 하늘과 완전히 합쳐지며 백사장이 흠뻑 젖고 길이 범람하자 토니는 이렇게 말했다. "오늘은 우리 둘 다 바위 위에 앉아야겠네요……. 말하자면 테라스나 거실에 말이에요. 댁이 학생들 노래를 들려주는 수밖에 없겠어요. 그게 무척이나 지루하긴 하지만요."

"그러죠." 모르텐이 말했다. "우리 앉아요…… 하지만 댁이 옆에 있으면 바위가 없어진다는 것을 아셔야 해요!" 게다가 그는 아버지가 있으면 그런 말을 안 했지만 어머니가 있을 때는 상관하지 않았다.

"어디 가려고?" 점심을 먹은 후 토니와 모르텐이 동시에 일어서자 수로 안내인이 물었다. "어디 가려고 그러니!"

"네, 안토니 양을 해안 사원에 바래다주려고요."

"그래, 꼭 그래야겠니? 필리우스야, 날이 안 좋으면 방에 앉아 신경 섬유를 공부하는 게 더 낫지 않겠니? 괴팅엔에 돌아갈 때쯤 되면 다 잊어버리겠다……."

하지만 슈바르츠코프 부인이 옆에서 부드러운 음성으로 이렇게 말했다. "여보, 제발 그러지 마세요! 왜 같이 가면 안 된다는 거예요? 같이 가게 좀 내버려 두세요! 걔는 방학이잖아요! 그리고 걔라고 해서 우리 집에 온 손님을 나 몰라라 해야 한다는 법이라도 있어요?" 그래서 그들은 같이 갔다.

그들은 백사장을 따라 바닷물 아주 가까이서 걸었다. 그곳의 모래는 물에 젖어 매끈하고 단단해져서 힘들이지 않고 걸을 수 있었다. 거기에는 흔히 볼 수 있는 조그맣고 흰 조개들과 다른 종류의 길쭉한 젖빛 조개들이 군데군데 흩어져 있었다. 이러한 조개 외에 속이 빈 둥근 알이 달린 황록색 젖은 해조가 있었는데 누르면 그 알이 터졌다. 그리고 단순한 모양의 물빛 해파리 말고도 해수욕을 하다가 몸에 닿으면 따끔하게 발을 쏘는 주황색의 독성 해파리도 있었다.

"내가 전에 얼마나 바보 같았는지 말해 볼까요?" 토니가 말했다. "난 해파리한테서 알록달록한 색깔을 지닌 별 모양의 것을 끄집어내려고 했어요. 그래서 손수건에 해파리를 잔뜩 싸서 집에 가져갔지요. 그러고는 물기가 증발하도록 그것을 테라스의 햇볕에 깨끗이 말렸어요. 그렇게 하면 별처럼 생긴 것이 남게 될 줄 알았지요! 네, 가관이더군요! 나중에 살펴보니 거기에 상당히 큰 젖은 얼룩이 있었어요. 그런데 썩은 해조 냄새밖에 안 나지 뭐예요."

그들은 광활하게 뻗어 있는 바다의 율동적인 소리를 들으며 걸어갔다. 소금기를 실은 상쾌한 바람이 불어와 귓전을 스쳤다. 그래서 그들은 기분 좋게 어질어질해지며 몸이 약간 마비되는 느낌을 받았다. 그들은 고요하게 파도치는 이러한 광활한 평화 속에서 해변을 거닐었다. 멀리서 들리든 가까이서 들리든 간에 모든 자그마한 소리 하나하나가 신비한 의미를 불러일으켰다.

왼쪽에는 누런 점토와 바위로 된 틈 사이로 갈라진 낭떠러지가 있었다. 해안을 돌 때마다 똑같은 모양의 그런 새로운 낭떠러지가 나타났다. 돌멩이가 아주 많은 곳에서 그들은 저 위 조그만 덤불을 헤치고 해안 사원으로 가기 위해 비탈길을 기어 올라갔다. 원형의 그 사원은 거친 원목과 널빤지로 지어졌다. 사원의 안쪽 면은 제명(題銘), 머리글, 하트 모양의 그림, 시(詩)들로 뒤덮여 있었다. 토니와 모르텐은 바다 쪽으로 난 어떤 작은 방의 뒤에 가서 거칠게 만든 조그만 벤치에 앉았다. 거기서는 피서장의 방처럼 나무 냄새가 났다.

여기는 아주 적막하고 엄숙한 오후 시간의 분위기가 났다. 새 몇 마리가 지저귀고 있었다. 나뭇가지가 살랑살랑 흔들리는 소리가 파도 소리와 뒤섞였다. 바다는 저 아래에 한없이 펼쳐져 있었고 멀리 범선의 삭구(索具)가 시야에 들어왔다. 여태껏 그들의 귀를 간지럽히던 바람으로부터 벗어나자 그들은 돌연 깊은 생각에 잠긴 듯한 분위기가 감도는 적막감을 느꼈다.

토니가 이렇게 물어보았다.

"저것은 가는 걸까요, 오는 걸까요?"

"뭐라고요?" 모르텐이 특유의 둔중한 목소리로 물었다. 그러고는 마치 갑자기 정신이 번쩍 든 사람처럼 말했다. "가는 배지요! 저건 러시아로 가는 '슈텐보크 시장(市長)'입니다. 전 같이 가고 싶지 않아요." 그는 한참 있다가 그렇게 덧붙였다. "거기는 여기보다 사정이 훨씬 더 열악하지요!"

"그래요!" 토니가 말했다. "다시 귀족들을 공격하려는 거죠. 얼굴을 보니 그래요. 그게 댁의 좋지 않은 점이에요. 누구 아는 귀족이라도 있었나요?"

"아니요!" 모르텐이 화가 난 듯이 외쳤다. "다행히도!"

"네! 네, 하지만 전 있었단 말이에요. 물론 소녀지요. 저 건너편에 사는 아름가르트 폰실링이라는 아이인데 전에 말한 적이 있지요. 그 아이는 우리 둘보다 더 선량해요. 걔는 자기 이름에 귀족을 의미하는 '폰'이 달려 있는 것도 잘 모르더군요. 그 아이는 돼지 순대를 먹고 암소 이야기를 했어요."

"물론 예외라는 게 있는 법입니다, 토니 양!" 그가 집요하게 말했다. "하지만 들어 보세요…… 댁은 젊은 숙녀입니다. 그래서 만사를 개인적인 시각에서 보고 있습니다. 댁이 아는 귀족에 대해 이렇게 말하지요. '하지만 그는 좋은 사람인걸! 맹세코…….' 하지만 그들 모두를 비판하는 데는 사람을 알고 모르고는 필요없습니다! 왜냐하면 중요한 것은 원칙이나 제도이기 때문이지요! 네, 그 점에 대해서는 말을 않겠습니다. 어째서냐고요? 선택된 자나 귀족은 태어나면서부터 결정되는 것이니까요. 그들은 우리 같은 사람들을 깔보면서 내려다보게 되는 것입니다. 우리가 아무리 공로를 세워도 왜 그런 높은 지위에 오를 수 없다는 겁니까?" 비록 화는 냈지만 모르텐은 순진하고 따뜻한 마음의 소유자였다. 그는 손을 움직이려고 했지만 그게 부자연스럽다는 것을 스스로 알고 다시 중단했다. 하지만 그의 말은 계속 이어졌다. 그는 기분이 좋았다. 그는 엄지손가락을 상의 단춧구멍에 끼운 채 몸을 앞으로 숙이고 앉아 있었다. 그리고 선량한 눈에 단호한 표정을 지었다. "우리 부르주아, 즉 소위 제3계급은 공적에 의해서만 귀족이 되기를 원합니다. 우리는 나태한 귀족을 더 이상 인정치 않습니다. 우리는 현재와 같은 신분 서열을 거부합니다. 우리는 만인이 자유롭고 평등하기를 바라며 어느 누구도 인간의 지배를 받지 않고 오로지 법의 지배만 받기를 원합니다! 더 이상 특권이나 자의(恣意)가 있어서는 안 됩니다! 누구나 동등한 권리를 갖는 국가의 자식이어야 합니다. 일반 신도와 하느님 간에 아무런 중개자가 존재하지 않듯이 국민도 국가와 직접 관계를 맺어야 합니다! 우리가 원하는 것은 언론과 상공업의 자유입니다. 우리는 모든 사람들이 아무런 특권 없이 서로 경쟁

할 수 있기를 원합니다. 그리고 공적에 대해서 영광이 주어지기를 바랍니다! 하지만 우리는 노예처럼 속박받고 있습니다. 내가 방금 뭘 말하려고 했지? 그래요, 잘 들어 보세요. 사 년 전에 대학과 언론에 대한 연방법이 갱신되었습니다. 좋은 법이지요! 사물의 질서에 배치되는 진리는 씌어서도 가르쳐져서도 안 됩니다. 아시겠어요? 진리는 억압당하고 있으며, 그것을 발언할 기회는 봉쇄당하고 있습니다. 그런데 어째서 그럴까요? 백치 같은, 케케묵은, 다 쓰러져 가는 상태를 지키기 위해서죠. 그렇지만 그러한 상태가 조만간 타파되리라는 것은 누구나 다 알고 있지요. 댁은 이러한 야비한 상태를 전혀 파악하지 못하리라 생각합니다! 권력, 우둔하고 거친 현재의 그 경찰 권력은 정신적인 것이나 새로운 것을 전혀 이해하지 못하고 있습니다. 그래요, 다른 것은 그만두고 한 가지 사실만을 말씀드릴게요. 프로이센 왕은 심히 부당한 짓을 저질렀습니다! 프랑스인들이 쳐들어왔던 1813년 당시 그는 우리를 소집해서 헌법을 수립할 것을 약속했습니다. 그리고 우린 힘을 합쳐 독일을 해방시켰습니다……."

손으로 턱을 괴고 옆에서 그를 쳐다보고 있던 토니는 그가 직접 나폴레옹 군대를 몰아내는 데 정말로 일조할 수 있었을까 하고 잠시 동안 진지하게 생각해 보았다.

"하지만 그 약속이 이행되었다고 생각하십니까? 아, 아닙니다! 현재의 왕은 변설가이며 몽상가이며 낭만가입니다. 마치 토니 양이 그런 것처럼 말입니다. 한 가지 사실을 간과해서는 안 되기 때문입니다. 철학자와 시인이 어떤 진리, 세계관, 원칙을 다시 세우고 처리한 다음에 왕이 점차 이러한 견해에 다시 도달해야 합니다. 그는 바로 이러한 견해를 최신의 것이자 최상의 것으로 간주하고 그에 따라서 처신하도록 해야 합니다. 그렇습니다, 왕위(王位)에 요구되는 것은 바로 이것입니다! 왕은 인간일 뿐만 아니라 심지어 극히 평범한 인간에 불과합니다. 그들은 항상 상당히 뒤처져 있습니다. 아아, 독일은 학우회 소속 대학생처럼 되어 가고 있습니다. 자유 전쟁 당시에는 용감한 열혈 청년이었지만 지금은 한심스러운 속물이 되어 버린 대학생 말입니다."

"네네." 하고 토니가 말했다. "다 좋아요. 그런데 한 가지 물어볼 게 있어요. 그게 도대체 댁과 무슨 관계가 있단 말이죠? 댁은 사실 프로이센 사람도 아니잖아요."

"아, 그것은 아무래도 상관없습니다, 부덴브로크 양! 네, 전 댁의 성을 부르고 있습니다. 그것도 일부러요……. 엄밀히 말하자면 부덴브로크 아가씨라고 부르는 게 더 합당할지도 모르겠군요! 여기 사람들이 가령 프로이센 사람들보다 더 자유롭고, 평등하고, 우애가 돈독한가요? 제한, 격차, 귀족주의……. 여기나 거기나 마찬가지입니다! 댁은 귀족에 대해 공감하고 계시는군요. 이유를 말씀드릴까요? 댁 자신이 바로 귀족이니까요! 네, 그래요, 아직 그걸 모르셨나요? 댁의 아버님은 위대한 군주이고 댁은 공주인 셈입니다. 댁과 저 사이에는 깊은 심연이 가로막고 있어요. 우리는 댁과 같은 지배적인 가문의 부류에 속하지 않습니다. 댁은 사실 휴양하러 해변의 우리 집에 오신 겁니다. 하지만 댁이 다시 특권을 지닌 선택된

자들의 무리로 복귀하게 되면 다른 사람들은 바위 위에 앉아야 하는 신세가 됩니다." 그의 목소리는 아주 이상하리만큼 흥분되어 있었다.

"모르텐." 토니가 슬프게 말했다. "바위 위에 앉아서 화가 난 거로군요! 하지만 소개시켜 주겠다고 했잖아요."

"아, 댁은 또 문제를 어린 소녀로서 개인적 차원에서 보려고 하는군요, 토니 양! 전 원칙을 이야기하려는 겁니다. 제 말은 여기나 프로이센이나 인간적 우애가 돈독하지 않다는 사실입니다. 그리고 개인적으로 말씀드리자면……." 그는 잠깐 쉬었다가 더 나지막한 목소리로 계속했다. 하지만 그 목소리에는 아직 흥분이 배어 있었다. "저는 현재를 두고 하는 말이 아니라 오히려 미래를 두고 하는 말입니다. 만약 댁이 모모 씨의 부인이 되어 결국 고상한 영역으로 사라져 버린다면…… 어떤 사람은 평생 동안 바위 위에 앉아 있어야 하는 신세가 될 겁니다."

그는 입을 다물었다. 그리고 토니도 입을 다물었다. 그녀는 더 이상 그를 쳐다보지 않고 그녀 옆의 판자벽을 바라보았다. 꽤 오랫동안 가슴을 짓누르는 적막한 분위기가 감돌았다.

"생각해 보십시오." 모르텐이 다시 말하기 시작했다. "전에도 한 번 댁한테 질문이 있다고 말한 것을요. 네, 댁이 여기에 도착한 첫날 오후부터 전 죽 그 문제를 생각해 왔다는 것을 아셔야 합니다. 추측이 안 될 겁니다! 제가 무슨 말을 하는지 알아맞힐 수 없을 거예요. 다음 기회에 물어보겠습니다. 급하지 않은 문제니까요. 근본적으로는 저하고 하등 상관없는 문제지요. 단순한 호기심에 불과합니다…… 아니에요, 오늘은 단 한 가지만을 폭로하려는 겁니다. 다른 것을요…… 자, 보십시오."

이러면서 모르텐은 상의 주머니에서 알록달록한 색의 가늘고 긴 리본을 꺼냈다. 그러고는 기대와 승리가 섞인 기분으로 토니의 눈을 들여다보았다.

"참 예쁜데요." 제대로 알지도 못하면서 토니가 그렇게 말했다. "그게 뭐예요?"

하지만 모르텐은 위엄 있게 말했다. "이것은 제가 괴팅엔 대학의 학생 조합원이라는 뜻입니다. 이제 알게 될 겁니다! 이런 색깔의 모자도 한 개 갖고 있는데 방학 중이라 경찰복을 입은 해골한테 씌워 주었어요. 저한테 그런 모자가 있다는 걸 여기서 남들이 알면 안 되니까요. 무슨 말인지 알겠지요? 하지만 댁은 입을 다물어 주시리라 믿습니다. 만약 우리 아버지가 이 일을 알게 되면 큰일납니다."

"물론이지요, 모르텐! 네, 절대 누설하지 않겠어요! 하지만 무슨 사정인지 모르겠네요. 모두들 귀족에 반대하는 맹세라도 하셨나요? 원하시는 게 뭔데요?"

"우리는 자유를 원합니다!" 모르텐이 말했다.

"자유라고요?" 토니가 물었다.

"네, 그래요, 자유, 아시겠어요, 자유 말입니다!" 그가 되풀이해서 말했다. 그러면서 그는 막연하게, 다소 어색하지만 열렬하게 팔을 흔들며 저 멀리 아래쪽의 바다를 내려다보았다. 그것도 만으로 막혀 있는 메클렌부르크 해안 쪽이 아닌 탁 트인 바다 쪽을 바라보았다. 거기는 점점 더 가늘어지는 녹색, 푸른색, 노란색과 회색의 띠 모양으로 잔물결이 일고 있었고 막막한 수평선이 가물가물하게 보였다.

토니는 시선으로 그의 손이 가리키는 방향을 좇았다. 그리고 둘은 거친 나무 벤치에 손을 나란히 올려놓고 똑같은 방향을 바라보았다. 바닷물 소리가 잔잔하고 둔중하게 그들에게 밀려오는 동안 그들은 오래도록 아무 말 없이 그러고 있었다. 그리고 토니는 위대한, 불특정 다수를 지향하는, 예감으로 충만된, 동경으로 가득 찬 '자유'의 의미를 이해하고 갑자기 모르텐과 일심동체가 된 느낌을 받았다.

9

"바다를 바라보고 있으면 지루하지 않은 게 참 이상해요, 모르텐. 아무 일도 하지 않고 아무 생각에도 매달리지 않은 채 다른 장소에 서너 시간 동안 한번 누워 있어 보세요."

"네, 네…… 그런데 고백하자면 전에는 가끔 지루하다는 느낌을 받았어요, 토니 양. 그러다가 몇 주 전부터 그렇지 않게 됐어요."

가을이 왔다. 처음으로 강한 바람이 불어닥쳤다. 찢긴 엷은 회색 구름이 하늘에서 총총걸음을 쳤다. 거센 파도가 곤두박질치는 흐릿한 바다는 온통 거품에 뒤덮였다. 두려움을 안겨다 주는 무자비한 정적 속에서 커다란 세찬 파도가 굴러와서는 암록색의 금속성 빛을 발하며 둥근 모양을 만들었다가 장엄하게 부서졌다. 그러고는 요란한 소리를 내며 모래 위로 밀려왔다.

시즌은 완전히 끝이 났다. 해수욕하러 온 사람들로 북적거리던 백사장에 지금은 정자들마저 일부 철거되고 비치 의자들만 몇 개 남아 을씨년스러운 느낌을 주었다. 하지만 토니와 모르텐은 오후에, 멀리 누런 점토벽이 시작되고 '갈매기 바위'에 파도가 쳐 높게 포말이 이는 곳으로 갔다. 모르텐은 토니를 위해 견고한 모래성을 쌓았다. 십자형 끈을 맨 구두에 흰 양말을 신은 발을 포갠 채 토니는 거기에다 등을 기댔다. 그녀는 커다란 단추가 달린 부드러운 회색 가을 점퍼를 입고 있었다. 모르텐은 그 옆에서 손으로 턱을 괴고 그녀 쪽을 향한 채 엎드려 있었다. 갈매기 한 마리가 이따금씩 바다 위를 쏜살같이 날면서 끼룩끼룩하는 소리를 냈다. 그들은 해조들이 뒤섞여 자라고 있는 해변의 녹색 암벽을 바라보았다. 위협적으로 밀려오는 물결들은 그들과 대치하고 있는 바윗덩어리에 부딪쳐 산산이 부서졌다. 귀먹게 하고 입 다물게 하고 정신을 못 차리게 만드는 이러한 영원한 포효(咆哮)는 시간 감각을 앗아 가 버린다.

드디어 모르텐이 마치 잠에서 깨어난 사람처럼 몸을 움직이며 물었다. "이제 얼마 안 있으면 떠날 건가요, 토니 양?"

"아니에요. 왜요?" 토니는 무슨 말인지도 모르고 넋을 잃고 물었다.

"네, 벌써 구월 십 일이군요. 그렇잖아도 방학도 다 끝나 가고…… 이런 기간이 얼마나 계속될까요! 시내의 사교 무도회가 그립습니까? 좀 말씀해 주세요. 아마 댁과 같이 춤출 멋진 남자들도 많겠지요. 아닙니다, 제가 물어보려고 한 것은 그것도 아닙니다! 지금 저의 질문에 대답해 주셔야겠어요." 갑자기 무슨 결심이라도 한 듯 그는 턱에서 손을 떼고 그녀를 빤히 들여다보며 물었다. "오랫동안 참아 왔던 질문입니다…… 이제 묻겠는데 그륀리히 씨가 누구입니까?"

토니는 화들짝 놀라 얼른 그의 얼굴을 쳐다보았다. 그러고는 아련한 꿈을 더듬는 사람처럼 여기저기를 두리번거렸다. 그와 동시에 그륀리히가 구혼했을 때 겪었던 감정이 그녀의 마음속에 생생하게 되살아났다. 그것은 개인적으로 자기가 중요하다는 감정이었다.

"그걸 알고 싶으세요, 모르텐?" 그녀가 진지하게 물었다. "그렇다면 이제 말씀드리지요. 토마스가 첫날 오후 그 이름을 들먹이는 바람에 사실 너무너무 곤혹스러웠어요, 아시겠어요? 하지만 댁이 일단 그 이름을 들었으니까…… 좋아요. 그륀리히, 벤딕스 그륀리히, 그자는 아버지의 거래선으로 함부르크 출신의 부유한 상인이죠. 그자가 시내에서 저한테 청혼을 했더랬어요……. 하지만 아니에요!" 그녀는 모르텐이 몸을 움직이자 얼른 대답했다. "전 청혼을 거절했어요. 도저히 결혼 승낙을 결심할 수 없었어요."

"그런데 실례지만 어째서요?" 모르텐이 어색하게 물었다.

"어째서라고요? 아, 정말이지 도저히 견딜 수 없었어요!" 그녀가 거의 격분한 듯이 외쳤다. "그의 모습이며 행동거지를 직

접 보셔야 할 거예요! 무엇보다도 그는 황금빛 구레나룻을 지
녔어요. 부자연스럽기 짝이 없어요! 확신하건대 그는 성탄절
호두에 금칠하는 가루를 수염에 바른 것 같아요. 그 밖에도
그는 잘못된 방법을 썼어요. 그는 우리 부모님한테 온갖 아부
를 하며 뻔뻔스럽게 부모님 마음에 드는 말만 하지 뭐예요."

모르텐은 그녀의 말을 막았다.

"그런데 무슨 말입니까…… 또 한 가지 대답을 해 주셔야
겠어요. '저것은 색다르게 치장을 했군요.'란 말이 무슨 뜻인
가요?"

토니는 갑자기 신경질적으로 킥킥거리며 웃기 시작했다.

"네…… 그렇게 말했어요, 모르텐! 그는 '아주 좋아 보입니
다.'라거나 '방을 잘 꾸몄습니다.'라고 말하지 않고 '색다르게
치장을 했군요.'라고 말을 해요. 말하자면 그는 그렇게 속된
사람이에요. 그런 데다가 그는 지극히 뻔뻔스러워요. 그한테
매번 비웃는 태도로 대하는데도 저를 단념하지 않지 뭐예요.
한번은 그가 거의 울 것 같은 장면을 연출한 적도 있었어요.
남자가 질질 짜다니 그게 무슨 꼴이에요."

"댁을 열렬히 사모한 모양이군요." 모르텐이 나지막하게 말
했다.

"하지만 그게 저하고 무슨 상관이란 말이에요!" 그녀는 옆
의 모래성 쪽으로 몸을 틀며 놀라서 외쳤다.

"잔인하시군요, 토니 양. 항상 그렇게 잔인하세요? 말 좀 해
주세요. 그륀리히 씨가 마음에 들지 않았군요. 하지만 누구한
테 반한 적은 없었어요? 저는 종종 댁이 차가운 가슴의 소유

자라는 생각이 들 때가 있습니다. 한 가지 말씀드릴 게 있습니다. 그것은 맹세할 수 있을 정도로 진실한 말입니다. 댁이 자기에게 관심을 보이지 않는다고 우는 남자는 바로 그 때문에 속되지 않습니다. 정말입니다. 저도 그러지 않을 거라고 장담할 수 없어요, 결코……. 보세요, 댁은 숭앙받으며 자란 고귀한 분이십니다. 댁의 발밑에 엎드린다고 해서 사람들을 조롱하기만 하세요? 댁은 정말 차가운 가슴을 지녔습니까?"

잠시 명랑한 표정을 짓더니 토니의 윗입술이 갑자기 떨리기 시작했다. 그녀는 커다랗고 슬픈 눈망울로 그를 쳐다보았다. 서서히 눈물이 맺히기 시작한 그녀의 눈이 반짝거렸다. 그러고는 그녀가 나지막하게 이렇게 말했다. "아니에요, 모르텐, 저를 그렇게 생각하세요? 저를 그렇게 생각하지 마세요."

"저도 그렇게 생각하지는 않습니다!" 모르텐이 웃으며 소리쳤다. 그 웃음소리에는 감격과 억제된 환호성이 배어 있었다. 그는 몸을 완전히 한 바퀴 돌려 이제 배를 땅에다 대고 그녀 옆에 엎드려 있었다. 그는 팔꿈치를 땅에 대고서 두 손으로 그녀의 손을 붙잡았다. 그리고 푸른색의 선량한 눈으로 황홀하고 감격한 듯 그녀의 얼굴을 들여다보았다.

"그리고 댁은……. 제가 이렇게 말하더라도 저를 조롱하지 마세요."

"알겠어요, 모르텐." 그녀는 그의 손 안에 들어가지 않은 다른 손을 옆으로 바라보며 나지막이 그의 말을 가로막았다. 그 손은 부드러운 흰 모래를 손가락 사이로 흘러내리게 하고 있었다.

"댁은 알고 있습니다! 그런데 댁은…… 댁은, 토니 양."

"네, 모르텐. 저는 댁을 대단히 높게 평가해요. 댁을 아주 좋아해요. 제가 알고 있는 어느 누구보다도 댁을 더 좋아해요."

그는 놀라 풀쩍 뛰었다. 몇 번 팔을 흔들고는 어찌할 바를 몰라 했다. 그가 벌떡 일어났다가 곧 다시 그녀 옆에 주저앉았다. 목멘 소리로 외치고, 부르르 떨다가 떼구르르 몸을 굴렸다. 그러다가 다시 환희에 겨워 이렇게 말했다. "아아, 고마워요, 고마워요! 정말이지 여태껏 이렇게 행복한 순간은 결코 없었어요!" 그런 다음 그녀의 손에 입맞춤하기 시작했다.

갑자기 그가 더 나지막한 소리로 말했다. "이제 곧 시내로 돌아갈 거지요, 토니. 이 주일 후면 방학도 끝납니다. 그러면 저는 다시 괴팅엔으로 가야 해요. 하지만 다시 돌아올 때까지 여기 해변에서 보낸 오늘 오후를 잊지 않겠다고 약속하겠어요. 그리고 박사가 된다면…… 그럼 댁의 아버지한테 우리의 관계를 허락받을 수 있을까요? 물론 아주 어려운 일이긴 하겠지만. 그동안 그륀리히 씨 같은 사람의 청혼을 받아들이지 않겠지요? 아, 오래 걸리진 않을 겁니다. 두고 보세요! 악착같이 공부할 겁니다. 그건 어려운 일이 아니에요."

"네, 모르텐." 그녀는 그의 눈이며 입이며 자기 손을 잡고 있는 그의 손을 바라보면서 행복하게 넋 나간 듯이 말했다.

그는 그녀의 손을 자기 가슴 가까이 끌어당기고는 가라앉은 목소리로 애원하듯 이렇게 물었다. "그럼 저한테 약속해 주시지 않겠습니까…… 그것을 확인하면 안 되겠습니까?"

그녀는 대답도 않고 그를 쳐다보지도 않았다. 그녀는 천천히 모래성 옆에서 상체를 옮겨 그의 곁으로 좀 더 가까이 다가갔다. 그러자 모르텐은 천천히 서툴게 그녀에게 입맞춤을 했다. 그러고 나서 둘은 서로 다른 방향으로 고개를 돌려 모래를 바라보며 그들의 행위를 부끄러워했다.

10

경애하는 부덴브로크 아가씨에게!

제가 매력적인 소녀의 얼굴을 보지 못한 지 얼마나 됐습니까? 몇 줄 안 되는 이 글을 쓰는 동안에도 당신의 얼굴이 제 눈앞에 계속 아른거린다는 것을 알림과 아울러 가슴 졸이고 두근거리는 요 몇 주 동안 당신의 집에서 보낸 그 감미로운 오후를 끊임없이 생각하고 있다는 점을 말씀드려야겠습니다. 그 응접실에서 당신은 부끄러운 약속이기는 하지만 행복을 가져다주는 애매한 약속을 해 주셨습니다. 그로부터 여러 주일이 지나갔습니다. 그동안 당신은 마음을 가다듬고 자각하기 위해 속세를 떠나 휴양 생활을 하셨기에 이제 저는 시련의 시간이 지나간 것으로 희망하려는 바입니다. 경애하는 아가씨여, 저의 한없는 애정의 표시로 반지를 외람되게 함께 보내오니 받아 주소서. 경건한 인사와 사랑 어린 입맞춤을 보내며……

당신에게 충성을 바치는
그륀리히 삼가 드림

사랑하는 아빠에게!

아, 정말이지 얼마나 화가 났는지 몰라요! 방금 그륀리히 씨로부터 편지와 반지를 받고 너무 흥분해서 두통이 생길 지경입니다. 그래서 그 두 개를 아빠한테 보내는 것 말고 달리 뾰족한 수가 없는 것 같아요. 그륀리히 씨는 저를 이해하려고 하지 않아요. 그가 시적으로 '약속'이라고 쓰고 있는데 그것은 전혀 사실과 달라요. 그리고 간절히 부탁하건대 그 사람한테 좀 신속히 납득시켜 주세요. 지금은 어떤 일이 있어도 결혼을 승낙할 수 없다고요. 그것은 육 주 전보다도 수천 배나 가능성이 희박해진 상태라고요. 그러니 이제 제 마음이 평온을 찾게 해 줘야지, 그러지 않으면 그는 웃음거리가 되고 말 겁니다. 사랑하는 아빠, 저에게는 저를 사랑하는 다른 사람이 있어요. 그리고 저도 이루 말할 수 없을 정도로 그를 사랑하고 있어요. 아, 아빠! 그에 대해서는 얼마든지 쓸 수 있을 거예요. 제가 말하는 사람은 의사가 되려는 모르텐 슈바르츠코프예요. 그는 박사가 되는 대로 저와 결혼하려고 해요. 상인과 결혼하는 것이 도리인 줄은 물론 알고 있어요. 하지만 모르텐은 신망받는 학자들 부류에 속해요. 그는 사실 부모님께 중요한 전제 조건인 부자는 아니에요. 하지만 사랑하는 아빠, 제가 아직 너무 어리다는 것을 말해야겠어요. 그러나 인생은 부(富)만이 행복을 가져다주지는 않는다는 것을 많은 사람들에게 가르쳐 왔어요.

아빠의 충실한 딸
안토니 상서

추신: 반지는 순도가 낮으며 제가 보기에 상당히 좁고 가늘어요.

사랑하는 토니에게!

네 편지 잘 받아 보았다. 나는 의무상 편지에 적힌 너의 생각을 적당한 형식으로 그륀리히 씨에게 전해 주었다는 것을 알린다. 하지만 그 결과는 나에게 실로 충격적이었다. 다 큰 처녀인 네가 지금 심각한 상태에 처해 있어 네 경솔한 처신이 초래할 결과를 낱낱이 들먹이지 않을 수 없구나. 그륀리히 씨는 내 말을 듣고 절망적인 상태에 빠졌다. 그는 너를 너무나 사랑하는지라 너를 놓치는 고통을 도저히 견딜 수 없다고 소리치면서 네가 결심을 굽히지 않으면 목숨을 끊겠다고 하더구나. 나는 네가 마음에 둔 다른 사람이 있다는 말을 진지하게 받아들일 수 없으니 반지를 받은 데 대한 흥분을 가라앉히고 또 한 번 모든 일을 스스로 진지하게 고려해 보길 부탁한다. 얘야, 나의 기독교적인 확신에 따르면 다른 사람의 감정을 존중하는 것이 인간 된 도리란다. 네가 그 사람의 감정을 그토록 완강하고 냉혹하게 무시해 버려 그가 자신의 목숨을 버리는 죄를 저지르게 되면 언젠가 최후의 심판일에 네가 처벌을 받지 않는다고 어떻게 보장할 수 있겠니. 한데 내가 너에게 이미 말로 설득한 그 한 가지 사실을 상기해 보거라. 그리고 내가 글로써 다시 되풀이하는 기회를 가져 기쁘구나. 더 생생하고도 직접적인 효과를 거두는 것은 말일지 모르지만 글이란 느긋하게 선택해서 마음을 정할 수 있는 장점이 있기 때문이다. 또 글은 확고부동하며 그것을 쓴 사람이 주도면밀하게 숙고해서 마련한 형식과 입장을 거듭 읽을 수 있어 똑같은 효과를 낼 수 있다는 장점을 지니고 있단다. 내 사랑하는 딸아, 우리는 근시안적인 눈으로 우리 자신의 자그마한 개인적인 행복만을 추구하기 위해서 태어난 것이 아니란다. 우리는 자유롭고 독립적인, 홀로 존재하는 개별적 존재가 아니라 사슬의 한 고리 같은 존재이기 때문이야. 그리고 우리 앞에서 길을 제시해 준 그 많은 사람들 없이는 지금의 우리 존재를 생각할 수 없는 거야. 그들은 또 그들 나름대로 좌우를 살필 필요 없이 이미 검증된 존중할 만한 관습을 엄격히 따랐던 거야. 내 생각에 네 길은 몇 주 전부터 네 앞에 딱 부러지게 경계가 그어져 있다. 만약 너 혼자 고집을 부리며 경솔하게 너 자신만의 비정상적인 오솔길을 걸을 생각이라면 너는 내 딸이라 할 수 없고, 하늘 나라에 계시는 네 할아버지의 손녀라 할 수도 없으며, 우리 가족의 의젓한 일원이라고 할 수도 없다. 나의 사랑하는 안토니, 이 글이 너의 마음을 움직이기를 바란다.

네 어머니, 토마스, 크리스티안, 클라라와 클로틸데(이 애는 지난 몇 주 동안 자기 아버지 집에서 불만스럽게 지냈다.)와 융만도 너에게 진심으로 안부를 전하더구나. 우리 모두는 네가 곧 다시 우리 품속에 안길 수 있기를 고대하고 있단다.

사랑하는 너의
아버지가

11

비가 억수로 쏟아졌다. 폭우 속에서 비바람이 창문을 때리는 가운데 하늘, 땅 그리고 물의 경계가 무너졌다. 빗방울이 아니라 강물이 쏟아지는 것 같아 바깥이 보이지 않았다. 연통에서는 절망적으로 하소연하는 듯한 소리가 났다.

점심을 먹자마자 모르텐 슈바르츠코프는 파이프를 물고 하늘이 어찌 되었는가 보려고 테라스로 나와 보았다. 그런데 꼭 죄는 누런색 격자무늬의 긴 외투를 입고 회색 모자를 쓴 어떤 신사가 그의 앞에 서 있었다. 문이 닫혀 있는 전세 마차가 집 앞에 멈춰 있었다. 그 지붕은 비에 젖어 반짝거렸으며 바퀴에는 진흙이 잔뜩 묻어 있었다. 모르텐은 당황한 채 그 신사의 불그스름한 얼굴을 쳐다보았다. 그의 구레나룻은 성탄절 호두를 금칠하는 가루로 칠한 것처럼 보였다.

기다란 외투를 입은 그 신사는 마치 하인을 대하듯 모르텐을 바라보면서, 그를 제대로 보지도 않고 약간 눈을 깜박거렸다. 그러고는 부드러운 목소리로 물었다. "수로 안내인 영감을 만날 수 있을까요?"

"물론입니다." 모르텐이 더듬거리며 말했다. "내 생각에 아버지는⋯⋯."

그제야 그 신사는 모르텐을 제대로 바라보았다. 그의 눈은 거위 눈처럼 푸른색이었다.

"그럼 당신이 모르텐 슈바르츠코프 씨인가요?" 그가 물었다.

"네, 그렇습니다." 모르텐은 확고한 표정을 지으려고 애를 쓰며 대답했다.

"이것 보세요! 사실……." 외투를 입은 신사가 입을 뗐다. 그런 다음 이렇게 말을 이었다. "당신 아버님을 뵙도록 해 주겠소, 젊은이? 내 이름은 그륀리히요."

모르텐은 그 신사를 데리고 테라스를 지나서 오른쪽 복도에 있는 사무실 문을 열어 주었다. 그러고는 아버지에게 연락하려고 거실로 되돌아갔다. 슈바르츠코프 영감이 사무실로 나가는 동안 젊은이는 둥근 탁자에 풀썩 주저앉고는 팔꿈치를 무릎에 대고 턱을 괴었다. 그러고는 흐릿한 창가에서 양말을 꿰매고 있던 어머니를 쳐다보지도 않고 '한심한 내용의 신문'을 들여다보는 데 몰두했다. 그 신문이 다루는 것이란 모모 영사가 은혼식을 맞이했다는 등등의 내용밖에 없었다. 토니는 휴식을 취하려고 건너편의 자기 방에 있었다.

수로 안내인은 맛있게 점심을 먹었다는 표정을 지으며 방안에 들어섰다. 흰 조끼 위의 제복 상의가 열려 있어 불룩 튀어나온 배가 드러났다. 그의 붉은 얼굴에서 서리처럼 흰 선원 수염이 확연히 두드러져 보였다. 그의 혀는 이 사이를 기분 좋게 돌아다녔다. 우직해 보이는 입은 이때 괴상한 형태를 띠게되었다. 그는 "그대로 편히 계십시오!"라고 말하려는 듯이 급작스럽게 몸을 약간 굽혔다.

"안녕하신지요." 그가 말했다. "무슨 일로 오셨지요?"

그륀리히는 입언저리를 약간 씰룩이며 옆에서 정중하게 몸을 숙였다. 그러면서 나지막하게 "에헤엠." 하는 소리를 냈다.

사무실은 매우 작았다. 벽은 몇 자 높이의 나무로 되어 있었고 게다가 벽지가 없어 석회가 그대로 드러나 있었다. 비바람으로 줄곧 덜거덕거리는 소리가 나는 창 앞에는 누렇게 변색된 커튼이 드리워 있었다. 문 오른편에는 종이로 덮인 길고 조야한 탁자가 있었고 그 위에는 커다란 유럽 지도와 좀 더 작은 발트해 지도가 벽면에 부착되어 있었다. 천장 중앙에는 말끔하게 만들어진 배의 모형이 돛을 잔뜩 단 채 달려 있었다.

그 수로 안내인은 손님에게 다 떨어져 우글쭈글한 검은색 방수포를 깐 소파에 앉으라고 권했다. 그 소파는 문 맞은편에 있었다. 그리고 자신은 배 위에 두 손을 포개고서 나무로 된 팔걸이의자에 편히 앉았다. 반면에 그륀리히는 외투를 단단히 여미고 모자를 무릎에 얹은 채 등을 뒤에 기대지 않은 꼿꼿한 자세로 정확히 소파의 끄트머리에 앉았다.

"제 이름은……." 하고 그가 말했다. "다시 말씀드리자면 그륀리히입니다. 함부르크의 그륀리히지요. 저를 소개해 올리자면 저는 거상(巨商)인 부덴브로크 영사의 가까운 거래선이라고 말씀드릴 수 있습니다."

"아, 그러십니까! 이거 영광입니다, 그륀리히 씨! 그런데 좀 편히 앉으시지 않겠습니까? 여행을 했으니 그로크주가 어떨까요? 당장 부엌으로 사람을 보내겠습니다."

"감사합니다만……." 그륀리히는 차분히 말했다. "시간이 별로 없는 데다 마차가 기다리고 있어서요. 그리고 뭐 몇 마디만 나누면 안 될까 해서요."

"무슨 일로 오셨지요?" 슈바르츠코프는 약간 머쓱해서 되풀이 말했다. 침묵의 시간이 흘렀다.

"수로 안내인 영감!" 그륀리히가 약간 뒤로 젖힌 머리를 단호하게 흔들며 말을 시작했다. 그런 다음 첫마디의 효과를 강조하기 위해 다시 말문을 닫았다. 그러면서 그는 끈을 잡아당겨 돈주머니를 졸라매듯 입을 꽉 다물었다.

"수로 안내인 영감." 그가 되풀이해서 말했다. 그러고는 급작스럽게 이렇게 말했다. "내가 여기에 온 용무는 몇 주 전부터 여기서 살고 있는 젊은 숙녀와 직접 관계되는 일입니다."

"부덴브로크 양 말인가요?" 슈바르츠코프가 물었다.

"물론입니다." 그륀리히는 무미건조하게 대꾸하고 머리를 내렸다. 그의 입언저리에는 팽팽하게 잔주름이 생겼다.

"당신에게 전말을 다 털어놓아야겠군요." 그가 약간 낭랑한 어조로 말을 이었다. 그러면서 비상한 주의력을 지닌 그의 시선은 방의 한 점에서 다른 점으로 옮겨졌다가 다시 창 쪽으로 이동했다. "사실 얼마 전에 나는 부덴브로크 양한테 청혼을 했더랬습니다. 나는 양쪽 부모의 전폭적인 지지를 받고 있지요. 사실 완전한 격식을 갖춘 약혼이 성사된 것은 아니지만 아가씨가 직접 명백한 말로 나에게 청혼권을 주었지요."

"그게 정말이십니까?" 슈바르츠코프가 생기를 띠며 물었다. "그런 말 처음 듣는데요! 축하합니다, 그…… 그륀리히 씨! 정말 축하드립니다! 그것 참 정말 잘됐군요."

"매우 감사해야겠군요." 그륀리히가 쌀쌀한 어조로 말했다. "하지만 내가……." 그는 낭랑한 높은 목소리로 말을 계속했다. "여기에 온 용건은, 경애하는 수로 안내인 영감, 이 결합에 아주 새로운 난관이 생겨서 말입니다. 이러한 난관은…… 당신의 집에서 비롯된 것입니다!" 그는 이 마지막 말을 묻는 듯이 강조해서 말했다. 그것은 마치 이렇게 말하려는 것 같았다. "어떻게 이런 소문이 내 귀에 들어올 수 있단 말입니까?"

슈바르츠코프는 그 말을 듣고 단지 그의 회색 눈썹을 이마 쪽으로 높이 치켜올리며 누런 털이 숭숭 난 갈색 손으로 의자의 팔걸이를 붙잡을 뿐이었다.

"네, 정말이지, 그렇게 들었습니다." 그륀리히는 슬픈 어조로 단호하게 말했다. "내가 듣기로는 의학 공부를 하는 당신의 아들이…… 사실 본의 아니게…… 나의 권리를 침해하게 되었습니다. 내가 듣기로는 아가씨가 여기 머무르는 것을 계기로 그가 그녀에게서 모종의 약속을 얻어 냈다는 겁니다."

"뭐라고요?" 수로 안내인이 팔걸이를 탁 짚고 벌떡 일어서면서 소리쳤다. "그럼 당장…… 당장 우리 알아봅시다." 그러고는 문 쪽으로 두 발짝 옮기더니 문을 확 열고서 벽력 같은 소리로 복도를 향해 고함쳤다.

"메타! 모르텐! 이리들 좀 와 봐! 둘 다 이리들 좀 와 봐!"

"정말 송구스럽기 짝이 없습니다." 그륀리히가 우아한 미소를 지으며 말했다. "내가 옛 권리를 주장함으로써 아버지로서 당신이 계획하신 바를 망가뜨리게 된다면, 수로 안내인 영감……."

디드리히 슈바르츠코프는 몸을 돌리고, 잔주름이 나 있는 날카로운 푸른색 눈으로 그의 얼굴을 쳐다보았다. 그러면서 그의 말뜻을 이해하려고 애를 썼지만 허사였다.

"이보시오!" 그러고는 마치 방금 독한 그로크주를 한 모금 마셔 목이 화끈거리기라도 하는 듯한 목소리로 말했다. "나는 정말 단순한 사람이라 남을 욕할 줄도 모르고 술수도 모릅니다. 하지만 당신이 혹 그렇게 생각하신다면…… 나 원! 당신이 우리한테 속아서 잘못된 길에 빠져들었다고 하니까요! 이보세요! 나는 내 아들이나 부덴브로크 아가씨가 어떤 사람인지 알고 있어요. 아버지로서 그 애를 존중할 뿐만 아니라 아주 자랑스럽게 생각하고 있습니다, 이보시오, 아버지로서 계획을 세우기 위해서 말이오! 그럼 말해 봐, 나에게 어디 대답해 봐! 도대체 무슨 일이야? 내가 무슨 얘기를 들은지 알겠어?"

슈바르츠코프 부인과 그녀의 아들은 문에 서 있었다. 부인은 아무것도 모르고 앞치마를 만지작거렸고, 모르텐은 회개의 빛이 없는 죄인의 표정을 하고 있었다. 그륀리히는 그들이 들어오는데 일어서지도 않았다. 외투의 단추를 단단히 채운 그는 소파 끄트머리에 반듯하고 조용한 자세로 꼼짝도 않고 앉아 있었다.

"그럼 네가 아이처럼 어리석은 처신을 했단 말이야?" 수로 안내인이 모르텐을 을러댔다.

그 젊은이는 엄지손가락을 상의의 단춧구멍 사이에 끼우고 있었다. 그는 우울한 표정을 짓더니 반항심 때문에 볼이 불룩해졌다.

"네, 아버지." 그가 말했다. "부덴브로크 양과 저는……."

"아니, 저런 놈이 다 있나. 너 정신이 있는 거니 없는 거니, 이 광대 같은 멍청한 놈아! 내일 괴팅엔으로 가라, 내 말 알겠니? 내일 당장! 죄다 어린애 장난 같은 짓이야, 쓰잘데없는 어린애 장난이야. 이것으로 끝이야!"

"여보, 어쩜." 슈바르츠코프 부인이 손을 마주 움켜잡고 말했다. "좀 더 이야기를 들어 보는 게 어떻겠어요. 누가 알아요……." 그녀는 입을 다물었다. 그녀의 눈앞에 펼쳐진 아름다운 희망이 물거품이 된 셈이었다.

"아가씨를 만나 보시겠습니까?" 수로 안내인이 그륀리히 쪽으로 몸을 돌려 거친 목소리로 말했다.

"아가씨는 자기 방에 있습니다! 자고 있지요!" 슈바르츠코프 부인이 동정과 흥분이 뒤섞인 목소리로 설명했다.

"그거 안됐군요." 그륀리히는 약간 안도의 한숨을 쉬기는 했지만 그렇게 말했다. 그러고는 자리에서 일어섰다. "거듭 말씀드리지만 시간이 빡빡해서요. 마차가 기다리고 있고요. 실례하겠습니다." 그는 슈바르츠코프 앞에서 모자를 위아래로 움직이며 말을 계속했다. "수로 안내인 영감, 영감님의 사나이답고 올곧은 성격에 지극한 만족과 존경을 표하는 바입니다. 이만 물러가겠습니다. 그럼 안녕히 계십시오."

디드리히 슈바르츠코프는 그에게 손을 내밀지 않았다. 다만 "그렇게 하는 게 좋을 것 같군요!"라고 말하려는 듯이 육중한 몸을 홱 움직이며 약간 앞으로 숙였다.

모르텐과 그의 어머니 사이를 지나 그륀리히는 절도 있는 발걸음으로 문 밖으로 나갔다.

12

　토마스는 크뢰거가의 경쾌한 사륜마차를 타고 나타났다. 그날이 왔던 것이다.

　그 젊은이는 오전 열 시경에 도착해 거실에서 가족과 간단한 식사를 했다. 사람들은 그들이 여기에 온 첫날처럼 나란히 앉아 있었다. 다른 것이라곤 여름철이 지나가서 테라스에 앉아 있기가 너무 춥고 바람이 분다는 점과 모르텐이 없어졌다는 것뿐이었다. 그는 괴팅엔에 있었다. 토니와 그는 제대로 작별 인사도 나누지 못했다. 수로 안내인이 옆에 지켜 서서 이렇게 말했다. "그래, 이제 끝났다, 후유."

　열한 시 정각에 남매는 마차에 올라탔다. 마차의 뒷부분에는 토니의 커다란 트렁크가 단단히 매어져 있었다. 그녀의 얼굴은 창백했다. 부드러운 가을 재킷을 입은 그녀는 추위, 피곤, 여행열 및 슬픔으로 으스스한 오한을 느꼈다. 가끔씩 이러한 슬픔이 북받쳐올라 그녀의 가슴은 급박한 고통의 감정에 잠기곤 했다. 그녀는 어린 메타한테 입맞춤하고 부인의 손을 꼭 쥐면서, 슈바르츠코프가 이렇게 말하자 고개를 끄덕였다. "우리를 잊지 마십시오, 아가씨. 그리고 부디 나쁘게 여기지 마십시오, 네?"

　"네. 그리고 아빠, 엄마한테 잘 지냈다고 말씀드리고 안부를 전해 드리겠어요." 그러자 문이 탕 닫히고 살진 갈색 말들이 수레를 끌기 시작했다. 그리고 슈바르츠코프 가족 세 명은 손수건을 흔들었다.

토니는 머리를 마차의 구석에 기대고 창 밖을 내다보았다. 하늘에는 흰 구름이 두둥실 떠 있고 트라베강에는 바람의 영향으로 잔물결이 넘실거렸다. 이따금씩 조그만 빗방울이 창문을 두들겼다. 앞줄에 늘어선 집들을 지나가며 보니 사람들이 문 밖에 앉아 그물을 뜨고 있었다. 맨발의 아이들이 우르르 몰려오며 신기한 듯이 마차를 관찰했다. 그러나 얼마 안 가 아이들은 더 이상 따라오지 못했다.

마차가 마지막 집들을 통과하자 토니는 또 한 번 등대를 보려고 몸을 앞으로 굽혔다. 그러고는 다시 몸을 뒤로 기대고서 알알하게 따끔거리는 피곤한 눈을 감았다. 간밤에 너무 흥분되어 한숨도 못 잔 데다가 그나마 트렁크를 정리하려고 꼭두새벽에 일어났던 것이다. 그리고 아침 식사도 제대로 하지 못했다. 입이 바싹 말라서 통 식욕이 없었기 때문이다. 그녀는 곧 쓰러질 것 같은 기분이 들어 한없이 줄줄 솟구쳐 나오는 뜨거운 눈물을 참으려고 하지도 않았다.

눈을 감자마자 다시 트라베뮌데의 테라스가 눈앞에 어른거렸다. 모르텐 슈바르츠코프가 바로 눈앞에 나타났다. 특유의 동작으로 몸을 굽히고 이따금씩 다른 사람을 선량한 눈으로 자세히 살피며 그녀에게 말하는 것 같았다. 그가 웃을 때 가지런히 드러나는 치아가 보였다. 그는 그런 사실에 대해서는 분명 아무것도 모르고 있는 모양이었다. 이러한 상념이 아주 조용하고 유쾌하게 그녀의 마음에 떠올랐다. 그녀는 그에게서 듣고 알게 된 모든 대화를 기억에 되살렸다. 그리고 이 모든 것을 신성불가침한 것으로 마음속에 간직하겠다고 엄숙하게 다짐하자 행복에 겨운 만족감이 일었다. 프로이센 왕이 심히 부당한 일을 저질렀다는 것, 《시보》는 한심한 내용의 신문이라는 것, 사 년 전에 대학에 대한 연방법이 개정되었다는 것조차 그녀에게는 앞으로 위안을 주는 신성한 진리가 될 것이며, 원하면 얼마든지 볼 수 있을 비밀스러운 보배가 될 것이다. 거리 한가운데서나, 가족과 함께 있을 때나, 식사 중에도 그것을 생각할 것이다. 누가 알겠는가? 아마 그녀는 자기 앞에 펼쳐진 길을 걸어 그륀리히와 결혼할지도 모른다. 그것은 아무래도 상관없었다. 하지만 그가 자기한테 말할 때면 느닷없이 이렇게 생각할 것이다. 네가 모르는 것을 난 알고 있어. 귀족들이란, 원칙적으로 말하면, 경멸스러운 존재야!

그녀는 흡족한 기분으로 혼자 미소 지었다. 하지만 그때 갑자기 수레바퀴 소리에서 믿을 수 없을 정도로 생생하고 완전하게 모르텐의 음성이 들리는 것이었다. 그녀는 그 모든 소리 가운데서 다소 둔중하고 껄껄한 그의 음성을 분간해 냈다. 그가 말하는 소리가 바로 귓전에 들려왔다. "오늘은 둘 다 바위 위에 앉아야겠군요, 토니 양." 그리고 그녀는 이러한 소소한 추억에 사로잡혔다. 그녀의 가슴은 슬픔과 고통으로 오그라들어 눈에서는 걷잡을 수 없이 눈물이 쏟아져 나왔다. 그녀는 구석에 처박혀 두 손에 쥔 손수건으로 눈물을 찍어 누르며 꺼이꺼이 울었다.

담배를 입에 문 토마스는 망연자실한 채 창 밖의 거리를 내다볼 뿐이었다.

"울지 마, 토니!" 그가 그녀의 재킷을 쓰다듬으며 드디어 그렇게 말했다. "정말 가슴 아프구나……. 네 마음은 충분히 이해해, 알겠어? 그런데 무슨 수가 있어야지! 그런 일은 잊어버리는 수밖에 없어. 부디 내 말을 믿어 줘…… 나도 다 안단 말이야."

"아아, 오빠는 아무것도 몰라, 톰!" 토니가 훌쩍거리며 말했다.

"그래, 그만해. 이를테면 지금 분명한 것은 내가 내년 초 암스테르담에 간다는 사실이야. 아빠가 내 자리를 만들어 주셨어. '판데르켈런'이라는 회사야. 거기서 아주아주 오랫동안 떨어져 있어야 할 거야."

"뭐라고, 톰! 부모 형제와 헤어진다고! 그런 것은 아무것도 아니야!"

"그으래애!" 그가 다소 길게 빼며 말했다. 무슨 할 말이 있는 듯 그는 숨을 돌렸다가 다시 침묵했다. 그는 담배를 입술 이쪽저쪽으로 움직이며 눈썹을 치켜올리더니 머리를 옆쪽으로 돌렸다.

"그런데 오래 지속되지는 않을 거야." 그는 한참 있다가 다시 말문을 열었다. "저절로 잊어버리게 될 거야."

"하지만 난 결코 잊지 않을 거란 말이야!" 토니가 절망적으로 소리쳤다. "잊다니…… 그게 도대체 위로한다고 하는 말이야?"

13

그런 다음 나루터를 지나고, 이스라엘 마을의 가로수를 지나고, 예루살렘산(山)과 성채의 들밭을 지났다. 마차는 성문을 통과했다. 성문 옆 오른쪽에는 감옥의 담이 높이 솟아 있었다. 마차는 부르크가를 따라서 코베르크를 지나갔다. 토니는 박공지붕의 회색 집들을 바라보았다. 거리에는 석유등이 깜박거리고 있었고, 성령병원 앞의 보리수들은 이제 잎이 거의 다 떨어져 있었다. 정말이지 죄다 옛날 모습 그대로였다! 그녀는 이 모든 것을 오래전에 망각한 꿈으로 회상하는 반면에 이러한 풍경은 옛날과 다름없이 의젓하게 있었던 것이다! 이러한 박공지붕들은 오래전부터 거기에 있었고 그녀가 익히 잘 아는 것들이었다. 그녀는 그것을 받아들이고 이제 그 속에서 다시 살아가야 할 처지였다. 그녀는 더 이상 울지 않았다. 그녀는 신기한 듯 주위를 두리번거렸다. 이 거리와 오래전부터 잘 아는 얼굴들을 보니 이별의 고통이 거의 마비된 듯했다. 그 순간(마차는 넓은 거리를 달가닥거리며 달렸다.) 짐꾼 마티센이 옆을 지나가며 그의 조야한 실크해트를 벗어 들었다. 그는 거칠기 짝이 없는 얼굴로 이렇게 생각하는 것 같았다. 그래, 난 막돼먹은 사람이올시다!

마차는 멩가로 접어들었다. 살진 갈색 말들은 가쁘게 숨을 몰아쉬고 발을 구르면서 부덴브로크 집 앞에 섰다. 톰은 여동생이 마차에서 내리는 것을 조심스럽게 도와주었다. 그러는 동안 안톤과 리네가 트렁크를 내리려고 달려왔다. 하지만 조금 기다렸다가 집에 들어가야 했다. 튼튼한 짐마차 세 대가 밀 포대를 가득 싣고 막 문으로 밀어닥친 까닭이었다. 포대에는 검은 글씨로 '요한 부덴브로크' 상사라고 커다랗게 씌어 있었다. 포대들은 둔중하게 울리는 소리를 내면서 커다란 현관과 펀펀한 계단을 지나 마당으로 흔들거리며 내려갔다. 밀의 일부는 뒤채에 갖다 둬야 했고 그 나머지는 '고래', '사자' 혹은 '참나무'라는 창고로 옮겨야 했다.

남매가 현관에 들어서자 귀에 펜을 꽂은 영사가 사무실에서 나왔다. 그리고 딸을 향해 팔을 벌렸다.

"어서 오너라, 토니야!"

그녀는 아빠에게 입맞춤을 했고 영사는 딸의 눈을 빤히 들여다보았다. 눈에는 아직 울었던 흔적이 남아 있어 다소 부끄러운 기색이 엿보였다. 하지만 그는 언짢은 표정을 짓지도 않았고 아무런 말도 하지 않았다. 다만 이렇게 말할 뿐이었다.

"늦었구나. 우리는 오전 간식을 기다리고 있었단다."

영사 부인, 크리스티안, 클로틸데, 클라라와 이다 융만은 토니를 환영하려고 계단의 층계참에 모여 있었다.

토니는 멩가로 돌아온 첫날 밤에 푹 자고 나서 기분이 좋았다. 그리고 다음 날, 그러니까 구월 이십이 일 상쾌하고 차분한 기분으로 아침 식사 방으로 내려갔다. 아직 일곱 시가 채 안 된 이른 새벽이었다. 아직 융만 혼자만 일어나 모닝 커피를 준비하고 있었다.

"아니, 얘, 토니." 그녀는 이렇게 말하면서 졸린 듯한 작은 갈색 눈으로 주위를 둘러보았다. "벌써 시간이 이렇게 됐어?"

토니는 덮개가 뒤로 젖혀진 사무용 책상에 앉았다. 그녀는
두 손을 머리 뒤에 얹고 젖어서 검게 반짝이는 마당의 길과
누런 낙엽이 잔뜩 쌓이고 비에 젖은 정원을 한동안 바라보았
다. 그런 다음 잔뜩 호기심을 품고 책상 위의 명함이랑 우편
물 들을 뒤적이기 시작했다.

잉크병 바로 옆에는 인쇄된 커버에 테두리가 금칠이 되고
다양한 종이가 들어 있는 눈에 익은 커다란 공책이 놓여 있었
다. 이 공책은 어제저녁에도 사용되었음에 틀림없었다. 다만
아빠가 보통 때와는 달리 그 공책을 가죽 가방이나 저 아래의
특수 서랍에 넣어 잠가 두지 않은 게 이상할 따름이었다.

그녀는 그것을 집어 들고 책장을 넘기다가 읽는 데 푹 빠져
들게 되었다. 그녀가 읽은 내용은 대체로 그녀도 잘 아는 단
순한 사건들이었다. 글을 쓴 사람들은 하나같이 전임자로부
터 과장되지 않은 정중한 강의식 어투를 물려받았다. 그것은
본능적으로 뜻하지 않게 암시되는 연대기 스타일이었다. 거기
에는 자기 자신, 전통이나 역사에 대한 한 가문의 신중한 존
경, 그 때문에 더 당당한 존경이 기술되어 있었다. 토니로서는
그것이 별로 새로울 게 없었다. 그녀는 여러 번 이러한 글귀를
읽어 보았다. 하지만 그 내용이 오늘 아침만큼 강력한 인상을
심어 준 적은 여태껏 한 번도 없었다. 여기서 가족에 관한 이
야기라면 아주 자질구레한 일까지도 취급되었다는 존경할 만
한 사실이 그녀에게 의미심장하게 받아들여졌다. 그녀는 턱을
괴고 자랑스럽고 진지한 마음으로 점점 읽는 데 빠져들었다.

거기에는 그녀의 소소한 과거 이야기도 빠짐없이 기록되

어 있었다. 그녀의 출생, 어릴 때 앓은 병들, 처음 학교 가던 일, 바이히브로트의 기숙사에 들어가던 일, 자신의 견진 성사…… 모든 것이 영사의 유려한 상인식 필체로 꼼꼼하고 조그맣게 기재돼 있었다. 거기에는 거의 종교적이라 할 정도로 이러한 일들을 존중하는 정신이 배어 있었다. 아무리 사소한 일일지라도 가족의 운명을 놀라운 손길로 이끌어 가는 하느님의 의지와 행위가 개재되지 않은 것이 어디 있겠는가? 할머니의 이름인 안토아네트를 이어받은 자신의 이름 뒤에 앞으로 어떤 기록이 더 기재될 것인가? 그리고 이 모든 내용을 후손들은 그녀가 지금 옛날 사건을 읽을 때와 마찬가지로 경건하게 읽을 것이다.

그녀는 안도의 한숨을 내쉬며 몸을 뒤로 기댔다. 그리고 그녀의 가슴은 크게 고동쳤다. 그녀는 자기 자신에 대한 경외감으로 충만해졌다. 방금 그녀가 받은 정신적 영향으로, 익히 알고 있듯이 자기가 개인적으로 중요하다는 감정이 강화되어 그녀를 전율케 했다. "사슬의 한 고리처럼", 아빠는 편지에 그렇게 썼다. 그래, 그래! 바로 이러한 사슬의 한 고리로서 그녀의 책임은 막중했던 것이다. 그녀는 확고한 결의에 차서 행동으로 가문의 역사에 동참하라는 사명을 받고 있는 것이었다!

그녀는 커다란 공책을 끝까지 읽어 보았다. 어떤 거친 이절판 종이에는 괄호와 제목이 붙은 부덴브로크 일가의 전 계보가 영사에 의해 날짜와 함께 일목요연하게 요약되어 있었다. 그것은 부덴브로크가의 시조이신 할아버지가 목사의 딸인 브리기타 슈렌과 결혼한 사실에서부터 요한 부덴브로크 영사가

1825년에 엘리자베트 크뢰거와 결혼한 사실에 이르기까지의 기록이었다. 이러한 결혼에서 네 명의 자식이 태어났다고 되어 있었다. 그리고 생년월일과 아울러 세례명이 위에서 아래로 기재되어 있었다. 그런데 장남 토마스의 이름 뒤에는 그가 1842년 부활절에 아버지의 회사에 견습생으로 들어갔다는 사실이 이미 적혀 있었다.

토니는 오랫동안 자기의 이름과 그 뒤의 공란을 바라보았다. 그러다가 갑자기 신경질적인 표정을 짓더니 침을 꿀꺽 삼켰다. 잠시 입술이 바르르 떨렸다. 그녀는 펜을 잡아서 잉크병에 콱 찔러 넣었다가 집게손가락을 꼬부리고 지끈거리는 머리를 어깨 밑으로 잔뜩 숙인 채 글씨를 썼다. 그것은 비스듬하게 왼쪽에서 오른쪽으로 비껴 올라가는 서투른 글씨였다.

"……1845년 구월 이십이 일 함부르크의 상인인 벤딕스 그륀리히와 약혼."

14

"자네 의견에 전적으로 동감이네. 이 문제는 중요하므로 해결을 봐야겠네. 요점만 말하면 다음과 같네. 전통적으로 우리 가문에서 딸에게 주는 결혼 지참금은 7만 마르크라네."

그륀리히는 앞으로 장인이 될 영사를 상인다운 계산적인 시선으로 흘끗 쳐다보았다.

"사실은……" 하고 그가 말했다. 그런데 이 '사실은'이란 말은 그가 손가락으로 조심스레 쓰다듬고 있던 왼쪽 황금빛 구레나룻만큼이나 길었다. '사실은'이란 말이 끝나자 그는 뾰족한 수염 끝을 놓았다.

"아시다시피⋯⋯." 그가 말을 계속했다. "장인어른, 저는 존귀한 전통과 원칙에 심심한 경의를 표합니다! 하지만 지금 이 경우는 그러한 아름다운 고려가 지나치다고 생각되지 않으십니까? 사업은 커지고 있고, 가문은 번창하고 있습니다. 요컨대 좀 더 나은 조건이 어떠실지요?"

"이보게나." 영사가 말했다. "자네는 우리 형편이 좋다고 보는 모양이구먼! 자네가 내 말을 가로막기까지 하는군. 게다가 우리 형편에 맞게 자네를 맞을 의향이라는 짐작은 하고 있겠지. 그러니 7만 마르크에다가 딱 1만 마르크를 더 얹어 주겠네."

"그럼 8만 마르크라⋯⋯." 그륀리히가 말했다. 그러고 나서는 입을 쏙 움직이는데, 마치 이렇게 말하려는 표정 같았다. "그리 많지는 않지만 그만하면 됐어."

두 사람은 더할 나위 없이 화기애애하게 의견의 일치를 보았다. 그리고 영사는 흡족했는지 일어서면서 바지 주머니에 들어 있는 커다란 열쇠 꾸러미를 딸랑거렸다. 겨우 8만 마르크로 그는 '결혼 지참금의 전통적인 수준'에 도달했다.

그 뒤 그륀리히는 작별을 고하고 함부르크로 떠났다. 토니는 자신의 새로운 생활 사정에 대해 별다른 낌새를 채지 못했다. 아무도 그녀가 묄렌도르프, 랑할스, 키스텐마커 댁이나 자기 집에서 춤추는 것을 막지 않았다. 성터나 트라베 목장에서 스케이트를 타거나 젊은이들의 은근한 친절을 받아들이는 것도 막지 않았다. 그녀는 시월 중순에 묄렌도르프 댁의 장남과 율헨 하겐슈트룀의 약혼식에 참여할 기회가 있었다. "톰!" 그녀가 말했다. "가지 않을 테야. 성질나서, 원!" 그래도 그녀는 가서 실컷 떠들고 즐기다 왔다.

게다가 직접 펜을 들어 가족 역사에 첨가한 그 일로 해서 그녀는 영사 부인과, 아니면 혼자서 시내 모든 상점에서 상당한 양의 물건을 주문하고 고상한 혼숫감을 보러 다니도록 허락받았다. 하루 종일 아침 식사 방에는 바느질하는 여자 두 명이 앉아 있었다. 그들은 누비질을 하고 이름의 머리글자를 수놓으며 푸른 치즈에 곁들여 호밀 가루로 구운 시골빵을 꾸역꾸역 먹어 댔다.

"렌트푀르 상점에서 리넨이 왔어요, 엄마?"

"아니, 얘야, 그런데 여기에 찻잔 두 다스가 왔구나."

"좋은데요. 그런데 오늘 오후까지 보낸다고 약속했어요. 참, 침대 시트에 단을 박아야 하는데! 이다, 비터리히 아가씨가 베갯잇이 어디 있는지 묻는데?"

"마루청 오른쪽의 광목 장롱에 있어, 토니."

"리네—!"

"얘야, 네가 좀 직접 뛰어갔다 오면 안 되겠니."

"칫, 내가 직접 계단을 뛰어다니려고 시집 가나, 뭐."

"토니, 신부 의상은 어떻게 할 거니?"

"옛날식 물결 무늬로 할 거예요, 엄마! 안 그러면 나 시집 안 갈래요!"

이렇게 시월과 십일월이 지나갔다. 성탄절 저녁을 부텐브로크 가족과 함께 보내려고 그륀리히가 성탄절 기간에 나타났다. 그는 늙은 크뢰거가의 파티 초청도 물리치지 않았다. 신부에 대한 그의 태도는 자상하기 그지없었다. 누구나 예상하고 있던 바였다. 불필요하게 점잔 빼는 일이 없었던 것이다! 사교상의 지장도 없었다! 애정상의 무례한 언동도 하지 않았다! 부모의 면전에서 토니의 이마에 가볍게 입맞춤하는 것은 결혼 언약을 확고하게 다지는 행위였다. 토니는 지금의 행복감이 공공연하게 결혼을 거부할 때의 절망감과 너무나 어울리지 않는 것 같아 때때로 다소 의아하게 생각했다. 그의 쾌활한 표정은 단지 그녀가 자신의 소유물이라는 사실에 기인했다. 물론 어쩌다가 그녀와 단둘이 있게 되면 그의 익살스러운 장난기가 발동했다. 그는 구레나룻을 그녀의 얼굴 가까이 대려고 그녀 앞에 무릎을 꿇고는 들뜬 기분에 떨리는 목소리로 이렇게 물었다. "하지만 내가 낚아채고 말았지? 허점을 노려 잡아채고 말았지?" 그에 대해 토니는 이렇게 대꾸했다. "어머나, 제정신이 아닌가 봐!" 이러면서 그녀는 슬기롭게 빠져나갔다.

그륀리히는 성탄절 축제가 끝나자 곧장 함부르크로 되돌아갔다. 그는 사업이 바빠 직접 돌아봐야 할 곳이 많았기 때문이다. 부덴브로크 가족들은 결혼하기 전까지 토니가 그와 사귈 시간이 아직 충분하다는 점에서 암암리에 그와 견해를 같이했다.

주택 문제는 서신 왕래로 조정되었다. 남달리 대도시에 살고 싶어 했던 토니는 그륀리히의 사무실이 있는 함부르크에서 살겠다는 의사를 강력히 표명했다. 그것도 슈피탈러가에서. 그러나 신랑은 남자다운 고집으로 도시 근교의 아임스뷰텔 부근에다 별장을 사겠다는 주장을 굽히지 않았다. 속세를 떠나 낭만적인 환경에 전원적인 보금자리를 마련하는 것이 젊은 신혼 부부에게 제격이 아니겠는가.('프로쿨 네고티스') 그렇다, 그가 아직 라틴어를 깡그리 잊어버리지는 않았던 것이다!

십이월이 지나갔다. 그리고 1846년 초에 결혼식을 올렸다. 결혼식 전날 밤에는 시민의 절반이 참여한 어마어마하게 시끌벅적한 모임이 있었다. 토니의 여자 친구들은(그중에는 탑처럼 높은 마차를 타고 시내로 온 아름가르트 폰실링도 있었다.) 톰과 크리스티안의 친구들과 어울려 식당과 복도에서 춤을 췄다. 그중에는 소방서장의 아들이자 법대생인 안드레아스 기세케와 '키스텐마커 부자 회사'의 슈테판과 에두아르트 키스텐마커도 있었다. 거기에는 춤을 출 수 있게끔 활석 가루를 뿌려 두었다. 야단법석을 떠는 이러한 행사에는 뭐니 뭐니 해도 페터 될만 영사가 빠질 수 없었다. 그는 커다란 마루청의 석판 위에서 모든 도기 그릇들을 마구 때려 부수는 데 적극적으로 가담했다.

종 만드는 사람들이 사는 거리에서 온 슈투트 부인은 다시금 상류 사회와 교제할 기회를 잡았다. 융만과 재단사 아주머니가 결혼식 날 토니를 치장해 주는 일을 그녀도 도왔다. 그녀는 토니보다 더 아름다운 신부는 결코 본 일이 없다고 떠벌렸다. 몸집이 아주 뚱뚱한 그녀는 무릎을 꿇고 앉아 놀란 듯이 눈을 동그랗게 뜨고 신부의 흰 물결무늬 화관에 도금양 가지를 매 주었다. 이러한 일은 아침 식사 방에서 일어났다. 그뢴리히는 무릎까지 내려오는 긴 프록코트에다 실크 조끼를 입고 문 앞에서 기다리고 있었다. 그의 불그스름한 얼굴은 진지하고 단정한 인상을 주었다. 왼쪽 콧날개에 달린 사마귀에는 분가루를 약간 바른 흔적이 엿보였다. 그리고 그의 황금빛 구레나룻은 꼼꼼히 손질되어 있었다.

위층 주랑은 결혼식이 거행될 곳이라 가족들이 모여 있었다. 으리으리한 모임이었다! 거기에는 크뢰거 노부부가 앉아 있었는데, 둘 다 약간 옹색해진 모습이었지만 여느 때와 다름없이 가장 눈에 띄는 인물들이었다. 크뢰거 영사는 두 아들, 위르겐과 야코브를 데리고 왔는데 야코브는 두캄프스 친척들처럼 함부르크에서 왔다. 고트홀트 부덴브로크와 그의 부인 슈튀빙이 프리데리케, 헨리에테와 피피를 데리고 왔다. 그런데 유감스럽게도 이들은 모두 결혼이라는 걸 하지 않을 모양이었다. 메클렌부르크의 방계(傍系)로는 클로틸데의 아버지인 베른하르트 부덴브로크가 대표로 참석했다. '불운'이라는 농장에서 온 그는 평생 처음 보는 부자 친척의 으리으리한 집을 눈을 둥그렇게 뜨고 둘러보았다. 여행길이 너무 번잡해서 프랑크푸르트에서는 선물만 왔다. 하지만 그 대신에 친척이 아닌 사람들로는 가정의인 그라보 박사와 토니의 대모 격이자 친구인 바이히브로트가 그 자리에 참석했다. 세세미 바이히브로트는 곱슬머리 위에 아주 새로운 녹색 두건을 쓰고 검은 의복을 입었다. "행복하게 살거라, 얘야!" 토니가 그륀리히와 함께 주랑에 나타나자 그녀가 말했다. 그녀는 몸을 일으켜서 이마에 입맞춤하며 나지막한 소리를 냈다. 가족은 신부의 모습에 만족했다. 토니는 호기심과 여행열로 인해 약간 창백하기는 했으나 예쁘고 당당하며 명랑해 보였다.

식장은 꽃으로 장식되고 단은 오른편에 설치되었다. 성 마리아 교회의 퀼링 목사가 주례를 하면서 특히 절도를 지킬 것을 강하게 당부했다. 모든 것이 순서와 관습에 따라 진행되었다. 토니는 순진하고 선량하게 "네."라고 했고, 그륀리히는 목청을 가다듬느라고 미리 "에 — 헴!" 하는 소리를 냈다. 그런 다음 모두들 좋은 음식을 실컷 먹었다.

손님들이 위층 식당에서 가운데 앉은 목사와 함께 계속 음식을 먹고 있는 동안 영사 부부는 여행 떠날 준비를 마친 신혼 부부를 안개가 뿌옇게 끼어 금방이라도 눈이 올 것 같은 바깥으로 데리고 나왔다. 문 앞에는 트렁크와 가방을 실은 커다란 여행용 마차가 기다리고 있었다.

토니는 속히 집에 다니러 오겠으며 함부르크의 시부모도 곧장 찾아뵙겠다고 누누이 약속하고서 아주 좋은 기분으로 마차에 올라탔다. 영사 부인은 딸에게 따뜻한 털외투를 정성스레 걸쳐 주었다. 그녀의 남편도 자리에 앉았다.

"그런데…… 그륀리히." 영사가 말했다. "새로운 레이스들이 좀 더 작은 손가방 위쪽에 들어 있네. 함부르크에 가기 전에 외투 밑에 넣어 두게나. 관세는…… 될 수 있으면 피해 가야 하네. 잘 가게! 토니, 그럼 잘 가거라! 부디 무사히!"

"그런데 아렌스부르크에서 마땅한 숙소를 잡을 수 있을지?" 영사 부인이 물었다.

"예약해 뒀어요, 장모님. 모든 걸 예약해 뒀답니다!" 그륀리히가 대답했다.

안톤, 리네, 트리네, 소피는 '그륀리히 부부'와 작별 인사를 했다.

그들이 마차 문을 닫으려고 할 때 토니는 갑자기 몸을 움직였다. 그로 인해 성가신 일이 벌어졌음에도 토니는 둘둘 만 담요를 다시 풀어헤치고는 투덜거리기 시작하는 그륀리히의 무릎 위로 마구 올라갔다. 그러고는 열렬하게 아버지를 껴안았다.

"아빠, 안녕…… 사랑하는 우리 아빠!" 그런 다음 나지막하게 이렇게 속삭였다. "나한테 만족하시는 거죠?"

영사는 잠시 할 말을 잊고 그녀를 꼭 껴안았다. 그런 다음 그녀를 살며시 밀치고는 입을 꾹 다문 채 그녀의 두 손을 잡고 흔들었다.

이로써 모든 준비가 끝났다. 문이 쾅 닫히고 마부가 "이랴!" 하자 말들이 수레를 끌기 시작하며 창틀이 덜커덩거렸다. 그리고 길을 내려가는 마차가 눈이 올 것 같은 뿌연 안개 속으로 사라지기 시작할 때까지 영사 부인은 바람을 맞으며 손수건을 흔들었다.

영사는 우아한 동작으로 모피 숄을 단단히 잡아당겨 어깨를 감싸는 부인 옆에서 깊은 생각에 잠긴 채 서 있었다.

"토니가 가 버렸어, 베티."

"그래요, 여보. 처음 떠나보낸 아이예요. 그 애가 사위와 행복하게 살 거라고 생각해요?"

"아아, 베티, 토니는 자신에 대해 만족하고 있소. 그거야말로 우리가 지상에서 누릴 수 있는 최고로 든든한 행복이오."

그들은 손님들이 있는 집으로 되돌아갔다.

15

토마스 부덴브로크는 멩가의 퓐프하우젠까지 내려갔다. 그는 아는 사람들을 만날 때마다 모자를 벗어야 하는 수고를 덜기 위해 대로로 가지 않았다. 양손을 따뜻한 암회색 외투의 널찍한 주머니에 넣고 지그시 생각에 잠긴 채 꽁꽁 얼어붙어 수정처럼 반짝이는 눈길을 걸어갔다. 장화 밑에서 눈이 뽀드득뽀드득 소리를 냈다. 그는 아무도 알지 못하는 자신만의 길을 걸었다. 하늘은 밝고 푸르며 차갑게 빛나고 있었다. 얼굴을 톡톡 쏘는 상큼한 공기에서 향기로운 냄새가 났다. 바람 한 점 없는 맑고 순수하며 차가운 영하 5도의 날씨로, 비할 데 없이 독특한 이월의 어느 날이었다.

토마스는 퓐프하우젠 아래로 걸어갔다. 그는 빵집 골목을 가로질러 좁다란 교차로를 지나 어부 골목으로 들어갔다. 멩가와 같은 방향으로 나 있고 트라베강과 가파르게 연결되는 이 길을 몇 발짝 더 내려가다가 그가 어떤 작은 집 앞에 우뚝 섰다. 문은 좁고 장식장은 초라한 수수한 꽃집이었다. 거기에는 알뿌리 식물을 심은 몇 개의 화분이 녹색 유리판 위에 나란히 진열되어 있었다.

그가 집을 들어서자 문 위에 달린 함석 종에서 '컹컹' 하고 집 지키는 개 짖는 소리가 나기 시작했다. 가게 안의 탁자 앞에서 어떤 작고 뚱뚱한 늙은 여자가 터키식 숄을 두르고 젊은 여자 판매원과 대화를 나누며 서 있었다. 그녀는 서너 개의 화분을 고르고, 검사하고, 냄새 맡으며 콧물 닦는 수건으로 연신 입을 훔치면서 수다를 떨었다. 토마스 부덴브로크는 공손하게 인사를 하고 옆으로 걸어갔다. 랑할스라는 성을 지닌 그 여자는 부동산 하나 없는 빈털터리 친척으로, 선량하고 수다스러운 노처녀였다. 그녀는 상류 사회의 성을 지녔을지라도 상류 사회에 속하지는 않았다. 그래서 그녀는 커다란 연회나 사교 무도회에는 초대되지 않고 조그만 커피 모임에 나가는 정도였다. 그리고 사람들은 대체로 그녀를 '로트헨 아줌마'로 부르고 있었다. 얇고 투명한 포장지로 싼 화분을 팔에 안고 그녀는 문을 향해 몸을 돌렸다. 토마스는 다시 인사를 하고 나서 점원한테 큰 소리로 말했다. "장미 몇 송이…… 좀 주겠어요……. 네, 아무거나 상관없어요. 프랑스 꽃이라도……."

로트헨 아줌마가 문을 닫고 나가 모습이 보이지 않자 그가 좀 더 나지막한 소리로 말했다. "그냥 도로 놓아둬, 안나……. 안녕, 안나! 그래, 오늘은 좀 무거운 마음으로 왔어."

안나는 수수한 검은 옷에 흰 앞치마를 두르고 있었다. 그녀는 놀랄 정도로 예뻤다. 그녀는 양처럼 연약했으며 얼굴은 말레이인 같았다. 그녀는 광대뼈가 약간 튀어나왔고 가늘고 검은 눈은 어슴푸레한 빛을 냈으며 어디에서도 그 비슷한 얼굴을 볼 수 없는 노르스름한 안색을 지녔다. 마찬가지로 노르스름한 손은 가늘고 길었으며 가게 점원치고는 너무 아름다웠다.

그녀는 밖에서 진열장 안을 들여다볼 수 없도록, 작은 가게의 판매대 뒤 오른편 끝으로 갔다. 토마스는 탁자 이쪽에서 그녀를 따라가 몸을 숙이고는 그녀의 입술과 눈에 입을 맞추었다.

"어머, 가엾게도 꽁꽁 얼어붙었잖아!" 그녀가 말했다.

"영하 5도야!" 톰이 말했다. "여기로 오면서 내가 얼마나 슬펐는지 몰라."

그는 탁자에 앉아서 그녀의 손을 잡고 말을 계속했다. "그래, 내 말 듣지, 안나? 우린 오늘 이성적으로 생각해야 돼. 사정이 그렇게 됐어."

"아이, 어쩌면 좋아!" 그녀는 원망스럽게 말하고 두려움과 걱정에 휩싸여 앞치마를 당겨올렸다.

"언젠가는 닥칠 일이었어, 안나……. 그래! 울지 마! 우리 이성을 차리기로 해, 어때? 그럼 어떻게 할까? 이건 피할 수 없는 일이야."

"언제……?" 안나가 흐느끼며 물었다.

"내일모레야."

"아이, 어쩌면 좋아…… 어째서 내일모레야? 일주일만 더…… 제발! 닷새만이라도!"

"안 돼, 안나. 모든 순서가 그렇게 잡혀 있어. 그들이 나를 암스테르담에서 기다려…… 아무리 그러고 싶어도 하루도 더 늦출 수 없어!"

"그런데 그렇게 멀리 가다니!"

"암스테르담? 홍! 하나도 안 멀어! 항상 서로 생각하면 되잖아, 안 그래? 그리고 내가 편지할게! 거기 도착하는 즉시 편지 쓸 거야, 두고 봐."

"아직 기억해?" 그녀가 말했다. "일 년 반 전에 있었던 사격 대회 때 일을……."

그는 황홀한 듯 그녀의 말을 가로막았다.

"그럼 물론이지, 일 년 반 전이었지! 난 안나가 이탈리아 여자인 줄 알았어……. 난 패랭이꽃을 사서 단춧구멍에 꽂았지……. 아직 그걸 갖고 있어. 암스테르담에 갖고 갈 거야. 그 목장에는 무슨 먼지가 그렇게 많고 날씨는 왜 또 그렇게 덥던지!"

"그래, 톰은 나에게 옆 가게에서 레몬 주스를 사 주었지……. 오늘 일처럼 생생하게 기억나! 사방에서 기름 과자와 사람 냄새가 진동했지."

"그래도 그때가 좋았어! 그때는 왜 눈빛으로 서로의 마음을 알아채지 못했을까?"

"톰은 나와 회전목마를 타려고 했는데…… 뜻대로 되지 않았어. 하지만 난 꽃을 팔아야 했으니까! 욕을 얻어먹을까 봐……."

"아니야, 그렇지 않아, 안나. 그때 일이 훤히 보이는군."

그녀가 나지막하게 말했다.

"그리고 내가 거절한 건 그때 딱 한 번이었지."

그는 다시 그녀의 입술과 눈에다 입을 맞추었다.

"잘 있어, 나의 사랑하는 귀여운 안나! 그래, 이제 작별을 고해야겠어!"

"아아, 내일 또다시 와 주겠어?"

"그래, 물론이지. 이 시간쯤에. 그리고 사정만 허락된다면 모레 새벽에도. 그런데 지금 한 가지 말할 게 있어, 안나. 난 이제 꽤 멀리 가, 그래, 어쨌든 꽤 먼 곳이야, 암스테르담은. 그런데 넌 여기 남아 있는 거야. 하지만 자포자기하면 안 돼. 알겠지, 안나? 왜냐하면 넌 여태껏 자포자기하지 않았잖아, 그 점을 말하려는 거야!"

그에게 잡히지 않은 손으로 앞치마를 당겨 얼굴을 가리고 그녀는 울었다.

"그럼 너는? 그럼 너는?"

"안나, 일이 어떻게 되어 갈지는 하느님만이 알고 계실 거야! 항상 청춘인 사람은 없어……. 너는 현명한 소녀야. 너는 결혼 같은 얘기는 한 번도 꺼낸 적이 없었어."

"아니, 말도 안 돼! 내가 그런 걸 요구하다니……."

"참고 받아들여야지, 안 그래? 내가 살아 있다면 가업을 이을 거고 배우자를 맞아들이겠지. 그래, 헤어지는 마당에 솔직히 말해야겠어! 그리고 너도…… 그렇게 될 거야. 너의 행복을 빌겠어, 나의 사랑하는 귀여운 안나! 하지만 자포자기는 하지 마, 알겠어? 넌 여태껏 자신을 포기하지 않았잖아, 그 점을 말하고 싶은 거야!"

가게 안은 따뜻했다. 흙과 꽃에서 나는 축축한 향기가 조그만 가게 안에 진동했다. 바깥에는 벌써 겨울 태양이 지려는 중이었다. 도자기에 그려진 것처럼 창백한 저녁놀이 강 건너편 하늘을 은은하고 순수하게 수놓았다. 사람들은 옷깃을 세워 그 안으로 턱을 숙인 채 진열창 옆을 총총걸음으로 오가고 있었다. 그러나 조그만 꽃가게의 구석에서 작별을 고하는 두 남녀는 그 누구의 눈에도 띄지 않았다.

4부

1

사랑하는 엄마에게!

 뛔펜라드에서 아름가르트 폰실링과 폰마이붐 씨의 약혼식이 있었다는 엄마의 편지를 받고 너무너무 반가웠어요. 아름가르트가 나에게도 직접 청첩장(금테가 둘러진 아주 고상한 청첩장이었어요.)과 함께 신랑이 좋아 죽겠다는 편지도 보냈더군요. 귀한 집 출신으로 그림처럼 잘생긴 남자래요. 걔가 얼마나 행복하겠어요! 모두들 결혼하는군요. 뮌헨에 사는 에바 에버스한테서도 청첩장이 날아왔어요. 걔는 양조장 사장을 남편으로 얻었대요.

 그런데 엄마한테 한 가지 물어볼 게 있어요. 다름이 아니라 아빠가 이리로 오신다더니 어째 통 깜깜 무소식인가요! 혹시 그뢴리히 씨의 공식 초청을 기다리시는 건가요? 그럴 필요 없어요. 내가 보건대 그는 그런 생각을 전혀 안 하고 있어요. 내가 그 문제에 관해 귀띔해 주니 이렇게 말하지 않겠어요. '그래, 그래, 여보, 장인이 바쁘신가 보지.' 아니면 혹시 나한테 폐를 끼칠까 봐 그러시는 건가요? 아니, 절대로 그렇지 않아요! 아니면 내가 혹 다시 향수병을 앓을까 봐 그러는 건가요? 나 원 참, 난 사리분별을 아는 부인이에요. 이제 인생의 중턱에 선 성숙한 부인이라고요.

방금 부근에 사는 케세라우 부인 댁에서 커피를 마시고 왔어요. 좋은 사람들이에요. 그리고 구스만이라는 이름을 가진 우리 집 왼편에 사는 이웃(그러나 집은 꽤 멀리 떨어져 있어요.)도 싹싹한 사람들이에요. 우리 가족과 친한 좋은 친구가 있는데, 클라센 박사(이분에 대해서는 나중에 이야기할 기회가 있을 거예요.)와 그륀리히의 절친한 친구인 은행가 케셀마이어가 그들이에요. 둘 다 여기 교외에서 살아요. 엄마는 케셀마이어 씨가 얼마나 우스꽝스럽게 생긴 노신사인지 모를 거예요! 그는 흰 구레나룻을 아주 짧게 깎고 다니며 반백인 머리카락은 숱이 적고 솜털 같아서 조금만 바람이 불어도 나부끼지 뭐예요. 또 그는 새처럼 우스꽝스럽게 머리를 까딱거리는 데다 하도 말이 많아서, 난 그를 늘 '까치'라고 불러요. 하지만 그륀리히는 나에게 그러지 못하게 해요. 까치는 도둑질을 하지만 케셀마이어 씨는 명예를 중히 여기는 신사라나요. 걸을 때는 허리를 구부리고 팔로 노를 젓듯이 걷지 뭐예요. 그의 솜털은 뒷머리 중간까지만 나 있어요. 그리고 거기서부터 그의 목덜미까지는 붉은 데다 쭈글쭈글 주름이 잡혀 있어요. 그는 혼자서도 흥겨워

236

어쩔 줄 몰라 하는 사람이에요! 때때로 그는 내 뺨을 두드리며 이렇게 말해요. 착하고 귀여운 부인, 그륀리히가 부인을 얻었다는 것이 하느님의 축복이 아니고 뭐겠습니까! 그런 다음 그는 코안경을 끄집어냅니다.(그는 항상 기다란 끈에 코안경 세 개를 매서 갖고 다니는데, 늘 그의 흰 조끼에 뒤엉켜 있어요.) 그걸 콧등에 걸면 코에 잔뜩 주름이 진답니다. 그리고 그가 유쾌한 듯이 입을 딱 벌리고 나를 바라보면 나는 그의 얼굴에 대고 큰 소리로 웃게 되지요. 하지만 그는 내가 웃어도 전혀 불쾌하게 생각하지 않아요.

그륀리히는 너무 바빠서 아침에 우리의 작은 노란색 자가용 마차를 타고 시내에 나갔다가 밤늦게야 집에 돌아오는 때가 많아요. 때때로 내 곁에 앉아 신문을 읽기도 해요.

우리가 사교 모임에 갈 때, 이를테면 케셀마이어, 알스테르담에 있는 굿슈티커 영사 혹은 시청 거리의 보크 시의원한테 갈 때는 대절 마차를 타고 가야 해요. 나는 벌써 여러 번이나 그륀리히한테 이인승 덮개 마차를 구입하자고 졸랐어요. 교외에 살자면 필요하니까요. 그도 어느 정도 사 주겠다는 쪽으로 마음이 쏠렸더랬어요. 하지만 이상하게도 그는 나하고 사교 모임에 가는 것을 그리 달가워하지 않는 것 같아요. 그리고 내가 시내에서 사람들과 담소하는 것도 분명 좋아하지 않아요. 그가 질투하는 걸까요?

내가 이미 상세하게 묘사한 적 있는 우리 별장은, 엄마, 정말 너무 아름다워요. 그리고 최근 들어 새로 가구를 장만한 터라 더욱 아름다워졌어요. 엄마가 오셔서 2층의 응접실을 보면 뭐 하나 나무랄 게 없을 거예요. 온통 갈색 비단인 데다가 옆방의 식당에는 아주 예쁜 식탁이 있어요. 의자 한 개당 25마르크나 하는 거예요. 나는 거실로 쓰이는 명상실에 앉아 있어요. 게다가 흡연실과 오락실도 있어요. 복도 저편에 2층의 절반을 차지하는 방에는 노란색 커튼이 드리워 있어 아주 우아하게 보여요. 3층에는 침실, 욕실, 의상실 및 하인들 방이 있어요. 우리는 노란 마차를 부릴 젊은 마부를 두고 있어요. 두 명의 하녀에 대해서 우리는 상당히 만족하고 있어요. 하지만 다행히도 난 자질구레한 일에 신경 쓸 필요가 없어요! 요컨대 이게 우리가 누리고 있는 전부예요.

하지만 엄마, 이제 내가 마지막까지 미루어 온 가장 중요한 얘기가 남아 있어요. 다름이 아니라 얼마 전에 몸이 좀 이상하다 싶었어요. 몸이 약간 찌뿌드드한 것이 보통 때와는 좀 다르지 뭐예요. 기회를 봐서 클라센 박사한테 그 사실을 알렸어요. 머리만 크고 몸은 아주 작은 그는 약간 큰 무늬가 있는 모자를 쓰고 다녀요. 그는 손잡이가 둥근 뿔로 된 스페인식 파이프를 턱수염 아래로 늘 물고 다녀요. 그런데 여러 해 동안이나 수염을 검게 염색해 온 탓에 그 색깔이 거의 담록색에 가깝게 됐어요. 엄마가 한번 직접 봤으면 좋을 텐데! 그는 대답은 하지 않고 안경을 들어올리고는 붉은 눈알을 깜박거리며 그의 주먹코로 나에게 끄덕이는 거예요. 그러고는 킥킥거리며 나를 빤히 들여다보는 바람에 난 몸 둘 바를 모를 지경이었어요. 그런 다음 나를 진찰해 보고 말하기를 모든 게 아주 양호하다는 거예요. 다만 혹시 약간 위황증이 있을지도 모르니 광천수를 마시라는 거예요. 엄마, 아빠한테는 아주 조심스럽게 말해서 가문 일지에 올리도록 해 주세요. 속히 또 편지 보내겠어요!

아빠, 크리스티안, 클라라, 틸다, 이다 융만한테도 나의 안부를 전해 주세요. 암스테르담에 있는 토마스한테는 얼마 전에 편지 보냈답니다.

1846년 시월 삼십 일

엄마의 충실한 딸 안토니 드림

사랑하는 토마스에게!

네가 암스테르담에서 크리스티안과 함께 있었다는 소식을 접하니 기분이 좋구나. 며칠 동안 즐겁게 보냈는지 모르겠다. 네 아우가 동쪽 끝을 지나 영국으로 갔는지에 대해서는 아직 소식을 못 받고 있단다. 하지만 하느님의 가호로 무사히 잘 여행하고 있기를 바란다. 크리스티안이 비록 학문의 길로 들어서는 것은 포기하기로 마음먹었지만 아직은 그의 사업주인 리처드슨 씨로부터 무언가 유용한 것을 배우기에 늦지 않았으면 한다. 그리고 그가 상인으로서 내딛는 길에 성공과 축복이 함께했으면 한다. 스레드니들가(街)의 리처드슨 씨는 너도 알듯이 우리와 가까운 거래선이잖니. 나는 두 아들을 나와 아주 돈독한 관계를 맺고 있는 회사에 취직시킨 것을 행복하게 여긴단다. 너도 지금쯤은 이미 그러한 축복을 감지하고 있겠지. 판데르켈런 씨가 세 달 만에 너의 봉급을 인상하고 앞으로 너에게 부수입을 주겠다고 하니 정말 흐뭇하기 그지없구나. 나는 네가 유능하게 일을 해서 이러한 대우를 받을 만하다는 것을 보여 주었으며 또 보여 줄 것이라고 확신한다.

그런데도 불구하고 네 건강이 최상의 상태가 아니라니 마음이 아프구나. 네가 신경 쇠약이라는 말을 들으니, 내가 젊었을 때 생각이 나는구나. 내가 안트베르펜에서 일할 때 요양차 엠스에 가야 했던 적이 있었다. 너에게도 요양이 필요해진다면, 얘야, 물론이지 충고와 아울러 실질적인 도움을 줄 준비가 되어 있단다. 정치적으로 불안한 이때, 다른 데 드는 경비라면 주저하겠지만 말이다.

여하튼 너의 모친과 나는 유월 중순에 네 여동생 토니를 보려고 함부르크에 다녀왔단다. 그 애 남편이 우리를 정식으로 초청하지는 않았지만 우리를 극진히 맞아 주었다. 우리가 거기서 보낸 이틀 동안 사업도 제쳐 두고 어쩌나 우리를 극진히 모시는지 시내에 있는 두캄프스 댁을 방문할 겨를도 없었다. 안토니는 임신 오 개월이더구나. 주치의가 장담하기를 모든 게 정상적으로 순조롭게 진행되고 있다더구나.

또 판데르켈런 씨한테서 온 편지에 관해 언급하고 싶구나. 네가 사적으로도 그의 가족한테 환대받는 손님이라니 흐뭇하구나. 내 아들아, 너는 이제 부모가 너에게 베풀어 준 교육이 열매를 맺기 시작하는 연령에 있다. 충고 삼아 말하자면 내가 너만 한 나이에 베르겐이나 안트베르펜에 있을 때 내 사장 사모님한테 싹싹하고 상냥하게 대하는 것을 항상 중시했는데, 그게 나한테 최고로 이득을 가져다주었단다. 사장 가족과 밀접한 관계를 유지해 두면 편해지는 것은 말할 나위도 없거니와 가령 사업상 실수를 저지르거나 때때로 사장이 불만족해하는 경우 사장 부인이 중요한 변호인이 되기도 한다. 물론 그런 일은 되도록 없어야겠지만 그래도 있을 수 있는 일이란다.

앞으로의 네 사업 계획에 관해 말하자면 네가 사업에 열성적으로 관심을 쏟는 게 기쁘다마는 그렇다고 해서 내가 거기에 전적으로 찬성하는 것은 아니다. 너는 우리 고향 도시 부근에서 생산되는 곡물, 곡식 종자, 피혁, 양모, 기름, 기름 과자, 뿔 등을 판매하는 것이 우리의 가장 자연스럽고 지속적인 사업이라는 견해에서 출발하는 모양이구나. 그래서 중개 도매업 말고도 특히 이들 분야에 관심을 두는 듯하구나. 나도 이 분야의 사업 경쟁이 아직 미미할 때는(지금은 경쟁이 매우 치열해졌다.) 그 같은 생각을 가지고 기회와 형편이 닿는 대로 몇몇 실험도 해 본 적이 있단다. 내가 영국에 간 주된 목적은 그 나라에서도 내 사업을 벌일 수 있을까 물색하려는 것이었다. 나는 이러한 목적으로 스코틀랜드까지 올라가 도움이 될 만한 여러 사람을 사귀어 두었지만 거기서 무역을 할 때 수반되는 위험 요소도 즉각 알게 되었다. 그래서 그와 같은 사업을 계속 벌이는 것을 주저하게 되었다. 특히 그것은 우리 선조인 회사의 창업자가 우리에게 남겨 준 충고의 말을 내가 항상 잊지 않고 있었기 때문이기도 했다. "내 아들아, 낮에는 즐거운 마음으로 사업에 임해라. 하지만 밤에 편히 쉴 수 있는 사업만 해라!"

그런 원칙 없이도 사업을 더 잘 꾸려 가는 사람들을 보면 물론 가끔 회의에 빠질 때도 있겠지만 나는 평생 이 원칙을 충실히 지킬 생각이다. '슈트룽크 하겐슈트룀' 상사는 눈부시게 번창하고 있지만 우리의 사업은 너무 진척이 없는 상태다. 너도 알다시피 우리 집은 할아버지가 돌아가신 후 사업이 축소되고 나서 더 이상 커지지 못하고 있다. 나는 최소한 지금 상태로 회사를 물려줄 수 있기를 하느님께 기도하고 있다. 지배인인 마르쿠스 씨는 노련하고도 사려 깊게 우리를 도와주는 사람이다. 네 외가에서 좀 돈을 아껴 쓰면 좋으련만. 우리에게는 유산이 대단히 중요할 테니까!

나에게는 사업상의 일과 시 업무가 산더미처럼 쌓여 있다. 나는 선원 조합의 조합장을 맡고 있는 데다 재무 분과, 상업 조합, 회계 감사 대표와 성 안나 빈민원의 시민 대표로 선출되었다.

네 어머니, 클라라 및 클로틸데가 너에게 진심으로 안부를 전하더구나. 또한 묄렌도르프 시의원, 외버디크 박사와 아울러 사무실의 마르쿠스 씨, 선장인 클로트와 클뢰터만이 너에게 안부를 전하더구나. 너에게 하느님의 축복이 있기를 바란다, 내 아들아! 일하고 기도하고 절약해라!

1846년 팔월 이 일
사랑으로 염려하는
너의 아버지가

공경하는 어르신께!

장인의 따님이자 저의 사랑하는 아내인 안토니가 반 시간 전에 순산했음을 기쁜 마음으로 알려 드리는 바입니다. 하느님의 의지대로 딸입니다. 제가 얼마나 기뻤는지는 이루 말로 형언할 수 없을 지경입니다. 아이와 산부의 용태는 매우 양호합니다. 클라센 박사는 일의 경과에 대해 전적으로 만족을 표시했습니다. 산파인 그로스게오르기스 부인도 아무 문제가 없을 거라고 말했습니다. 너무 흥분되어 이만 펜을 놓겠습니다. 그럼 건강에 유념하시고 안녕히 계십시오.

그륀리히

사내아이였다면 좋은 이름이 있었어요. 하지만 여자라서 메타라고 이름을 지었으면 좋겠는데 그이는 에리카가 좋대요.

1846년 시월 팔 일
토니

2

"무슨 일이오, 베티?" 영사가 식탁에 와서 수프가 담긴 접시의 덮개를 들어올리며 말했다. "몸이 안 좋아요? 웬일이오? 괴로워 보이는데?"

널찍한 식당의 둥근 식탁이 아주 작아졌다. 매일 식탁에 앉는 사람이라곤 영사 부부 말고는 융만, 열 살인 클라라와 다소곳이 앉아 말없이 먹는 바싹 마른 클로틸데밖에 없었다. 영사는 주위를 둘러보았다. 모두들 곤혹스럽고 염려스러운 표정을 하고 있었다. 무슨 일이 일어났던가? 영사 자신도 불안하고 근심이 가득했다. 골치 아픈 슐레스비히홀슈타인 문제로 증권 시세가 불안정했기 때문이다. 게다가 또 다른 불안한 분위기가 감돌았다. 나중에 안톤이 고기 요리를 가지러 밖으로 나갔을 때 영사는 집에서 무슨 일이 벌어졌는지를 알게 되었다. 지금까지는 성실하고 충직한 모습만 보여 왔던 여자 요리사 트리나가 느닷없이 노골적인 반란 행위를 저질렀던 것이다. 그녀가 얼마 전부터 어떤 도축업자 도제와 일종의 정신적 유대 관계라고 할 수 있는 친교를 맺고 있는 것을 부인은 대단히 싫어했다. 그런데 피에 굶주린 그 인간이 그녀의 정치적 견해에 아주 사악한 영향을 끼친 것임에 틀림없었다. 영사 부인이 샬롯 소스를 잘못 만들었다고 야단치자 그녀는 소매를 걷어붙인 손을 허리에 짚고 이렇게 대들었다. "두고 보세요, 영사 부인. 얼마 안 있으면 세상이 확 뒤집힐 거니까요. 그럼 나도 실크 옷 입고 소파에 앉아 호령할 거예요……." 물론 그녀는 당장 해고당하고 말았다.

영사는 머리를 흔들었다. 그 자신도 최근 들어 우려할 만한 여러 가지 낌새를 눈치채지 않을 수 없었다. 물론 비교적 나이가 든 짐꾼이나 창고 인부들은 그가 아무런 신경을 쓰지 않아도 될 정도로 충직했다. 하지만 젊은이들 중에는 이런저런 행동으로 반란이라는 새로운 정신을 받아들였음을 음험하게 드러내 보이는 자들이 있었다……. 새 시대의 요구에 부응하는 새 헌법을 마련 중인데도 연초에 거리에서 소규모의 폭동이 일어났다. 그러한 계획은 레브레히트 크뢰거나 다른 몇몇 완고한 사람들의 반대에도 불구하고 얼마 후에 시의회 훈령을 통해 국가 기본법으로 승격되었다. 시민의 대표자가 선출되고 시의회가 구성되었다. 그래도 세상은 평온을 되찾지 못하고 완전히 혼란에 빠져 있었다. 모두들 헌법과 선거법을 개정하고자 했으며 시민들은 서로 싸우고 야단이었다. 어떤 사람들은 "신분적 원칙!" 하고 말했다. 요한 부덴브로크 영사도 그렇게 말했다. 다른 사람들은 "보통 선거권!" 하고 말했다. 힌리히 하겐슈트룀도 그렇게 말했다. 또 다른 사람들은 "신분에 따른 보통 선거!"를 주장했다. 하지만 그들은 그게 무엇을 의미하는지 아마 알고 있었을 것이다. 그런 다음에는 평민과 귀족의 차별을 철폐하고 시민권의 자격을 확대하여 심지어 기독교 신자가 아닌 사람들에게도 그것을 적용하자는 이념들이 분분하게 나돌았다. 그러니 부덴브로크 댁의 트리나가 실크 옷을 입고 소파에 앉겠다는 생각을 하게 된 것도 하등 이상할 게 없었다! 아아, 더 고약한 일이 벌어지게 되어 있었다. 현 상황이 끔찍한 전환을 맞이할 국면에 처해 있었다.

1848년 시월 일 일이었다. 가벼운 구름 몇 조각이 두둥실 떠 있는 푸른 하늘은 햇빛을 받아 은백색으로 빛났다. 물론 햇빛이 그리 따뜻하지 않아 풍경실의 높은 새하얀 창살 뒤에 있는 난로가 타다닥 소리를 내며 타고 있었다.

짙은 금발에다 꽤 매몰찬 눈을 지닌 어린 클라라는 창가 재봉틀 앞에서 뜨개질을 하며 앉아 있었다. 클로틸데는 같은 일을 하면서 영사 부인 옆의 소파에 자리잡고 있었다. 이제 겨우 스물한 살이 된 클로틸데 부덴브로크는 결혼한 친척인 토니보다 나이가 얼마 많지 않았는데도 긴 얼굴에는 이미 잔주름이 지기 시작했다. 양쪽으로 매끄럽게 가르마를 탄 머리카락은 금발이 아니고 이전부터 칙칙한 회색이었던 탓에 그녀의 모습에는 벌써 노처녀 티가 완연했다. 그녀는 그걸로 만족하고 있었다. 그녀는 그러한 모습을 지우려고 아무런 노력도 하지 않았다. 모든 회의나 희망을 재빨리 없애 버리기 위해 빨리 늙어 버리는 게 아마 그녀의 소망일지도 모른다. 돈 한 푼 없는 자신과 결혼하겠다는 사람은 세상 천지에 아무 데도 없으리라는 것을 그녀는 알고 있었다. 그래서 돈푼깨나 있는 삼촌이 명문가 출신의 가난한 소녀들을 위한 자선 단체에 내놓을지도 모르는 약간의 연금이나 받으며 어디 조그만 방에서 살아갈 수 있기를 희망했다.

영사 부인은 두 통의 편지를 읽는 데 몰두하고 있었다. 토니는 어린 에리카가 행복하게 무럭무럭 자라는 이야기를 썼고 크리스티안은 런던에서의 생활과 활동을 열심히 보고했지만 리처드슨 씨 회사에서 있었던 그의 행동에 관해서는 자세한 언급이 없었다. 사십 대 중반에 가까워진 영사 부인은 금발의 여자가 쉬 늙는다는 운명에 대해 가슴 아프게 한탄하고 있었다. 불그스름한 머리카락에 어울리는 부드러운 안색은 최근 들어 온갖 청량제를 복용해도 핏기를 잃어 갔다. 그리고 머리카락만 해도 다행히 파리산(産) 염색제를 사용하지 않았더라면 사정없이 희어졌을 것이다. 영사 부인은 결코 백발은 되지 않으리라 결심했다. 그 염색제가 더 이상 쓸모없어지면 젊은 시절의 머리 색깔과 같은 가발을 쓸 작정이었다……. 여전히 예술적으로 땋은 머리 정수리에는 흰 레이스로 둘러싼 조그만 실크 댕기가 달려 있었다. 그것은 모자를 쓴다는 암시였다. 실크 스커트는 그녀를 풍성하고 부품하게 둘러쌌다. 종 모양의 소매에는 딱딱한 면사가 부착되어 있었다. 언제나 그러듯 손목에서는 금팔찌 몇 개가 나지막이 짤그랑거렸다. 때는 오후 세 시였다.

갑자기 달리며 외치는 소리, 고래고래 악을 쓰는 소리, 휘파람 소리와 많은 사람들의 발소리가 거리에서 들려왔다. 소요가 일어난 것이었다. 그 소리가 점점 가까워지면서 점점 더 커졌다.

"엄마, 무슨 일이야?" 클라라가 창의 '감시경'으로 내다보며 말했다. "모두들…… 뭐 하는 거야? 왜 저리들 좋아하지?"

"에그머니!" 영사 부인은 편지를 내던지고 불안스럽게 후닥닥 일어서면서 소리치고는 창으로 달려갔다. "저런…… 아니 이를 어쩐담, 그래, 혁명이야……. 사람들이 들고일어났어."

하루 종일 시내에는 이미 동요의 분위기가 가득 차 있었던 것이다. 넓은 거리에 있는 포목상 벤티엔의 진열창이 아침 나절 사람들이 던진 돌 때문에 파괴되었다. 그렇지만 벤티엔의 창이 고상한 정치와 무슨 관계가 있는지는 아무도 몰랐다.

"안톤?" 영사 부인이 떨리는 목소리로 식당을 향해 소리쳤다. 거기서는 하인이 분주하게 은그릇을 정리하고 있었다. "안톤, 저 밑에 내려가렴! 대문을 닫아라! 죄다 꽁꽁 닫아! 사람들이 들고일어났어."

"네, 영사 부인!" 안톤이 말했다. "제가 감히 그래도 될까요? 전 하인 신분인뎁쇼. 저들이 제 하인복을 알아보기라도 한다면……."

"나쁜 사람들이야." 클로틸데가 뜨개질을 중단하지 않고 말을 길게 빼며 슬픈 듯이 말했다. 바로 이때 영사가 주랑을 지나 유리창을 열고 들어왔다. 팔에는 외투를 걸치고 손에는 모자를 들고 있었다.

"나갈 건가요, 여보?" 영사 부인이 놀라서 물었다.

"그래요, 시의회에 가 봐야겠어요."

"하지만 군중이, 여보, 혁명이에요."

"아, 그거 별로 대단치 않아요, 베티……. 하느님이 우릴 지켜 주시겠지. 그들은 벌써 우리 집을 지나갔어요. 뒤채를 통해 가야지."

"여보, 나를 사랑한다면…… 이러한 위험에 몸을 내맡기도록 우리끼리 여기 내버려 두고…… 아아, 난 무서워요, 난 무서워요!"

"여보, 제발 너무 흥분하지 말아요. 시청 앞이나 광장에 사람들이 모여 약간 떠들고 있을 거요. 혹시 진열창 몇 개쯤 망가질지 모르지. 그 정도일 거요."

"어디 가려고 그래요, 여보?"

"시의회에…… 벌써 좀 늦었구려. 일이 나를 놓아 주질 않아요. 오늘 거기에 가지 않으면 수치스러운 일이 될 거요. 당신 아버님은 안 가실 줄 아오? 비록 연세가 많으시긴 해도……."

"알겠어요, 그럼 잘 다녀오세요, 여보…… 하지만 제발 조심, 조심하세요. 그리고 우리 아버지도 살펴봐 드리고요! 아버지한테 무슨 일이라도 생기면……."

"염려 마오, 여보……."

"언제 돌아올 건가요?" 영사 부인이 그의 등에 소리쳤다.

"으응, 네 시 반이나 다섯 시에…… 형편 봐서. 의사 일정에 중요한 것이 있으니. 문제는 거기에 달려 있소."

"아아, 난 무서워요, 난 무서워요!" 영사 부인은 시선을 어디다 둘지 몰라 방에서 안절부절못하며 되풀이해서 말했다.

3

부덴브로크 영사는 바쁜 걸음으로 자기 소유의 널찍한 땅을 통과했다. 빵집 골목을 나오는데 뒤에서 발소리가 들려 돌아다보니 중개인 고슈였다. 화가처럼 긴 외투를 걸친 그 역시 회의에 참석하려고 비스듬한 거리를 올라가는 중이었다. 그는 길고 여윈 손으로 예수회 모자를 벗어 들고 다른 손으로는 매끄러운 동작으로 겸손을 표시하며 기분 나쁜 듯 뚱하게 말했다. "영사님…… 안녕하세요!"

이 지기스문트 고슈는 마흔 살쯤 된 독신 남자로 태도는 좀 뭐해도 정직하고 사람 좋기는 그저 그만이었다. 문예 애호가인 그는 독창적인 정신의 소유자였다. 말끔하게 면도한 그의 얼굴은 굽은 코, 뾰족 튀어나온 턱, 날카로운 용모와 옆으로 비뚤어진 넓은 입으로 독특한 인상을 주었다. 그는 마치 화난 듯 조그만 입술을 꾹 다물고 있었다. 이는 사납고, 멋지고, 악마 같은 악인의 면모를 과시하는 한편 메피스토펠레스와 나폴레옹을 섞어 놓은 것 같은 고약하고, 음흉하고, 재미있고, 끔찍한 면모를 과시하려는 노력의 일환이었다. 그런데 그러한 모습은 아주 그럴듯했다. 하얗게 센 머리카락은 음울하게 이마 밑으로 축 드리워 있었다. 정말이지 그는 곱사등이가 아닌 걸 애석하게 여기고 있었다. 그는 이 유서 깊은 무역 도시의 주민들 중에서 이국적이고 사랑스러운 존재였다. 그는 아주 소박하고 작지만 견실하고 겸손한 점으로 존중받는 중개업을 하는 관계로 그들의 일원이 되었다. 어두컴컴하고 좁은 그의 사무실에 있는 커다란 책장에는 각국의 문학 작품들이 가득 꽂혀 있었다. 그리고 그가 스무 살이 되면서부터 로페 데 베가의 모든 희곡을 번역하는 일에 매달리고 있다는 소문이 돌았다. 하지만 언젠가는 연극 애호가들이 실러의『돈 카를로스』를 공연할 때 그가 도밍고 역을 맡은 적이 있었다. 그 때가 그의 인생의 전성기였다. 그는 결코 야비한 언사를 입에 담는 법이 없었다. 심지어 업무상 대화를 나눌 적에도 그는 다만 이와 표정 연기로 통상 행하는 말을 대신했다. 그것은 마치 "이 못된 자식아, 무덤 속에 있는 네 조상을 저주할까 보다!"라고 말하는 것 같았다. 그는 여러 가지 면에서 고인이 된 장 자크 호프스테드의 상속인이자 후계자였다. 사람됨이 좀 우울하고 격정적이라서 익살맞은 명랑함과는 전혀 어울리지 않는다는 점이 문제이기는 했지만 그러한 명랑함은 요한 부덴브로크 할아버지의 그 친구분이 지난 18세기의 것을 살려서 가지고 온 것이었다. 언젠가 증권거래소에서 투기 목적으로 샀던 두서너 개의 증권으로 그는 단번에 6.5탈러를 날려 버렸다. 그러자 그는 극적인 흥분에 휩싸여서 어떤 생각을 품게 되었다. 그는 마치 워털루 전투에서라도 패배한 듯이 벤치에 주저앉아 주먹을 불끈 쥐고 이마를 두드렸다. 그러고는 위를 쳐다보며 몇 번이고 신을 모독하는 말을 되풀이했다. "에이, 제기랄!" 그가 이런저런 부동산을 사서 얻은 얼마 안 되는 안정되고 확실한 이득은 그에게 근본적으로 지루하기 짝이 없었기 때문에 이러한 손실, 하늘이 그 모사꾼에게 내린 이러한 비극적인 타격은 그로서는 하나의 향락이자 그가 몇 주 동안이나 누린 행복이었다. "고슈 씨, 불행한 일을 당하셨다면서요? 안됐군요……."라고 누가 말을 걸면 그는 으레 이렇게 대답하곤 했다. "아, 이보게나, 고통 없이 교육받은 사람은 늘 어린애로 남아 있는 거라네!" 물론 그 말뜻을 알아듣는 자는 아무도 없었다. 그건 로페 데베가가 한 말이었던가? 아무튼 이 지기스문트 고슈라는 자가 학식이 있는 괴상한 사람이라는 점은 분명했다.

"우린 어떤 시대에 살고 있나요!" 그가 지팡이를 짚고 허리를 숙인 채 나란히 거리를 올라가며 부덴브로크 영사한테 말했다. "폭풍과 격동의 시대죠!"

"옳은 말씀입니다." 영사가 대꾸했다. 시대가 격동하고 있으니 오늘 회의가 자못 긴장된다고 말했다. 신분제적 원칙은…….

"아닙니다, 들어 보세요!" 고슈가 계속 말을 이어 갔다. "나는 오늘 종일 거리를 돌아다니며 폭도들을 관찰했지요. 그중에는 증오와 감동으로 눈빛이 이글거리는 훌륭한 녀석들도 있었습니다."

요한 부덴브로크는 웃기 시작했다. "당신은 내가 보기에 우익인걸요! 그걸로 남의 환심을 살 것 같습니까? 아닙니다, 감히 말씀드리자면 그런 것은 죄다 어린애 같은 짓입니다! 이 사람들이 원하는 게 무엇입니까? 불량배가 기회를 틈타 약간의 소동을 벌여 보자는 겁니다."

"물론입니다! 하지만 부인할 수 없는 사실은…… 나는 도축업자 도제 베르케마이어가 벤티엔 씨의 진열창을 깨는 현장에 있었습니다. 그는 표범 같았습니다!" 고슈는 특히 마지막 말을 이를 꽉 물고 말했다. 그러고는 다시 말을 계속했다. "아, 거기에 고상한 요소가 있다는 점을 부인할 수 없습니다! 거기엔 예전과는 다른 그 무엇, 비일상적인 면, 폭력적인 면, 폭풍, 야만성이 있었단 말입니다. 일종의 뇌우랄까, 아아, 민중은 무지합니다, 그 점은 나도 알고 있어요! 그렇지만 내 가슴, 이 내 가슴은 민중과 함께……." 두 사람은 벌써 노란색으로 페인트칠한 수수한 건물 앞에 다다랐다. 그 건물의 1층에 '시의회' 회의실이 있었다.

이 회의실은 주에르클링엘이라는 과부가 경영하는 비어 홀에 딸려 있었지만 어떤 특정한 날에는 '시의회' 회의실로 이용하고 있었다. 포장된 좁은 통로 오른편에 위치한 맥주와 요리 냄새가 나는 레스토랑에는 왼쪽에 널빤지로 만든 녹색 문이 있었다. 그런데 손잡이도 자물쇠도 없는 그 문이 하도 좁고 낮아서 그 뒤에 널찍한 공간이 있으리라고 아무도 짐작하지 못할 정도였다. 회의실은 춥고 황량하며 창고 같았고, 서까래가 드러난 천장과 벽은 흰 페인트칠이 되어 있었다. 꽤 높은 세 개의 창에는 녹색으로 그려진 십자가가 있었으며 커튼은 없었다. 그 맞은편의 좌석들은 원형 극장처럼 뒤로 갈수록 점점 높아졌다. 커다란 종(鐘)이며 서류들이며 필기 도구들이 늘어놓여 있는 앞쪽의 책상은 녹색 천으로 덮여 있었는데, 그것은 의장, 조서 작성자와 출석한 시의원들의 자리로 정해져 있었다. 문 맞은편 벽에는 외투와 모자가 걸려 있는 높은 옷걸이가 몇 개 자리잡고 있었다.

영사와 고슈가 나란히 좁은 문을 열고 홀 안에 들어서자 와자지껄한 소리가 들려왔다. 분명 그들이 제일 늦게 도착한 것이었다. 홀은 시의원들로 가득 차 있었다. 그들은 손을 바지 주머니에 찌르거나 뒷짐 지거나 허공에다 찌르며 무리 지어 선 채로 토론하고 있었다. 총원 120명 중에서 족히 100명은 모인 것 같았다. 몇몇 시골 출신 의원들은 현 상황으로 보아 집에 있는 게 좋겠다고 판단한 모양이었다.

입구에는 지위가 좀 낮은 사람들 몇이 서 있었다. 썩 크지 않은 가게 주인 두서넛, 학교 선생, '고아의 아버지'인 민더만 씨와 유명한 이발사인 벤첼 씨가 그들이었다. 작은 키에 옹골찬 남자인 벤첼은 검은 콧수염과 지적인 얼굴에다 붉은 손의 소유자로, 오늘 아침에도 영사의 턱을 면도해 주었다. 하지만 여기서는 그들 모두 동등한 지위를 가졌다. 그는 상류 인사들의 면도만 해 주었으며 그 대상은 거의 전적으로 묄렌도르프, 랑할스, 부덴브로크와 외버디크가에 한정돼 있었다. 그는 시의 사정을 소상히 알고 있었고 사교적으로 기민하게 활동했으며, 비록 신분은 낮으나 자의식이 출중한 덕택에 시의원에 선출되었다.

"영사님, 최신 정보를 알고 계십니까?" 그가 진지한 표정을 지으며 열을 내어 자기 후견인에게 소리쳤다.

"무슨 소식인데 그러는가?"

"오늘 아침만 해도 몰랐던 거지요. 영사님, 죄송하지만 이건 최신 정보입니다! 시청이나 광장에 군중이 모이지 않습니다! 이리 몰려와서 시의회를 위협하고자 합니다! 편집장 뤼프잠이 그렇게 선동했습니다."

"아니, 어림도 없는 소릴!" 영사가 말했다. 그는 앞에 있는 사람들 틈을 비집고 회의실 중앙으로 들어갔다. 거기서 그는 출석한 시의원들인 랑할스 박사, 제임스 묄렌도르프와 그의 장인을 바라보았다. "그게 도대체 사실입니까, 여러분?" 그가 그들과 일일이 악수하면서 물었다.

사실인즉 여기에 모인 모든 사람은 그에 대한 화제를 입에 올리고 있었다. 폭도들이 이리로 몰려온다는 둥 이미 그런 이야기를 들었다는 둥…….

"불한당들!" 레브레히트 크뢰거가 차갑게 경멸하는 투로 말했다. 그는 전용 마차를 타고 왔다. 큰 키에 구식 기사풍의 걸출한 용모를 지닌 그는 보통 때는 여든이라는 나이를 이기지 못해 허리가 굽어지기 시작했지만 오늘은 반쯤 눈을 감고 꼿꼿이 서 있었다. 그는 짧고 뾰족한 끝이 치켜 올라간 흰 콧수염 아래로 경멸하듯 입언저리를 엄숙하게 밑으로 내렸다. 그의 검은 벨벳 조끼에서 두 줄로 달린 보석 단추가 번쩍거렸다.

이들 그룹과 멀지 않은 곳에 힌리히 하겐슈트룀이 있었다. 뚱뚱한 몸집의 그는 불그스름한 데다가 하얗게 센 구레나룻의 소유자로, 굵은 시곗줄을 차고 푸른 격자무늬의 조끼에다 단추를 채우지 않은 상의를 입고 있었다. 그는 동업자인 슈트룽크와 같이 서 있었는데 영사를 보고도 인사하지 않았다.

좀 떨어진 곳에, 부유해 보이는 포목상인 벤티엔 주위에는 많은 사람들이 모여 있었다. 그는 자기 진열창이 깨진 경위를 시시콜콜하게 이야기하고 있었다. "벽돌 한 장, 벽돌 반 조각이, 여러분! 쨍그랑하더니…… 날아들어서 말아 둔 녹색 옷감에 떨어지더군요. 망할 놈의 자식들! 정말이지, 이건 국가적인 문제라니까요."

어느 구석에서인지 종 만드는 사람들의 거리에 사는 슈투트 씨의 목소리가 끊임없이 들려왔다. 양모 셔츠에 검은 상의를 입은 그는 격분한 어조로 "전대미문의 불상사야!"라고 되풀이하면서 토론에 참여했다. 그는 '불상사'란 말을 '불샹사'라 발음했다.

요한 부덴브로크는 자기의 오랜 친구인 C. F. 쾨펜과 그 경쟁자인 키스텐마커 영사한테 인사하려고 여기저기 돌아다녔다. 그는 그라보 박사와 악수를 나누었으며 소방서장인 기세케, 건축가인 포크트, 시의회 대변인인 랑할스 박사, 그 시의원의 동생, 상인들, 교사들 및 변호사들과 몇 마디의 말을 나누었다.

회의는 열리지 않았다. 그러나 토론은 아주 열기를 띠었다.

모두들 잡문이나 써 대는 편집장 뤼프잠을 저주했다. 모두들 그가 군중을 선동했다고 생각하고 있었다. 그런데 무엇 때문에? 사람들이 여기 모인 목적은 의회에서 신분제적 원칙을 견지할 것인지 아니면 보통·평등 선거권을 도입할 것인지를 결정짓기 위해서였다. 시의회에서는 이미 후자를 제의했다. 그러나 군중이 원하는 것은 무엇이었던가? 그들이 원하는 것은 사람들의 모가지였다. 그게 전부였다. 이것은 확실히 여태껏 겪어 본 가운데 최고로 어처구니없는 상황이었던 것이다! 사람들은 시의원들을 둘러싸고 그들의 의견을 들어 보려고 했다. 외버디크 시장이 이 사태에 어떻게 대처할지 알고 있다고 생각한 사람들은 부덴브로크 영사를 둘러쌌다. 영사 유스투스 크뢰거의 장인인 시의원 외버디크 박사가 지난해 시의회 의장이 된 이후 부덴브로크가는 시장과 인척 관계가 되어 공적인 지위가 현저히 격상되었기 때문이다.

갑자기 바깥에서 시끄러운 소리가 더 커졌다. 혁명이 회의실 창 아래까지 밀어닥친 것이다! 열띤 토론이 벌어지던 장내는 일시에 쥐 죽은 듯이 조용해졌다. 너무 놀란 나머지 사람들은 깍지 낀 손을 배 위에 얹고서 서로의 얼굴을 쳐다보거나 창 쪽을 바라보았다. 창문 뒤에서는 주먹들이 쑥쑥 올라오기도 하고 제멋대로 떠들어 대는 무의미한 고함 소리가 공기를 진동하여 귀가 멀 지경이었다. 그러다가 놀랍게도 소요 군중이 자신들의 행동에 대해 놀라기라도 한 듯 바깥도 회의실 안처럼 조용해졌다. 사방이 온통 정적에 휩싸여 있는 가운데 레브레히트 크뢰거가 앉아 있던 아래쪽 좌석 열에서만 어떤 말

소리가 들려왔다. 그것은 정적을 뚫고 차갑고도 천천히 힘차게 새어 나온 말이었다.

"불한당 같으니라고!"

그런 직후 어느 구석에서인지 격분한 목소리가 둔중하게 들려왔다. "전대미문의 '불상사'야!"

그런 다음 갑자기 포목상 벤티엔이 덜덜 떨리는 급한 목소리로 의원들을 향해 은밀하게 말했다.

"여러분…… 여러분…… 제 말 좀 들어 보세요. 전 이 건물의 구조를 잘 알고 있어요. 다락방에 올라가면 채광창이 하나 있어요. 어릴 적에 이미 그곳으로 드나든 적이 있습니다. 이웃집 지붕으로 안전하게 기어 올라가서 무사히 빠져나갈 수 있습니다."

"채신머리없는 비겁한 짓이야!" 중개인 고슈가 이 사이로 야유하는 소리를 냈다. 팔짱을 끼고 머리를 숙인 그는 시의회 의장의 책상에 기댄 채 섬뜩한 눈초리로 창문 너머를 응시했다.

"비겁하다고요? 여보시오, 어째서요? 천만에요. 그 사람들은 벽돌을 던졌어요! 제 눈으로 직접 목격했단 말입니다."

이때 바깥에서는 다시 고함 소리가 커졌다. 그렇지만 이번에는 아까처럼 우레와 같은 소리가 아니라 잔잔한 소리만 계속 울려왔다. 노래하는 듯하고 참을성 있는 그 소리는 거의 만족스럽게 들리는 웅성거림이었다. 그러한 소리에서 이따금씩 "원칙!"이니 "시민권!"이니 하는 째지는 듯한 외침들을 알아들을 수 있었다. 시의원들은 열심히 귀를 기울였다.

"여러분." 한참 후에 대변인인 랑할스 박사가 목소리를 죽이고 사람들을 향해 말했다. "제가 이제 회의를 열겠사오니 양해를 부탁드리는 바입니다."

이러한 제안은 전혀 지지를 받을 수 없는 말도 안 되는 소리였다.

"그 점에 찬성할 수 없어요." 누군가가 우직한 목소리로 어떠한 이의도 용납치 않겠다는 듯이 단호하게 말했다. 리체라우어라는 시골 출신으로 이름이 파알인 그 농부는 클라인슈레트슈타켄이라는 마을 대표였다. 여태껏 토론 중에 그의 목소리를 들은 기억이 있는 사람은 아무도 없었다. 하지만 현재와 같은 상황에서는 순박하기 짝이 없는 그 남자의 견해도 무시할 수 없는 중요성을 지녔다. 놀란 기색도 없이 확실한 정치적 본능으로 파알 씨는 전체 시의원의 견해를 대변한 셈이었다.

"신의 가호가 있기를!" 벤티엔이 격분해서 말했다. "저 윗자리는 거리에서 보일 겁니다! 벽돌로 던진다니까요! 정말이에요, 제 눈으로 직접 목격했어요."

"제기랄, 문도 저렇게 좁으니!" 포도주 도매상 쾨펜이 절망적으로 내뱉었다. "밖으로 나간다 해도 끼여서 죽겠어…… 끼여서 죽겠는걸!"

"전대미문의 '불상사'야." 슈투트가 둔중하게 말했다.

"여러분!" 의장이 다시 간절한 어조로 말하기 시작했다. "잘들 생각해 보시오. 나는 오늘 회의록을 작성해 가지고 이삼일 내로 시장한테 송부해야 합니다. 게다가 시에서는 인쇄해서 공표하기를 바라고 있습니다. 여하튼 회의를 열 것인가 말

것인가 하는 문제를 표결에 부쳤으면 합니다."

하지만 의장을 지지하는 몇몇 사람을 제외하고는 의사 일정으로 넘어가려는 사람이 아무도 없었다. 표결해 봐야 아무 소용이 없을 듯싶었다. 군중을 자극해서는 안 되었다. 군중이 원하는 게 뭔지를 아는 사람은 하나도 없었다. 어떤 방향으로 결정을 내려서 군중을 모욕해서는 안 되었다. 흥분하지 말고 기다리고 있어야 했다. 마리아 교회에서 네 시 반을 알리는 종소리가 울렸다.

끈기 있게 기다리자는 결론으로 굳어졌다. 커졌다가 줄어들었다가 그쳤다가 다시 시작되곤 하는 밖의 소음에 사람들은 익숙해지기 시작했다. 사람들은 마음의 평정을 찾고 편안한 마음으로 아래쪽 좌석에 앉기 시작했다. 이 유능한 의원들의 왕성한 활동력이 모두 재가동되기 시작했다. 여기저기서 사업 이야기를 꺼내기도 하고 심지어는 거래를 하기도 했다. 중개인들은 거상들 옆으로 다가갔다. 갇혀 버린 그 사람들은 마치 폭우가 쏟아지는 바람에 옹기종기 모여 앉아 다른 이야기를 주고받으며 가끔씩 심각하고 진지한 표정으로 천둥에 귀를 기울이는 사람들처럼 서로 잡담을 나누었다. 다섯 시, 다섯 시 반이 되었다. 해가 떨어져 어둑어둑해졌다. 이따금씩 누군가가 자기 아내가 커피를 끓여 놓고 기다린다고 불평을 했다. 그러자 벤티엔은 채광창을 상기시키려고 했다. 하지만 대부분의 사람들은 어쩔 수 없다는 듯 머리를 설레설레 흔들면서 이렇게 말하는 슈투트처럼 생각했다. "너무 뚱뚱해서 그리로 갈 수 없어!"

요한 부덴브로크는 부인의 말을 명심하고 장인 옆에 지켜서 있었다. 그리고 그는 이렇게 물으며 다소 걱정스러운 듯 장인을 쳐다보았다. "이런 자그마한 모험은 장인어른께 일어나지 말아야 하는 건데요?"

백설 같은 앞 머리카락 아래로 드러난 레브레히트 크뢰거의 이마에는 염려스럽게도 푸르스름한 혈관이 두 개 돋아나 있었다. 그리고 그의 귀족적인 오른손은 조끼에 달린 단백석 단추를 만지작거리고 있고 커다란 보석이 박힌 반지를 낀 다른 손은 무릎 위에서 바르르 떨고 있었다.

"쓸데없는 소리 그만두게나, 부덴브로크!" 그가 무척 피곤한 듯이 말했다. "나로서는 지루할 뿐이라네." 하지만 자신의 거짓말을 스스로 벌하는지 갑자기 이렇게 폭발했다. "이보게나, 장! 이러한 파렴치한 폭도한테는 화약과 납을 몸속에 처넣어 쾅 터뜨려야 해. 저런 못된 놈들! 불한당 같으니라고!"

영사는 달래느라 맞장구를 쳤다. "그렇습니다. 그렇습니다. 장인어른 말씀이 지당합니다. 그건 볼썽사나운 희극입니다. 하지만 어쩌겠습니까? 얼굴을 펴야지요. 이제 저녁이 됩니다. 그들은 곧 물러갈 겁니다."

"내 마차는 어디 있는가? 내 마차를 오라고 하게!" 레브레히트 크뢰거가 완전히 흥분해서 명령했다. 분노가 폭발한 것이었다. 그는 전신을 부들부들 떨었다. "다섯 시에 오라고 했단 말이야! 어디 있어? 회의는 열리지 못해. 여기서 내가 무얼 한단 말이야? 난 바보짓 할 생각은 없어! 내가 원하는 건 마차야! 누가 내 마부를 괴롭히는 거지? 가서 살펴보게나, 부덴브로크!"

"장인어른, 제발 고정하십시오! 흥분을 가라앉히시고요. 그러시면 건강에 좋지 않습니다! 물론…… 마차가 어디 있는지 지금 가 보겠습니다. 저 자신도 이런 사태에 넌더리가 납니다. 전 그 사람들과 대화를 해서 집에 가라고 다그치겠습니다."

그런데 레브레히트 크뢰거가 그를 말리면서 돌연 차갑고도 멸시하는 투로 명령했다. "가지 말고 여기 있게! 가만있는다 해서 자네 체면이 손상되는 건 아니네, 부덴브로크!" 그렇지만 영사는 재빨리 회의실을 통과해 나갔다.

조그만 푸른 문 바로 근처에서 영사는 지기스문트 고슈한테 따라잡혔다. 그는 억센 손으로 영사의 팔을 잡고 섬뜩한 목소리로 이렇게 속삭였다. "어딜 가시려고요, 영사님?"

중개인의 얼굴에는 수천 개의 깊은 골이 패어 있었다. 뾰족한 턱을 거의 코에까지 치켜올리며 그는 단호하게 결심한 표정을 지었다. 그의 회색 머리카락은 관자놀이와 이마에 음울하게 드리웠다. 그리고 머리를 양 어깨 사이에 깊게 파묻어 흡사 꼽추를 방불케 했다. 그가 내뿜듯이 이렇게 말했다. "제가 군중한테 말하려는 걸 아시잖아요!"

영사가 이렇게 말했다. "아닙니다, 차라리 내가 하겠어요, 고슈…… 필경 내가 그들하고 더 잘 알 겁니다."

"하긴 그래요!" 중개인이 힘없이 대답했다. "영사님은 저보다 대단한 인물이니까요." 그러다가 그는 목청을 높이며 이렇게 계속 말했다. "하지만 제가 따라가 옆에 서겠습니다, 부덴브로크 영사! 비록 고삐에서 풀려난 분노한 노예들이 나를 갈

기갈기 찢을지언정…… 아아, 무슨 이런 날, 이런 밤이 다 있담!" 밖으로 나가면서 그가 말했다. 확실히 그는 일찍이 이런 행복을 느껴 본 적이 없는 것 같았다. "아, 영사님! 저기 군중이 있습니다!"

둘은 좁은 통로를 지나서 대문 앞으로 나가 인도로 통하는 세 개의 좁은 계단 위쪽에 우뚝 섰다. 거리 광경은 이상해 보였다. 거리는 쥐 죽은 듯이 고요했다. 인근에 있는 집들에는 벌써 불이 켜져 있었는데 사람들은 창을 열고 시의회 건물 앞에 몰려 있는 시커먼 군중을 호기심 어린 눈길로 지켜보고 있었다. 이 숫자는 회의실 안에 있는 사람들보다 그리 많지 않았다. 그들은 부두 노동자, 창고 인부, 화물 운반인, 초등학교 아동, 상선의 선원들과 못사는 동네인 '트비텐', '겡엔', '비센' 및 '훼펜'에 사는 사람들로 이루어져 있었다. 여자들도 거기에 몇 명 있었는데 그들은 이러한 모험을 통해 부덴브로크가의 여자 요리사와 유사한 성공을 거두어 보려는 자들이었다. 서 있느라 피곤해진 몇몇 폭도는 다리를 하수구 쪽으로 내리고 보도에 앉아 버터 바른 빵을 먹고 있었다.

곧 여섯 시가 되었다. 날이 상당히 어두웠지만 거리에 죽 늘어선 석유등에는 불이 켜지지 않았다. 질서가 파괴되는 이러한 전대미문의 공공연한 행위는 부덴브로크 영사를 진노하게 한 첫 번째 경우였다. 그리고 이러한 사실이 그로 하여금 짧고도 화난 어조로 말하게 한 이유가 되었다. "여러분, 이 무슨 얼토당토않은 일들을 하고 있습니까!"

간식을 먹고 있던 사람들이 보도에서 벌떡 일어났다. 뒤의 차도 건너편에 있던 사람들은 발뒤꿈치를 들었다. 영사한테 고용되어 있는 몇몇 부두 노동자들은 모자를 벗어 들었다. 사람들은 주의를 집중시키고 서로의 옆구리를 찌르며 조그만 소리로 말했다. "저 사람이 부덴브로크 영사야! 부덴브로크 영사가 연설을 하려고 해! 입 닥쳐, 크리샨. 그는 대단한 사람이야! 저 사람이 중개인 고슈야. 애개! 꼭 원숭이같이 생겼군! 얼굴이 온통 구겨졌지?"

"콜 스몰트!" 영사가 다시 말하기 시작했다. 그러면서 움푹 들어간 작은 눈으로 다리가 휜 스물두 살가량의 창고 인부한테 시선을 던졌다. 모자를 손에 든 그는 빵을 입에 가득 물고 바로 계단 앞에 서 있었다. "솔직히 말해 보게나, 콜 스몰트! 이제 때가 왔어! 오늘 오후 내내 자네가 부르짖던 말을……."

"네, 영사님." 콜 스몰트가 빵을 씹으며 말했다. "그게 문제일 따름입니다. 하지만…… 말하자면 이렇습니다. 우리는 혁명을 하자는 것뿐입니다."

"무슨 그런 뚱딴지 같은 소리가 다 있나, 스몰트!"

"네, 영사님. 말씀 잘하셨습니다. 하지만 말하자면 이렇습니다. 우리는 현 상황에 만족할 수 없다는 겁니다……. 우리는 다른 질서를 요구하는 겁니다. 그리고 지금의 질서는 더 이상 마음에 안 든다 이겁니다."

"좀 들어 보게나, 스몰트. 그리고 다른 사람들도요! 사리분별이 있는 사람은 집에 돌아가 다시는 혁명에 신경 쓰지 말도록 하세요. 여기서 질서를 훼손하지 말고……."

"질서란 성스러운 것입니다!" 고슈가 속삭이는 소리로 영사의 말을 가로막았다.

"질서 말입니다!" 부덴브로크 영사가 말을 맺었다. "석유등
엔 불도 켜지지 않고…… 그게 도대체 혁명과 무슨 상관이 있
단 말입니까!"

콜 스몰트는 이제야 씹고 있던 음식을 꿀꺽 삼켰다. 그의
뒤에는 많은 사람들이 있었다. 그는 다리를 넓게 벌리고 서 있
었다. 그리고 그에게는 그 나름대로 항변할 논리가 있었다.

"네, 영사님, 말씀 잘하셨습니다! 하지만 문제는 선거권의
보편적 원칙 때문입니다."

"나 원 참, 이 멍청한 녀석아!" 영사는 너무 분개한 나머지
저지 독일어로 말하는 것을 잊어버리고 그렇게 외쳤다. "되지
도 않는 말을 지껄이고 있어……."

"네, 영사님." 콜 스몰트가 약간 움찔하며 말했다. "그럴지도
모르겠습니다. 하지만 혁명은 일어나야 합니다. 그건 확실합니
다. 사방 천지에 혁명이 있습니다. 베를린이나 파리에도……."

"스몰트, 자네가 원하는 게 뭔가! 그걸 한번 말해 보게!"

"네, 영사님. 말하자면 우린 공화국을 원할 뿐입니다. 말하
자면……."

"그러니까 이 얼간아, 벌써 하나 갖고 있지 않느냔 말이야!"

"네, 영사님, 우리는 또 하나를 원한다니까요."

그 말의 뜻을 잘 알고 있었던 주위의 몇몇은 터져 나오는
웃음을 참지 못하고 어색하게 웃었다. 비록 콜 스몰트의 답변
을 알아들은 사람은 거의 없었지만 이러한 명랑한 기분이 확
산되어 거기 모인 공화주의자 전부가 한꺼번에 폭소를 터뜨리

게 되었다. 시의회 창에는 호기심 어린 표정을 한 몇몇 사람이 맥주 조끼[6]를 손에 들고 나타났다. 사태의 급격한 변화에 실망하고 곤혹스러워한 사람은 지기스문트 고슈뿐이었다.

"그런데 여러분." 부덴브로크 영사가 마침내 말했다. "내 생각으로는 여러분 전원이 이제 귀가하는 게 가장 바람직한 처사인 듯싶습니다!"

자기가 불러일으킨 영향이 이렇게 변모하자 완전히 어리둥절해진 콜 스몰트는 이렇게 대답했다. "네, 영사님. 이제 이렇게 되었군요. 사람들은 사태가 진정되기를 원하는 모양입니다. 그리고 영사님이 저를 나쁘게 생각지 않으시길 바라겠습니다. 그럼 이만 물러가겠습니다, 영사님."

사람들은 최상의 기분이 되어 뿔뿔이 흩어지기 시작했다.

"스몰트, 잠깐만!" 영사가 소리쳤다. "성문 밖에 사는 크뢰거가의 마차를 보지 못했는가?"

"네, 영사님! 왔어요. 저 아래쪽 뜰에 서 있습니다."

"좋아, 그럼 이리 좀 불러 주게. 마부보고 빨리 오라고 해 주게. 주인이 집에 가려고 한다고."

"네, 영사님!" 그러고는 모자를 머리에 쓰고 가죽으로 된 챙을 눈 아래 깊숙이 내린 채 콜 스몰트는 거만하게 몸을 흔들면서 길을 내려갔다.

---

6) 손잡이가 달린 맥주컵.

4

지기스문트 고슈와 함께 부덴브로크 영사가 모임에 되돌아
왔을 때 회의실 분위기는 십오 분 전보다 평온했다. 의장 책상
에 켜진 두 개의 대형 파라핀 등으로 회의실이 환해져 있었다.
그리고 누런 등불 아래 사람들은 앉거나 서서 병맥주를 흰 조
끼에 따르고는 잔을 부딪치고 건배를 하며 아주 유쾌한 기분
으로 왁자지껄 떠들고 있었다. 과부 주에르클링엘 부인이 거
기로 와서 갇혀 있는 손님들을 성심성의껏 돌봐 주고 있었다.
아직 오랜 시간 동안 더 갇혀 있어야 할지도 모르기 때문에
그녀는 유창한 화술로 좀 더 독한 술을 마시는 게 어떻겠느
냐고 제안했다. 그래서 그들은 꽤 도수가 높은 맥주를 상당량
비우면서 격앙된 시간을 무마하고 있었다. 협상하러 갔던 두
사람이 다시 들어오자마자 종업원이 셔츠 차림으로 호의적인
미소를 지으며 맥주를 새로 내왔다. 날도 저물었고 헌법 개정
에 정신을 쏟기에는 너무 늦은 시각이었지만 지금 이 모임을
중단하고 집에 가자는 사람은 아무도 없었다. 어쨌든 오늘은
커피 마실 시간도 지난 터였다.

영사는 성공을 축하하는 악수를 몇 번 나눈 후에 지체 없이
장인한테 갔다. 이러한 사정에도 불구하고 유일하게 레브레히
트 크뢰거만은 기분이 좋아지지 않는 것 같았다. 그는 근엄하
고 뚱한 표정으로 상체를 곧추세우고 자리에 앉아 있었다. 이
순간 마차가 왔다고 보고하자 그는 조롱조의 목소리로 이렇게
대답하며 나이 때문이 아니라 오히려 너무 격분해서 부르르

떠는 소리를 냈다. "놈들이 나를 집으로 보내 준다던가?"

그의 뻣뻣한 몸놀림에는 전에 보였던 우아한 동작이라고는 조금도 없었다. 모피 외투를 어깨에 걸친 그는 영사가 바래다주겠다고 하니까 맥 풀린 소리로 "고맙네."라고 하면서 팔을 사위의 옆구리에 끼웠다.

대형 등이 두 개 달린 으리으리한 마차가 문 앞에 대기해 있었다. 바로 그때 영사가 흡족해하도록 등에 불이 들어오기 시작했다. 그리고 둘은 마차에 올라탔다. 레브레히트 크뢰거는 반쯤 감은 눈으로 몸도 기대지 않고, 아무 말 없이 영사의 오른쪽에서 담요를 무릎에 덮은 채 반듯이 앉아 있었다. 그러는 동안 마차는 길을 따라 굴러갔다. 그리고 그의 흰 구레나룻의 짧은 끝 아래쪽, 옆으로 다문 입언저리에는 수직으로 두 줄이 만들어져 턱까지 뻗어 있었다. 수모를 당했다는 분노가 그의 마음을 괴롭히며 갉아먹고 있었다. 그는 맞은편에 있는 속이 텅 빈 베개를 지친 얼굴로 무표정하게 바라보았다.

거리는 일요일 저녁보다 더 흥청거리고 있었다. 마치 축제의 분위기에 빠져 있는 듯싶었다. 혁명이 성공적으로 진행된 데 신이 난 군중은 즐거운 기분을 주체하지 못하고 이리저리 쏘다녔다. 심지어 노래를 부르는 자도 있었다. 마차가 지나갈 때 이따금씩 "만세!"를 외치며 모자를 공중에 내던지는 젊은 이들도 있었다.

"장인어른, 제가 보기에 장인어른은 이 일을 너무 심각하게 생각하시는 것 같습니다." 영사가 말했다. "죄다 이 무슨 바보 같은 짓거리냐고 생각하게 되면…… 하나의 어릿광대짓인걸요." 그리고 노인으로부터 이런저런 대답과 의견을 들으려고 그는 혁명 일반에 대해 활발하게 이야기하기 시작했다. "만약 이 시대에 무산 대중이 얼마나 자신의 본분을 망각하고 있느냐 하는 것을 인식하게 되면…… 아, 대관절, 그것은 어디서나 마찬가지일 겁니다! 오늘 오후에 중개인 고슈와 잠깐 대화를 나누었습니다. 아주 놀랄 만한 사람이지요. 그는 만사를 시인이나 극작가의 눈으로 봅니다. 보십시오, 장인어른, 혁명은 베를린의 다과 탁자에서 비롯되었습니다. 그런 다음 군중은 논란을 겪은 끝에 위험을 무릅쓰고 무모한 일을 저지르게 되었습니다. 그에 대해 만족할 만한 대가가 돌아올까요?"

"옆의 창문을 좀 열었으면 좋겠는걸." 크뢰거가 말했다.

요한 부덴브로크는 황급히 그에게 시선을 던지고 나서 얼른 유리창을 밑으로 내렸다.

"어디가 많이 편찮으신가요, 장인어른?" 그가 걱정스럽게 물었다.

"아니야, 절대로 아니야." 레브레히트 크뢰거가 엄숙하게 대답했다.

"음식을 조금 드시고 쉬셔야겠습니다." 영사가 말했다. 그러면서 무언가를 해 드려야겠다는 생각에 영사는 담요를 더 끌어당겨 장인의 무릎을 잘 덮어 주었다.

마차가 성문 거리를 덜커덩거리며 가는데, 갑자기 끔찍한 돌발 사태가 벌어졌다. 즉, 마차가 으스름한 어둠에 잠겨 있는 성벽에서 열다섯 걸음 정도 떨어진 지점을 통과할 때, 열린 창으로 돌멩이 하나가 날아들었다. 거리에는 부랑아들이 만족한 기분으로 떠들며 모여 있었다. 그것은 거의 달걀 크기밖에 안 되는 그저 하찮은 돌이었다. 가령 크리샨 슈누트나 하이네 포스가 혁명을 축하하기 위해서 아무렇게나 던진 돌로서, 확실히 어떤 악의로 그랬다거나 딱히 마차를 겨누고 던진 것도 분명 아닌 듯싶었다. 그 돌멩이는 아무 소리도 없이 마차 안으로 날아 들어와 두꺼운 외투를 입고 있는 레브레히트 크뢰거의 가슴에 아무 소리 없이 쿵 부딪쳤다가 역시 아무 소리 없이 담요를 굴러 바닥에 떨어졌다.

"고얀 놈들!" 영사가 화가 나서 말했다. "오늘 밤엔 모두들 정신이 나간 모양이지? 어디 다치지 않으셨어요, 장인어른?"

늙은 크뢰거는 불안에 떨며 아무 말이 없었다. 마차 내부가 너무 어두워서 그의 표정을 제대로 읽을 수 없었다. 그는 등받이에 몸을 기대지 않고 아까보다 더 꼿꼿하고 반듯하게 앉아 있었다. 하지만 그러다가 그의 아주 깊디깊은 곳에서 소리가 나왔다. 천천히, 싸늘하고 무겁게 나온 유일한 한마디는 "불한당 같으니라고."였다.

그를 더 자극할까 우려해서 영사는 아무 대답도 하지 않았다. 마차는 쩌렁쩌렁 울리는 소리를 내며 성을 지나 삼 분 후에는 넓은 가로수 길에 들어섰다. 거기에는 크뢰거가의 땅이라는 표시로 끝에 금박이 칠해진 울타리가 있었다. 정원의 넓은 문 양쪽에는 덮개에 금칠 버튼이 달린 등불 두 개가 어둠을 밝혀 주고 있었다. 문 입구에는 발판으로 밤나무가 깔려 있었다. 영사는 여기서 장인의 얼굴을 보고 깜짝 놀랐다. 누렇게 뜬 얼굴에 온통 축 늘어진 고랑이 패어 있었다. 입은 그때까지 남을 경멸하는 듯한 싸늘하고 확고부동한 표정을 머금고 있었다. 늙은이다운 찡그린 표정을 지은 그의 얼굴은 힘없이 비뚤게 축 늘어져, 멍청하게 일그러져 있었다. 마차는 발판에 멈추어 섰다.

"날 좀 도와주게." 레브레히트 크뢰거가 말했다. 먼저 마차에서 내린 영사는 재빨리 담요를 걷어치우고 팔과 어깨를 내밀어 그가 의지하도록 해 주었다. 천천히 자갈 바닥을 몇 발짝 걸어 식당으로 통하는 희게 번쩍거리는 계단까지 장인을 부축하고 갔다. 그런데 노인이 계단 밑에서 푹 고꾸라졌다. 머리를 가슴에 너무 심하게 박는 바람에 축 늘어진 아래턱이 위턱에 '딱' 하는 소리를 내며 부딪혔다. 노인은 두 눈을 부릅뜨더니 그대로 꼼짝하지 않았다.

기사풍의 레브레히트 크뢰거는 이렇게 해서 자기 조상들 곁으로 돌아갔다.

5

그로부터 일 년하고도 두 달이 흘렀다. 때는 1850년 일월 어느 날 아침, 눈이 오려는지 날씨가 흐렸다. 그륀리히 부부는 세 살 된 어린 딸과 함께 담갈색 목재로 벽 판자를 댄 식당의 의자에 앉아 아침 식사를 하고 있었다. 이 의자는 개당 25마르크였다.

안개 때문에 창 밖이 거의 보이지 않았다. 벌거벗은 나무와 관목들만 어렴풋이 보일 뿐이었다. 방 한구석에 녹색 니스 칠을 한 나지막한 난로('명상실'로 통하는 열린 문 옆에는 관엽 식물이 있었다.)에서는 빨간 불이 탁탁 소리를 내고 있었다. 그리고 방 안에는 부드럽고 약간 훈훈한 온기가 감돌았다. 건너편에는 반쯤 걷힌 푸른 커튼 사이로 갈색 비단으로 꾸며진 응접실과 높은 유리문이 보였다. 문의 갈라진 틈새에는 솜을 뭉쳐 쑤셔 넣었고, 문 뒤로는 잎을 가리는 희멀건 안개로 말미암아 조그만 마당이 보이지 않았다. 옆에는 복도로 통하는 세 번째 출구가 있었다.

둥근 탁자 위의 백설같이 흰 비단에는 푸른색으로 수놓인 장식용 식탁보가 덮여 있는데, 그 테두리에는 금박이 입혀 있었다. 그리고 그 위의 도자기는 너무 투명한 나머지 때때로 진주처럼 희미한 빛을 발했다. 차를 끓이는 기구에서 윙윙거리는 소리가 났다. 엷고 편편한 은제 빵 광주리는 들쭉날쭉한 톱니 모양으로, 마치 약간 말려 올라간 커다란 나뭇잎처럼 생겼다. 그 안에는 둥근 우유빵과 토막 낸 빵이 들어 있었다. 수정으로 된 종 아래에는 홈이 파인 조그맣고 둥근 버터가 잔뜩 쌓여 있고, 다른 종 아래에는 갖가지 종류의 황색, 녹색, 흰색 치즈가 보였다. 주인 앞에는 적포도주 한 병이 놓여 있었다. 그륀리히가 따끈하게 아침 식사를 하기 때문이었다.

구레나룻을 말끔히 손질하고, 이날 아침따라 유달리 붉게 보이는 얼굴을 하고 그는 응접실을 등지고 앉아 있었다. 그는 검은 상의에다 커다란 격자 무늬가 있는 밝은 색 바지를 입고 있었다. 그리고 영국식으로 살짝 구운 갈비를 먹고 있었다. 그의 아내는 이것을 고상하다고 생각하기는 했지만 아주 못마 땅하게 여기기도 했다. 그래서 그녀는 빵과 달걀로 하는 아침 식사 습관을 버릴 결심을 도저히 할 수 없었다.

토니는 모닝 가운을 입고 있었다. 그녀는 모닝 가운에 홀딱 빠져 있었다. 그녀는 우아한 모닝 가운 이상으로 고상한 게 없 다고 생각했다. 결혼 전에는 이러한 취향을 완전히 향유할 수 없었지만 결혼한 후로는 거기에 한층 더 열렬히 빠져들었던 것이다. 그녀는 이러한 나긋나긋하고 부드러운 의상을 세 벌 이나 소유하고 있었다. 이런 의상을 만들려면 무도복을 만들 때보다 더 세련된 취향과 환상이 필요했다. 하지만 오늘은 그 녀가 진홍색 모닝 가운을 입고 있었다. 그 색상은 벽 판자 위 의 벽지 색조와 너무나 잘 어울렸다. 커다란 꽃무늬가 박힌 그 옷감은 솜보다 더 부드러웠고, 거기에는 똑같은 색깔의 아 주 작은 유리 구슬이 물방울처럼 촘촘히 박혀 있었다. 또 붉 은 벨벳 리본이 반듯하고 촘촘히 열을 지어 목 선에서부터 옷 자락 끝까지 달려 있었다.

진홍색 리본으로 장식된 그녀의 강렬한 회색빛 금발이 이 마 위에 곱슬곱슬 드리워 있었다. 자신도 알고 있듯이 그녀의 외모는 이미 절정기에 도달해 있었다. 물론 다소 튀어나온 윗 입술이 보여 주는 그녀의 어린애 같고 순진한 대담한 면모는 예나 지금이나 다름이 없었다. 회청색 눈의 눈꺼풀은 차가운 물로 붉게 물들어 있었다. 부덴브로크가의 사람들이 으레 그 렇듯이 희고 약간 짧지만 가냘픈 손의 부드러운 손목 관절에 는 옷소매의 실크 옷깃이 붕긋하게 둘러져 있었다. 그녀는 그

손으로 나이프, 숟가락이며 잔을 다루었는데, 어찌 된 연유인지 오늘따라 동작이 다소 엉성하고 성급했다.

그녀 옆에는 두툼한 담청색 털실로 짠 모양이 이상하고 우스꽝스러운 뜨개치마를 입은 어린 에리카가 탑처럼 생긴 유아용 의자에 앉아 있었다. 영양 상태가 좋은 그 아이는 짧고 연한 금빛 고수머리였다. 그 아이는 양손으로 커다란 잔을 움켜쥐고 마시는데, 조그만 얼굴이 잔 속에 완전히 들어갔다. 그리고 아이는 이따금씩 조그만 소리로 한숨을 푹푹 내쉬며 우유를 들이켰다.

그륀리히 부인이 벨을 누르자 복도에서 하녀 팅카가 나타났다. 아기를 탑 모양의 의자에서 내려 놀이방으로 데리고 올라가기 위해서였다.

"아이를 반 시간 동안 바깥으로 데리고 나가 놀아도 좋아, 팅카." 토니가 말했다. "하지만 더 오래는 안 돼. 그리고 좀 더 두꺼운 재킷을 입히고, 알겠지? 안개가 꼈어." 그녀는 남편과 단둘이 남게 되었다.

"남이 웃겠어요." 한참 침묵이 흐른 후 중단된 대화를 의도적으로 재개하면서 그녀가 말했다. "반대할 이유라도 있어요? 그럼 그 이유를 대 봐요! 아이 때문에 늘상 이렇게 시달리는 게 싫단 말이에요."

"당신은 아이를 좋아하지 않는 게로군, 안토니."

"아이를 좋아해요…… 아이를 좋아해요. 하지만 시간이 없단 말이에요! 살림살이가 얼마나 바쁜지 아세요! 낮에 스무 가지의 일을 해치워야지 하고 일어나지만 잠잘 때 보면 하지 못한 일이 마흔 가지는 된단 말이에요."

"하녀가 둘이나 있잖소. 게다가 한 명은 젊은 처녀겠다."

"하녀 두 명, 좋아요. 팅카는 씻고 닦고 쓸고, 시중을 들어야 해요. 요리사는 점점 더 일이 바쁘죠. 당신은 꼭두새벽에 갈비를 먹잖아요. 좀 생각해 보세요, 여보! 어쨌든 에리카한테는 조만간 보모 겸 가정 교사가 있어야겠어요."

"지금 벌써 보모를 들인다는 것은 우리의 형편에 맞지 않아요."

"우리 형편요! 나 원 참, 남이 웃겠어요! 우리가 뭐 거지인가요? 절대적으로 필요한 일을 포기해야 할 정도인가요? 내가 알기로는 결혼 지참금으로 가져온 8만 마르크가 있어요."

"아, 그 8만 마르크!"

"맞아요. 당신은 그걸 대수롭지 않게 여기잖아요. 당신에게 중요한 것은 그게 아니었어요. 당신은 사랑 때문에 나와 결혼했어요. 좋아요, 그런데 도대체 아직도 날 사랑하긴 해요? 당신은 나의 정당한 소망을 무시하고 있어요. 아이한테 보모가 불필요하다면서. 일용할 양식처럼 우리에게 절실히 필요한 마차에 관해서는 왜 일절 말이 없으세요? 마차 굴릴 형편이 안 된다면 왜 우릴 줄곧 촌구석에 처박혀 살게 해요? 마차가 있으면 우아하게 사교 모임에 나갈 수 있을 텐데. 내가 시내에 나가는 것을 달갑게 여기지 않는 이유가 뭐예요? 당신 생각으로는 우리가 여기에 처박혀 평생 다시는 아무도 안 만나는 게 가장 좋겠지요. 당신은 괴팍한 사람이에요!"

그륀리히는 적포도주를 잔에 붓고는 크리스털 종을 들고

치즈를 집었다. 그는 아무 대답이 없었다.

"도대체 아직도 날 사랑하는 건가요?"토니가 다시 물었다. "감히 말하자면 당신의 침묵은 당신이 우리 집 풍경실에 나타나던 때를 상기시킬 정도로 무례하기 짝이 없군요. 당시는 그래도 달랐어요! 당신은 여기로 온 첫날부터 저녁에만 내 곁에 있었어요. 그것도 그냥 신문이나 읽으면서요. 처음에는 그래도 나의 소망에 약간의 관심이라도 보이더니만. 하지만 언제부터인가 그것마저도 끝이 났어요. 당신은 나를 소홀히 대하고 있단 말이에요!"

"그럼 당신은? 당신은 나를 망치고 있어."

"내가요? 내가 당신을 망치다니……."

"그래. 당신은 게으름 그리고 시중받으려는 욕구와 낭비로 나를 망치고 있어."

"아니! 내가 훌륭하게 교육받은 걸 비난하지 마세요! 결혼 전에는 집에서 손가락 하나 까딱할 필요가 없었어요. 지금은 살림살이에 익숙해지느라 힘들어 죽겠어요. 하지만 나에게는 당신이 아무리 사소한 보조 수단이라도 거부하지 못하도록 요구할 권리가 있어요. 아버지는 돈이 많은 분이에요. 아버지는 내가 필요한 하인도 못 부릴 거라고는 기대하지 않았을 거예요."

"그럼 우리가 당신 아버지의 혜택을 입을 때 세 번째 하녀를 들이기로 하지."

"그럼 아버지가 돌아가시기를 바라는 거예요? 내 말은 우리 친정이 부자이기 때문에 당신한테 빈손으로 시집 오지 않았다는 거예요."

그륀리히는 음식을 씹으면서 미소를 지었다. 그의 슬픈 듯한 말없는 웃음에는 우월감이 배어 있었다. 이러한 사실에 토니의 머리는 혼란스러워졌다.

"그륀리히." 그녀가 좀 더 침착하게 말했다. "당신은 미소 지으며 우리 형편을 말하고 있어요. 내가 우리 형편을 잘못 알고 있어요? 사업이 잘 안되나요? 당신 사업이……."

이때 누가 복도 문을 쾅쾅 두드리는 소리가 났다. 그러고는 케셀마이어가 들어왔다.

6

가족의 벗인 케셀마이어는 예고도 없이 찾아왔다. 그는 모자도 쓰지 않고 반코트는 거실에 벗어 둔 채 문 옆에 우뚝 섰다. 그의 외모는 토니가 편지로 어머니한테 묘사한 모습과 완전히 일치했다. 그는 약간 땅딸막한 체격으로 뚱뚱하지도 홀쭉하지도 않았다. 그는 벌써 약간 번들거리는 검은색 상의와 같은 색의 좁고 짧은 바지를 입고 있었다. 그리고 흰 조끼 위에는 길고 가느다란 시곗줄이 코안경 줄 두서넛과 뒤엉켜 있었다. 그의 붉은 얼굴에는 말끔히 깎은 흰 구레나룻이 단연 두드러져 보였다. 그의 뺨에는 수염이 있었지만 턱과 코에는 수염이 없었다. 그의 작은 입은 우스꽝스럽게 움직였다. 그런데 그의 아랫니는 두 개밖에 없었다. 케셀마이어는 두 손을 바지 주머니에 찔러넣고서 얼빠진 사람처럼 어쩔 줄 모르고 멍하니 서 있는 동안 원추형의 누런 송곳니 두 개를 윗입술 밖으로 올렸다. 바람 한 점 느껴지지 않는데도 그의 머리에는 희고 검은 솜털이 가볍게 나부꼈다.

마침내 그는 주머니에서 손을 꺼내고 몸을 구부렸다. 그는 아랫입술을 내민 채 가슴 위에 엉망진창으로 뒤엉킨 코안경 줄을 겨우겨우 제대로 정돈했다. 그러고는 단번에 코안경을 코에 얹고 나서 기괴하기 짝이 없는 모습으로 얼굴을 찡그리며 부부를 찬찬히 들여다보다가 "아하." 하고 말했다.

그가 이러한 표현을 너무 자주 사용하다 보니 이 말은 아주 다양하고 독특한 방식으로 튀어나왔다. 그는 머리를 뒤로 젖히고 코를 씰룩거리며 입을 딱 벌린 채 손으로 허공을 휘젓고는 콧소리로 길게 끌며 금속성 소리를 냈다. 그 소리는 중국의 징소리를 연상시켰다. 그리고 그는 다른 한편으로 많은 미묘한 뉘앙스 외에도 아주 짧고 부드럽게 무심코 그 소리를 낼 수 있었다. 그 소리는 우스꽝스럽기 짝이 없었다. 그는 너무나 슬픈 듯이 '아' 하는 발음을 콧소리로 냈기 때문이다. 오늘은 머리를 까딱 흔들며 잽싸고도 명랑하게 '아하' 하는 소리를 냈다. 아마 너무 기분이 좋아 그런 소리가 나오는 것 같았다. 하지만 그것은 믿을 수 없었다. 은행가 케셀마이어는 기분이 좋지 않을수록 더 유쾌하게 행동하는 버릇이 있기 때문이었다. 그가 수천 번이나 '아하'라는 소리를 내고, 코안경을 코 위에 얹었다가 다시 내리고, 팔을 흔들거리고, 지껄여 대면서 자기가 지나치게 속되게 군다는 것을 뻔히 알면서도 모르는 체한다면 분명 그의 마음에서는 심술이 버글거린다는 증거가 되는 것이다. 그륀리히는 곁눈으로 그를 바라보며 신뢰할 수 없다는 표정을 노골적으로 드러냈다.

"이렇게 이른 시각에 어떻게?" 그가 물었다.

"네, 하하……." 케셀마이어는 이렇게 대꾸하고 주름진 조그만 붉은 손을 공중에 휘둘렀다. 그것은 마치 "좀 참게, 아주 놀랄 소식이 있으니까!"라고 말하는 것 같았다. "당신과 할말이 있습니다! 한시가 급해서요." 그렇게 말하는 모양은 우스꽝스럽기 짝이 없었다. 그는 말끝마다 단어를 입 속에서 이리저리 굴리면서 이 빠진 조그만 입에 무의미하게 힘을 주며 말했다. 그는 'r'을 마치 목구멍에 기름이 쳐진 것처럼 굴리면서 발음했다. 곁눈으로 바라보는 그륀리히의 눈초리는 더욱더 불신으로 가득 찼다.

"어서 오세요, 케셀마이어." 토니가 말했다. "앉으세요. 이렇게 와 주셔서 반가워요. 이것 좀 보세요. 우리의 심판을 봐 주셔야겠어요. 방금 그륀리히와 대판 싸웠어요. 좀 말씀해 주세요. 세 살이 된 아이한테 보모가 필요할까요, 필요 없을까요? 네?"

하지만 케셀마이어는 토니의 말에 전혀 신경을 쓰지 않는 것 같았다. 그는 자리에 앉아서는 조그만 입을 최대한도로 크게 벌리고 코에 주름이 지게 찡그리며 말끔히 깎은 구레나룻을 집게손가락으로 긁었다. 그러자 사람의 신경에 거슬리는 소리가 났다. 그리고는 이루 말할 수 없을 정도로 흥겨운 표정을 지으며 코안경 너머로 우아한 식탁이며 은제 빵 광주리며 적포도주 병의 레테르를 찬찬히 들여다보았다.

"말인즉슨……." 토니가 말을 계속했다. "내가 자기를 망쳤다나요!"

이제야 케셀마이어는 토니한테로 시선을 돌렸다. 그런 다음 그륀리히를 바라보았다. 그러다가 그는 엄청난 소리로 폭소를 터뜨렸다! "부인이 그를 망쳤다고……?" 그가 외쳤다. "부인이…… 망쳐…… 부인이…… 그러니까 부인이 그를 망쳤다고? 원, 세상에! 이럴 수가! 나 참, 기가 막혀서! 우스운 말이야! 너무, 너무, 너무 우스운 말이야!" 그러면서 다양한 음색의 '아하'를 연발했다.

그륀리히는 의자 위에서 몸을 이리저리 비틀며 분명 노심초사하는 모습이었다. 그는 길쭉한 집게손가락을 칼라와 목 사이로 번갈아 움직이면서 손으로 황금빛 구레나룻을 연신 어루만졌다.

"케셀마이어." 그가 말했다. "마음을 좀 가라앉히세요! 정신이 있는 겁니까? 그만 좀 웃으라니까요! 술 한잔 하겠어요? 담배 피우겠어요? 도대체 뭘 그리 웃는 거요?"

"내가 웃는 까닭은……. 그래요, 술 한잔, 담배 한 개비 주구려. 내가 뭘 그리 웃느냐고요? 그럼 부인이 당신을 망쳤다고 생각하는 거요?"

"그녀에겐 사치 성향이 다분해요." 그륀리히는 화가 나서 말했다.

토니는 이 말에 아무런 반박도 하지 않았다. 그녀는 아주 침착하게 몸을 뒤로 젖힌 채 손을 무릎과 모닝 가운의 벨벳 리본에 얹고 윗입술을 삐죽 내밀며 이렇게 말했다. "그래요. 나에게 그런 면이 있는 건 사실이에요. 엄마한테서 물려받은 거지요. 크뢰거가 사람들은 누구나 다 사치스러운 성향이 있어요."

역시 침착한 어조로 그녀는 자기가 경솔하고, 성마르고, 복수심이 강하다는 설명까지 했는지도 모르겠다. 그녀에게 각인된 가문의 성향 때문에 그녀는 자유 의지나 자기 결정 같은 개념과는 거의 소원한 관계를 갖게 되었다. 그래서 그녀는 거의 숙명적인 기분으로 아무렇지도 않다는 듯이 자기의 특성을 확인하고 인정하게 되었다. 아무런 차별도 못 느끼고 그래서 그 특성을 고치려는 노력도 하지 않은 채 말이다. 부지불식간에 그녀는 어떤 종류의 특성이건 관계없이 가보(家寶)이자 가문의 전통을 의미하는 것이므로 다소 존경할 만한 가치가 있다는 견해를 갖게 되었다. 여하튼 누구든지 이러한 견해를 존중해야 한다는 것이었다.

그뢴리히는 아침 식사를 마쳤다. 두 사람이 피우는 담배 향기가 난로에서 발산하는 훈기와 어우러졌다.

"답답하지 않아요? 케셀마이어?" 그뢴리히가 물었다. "담배 한 대 더 태우시지요. 적포도주도 한 잔 더 드리겠습니다. 그러니까 나와 할 얘기가 있는 거지요? 그리 급한 건가요? 중요한 일입니까? 혹시 여기가 너무 덥지나 않으신지요? 우린 이따가 같이 시내에 나갈 겁니다. 흡연실이 더 시원할 겁니다."하지만 이러한 노력에도 불구하고 케셀마이어는 그냥 한 손을 들어 공중에 내둘렀는데 그것은 마치 이렇게 말하는 것 같았다. "그래 봐야 소용없네, 여보게!"

마침내 모두들 일어섰다. 하녀가 식탁 치우는 걸 감시하려고 토니가 식당에 머무는 동안 그륀리히는 그의 사업 친구를 명상실로 안내했다. 그는 생각에 잠겨 왼쪽 구레나룻의 끝을 손가락으로 배배 꼬며 머리를 숙인 채 앞에서 걸었다. 노를 젓듯 팔을 휘두르며 케셀마이어는 그의 뒤를 따라 흡연실로 사라졌다.

십 분이 지났다. 토니는 아주 작은 사무용 책상의 번쩍거리는 호두나무 상판과 줄이 쳐진 책상 다리를 컬러풀한 솔로 직접 닦으려고 잠깐 응접실에 가 있었다. 그러다가 다시 식당을 지나 거실로 천천히 돌아왔다. 그녀의 조용한 걸음걸이에는 당당한 위엄이 서려 있었다. 부덴브로크 양이 그륀리히 부인이 되었다고 해서 하등 자부심이 손상된 게 아니었다. 그녀는 몸을 꼿꼿이 세우고 턱을 약간 가슴 쪽으로 누르면서 걸었다. 그리고 물건들을 위에서 아래로 훑어보았다. 한 손은 귀엽게 래커칠을 한 열쇠 꾸러미를 들고 다른 손은 진홍색 모닝 가운의 옆주머니에 살짝 찌른 채 진지한 표정으로 길고 부드러운 주름을 만들었다. 하지만 아무것도 모르는 것 같은 순진한 입 모양으로 봐서 이러한 위엄이 죄다 어린이처럼 천진난만한 유희적인 성격을 지니고 있다는 것을 알 수 있었다.

그녀는 관엽 식물이 자라는 검은 흙에 물을 주려고 조그만 놋쇠 물뿌리개를 들고 명상실을 이리저리 돌아다녔다. 그녀는 화려한 자태로 집의 고상한 분위기에 지대한 공헌을 하는 야자수를 아주 좋아했다. 그녀는 굵고 둥근 줄기에서 뻗어나온 어떤 어린 가지를 조심스럽게 만져 보고 부채꼴로 위풍당당하게 펼쳐진 잎사귀들을 세심히 들여다보며 가끔씩 누런 끝을 가위로 잘랐다. 갑자기 그녀는 귀를 쫑긋 기울였다. 흡연실에서 몇 분 전부터 활발하게 진행되던 대화가 이제는 너무 크게 들려, 커다란 문에 무거운 커튼이 가로막혀 있었지만 이 안에서도 말뜻을 제대로 파악할 수 있게 되었다.

"고함 좀 치지 마십시오! 고정하세요, 제발요!" 그뤼니히가 외치는 이 부드러운 음성은 과도하게 긴장한 탓에 낑낑거리는 소리로 들렸다. "담배나 한 대 태우시죠!" 그가 덧붙이는 이 부드러운 말에는 절망적인 심정이 배어 있었다.

"그러죠, 기꺼이, 감사합니다." 은행가가 대답했다. 케셀마이어에게 그뤼니히가 불을 붙여 주는 동안 대화가 끊기고 침묵이 흘렀다. 그러고 나서 케셀마이어가 이렇게 말했다. "단도직입적으로 말하면 이제 가(可)냐 부(否)냐 둘 중 하나를 말해 달라는 거요!"

"케셀마이어, 연기해 주십시오!"

"아하? 안 되지, 안 되고말고. 이보게, 절대 안 돼. 그건 절대 안 되겠소."

"왜 안 된다는 겁니까? 무슨 일이라도 생겼어요? 제발 좀 사리에 맞게 행동해 주십시오! 그토록 오랫동안 기다려 주었잖아요."

"하루도 더는 안 되네, 이보게! 그래요, 우리 분명히 일주일이라고 했지요. 더는 단 한 시간도 안 되오! 다른 양반한테나 매달려 보시구려."

"누구를 말씀하시는 거요, 케셀마이어!"

"누구라…… 가만있자. 칭찬할 만한 당신의 누구한테 매달려 보란 말입니다."

"이름을 밝히세요! 맹세코 당신은 그다지 속된 인물이 아니잖아요!"

"그래요, 이름은 못 밝히겠어요! 이보게, 당신과 신용 관계를 맺고 있는 어떤 유명한 회사에 의지하라니까. 그 회사가 브레멘의 파산 때 얼마나 손실을 봤습니까? 5만? 7만? 10만? 그 이상? 그 회사가 거기에 아주 깊숙이 관련되어 있다는 건 누구라도 다 알고 있습니다. 그런 일은 기분 문제입니다. 옛날엔…… 좋아요, 이름은 밝히지 않겠어요! 옛날엔 그 유명한 회사의 사정이 좋아서 알게 모르게 당신을 곤경에서 지켜 주었어요. 하지만 지금은 그 회사가 부진합니다. 그리고 '벤딕스 그륀리히' 회사는 부진 중의 부진입니다. 그건 분명한 사실이죠? 아직도 무슨 말인지 깨닫지 못하고 있나요? 당신은 그러한 동요를 감지하는 데는 명수니까요. 사람들이 당신을 어떻게 대합디까? 당신을 어떻게 보던가요? 혹시 보크와 굿슈티커는 무척 친절하고 당신을 깊이 신뢰하던가요? 신용 은행은 도대체 어떻게 나오던가요?"

"은행은 연기해 주더군요."

"아하, 거짓말까지 하시는구려! 그 은행이 벌써 어제 당신에게 한 방 먹였다는 걸 다 알고 있습니다. 그것도 통쾌하기 짝이 없는 일격을. 그런데 보시오! 그래도 당신은 부끄러운 줄 모르는군요. 다른 사람들이 여전히 조용히 안심하고 있다고 나를 속여 넘겨야 물론 당신에게 이롭겠지요. 안 되지, 이보게! 영사한테 편지 올리시오. 일주일 기다리겠소."

"분할 지불로 해 주세요, 케셀마이어 씨!"

"이따금씩 분할 지불한다! 분할 지불이란 우선 당분간 누군가의 지불 능력을 확인하기 위해서 하는 겁니다. 내가 그걸 시험해 볼 필요가 있을까요? 난 당신의 지불 능력 상태가 어떤지 훤히 들여다보고 있습니다! 하, 아하, 분할 지불이란 결단코 말도 안 된다고 생각됩니다."

"목소리를 좀 낮추어 주십시오, 케셀마이어! 줄곧 그렇게 웃어 대지 말아 주세요! 나의 사정은 아주 심각합니다. 네, 내 사정이 심각하다는 걸 털어놓지요. 하지만 이런저런 많은 사업들이 공중에 붕 떠 있습니다. 만사가 잘 풀릴지도 몰라요. 내 말 좀 들어 주십시오. 연기해 주세요. 그럼 20퍼센트를 드리리다."

"그건 안 돼, 그건 안 돼. 너무 말도 안 되는 소리야, 이보게! 안 되지. 난 제때에 팔려는 사람이오! 나한테 8퍼센트를 제공하겠다기에 연기해 주었지요. 12퍼센트, 16퍼센트를 제공하겠다기에 그때마다 연기해 주었어요. 지금은 40퍼센트를 내놓는다 해도 절대 연기하지 않겠어요, 이봐요, 브레멘의 '베스트팔 형제' 회사가 쓰러진 후부터 이젠 누구나 유명한 회사와 거래해 안전하게 이득을 지키려고 합니다. 아까 말했듯이 난 제때에 팔아 치우는 데 찬성합니다. 나는 '요한 부덴브로크' 상사가 의심의 여지 없이 좋은 경우에만 당신의 서명을 믿습니다. 그러는 사이에 연체 이자를 자본에 투자해 이율을 높여 갈 수 있었지요! 하지만 어떤 일이 상승세이거나 적어도 원상 유지를 해야 그 일에 매달리는 법입니다. 떨어지기 시작하면 팔아 치우는 것이지요. 말하자면 내 원금을 돌려 달라는 겁니다."

"케셀마이어, 당신은 뻔뻔스럽군요!"

"아, 아하, '뻔뻔스럽다'는 말도 가소롭게 들리는군요! 도대체 당신이 원하는 게 뭐요? 그러니까 당신은 무슨 수를 써서라도 장인을 붙들고 늘어져야 할 판입니다! 신용 은행은 날뛰고, 게다가 당신도 흠집이 없는 게 아니지……."

"아니, 케셀마이어, 맹세코 내 말 좀 차분히 들어 보시구려. 그래요, 내 탁 털어놓고 곧이곧대로 고백하리다. 내 사정은 심각하오. 당신과 신용 은행 말고도 수표가 나한테 돌아왔더군요. 모두 지불 약속을 한 것 같은데……."

"물론이지요. 이런 상황에서는……. 하지만 그런 일이 자꾸 터질 겁니다."

"아닙니다, 케셀마이어, 내 말 들어 보세요! 담배 한 대 더 피우시죠."

"이 담배도 아직 반도 태우지 못했는데? 당신이나 담배 태우면서 흥분을 가라앉히구려! 지불해 주시오."

"케셀마이어, 나를 지금 벼랑에서 떨어뜨리지 말아 주십시오. 당신은 내 친구로 내 책상에 앉아 있지 않습니까?"

"혹 당신이 내 책상에 앉아 있는 게 아닐까요, 그륀리히?"

"네네, 하지만 지금 당신의 신용 대부를 중단하지 말아 주십시오, 케셀마이어!"

"신용 대부? 또 신용 대부? 도대체 당신을 믿을 곳이 있습니까? 다시 대부해 달라고?”

“네, 케셀마이어, 내 맹세하리다. 조금만 빌려주구려! 여기
저기에 조금씩 분할 지불을 하기만 하면 다시 신임을 얻어 근
근이 견딜 수 있을 거요. 나를 도와주면 큰돈을 벌 거요! 아
까 말했듯이 많은 사업이 공중에 붕 떠 있는 상태입니다. 만사
가 잘될 겁니다. 아시다시피 나는 활동적이고 민첩하잖아요.”

“아니, 이제 보니 당신은 정말 말이 안 통하는 염치없는 사
람이군요! 이런 형편에 나에게 그렇게 말하다니, 터무니없는
자비를 바라는 게 아니고 뭡니까? 이 넓은 천지에 당신에게
은화 몇 푼이나 집어 줄 은행이 있겠어요? 아니면 장인이라
면? 아, 아니야. 하지만 당신의 사람 등치는 기술도 이젠 한물
갔을지도 몰라! 그런 짓은 이제 다시는 하지 말아요! 조심하
시오! 아니지, 내가 최고로 인정하는 바는…….”

“제발 좀 조용조용히 말씀해 주세요.”

“당신은 정말 말이 안 통하는 사람이군요! 활동적이고 민
첩하다면서……. 그래요, 하지만 항상 남 좋은 일만 시킬 뿐이
지요! 당신은 남의 말을 너무 쉽게 믿어 버려요. 번번히 손해
만 본단 말입니다. 당신은 사기를 친 거요. 당신은 나한테 12퍼
센트 대신에 16퍼센트를 주기 위해 돈을 사취(詐取)한 겁니다.
당신은 정직성을 깡그리 내팽개쳤지만 조금도 이익을 얻지 못
했어요. 당신은 개 도축업자 같은 양심의 소유자요. 하지만 당
신은 억세게 재수가 없는 가련한 바보 멍청이입니다! 무척이
나 가소롭기 짝이 없는 부류들이 있어요! 도대체 뭣 때문에
그런 일을 저질러 놓고 불안해하는 거요? 혹시 그래야 직성이

풀려서인가요? 당시 사 년 전엔 만사가 순조로워서 그랬던 게 아니오? 만사가 아주 뜻대로 되지는 않았지요, 어때요? 어떤 일들이 그렇게 될까 봐 두려운 거요?"

"좋소, 케셀마이어, 내 편지하리다. 하지만 그분이 거절한다면? 그분이 나를 구렁텅이에 몰아넣는다면?"

"오우…… 아하! 그러면 파산이지요. 아주 우스꽝스러운 파산 말입니다! 그래도 나는 전혀 답답할 게 없어요, 조금도! 나로 말할 것 같으면 당신이 때때로 조금씩 그러모아 준 이자로 얼추 본전은 뽑았으니까요. 그리고 파산을 하더라도 나에게는 우선권이 있어요, 그륀리히. 그리고 내가 결코 손해는 안 본다는 것을 잘 알아 두시오. 나는 당신 사정을 훤히 알고 있어요! 이미 재고 목록을 수중에 넣고 있어요. 아하! 은제 빵 광주리나 모닝 가운 하나도 못 빼돌리게 조처를 취해 놓고 있단 말입니다."

"케셀마이어, 당신은 내 책상에 앉아 있습니다."

"당신 책상 소리는 작작 하시오! 일주일 후에 대답 들으러 오겠어요. 나는 시내로 갑니다. 조금 돌아다니는 게 나한테는 매우 이로울 게요. 그럼 안녕히! 부디 안녕히 계시오."

그러고는 케셀마이어가 떠나는 것 같았다. 그렇다, 그는 갔다. 복도에서 발을 질질 끄는 독특한 그의 발소리가 들리자 팔을 노 젓듯이 흔드는 그의 모습이 눈에 선했다.

그륀리히가 명상실에 들어왔을 때 토니는 놋쇠 물뿌리개를 들고 거기에 서 있었다. 그러고는 그의 눈을 쳐다보았다.

"왜 거기 서서 빤히 쳐다보는 거요?" 그가 이를 드러내며 말했다. 그러면서 그는 막연히 손을 내저으며 상체를 이리저리 흔들었다. 얼굴이 본시 붉어서 그런지 그는 완전히 창백해지 지는 않았다. 마치 성홍열에 걸린 환자처럼 얼굴에 붉은 반점 이 박혀 있는 꼴이었다.

7

요한 부덴브로크 영사는 오후 두 시 정각에 교외의 저택에 도착했다. 여행용 회색 외투를 입은 그는 그륀리히의 응접실 에 들어서서 다소 괴로운 심정으로 딸을 포옹했다. 그의 얼굴 은 창백하고 늙어 보였다. 작은 두 눈은 움푹 들어가 있었고 코는 쑥 들어간 두 뺨 사이에 커다랗고 날카롭게 튀어나와 있 었다. 입술은 더 얇아진 것 같았다. 그리고 최근 들어 그는 구 레나룻을 관자놀이에서 뺨 중앙까지 두 줄로 곱슬곱슬하게 하고 다니지 않았다. 빳빳한 칼라와 높다란 넥타이에 반쯤 덮 인 채 턱과 악골 아래 목까지 나 있는 구레나룻은 머리카락처 럼 하얗게 세어 있었다.

영사는 힘든 나날을 보내면서 녹초가 되다시피 했다. 토마 스는 폐결핵에 걸려 객혈을 했다. 판데르켈런이 보낸 편지를 통해 영사는 그 불행한 소식을 듣게 되었다. 그는 사업을 신중 한 대리인의 손에 맡기고 득달같이 암스테르담으로 달려갔다. 가서 보니 아들의 병이 아주 위독한 정도는 아니었다. 그러나 프랑스 남부로 시급히 요양을 보내야 한다는 결론을 내렸다.

마침 주인의 젊은 아들도 휴양 여행을 가기로 계획이 잡힌 터라 토마스가 여행할 형편이 되자마자 영사는 둘을 함께 '포'라는 남프랑스의 도시로 여행 보냈다.

그는 집에 돌아오자마자 한동안 집이 송두리째 흔들리게 된 커다란 충격을 받았다. 브레멘의 파산 사건으로 그는 '일거에' 8만 마르크를 날려 버렸다. 어쩌다가? 구매자들이 지불을 정지하는 바람에 '베스트팔 형제' 회사에 발행한 할인 어음이 회사로 되돌아온 것이었다. 부도를 막는 게 전혀 불가능할 정도의 상황은 아니었다. 회사는 지체 없이, 허둥대지 않고 차근차근, 할 수 있는 모든 수단을 다 썼다. 하지만 이러한 조처에도 불구하고 영사는 주위의 갑작스러운 온갖 냉대와 몸을 사리는 태도와 불신을 듬뿍 맛보고 말았다. 운영 자금이 줄어드는 그런 불행한 사건이 벌어지면 은행, 친구들, 외국에 있는 회사들에게서 그와 같은 일을 당하곤 하는 것이다.

그는 힘을 내고 일어서서 모든 걸 정신 차리고 지켜보았다. 그는 마음을 진정시키고 규칙을 세우고 남들과 대적했다. 그러나 전보를 치고, 편지를 쓰고, 견적서를 작성하면서 싸워 나가는 와중에 또 이와 같은 일이 터진 것이다. 그륀리히, 사위인 '벤딕스 그륀리히'가 지불 불능 상태에 빠졌다는 것이다. 그는 혼란스럽고 한심하기 짝이 없는 장문의 편지를 보내 10만이나 12만 마르크를 도와 달라고 간청하고, 애원하고, 하소연한 것이다! 영사는 부인한테 그냥 피상적으로 괜찮다는 식으로 사정을 알렸다. 그는 우선 은행가 케셀마이어와 집에서 상의하기를 요망한다는 내용의 냉담하고도 아무런 책임도 지지 않을 답장을 보냈다. 그리고 여행을 떠난 것이었다.

토니는 아버지를 응접실에서 맞이했다. 그녀는 갈색 비단으로 꾸민 응접실에서 아버지를 영접한다는 사실에 열광했다. 그녀는 사정을 제대로 통찰하지 못한 데다 현 상황의 중대성에 관해 짜릿하고 경사스러운 느낌을 가졌기 때문에 오늘 아버지를 맞이하는 태도 역시 예외는 아니었다. 예쁜 그녀는 기분이 좋고 진지해 보였다. 그녀는 가슴과 손목에 레이스가 달리고 소매가 종 모양인 연회색 옷과, 최신 유행에 따라 아주 펑퍼짐한 후프 치마를 입었고 목에는 조그만 보석을 달고 있었다.

"아빠, 안녕하세요. 이제야 아빠를 다시 보게 되네요! 엄마는 어떠세요? 톰한테서는 좋은 소식이 오나요? 외투를 벗고 좀 앉으세요, 네, 아빠! 옷을 갖추어 입지 않으시겠어요? 위층 손님방을 아빠를 위해 치워 두었어요. 그륀리히도 막 옷을 갖추어 입는 중이에요."

"그 사람은 그냥 놔둬라, 얘야. 여기서 기다리지, 뭐. 너도 알다시피 난 네 남편과 상의할 게 있어 왔단다. 아주 심각한 상의 말이야, 토니. 케셀마이어 씨는 와 있니?"

"물론이에요, 아빠. 그는 명상실에서 앨범을 보고 있어요."

"에리카는 어디 있지?"

"팅카와 함께 위층 애들 방에 있어요. 걔는 잘 지내고 있어요. 자기 인형을 목욕시키고 있지요. 물론 물에다가는 아니고요. 밀랍 인형이라서요. 걔는 그런 놀이만 해요."

"그야 당연하지." 영사는 호흡을 가다듬고 말을 계속했다.

"얘야, 넌…… 네 남편의 형편이 어떤지 모르고 있지?"

그는 커다란 책상 주위에 있는 안락의자들 중 하나에 앉았다. 반면에 토니는 비스듬하게 포개진 비단 방석을 세 개 깐 작은 안락의자에 앉아 아버지의 말을 들었다. 그는 오른손으로 딸의 목에 걸린 다이아몬드를 조심스럽게 만지작거렸다.

"네, 아빠." 토니가 대답했다. "솔직히 말씀드리자면 전 아무것도 몰라요. 전 철부지에 불과해요. 제가 아무런 통찰력도 없다는 건 아빠도 잘 아시잖아요! 얼마 전에 케셀마이어 씨가 그륀리히와 이야기하는 것을 약간 엿들은 적이 있어요. 마지막에 가서는 케셀마이어 씨가 또 농담을 하는 거라고 생각했어요. 그는 항상 그렇게 우스꽝스럽게 말하거든요. 아빠 이름도 두서너 번 나오는 걸 들었어요."

"내 이름이 나왔다고? 왜?"

"아니에요, 왜 나왔는지는 통 모르겠어요, 아빠! 그때부터 그륀리히 표정이 안 좋아졌어요. 그래요, 참을 수가 없어요, 그 점을 말해야겠어요! 어제…… 어제서야 기분이 좀 가라앉더니 그는 내가 자기를 사랑하는지, 자기가 아빠에게 무슨 부탁을 드릴 경우 내가 자기를 위해서 아빠한테 좋은 말을 해줄 건지를 열 번, 아니 열두 번이나 묻데요."

"아……."

"그래요, 아빠더러 오시라고 편지했다고 저한테 말하더군요. 아빠가 이렇게 오시니 좋아요! 약간 무섭지만요. 그륀리히는 카드놀이용 녹색 테이블을 만들었어요. 그 위에는 서류들과 연필들이 잔뜩 놓여 있어요. 나중에 그에 대해 그이하고 케셀마이어 씨와 상의해 보세요."

"알겠다, 애야." 영사가 말했다. 그러면서 손으로 딸의 머리를 쓰다듬었다. "이제 너한테 아주 심각한 질문을 해야겠구나! 솔직히 말해 다오. 네 남편을 진심으로 사랑하니?"

"물론이에요, 아빠." 토니는 어린애처럼 능청스러운 표정을 지으며 말했다. 그녀는 언젠가 이런 질문을 받았을 때도 같은 표정을 지은 적이 있었다. "너 이제 다시는 인형 파는 그 푸펜리제를 화나게 해서는 안 돼, 토니?" 영사는 한동안 아무 말이 없었다.

"남편 없이는 못 살 정도로……." 그가 또 물었다. "그를 사랑한다고…… 사정이 어떻든 간에, 그렇단 말이지? 하느님의 의지로 그의 형편이 바뀐다 하더라도, 그가 앞으로 너를 도저히 돌봐 주지 못할 형편에 처한다 하더라도 말이지?" 그리고 그는 방의 가구와 커튼들, 경대 위의 금으로 된 탁상시계와 마지막으로는 그녀의 옷을 차례차례 손으로 가리켰다.

"물론이에요, 아빠." 토니가 위로하는 음성으로 되풀이해서 말했다. 누가 그녀한테 심각하게 말을 걸 때면 그녀는 으레 그런 식으로 말했다. 그녀는 아빠의 얼굴을 비켜서 창 쪽을 바라보았다. 창 밖에서는 소리 없이 가랑비가 내리고 있었다. 그녀의 눈에는 사람들이 동화를 읽어 주면서 서투르게 도덕이나 의무에 대한 일반적 견해를 주입시키려 할 때 아이들이 짓게 되는 표정이 가득했다. 거기에는 당황함과 초조함, 경건함과 짜증의 표정이 섞여 있었다.

영사는 일 분 동안 아무 말도 않고 곰곰 생각에 잠긴 채 곁눈으로 딸을 관찰했다. 딸의 대답에 만족한 것이었을까? 그는 집에서나 여행 도중에 모든 것을 충분히 생각해 둔 터였다.

요한 부덴브로크가 사위를 위해 몇 푼이라도 돈을 쓰는 일은 어떻게 해서든 피하려는 쪽으로 즉각 결정을 내렸을 것이라는 점은 누구나 이해할 수 있는 일이다. 하지만 부드러운 말로 표현하자면 그가 이 결혼을 얼마나 간절히 옹호했던가를 상기할 때, 결혼식이 끝나고 토니가 그와 작별하면서 "아빠, 저한테 만족하세요?"라고 말한 기억을 되살려 볼 때 그는 딸에 대해 가슴을 짓누르는 듯한 죄의식을 느끼며 이 일이 전적으로 그녀의 의사에 따라 결정되어야 한다고 스스로에게 다짐해야 했다. 그는 사실 딸이 사랑 때문에 결혼한 게 아니라는 것을 잘 알고 있었다. 하지만 그는 사 년 동안 아이를 낳고 타성에 젖어 살다 보면 많은 것이 변할 수 있으며, 토니가 이제 자기 남편과 혼연일체라고 느껴, 좋은 의미에서 기독교적인 이유에서건 세속적인 이유에서건 이혼을 단호히 거부할지도 모른다는 가능성을 도외시하지 않았다. 이러한 경우에는 돈이 아무리 많이 들더라도 어쩔 수 없다고 생각했다. 사실 기독교의 의무나 부인 된 도리로 볼 때 토니는 아무리 불행한 일이 있더라도 평생을 함께하기로 약속한 남편의 뜻을 좋아야 했다. 하지만 그녀가 사실상 이러한 결심을 피력한다 해도 그는 어릴 적부터 호강하며 아무 불편 없이 자란 딸을 부당하게 고난의 길로 내팽개칠 자격이 없다고 느꼈다. 그래서 그는 재앙을 미연에 방지하고 어떠한 대가를 치러서라도 '벤딕스 그륀리히' 회사를 살려야 할 책무가 있다고 느꼈다. 요컨대 그가 깊이 생각한 결과는 딸을 손녀와 함께 데려가고 그륀리히는 자기 길을 가도록 하는 것이었다. 하느님이 이러한 극단적인 경우를 막아 주셨으면 좋으련만! 하여튼 그는 가장이 처자식을 부양하지 못하는 상태가 지속될 경우 이혼할 권리가 있다는 법조문을 떠올렸다. 그러나 무엇보다도 딸의 의중을 살피는 게 급선무였다.

"내가 보기에……." 그가 딸의 머리를 계속 부드럽게 어루만지면서 말했다. "내가 보기에, 애야, 너는 훌륭하고 칭찬할 만한 원칙에 사로잡혀 있구나. 하지만…… 네가 딱하게도 현실을 있는 그대로, 즉 사실로서 통찰하지 못하는 것 같구나. 내가 너에게 묻는 것은 이런저런 경우에 너라면 어떻게 하겠느냐가 아니라 오늘 당장 너는 어떻게 하겠느냐는 것이다. 네가 사정을 어느 정도나 알거나 눈치채고 있는지 모르겠구나. 그런 너에게 이런 말을 해야 되다니 슬프기 짝이 없구나. 네 남편은 지불 정지를 당하지 않을 수 없으며 따라서 그는 더 이상 사업을 지탱해 나갈 수 없게 되었다. 너는 나를 이해하리라 생각한다."

"그륀리히가…… 파산한다는 거예요?" 그녀가 방석에서 반쯤 일어서서 와락 영사의 손을 움켜잡으며 조그만 소리로 말했다.

"그렇단다, 애야." 그가 심각하게 말했다. "넌 그렇게 추측하지 않았니?"

"아뇨, 나는 어떻게 되리라고 추측하지 않았어요." 그녀가 말을 더듬거렸다. "그럼 케셀마이어의 말이 농담이 아니었단 말이에요?" 그녀는 몸을 비스듬히 하고 혼자 갈색 양탄자를 골똘히 바라보면서 말을 계속했다. "아니, 이럴 수가!" 그녀는 갑자기 이렇게 부르짖고는 자리에 풀썩 주저앉았다. 이제야 '파산'이라는 단어에 숨어 있었던 모든 의미가 그녀의 뇌리에 생생하게 박히는 것이었다. 벌써 어릴 때부터 그녀가 막연하고 끔찍하게 품어 왔던 모든 의미가…… '파산', 그것은 죽음보다 더 무시무시한 것이었다. 그것은 폭동이요, 붕괴요, 폐허요, 치욕이요, 수치요, 절망이요, 재난이었다. "그가 파산하다니!" 그녀가 되풀이해서 말했다. 그녀는 이러한 운명적인 단어에 너무나 충격을 받고 정신이 아득해진 나머지 어떠한 도움, 심지어 아버지가 어떻게 도와줄 건지에 대해서조차 전혀 생각지 못했다.

그는 눈썹을 치켜올리고 움푹 들어간 작은 눈으로 딸을 관찰했다. 눈은 슬프고 피곤해 보였지만 아주 극심한 긴장을 노출했다.

"그러니까 내가 묻는 요지는……." 그가 부드러운 어조로 말했다. "토니, 네 남편이 알거지가 되어도 그를 따라갈 용의가 있느냐는 거야." 그런 직후 그는 '알거지'라는 단어를 위협하기 위한 수단으로 본능적으로 선택했다는 점을 스스로 고백했다. 그러고는 이렇게 덧붙였다. "그는 다시 일어설 수도 있다."

"물론이에요, 아빠." 토니가 대답했다. 하지만 이러한 대답이 그녀의 눈에서 눈물이 왈칵 쏟아지는 것을 막지는 못했다. 그녀는 레이스가 달리고 'AG'라는 머리글자가 새겨진 리넨 수건에 얼굴을 파묻고 흐느껴 울었다. 그녀는 아직도 애들처럼 아무 거리낌 없이 꺼이꺼이 울었다. 이럴 때 그녀의 윗입술은 말로 형언할 수 없는 감동적인 인상을 주었다.

그녀의 아버지는 계속 딸을 찬찬히 들여다보면서 안색을 살폈다. "그게 진심이니, 얘야?" 그가 물었다. 그녀와 마찬가지로 그 역시 속수무책이었다.

"그럴 필요가 없어요." 그녀는 흐느꼈다. "하지만 그래야 돼."

"절대로 그렇지 않아!" 그가 활기차게 말했다. 하지만 죄의식에 사로잡힌 그는 즉각 이렇게 말을 고쳤다. "절대로 너한테 강요하는 건 아니란다, 토니. 네 남편에 대한 감정이 아주 확고부동한 게 아니라면……."

그녀는 눈물로 뒤범벅이 된 채 무슨 소리인지 모르겠다는 눈으로 그를 쳐다보았다.

"뭐라고요, 아빠?"

영사는 약간 이리저리 방향을 돌리더니 빠져나갈 길을 마련했다.

"얘야, 네 남편이 불행한 일을 당해 사업과 가정이 결딴나는 바람에 네가 말할 수 없는 고초를 겪게 되는 데 대해 내가 얼마나 가슴 아파하는지 잘 알고 있겠지. 내 소망은 네가 이러한 번거로운 일을 피해 어린 에리카와 함께 우선 우리 집에 갔으면 한다. 그게 좋지 않겠니?"

토니는 한동안 아무 말이 없었다. 그러는 동안 그녀의 눈물이 말랐다. 그녀는 손수건에 마냥 입김을 불어넣으며 눈물이 터지는 걸 막으려고 그걸로 눈을 찍어 눌렀다. 그런 다음 그녀는 목소리를 높이지 않고 단호한 어조로 말했다. "아빠, 그런

리히 탓이에요! 그가 경솔하고 정직하지 않은 바람에 파탄이
난 거예요!"

"그야 말할 것도 없지!" 영사가 말했다. "말인즉…… 아니다,
난 모르겠다, 얘야. 내 말은 그와 은행가하고 아직 이야기가
끝나지 않았다는 거다."

토니는 이 대답을 전혀 믿지 않는 눈치였다. 비단 방석 세
개를 깔고 앉아 몸을 굽힌 채 그녀는 팔꿈치는 무릎에 대고
턱을 손으로 괴고 있었다. 그러고는 머리를 푹 숙인 채 생각에
잠겨 꿈꾸듯 방을 아래에서 위로 쳐다보았다.

"아아, 아빠." 그녀가 입술은 거의 달싹도 하지 않고 나지막
하게 말했다. "당시가 더 낫지 않았나 해요."

영사는 딸의 얼굴을 쳐다볼 수 없었다. 하지만 그녀의 얼굴
은 여름날 저녁이면 트라베뮌데에 있는 그녀의 조그만 방 창
가에 몸을 기대며 지었던 표정을 하고 있었다. 그녀의 한쪽 팔
은 아버지의 무릎에 얹혀 있고 반면에 손은 아무것도 짚지 않
고 맥이 풀린 채 축 늘어져 있었다. 이 손마저도 말할 수 없이
슬프고 아련하게 체념한 모습이었고 추억에 잠겨 아득히 먼
곳을 감미롭게 동경하는 모습이었다.

"더 나았다고?" 부덴브로크 영사가 물었다. "어떤 일이 일어
나지 않았더라면, 얘야?"

그는 진심으로 이 결혼이 성사되지 않았다면 더 나았을 거
라는 고백을 할 준비를 하고 있었다. 그렇지만 토니는 한숨을
내쉬면서 "아, 아무것도 아니에요!"라고 말할 따름이었다.

그녀는 생각에 사로잡혀 사건의 핵심에서 멀리 떨어져 있

는 바람에 '파산'이라는 단어를 거의 망각하고 있는 듯했다. 영사는 어떻게 했으면 좋겠는가 하는 복안을 피력하지 않으면 안 되겠다고 생각했다.

"미루어 짐작하건대 네 생각은 이럴 듯싶구나, 토니." 그가 말했다. "나로서도 주저하지 않고 내 생각을 낱낱이 털어놓아야겠다. 사 년 전만 해도 현명하고 고맙게 생각되었던 너의 처사가 이제 와서 보니 후회막급이구나. 하지만 나는 하느님 앞에 떳떳하게 생각한다. 난 너의 신분에 어울리는 생활 방식을 마련해 주려고 노력하면서 내 의무를 다했다고 생각한다. 그런데 하늘의 뜻은 달랐던 게야. 너는 당시에 내가 경솔하고도 무모하게 너의 행복을 도박에 걸었다고는 생각지 않겠지! 그륀리히가 너한테 청혼했을 때 그는 최고의 조건들을 구비하고 있었어. 목사의 아들에다 기독교 신자며 처세에 밝은 사람이었어. 나중에 그의 사업 관계를 탐문해 봤더니 생각한 만큼 아주 좋더구나. 그의 형편을 조사해 보았지. 모든 게 오리무중이라서 딱 부러지게 드러나지는 않았어. 하지만 날 원망하지는 않겠지."

"네, 아빠! 어떻게 그런 말씀을 하세요! 그 문제는 너무 괘넘치 마세요, 아빠…… 얼굴이 창백해 보여요. 마실 거라도 좀 가져올까요?" 그녀는 팔로 아빠의 목을 감싸고 뺨에다 입맞춤을 했다.

"고맙다." 그가 말했다. "뭐, 그냥 관두거라. 고맙다. 그래, 난 쓰라린 나날을 보내 왔단다. 어떻게 해야 한단 말이냐? 화가 난 적도 많았고. 그건 하느님이 내린 시련들이야. 그렇다고 해서 내가 너한테 전혀 미안한 감이 없는 것은 아니다, 얘야. 이 제 모든 것은 아까 내가 제기한 문제에 달려 있단다. 넌 아직 그에 대해 충분한 답변을 하지 않았구나. 나한테 솔직히 말해 다오, 토니. 몇 년 동안 결혼 생활을 하는 가운데 네 남편을 사랑하게 되었느냐?"

토니는 다시 눈물을 흘렸다. 그리고 리넨 손수건을 쥔 양손 으로 눈을 가리고 흐느끼며 말을 쏟아 냈다. "아, 무엇을 물으 시는 거예요, 아빠! 전 결코 그를 사랑하지 않았어요. 그가 제 마음에 든 적은 한 번도 없었어요. 그걸 왜 모르세요?"

요한 부덴브로크의 얼굴에 어떤 일이 일어났는지 말하기란 아주 힘든 일일지도 모르겠다. 그의 두 눈은 깜짝 놀라 슬픈 눈초리로 바뀌었다. 그런데도 입술은 꽉 다물고 있어 입언저리 와 뺨에는 주름이 생겼다. 거래가 유리하게 낙착되면 그는 으 레 그러한 표정을 짓곤 했다. 그가 나지막한 소리로 말했다. "사 년 동안……"

토니는 갑자기 울음을 뚝 그쳤다. 젖은 손수건을 손에 쥔 채 그녀는 자리에서 벌떡 일어나서는 화가 나 이렇게 말했다. "사 년 동안…… 흥! 사 년 동안 그는 저녁에 가끔 내 곁에 앉 아 신문 보는 게 고작이었어요!"

"하느님이 너희 둘한테 아이를 선물했지." 영사가 감동적으 로 말했다.

"네, 아빠. 전 에리카를 너무 사랑해요. 그륀리히는 제가 아 이를 좋아하지 않는다고 주장하지만요. 말씀드리자면 전 개하 고 절대 떨어지지 않을 거예요. 하지만 그륀리히는…… 안 돼요! 그륀리히는…… 안 돼요! 그런 데다 이제 와서 파산까지 당했어요! 아아, 아빠, 저하고 에리카를 집에 데리고 가 주셨으면 좋겠어요! 아빠도 아시다시피!"

영사는 다시금 입술을 꽉 다물었다. 그는 아주 만족한 모양이었다. 어쨌든 문제의 핵심을 건드려야 했다. 하지만 토니가 자기의 결심을 백일하에 드러내고 있을 때는 주된 문제를 감히 언급하지 않았다.

"그런데도 불구하고……." 그가 말했다. "얘야, 너는 그를 도와주는 문제를 완전히 망각한 듯싶구나. 그것도 나의 도움을 말이야. 네 아버지가 너한테 전혀 죄책감을 느끼지 않는 것은 아니라는 점을 난 이미 너한테 주지시킨 바 있다. 그리고 그 경우에(이제 네가 희망하거나 바라는 경우에) 그를 도와줄 것이며, 파산을 막아 줄 것이며, 좋든 싫든 네 남편의 부채를 대신 변상해 주고 그의 사업을 새로 일으켜 줄 것이다."

그는 긴장해서 딸의 안색을 살펴보았다. 그녀의 표정을 보고 그는 흡족한 기분이 되었다. 그녀의 표정에는 실망한 기색이 역력했다.

"도대체 액수가 얼마나 되는데요?" 그녀가 물었다.

"그게 중요한 문제다, 얘야. 아주아주 엄청난 액수란다!" 그리고 부덴브로크 영사는 몇 번 머리를 끄덕였다. 마치 그는 이 엄청난 액수를 생각하느라 머리가 무거워져서 천천히 흔드는 것처럼 보였다. "이와 아울러……." 그가 말을 이었다. "이 사건은 차치하고도 우리 회사가 손실을 입은 처지인데 이러한 금액을 빼내면 회사도 약세를 면치 못할 것이란 점을 솔직히

말해야겠구나. 그렇게 되면 재기하기란 무척…… 무척 힘이 들 거다. 내가 이런 말을 하는 것은 결코…….'

그는 말을 완전히 끝맺지 않았다. 토니는 벌떡 일어서서 심지어 몇 발짝 뒤로 물러나기까지 했다. 그녀는 여전히 손수건을 손에 쥔 채 이렇게 외쳤다. "좋아요! 됐어요! 절대 안 돼요!"

그녀는 거의 영웅적으로 보였다. '회사'라는 한마디가 적중한 것이다. 필경 그륀리히에 대한 혐오감보다도 그 한마디가 더 결정적으로 영향을 끼친 것임에 틀림없었다.

"그래서는 안 돼요, 아빠!" 그녀는 완전히 제정신을 잃고 계속 말했다. "아빠까지도 파산하려고 그러세요? 됐어요! 절대 안 돼요!"

이때 복도 문이 살그머니 열리면서 그륀리히가 들어왔다.

요한 부덴브로크는 단숨에 몸을 일으켰다. 이 동작은 '다 끝났다는' 의미를 내포했다.

8

그륀리히의 얼굴에는 붉은 반점이 나 있었다. 그러나 그는 흠잡을 데 없이 옷을 갖추어 입었다. 언젠가 처음 영사의 집을 방문했을 때와 비슷하게 그는 주름진 검은색의 튼실한 상의에다가 완두색 바지를 입고 있었다. 그는 맥이 풀린 태도로 서서 시선은 바닥을 향한 채 풀 죽은 목소리로 입을 열었다. "아버님……."

영사는 냉정하게 고개를 끄덕이고는 손을 맞잡고 몇 번 힘껏 흔들면서 그의 넥타이 매무새를 바로잡아 주었다.

"와 주셔서 감사합니다." 그륀리히가 덧붙여 말했다.

"이건 내 의무지, 이보게." 영사가 대답했다. "다만 우려되는 것은 자네 일을 어떻게 처리하는가 하는 것이네."

사위는 장인을 흘끗 쳐다보고 나서 더 맥이 풀린 자세를 취했다.

"내가 듣기로는……." 영사가 말을 계속했다. "은행가 케셀마이어 씨가 우릴 기다린다고……. 어디서 상의하기로 했는가? 자네가 시키는 대로 따르겠네."

"제가 장인어른 처분을 따르도록 해 주십시오." 그륀리히가 중얼거리며 말했다.

부덴브로크 영사는 딸의 이마에 입맞춤하고 이렇게 말했다. "안토니, 네 딸한테 올라가 보거라!"

그런 다음 그는 앞서거니 뒤서거니 하며 따라 움직이는 그륀리히와 함께 문을 열고 식당을 지나 거실로 들어갔다.

창가에 서 있던 케셀마이어가 몸을 돌리자 머리 위의 희고 검은 솜털들이 일어섰다가 다시 정수리에 살포시 내려앉았다.

"은행가 케셀마이어 씨, 제 장인인 거상 부덴브로크 영사십니다." 그륀리히가 진지하고도 겸손하게 말했다. 영사의 얼굴은 아무런 미동도 없었다. 케셀마이어는 누런 송곳니 두 개를 윗입술에 얹으면서 양팔을 내리고 몸을 굽히며 말했다. "네, 영사님이시군요! 뵙게 되어 무한한 영광입니다!"

"기다리시게 한 점을 부디 용서해 주십시오, 케셀마이어 씨." 그륀리히가 말했다. 그는 두 사람 모두에게 지극히 공손하게 대했다.

"우리 본론에 들어갈까요?" 영사가 이리저리 돌아보면서 말을 꺼냈다. 그러자 집주인은 황급히 이렇게 대답했다. "제 부탁은요……."

흡연실로 들어가면서 케셀마이어가 쾌활하게 말했다. "영사님, 즐거운 여행이었나요? 아하, 비가 와서요? 네, 나쁜 계절, 추악하고 추잡한 계절입니다! 서리나 좀 내리고 눈이나 좀 오지! 하지만 그러지 않고 비가 오다니! 너무너무 지긋지긋해요."

'아주 괴상한 사람이구나.' 영사는 생각했다.

조그만 방 한가운데에 녹색 테이블보가 덮인 꽤 널찍한 사각형 탁자가 놓여 있었다. 방의 벽지에는 칙칙한 꽃무늬가 그려져 있었다. 밖에서는 비가 더 세차게 몰아쳤다. 너무 어두워서 그륀리히는 탁자 위 은제 촛대에 놓인 세 개의 양초에 즉시 불을 붙였다. 회사 직인이 찍힌 푸르스름한 사무용 편지와 여기저기 찢어지고 낡은, 날짜와 서명이 적힌 서류들이 녹색 테이블보 위에 놓여 있었다. 이 외에도 두툼한 장부가 보였고 금속제 모래병과 잉크병에는 깃털 펜과 뾰족하게 깎아 둔 연필이 우뚝 솟아 있었다.

그륀리히는 정숙하고 빈틈없는 조심스러운 표정과 동작으로 주인 노릇을 했다. 이는 마치 장례식에서 주인이 손님을 대하는 정중한 태도를 방불케 했다.

"아버님, 부디 의자에 앉아 주세요." 그가 부드럽게 말했다. "케셀마이어 씨, 여기 앉으시겠어요?"

마침내 질서가 잡혔다. 은행가는 주인 맞은편에 앉고 영사는 상석인 탁자의 넓은 쪽 팔걸이의자에 앉았다. 그가 앉은 의자의 등걸이는 복도 문에 닿아 있었다.

케셀마이어는 몸을 굽히고 아랫입술을 밑으로 내민 채 조끼 위에 얽힌 코안경 줄을 풀어 코 위에 얹었다. 그러면서 그는 코를 찡그리고 입을 딱 벌렸다. 그런 다음 말끔히 깎은 구레나룻을 긁어 신경에 거슬리는 소리를 냈다. 그는 양손을 무릎에 뻗고는 서류들을 보고 고개를 끄덕이며 즐거운 어조로 짧게 말했다. "아하! 이거 아주 난처한데요!"

"사정을 좀 더 정확히 알아야겠는데요." 영사는 이렇게 말하면서 장부를 집으려고 손을 뻗었다. 하지만 그륀리히가 갑자기 양손으로 탁자 위를 가리며 그것을 막았다. 푸른 혈관이 길게 돋아나 있는 손은 분명 바르르 떨고 있었다. 그러고는 다급한 목소리로 외쳤다. "잠깐! 잠깐만요! 아버님! 아, 먼저 제 말 좀 들어 보십시오! 그럼, 사정을 알게 되실 겁니다. 하나도 빼놓지 않고…… 하지만 제 말을 믿어 주십시오. 그러면 불행하지만 아무 죄 없는 한 남자의 사정을 알게 되실 겁니다! 아버님, 저는 끈덕지게 운명에 저항했지만 운명의 버림을 받은 남자입니다! 이러한 의미에서……"

"보면 알게 되겠지, 이보게, 보면 알게 될 것 아닌가!" 영사가 참지 못하고 말했다. 그래서 그륀리히는 운명에 몸을 맡기고 손을 거두어들였다.

오랫동안 무서운 침묵의 시간이 흘렀다. 촛불이 일렁거리는 가운데 어두운 네 개의 벽에 갇혀 세 남자가 바짝 붙어 앉아 있었다. 영사가 종이를 넘길 때마다 바스락거리는 소리밖에 들리지 않았다. 그 외에 들리는 소리라곤 바깥에서 떨어지는 빗소리밖에 없었다.

케셀마이어는 엄지손가락을 조끼의 소매통에 찔러넣고 다른 손가락으로는 어깨 위에서 피아노를 쳤다. 그러고는 아주 말할 수 없이 즐거운 표정으로 두 사람을 번갈아 가며 쳐다보았다. 그륀리히는 몸을 아무 데도 기대지 않고 손을 탁자 위에 얹은 채 앉아 있었다. 그는 슬픈 듯이 앞을 골똘히 응시하다가 이따금씩 불안한 표정으로 옆에 앉은 장인을 슬쩍 쳐다보았다. 영사는 장부를 넘기면서 종렬로 적힌 숫자의 열을 손톱으로 짚었다. 그는 날짜를 비교하고 깨알같이 작은 글씨를 연필로 종이 위에 휘갈겨 썼다. 맥이 풀린 그의 얼굴은 이제 사정을 알게 되자 경악의 표정을 감추지 못했다. 드디어 왼손을 그륀리히의 팔에 얹고 충격을 받은 듯 이렇게 말했다. "안 됐구먼!"

"아버님……." 그륀리히의 입에서 이 말이 터져 나왔다. 불쌍하기 짝이 없는 그 사내의 두 뺨에 두 줄기 커다란 눈물이 쏟아져 황금빛 구레나룻을 적셨다. 케셀마이어는 두 줄기 눈물이 흘러가는 경로에 지대한 관심을 보였다. 심지어 그는 반쯤 일어서서 몸을 굽히고는 입을 딱 벌린 채 맞은편에 앉은 남자의 얼굴을 빤히 들여다보았다. 부덴브로크 영사는 몹시 마음이 흔들렸다. 그 자신이 당한 불행에 마음이 누그러져 그는 연민의 정에 사로잡힌 느낌이 들었다. 하지만 즉시 감정을 추스르고 냉정을 되찾았다.

"어떻게 이럴 수가 있단 말인가!" 그가 냉정하게 머리를 흔들며 말했다. "단 사 년 만에!"

"누워서 떡먹기죠!" 케셀마이어는 기분이 좋아 대답했다. "사 년 만에 제꺽 파멸할 수도 있어요! 얼마 전에 브레멘에서 '베스트팔 형제' 회사가 정신없이 동분서주한 것을 생각해 본다면……."

영사는 그를 보지도, 그의 말을 듣지도 않은 채 그를 곁눈질했다. 그는 골똘히 생각한 뒤의 속마음을 털어놓지 않았다. 무엇 때문에 이 모든 일이 바로 이제야 일어났는지 믿을 수 없고 이해할 수 없다는 식으로 그는 자문하고 있었을까? '벤딕스 그륀리히' 회사는 벌써 이삼 년 전에 이런 일을 겪을 수 있었을 것이다. 그것은 단번에 알 수 있었다. 부채가 엄청났는데도 그는 은행들로부터 돈을 끌어다 썼다. 그는 번번이 보크 시의원이나 굿슈티커 영사 같은 든든한 사람들의 집을 보증 삼아 사업을 계속 이끌어 왔고 그래서 그의 어음은 현금처럼 통용되었던 것이다. 무엇 때문에 이제야, 이제야, 이제야(그리고 '요한 부덴브로크' 상사의 대표는 이 '이제야'가 의미하는 바를 잘 알고 있었다.) 사방에서 이러한 붕괴가 일어나며, 모든 상도나 예의범절을 저버린 채 약속이나 한 듯이 '벤딕스 그륀리히' 회사가 한 약속에 대해 신용이 깡그리 실추되고 있지 않은가? 영사가 너무 순진해서 딸이 그륀리히와 결혼한 후에 자기 가문의 명성이 사위에게도 도움이 되었다는 것을 몰랐을지도 모른다. 그러나 사위가 얻은 신용은 전적으로, 오로지 그 자신에게만 달려 있었던가? 그륀리히 자신은 아무런 존재도 아니었단 말인가? 그럼 사 년 전에 영사가 조사한 것과 검토한 장부는 무어란 말인가? 사정이 이렇게 되었지만 이 일에 손가락 하나 까딱하지 않겠다는 그의 결심은 아까보다 더 확고해졌다. 사람들이 잘못 생각한 거다! 필경 '벤딕스 그륀리히' 회사는 '요한 부덴브로크' 회사와 연대 책임을 지고 있다는 인상을 풍겼겠지? 널리 퍼져 있는 것으로 보이는 이러한 오해는 단연코 불식되어야 했다. 그리고 케셀마이어도 눈이 휘둥그레져야 한다! 이 어릿광대 녀석한테 양심이라는 게 있겠는가? 이 녀석이 뻔뻔스럽게도 요한 부덴브로크가의 딸이 남편을 쓰러지지 않게 해 줄 거라고 혼자 억측했을 모습이 눈에 선했다. 그리고 영사가 진작에 파멸한 그륀리히를 위해 계속 빚 보증을 서 주어 점점 더 지독하게 높아 가는 고리(高利)에 서명해 줄 거라고 억측했을 모습이 눈에 선했다.

"어쨌든⋯⋯." 그가 짧게 말했다. "우리 본론에 들어갑시다. 지금 상인의 입장에서 감정한 결과를 피력하자면 이 일이 불행한 동시에 지극히 죄많은 어떤 한 남자의 사정이라고 말할 수밖에 없게 된 데 대해 유감으로 생각하는 바입니다."

"아버님⋯⋯." 그륀리히가 더듬거리며 말했다.

"그렇게 부르는 것이 귀에 무척 거슬리는군!" 영사는 즉시 가혹한 말을 던졌다. "이보시오, 당신의 요구 사항은⋯⋯." 그가 은행가한테 홱 몸을 돌리며 계속 말했다. "그륀리히 씨한테 6만 마르크가 되는군요."

"연체 이자와 원금 이자를 합해 6만 8755마르크하고 15실링입니다." 케셀마이어가 느긋하게 대답했다.

"좋습니다. 그리고 어떤 일이 있더라도 지불 기한을 연기할 의향은 없으신 거죠?"

케셀마이어는 그냥 웃기 시작했다. 그는 입을 딱 벌리고 조롱의 기색 없이 큭큭거리며 웃었는데, 이 웃음은 심지어 약간 선량해 보이기까지 했다. 그러면서 영사도 자기와 같은 기분에 동참해 달라는 듯 그의 얼굴을 들여다보았다.

요한 부덴브로크 영사의 움푹 들어간 작은 눈이 흐려지더니 돌연 눈가에 붉은 핏줄이 돋아나 광대뼈에까지 뻗쳤다. 그의 질문은 형식적인 겉치레에 불과했다. 그리고 이런 채권자 한 명이 연기해 준다고 해서 본질적으로 사정이 달라질 게 없다는 걸 잘 알고 있었다. 하지만 이 인간이 자기 말을 퇴짜 놓는 방식이 이루 말할 수 없이 치욕적인지라 그는 분개한 나머지 치를 떨었다. 그는 자신 앞에 놓여 있는 모든 것을 손으로 홱 밀치고는 연필을 탁자에 탁 놓더니 이렇게 말했다. "이 일에 어떤 방식으로든 더 개입할 의향이 없음을 밝히는 바입니다."

"아하!" 케셀마이어가 손을 허공에 휘두르면서 외쳤다. "그게 한마디라는 겁니다, 그걸 보고 말씀 잘하셨다고 하는 겁니다. 영사님은 이 일을 아주 간단히 처리하겠다는 거군요! 이러쿵저러쿵 긴 말 없이! 속전속결이시군요!"

요한 부덴브로크는 그를 쳐다보지도 않았다.

"난 자네를 도와줄 수 없네, 그륀리히." 그는 조용히 그륀리히한테로 몸을 돌렸다. "일이란 모름지기 진행된 대로 처리해야 하는 거지. 내 형편으로는 그걸 막을 도리가 없네. 마음을 가라앉히고 하느님한테 위로를 청해 힘을 얻게. 난 이제 상의

가 끝났다고 생각하네."

놀랍게도 케셀마이어의 얼굴에는 심각한 표정이 떠올랐다. 그건 완전히 의외였다. 하지만 금세 그륀리히를 격려하듯 고개를 끄덕였다. 그륀리히가 꼼짝도 않고 앉아 긴 손으로 탁자를 세차게 움켜잡는 바람에 손가락에서 딱 하는 소리가 났다.

"아버님…… 영사님……." 그가 부르르 떨리는 목소리로 말했다. "아버님이…… 아버님이 저의 파산, 저의 재앙을 바랄 리가 없습니다! 제 말을 들어 주십시오! 다 합해서 부족한 액수가 12만 마르크밖에 되지 않습니다. 절 구해 줄 수 있지 않습니까! 장인어른은 부자십니다! 한번 액수를 살펴보십시오. 마지막 보상금으로, 따님의 상속 재산으로, 이자를 쳐서 빌려주는 식으로…… 전 노력할 겁니다. 장인어른도 아시다시피 저는 활동적이고 민첩합니다."

"나는 더 할 말 없네." 영사가 말했다.

"송구스럽습니다만…… 안 되겠습니까?" 케셀마이어가 코를 찡그리고 코안경 너머로 영사를 쳐다보며 물었다. "제가 영사님께 생각할 겨를을 드린다면…… 지금이야말로 '요한 부덴브로크' 회사가 얼마나 탄탄한가를 증명할 절호의 기회가 아닌가 싶은데요."

"이보시오, 우리 집의 위신에 대한 걱정은 나한테 맡겨 두는 게 좋을 듯싶소이다. 지불 능력을 과시한답시고 부근에 있는 하수구에 돈을 던져 넣을 필요는 전혀 없으니까."

"그렇지 않습니다, 그렇지 않습니다! 아, 아하, '하수구'라는 말이 아주 재밌군요! 하지만 이걸 생각해 보시지 않았습니까? 당신 사위가 파산하게 되면 당신 상황도 좋지 않은 조명을, 뭐랄까? 얻게 되리라는 걸, 받게 되리라는 걸 말입니다."

"나에 대한 실업계의 세평은 나 자신의 일임을 다시 한번 주지시키는 바입니다." 영사가 말했다.

그륀리히는 어찌할 바를 몰라 은행가의 얼굴을 들여다보면서 다시 말을 시작했다. "아버님…… 애원하건대 아버님이 어떻게 해야 할지 다시 한번 생각해 주십시오! 그게 어찌 저 혼자만의 문제입니까? 아, 저는…… 여하튼 저는 몰락할지도 모릅니다! 하지만 당신의 따님이자 제 아내인 그녀, 내가 너무나 사랑하는 그녀, 내가 그토록 열렬히 싸워 쟁취한 그녀는…… 그리고 우리 아이, 아무런 잘못이 없는 우리 둘의 아이는…… 그 아이도 비참해집니다! 아니, 아버님, 저는 견딜 수가 없습니다! 자살할지도 모릅니다! 제 말을 믿어 주십시오! 그럼 하늘은 아버님을 무죄 방면할까요!"

요한 부덴브로크는 심장 박동이 빨라지고 얼굴이 창백해져서 팔걸이의자에 몸을 기댔다. 이 남자에 대한 감정이 두 번째로 그에게 들이닥쳤다. 그의 표정은 전적으로 진실한 인상을 풍기고 있었다. 그리고 당시 딸이 트라베뮌데에서 보낸 편지를 그륀리히한테 전달해 줄 때처럼 똑같이 끔찍한 협박을 들어야 했다. 그는 자신의 동 세대 사람들이 인간적인 감정에 열광적으로 외경심을 품고 있다는 사실에 전율했다. 그러한 외경심은 그의 냉정하고 실제적인 사업가 기질과 늘 충돌하곤 했다. 하지만 불시에 떠오른 이러한 생각은 일 초도 더 지속되지 않았다. 12만 마르크라……. 그는 마음속으로 되뇌었다. 그러고는 조용하고 확고한 어조로 이렇게 말했다. "안토니는 내 딸이야. 나는 그 애가 아무런 죄도 없이 고생하게 하지는 않을 거야."

"그게 무슨 말씀입니까?" 이렇게 묻는 그륀리히의 몸이 서서히 굳어지기 시작했다.

"곧 알게 될 걸세." 영사가 대답했다. "지금은 더 덧붙일 말이 없네." 그러고는 일어서서 의자를 단단히 집어넣고 문으로 향했다.

그륀리히는 아무 말 없이 몸이 마비된 듯 망연자실해 앉아 있었다. 입이 양옆으로 씰룩씰룩 움직였지만 그에게서는 한마디 말도 나오지 않았다. 하지만 영사가 태도를 확정 짓고 최종적으로 이렇게 나오자 케셀마이어는 예의 쾌활한 모습으로 돌아왔다. 그렇다, 그의 명랑한 기분이 대세를 장악하고 모든 한계를 훌쩍 뛰어넘어 무시무시한 모습을 띠게 되었던 것이다! 눈 옆까지 올라가 있던 코안경이 그의 코에서 떨어졌다. 반면에 누런 송곳니 두 개가 외롭게 불쑥 솟아 있는 아주 작은 입은 마치 찢어질 것 같았다. 작고 붉은 손들은 공중에서 노를 젓고 있었고, 그의 솜털은 나부꼈으며, 흰 구레나룻을 말끔히 깎은 얼굴, 너무 즐거운 나머지 완전히 찌그러져 일그러진 그의 얼굴은 주홍색을 띠었다.

"아, 아하!" 그는 쇳소리가 나도록 고함을 질렀다. "그거 너무…… 너무 재밌는걸! 하지만 부덴브로크 영사님은 그토록 사랑스럽고 근사한 사위를 나락의 구렁텅이에 던져 버리는 걸 재고하셔야 합니다! 그렇게 활동적이고 민첩한 사람은 이 대명천지에 아마 둘도 없을 겁니다! 아하! 벌써 사 년 전에 칼이 한 번 우리 목구멍에 걸린 적이 있었지. 목엔 밧줄이 감겼고, 그때 부덴브로크 양과의 결혼이 아직 성사되기도 전부터 우린 그 소식을 증권가에 마구 퍼뜨렸지. 모두들 얼이 빠졌어! 그래, 그랬어, 내가 진정 진가를 인정한 것은……."

"케셀마이어!" 그륀리히가 쉿소리를 냈다. 그는 마치 유령을 막기라도 하는 것처럼 손을 화들짝 내뻗었다. 그러고는 방구석으로 달려가 의자에 앉아서 얼굴을 손에 파묻고 몸을 잔뜩 숙여 구레나룻의 끝이 허벅다리에 닿게 했다. 심지어 몇 번이나 무릎을 쳐들기까지 했다.

"처음에 우리가 그걸 어떻게 했지?" 케셀마이어가 말을 계속했다. "부덴브로크 양과 8만 마르크를 취하려고 처음에 어떻게 시작했더랬지? 오호! 일이 해결됐지! 단 여섯 살짜리 소년의 활동성과 민첩성만 있어도 일이 해결됐겠지! 자기를 구원해 주는 장인 영감한테는 전혀 나무랄 데 없이 훌륭한 장부를 내놓았지. 물론 그건 엉망진창인 현실과는 전혀 달랐지. 왜냐하면 실제로는 지참금의 사분의 삼이 벌써 어음 채무였으니까!"

영사는 문고리를 붙잡고 백짓장처럼 창백해진 얼굴로 문 옆에 서 있었다. 등줄기에 소름이 쫙 끼쳤다. 그는 불안하게 촛불이 일렁거리는 이 조그만 방에서 사기꾼 한 명과 심술궂게 미쳐 날뛰는 원숭이 한 마리하고 같이 있다는 말인가?

"이보시오, 당신 말은 믿지 않겠소." 영사의 말에는 별로 자신감이 없어 보였다. "당신이 정신없이 중상 비방하는 말이 나한테 관계되는 경우 더더욱 믿지 않겠소. 난 내 딸을 경솔하게 불행에 빠뜨리지 않았소. 난 사위에 대해 확실히 조사했소. 그 외의 것은 다 하느님의 뜻이었소!"

그는 더 이상 아무 말도 듣고 싶지 않다는 듯 몸을 돌리고 문을 열었다. 하지만 케셀마이어가 그의 뒤통수에다 대고 이렇게 소리쳤다. "아하! 조사를 했다고? 누구한테, 보크한테? 굿슈티커한테? 페터젠한테? '마스만과 팀' 회사에? 그들 모두가 한패였는데! 그들 모두가 둘의 결혼으로 확실한 담보가 생겨서 얼마나 좋아했다고……"

영사는 나가면서 문을 쾅 닫았다.

9

식당에서는 도라가 분주히 일하고 있었다. 그녀는 그다지 정직한 하녀가 아니었다.

"그륀리히 부인을 좀 내려오라고 해라." 영사가 명령했다.

"빨리 준비해라, 애야!" 토니가 나타나자 그가 말했다. 그는 그녀와 응접실로 건너갔다. "속히 준비하고 에리카도 곧 여행 준비를 시켜라. 우린 시내로 간다. 여관에서 하룻밤 묵고 내일 집으로 갈 거다."

"네, 아빠." 토니가 말했다. 당혹한 나머지 얼굴이 빨개진 그녀는 어쩔 줄 몰라 했다. 어떻게 준비를 시작해야 할지 알지도 못하고 이게 꿈인지 생시인지조차 제대로 파악하지 못한 채 허리에 가져다 댄 손만 쓸데없이 바쁘게 움직이는 것이었다.

"뭘 갖고 가야 할까요, 아빠?" 그녀가 불안스럽고 흥분된 어조로 물었다. "죄다? 옷을 모조리? 트렁크는 한 개요, 두 개요? 그륀리히가 정말 파산했어요? 오, 맙소사! 하지만 그럼 제 장신구를 갖고 갈 수 있을까요? 아빠, 하지만 하녀들은 함께 데리고 가야 해요. 그들한테 더 이상 품삯을 줄 수 없어요. 그륀리히가 오늘이나 내일 저한테 생활비를 줘야 하는데……."

"그건 내버려 둬라, 애야. 그 일은 여기서 처리할 테니. 시급한 일이나 빨리 해라. 트렁크 한 개…… 작은 트렁크로. 네 물건은 나중에 보낼 거다. 서둘러라, 알겠니? 우린……."

그 순간 커튼이 열리면서 응접실에 그륀리히가 들어섰다. 팔을 벌리고 머리를 옆으로 기울인 채 잽싼 걸음으로 들어오는데, 그 자세가 마치 이렇게 말하려는 것 같았다. 나 여기 있소! 죽일 테면 죽이시오! 그는 급히 자기 아내한테 바짝 다가가더니 그녀 앞에 무릎을 꿇었다. 얼굴은 동정심을 불러일으키려는 표정을 하고 있었다. 황금빛 구레나룻은 흐트러지고, 상의는 구겨지고, 넥타이는 비뚤어지고, 칼라는 열려 있었다. 그리고 이마에는 조그만 땀방울이 송골송골 맺혀 있었다.

"안토니!" 그가 말했다. "날 보구려. 당신한테 감정을 느끼는 가슴이 있소? 그렇다면 내 말 좀 들어 보구려. 당신 앞에는 파멸한, 나락의 구렁텅이에 떨어진 한 남자가 있소. 당신이 그의 사랑을 뿌리친다면 그는 비탄에 빠져 죽을 것이오! 내가 이렇게 무릎 꿇고 있소. 그런데도 정녕 당신은 '당신을 혐오한다, 당신을 떠나겠다.'라고 나에게 말해야겠소?"

토니는 눈물을 흘렸다. 전에 풍경실에서 일어났던 것과 똑같은 상황이 재현되었다. 또다시 불안으로 일그러진 얼굴과 애원하는 눈이 자기를 향하고 있는 것이 보였다. 그리고 또 놀랍고도 감동스럽게도 이러한 불안과 애원이 위선이 아닌 진실한 것으로 보였다.

"여보, 일어나요." 그녀가 훌쩍거리면서 말했다. "제발 좀 일어나라니까요!" 그리고 그녀는 그의 어깨를 들어올리려고 했다. "당신을 혐오하지 않아요! 어떻게 그런 말을 다 하세요!" 그 밖에 무슨 말을 해야 될지 몰라 그녀는 완전히 속수무책으로 아버지를 바라보았다. 영사는 딸의 손을 잡고 사위한테 몸을 숙이고는 딸과 함께 복도문 쪽으로 갔다.

"가시려고요?" 그륀리히가 소리치면서 벌떡 일어났다.

"자네한테 이미 말했잖은가!" 영사가 말했다. "아무런 잘못도 없는 내 딸을 불행 속에 방치할 수 없다고. 덧붙여 말하지만 자네도 어쩔 수 없어. 아니, 자네는 내 딸의 지참금을 날려 버렸어. 그리고 이 아이의 가슴을 이토록 순수하고도 곱게 만들어 주셔서 아무런 혐오감도 없이 자네와 헤어지는 데 대해 자네의 창조주한테 감사해야 돼. 잘 있게!"

이렇게 되자 그륀리히는 정신을 잃었다. 잠깐 헤어졌다가 되돌아와 다시 살자는 이야기를 하든가 혹은 상속 재산이라도 얻으려고 했으면 좋았을 텐데. 하지만 그의 주도면밀한 생각이니 활동성이니 민첩함 따위는 이제 사라져 버렸다. 그가 경대 위에 놓여 있던 깨지지 않는 커다란 놋쇠 접시를 집어 들었더라면 좋았을 텐데. 하지만 그가 바로 그 옆에 있던, 꽃이 그려진 얇은 꽃병을 집어 들고 바닥에 내동댕이치는 바람에 산산조각이 나 버렸다.

"쳇! 좋아! 잘해 봐!" 그가 고래고래 소리쳤다. "갈 테면 가라지! 내가 말릴 줄 알았더냐, 이 멍청아? 아 그래, 넌 속았어. 난 네 돈 때문에 결혼했어. 하지만 그걸로는 턱없이 모자랐어. 다시 집에 돌아오기만 해 봐라! 난 너한테 신물이 난다. 신물이…… 신물이!"

요한 부덴브로크는 아무 말 없이 딸의 손을 잡고 밖으로 나갔다. 하지만 영사는 뒷짐을 지고 창가에서 빗속을 응시하고 있던 그륀리히한테 되돌아가서 살며시 그의 어깨에 손을 가져다 대고는 나지막하게 훈계의 말을 했다.

"정신 차리고 기도나 하게."

10

그륀리히 부인이 어린 딸을 데리고 다시 나타나자 멩가의 큰 집은 오랫동안 분위기가 가라앉았다. 사람들은 조심조심 움직이고 '그 일'에 대해 말하기를 꺼렸다. 다만 사건의 주인공만은 예외로 그 이야기를 떠들고 다니면서 그렇게 하는 게 자신의 진정한 본모습이라고 느꼈다.

토니는 부덴브로크 조부모가 생전에 거처했던 3층 방에서 에리카와 함께 지냈다. 그녀는 아버지가 자신한테 하녀 한 명을 딸려 줄 생각을 하지 않자 약간 실망했다. 그리고 당분간

근신하며 생활하고 시내의 사교 모임에는 참석하지 않는 게 좋겠다고 부드럽게 타이르자 그녀는 삼십 분 동안이나 곰곰이 생각에 잠겼다. 왜냐하면 인간의 생각으로 볼 때 하느님이 자기한테 시련으로 안겨 준 운명에 아무런 책임이 없다 하더라도 이혼한 그녀의 처지로는 우선 근신하는 게 마땅하기 때문이라는 것이다. 하지만 토니는 어떠한 상황에서도 기민하고 활발하게 새로운 상황에 적응하는 놀라운 천품을 지니고 있었다. 그녀는 즉시 아무런 잘못도 없이 불행을 당한 여자의 역할을 감수하기로 했다. 그녀는 검은 옷을 입고, 귀여운 연한 금발을 어린 소녀처럼 매끄럽게 가르마를 타는 것으로 사교 모임에 참석하지 못하는 데 대한 아쉬움을 보상받았다. 그러면서 그녀는 자기가 처한 처지의 심각성과 의의를 아주 중요하고 기쁘게 받아들이며 그륀리히와의 결혼이나 인생, 운명 일반에 대해 곰곰이 생각해 보았다.

모든 사람이 그녀에게 그러한 기회를 제공해 주는 것은 아니었다. 영사 부인은 자기 남편이 정당하고 의무에 맞게 행동했다고 확신했다. 하지만 토니가 말하기 시작하면 부인은 아름다운 흰 손을 살며시 들고는 이렇게 말할 뿐이었다. "그만둬라, 얘야. 그 얘기는 다시는 듣고 싶지 않다."

이제 겨우 열두 살이 된 클라라는 이 일에 대해 아무것도 몰랐다. 그리고 친척인 틸다도 마찬가지로 너무 멍청했다. 그녀가 발음을 길게 늘이며 놀라서 하는 말은 "오오, 토오니, 얼마나 슬프겠니이!"가 고작이었다. 반면에 융만이 하는 말은 주의 깊게 들을 만했다. 이제 벌써 서른다섯이 된 그녀는 최고

일류 가정에서 일하며 늙는다는 사실을 자랑스럽게 여겼다. "토니, 두려워할 필요 없어." 그녀가 말했다. "아직 젊으니까 다시 결혼하게 될 거야." 게다가 그녀는 사랑과 신의로 어린 에리카를 교육시키는 일에 전념하며 영사의 자식들이 십오 년' 전에 들으면서 자랐던 추억담과 이야기를 아이에게 들려주었다. 특히 딸꾹질하다 '가슴이 막혀' 마리엔베르더에서 죽은 어떤 삼촌에 관한 이야기를.

하지만 점심 식사 후나 아침 식사를 하면서 부덴브로크 영사와 가장 많이 그리고 가장 오래 대화를 나누는 사람은 바로 토니였다. 아버지와 그녀의 관계는 갑작스레 이전보다 더 친밀해졌다. 그녀는 여태껏 도시에서 위세를 떨치고 있는 유능한 아버지가 근면하고, 건실하고, 엄격하고, 경건하게 일할 때 다정한 느낌보다는 오히려 불안스러운 경외감을 가진 터였다. 하지만 딸의 응접실에 마주앉아 대화를 갖는 동안 그는 그녀에게 인간적으로 접근했다. 그가 그 일에 대해 딸과 친밀하고 진지한 대화를 나눌 수 있다고 인정하고 그녀가 직접 결정을 내리도록 한 것, 신성불가침의 존재였던 그가 그녀 옆에 다소곳이 서서 자기도 딸한테 책임감을 느끼고 있다고 한 것이 그녀를 자부심과 감격으로 충만케 했다. 토니가 그런 생각을 해 본 적이 없었으리라는 것은 확실하다. 하지만 아버지가 그렇게 말했으므로 그녀는 그것을 믿었다. 그리하여 딸의 아버지에 대한 감정은 더 부드럽고 다정해졌다. 영사로 말할 것 같으면 그의 사고방식은 바뀌지 않았다. 그래서 곱절로 사랑함으로써 딸의 힘든 운명을 보상해 주어야 한다고 생각했다.

요한 부덴브로크는 사기 성향이 다분한 사위한테 직접 단호한 조처를 취하지는 않았다. 사실 토니와 그녀의 어머니는 그륀리히가 8만 마르크를 사취하기 위해서 얼마나 부정직한 수단을 썼는가 하는 것을 몇 번 이야기를 주고받는 가운데 알게 되었다. 하지만 영사는 그 사건을 일반 사람들한테 알리거나 법정으로 갖고 가려고는 하지 않았다. 그는 사업가로서의 자부심이 심히 손상당했다고 느끼고 그토록 어처구니없게 사기를 당한 치욕을 아무 말 없이 혼자서 삭였다.

어쨌든 그는 '벤딕스 그륀리히' 회사가 파산하자마자(게다가 그 회사는 함부르크의 여러 회사에 상당한 손실을 입혔다.) 결연히 이혼 소송에 전력을 기울였다. 그리고 토니는 이 소송에서 자기가 실제적인 중심점을 이룬다는 생각에 이루 말할 수 없는 자긍심으로 충만했다.

"아버지." 하고 그녀가 말했다. 그러한 대화에서 그녀는 영사를 결코 '아빠'라고 부르지 않았기 때문이다. "아버지, 우리 일은 어떻게 진행될까요? 만사가 잘될 거라고 생각하세요? 법조문은 아주 불을 보듯 분명하고 뻔합니다. 꼼꼼하게 연구해 봤어요! '남편이 무능력해서 가족을 먹여 살리지 못하는……' 그분들은 그 점을 통찰해야 합니다. 만약 아들이 있었다면 그륀리히가 갖게 되었을 거예요."

다른 때에 그녀는 이렇게 말했다. "전 몇 년 동안의 결혼 생활에 대해 곰곰이 생각해 보았어요, 아버지. 제가 그토록 졸랐는데도 그 사람이 시내에 사는 것을 반대한 이유는 바로 그 때문이었어요. 바로 그 때문에 그는 제가 시내를 돌아다니고 사교 모임에 나가는 것을 달갑잖게 생각했어요! 그가 본래 어떠한 인간인지 제가 알게 될까 봐 그는 노심초사한 거예요! 악랄한 사기꾼 같으니라고!"

"우리가 재판을 걸어서는 안 된다, 애야." 영사가 대꾸했다.

이혼 결정이 내려졌을 때 그녀는 자못 진지한 표정을 지으며 이렇게 말하기 시작했다. "가족 기록에 벌써 기입하셨어요, 아버지? 아니에요? 아, 그렇다면 제가 하겠어요. 사무용 책상 열쇠를 좀 주세요."

그리고 사 년 전, 자기 이름 뒤에 기입한 글 아랫줄에 그녀는 자랑스럽게 그리고 정성 들여 이렇게 적었다.

"이 결혼은 1850년에 다시 법적으로 취소되었다."

그런 다음 그녀는 펜을 내려놓고 한동안 생각에 잠겼다.

"아버지." 그녀가 말했다. "이 사건이 우리 가족사의 오점인 것을 잘 알고 있습니다. 네, 전 그것에 관해 이미 많이 생각해 보았어요. 이 책에 잉크 얼룩이 나는 것과 같은 일입니다. 하지만 걱정 마세요. 얼룩을 다시 지우는 것은 제 일이니까요! 전 아직 어려요. 제가 아직 매우 예쁘다고 생각지 않으세요? 비록 슈투트 부인은 저를 다시 보더니만 '아니 저런, 그륀리히 부인, 폭삭 늙어 버렸네요!'라고 말했지만요. 어쨌거나 사 년 전처럼 바보같이 살 수는 없어요. 인생에는 동반자가 필요해요. 요컨대 난 다시 결혼할 거예요! 새로 좋은 배필을 만나 다시 보란 듯이 살 거예요! 그렇게 생각지 않으세요?"

"그건 하느님의 손길에 달려 있다, 애야. 하지만 지금은 그런 이야기를 한다는 게 전혀 어울리지 않는구나."

게다가 이 무렵 토니는 '인생이란 게 그렇듯이'라는 말을 자주 사용하기 시작했다. 그리고 '인생'이란 단어를 말하면서 예쁘고 심각한 눈으로 위를 쳐다보았다. 이러한 표정에서 그녀가 인생과 운명에 대해 깊은 통찰을 하고 있다는 것을 알 수 있었다.

식당의 식탁이 더 커졌다. 그리고 토마스가 그해 팔월에 포에서 집으로 되돌아오자 토니는 자기 이야기를 털어놓을 새로운 기회를 갖게 되었다. 그녀는 오빠를 좋아하고 존경했다. 그는 트라베뮌데에서 출발할 당시에도 그녀의 고통을 알고 인정해 주었다. 그리고 그녀는 오빠가 앞으로 회사를 떠맡을 것이며 가족의 책임자가 될 것임을 믿어 의심치 않았다.

"그래, 그래." 그가 말했다. "우리 둘은 벌써 산전수전 다 겪었구나, 토니." 그런 다음 그는 눈썹을 치켜올리며 러시아제 담배를 다른 쪽 입술로 굴렸다. 필경 그는 말레이인처럼 생긴 그 조그만 꽃가게 아가씨를 생각하는 모양이었다. 그녀는 얼마 전에 주인 아들과 결혼해서 지금은 어부 골목에서 직접 꽃가게를 운영하고 있었다.

토마스 부덴브로크는 아직 약간 창백했지만 남달리 수려한 용모를 갖고 있었다. 최근 몇 년 동안 그의 교육이 완전히 끝난 것 같았다. 귀 뒷머리는 조그만 언덕 모양을 이루고 있었고, 프랑스식으로 끝이 뾰족하게 말려 올라간 코밑 수염은 인중을 중심으로 대칭을 이루고 있었다. 그리고 어깨가 딱 벌어진 땅딸막한 그의 체격은 마치 군인과 같은 인상을 주었다. 하지만 그의 관자놀이, 거기서부터 머리카락이 두 갈래로 안으로 쑥 들어간 관자놀이에 뚜렷이 드러난 푸르스름한 혈관과 오한으로 몸이 가볍게 떨리는 현상으로 봐서 아주 튼튼한 체질은 아닌 모양이었다. 사람 좋은 그라보 박사가 이러한 현상을 막아 보려고 했지만 허사로 돌아갔다. 그의 턱이나 코 그리고 특히 손과 같은 세세한 신체 부위는 그야말로 놀랄 정도로 진짜배기 부덴브로크가의 것이었다! 요컨대 그는 할아버지의 모습을 점점 더 닮아 갔던 것이다.

그는 스페인 발음이 섞인 프랑스어를 구사했다. 그리고 풍자적이고 논쟁적인 성격을 지닌 어떤 현대 작가[7]를 좋아해서 사람들을 놀라게 했다. 시내에서는 음울한 중개인인 고슈만이 그의 이러한 성향을 이해해 주었다. 그의 아버지는 그러한 성향을 아주 엄하게 비판했다.

그렇다고 해서 영사가 장남에 대해 느끼는 자랑과 행복감이 그의 눈에 선연히 드러나는 것을 막지는 못했다. 그는 아들이 도착하자마자 감격해서 기쁜 마음으로 아들을 사무실의 새로운 동업자로 맞아들였다. 그는 이제 더 흡족한 마음으로 일하기 시작했다. 그것도 크뢰거 노부인이 연말에 사망한 후에 말이다.

사람들은 크뢰거 노부인을 잃은 것을 차분하게 견뎌 내야 했다. 아주 고령이었던 그녀는 매우 고독한 말년을 보냈다. 그녀는 하느님한테로 갔다. 그리고 부덴브로크가는 거의 10만 탈러나 되는 상당한 액수의 돈을 상속받음으로써 회사 운영

---

7) 시인 하인리히 하이네를 말한다.

자금에 큰 여유가 생겼다.

한편 영사의 처남인 유스투스는 나머지 유산을 물려받자마자 계속되는 사업 실패에 지친 나머지 사업을 정리하고 쉬게 되었다. 구식 기사풍의 크뢰거 아들이자 생을 즐기는 난봉꾼인 유스투스 크뢰거는 아주 행복한 사람은 아니었다. 그는 붙임성이 좋고 낙천적인 쾌활한 성격의 소유자였지만 사업계에서는 확실하고 견고하며 확고한 기반을 결코 닦을 수 없었다. 그는 부모한테서 물려받은 유산의 상당 부분을 진작에 까먹었다. 게다가 최근 들어서는 그의 장남인 야코브 때문에 골머리를 앓게 되는 일까지 일어났다.

대도시 함부르크에서 방탕한 친구들을 사귄 것으로 보이는 그 젊은이는 매년 아버지에게서 생각지도 않은 거금이 나가게 했다. 크뢰거 영사는 더 이상 돈을 대 주지 않겠다고 선언했다. 그러나 마음이 약하고 정이 많은 그의 아내가 방탕한 아들한테 비밀리에 계속 돈을 대 주는 바람에 둘 사이에 딱하게도 심각한 불화가 일어났다. 설상가상으로 '벤딕스 그륀리히' 회사가 지불 정지를 당한 시점에 야코브 크뢰거가 근무하던 함부르크의 '달베크' 상사에서는 놀라 자빠질 또 다른 일이 벌어졌다. 도를 넘는 부당한 일이 일어났던 것이다. 그에 대해서 아무도 말하지 않았고 유스투스 크뢰거한테 어떤 질문도 하지 않았다. 하지만 소문에 의하면 야코브가 여행을 하다가 뉴욕에서 일자리를 얻어 배를 탈 거라고 했다. 떠나기 전에 그는 한 번 시내에 모습을 드러냈다. 그가 나타난 이유는 필시 아버지가 보내 준 여행 경비 말고도 어머니한테 추가로 돈을 타 내기 위해서였다. 멋을 잔뜩 부려 차려입은 그 젊은이는 건강해 보이지 않았다.

요컨대 유스투스 크뢰거는 유산을 물려받을 아들이 딱 한 명밖에 없는 것처럼 '내 아들'이라는 표현을 쓰기에 이르렀다. 이는 위르겐을 두고 하는 말이었다. 그는 남한테 욕먹을 일은 결코 하지 않았지만 머리가 너무 나쁜 듯했다. 그는 가까스로 김나지움을 졸업하고 얼마 전부터 예나에서 법학 공부에 전념하고 있었지만 학업에 흥미를 느끼지 못해 성적이 신통치 않은 모양이었다.

요한 부덴브로크는 처가가 되어 가는 꼴을 보고 극히 마음 아프게 느끼는 한편, 그러면 그럴수록 자기 아이들은 어떻게 될까 하고 더욱 불안스럽게 생각했다. 그는 자신의 장남이 유능하고 진지하다는 사실을 확신해도 좋았다. 하지만 크리스티안으로 말할 것 같으면 타고난 재능을 바탕으로 영어는 능숙하게 구사하지만 사업에는 별로 관심이 없으며 세계적 대도시의 소일거리, 이를테면 연극 같은 데 너무 빠져드는 경향이 있다고 리처드슨 씨가 편지로 알려 왔다. 크리스티안 스스로도 편지에서 이곳저곳 돌아다니고 싶다는 욕구를 드러냈다. 그리고 '저 건너' 남미의 칠레 같은 곳에서 일자리를 얻으려고 하는데 허락해 달라고 졸라 댔다. 영사는 "하지만 그건 모험욕이다."라고 말하고, 우선 사 년째 되는 해에는 리처드슨 씨한테서 사업 실무를 완전히 익히라고 명령했다. 그런 연후에도 그의 계획을 알리는 몇 통의 편지가 오고 갔다. 그리고 1851년 여름에 크리스티안 부덴브로크는 정말로 배를 타고 발파라이소에 가 거기서 형편을 알아보았다. 그는 먼저 고향으로 되돌아오지 않고 영국에서 곧바로 여행을 떠났다.

두 아들은 그렇다손 치더라도 영사는 마음을 잡은 토니가 자부심을 가지고 시내에서 부덴브로크 가문의 딸로서 자기 위치를 변호하는 것을 흡족하게 생각했다. 물론 이혼녀가 된 그녀에 대해 다른 가문이 고소해하고 선입견을 가진다 해도 그녀가 이를 극복하리란 점은 예견한 일이었다.

"쳇!" 산책에서 돌아온 그녀는 얼굴이 벌개져서 내뱉었다. 그러면서 풍경실의 소파 위에 모자를 획 내던졌다. "이 묄렌도르프, 하겐슈트룀, 젬링어, 율헨, 이 인간이……. 엄마는 어떻게 생각하세요! 걔가 나를 알은체도 않지 뭐예요. 그래요, 나한테 알은체도 하지 않아요! 내가 먼저 알은체하기를 기다리지 않겠어요! 그걸 어떻게 생각하느냔 말이에요! 그래서 나는 넓은 거리에서 머리를 쳐들고 걔 옆을 지나가면서 바로 걔 얼굴을 들여다보았어요."

"네가 너무했구나, 토니. 그래, 모든 일에는 분수가 있는 법이야. 네가 먼저 묄렌도르프 부인한테 인사하면 안 되니? 너희는 동갑이잖니. 그리고 너도 한때 그랬듯이 걔는 기혼녀 아니니."

"말도 안 돼, 엄마! 아니, 그 버러지 같은 년한테!"

"아서라, 얘야! 그런 상스러운 소리를……."

"아, 사람 복장 터지게시리!"

이 '타향에서 온' 가정에 대한 그녀의 반감은 하겐슈트룀가가 행운을 잡아 번성하게 되자 그들이 이제 자기를 깔볼 수 있다고 느낄지도 모른다는 단순한 생각에서 비롯되었다. 늙은 힌리히는 1851년 초에 사망했다. 그리고 그의 아들 헤르만…… 레몬빵과 귀싸대기의 주인공인 헤르만은 이제 슈트룽크한테 붙어 무역상으로 대대적인 성공을 거두었다. 얼마 뒤에 그는 목재상으로 성공을 거두어 세 자식에게 각각 200만 마르크를 물려줄 수 있었던 도시 최고의 갑부인 후노이스 영사의 딸하고 결혼했다. 그의 동생 모리츠는 심장이 약했지만 공부에 뛰어난 재질을 보여 도시에서 법학자로 자리를 잡았다. 그는 밝고, 교활하고, 기지 있는, 심지어는 문예 애호적인 두뇌의 소유자로 정평이 나 있어 적지 않은 실무를 금방 익혔다. 그의 외모에는 젬링어가다운 흔적이 전혀 없었지만 얼굴은 노랬고 뾰족한 이 사이에 틈새가 많이 벌어졌다.

가족 자체의 입장에서는 당당하게 처신하는 게 필요했다. 큰아버지 고트홀트가 사업에서 손을 뗀 후부터, 다리가 짧은 그가 풍성한 바지를 입고 검소한 집에서 아무 걱정 없이 돌아다닌 후부터, 단것을 너무 좋아한 그가 함석 깡통에 든 달콤한 기침약을 먹게 된 후부터 우대받는 이복동생에 대한 그의 감정은 해가 갈수록 더 부드러워지고 체념적으로 되었다. 물론 예외가 있다면 아직 결혼하지 않은 자신의 세 딸을 보면서 토니가 결혼에 실패한 데 대해 은근히 만족감을 느끼기는 했지만 말이다. 하지만 슈튀빙가의 그의 부인과 특히 이제 스물여섯, 스물일곱, 스물여덟 살이 된 세 딸에 관해 말하자면 그들은 사촌인 토니의 약혼과 결혼보다도 그녀의 불행과 이혼 소송에 과민할 정도로 관심을 보였다. 크뢰거 노부인이 사망하고부터는 다시 멩가에서 열렸던 목요일의 '어린이날'에 토니는 꿀리지 않고 그들을 당당하게 대했다.

"아니 저런, 가엾기도 해라!" 막내 피피가 말했다. 작고 뚱뚱한 그녀는 말을 할 때마다 우스꽝스럽게 몸을 흔들면서 입가에 침이 고였다. "이제 그러니까 판결이 내려진 거지? 이제 그러니까 예전과 마찬가지가 됐단 말이지?"

"아, 그 반대지 뭐니!" 그녀의 언니처럼 키가 크고 빼빼 마른 헨리에테가 말했다. "결혼 전보다 훨씬 더 불행해진 거야!"

"내 말이 바로 그거야." 프리데리케가 거들었다. "그러니까 결혼하지 않았더라면 비교할 수 없을 정도로 더 좋았을 텐데."

"그렇지 않아, 프리데리케!" 토니가 말했다. 그러면서 그녀는 머리를 뒤로 젖힌 채 품위 있는 결정적인 대답을 생각해 냈다. "언니는 아마 무언가를 잘못 생각하고 있는 것 같아, 안 그래? 언니도 알다시피 인생이란 배워 나가는 거야! 그럼 다시는 바보 같은 짓을 안 하게 되는 거야! 그리고 난 여전히 처음 때보다도 다시 결혼할 가능성이 훨씬 더 많아."

"크래?" 사촌들이 이구동성으로 말했다. 그들은 도무지 믿을 수 없다는 듯이 '그'라고 하지 않고 더 강하게 '크'라고 발음했다.

세세미 바이히브로트는 이 사건도 아주 요령 있게 언급했다. 토니는 뮐렌브링크 7번지의 빨간 집에 사는 예전의 선생님을 찾아갔다. 기숙사 제도가 서서히 유행에 뒤떨어지기 시작했지만 거기에는 아직도 많은 어린 소녀들이 기거하고 있었다. 그리고 멩가에서는 사슴 등살이나 속을 채운 오리고기를 먹을 때면 가끔씩 유능한 그 노처녀도 초대하곤 했다. 그럴 때면 그녀는 감동한 나머지 풍부한 표정을 지으며, 까치발을 하고 토니의 이마에 조그만 소리가 나게 입맞춤을 했다. 교육을 받지 못한 그녀의 언니 케텔젠으로 말할 것 같으면 그녀는 최근 들어 급속히 귀가 어두워지기 시작해서 토니가 이야기를 해도 거의 알아듣지 못했다. 게다가 시도 때도 없이 거의 하소연 조로 맹한 웃음을 마구 터뜨리는 바람에 세세미는 탁자를 쾅쾅 두드리며 "날리!" 하고 소리치지 않을 수 없었다.

몇 년의 세월이 흘렀다. 부덴브로크 영사의 딸이 체험한 이야기가 시내나 가정에서 불러일으켰던 파문은 점점 가라앉아 갔다. 토니 자신은 건강하게 자라는 어린 에리카의 얼굴에서 벤딕스 그륀리히와 닮은 구석이 눈에 띌 때만 가끔씩 자신의 결혼을 회상할 뿐이었다. 하지만 다시 그녀의 옷차림은 밝아졌고, 머리카락도 다시 곱슬곱슬하게 이마에 드리웠다. 그리고 예전처럼 그녀가 아는 사람들의 사교 모임에 다녔다.

더구나 그녀는 매년 여름에 도시를 떠날 수 있는 기회가 생겨서 퍽이나 기뻐했다. 유감스럽게도 영사의 건강으로 봐서 이제는 계속 휴양 여행을 하는 것이 불가피했기 때문이다.

"늙는다는 것이 무얼 뜻하는지 모르겠구나!" 그가 말했다. "바지에 커피 얼룩이 묻었길래 차가운 물을 갖다 부었더니 단번에 심한 류머티스 관절염에 걸리지 않겠니. 전 같으면 도대체 될 법이나 한 얘기냐?" 또한 그는 때때로 현기증에 시달리기도 했다.

그들은 오버잘츠브룬이나 엠스나 바덴바덴이나 키싱엔으로

갔다. 그들은 쉴 목적에서뿐만 아니라 교양을 얻기 위해, 거기서 뉘른베르크를 거쳐 뮌헨으로, 잘츠부르크를 통과하고 이슐을 거쳐 빈으로, 프라하, 드레스덴, 베를린을 지나 집으로 돌아왔다. 그리고 최근 들어 눈에 띄게 심각해진 신경성 위장 무력증 때문에 온천장에 가서 엄격한 휴양을 하지 않을 수 없었지만 토니는 이 여행을 아주 바람직한 기분 전환이라고 느꼈다. 그녀는 집에 있는 게 다소 지겹다는 것을 노골적으로 드러냈기 때문이다.

"아 대관절, 있잖아요, 인생이란 게 다 그렇듯이, 아버지!" 그녀가 생각에 잠겨 천장을 바라보면서 말했다. "확실히 전 인생이 뭔지 알게 되었어요. 하지만 바로 그 때문에 제가 여기서 멍청이처럼 집에만 죽치고 있는 것이 저는 암담하게 생각돼요. 제가 아빠 곁에 있기 싫어서 그런다고는 생각지 말아 주세요. 그렇다면 전 야단을 맞아도 싸요. 그건 아주 배은망덕하기 짝이 없는 소리니까요! 하지만 인생이란 게 그렇듯이, 있잖아요……."

무엇보다도 토니를 화나게 만드는 것은 이 널찍한 집에 점점 더 종교적인 정신이 충만되어 가는 점이었다. 영사의 경건한 성향이 나이가 들고 병약해질수록 점점 더 강력하게 발현했기 때문이다. 그리고 영사 부인도 늙어 가면서 이러한 정신에 호감을 갖기 시작했다. 식사 때 올리는 감사 기도는 부덴브로크가의 통례였다. 그러나 이제는 얼마 전부터 아침과 저녁에도 하인들과 함께 온 가족이 아침 식사 방에 모여 가장이 성서 구절을 낭송하는 것을 들어야 했다. 그 외에도 해가 거듭할수록 목사나 선교사 들의 방문이 더 잦아졌다. 말이 나온 김에 얘기하자면, 일류 음식을 제공하는 멩가의 존경할 만한 명문가는 루터파나 개혁파 성직자 그리고 국내외의 선교사 들 세계에서는 진작부터 손님이 묵는 항구로 잘 알려졌기때문이다. 국내 각지에서 검은 옷을 입고 머리를 길게 기른 신사들이 기회 있을 때마다 와서는 며칠씩 묵고 갔다. 이는 확실히 하느님의 마음에 드는 이야기를 나누고, 영양이 풍부한 식사를 하고, 현금 기부를 받으려는 성스러운 목적을 위해서였다. 시내의 목사들도 가족의 친구로서 들락날락했다.

톰은 매우 신중하고 분별력 있는 성격이라 미소를 보이는일조차 없었다. 하지만 토니는 그냥 대놓고 놀렸다. 그렇다, 그녀는 어떻게 하면 성직자들을 놀려 줄까 하는 생각만 했다.

때때로 영사 부인이 편두통으로 앓아 누울 때면 토니가 살림을 돌보고 식단을 짜야 했다. 하루는 왕성한 식욕으로 주위를 즐겁게 해 주던 낯선 목사가 집에 손님으로 와 있었는데, 그녀는 심술궂게도 도시의 명물인 비계 수프를 만들도록 했다. 그것은 오찬을 전부 집어 넣은, 시큼한 크라우트와 함께준비된 고기 수프였다. 신 나물로 만드는 고깃국으로, 거기에는 햄, 감자, 신 자두, 구운 배, 양배추, 완두콩, 강낭콩, 홍당무와 다른 것들이 과일 소스와 함께 잔뜩 들어갔다. 그것은 어릴 때부터 거기에 익숙한 사람이 아니고는 이 세상 어느 누구도 도저히 먹을 수 없는 음식이었다.

"맛있어요? 맛있어요? 목사님?" 토니가 계속 물어 댔다. "아니에요? 아이고 내 정신 좀 봐!" 그러면서 그녀는 정말 장난기 있는 표정을 지으며 혀끝을 윗입술 위로 날름 내밀었다. 그녀는 장난칠 생각을 하거나 장난쳤을 때는 으레 그러는 버릇이 있었다.

그 뚱뚱한 양반은 체념해서 숟가락을 내려놓고는 순진하게도 이렇게 말했다. "다음 요리를 먹어야겠어."

"네, 이따가 약간의 후식이 나올 거예요." 영사 부인이 황급히 말했다. 이 스튜 뒤에 '다음 요리'가 나온다는 것은 생각할 수 없는 일이었기 때문이다. 그리고 나중에 사과 잼과 약간의 비스킷이 나오기는 했지만 속아 넘어간 그 성직자는 배를 곯은 채 식탁에서 일어서야 했다. 그걸 보고 토니는 혼자 킥킥거렸지만 톰은 참느라고 양미간에 잔뜩 힘을 주었다.

또 한번은 토니가 요리사 슈티나와 함께 집안 이야기를 나누면서 마루청에 서 있을 때 또다시 며칠간 집에 머물고 있던 칸슈타트 출신의 마티아스 목사가 외출에서 돌아와 현관문의 초인종을 눌렀다. 트리나가 시골뜨기처럼 어그적어그적 걸어가서 문을 열어 주었다. 그 목사는 사근사근한 목소리로 그녀한테 무언가를 좀 시험해 볼 요량으로 친절하게 이렇게 물었다. "주인을 사랑하는가?" 아마도 그는 진심으로 주 예수를 믿으면 그녀에게 뭔가를 선물하려고 했던 모양이다.

"네, 목사님……." 트리나는 머뭇거리면서 얼굴을 붉히며 눈을 동그랗게 뜨고 말했다. "그런데 대체 누굴 말하시는 거예요? 나이 든 주인 말입니까, 젊은 주인 말입니까?"

토니는 어김없이 이 이야기를 식사 중에 커다란 목소리로 이야기했고, 이에 영사 부인까지도 숨넘어가는 듯한 크뢰거가 특유의 웃음을 터뜨리는 것이었다.

물론 영사는 심각한 표정을 지으며 모욕을 당한 것처럼 접시를 내려다보았다.

"오해입니다……." 마티아스 목사가 어쩔 줄 몰라 하면서 말했다.

11

다음 일은 1855년 늦여름 어느 일요일 오후에 일어났다. 부덴브로크 가족들은 풍경실에 앉아 아래층에서 아직도 옷을 입고 있는 영사를 기다리고 있었다. 그들은 휴일을 맞아 키스텐마커 가족과 함께 성문 밖 유원지로 소풍 가기로 약속했다. 클라라와 클로틸데는 어떤 여자 친구의 집에서 흑인 아이들이 신을 양말을 떠야 했기 때문에 함께 가지 않았다. 다른 사람들은 거기서 커피를 마시고 날씨가 좋으면 강에서 노를 저으며 즐길 예정이었다.

"아빠는 참 딱하기도 해라." 토니는 으레 그렇듯이 독설을 섞어 가며 말했다. "아빠가 정한 시간에 끝마친 적이 있었어? 책상에 앉아서…… 앉아서…… 앉아서…… 이것저것 또 할 일이 있거든. 젠장, 아마 그게 정말 불가피한 일인지도 모르겠어. 아무 말 안 한 걸로 해야겠어. 아빠가 십오 분 더 일찍 펜을 놓는다 해도 우리가 파산하리라고는 생각지 않지만, 항상 십 분 정도는 늦어야 약속한 일이 생각나서 헐레벌떡 두 계단

씩 건너뛰면서 올라오신단 말이야. 그러다간 울혈증과 심계항
진증에 걸릴 줄 뻔히 알면서 말이야. 사교 모임에 가거나 외출
할 때마다 꼭 그러신단 말이야! 여유를 가질 수 없을까? 제시
간에 출발해서 천천히 걸어갈 수 없을까? 그건 무책임한 일이
야. 엄마가 좀 가서 진지하게 양심에 호소해 보는 게 어때요,
나라면 그러겠는데, 엄마……."

그녀는 유행에 따라 색색으로 빛나는 실크 옷을 입고 어머
니 옆의 소파에 앉아 있었다. 영사 부인은 회색 물결무늬에 검
은 레이스가 달린 검은 비단 외출복을 입고 있었다. 레이스가
달린 딱딱한 망사 직물로 만들어진 그녀의 모자 끝은 턱밑에
서 공단 리본으로 모아져 가슴에까지 드리워 있었다. 정갈하
게 가르마를 탄 그녀의 머리카락은 전과 다름없이 적갈색이었
다. 그녀는 푸르스름한 혈관이 드러난 흰 손에 핸드백을 쥐고
있었다. 톰은 그녀 옆의 안락의자에 몸을 기댄 채 담배를 피
웠다. 반면에 창가에는 클라라와 클로틸데가 마주 보고 앉아
있었다. 불쌍한 클로틸데는 매일 좋은 음식을 양껏 먹는데도
어째서 그 모양으로 아무런 효과가 없는지 알다가도 모를 일
이었다. 그녀는 조금씩 더 여위어 갔다. 가위질한 흔적이 하나
도 없는 검은 옷을 입어도 그녀의 외모는 조금도 나아지지 않
았다. 반들반들한 정수리 아래의 길고 고요한 잿빛 얼굴에는
반듯한 코가 서 있는데, 땀구멍이 많은 코끝은 뭉툭했다.

"비가 안 올 거라고 생각하는 모양이네!" 클라라가 말했다.
그 어린 소녀는 질문을 할 때 음성을 높이 올리지 않는 버릇
이 있었다. 그리고 그녀는 일정한, 꽤 엄격한 눈초리를 하면서

사람 얼굴을 한 명씩 들여다보았다. 그녀의 갈색 드레스에는 작고 흰 빳빳한 칼라와 이와 같은 소맷부리 장식밖에 없었다. 그녀는 손을 무릎에 얹고 반듯이 앉아 있었다. 하녀들은 클라라를 제일 무서워했다. 그녀는 아침 저녁으로 예배를 드렸다. 영사는 두통 때문에 더 이상 성경을 낭송할 수 없었기 때문이다.

"오늘 밤에 쓸 양모 모자를 갖고 갈 거야, 토니?" 그녀가 다시 물었다. "비 때문에 망칠 거야. 새 양모 모자를 갖고 가다니. 내 생각으로는 소풍을 연기하는 게 좋을 것 같은데……."

"안 돼." 토니가 대답했다. "키스텐마커 가족이 오는걸. 아무 상관 없어. 청우계가 너무 급작스레 떨어졌어. 잠깐 호우가 쏟아지겠지. 계속 오지는 않을 거야. 아빠가 아직 준비 안 한 게 다행이야. 폭우가 지나갈 때까지 우린 가만히 기다리면 돼."

영사 부인이 말을 가로막으며 손을 들었다. "너는 뇌우가 올 것 같니, 톰? 아, 너도 알겠지만 무척 불안하구나."

"아니에요." 톰이 말했다. "오늘 아침에 항구에서 클로트 선장과 이야기했어요. 그의 말은 틀림없습니다. 호우는 있겠지만 강풍은 없을 겁니다."

그해에는 한여름이 늦어 구월 둘째 주에 불볕더위가 들이닥쳤다. 남풍이나 남동풍이 불어 시내는 칠월보다도 더 견디기 힘들었다. 박공지붕 위의 하늘은 이상하게도 짙은 남색으로 번쩍거렸고 수평선은 사막에서처럼 흙빛이었다. 그리고 일몰 후에도 조그만 골목의 집과 보도는 난로처럼 습기 찬 열기를 내뿜고 있었다. 오늘은 바람이 완전히 서쪽으로 방향을 전환했다. 그리고 이와 동시에 돌연 청우계가 떨어졌던 것이다. 아직도 대부분의 하늘은 푸른색이었지만 서서히 회청색 구름이 쿠션처럼 두껍고 부드럽게 그 위를 뒤덮었다.

톰이 이렇게 덧붙였다. "나도 비가 퍼부어야 한다고 생각해. 이런 공기에 밖에서 걷다가는 욕보기 십상이야. 이런 무더위는 자연스럽지 않아. 포에서는 이런 현상을 보지 못했어."

이 순간 이다 융만이 어린 에리카의 손을 잡고 방으로 들어왔다. 깨끗하게 풀을 먹인 캘리코 옷을 입은 아이한테서 풀 냄새와 비누 냄새가 풍겨 나왔다. 아이는 아주 우스꽝스럽게 보였다. 그륀리히처럼 얼굴이 붉은 아이는 눈은 아빠를 닮았지만 윗입술은 토니를 닮았다.

착한 이다는 이제 마흔을 갓 넘긴 나이였지만 온통 머리가 세서 거의 백발이라 할 지경이었다. 하지만 그녀 가족의 내력이 그러했다. 딸꾹질을 하다가 숨을 거둔 그녀의 삼촌도 서른에 이미 백발이 되었던 것이다. 게다가 그녀의 조그만 갈색 눈은 진실하고 맑으며 사려 깊은 인상을 주었다. 이제 부덴브로크가에 들어온 지 이십 년이 된 그녀는 자기가 이 집에 없어서는 안 될 존재라는 사실에 자부심을 느꼈다. 그녀는 부엌, 식당, 세탁물, 장롱, 자기 그릇을 돌보는 일을 감독하고, 비교적 중요한 물건을 사들이는 일을 맡았다. 그녀는 어린 에리카에게 책을 읽어 주고 인형 옷을 만들어 주며 아이와 함께 공부했다. 그리고 아이와 뮐렌발로 산책을 가기 위해 햄을 끼워 넣은 작고 흰 프랑스 빵을 넣은 도시락으로 무장하고 낮에 학교에서 아이를 데려왔다. 부인네들은 부덴브로크 영사 부인이

나 토니한테 이렇게 말했다. "얼마나 좋은 아가씨를 두셨어요! 정말이지 금덩이가 아니고 뭐겠어요! 이십 년이나! 그리고 육십 세가 넘어도 끄떡없겠어요, 그렇게 뼈대가 굵은 사람들은. 그리고 진실한 눈매에다! 정말 부러워요!" 하지만 이다 융만은 자신의 체면도 소중히 여겼다. 그녀는 자기가 누군지를 알았다. 만일 어떤 보통 하녀가 뷜렌발의 의자에 아이와 함께 앉아 대화를 막 시작하려고 하면 융만은 이렇게 말했다. "에리카, 여긴 바람이 분다." 그러고는 자리를 떴다.

토니는 어린 딸을 끌어당기고는 아이의 붉은 뺨에 뽀뽀했다. 그러면 영사 부인은 다소 멍한 미소를 지으면서 아이를 향해 손바닥을 쭉 뻗었다. 그녀는 점점 더 어두워 가는 하늘을 걱정스럽게 관찰하고 있었기 때문이다. 그녀의 왼손은 초조하게 소파의 쿠션을 만지작거렸다. 그녀의 총명한 눈은 불안하게 옆의 창 쪽을 바라보고 있었다.

에리카는 할머니 옆에 앉을 수 있게 되었다. 그리고 이다는 등걸이에 기대지 않고 안락의자에 앉아 뜨개질을 하기 시작했다. 이렇게 모두들 한동안 아무 말 없이 앉아 영사를 기다리고 있었다. 공기는 축축했다. 바깥에는 마지막 남은 한 조각 푸른 하늘이 구름에 묻혀 버렸다. 그리고 암회색 하늘이 깊고 묵직하고 불룩하게 드리워 있었다. 방의 색깔, 벽지 위 풍경의 색조, 가구와 커튼의 노란색이 광택을 잃었고, 토니가 입은 옷의 음영도 더 이상 빛을 발하지 못했으며, 사람들의 눈에서는 광채가 사라졌다. 방금 전까지만 해도 저 건너 마리아 교회 뜰의 나무들을 살랑거리게 하고 어두운 거리에 먼지가 회오리치게 했던 서풍은 이제 잠잠해졌다. 일순 사방이 완전한 정적에 잠겼다.

바로 이때 돌연 결정적인 순간이 도래했다. 소리도 없이 끔찍한 일이 일어났던 것이다. 가슴에서 답답한 기분이 배가되는 듯했다. 대기는 일 초마다 압력이 높아 가는 듯해서 뇌를 불안하게 하고 가슴을 짓누르며 호흡을 힘들게 했다. 저 아래쪽에서는 제비 한 마리가 날개로 포장도로를 스치며 아주 낮게 파닥거리고 있었다. 그리고 이러한 참기 어려운 압박감, 이러한 긴장감, 이러한 숨 막히는 불안감이 만약 조금만 더 지속되었다면, 즉각 정점에 도달해서 긴장이 풀리고 근육이 이완되는 일이 발생하지 않았더라면 아마 견딜 수 없었을지도 모른다. 어디서인지 들리지 않는 곳에서 이러한 상황을 해소시키는 사건, 그런데도 그 소리가 들린다고 생각되었던 사건이 일어났다. 바로 이 순간에 빗방울이 떨어지고 비가 스며들어, 빗물이 홈통에 차고 넘쳐 보도로 솟아오르지 않았더라면.

병으로 인해 신경의 시위를 관찰하는 데 익숙해진 토마스는 이 기묘한 순간 허리를 굽히고 머리에 손을 갖다 대면서 담배를 내던져 버렸다. 그는 다른 사람들도 같은 증상을 느끼고 주의를 하는지 보려고 주위를 둘러보았다. 그는 어머니에게도 같은 현상이 일어난 것을 알아챘다. 다른 사람들은 아무것도 의식하지 못하는 것 같았다. 지금 영사 부인은 마리아 교회가 전혀 눈에 보이지 않을 정도로 억세게 쏟아지는 굵은 빗방울을 내다보며 이렇게 한숨지었다. "참 고맙기도 해라."

"그래요." 톰이 말했다. "이 분만 지나면 서늘해집니다. 이제 바깥에서는 빗방울이 나무에 맺힐 겁니다. 그리고 우린 테라스에서 커피를 마실 겁니다. 틸다, 창을 한번 열어 봐라."

빗소리가 더욱 세차게 밀려 들었다. 문자 그대로 대소동이 일어난 것 같았다. 모든 것이 쏴쏴거리고, 철벙거리고, 지글거리고, 부글거렸다. 다시 바람이 일어 재미있다는 듯 두꺼운 물의 장막을 헤치고 나아가며 장막을 찢고는 이리저리 내동댕이 쳤다. 시시각각으로 새롭게 서늘한 기분이 들었다.

그때 하녀 리네가 주랑 현관을 달음박질치며 달려와 헐레벌떡 방으로 뛰어드는 바람에 이다 융만은 흥분을 가라앉히면서 나무라는 듯이 이렇게 고함쳤다. "왜 이래, 얘가!"

리네의 무표정한 파란 눈이 크게 찢어졌고 그녀의 턱뼈에서는 한동안 말이 나오지 않았다.

"아, 영사 부인, 에구, 빨리 와 보세요. 아 대관절, 내가 헛것에 씌었나!"

"잘들 하는군." 토니가 말했다. "또 한 개 깨뜨렸구먼! 필시 고급 자기 그릇을! 아니, 엄마, 엄마의 하녀들은!"

하지만 하녀는 겁에 질려 외쳤다. "아니에요, 그륀리히 부인. 그랬으면 오죽 좋으련만. 하지만 영사님 문제예요. 제가 장화를 가지러 갔더니만 영사님이 의자에 앉아 계시지 않겠어요. 뭐라고 해야 좋을지…… 그러다가 일 나겠어요. 그래선 안 된다고 생각해요. 영사님 얼굴이 백지장 같지 않겠어요."

"그라보한테 가 봐!" 토마스가 이렇게 소리치면서 리네를 문밖으로 몰아 냈다.

"이를 어쩌나! 아이, 이를 어쩌나!" 영사 부인이 양손을 얼굴에 대고 쏜살같이 뛰쳐나가면서 외쳤다.

"그라보한테 가 봐라. 마차를 타고…… 빨리!" 토니가 숨가쁘게 되풀이해서 말했다.

사람들은 번개처럼 계단을 내려가서 아침 식사 방을 지나 침실로 들어갔다.

하지만 요한 부덴브로크는 이미 숨을 거둔 뒤였다.

5부

1

"어서 오세요, 유스투스." 영사 부인이 말했다. "어떻게 지내 세요? 앉으세요."

크뢰거 영사는 그녀를 부드럽게 살짝 껴안고는 역시 식당 에 와 있던 토니의 손을 잡고 흔들었다. 쉰다섯 살쯤 된 그는 작은 콧수염에다 둥근 구레나룻을 빽빽이 기르고 있었다. 그 의 턱에는 수염이 없었으며 머리는 완전히 하얗게 세었다. 넓 고 붉은 대머리에는 몇 오라기 안 되는 머리카락이 정성껏 빗 어 넘겨져 있었다. 우아한 프록코트의 소매에는 커다란 검은 색 상장(喪章)이 달려 있었다.

"최신 소식을 알고 있어, 베티?" 그가 물었다. "그래, 토니, 네가 아주 재미있어하겠구나. 실은 성문 밖의 우리 땅이 팔렸 어. 누구한테냐고? 한 사람이 아니고 두 사람한테 팔렸어. 땅이 나누어지고, 집이 허물어져서, 울타리가 쳐질 거니까. 그래서 오른쪽에는 상인 벤티엔이 집을 짓고 왼쪽에는 쇠렌손이 자기 집을 짓는데. 이젠, 다 끝났어."

"처음 듣는 소식인데요." 그륀리히 부인이 두 손을 무릎에 깍지낀 채 천장을 쳐다보며 말했다. "할아버지의 땅인데! 좋아, 이것으로 재산이 다 날아갔어. 넓다는 데 바로 매력이 있었는데⋯⋯. 원래 불필요할 정도로 넓었지. 하지만 아주 좋은 땅이었는데. 트라베강까지 이르는 넓은 과수원, 멀리 떨어져 있는 저택, 마차 주차장, 밤나무 가로수 등이 이젠 두 조각이 나는구나. 벤티엔이 한쪽 문 앞에 서서 담배를 피울 거고, 쇠렌손은 다른 쪽 문 앞에서 그러겠지. 그래요, 나도 '안녕'이라고 말해야겠어요, 유스투스 삼촌. 땅 전체를 소유할 만큼 고상한 사람은 다시 없을 거야. 할아버지가 보시지 않게 되어 다행이지 뭐야."

토니가 큰 소리로 분노를 터뜨리기에는 분위기가 너무 슬프고 무거웠다. 유언장을 개봉하는 날이었다. 영사가 사망한 지 이 주일 되는 어느 날 오후 다섯 시 반이었다. 부덴브로크 영사 부인이 오빠더러 맹가에 오라고 요청했던 것이다. 지배인인 마르쿠스와 함께 고인의 유언장을 보고 재산 관계에 대한 논의를 하기 위해서였다. 그리고 토니도 이 논의에 참가하겠다는 결심을 통고했다. "이런 관심사에는⋯⋯." 하고 그녀가 말했다. 자기는 회사뿐만 아니라 가족의 신세도 지고 있다는 것이다. 그리고 이러한 모임이 가족회의의 성격을 띠어야 한다고 주장했다. 그녀는 창문의 커튼을 내리고 도금된 커다란 샹

들리에의 모든 초에 불을 붙였다. 녹색 보가 덮인 식탁 위에서 이미 파라핀 등이 두 개 불타고 있었지만 말이다. 게다가 그녀는 그것들이 도대체 어디에 쓰일지는 아무도 몰랐지만 식탁에 종이와 뾰족한 연필을 대거 준비해 놓았다.

검은 옷은 그녀의 몸매를 소녀처럼 날씬해 보이게 했다. 영사가 죽기 얼마 전부터 아주 친밀한 관계를 가졌던 그녀는 아마도 아버지의 죽음을 누구보다 가슴 아파했을지도 모른다. 오늘만 해도 그녀는 아버지 생각에 두 번이나 쓰라린 눈물을 터뜨렸지만 이 조그만 가족회의, 그녀가 품위 있게 참석하리라 마음먹었던 이 조그만 회담에 대한 기대 때문에 그녀의 귀여운 뺨이 홍조를 띠고, 눈은 생기를 띠었으며, 행동에 즐거움과 무게가 배어 있었다. 반면에 영사 부인은 놀라움, 고통, 수많은 상중 예법과 장례 의식에 지쳤는지 괴로운 듯이 보였다. 모자 리본의 검은 레이스로 에워싸인 그녀의 얼굴은 그로 인해 더욱 창백해 보였고 담청색 눈은 피로해 보였다. 하지만 정갈하게 가르마를 탄 붉은 금발에는 아직 한 오라기의 흰 머리카락도 보이지 않았다. 이것도 과연 파리제 염색약이나 가발 덕택이었던가? 이는 융만 혼자 아는 일이었다. 그리고 그녀는 그 비밀을 집안 여자들한테조차 누설하지 않았을 것이다.

사람들은 식탁 끝에 앉아 토마스와 마르쿠스가 사무실에서 나오기를 기다리고 있었다. 흰색의 신상(神像) 그림들이 하늘색 배경과 대조를 이루어 당당하게 돋보였다.

영사 부인이 이렇게 말했다. "오빠, 문제는 다름 아니라, 내가 오빠더러 오라고 한 것은…… 간단히 말하면 클라라 문제

때문이에요. 고인이 된 내 남편은 그 아이의 후견인을 선택하는 문제를 나한테 맡기고 가셨어요. 그 애는 아직 삼 년 동안은 후견인이 필요해요. 난 오빠가 책임을 떠맡는 걸 좋아하지 않는다는 것을 알고 있어요. 부인과 아들들에 대한 의무도 있으니까……"

"아들들이 아니라 아들이야, 베티."

"좋아요, 좋아요, 우리는 기독교인답게 자비심을 가져야 해요, 오빠. 우리보고 죄지은 자를 사하라고 했잖아요. 하늘에 계시는 우리의 인자하신 아버지를 생각하세요."

그녀의 오빠는 다소 놀란 듯 여동생을 바라보았다. 여태까지는 고인이 된 영사만이 그런 용어를 사용했던 것이다.

"요컨대!" 그녀가 말을 계속했다. "이 일을 맡는 데는 아무런 어려움이 없을 겁니다. 난 오빠더러 후견인을 맡아 달라고 부탁하고 싶어요."

"그러지, 베티, 진실로 기꺼이 맡겠어. 피후견인을 볼 수 없을까? 너무 진지하긴 하지만 착한 아이지."

클라라가 불려 왔다. 검고 창백한 얼굴의 그녀는 슬픔에 잠겨 수줍고 조심스러운 태도로 천천히 나타났다. 그녀는 아버지가 죽은 후 거의 쉬지 않고 기도하며 자기 방에서 시간을 보냈다. 그녀의 검은 눈은 아무런 움직임이 없었다. 그녀는 고통과 신에 대한 경외감으로 마치 몸이 마비된 듯이 보였다.

언제나 그렇듯 싹싹한 외삼촌 유스투스는 클라라한테 다가가서 악수하려는 듯 몸을 숙이는 동작을 취했다. 그런 다음 그녀에게 적절한 몇 마디 말을 던졌다. 그녀는 어머니의 입맞춤을 받고 다시 나갔다. 그녀의 입술은 입맞춤을 받으면서도 꼼짝도 하지 않았다.

"착한 위르겐은 잘 지내요?" 영사 부인이 화제를 돌렸다. "그는 비스마르에서 생활하기가 어떻대요?"

"잘 있지." 유스투스 크뢰거는 어깨를 추스르고 다시 주저앉으면서 대답했다. "난 그 애가 이제 자리를 잡았다고 생각해. 걔는 명예를 중히 여기는 착한 애야, 베티. 하지만 시험에 두 번이나 낙방했으니 그게 최상의 방도지. 걔는 법률학에 흥미가 없었던 모양이야. 그리고 비스마르 우체국에 근무하는 것도 할 만하지. 크리스티안이 온다고 들었는데 정말인가?"

"그래요, 오빠, 올 거예요. 바다에서 무사했으면 좋겠는데! 아, 그런데 지긋지긋하리만큼 너무 오래 걸리네요! 내가 바로 다음 날 아버지의 죽음을 알렸는데도 한참 있다가 편지를 받은 모양이에요. 게다가 범선으로 오는 데만도 두 달이 걸린답니다. 하지만 꼭 와야 해요. 너무너무 보고 싶거든요, 오빠! 사실 톰이 말하기를, 아버지는 크리스티안이 발파라이소의 일자리를 내팽개치는 것을 결코 용납하지 않았을 거래요. 그러나 난 거의 팔 년 동안이나 그 애를 보지 못했단 말이에요! 그런데 이런 상황에서 만나야 하다니! 그래요, 이 어려운 때 자식들 모두를 내 옆에 있게 하고 싶어요. 그게 어머니로서의 자연스러운 감정일 겁니다."

"물론이지, 물론이지!" 크뢰거 영사가 재빨리 맞장구를 쳤다. 그녀의 눈에서 눈물이 흘렀기 때문이다.

"이젠 토마스도 동의했어요." 그녀가 말을 계속 이었다. "크리스티안이 돌아가신 아버지의 사업, 즉 톰의 사업 말고 다른 무슨 일을 한다고 해서 더 잘되겠어요? 그는 여기 남아서 일할 수 있어요. 아, 나는 저 건너 기후가 그 애 건강에 해를 끼치지 않을까 늘 걱정이 되었어요."

이제야 마르쿠스와 함께 토마스 부덴브로크가 식당에 들어왔다. 프리드리히 빌헬름 마르쿠스는 오랜 세월 동안 고인이 된 영사의 지배인으로 있었다. 키가 껑충하게 큰 그는 갈색 상의에 검은색 상장을 달고 있었다. 그는 아주 나지막한 소리로 주저하듯 다소 더듬거리며 말했다. 말 한마디 할 때마다 일초 동안 신중하게 생각했다. 그리고 그는 왼손 집게손가락과 가운뎃손가락을 곧게 펴서는 입가에 무성하게 난 적갈색 구레나룻을 천천히 조심스럽게 쓰다듬거나, 용의주도하게 손을 비비는 버릇이 있었다. 그러면서 그는 둥근 갈색 눈으로 신중하게 옆을 살폈기 때문에 비록 그가 늘 면밀하게 일에 몰두하고 있을지라도 당황해하고 얼빠진 듯한 인상을 주었다.

젊은 나이에 벌써 커다란 무역 상사의 대표가 된 토마스 부덴브로크의 모습과 태도에는 진지한 위엄이 배어 있었다. 하지만 그의 얼굴은 창백했으며, 녹색 보석이 박힌 커다란 인장 반지가 번쩍거리는 그의 손은 검은 양복 바깥으로 비어져 나온 셔츠의 소매처럼 희었다. 마치 얼어붙은 것처럼 창백한 것으로 봐서 손이 건조하고 차다는 것을 알 수 있었다. 타원형으로 아름답게 손질한 손톱 때문에 푸르스름한 색채를 띤 그 손은 가끔 좀 놀라는 경우 무의식적으로 민감하게 거부하거나 불안하게 움츠러드는 동작을 취하기도 하는데, 그 모습은 이루 형언할 수 없을 정도였다. 부덴브로크가의 우아하고 섬세한 손은 그때까지 일반 사람들에게 생소했고 그들의 성미에 별로 맞지 않았지만 그러한 동작은 꽤 광범위하게 퍼진 시민적인 동작이었다. 톰이 처음 신경을 쓴 일은 풍경실의 두 짝문을 여는 것이었다. 거기 단철의 격자 창살 뒤에서 불타고 있는 난로의 열기가 식당에 들어오도록 하기 위해서였다.

그런 다음 그는 크뢰거 영사와 악수를 하고 마르쿠스 옆 식탁에 자리를 잡았다. 그러면서 눈썹을 치켜올리고 꽤 놀란 표정으로 여동생 토니를 바라보았다. 하지만 그녀는 자신의 출현에 대한 모든 논평을 자제하기 바란다는 식으로 머리를 뒤로 젖히고 턱을 가슴 쪽으로 눌렀다.

"그럼 아직 '영사님'이라고 불러선 안 되는가?" 유스투스 크뢰거가 물었다. "네덜란드에서는 자네가 대표 자리를 맡기를 희망하지만 자네가 원치 않는다며, 톰?"

"네, 삼촌. 전 그게 더 낫다고 봐요. 보세요, 여러 가지 많은 책임을 지는 영사 자리를 제가 당장 떠맡을 수 있을지도 몰라요. 하지만 무엇보다도 저는 아직 좀 어려요. 그리고 전 큰아버지 고트홀트와 그에 관해 이야기를 나누었어요. 그는 기뻐하면서 제 의견을 받아들였어요."

"그래, 아주 분별력이 있군. 아주 정치적이고…… 완전히 신사답군그래."

"마르쿠스 씨." 영사 부인이 말했다. "우리 마르쿠스 씨!" 그리고 그녀는 손바닥을 넓게 돌리며 그에게 손을 내밀었다. 그는 신중하고도 정중하게 옆으로 눈길을 돌리며 그녀의 손을 잡았다. "내가 무엇 때문에 당신을 올라오라고 했는지 알고 계시지요. 나는 당신이 우리와 한 몸이라는 것을 알고 있어요. 돌아가신 내 남편은 마지막 유언으로 이런 소망을 피력하셨어요. 자신이 세상을 뜬 후에도 성실하고 믿음직한 당신이 계속 자기 일처럼 회사 일에 참여해 달라고 말입니다."

"물론 그렇게 하고말고요, 영사 부인." 마르쿠스가 말했다. "저는 이러한 제의에 깃들어 있는 저 자신의 명예를 감사하는 마음으로 평가할 줄 안다는 것을 말씀드리는 바입니다. 제가 회사를 위해서 한 일이란 아주 미미한 것이니까요. 저는 마님과 아드님의 제안을 이 세상천지에서 가장 감사하게 받아들일 준비가 되어 있습니다."

"네, 마르쿠스. 당신이 커다란 책임의 일부를 떠맡을 용의가 있다니 진심으로 감사드려요. 나로서는 그 책임이 아마 너무 힘들지도 모르겠어요." 토마스가 재빨리 이렇게 말했다. 그러면서 그는 동업자에게 식탁 너머로 손을 내밀었다. 두 사람은 진작부터 한 몸이었기 때문이다. 그리고 지금의 이 모든 것은 형식에 불과했다.

"동업이란 비열한 속임수야. 음, 둘은 대화를 망쳐 버릴 셈인가!" 크뢰거 영사가 명랑하게 말했다. "그럼 우리 일의 형편을 한번 점검해 보자, 얘들아. 난 여기서 내 피후견인의 혼수 문제만 신경 쓰면 된다. 다른 것은 내가 상관할 일이 아니지. 유언장 사본이 있어, 베티? 톰, 재산에 대한 기록물이 있느냐?"

"그건 머릿속에 들어 있어요." 토마스가 말했다. 그는 자기의 금빛 연필을 식탁 위에서 이리저리 움직이고 머리를 뒤로 젖힌 채 풍경실을 바라보면서 재산 상황을 간추리려고 애쓰기 시작했다.

밝혀진 바에 따르면 영사가 남긴 재산은 다른 사람이 생각한 것보다 훨씬 더 많았다. 장녀의 지참금은 물론 고스란히 날려 버렸다. 1851년에 브레멘의 파산을 기화로 회사가 입은 손실은 엄청난 것이었다. 그리고 소요가 일어난 1848년과 전쟁에 휘말린 1855년에도 손해가 발생했다. 게다가 크뢰거가에서 물려받은 부덴브로크의 지분 40만 마르크는 유스투스가 미리 10만 마르크를 써 버렸기 때문에 30만 마르크로 줄어들었다. 그리고 요한 부덴브로크도 상인들이 으레 그러듯 늘상 죽는 소리를 했다. 그러나 약 십오 년 동안 매년 3만 탈러의 이득을 올림으로써 손실이 메워졌던 것이다. 그러므로 토지를 제외하더라도 재산 총액은 대강 75만 마르크에 달했다.

재산 상황을 모두 점검해 본 결과 아버지가 이렇게 많은 돈을 남긴 데 대해 토마스조차 무척 놀랐다. 영사 부인은 편안한 마음으로 신중하게 이 숫자를 받아들였다. 반면에 아무것도 모르는 토니는 귀여운 표정을 지으며 품위 있게 정면을 응시했지만 불안한 의심의 기색을 감추지 못했다. 그녀의 표정은 이렇게 말하고 있었다. 그것도 많다는 것인가? 아주 많다는 것인가? 우리도 부자란 말인가? 반면에 마르쿠스는 짐짓 멍한 표정으로 천천히 손을 비비고 있었고, 유스투스 크뢰거는 분명 지루해하는 기색을 보였다. 토마스가 이 숫자를 말하자 긴장하면서도 긍지로 충만한 크뢰거 영사는 거의 불쾌한 표정을 지었다.

"우린 진작에 100만 마르크를 돌파했어야 했어요!" 토마스
는 흥분해서 입술을 지그시 깨물고 말했다. 그의 손은 덜덜
떨리고 있었다. "할아버지는 전성기에 이미 90만 마르크를 운
용했어요. 그 이후로도 많은 노력을 기울여 상당한 성공을 거
뒀으며, 이따금 좋은 기회도 있었어요! 그리고 어머니의 지참
금에다 상속 재산이 들어왔어요! 아, 그런데 계속 이리저리
돈 쓸 일이 생겨서…… 대관절 일의 순리란 그런 거지요. 죄송
합니다. 가족 이야기는 별로 안 하고 회사 이야기만 많이 해서
요. 지참금으로 큰아버지 고트홀트와 프랑크푸르트에 보낸 수
십만 마르크는 회사 자금에서 빼낼 수밖에 없었어요. 그리고
당시만 해도 집에 딸이 둘밖에 없었어요. 그만하지요, 우린 할
일이 많을 겁니다, 마르쿠스!"

행동과 성공 그리고 힘에 대한 동경과 행운을 차지하려는
욕심이 그의 눈에서 잠깐 동안이나마 격렬하게 불타올랐다.
그는 세인의 이목이 자기한테 집중되는 것을 느꼈다. 그들은
그가 회사와 유구한 가문의 위신을 드높여서 계속 그대로 유
지할지 잔뜩 기대에 차 지켜보고 있었다. 증권거래소에서 그
는 명랑하고 회의적이며 다소 조롱하는 듯한 사업가 특유의
시선들과 마주쳤다. 찬찬히 들여다보는 그들의 곁눈질은 마치
이렇게 묻는 것 같았다. "네가 일을 잘할까?"

'난 해낼 거다.'라고 그는 생각했다.

프리드리히 빌헬름 마르쿠스는 신중하게 손을 비비고 있었
다. 그리고 유스투스 크뢰거는 이렇게 말했다.

"그래, 톰, 정신 차려! 지금은 네 할아버지가 프로이센 군대

에 납품하던 때와는 달라⋯⋯."

그리고 이제 유언장의 크고 작은 지시 내용에 대한 상세한 대화가 시작되었다. 모두들 그 대화에 동참했다. 크뢰거 영사는 기분이 좋아 토마스를 계속 '현왕 전하'라고 불렀다. 또 그는 "창고와 토지는 관습에 따라 당연히 전하의 몫입니다."라고도 했다.

될 수 있으면 모든 재산이 흩어지지 않게끔 하자는 결정이 내려졌다. 그것은 자명한 이치였다. 그래서 엘리자베트 부덴브로크 부인이 원칙적으로 포괄 상속인이 되어 전 재산이 회사에 귀속되도록 했다. 그러면서 마르쿠스는 주주인 자기가 운영 자금을 12만 마르크 정도 늘려 놓겠다고 확언했다. 토마스 앞으로는 잠정적인 개인 재산으로 5만 마르크가 돌아갔다. 그리고 크리스티안이 자립하는 경우에 그에게도 같은 액수를 주기로 했다. 유스투스 크뢰거는 유언장이 낭독되자 정신을 집중했다. "내가 마음 깊이 사랑하는 어린 딸 클라라가 혼인을 맺을 시에 지참금을 얼마로 할 것인가는 내가 마음 깊이 사랑하는 아내의 판단에 맡기노라." "10만이 어떻겠어!" 그가 제안했다. 그러면서 그는 몸을 뒤로 젖히고 다리를 포개면서 두 손으로 그의 짧은 회색 구레나룻을 틀어 올렸다. 그는 붙임성 자체였다. 하지만 사람들은 으레 그랬듯이 8만 마르크로 확정지었다.

"내가 마음 깊이 사랑하는 장녀 안토니가 다시 결혼하는 경우에는 초혼 때 이미 8만 마르크가 지출된 점을 감안하여 지참금 액수가 1만 7000탈러를 넘지 않도록 하라." 안토니는 흥분되고 우아한 몸짓으로 팔을 앞으로 움직였다. 속옷이 나온 것을 도로 들어가게 하기 위해서였다. 그녀는 이렇게 외치며 천장을 쳐다보았다. "그륀리히——아!" 그것은 마치 전쟁을 선포하는 나팔 소리처럼 들렸다. "마르쿠스 씨, 어떻게 그 남자를 만나게 됐는지 아세요?" 그녀가 물었다. "우리는 어느 날 오후에 마냥 행복하게 정원에 앉아 있었어요. 우리 집 '현관'에 누가 나타났는지 아세요, 마르쿠스 씨? 우리 집 '현관'에——흥, 누군고 하니 황금빛 구레나룻을 기른 어떤 인간이…… 그놈의 사기꾼이!"

"그래." 토마스가 말했다. "그륀리히 이야기는 나중에 하도록 하지."

"좋아, 좋아. 하지만 오빠는 내 말을 인정할 거야. 오빠는 현명한 사람이니까. 얼마 전까지만 해도 난 순 맹추였지만 오빠도 알다시피 난 세상을 경험한 몸이야. 인생이란 모든 게 항상 정직하고 공정하게 진행되는 것은 아니란 것을 말이야."

"그래." 톰이 말했다. 그리고 사람들은 세목 검토에 들어갔다. 커다란 가족 성서며 영사의 보석 단추며 여타의 많은 개인 물건들을 어떻게 할 것인지 논의했다. 유스투스 크뢰거와 마르쿠스는 저녁 식사 때까지 남아 있었다.

2

1856년 이월 초였다. 팔 년 만에 크리스티안 부덴브로크가

354

집에 돌아왔다. 커다란 격자무늬가 있는 완전히 열대풍의 노란 양복을 입은 그는 함부르크에서 역마차를 타고 왔다. 그는 큰 물고기의 주둥이와 커다란 사탕수수를 가지고 왔다. 그리고 반쯤은 멍한 태도로 반쯤은 당황한 태도로 어머니의 포옹을 받아들였다.

그는 도착한 바로 다음 날 오전, 가족이 성문 밖 산소에 가서 화환을 내려놓을 때도 같은 태도를 보였다. 그들은 눈으로 덮인 땅의 널찍한 묘석 앞에 함께 서 있었다. 묘지의 돌로 된 가문의 문장(紋章) 주위의 묘석에는 여기에 잠들어 있는 사람들의 이름이 새겨져 있었다. 그 뒤에 반듯이 서 있는 대리석 십자가는 겨울이라 나뭇잎이 떨어져 앙상한 작은 숲가에 있었다. 병든 아버지를 간호하려고 '불운' 농장에 가 있는 클로틸데를 제외하고는 모두 여기에 모였다.

황금빛으로 깨끗이 새겨진 아버지의 이름 위에 화환을 내려놓은 토니는 땅에 눈이 쌓여 있는데도 무릎을 꿇고 나지막한 소리로 기도했다. 검은 베일이 나풀거리며 그녀를 에워쌌다. 그리고 그녀의 소매 없는 넓은 상의는 그림처럼 아름다운 모습으로 다소 봉긋하게 부풀어 있었다. 이 어여쁜 여인이 얼마나 고통스러워하고, 얼마나 경건한지, 그리고 다른 한편으로 이러한 열렬한 자세에 어느 정도 자만심이 배어 있는지는 하느님만이 알 일이었다. 토마스는 그런 것을 따질 기분이 아니었다. 그러나 크리스티안은 조롱과 근심이 반반 섞인 표정으로 옆에서 누나를 쳐다보았다. 그는 마치 이렇게 말하려는 것 같았다. "그 행동에 책임질 수 있겠어? 일어나서 당황해하지는 않을 거야? 아, 불쾌해!" 토니는 일어나서 이러한 시선을 포착했다. 하지만 그녀는 전혀 당황한 기색을 보이지 않았다. 그녀는 몸을 뒤로 젖히고, 베일과 상의를 가다듬고 품위 있는 의연한 태도로 발걸음을 옮겼다. 이에 크리스티안은 적이 안심이 되었다.

하느님과 십자가에 못 박혀 죽은 그리스도를 열렬하게 사랑했던 고(故) 부덴브로크 영사가 비일상적이고, 비시민적이고, 남달리 세련된 감정을 알고 옹호한 가문의 첫 번째 사람이었다면 그의 두 아들은 그러한 감정들이 자유롭고 순진하게 발현되는 것을 민감하게 느끼고 움찔 놀란 최초의 부덴브로크가 사람들인 것 같았다. 가령 그의 아버지가 할아버지의 죽음을 체험했을 때보다도 토마스가 아버지의 죽음을 확실히 더 민감하고 고통스럽게 받아들였다. 그렇지만 그는 무덤 앞에서 무릎을 꿇는 일은 하지 않았다. 그는 여동생 토니처럼 책상 위에 쓰러져 어린아이처럼 흐느끼는 법은 결코 없었다. 메인 코스를 끝내고 디저트를 먹기 전 그륀리히 부인이 눈물로 뒤범벅이 된 채 커다란 목소리로 하늘나라로 떠난 아버지의 특성과 인물 됨됨이를 기리는 말을 하자 그는 매우 곤혹스러웠다. 이처럼 토니가 울음을 터뜨릴 때도 그는 빈틈없이 진지한 자세를 취하고 냉정한 침묵으로 일관하며 신중하게 고개를 끄덕였다. 그런데 아무도 고인을 언급하거나 생각하지 않을 때, 바로 그럴 때 서서히 그의 눈에 눈물이 가득 고였다. 그러나 그럴 때에도 그의 표정은 전혀 변하지 않았다.

크리스티안은 그와 달랐다. 그는 누나가 아이처럼 순진하게 눈물을 펑펑 쏟으면 절대 냉정한 태도를 유지할 수 없었다. 그는 접시 위에 몸을 굽히고 시선을 다른 곳으로 돌리며 어디 쥐구멍에라도 들어가고 싶다는 기색을 보였다. 그러고는 여러 번씩 나지막하고 심지어 고통스러운 어조로 이렇게 말하면서 그녀의 말을 중단시켰다. "제발…… 토니." 이렇게 말할 때 그의 커다란 코에는 무수히 주름이 잡혔다.

그렇다, 그는 대화가 고인에 대한 화제로 옮아가자마자 불안해하고 당황해하는 모습을 드러냈다. 그는 심각하고 장중한 감정을 섬세하지 못하게 드러내는 것을 두려워하고 회피할 뿐 아니라 그러한 감정 자체도 두려워하고 회피하는 것 같았다.

사람들은 그가 아버지의 죽음에 대해 눈물을 흘리는 것을 아직 보지 못했다. 그것은 오랫동안 떨어져 살았다고 해서 설명되는 것은 아니었다. 하지만 이상한 점은 그가 예전 같으면 그런 대화를 나누는 것을 싫어했을 터인데 그와 반대로 번번히 혼자 토니 곁에 와서 아버지가 임종하던 그 끔찍한 날 오후의 일을 일목요연하게 차근차근 들려 달라고 하는 것이었다. 토니가 가장 생생하게 이야기했기 때문이다.

"그럼 아버지 얼굴이 노랗게 보였어?" 그는 이런 질문을 다섯 번이나 했다. "하녀가 헐레벌떡 뛰어오면서 뭐라고 소리쳤지? 그럼 아버지 얼굴이 아주 노랗게 보였어? 그리고 돌아가시기 전에 아무 말씀도 하지 않으셨단 말이지? 하녀는 뭐라고 말했어? 어떻게 아버지가 '으아…… 으아' 소리밖에 못 하셨지?" 그는 오랫동안 아무 말이 없었다. 움푹 들어간 그의 작고 둥근 눈은 생각에 잠겨 방 안을 이리저리 두리번거렸다. "끔찍하군." 갑자기 그가 말했다. 그가 일어서는 동안 몸에 소름이 끼쳤다는 것을 알 수 있었다. 그러고는 불안해하고 골똘히 생각하는 표정을 지으며 방 안을 왔다 갔다 했다. 반면에 토니는 자기가 큰 소리로 통곡할 때는 알 수 없다는 표정을 짓는 것 같던 동생이 임종의 순간에 냈던 소리를 아주 크게 되풀이하며 그 끔찍한 순간을 반추하는 데 대해 의아하게 생각했다. 그는 하녀 리네한테 묻고 또 물어 그때 냈던 소리를 겨우 알아냈던 것이다.

크리스티안은 몸이 조금도 더 좋아지지 않았다. 그는 바싹 마르고 얼굴이 창백했다. 온통 피골이 상접했다. 마치 봉우리처럼 보이는 커다란 코는 광대뼈 사이에 살점 하나 없이 덩그렇게 솟아 있었다. 머리카락은 벌써 눈에 띄게 성겼다. 목은 가느다랗고 너무 길었다. 말라빠진 그의 다리는 바깥쪽으로 상당히 휘어 있었다. 게다가 런던에 체재한 사실이 그에게 지대한 영향을 끼친 것 같았다. 그리고 발파라이소에서도 주로 영국인들과 교류한 까닭에 그의 전체적인 외양은 다소 영국적인 분위기를 풍겼다. 하지만 이러한 모습이 토니의 마음에 들지 않는 것은 아니었다. 그러한 점은 양복을 입기 편하게 재단하고, 옷감이 양모인 데다가 내구성이 있고, 그가 신은 장화가 넓고 튼튼하면서도 우아하며, 붉은 금색의 빳빳한 콧수염이 다소 까다로운 면모를 보이며 입 위에 달려 있다는 데서도 드러났다. 더위 때문에 그렇게 되었는지 생기가 없고 땀구멍이 많은 그의 흰 손조차 둥글고 짧게 말끔히 깎은 손톱과 아울러 어떤 이유인지 영국적인 인상을 풍겼다.

"한번 말해 봐." 그가 불쑥 질문을 던졌다. "그러한 느낌을 알고 있니? 그건 말로 형언하기가 힘들어…… 딱딱한 음식을 꿀꺽 삼키면 등짝이 아프겠지?" 그러면서 다시 그의 코에는 조그만 주름들이 팽팽하게 잡혔다.

"응." 토니가 말했다. "그야 흔히 있는 일이지. 그럴 땐 물 한 모금 마시면 되지."

"그래?" 그가 못마땅하다는 투로 대답했다. "아니야, 난 우리가 같은 느낌을 받는다고는 생각지 않아." 그의 얼굴에는 불안하고도 심각한 표정이 자리 잡고 있었다.

그러면서 그는 집에 와서 처음으로 슬픈 분위기를 떨치고 자유로운 태도를 취했다. 그는 마르셀루스 슈텡겔을 모방하는 재주를 아직 잊지 않고 어떤 때는 몇 시간이나 그의 말투로 이야기했다. 식사 중에 그는 시립 극장에 대해 물어보았다. 거기의 단원이 좋은지, 무슨 공연을 하는지 등등.

"모르겠는데." 토니는 대수롭지 않다는 듯 지나치게 무관심한 어조로 말했다. "난 지금 그런 데 신경 쓰지 않아."

하지만 크리스티안은 이러한 어조를 전혀 알아채지 못하고 극장에 관해 이야기를 늘어놓기 시작했다. "난 극장에 얼마나 자주 가는지 몰라! '극장'이라는 말만 들어도 난 행복해 죽겠어. 난 다들 이러한 느낌을 알고 있는지 모르겠어. 난 몇 시간 동안이나 꼼짝 않고 앉아 닫혀 있는 막을 구경할 수 있을 정도야. 그러면서도 크리스마스 선물을 사러 가는 아이처럼 마냥 즐거워. 벌써 오케스트라 소리만 해도 그게 어디야! 난 그것만 듣기 위해서라도 극장에 갈 거야! 특히 연애 장면을 좋아해. 몇몇 여배우들은 애인의 머리를 양손으로 잡는 게 얼마나 능숙한지 몰라. 정말이지 그 배우들이란……. 난 런던에서나 발파라이소에서도 많은 배우들과 사귀었어. 처음에는 아주 평범한 생활을 하면서 그들과 대화를 나눌 수 있다는 것이 정말 자랑스러웠어. 연극을 보면서 나는 그들의 동작 하나하나에 주의를 기울였어. 그게 얼마나 재미있는지 몰라! 어떤 배우는 최후 진술을 하고, 태연히 몸을 돌리고는 아주 느릿느릿 자신만만하게 눈도 까딱하지 않고 문으로 걸어가지. 물론 그는 뭇시선이 자기의 뒤통수에 집중되어 있다는 것을 알고 있지만 말이야. 어떻게 그럴 수 있을까! 난 예전에는 언젠가 무대 뒤에 가 보아야겠다고 늘 동경해 왔어. 그래, 지금은 그 점에 상당히 정통해 있다고 장담할 수 있어. 상상해 봐. 런던에 있는 어떤 오페라 극장에서 어느 날 저녁에 막이 올라갈 때 난 아직 무대 위에 서 있었어. 워터클로스 양과 환담을 나누고 있었지. 아주 예쁜 아가씨였어! 그야 말할 필요도 없지! 그런데 갑자기 관람석이 열리지 않겠어. 아뿔싸, 난 어떻게 무대를 내려가야 할지 몰랐어!"

조그만 원탁에서 웃는 사람은 그나마 토니뿐이었다. 그러나 크리스티안은 주위를 두리번거리며 말을 계속했다. 그는 영국의 카페콘체르트 여가수들 이야기를 했고, 분칠을 한 가발을 쓰고 등장했다는 어떤 부인 이야기를 했다. 그녀는 기다란 지팡이로 땅을 짚으며 「그건 마리아야!」라는 노래를 불렀다고 한다. "마리아가 누군지 알지. 마리아는 어느 누구보다도 가장 상스러운 여자야. 어떤 여자가 가장 고약한 범죄를 저질렀다면 그건 마리아야! 알다시피 마리아는 가장 나쁜 여자야. 그 죄악……." 그런데 그는 마지막 말을 할 때 손가락을 구부린 오른손을 들어 올리고 코를 찡그리며 혐오스럽다는 표정을 지었다.

"그만해라, 크리스티안!" 영사 부인이 말했다. "우린 네 얘기가 하나도 재미없다."

그러나 크리스티안은 멍하니 그녀 쪽을 흘끗 쳐다보았다. 아마 어머니가 제지하지 않았더라도 이야기를 멈추었을지 모른다. 움푹 들어간 작고 둥근 눈이 쉴 새 없이 두리번거리는 동안에 그는 마리아와 그녀의 죄악에 대해 깊고 불안한 생각에 빠져든 것 같았기 때문이다.

갑자기 그가 이렇게 말했다. "이상한 일이야. 어떤 때는 꿀꺽 삼킬 수 없단 말이야! 아니야, 그건 웃을 일이 아니야. 나로서는 그게 너무나 심각해. 혹시 내가 삼키지 못하는 게 아닌가 하는 생각이 들 때가 있어. 그럴 때는 정말 삼켜지지 않는단 말이야. 음식물은 벌써 저 밑에 내려가 있는데. 하지만 여기 목 근육은…… 도저히 말을 안 듣는단 말이야. 그게 마음대로 안 되는 거 있지. 그래, 사실은 내가 제대로 해 보려고도 하지 않은 거야."

토니는 완전히 제정신을 잃고 소리쳤다. "크리스티안! 기가 막혀서! 무슨 그런 멍청한 소리가 있어! 삼키려고 하지도 않는다고? 아니야, 너는 자신을 웃음거리로 만들려고 하는 거야! 네가 우리한테 이야기한 건 죄다!"

토마스는 아무 말이 없었다. 하지만 영사 부인은 이렇게 말

했다. "크리스티안, 신경 증세구나. 그래, 마침 집에 오길 참 잘
했다. 저 건너편 기후가 너를 병들게 했나 보다."

식사 후에 그는 식당에 놓여 있는 조그만 오르간 앞에 가
서 앉았다. 그러면서 오르간의 거장이라도 되는 듯한 시늉
을 했다. 그는 머리카락을 뒤로 쓸어넘기는 시늉을 하면서 손
을 비비고는 방 안을 아래에서 위로 쳐다보았다. 그런데 건반
도 누르지 않고 페달도 밟지 않았다. 그는 전혀 오르간을 칠
줄 몰랐기 때문이다. 그리고 대부분의 부덴브로크가 사람들
처럼 그는 음악에 전혀 소질이 없었다. 그는 몸을 잔뜩 구부리
고 저음부를 누르기 시작했다. 그는 광상곡을 연주하면서 몸
을 뒤로 젖혔다. 그러고는 황홀한 듯이 위를 쳐다보다가 두 손
으로 힘차고도 감격적으로 건반을 두드리는 것이었다. 클라라
까지 웃음을 터뜨렸다. 그의 가짜 연주는 열정과 환희에 가득
차 있었으며, 사람의 마음을 사로잡는 코믹한 연기는 우스꽝
스럽고 괴벽스러운 영미적(英美的) 성격을 띠고 있었다. 하지
만 한순간이라도 사람을 불쾌하게 하지는 않았다. 정작 자신
이 자기 연기에 도취되어 자신만만해했기 때문이다.

"난 자주 연주회에 가 봤어." 그가 말했다. "난 사람들이 자
신의 악기를 어떻게 다루는지 보는 걸 좋아해! 그래, 정말이지
예술가란 멋있어!"

그런 다음 그는 새로 연주하기 시작했다. 하지만 그는 갑자
기 뚝 그치더니 표정이 돌연 심각해졌다. 마치 얼굴에서 가면
이 벗겨진 것같이 보일 정도로 갑작스러운 변화였다. 그는 일
어나더니 손으로 숱이 적은 머리카락을 쓰다듬었다. 그러고는

다른 장소에 가서 아무 말 없이 뚱한 표정으로 있었다. 그는 마치 어떤 무시무시한 소리를 엿듣기라도 하듯이 불안해하는 표정을 지었다.

"어떤 때는 크리스티안이 하는 행동이 좀 이상하게 보여." 어느 날 저녁에 토니가 오빠 토마스와 단둘이 있을 때 말했다. "그가 말하는 게 어떤 것 같아? 내 생각으로는 너무 이상할 정도로 상세하게 설명한단 말이야. 혹은 뭐라고 할까! 그는 사물을 이상한 방향에서 보고 있어, 안 그래?"

"그래." 톰이 말했다. "네가 무슨 말을 하는지 잘 알겠어, 토니. 크리스티안은 정말 말이 많아. 그에게는 사람들이 말하는 균형, 인격적 균형이 결여되어 있어. 한편으로 다른 사람들이 요령부득으로 순진한 걸 보면 침착성을 잃어버려. 그에게는 그런 점이 발달되지 않았어. 그는 그러한 것을 얼버무려 넘길 줄을 몰라. 그는 완전히 마음의 평정을 잃어버린단 말이야. 하지만 다른 한편으로는 자신이 넌더리나게 수다를 떨고 마음 깊은 곳에 있는 것을 바깥으로 쏟아 내면서 또한 평정을 잃어버리지. 어떤 때는 아주 무시무시한 기분이 들 때도 있어. 사람이 열에 들떠 말할 때 그렇게 할 것 같지 않니? 몽상적인 사람한테는 그런 식으로 체면이고 뭐고 없는 모양이야. 아, 문제는 크리스티안이 너무 지나치게 자신의 문제, 자기 내부의 문제에 몰두한다는 점이야. 이따금씩 그는 진짜 광기에 사로잡혀 이러한 문제의 아주 작은 맹아를 끄집어내 발설한단 말이야. 정상적인 사람이라면 그런 문제에 전혀 신경 쓰지 않으며, 그런 것을 알려고도 하지 않지. 그 이유는 아주 단순해. 그것을 발설하기를 꺼리기 때문이지. 토니, 그런 것을 털어놓는다는 것은 뻔뻔스럽기 짝이 없는 짓이야! 이봐, 다른 사람도 연극을 좋아한다고 말할 수 있을지도 몰라. 하지만 다른 사람들은 다른 억양으로, 어떤 이야기를 하다가 연극 이야기가 나온 김에 그것을 좀 더 겸손하게 말할 거야. 하지만 크리스티안이 강조하는 의미는 이런 거야. '연극에 대한 나의 열광은 엄청나게 이상야릇하고 흥미로운 것이 아닌가?' 그러면서 언어를 가지고 전투를 벌이는 거야. 그는 무언가 비상하게 우아한 것, 숨겨진 것, 이상한 것을 표현하려고 안간힘을 쓰는 것 같아."

"너에게 한 가지 말할 게 있어." 그는 약간 쉬었다가 계속 말했다. 그러면서 담뱃불을 단철의 격자 창살을 통해 난로 속에 던져 넣었다. "나 역시 불안하고, 공허한 마음으로 호기심에 가득 차서 나 자신에 몰두하는 데 대해 곰곰이 생각해 본 적이 가끔 있어. 왜냐하면 나 역시 예전에 그런 경향이 있었거든. 하지만 그러면 마음이 산란해지고, 무능해지며, 끈기가 없어진다는 것을 알게 되었어. 그리고 나로서는 몸가짐이며 균형이 중요한 문제야. 이런 데 관심을 품고 이러한 느낌을 철저하게 관찰할 자격이 있는 사람들이 늘 있겠지. 그들은 바로 시인들이야. 그들은 특전을 부여받은 자신들의 자신만만하고도 아름다운 내면 생활을 피력할 능력을 갖추고 있지. 그럼으로써 다른 사람들의 감정 세계도 풍부하게 만드는 거야. 하지만 우린 그냥 평범한 상인일 뿐이야, 토니. 우리의 자아 관찰은 한심할 정도로 형편없어. 우린 기껏해야 오케스트라 소리가 우리를 묘하게 흥분시킨다고 말할 수 있을 정도야. 그리고

364

우린 가끔은 삼킬 수 없다고 말할 수 있을 뿐이야. 아, 우린 그냥 이렇게 지내야 돼, 젠장. 우리 선조들이 했던 것과 같은 일을 하면서 말이야."

"그래, 오빠, 내 견해도 똑같아. 하겐슈트룀가 사람들이 점점 더 일어서는 것을 생각하면…… 젠장, 개떡 같은 인간들이, 안 그래? 어머니는 이 소리를 싫어하지만 그게 유일한 사실인걸 어떡해. 혹시 그들은 자기들 말고는 시내에 고상한 가문이 없다고 생각하는 걸까? 쳇! 웃겨서, 안 그래, 웃겨 죽겠어!"

3

'요한 부덴브로크' 회사 대표는 아우가 돌아왔을 때 뭔가를 검사하려는 듯 그를 찬찬히 훑어보았다. 그는 첫날에는 동생을 눈에 띄지 않게 그냥 대충 관찰했다. 그런 다음에는 조용하고 신중한 얼굴에 어떤 판단이 내려졌다는 기미가 보이지 않았지만 호기심은 진정된 것 같았으며, 그의 견해는 정리된 것 같았다. 그는 가족과 함께 있을 때 별로 중요하지 않은 일에 대해 무관심한 어조로 동생과 대화를 나누었다. 그리고 크리스티안이 무슨 연기를 보여 주면 다른 가족들처럼 재미있어했다.

가령 일주일 후에는 동생한테 이렇게 말했다. "그러니까 우린 같이 일하게 되겠지, 아우야? 내가 알기로 넌 엄마의 소망을 양해했다지? 그런데 너도 알다시피 마르쿠스는 그의 몫으로 돌아간 재산에 걸맞지 않게 나의 동업자가 되었어. 아우인 네가 외적으로는 그가 이전에 하던 지배인의 역할을 맡아 줄 거라고 나는 생각해. 적어도 대리로 말이야. 너를 고용하겠지만 네 사업 실력이 얼마나 늘었는지는 잘 모르겠어. 너는 여태껏 다소 허랑방탕하게 살아온 게 사실 아니니, 안 그래? 어쨌든 영국과의 거래에는 네가 제격이겠지. 너한테 한 가지 꼭 당부할 말이 있는데, 넌 물론 사장의 동생이라는 특성상 다른 사원들보다 높은 자리를 차지한 거야. 그러나 네가 특권을 행사해서 멋대로 행동하지 말고 그들과 대등한 자격으로 열심히 의무를 수행함으로써 그들이 감탄하도록 해야 한다는 점은 말할 필요가 없을 줄 안다. 그러니까 근무 시간을 엄수하고 체면을 지켜라, 알겠지?"

그러고 나서 그는 동생한테 업무 대리인을 맡으라는 제안을 했다. 크리스티안은 즉석에서 별말 없이 제안을 받아들였다. 어리둥절해하고 멍한 그의 얼굴에는 물욕이 거의 없어 보였으며 일을 빨리 해결하자는 의욕밖에 없는 듯했다.

다음 날 토마스는 크리스티안을 사무실로 데리고 갔다. 그리하여 크리스티안이 유구한 전통을 가진 회사에서 근무를 시작하게 되었다.

회사는 영사가 사망한 후에도 간단없이 건실한 행보를 계속하고 있었다. 하지만 토마스 부덴브로크가 대표가 된 이후로는 좀 더 독창적이고 싱싱한, 좀 더 기업가적인 정신이 회사에 충만해진 것을 곧 느낄 수 있었다. 가끔씩 모험을 시도했으며, 이전 체제하에서는 다만 하나의 개념, 이론이나 사치에 불과했던 가문의 신용을 자부심을 가지고 가끔씩 이용하기도 했다. 증권거래소 사람들은 서로 고개를 끄덕였다. 그들은 "부 덴브로크는 양쪽으로 돈을 벌려고 하는군." 하고 말했다. 하지 만 그들은 토마스가 그 착실한 프리드리히 빌헬름 마르쿠스를 무거운 납탄처럼 뒤꿈치에 끌고 다니는 것을 아주 다행으로 생각했다. 마르쿠스는 사업의 진행을 더디게 했다. 그는 두 손 가락으로 콧수염을 조심스럽게 쓰다듬었다. 책상 위의 물건들 을 꼼꼼하게 정돈하고, 탁자 위에 놓여 있는 물컵을 늘 반듯 하게 세워 놓았으며, 멍한 표정을 지으면서 요리조리 일을 검 토해 보았다. 게다가 그는 하루에도 대여섯 번이나 뜰이나 세 면대에 가는 버릇이 있었다. 머리를 세면대에 집어넣음으로써 맑게 하기 위해서였다.

"둘이 서로 보완이 되는 거야." 비교적 큰 회사의 대표들은 그런 이야기를 주고받았다. 아마도 후노이스 영사가 키스텐마 커 영사한테 한 말인 것 같다. 뱃사람이나 창고 인부 같은 소 시민들도 번번이 같은 견해를 피력했다. 도시의 사람들은 너 나 할 것 없이 젊은 부덴브로크가 어떻게 '일을 처리해 갈까?' 하는 데 관심이 많았기 때문이다. 종 만드는 사람들의 거리에 사는 슈투트 씨도 상류 가정에 드나드는 자기 아내한테 이렇 게 말했다. "둘은 서로 보완이 잘돼, 사람들이 말하는 바는 그 거야!"

하지만 좀 더 젊은 토마스가 회사의 '중심인물'이라는 데에 는 의심의 여지가 없었다. 그것은 그가 집의 하인들, 선장들, 창고 관리인, 마부, 창고 인부들을 부리는 법을 알고 있는 데서 이미 드러났다. 그는 그들의 언어를 쓰면서도 어느 정도 거리를 유지하는 법을 자연스럽게 터득하고 있었다. 하지만 마르쿠스가 어떤 우직한 노동자한테 "내 말 알아묵겠소?" 하면 맞은편 책상에 앉은 그 직원이 그냥 웃기 시작할 정도로 그 말투가 아주 어색하게 들렸다. 그러면 이를 계기로 사무실은 온통 웃음바다가 되는 것이었다.

회사의 옛 명성에 걸맞은 영화를 지키고 그것을 가일층 배가시키려는 생각에 가득 찬 토마스 부덴브로크는 매일매일의 투쟁에서 성공을 거두고자 전력을 다했다. 자신감 있고 우아하게 등장해서 신뢰를 주고, 남의 환심을 사고, 요령 있게 대화를 나누는 것이 돈벌이에 커다란 도움이 된다는 것을 알고 있었기 때문이다.

"사업가란 관료처럼 처신해서는 안 되지!" 그가 슈테판 키스텐마커(그 '키스텐마커 부자 회사'의)한테 말했다. 그는 이전에 토마스와 학교를 같이 다닌 동창생인데, 토마스보다 정신적인 면에서 열등했다. 그는 토마스가 하는 말이면 뭐든지 귀담아 들었다가 나중에 그것을 자신의 견해인 양 남한테 써먹곤 했다. "사업가에겐 인격이란 게 필요해. 그게 나의 신조야. 난 책상 앞에만 앉아 있어서는 커다란 성공을 거둘 수 없다고 생각해. 적어도 난 그렇게 하는 데 흥미가 없어. 책상에 앉아서 성공을 기대해선 안 돼. 난 현장에 나가 일의 진행 과정을 직접 보면서 말과 행동으로 지휘해 나갈 생각을 늘 갖고 있어. 나의 의지며 재능, 네가 말하듯이 나의 행운을 직접 개입시켜 성공을 쟁취하려는 거야. 하지만 유감스럽게도 사업가가 직접 나서는 풍조는 점점 퇴조하고 있어. 시대가 진보하고 있지만 최상의 것은 남겨 둔다고 생각해. 교통은 점점 더 편리해지고, 시세는 점점 더 빨리 알려져. 위험 부담이 줄어듦과 아울러 이득도 마찬가지야. 그래, 옛날 사람들은 사정이 달랐어. 이를테면 우리 할아버지 말이야. 그분은 사두마차를 타고 남부 독일에 가셨지. 그 노인은 프로이센군의 군납업자로 머리에는 분칠을 하고 무도화를 신고 가셨지. 그는 여기저기서 사람들의 환심을 사고 갖가지 재주를 부리며 엄청나게 돈을 벌었어, 키스텐마커! 아, 난 사업가가 점점 더 진부한 존재가 되어가는 것이 두려워, 세월이 흐름에 따라……."

이따금씩 그는 이렇게 하소연을 하는 때가 있었다. 그리고 바로 그것이 그가 근본적으로 사업을 제일 좋아하는 까닭이기도 했다. 그는 기회가 있을 때마다, 가령 가족이 산책 가는 때에 어떤 방앗간에 들어가 그의 내방을 영광으로 여기는 주인과 대화를 나누며 수월하게 좋은 기분으로 만족할 만한 계약을 체결했다. 마르쿠스는 이와 같은 일에는 젬병이었다.

크리스티안으로 말할 것 같으면 그는 처음에는 대단한 열성을 가지고 흡족해하며 자신의 일에 매진하는 듯 보였다. 그렇다, 그는 각별히 기분이 좋아 만족해하는 듯 보였다. 그리고 며칠 동안은 대단한 식욕을 보이고, 짧은 담배를 피우며, 영국제 재킷을 어깨에 걸치고 다녔는데, 이는 그의 기분이 느긋하고 흡족하다는 표시였다. 그는 아침에 토마스와 거의 같은 시각에 사무실에 출근해서 마르쿠스 옆자리, 그의 형과는 대각선 맞은편에 위치한 회전식 안락의자에 자리를 잡았다. 그도 두 대표처럼 안락의자에 앉았던 것이다. 그는 처음에《시보》를 읽으며 느긋하게 아침 담배를 끝까지 다 피웠다. 그런 다음 책상의 아래쪽 서랍에서 오래된 코냑을 한 병 꺼내고는 마음대로 몸을 움직이기 위해 팔을 쭉 뻗으며 "자!" 하고 말했다. 그리고 혀를 이 사이로 이리저리 굴리며 좋은 기분으로 일을 시작했다. 그의 영어 편지는 아주 노련하고 효과적이었다. 그는 영어로 말하는 것처럼 편지도 막힘없이 아무런 힘도 들이지 않고 마구 지껄이듯이 썼기 때문이다.

그 편지에도 그가 가족들한테 하던 방식과 비슷한 분위기가 가득 담겨 있었다.

"사업가란 멋지고도 정말 행복한 직업이야!" 그가 말했다. "건실하고 절도가 있고, 근면하고, 안락해. 난 정말 사업가가 되려고 태어났나 봐! 그리고 가족의 일원으로서, 이것 봐. 요컨대 난 여태껏 지금처럼 마음 편한 적이 없었어. 아침이면 상쾌한 기분으로 사무실에 가서 신문을 뒤적이고 담배를 피우며 이것저것 생각하다가 마음껏 코냑을 마시지. 그리고 조금 일을 하다 보면 점심때가 되지. 가족과 함께 점심을 들고 실컷 휴식을 취한 후 다시 일에 착수하지. 질 좋고, 매끌매끌하고, 깨끗한 회사 종이와 좋은 펜을 가지고 글을 쓰지. 자며 칼이며 직인이며 모든 게 최고급품으로 아주 훌륭해. 그걸 가지고 모든 일을 열심히 순서대로 하나하나 처리하고 나서 마지막으로 한데 묶어 두지. 내일도 또 이렇게 진행되는 거야. 저녁에 식사하러 올라갈 때의 기분은 이루 말로 표현할 수 없어. 사지가 온통 만족한 기분이야. 손들도 만족한 기분을 느껴!"

"그만해, 크리스티안!" 토니가 소리쳤다. "넌 자신을 우스꽝스럽게 만들고 있어! 손들이 만족한 기분을 느낀다니!"

"그렇다니까! 누난 그럼 그 기분을 모른단 말이야? 내 말은……." 그러면서 그는 그러한 기분을 표현하고 설명하느라 열을 올렸다. "알다시피 주먹을 닫는 거야. 주먹에는 별로 힘이 없어. 일하느라 피곤했기 때문이지. 하지만 그게 축축하지는 않아. 그게 사람을 화나게 하지는 않아. 주먹은 자신을 편안하고 안락하게 느껴. 그것은 스스로 만족하는 감정이지. 그럴 땐 가만히 앉아 있어도 지루한 줄 모르게 돼."

모두들 아무 말이 없었다. 그러다가 토마스는 자기의 못마땅한 감정을 은폐하기 위해서 아주 무관심한 어조로 말했다. "그런 기분을 느끼려고 사람들이 일하는 것은 아닌 것 같은데……." 하지만 그는 말을 멈추고 크리스티안이 한 말을 되풀이하지는 않았다. "적어도 내가 일하는 목적은 그것과는 달라." 그가 덧붙였다.

하지만 크리스티안은 주위를 두리번거리면서 토마스의 말을 건성으로 들어 넘겼다. 그는 생각에 잠겨 있었기 때문이다. 그런 직후 그는 발파라이소에서 일어난 일, 어떤 살인 사건을 이야기했다. 그는 그 사건의 현장에 직접 있었다고 했다. "그런데 그때 그 녀석이 칼을 빼어 드는 거야……." 어떻게 된 일인지 크리스티안은 그런 이야기를 많이 알고 있었다. 그뤼리히부인은 그 이야기를 너무 재미있어했지만 영사 부인, 클라라와 클로틸데는 끔찍하다는 표정을 지었고, 융만은 에리카 옆에서 입을 벌린 채 듣고 있었으며, 토마스는 줄곧 무심하고 차가운 반응을 보였다. 그는 그 이야기를 듣고는 냉담하고 조소적인 지적을 하면서 크리스티안이 과장을 하고 허풍을 떤다는 듯한 모습을 뚜렷이 보이곤 했다. 확실히 그것은 허풍이 아니었다. 하지만 동생은 열을 내며 거리낌 없이 이야기를 늘어놓았다. 토마스는 아우가 자기보다 많이 돌아다녀서 듣고 본 것이 많다는 것을 못마땅하게 생각했던가? 혹은 칼과 총이 난무하는 이 무질서하고 이국적인 폭력 행위를 동생이 찬양하는 것이 못마땅해서였던가? 형이 그의 이야기를 거부하든 말든 크리스티안이 전혀 개의치 않았다는 것은 확실한 사실이다. 그 자신이 너무 이야기에 빠져 있어서 남이 그걸 재미있어하든 싫어하든 관심을 기울일 계제가 아니었다. 그리고 이야기를 끝내고는 곰곰이 생각에 잠겨 멍하니 방 안을 둘러보았다.

두 형제의 관계가 차츰 좋지 않은 방향으로 흘러갔다 하더라도 크리스티안은 형에 대해 증오감을 표시하거나 품을 사람이 아니었고, 감히 형에 관해 어떤 견해, 판단이나 평가를 내릴 사람이 아니었다. 그는 형이 자기보다 우월하고, 더 진지하고, 더 능력이 뛰어나고, 유능하고, 존경할 만하다는 것을 아무런 이의 없이 인정했다. 하지만 바로 이처럼 자기를 무한정 낮추고, 될 대로 되라는 식으로 투쟁심을 상실한 것이 오히려 토마스를 자극했다. 크리스티안은 기회 있을 때마다 자기는 우월함, 유능함, 진지함과 존경할 만한 성품을 전혀 중요시하지 않는다는 식의 표현을 마구 해 댔기 때문이다.

그는 사장인 형이 자기를 은연중에 점점 더 못마땅하게 대한다는 것을 전혀 깨닫지 못하는 것 같았다. 그 이유는 크리스티안의 사업에 대한 열성이 일주일 후에 벌써 좀 시큰둥해지더니, 이 주 후에는 좀 더 떨어지다가 삼 주 후에는 아주 형편없이 떨어지기 시작했기 때문이다. 그것은 일을 시작하기 위한 준비, 마치 인위적으로 세련되게 즐거움을 미리 맛보는 것으로 여겨졌던 다음과 같은 행동에서 처음으로 드러났다. 신문을 읽고, 아침 식사 후에 담배를 피우고, 코냑을 마시는 데 점점 더 많은 시간이 소요되었으며, 급기야 오전 내내 그 일을 하느라 시간을 다 보내게 되었다. 그러다가 크리스티안은 자연스럽게 근무 시간을 지키지 않게 되었으며, 일하기 위한 준비 행동이라며 담배를 물고 아침 늦은 시각에 나타나는 일이 다반사가 되었다. 낮에는 식사하러 클럽에 갔는데 어떤 때는 저녁이 되어야 돌아오기도 했고, 때로는 영영 안 돌아오는 경우도 있었다.

주로 미혼 사업가들로 구성된 이 클럽은 카페의 2층에 쾌적한 사무실을 갖고 있었다. 회원들은 거기서 식사를 했고, 룰렛이 있었기 때문에 자연스럽고 허물없는 대화를 나누기 위해 거기서 만났다. 물론 크뢰거 영사나 페터 될만 같은 다소 경박한 몇몇 기혼자들도 회원이었다. 그리고 경찰 시의원 크레머는 여기서 '세력가'였다. 기세케 박사, 소방서장의 아들인 안드레아스 기세케도 여기에 끼었다. 크리스티안의 옛 동창생인 그는 시내에서 변호사로 자리를 잡았다. 꽤 난잡한 난봉꾼으로 소문이 난 그와 크리스티안은 곧장 어울리게 되었다.

크리스티안 혹은 아무렇게나 마구 불릴 때는 크리샨으로

불렸던 그는 이전부터 모든 사람들과 조금은 면식이 있거나 친구 관계였으므로(대부분이 고인이 된 마르셀루스 슈텡겔의 제자였기 때문이다.) 이 클럽에서 크게 환영받았다. 사업가들이나 학자들은 그의 정신적 능력은 대단치 않다고 봤지만 남을 즐겁게 해 주는 그의 사교적인 재능만은 알아주었기 때문이다. 사실 그는 여기서 그의 최상의 연기를 보여 주었고, 그의 최상의 이야기들을 들려주었다. 그는 피아노 앞에 앉아서 거장의 연기를 했고 영국과 대서양 저쪽 배우들과 가수들 흉내를 냈으며 여러 지역에서 겪은 여자 이야기를 아무런 악의 없이 너무나 재미있게 들려주었다. 왜냐하면 크리스티안 부덴브로크가 '난봉꾼'이라는 사실은 의심의 여지가 없었기 때문이었다. 그는 배를 타고, 기차를 타면서, 세인트 폴, 화이트채플과 웨스트민스터에서 겪었던 모험적인 이야기들을 들려주었다. 그는 박력 있게, 마음을 사로잡으며, 물 흐르듯이 술술, 조금쯤은 하소연조로 질질 끌면서 이야기했다. 그는 영국의 유머 작가처럼 우스꽝스럽고도 악의 없이 이야기했다. 그는 옴에 걸린 채 상자에 담겨 발파라이소에서 샌프란시스코로 보내진 어떤 개 이야기를 했다. 그 일화의 핵심이 어디에 있는지는 어느 누가 알겠는가. 하지만 그의 입에서 나오는 이야기면 모조리 우스꽝스럽기 짝이 없었다. 그리고 주위의 모든 사람들이 우스워 배꼽을 잡는 것을 보고, 커다란 굽은 코와 가늘고 긴 목에다 숱이 적은 붉은 금빛 머리카락을 지닌 그는, 바깥쪽으로 휜 빼빼 마른 다리를 다른 쪽 다리에 올린 채 우두커니 앉아 움푹 들어간 작고 둥근 눈으로 생각에 잠겨 주위를 두리번거렸다.

불안해하는 그의 얼굴에는 이루 설명할 수 없는 진지한 표정이 감돌았다. 사람들은 마치 그를 미끼로 삼아, 그를 보고 웃는 것 같았다. 하지만 크리스티안은 그에 대한 생각은 하지 않았다.

집에서 그는 특별한 애착을 가지고 발파라이소의 사무실과 거기에 만연한 불순한 기후에 대해 이야기했다. 그리고 조니 선더스톰이라는 이름을 지닌 믿을 수 없는 게으름뱅이 녀석인 어떤 영국 청년 이야기를 했다. 그는 "빌어먹을, 난 그 녀석이 일하는 걸 한 번도 본 적이 없었어."라고 말했다. 그렇지만 그는 아주 노련한 사업가였다는 것이다. "젠장!" 그가 말했다. "찌는 듯한 날씨였어! 그런데 사장이 사무실에 들어오는 거야. 우리 여덟 명은 함께 바글바글 누워서 담배를 피우고 있었어. 최소한 모기라도 내쫓기 위해서였지. 젠장! '이게 뭐 하는 짓이야?' 사장이 말하더군. '일은 하지 않고!' '아닙니다, 사장님!' 조니 선더스톰이 말했지. '보시다시피, 사장님!' 그럴 때 우린 모두 그의 얼굴에다 담배 연기를 뿜었지. 젠장!"

"너는 왜 자꾸 '젠장'이라고 말하는 거지?" 토마스가 화가 나서 물었다. 하지만 그가 그것 때문에 화 난 것은 아니었다. 크리스티안이 일을 조롱하고 멸시할 기회를 얻었다는 식으로 이 이야기를 하면서 기쁨에 가득 차 있다고 느껴져서였다.

그러자 그들의 어머니가 일부러 화제를 다른 데로 돌렸다.

크뢰거가 출신인 부덴브로크 영사 부인은 세상에는 꼴 보기 싫은 일이 많다고 생각했다. 형제들끼리도 미워하거나 멸시할 수 있다. 그것은 끔찍한 일이라고 생각된다. 하지만 그런 이

야기는 하지 않고 얼버무리면서 넘어가야 하는 것이다. 그런
일은 알 필요가 없는 것이다.

4

오월 어느 비통한 날 밤에 큰아버지 고트홀트, 이제 육십이
된 고트홀트 부덴브로크 영사가 협심증으로 쓰러져 슈튀빙
가 출신인 아내 품에 안긴 채 고난의 세월을 마감했다.

불쌍한 요세핀 부인의 아들로 태어난 그는 안토아네트 부
인한테서 자기보다 늦게 태어났지만, 더 강력한 세력을 지닌
이복 형제들에 비해서 인생에 실패한 셈이었다. 그러나 그는
이미 오래전에 자신의 운명을 순순히 받아들였다. 그리고 말
년에 가서, 특히 조카 토마스가 그에게 네덜란드 영사직을 맡
긴 이후로는 아무 원한도 품지 않았고, 양철통에 든 달콤한
기침약을 먹게 된 후부터는 자신의 분수에 만족해하며 지냈
다. 오래된 가족 간의 불화에 대해 애매모호한 적대감을 간직
한 사람은 오히려 선량하고 우매한 아내뿐만 아니라 노처녀로
늙은 세 딸들이었다. 세 딸이 영사 부인이나 안토니 그리고 토
마스를 바라볼 때마다 그들의 눈에는 독기 어린 조그만 불꽃
이 이글거렸다.

전통적으로 모임을 가져 온 '어린이날'인 목요일 오후 네 시
였다. 식구들은 멩가의 커다란 집에 모여 점심을 먹고 저녁을
보내려고 했다. 때로는 크뢰거 영사의 식구들이나 세세미 바

이히브로트도 무식한 자기 언니와 함께 나타났다. 그리고 여기에 넓은 거리에 사는 고트홀트 부덴브로크의 딸들이 자발적으로 나타나서 토니의 실패한 결혼에 대해 이야기 늘어놓는 것을 특히 좋아했다. 그리하여 토니가 커다란 소리로 몇 마디 하게 해 놓고 그녀를 냉소적으로 잠시 쏘아보기 위해서였다. 또한 그들은 머리카락을 염색하는 게 얼마나 무가치한 허영심이냐는 등의 소견을 피력하기도 했다. 그리고 영사 부인의 친정 조카인 야코브 크뢰거가 어떻게 되었는지 주제넘게 참견하며 물어보았다. 그들은 자기들보다 유일하게 열등한 처지에 놓여 있었던 불쌍하고 순진무구하며 참을성 있는 클로틸데를 조롱하는 일도 서슴지 않았다. 그러한 조롱에 전혀 악의가 없는 것은 아니었다. 그것은 빈털터리에다가 허기진 그녀에게 매일 톰이나 토니가 놀리느라 길게 빼면서 말하거나 어안이 벙벙한 듯한 표정을 지으며 친절을 보이는 것과는 다른 차원의 조롱이었다. 그들은 클라라가 엄격하고 경건한 태도를 보이는 것도 놀렸고, 크리스티안이 토마스와 관계가 좋지 않다는 것과 그들이 다행스럽게도 크리스티안을 전혀 존경할 필요가 없다는 것도 즉각 알아챘다. 그는 익살 광대꾼으로 우스꽝스러운 인간이었기 때문이다. 그들이 전혀 약점을 집어 낼 수 없었던 토마스는 그 나름대로 그들을 무관심한 태도로 너그럽게 대해 주었다. 그의 태도는 "난 너희를 이해한다. 그런데 유감스럽구나."라는 의미를 담고 있었다. 그래서 그들은 약간 독기를 품은 채 그를 존경하는 태도를 보였다. 하지만 원래부터 장밋빛 혈색인 에리카는 집에서 그토록 정성을 기울여 키우는데도 우려할 만한 정도로 발육이 뒤처졌다는 점을 말하지 않을 수 없었다. 이에 대해 세 딸 중의 하나인 피피는 몸을 호들갑스럽게 흔들고, 입가에 거품을 튀기며 아이가 그 사기꾼 그륀리히를 놀랄 정도로 쏙 빼다 박았다고 쓸데없이 말해 사람들을 주목하게 했다.

이제 그들은 울면서 어머니와 함께 아버지의 임종을 지켜보고 있었다. 이 죽음조차도 그들은 멩가의 친척 탓이라고 여겼지만 그래도 사람을 보내 부음을 전했다.

한밤중에 대문에서 나는 종소리가 커다란 복도에 울려 퍼졌다. 크리스티안은 그날 늦게 집에 돌아와서 몸이 고단했기 때문에 토마스 혼자 봄비가 내리는 가운데 길을 떠났다.

그는 마침 때맞추어 도착해서 노인이 마지막 숨을 거두는 장면을 목도할 수 있었다. 그런 다음 그는 두 손을 모으고 기도하는 자세로 오랫동안 임종의 방에 서 있었다. 그러면서 시신을 덮은 천 아래로 보이는 자그마한 체구, 다소 연약해 보이는 윤곽과 흰 구레나룻을 지닌 시신의 얼굴을 바라보았다.

'당신의 삶은 너무 힘들었습니다, 큰아버지 고트홀트.' 하고 그는 생각했다. '당신은 너무 늦게야 현실을 인정하고, 체면 차리는 것을 배웠습니다. 하지만 그건 부득이한 일이지요. 내가 만약 당신과 같은 처지라면 벌써 오래전에 가게와 결혼했을 겁니다. 체면을 차리고 말입니다! 당신은 대관절 당신의 처지와 다른 무엇을 원하셨습니까? 비록 당신이 항거했을지라도, 혹 당신은 이러한 항거가 이상주의적인 것이라고 여겼을지라도 당신의 정신에는 활동력과 상상력, 이상주의가 결여되어 있었습니다. 이러한 이상주의는 추상적인 선, 오래된 이름, 회사 간판을 마음에 품고, 간직하고, 옹호하게 해 주며, 명예와 세력과 영화를 가져다주는 것입니다. 고요한 열정을 지니면 은밀한 사랑보다 달콤하고 행복하며 만족스러운 것입니다. 당신은 당신 아버지의 명령에도 불구하고 사랑하고, 결혼할 정도로 용감했지만 당신에게는 시적 감각이 결여되었습니다. 큰아버지 고트홀트, 당신에게는 명예욕도 없었습니다. 물론 그 오래된 우리의 이름도 평민의 이름에 불과했지만 말입니다. 조상이 곡물 상사를 번창시키면서 세상의 좁은 한귀퉁이에서 존경을 받고, 인기를 얻고, 세력을 떨치며 그 이름을 간직해 왔습니다. 그러나 당신은 이렇게 생각하셨지요. 나는 사랑하는 슈퇴빙과 결혼한다. 실제적인 체면 때문에 나한테 신경 쓰지 말라. 그러한 것은 자질구레한 일이고 속물근성이니까요? 그래요, 외부나 위에서 본다면 우리의 명예욕에 내재되어 있는 한계가 협소하고 보잘것없다는 것을 제대로 인식할 정도로 우리는 여행도 많이 다녔고 교육도 충분히 받았습니다. 하지만 이 모든 것은 지상에서의 비유에 불과합니다, 큰아버지! 조그만 도시에도 위대한 사람이 있을 수 있다는 것을 모르셨나요? 발트해의 조그마한 무역장에 카이사르 같은 사람이 있을 수 있다는 것을요? 물론 그러기에는 얼마간의 상상력과 관념적인 생각이 필요하지요. 당신은 이런 것을 지녔다고 생각했을지도 모르지만 그렇지 않습니다.'

그리고 토마스 부덴브로크는 돌아섰다. 그는 창가에 가서 뒷짐을 진 채 지적인 얼굴에 미소를 띠며 고딕식 시청 건물을 정면으로 바라보았다. 그것은 비에 가려 어렴풋이 보였다.

왕이 임명하는 네덜란드 영사라는 직위와 직책은 이제 토마스에게로 넘어왔는데, 토니 그륀리히는 그에 대해 한없이 자랑스럽게 생각했다. 일의 순리상 토마스는 아버지가 사망한 후에 즉각 그러한 권리를 요구할 수 있었지만 고트홀트한테 맡겼던 것이다. 사자며 문장이며 왕관이 새겨진 아치형 푯말을 이제 다시 "주님이 보살펴 주시리라(Dominus providebit)"라고 적힌 멩가의 박공지붕 정면에서 볼 수 있었다.

이러한 일이 있고 난 직후인 그해 칠월에 젊은 영사는 벌써 암스테르담으로 향하는 출장길에 올랐다. 여행을 하는 데 얼마나 많은 시일이 소요될지는 그 자신도 알지 못했다.

5

죽음은 사람들의 눈과 가슴을 천국에 향하도록 분위기를 불러일으키곤 한다. 남편이 죽고 나자 부덴브로크 영사 부인의 입에서 예전에는 전혀 사용한 적이 없었던 이런저런 지극히 종교적인 어투가 나오는 데 대해 아무도 이상해하지 않았다.

하지만 얼마 가지 않아 이러한 말투가 일시적인 현상이 아님이 밝혀졌다. 그리고 그것은 이미 남편의 만년에 그의 종교적인 성향에 공감했던 부인이 어느덧 삶의 황혼 녘에 들어서면서 이제 남편의 경건한 세계관을 전적으로 자신의 것으로 만듦으로써 무엇보다도 고인이 된 남편을 기리려는 의도였다는 사실이 시내에 파다하게 알려졌다.

그녀는 그 널찍한 집에 하늘나라로 돌아간 남편의 정신과 고상한 명랑함이 감도는 부드럽고 기독교적인 진지함이 충만하도록 애썼다. 아침과 저녁 예배는 점점 더 규모가 커져 갔다. 하인들은 주랑에 서 있고 가족은 식당에 모여 있었다. 그리고 영사 부인이나 클라라가 엄청나게 큰 활자가 적힌 커다란 가족 성서의 한 구절을 낭독했다. 그런 연후에 사람들은 영사 부인이 연주하는 오르간에 맞춰 찬송가 몇 구절을 불렀다. 또한 종종 성경책 대신에 금박 칠이 된 검은 표지의 설교책이나 기도서, 주옥편, 시편, 영감서, 아침 기도책과 순례서 중의 하나를 낭독하기도 했다. 이러한 책들의 한결같은 다정다감한 분위기가 환희에 겨운 어여쁜 아기 예수한테는 다소지겨운 기분이 들기도 했을지 모르지만 그 집에는 이러한 책들이 많이 구비되어 있었다.

크리스티안은 예배에 잘 참석하지 않았다. 토마스가 기회를 보아 아주 조심스럽게 반은 농담조로 그에 대해 이의를 제기했지만 크리스티안은 부드럽고도 정중하게 퇴짜를 놓았다. 그린리히 부인으로 말하자면 유감스럽게도 그녀의 처신이 항상 옳은 것은 아니었다. 어느 날 아침(바로 그때 어떤 외국인 목사가 부덴브로크가에 손님으로 와 있었다.) 사람들은 장중하고, 믿음이 단단하고, 마음에서 우러나오는 선율로 다음 구절을 노래해야 했다.

나는 정말 불량한 인간이요,

진정 죄인이로소이다.

녹이 쇠를 먹어 치우듯,

내 죄악을 마구 먹어 댔습니다.

오 주여, 더러운 이 개의 귀를 잡으시고,

은총의 뼈다귀를 던져 주소서.

그리고 이 무례한 죄인을

은총의 하늘나라에 데려다주소서!

이때 웃음이 터져 나오는 것을 도저히 참지 못한 토니는 책을 내던지고 식당에서 나가 버렸다.

하지만 영사 부인은 자식들에게 요구하기보다는 자신에게 더 많은 요구를 하는 편이었다. 이를테면 그녀는 주일학교를 열었다. 일요일 오전에는 초등학교 여학생들이 멩가에 가득 모여들었다. 성벽 옆에 사는 슈티네 포스, 종 만드는 사람들의 거리에 사는 미케 슈투트 그리고 트라베 강가인지 그뢰펠 골목인지 엥겔스비슈인가에 사는 피케 스누트는 연한 금발을 머릿기름을 묻혀 곱게 빗고서 커다란 복도를 지나 정원으로 나 있는 밝은 방으로 들어왔다. 그 방은 꽤 오래전부터 더 이상 사무실로 사용되지 않고 있었다. 의자들이 배치되어 있는 그곳에서 희고 고상한 얼굴을 지닌, 크뢰거가 출신의 부덴브로크 영사 부인은 묵직한 검은색 공단 옷을 입고, 레이스가 달린 새하얀 모자를 쓰고 그들 맞은편에 앉아 있었다. 그리고 설탕물이 든 컵 하나가 놓인 책상 옆에서 그녀는 한 시간 동안 교리 문답을 가르쳤다.

그녀는 또한 '예루살렘의 밤'도 만들었다. 여기에는 클라라나 클로틸데는 물론 토니도 싫든 좋든 참가해야 했다. 하늘나라에 좋은 자리를 찾아볼 연령에 도달한 약 스무 명의 부인네가 일주일에 한 번씩 램프와 초를 켜 놓고 길게 늘어놓은 식탁에 앉아 차나 '비숍'을 마시고 맛있는 고기를 넣은 버터빵과 푸딩을 먹으며 종교적인 가곡들이나 회보들을 낭송했다. 그리고 그들이 만든 수예품으로 연말에 자선 바자회를 열어 그 수익금을 선교 목적으로 예루살렘에 보냈다.

그 경건한 단체는 주로 영사 부인의 교제 범위 내에 있는 부인네로 구성되었다. 랑할스 시의원 부인, 묄렌도르프 영사 부인과 키스텐마커 영사 노부인이 단체의 회원이었다. 반면에 쾨펜 부인과 같이 좀 더 세속적이고 비종교적인 다른 노부인들은 그들의 친구 베티를 비웃었다. 슈튀빙가 출신으로 미망인이 된 부덴브로크 영사 부인이나 도시의 목사 부인들뿐 아니라 세세미 바이히브로트도 그녀의 무식한 언니와 함께 회원이었다. 하지만 그리스도 앞에서는 계급이나 차별이 없었으므로 예루살렘의 밤에는 가난하고 좀 특이한 사람들도 참가했다. 이를테면 주름살투성이인 어떤 작은 여자가 있었는데, 그녀는 신의 뜻에 따라 살면서 코바늘 뜨개질로 생활했다. 성령 병원에 거주하는 그녀는 천국의 시민이라고 불리는 최하층 여성이었다. 그녀는 슬프게도 자신을 '최하층 천국의 시민'이라고 불렀다. 그러면서 그녀는 뜨개질 코바늘을 두건 밑으로 가져가 머리를 긁었다.

하지만 훨씬 더 주목할 만한 다른 두 회원이 있었다. 특이하게도 쌍둥이 노처녀들인 그들은 18세기의 목동 모자에다 여러 해 전부터 색이 바랜 옷을 걸치고 손에 손을 잡고는 시내를 돌아다니며 착한 일을 했다. 게르하르트라는 성을 지닌 그들은 파울 게르하르트의 직계 후손이라고 확언하고 다녔다. 사람들이 말하기를 그들이 완전히 빈털터리는 아니라고 했다. 하지만 그들은 극도로 빈궁한 생활을 하면서 가진 것을 죄다 가난한 사람들한테 나누어 주었다. "이봐요!" 때때로 그들로 인해 다소 부끄러움을 느꼈던 부덴브로크 영사 부인이 소견을 피력했다. "비록 하느님은 마음속을 보시지만 그 옷은 너무나 깨끗하지 못해요. 자신의 체면은 지켜야지요." 하지만 그 말에 그들은 처세에 능한 자기들을 거부할 수 없었던 우아한 그들 친구의 이마에 입맞춤할 뿐이었다. 그들의 신분은 보잘것없었지만 구원을 갈구하는 고상한 영사 부인에 비해 관대함이나 사랑이나 동정심에서는 우월한 위치에 있었다. 그들은 결코 어리석은 사람들이 아니었다. 앵무새 머리처럼 보기 흉하게 쪼그라든 그들의 작은 얼굴에는 부드럽게 흐려지는 갈색 눈이 반짝이고 있었다. 그 눈은 온순함과 학식이 담겨 있는 듯한 표정을 지으며 세상을 들여다보았다. 그들의 가슴은 불가사의하고 신비스러운 지식들로 가득 차 있었다. 우리의 마지막 순간에는 신에 대한 우리의 모든 사랑이 노래와 축복으로 우리를 마중하러 온다는 것을 알고 있었다. 그들은 그리스도의 입을 통해 직접 "이제 얼마 안 있으면 너희들은 나를 보게 되리라."라는 말을 들었던 초대 기독교 신자들처럼 '주님'이라는 단어를 원래 그대로의 의미로 경쾌하게 말했다. 그들은 내적인 빛과 예감, 이심전심과 정신 감응에 대해 아주 이상야릇한 이론들을 지니고 있었다. 그들 중에 레아라는 한 여자는 귀머거리였는데도 무엇이 화제가 되고 있는지를 거의 항상 알고 있었기 때문이다.

레아 게르하르트는 귀머거리였던 까닭에 예루살렘의 밤이 열릴 때마다 으레 낭송하는 역할을 맡았다. 부인들은 또한 그녀가 아름답고 감동적으로 읽는다고 생각했다. 그녀는 작은 주머니에서 아주 오래된 책을 꺼냈다. 그 책은 우스꽝스러울 정도로 폭에 비해 길이가 훨씬 더 길었다. 그리고 책의 앞면에는 정상적인 사람보다 뺨이 포동포동한 그들 선조의 초상화가 구리로 조각되어 있었다. 그녀는 두 손으로 그 책을 들고 자신도 그 소리를 들을 수 있게 하려는 듯이 끔찍하게 큰 목소리로 읽었다. 그것은 마치 바람이 난로의 연통 속으로 들어오는 소리처럼 울렸다.

사탄이 나를 삼키려 한다면…….

바로 이때 토니는 이렇게 생각했다. 어떤 사탄이 저 여자를 삼키고 싶을까! 하지만 토니는 아무 말도 하지 않고 푸딩을 먹으면서 자기도 언젠가는 저 두 쌍둥이처럼 추악한 모습이 될까 하고 곰곰이 생각해 보았다.

그녀는 행복하지 않았다. 그녀는 지루함을 느꼈으며 목사나 선교사 들에 대해 화가 났다. 그들은 영사가 죽은 후 더 뻔질나게 찾아들었으며, 토니의 견해에 따르면 떼로 몰려와서는 거금을 얻어 갔다. 돈 문제는 토마스가 담당했다. 그의 여동생은 오랫동안 기도해 주는 걸 핑계 삼아 과부의 돈을 뜯어먹는 그들에 대해 이따금씩 혼자 불평을 늘어놓았지만 토마스는 그에 대해 아무 말도 하지 않았다.

그녀는 검은 옷을 입은 이 신사들을 아주 노골적으로 증오했다. 인생이 무언지 알게 되어 더 이상 멍청이가 아닌 성숙한 그녀는 도저히 그들의 절대적인 신성을 믿을 수 없었다. "어머니!" 그녀가 말했다. "정말이지, 이웃에 대해 험담을 해서는 안 되지요. 사실 그것은 나도 알아요! 하지만 한 가지는 꼭 말해야겠어요. 기다란 프록코트를 입고 '주여, 주여!' 하는 사람들이라고 해서 전부 오점이 없는 사람들이라고 생각한다면, 즉 인생이 어머니에게 그 점을 가르쳐 주지 않았다면 난 의아하게 생각할 거예요!"

그녀가 이렇게 단호하게 주장하는 명백한 사실에 대해 토마스가 어떻게 처신했는지는 밝혀지지 않은 채 넘어갔다. 하지만 크리스티안은 아무런 견해를 갖고 있지 않았다. 그는 나중에 클럽에서나 가족들 앞에서 그 신사들의 모습을 흉내 내기 위해서 코를 찡그리고 그들을 관찰할 따름이었다.

하지만 토니가 그 성직자들한테서 가장 많이 시달린 것은 사실이다. 어느 날 저녁 그러한 일이 실제로 벌어졌다. 시리아뿐 아니라 아라비아에도 있었던 요나탄이라는 이름의 어떤 선교사가 그녀 앞에 나타나서, 그녀 이마의 곱슬곱슬하게 자란 고수머리가 진정한 기독교적 겸손과 일치할 수 있겠느냐는 질문에 답하라고 슬픈 눈초리로 엄격하게 촉구했다. 남을 비난하는 듯한 커다란 눈을 가진 그 남자의 볼은 슬픈 듯이 밑으로 축 늘어져 있었다. 아뿔싸! 그는 토니 그륀리히의 신랄하고도 냉소적인 말솜씨를 고려하지 않았던 것이다. 그녀는 잠깐 동안 아무 말이 없었다. 그녀는 머리를 굴리면서 생각을 가다듬고 있었다. 그런 다음에 이런 말을 쏟아부었다. "목사님, 자신의 곱슬머리에나 신경을 쓰는 것이 어떨는지요?" 그리고 그녀는 어깨를 약간 추켜세우고, 머리는 뒤로 젖힌 채 턱을 가슴 쪽으로 누르려고 하면서 밖으로 홱 나가 버렸다. 그런데 요나탄 목사는 머리숱이 거의 없었다. 사실 그를 대머리라고 칭해도 무방할 듯싶었다!

한번은 그녀가 좀 더 커다란 승리를 거두게 되었다. 트리슈케 목사, 즉 베를린 출신인 그는 일요일마다 꼭 한 번씩은 한참 설교하다가 적절한 순간에 울기 시작하기 때문에 '울보 트리슈케'라는 별명을 얻었다. 그의 창백한 얼굴, 붉은 눈과 꼭 말처럼 생긴 턱수염이 아주 특색 있었다. 그는 팔구 일 동안 부덴브로크네 집에 머무르며 불쌍한 클로틸데와 먹기 내기를 하고, 예배를 보던 와중에 토니한테 반하게 되었다. 그것도 그녀의 불멸의 영혼에 반한 게 아니라 그녀의 윗입술, 강렬한 머리카락, 어여쁜 눈과 그녀의 활짝 피어난 자태에 반했던 것이다! 그런데 베를린에 처자식이 있었던 이 하느님의 종은 감히 하인 안톤으로 하여금 3층 토니의 침실에다 편지 한 통을 갖다 놓도록 시켰다. 편지에는 성경 구절과 두드러기가 날 정도로 나긋나긋한 애정 표현이 효과적으로 뒤섞여 있었다. 토니는 잠자리에 들려다가 그 편지를 읽어 보고는 당당한 발걸음으로 계단을 내려가 중간층에 있는 영사 부인의 침실로 갔다. 바로 그 자리에서 그녀는 촛불을 켜고 그 목사가 쓴 편지를 어머니한테 아무 거리낌 없이 커다란 목소리로 낭독했고, 그 뒤로 울보 트리슈케는 멩가에 얼씬도 못 하게 되었다.

"그들은 모두 이렇단 말이에요!" 토니가 말했다. "쳇, 그들은 모두 이렇단 말이에요! 원 참, 전에는 내가 바보, 멍청이였어요, 엄마. 하지만 인생이 나에게서 인간에 대한 신뢰를 앗아갔어요. 대부분은 교활한 녀석들이에요. 그래요, 유감이지만 그게 사실인걸요. 그륀리히——!" 그런데 그 이름을 부르는 소리는 트럼펫 소리, 조그만 나팔을 부는 소리처럼 들렸다. 그녀는 약간 어깨를 추켜들고 눈을 올려 뜨고는 허공을 바라보면서 그 소리를 냈다.

6

머리는 크지만 키가 작고 홀쭉한 남자인 지베르트 티부르치우스는 숱은 적지만 기다란 금빛 구레나룻을 지니고 있었다. 그는 때때로 기분이 좋을 때면 구레나룻의 양끝을 어깨 너머로 넘기곤 했다. 그의 둥근 머리에는 아주 작은 솜털 같은 곱슬머리들이 뒤덮여 있었다. 귓바퀴는 큰 데다가 아주 쫑긋했다. 귓전은 안쪽으로 잔뜩 말려 들어갔고 위쪽은 여우 귀처럼 뾰족했다. 코는 작고 납작한 단추처럼 얼굴에 주저앉아 있고 광대뼈는 튀어나와 있었다. 일반적으로 가늘게 뜨고 다소 얼빠진 모습으로 주위를 두리번거리는 그의 회색 눈들은 어떤 때는 의외로 확대되면서, 점점 더 커지다가 솟아올라, 거의 눈알이 튀어나올 지경이 되었다.

티부르치우스 목사의 생김새는 이러했다. 리가 출신인 그는 몇 년 동안 중부 독일에서 목회 활동을 하다가 고향에 목사 자리가 생겨 귀향하는 중에 여기에 들렀던 것이다. 그는 언젠가 멩가에서 송아지 고기 수프랑 샬롯 소스를 곁들인 햄을 먹어 본 적이 있는 어떤 동료 목사의 추천장을 휴대하고 영사 부인을 찾아뵈었다. 그는 체류 기간 며칠 동안 손님으로 초대받아 2층 복도 옆의 널찍한 손님방에 묵게 되었다.

하지만 그는 애당초 예상했던 시일보다 더 오래 머물렀다. 일주일이 지나갔다. 그런데도 그는 이런저런 관광 명소, 죽음의 무도, 마리아 교회에 있는 사도의 시계 장치, 시청, '선원 조합'이나 움직이는 눈을 가진 성당의 태양을 아직 보지 못했다. 열흘이 지나갔다. 그는 출발해야겠다고 거듭 말했다. 하지만 좀 더 있다 가라는 단 한마디에 그는 다시 일정을 늦추었다.

그는 요나탄이나 울보 트리슈케보다 더 나은 사람이었다. 그는 안토니가 앞 머리카락을 곱슬곱슬하게 지진 것에 전혀 개의치 않았고, 그녀에게 어떤 편지도 쓰지 않았다. 반면에 그는 토니의 동생이자 좀 더 진지한 클라라한테 그만큼 더 정성을 쏟았다. 그녀가 면전에 있으면, 그녀가 말하거나 왔다 갔다 할 때면 그의 두 눈이 의외로 확대되면서, 점점 더 커지다가 솟아올라, 거의 눈알이 튀어나올 지경이 되었다. 그는 그녀와 종교적이거나 세속적인 대화를 나누기도 하고 그녀에게 성경을 낭송해 주기도 하면서 거의 종일 그녀 곁에 붙어 있었다. 그가 높고 새된 목소리를 내면서 고향인 발트 지역 특유의 톡톡 튀는 발음을 하는 게 우스꽝스러웠다.

그가 온 첫날에 그는 이렇게 말했다. "영사 부인, 제가 이런 말을 하는 걸 용서해 주십시오! 부인에게 클라라 같은 따님이 있다니 얼마나 소중한 하느님의 축복입니까. 정말 훌륭한 따님이십니다!"

"목사님 말씀이 옳습니다." 영사 부인이 대답했다. 하지만 그는 너무나도 자주 그런 말을 되풀이해서 말했다. 그래서 그녀는 밝고 푸른 눈으로 신중히 그를 타진해 봄으로써 출신이며 형편이며 전망에 대해 다소 상세하게 알게 되었다. 그는 사업가 가문 출신으로 어머니는 하느님 곁에 있고, 형제는 하나도 없으며, 은퇴해서 리가에 살고 있는 나이 든 아버지한테는 상당한 재산이 있다는 것이다. 그 재산이 언젠가는 목사인 티부르치우스 자신한테 넘어올 거라고 했다. 게다가 그의 목사직만 해도 충분한 수입을 확보해 준다는 것이다.

클라라 부덴브로크는 이제 만 십구 세가 되었다. 정갈하게 가르마를 탄 머리카락은 검은색이었고 꿈꾸는 듯한 눈초리로 바라보는 그녀의 엄한 눈은 갈색이었다. 코는 약간 휘었고 입은 지나치다 싶게 꽉 다물고 있었다. 그리고 날씬한 몸매에다 키가 큰 그녀는 여성 본래의 아름다움을 간직한 젊은 숙녀로 자라나 있었다. 그녀는 불쌍하지만 역시 경건한 친척 클로틸데와 집에서 죽이 제일 잘 맞았다. 그녀의 아버지는 얼마 전에 사망했다. 그래서 그녀는 언젠가는 '독립'을 해야겠다는 생각을 하고 있었다. 즉, 자기가 물려받은 돈 몇 푼과 가구들을 가지고 어디론가 가서 연금 생활을 해야겠다는 것이었다. 물론 클라라한테는 틸다처럼 말을 질질 끄는 어투며 참을성이며 빈궁한 티가 나는 겸손 같은 것은 없었다. 반대로 그녀는 하인들 외에 심지어 어머니나 형제들과 말할 때도 다소 명령조로 말하기 일쑤였다. 그리고 단호하게 밑으로 내릴 뿐 결코 묻는 투로 올리는 법이 없었던 그녀의 알토 음성만 해도 명령조였으며, 그것은 때로 무뚝뚝하고 무정하며 참을성이 없는 거만한 음색을 띠기도 했다. 다시 말해 클라라가 두통에 시달리는 날이면 그랬다.

클라라는 아버지가 사망해 가족이 슬픔에 휩싸이기 전에는 집에 찾아오는 손님들이나 같은 급 가문의 사람들한테 가까이하기 어려운 위엄을 가지고 대했다. 영사 부인은 딸을 찬찬히 관찰했다. 훌륭한 가문과 상당한 지참금에도 불구하고 이 아이를 결혼시키기가 힘들 거라는 사실을 그녀는 숨기지 않았다. 그녀 주위의 쾌활한 사업가들 중에서 마땅한 남자가 하나도 없었다. 그들은 신을 불신하고 적포도주를 마셨다. 하지만 영사 부인은 진지하고 경건한 성품의 클라라한테 성직자가 어떨까 하고 생각해 봤다. 영사 부인이 이러한 생각에 기뻐하고 있던 참에 티부르치우스 목사가 딸한테 상냥하게 대하자 그는 은근하고 친절한 환대를 받았던 것이다.

정말로 일이 판에 박은 듯이 진행되어 갔다. 따뜻하고 구름 한 점 없는 칠월 어느 오후에 가족은 소풍을 갔다. 영사 부인,

안토니, 크리스티안, 클라라, 틸다, 에리카 그륀리히, 융만, 티부르치우스 목사가 야외에 있는 어떤 시골집의 나무 탁자에서 딸기와 크림 우유나 과일즙을 넣은 오트밀을 먹으려고 성문 밖으로 나갔다. 오후의 간식을 들고 나서 그들은 강가까지 뻗어 있는 과수원에 들어갔다. 거기에는 까치밥나무와 구스베리 나무, 아스파라거스밭과 감자밭 사이에 각종 과일나무들이 그림자를 드리우고 있었다.

지베르트 티부르치우스와 클라라 부덴브로크는 약간 뒤에 처졌다. 그녀보다 훨씬 키가 작은 그는 두 갈래 구레나룻을 어깨 너머로 넘기고 있었고 커다란 머리에 줄이 쳐진 검은 밀짚 모자를 쓰고 있었다. 그는 이따금씩 수건으로 이마에 맺힌 땀방울을 닦으면서 눈을 크게 뜨고 그녀와 오랫동안 부드러운 대화를 나누었다. 대화 중에 둘이 한 번 우뚝 섰을 때 클라라는 진지하고도 조용한 목소리로 "네." 하고 말했다.

집에 돌아온 뒤 영사 부인이 피곤한 데다 몸에 열이 약간 있어 혼자 풍경실에 앉아 있는데 티부르치우스 목사가 여름날의 저녁 노을을 받으며 그녀 옆에 다가와 앉았다. 바깥은 일요일 오후라서 쥐 죽은 듯이 고요했다. 그는 그녀와도 오랫동안 부드러운 대화를 나누었는데 그 끝에 가서 영사 부인이 이렇게 말했다. "됐어요, 목사님. 당신의 청혼은 어머니인 나의 소망과 합치되는 것입니다. 당신 입장에서도 그 선택이 결코 그릇된 것이 아니라는 것은 내가 장담할 수 있습니다. 당신이 우리 집에 와서 묵게 됨으로써 이런 놀랄 만한 축복이 일어나게 될 줄을 누가 상상이라도 했겠습니까! 지금 당장은 확답을 할 수 없습니다. 당신도 알다시피 지금 외국에 나가 있는 우리 아들, 영사한테 먼저 편지를 띄워야 해요. 부디 내일 리가로 가서 건강하게 목회 활동을 시작하십시오. 우리는 일주일 예정으로 바다에 갈 생각입니다. 곧 소식을 보내지요. 주님은 우리가 다시 행복하게 재회하도록 해 주실 겁니다."

7

사랑하는 어머니!

어머니의 중차대한 글월을 받고서 저는 의식적으로 저의 찬성을 이끌어 내려는 어머니의 용의주도함에 진심으로 감사를 드리며 이렇게 황급히 펜을 들었습니다. 물론 저는 찬성할 뿐만 아니라 기쁘기 그지없는 축하의 말을 덧붙입니다. 저는 어머니와 클라라가 좋은 선택을 하셨을 걸로 확신하는 바입니다. 티부르치우스라는 아름다운 이름은 제가 익히 알고 있습니다. 틀림없이 아버지도 그 댁 어른과 상거래를 맺은 걸로 생각됩니다. 어쨌든 클라라는 마땅한 배우자를 얻었습니다. 그리고 목사 부인이라는 위치는 그 애 기질에 잘 맞을 겁니다.

그러니까 티부르치우스가 리가에 갔다가 팔월에 또 한 번 신부를 만나러 온다는 말이죠? 이제 얼마 안 있어 우리 멩가의 분위기가 정말 명랑해지겠군요. 모두가 예상하는 것 이상으로 말입니다. 제가 무슨 특별한 연유로 클라라의 결혼을 그토록 기뻐하고 놀라워하는지, 그리고 그런 좋은 일이 어떻게 해서 동시에 일어나게 되었는지 어머니는 모르실 겁니다. 그래요, 사랑하는 어머니, 제가 오늘 클라라의 현세적인 행복에 대해 엄숙하게 승낙하는 편지를 암스테르담에서 발트해 연안으로 보내는 대신 다음과 같은 조건이 있습니다. 이 편지를 받는 대로 역시 동일한 사안에 대한 동일한 승낙의 편지를 어머니 손으로 직접 써서 보내 달라는 것입니다! 그 대가로 3굴덴의 경화를 드리겠어요. 어머니가 이 편지를 읽을 때 저는 어머니의 얼굴, 특히 우리의 기특한 토니 얼굴을 떠올릴 수 있을 겁니다. 그럼 본론으로 들어가겠습니다.

주식 시장에서 그리 멀지 않은, 시내 한가운데에 위치한 저의 작고 깨끗한 호텔은 바로 운하가 내려다보이는 게 전망이 참좋은 곳에 있습니다. 제가 처리하고자 한 일들은 여기 도착한 첫날부터 소망대로 잘되어 가고 있습니다. 그것은 중대한 새로운 거래 관계를 맺는 일이었습니다. 어머니도 아시다시피 저는 그러한 일은 특히 애착을 가지고 직접 처리합니다. 그런데 이 도시는 제가 수습 생활을 할 때부터 익히 잘 알고 있습니다. 그래서 많은 가족들이 해수욕장에 가 있지만 아는 사람들도 곧많이 만나 볼 수 있었습니다. 저는 판헹크돔 댁과 묄런스 댁에서 개최한 조그마한 야회(夜會)에 참석했습니다. 그리고 여기에 온 지 삼 일째 되던 날에 저는 옛 주인인 판데르켈런 댁에서 개최한 만찬에 참석하기 위해서 황급히 나들이옷을 입어야 했습니다. 그는 제철이 아닌데도 분명 제가 온 것을 축하하기 위해서 만찬회를 열었던 것입니다. 그런데 식탁에 안내되어 가 보니…… 무슨 일이 일어났는지 알아맞혀 보시겠어요? 아놀트선

양, 게르다 아놀트선이 있지 않겠어요. 토니의 옛날 기숙사 친구 말입니다. 대사업가인 동시에 그보다 더 위대한 바이올린 거장이었던 그녀의 아버지도 결혼한 장녀 부부와 함께 그 자리에 참석했습니다.

게르다(저와 벌써 이름만 부르는 사이가 되었습니다.)가 뮐렌브링크에 있는 바이히브로트 양의 기숙 학교에 다니던 아주 어린 소녀였을 적에 결코 잊을 수 없는 강렬한 인상을 저한테 준 것이 너무나 생생하게 기억납니다. 그런데 지금 그녀를 다시 만나게 된 것입니다. 그녀는 더 커졌고, 더 성장했고, 더 아름다워졌고, 더 재기발랄해졌습니다. 그녀가 다소 언짢게 생각할지도 모르기 때문에 그녀의 인물 됨됨이에 대한 언급은 생략하겠습니다. 그것은 직접 대면해서 보시면 알게 될 겁니다!

우리가 식사 중에 좋은 이야기를 많이 나누었으리라 상상할 수 있으시겠지요. 하지만 우리는 수프를 들고 나서 오래전 일화를 벗어나 좀 더 진지하고 실제적인 이야기로 넘어갔습니다. 음악으로는 제가 그녀의 상대가 될 수 없었습니다. 우리 부덴브로크가는 유감스럽게도 음악에는 문외한이기 때문입니다. 하지만 네덜란드 그림에 대해서는 제가 더 정통했고, 문학에 대해서는 서로의 견해가 완전히 일치했습니다.

정말이지 시간이 쏜살같이 지나갔습니다. 식사를 하고 나서 저는 늙은 아놀트선 씨한테 다가갔습니다. 그는 저를 지극히 정중하게 맞아 주었습니다. 나중에 그는 응접실에서 몇 곡을 연주해 주었고, 게르다도 자기의 기량을 선보였습니다. 그녀가 연주하는 모습은 무척 아름다웠습니다. 비록 저는 바이올린 연주에 대해 아는 것이 없었지만 그녀가 자기의 악기(진짜 스트라디바리였어요.)에 맞춰 노래하는 법을 터득해서, 듣는 사람으로 하여금 거의 눈물이라도 터뜨리게 한다는 것은 알 수 있었어요.

다음 날 저는 바위텡칸트에 있는 아놀트선의 집을 방문했습니다. 저는 먼저 어떤 나이 든 사교 부인의 영접을 받았는데, 그녀와 프랑스어로 대화를 나누어야 했습니다. 그런 다음에야 게르다가 나왔습니다. 우리는 전날처럼 실로 한 시간 동안이나 환담을 나누었습니다. 하지만 이번에는 서로가 좀 더 가까워져서, 서로를 이해하고 알려고 더 노력했습니다. 다시 어머니며 토니며 우리의 좋은 오래된 고향이며 나 자신의 활동도 화제에 올랐습니다.

바로 그날 제 결심은 이미 확고해졌습니다. 즉, 이 여자가 아니면 안 되겠다, 지금이 아니면 안 되겠다는 생각이었습니다. 그러다가 저는 제 친구 퐌스빈드런 집에서 벌어진 가든파티에서 그녀와 또 만나게 되었습니다. 그리고 저는 바로 아놀트선 집에서 개최하는 조그마한 음악 연주회에 초대받았습니다. 연주회가 진행되는 중에 저는 그 젊은 숙녀의 의향을 반쯤 타진하는 실험을 해 보고서 고무적인 답변을 받았습니다. 그래서 지금 아놀트선 씨한테 가서 딸을 저에게 달라는 청혼을 한 지오 일이 지났습니다. 그분은 저를 그의 개인 사무실에서 맞아주셨습니다. "영사." 하고 그가 말했어요. "자네를 환영해 마지 않네. 비록 이 늙은 홀아비로서는 딸과 떨어지는 게 무척 힘든 일이지만 말이야! 하지만 딸아이가 문젠데, 그 애는 여태껏 절대 결혼 같은 건 하지 않고 단호히 혼자 살겠다고 생각해 왔네.

그런데 어떻게 기회가 있겠는가?" 이때 제가 게르다 양이 저한
테 모종의 희망적인 언질을 주었다고 대답하자 그는 아주 깜짝
놀랐어요.

그는 게르다에게 며칠 생각할 여유를 주었습니다. 제 생각으
로는 그가 고약한 이기심 때문에 딸을 만류하기도 했을 것 같
습니다. 하지만 그래야 아무 소용이 없습니다. 저는 운명적으로
선택되는 입장이었습니다. 어제 오후 결혼이 확정되었으니까요.

아닙니다, 어머니. 이러한 결합에 대해 지금 어머니더러 서면
으로 축복해 달라는 것은 아닙니다. 내일모레면 여기를 떠나니
까요. 하지만 게르다, 그녀의 아버지 그리고 그녀의 결혼한 언
니도 함께 팔월에 우리를 방문하겠다는 약속을 받아 냈습니다.
그리고 이러한 일이 저의 권리임을 어머니는 인정하지 않을 수
없을 겁니다. 왜냐하면 게르다가 저보다 세 살밖에 어리지 않
다는 사실이 엄마의 반대거리가 될 수 없을 것이기 때문이에
요. 아마도 제가 묄렌도르프, 랑할스, 키스텐마커, 하겐슈트룀
가의 어떤 계집애를 데리고 온다면 어머니가 결코 용납하지 않
았으리라 생각됩니다.

그리고 그 '결혼 지참금' 말입니까? 아, 슈테판 키스텐마커,
헤르만 하겐슈트룀, 페터 될만, 유스투스 삼촌이나 그 밖의 도
시 사람들이 지참금에 관해 알게 되면 저를 교활한 눈으로 고
깝게 바라볼까 봐 적이 걱정이 됩니다. 왜냐하면 저의 장래 장
인은 백만장자니까요. 대관절, 그에 대해 무슨 말이 필요하겠
습니까? 세상에는 이렇게도 저렇게도 해석할 수 있는 애매모호
한 일이 많습니다. 저는 게르다 아놀트선을 열렬하게 숭배합니

다. 하지만 거금의 지참금이 이러한 열정에 기여했는지, 그리고 기여했다면 얼마만큼 기여했는지를 규명하기 위해서 깊이 생각해 본 적은 없습니다. 사람들이 제 결혼 이야기를 들으면 먼저 지참금 액수에 대해 상당히 냉소적으로 제 귀에다 대고 속삭이겠지요. 저는 그녀를 사랑합니다. 하지만 그녀가 제 아내가 되면 그와 동시에 우리 회사는 막대한 자본을 쟁취하게 되기에 저의 행복과 자부심은 그만큼 커질 겁니다.

사랑하는 어머니, 며칠 내로 다시 만나서 제 행복을 입으로 말할 수 있길 빌며 너무 장황해진 편지를 이만 끝맺겠습니다. 해수욕장에서 즐겁게 보내면서 건강에 힘쓰도록 하십시오. 그리고 모든 식구들한테도 진심으로 보내는 저의 안부를 전해 주십시오. 진정한 사랑으로.

1856년 칠월 이십 일 암스테르담
호텔 '헤트 하셰'
어머니의 참된 아들 토마스

8

사실상 그해 한여름에 부덴브로크 집에는 활기차고 축제 같은 분위기가 넘쳤다.

칠월 말에 토마스는 멩가로 되돌아왔다. 그리고 시내에서 사업상 용무가 있었던 다른 사람들과 마찬가지로 해변에 있는 가족을 몇 번 찾아갔다. 반면에 크리스티안은 바로 거기서 완전한 휴가를 보냈다. 그는 왼쪽 다리가 까닭 없이 아프다고 호소했기 때문이다. 그라보 박사도 이유를 도저히 밝혀 낼 수 없어서 크리스티안은 그 문제에 대해 더욱더 심각하게 골똘히 생각했다.

"이건 단순한 통증이 아니야. 도저히 그냥 통증이라고는 할 수 없어." 그는 손으로 다리를 위아래로 문지르고 커다란 코를 찡그리고 눈을 두리번거리며 고통스러운 표정으로 설명했다. "하나의 고통, 다리 전체가 계속 아리는 걱정스러운 고통이야. 그리고 왼쪽, 심장이 놓여 있는 왼쪽이…… 이상해. 이상하게 생각되는데! 형은 그걸 어떻게 생각해?"

"글쎄, 글쎄……." 톰이 말했다. "쉬면서 해수욕이나 하려무나."

그런 다음 크리스티안이 바다로 내려가 해수욕객들한테 이야기를 들려주자 해변에 웃음소리가 울려 퍼졌다. 때로 크리스티안은 휴양실에 들어가 페터 될만, 기세케 박사나 몇몇 함부르크의 난봉꾼들과 룰렛 게임을 했다.

그리고 부덴브로크 영사가 토니와 함께 트라베뮌데에 가면 늘 그러듯이 주택군의 앞 열에 사는 늙은 슈바르츠코프를 찾아갔다. "안녕하세요, 그륀리히 부인!" 수로 안내인은 너무 반가워서 저지 독일어로 말했다. "그래, 그동안 별고 없었고요? 무척 오래간만이군요. 이렇게 찾아 주시다니……. 우리 모르텐은 벌써 의사가 되어 브레슬라우에 있지요. 이젠 실무에도 능한 모양이에요, 그 녀석이……." 그러고 나서 슈바르츠코프 부인이 분주하게 왔다 갔다 하더니 커피를 내왔다. 그들은 예전처럼 나무가 우거진 테라스에서 오후 간식을 먹었다. 십 년 만에 만난지라 모두들 좀 늙어 있었다. 하프크루크의 면장한 테 시집 간 막내 메타와 모르텐은 집에 없었다. 온통 호호백발이 되고 약간 귀가 먹은 수로 안내인은 이제 은퇴해서 쉬고 있었다. 헤어네트를 쓴 그의 부인도 역시 머리가 하얗게 셌다. 그리고 그륀리히 부인이 이제 더 이상 멍청이가 아니라 인생이 뭔지 알게 되었다 해서 벌집 속의 꿀을 못 먹는 것은 아니었다. 그녀가 이렇게 말했기 때문이다. "이건 순수한 자연산이군요. 꿀꺽 삼켜 보면 안다니까요!"

팔월 초에 부덴브로크 일가는 대부분의 다른 가족들처럼 시내로 다시 돌아왔다. 그런 다음 티부르치우스 목사가 러시아에서, 아놀트선 가족이 네덜란드에서 거의 동시에 멩가를 비교적 장기간 방문하는 위대한 순간이 왔다.

영사가 처음으로 그의 신부를 풍경실에 있는 어머니한테 안내하는 순간은 너무나 아름다운 장면이었다. 그의 어머니는 머리를 옆으로 기울인 채 팔을 활짝 벌리고 그녀를 맞이했다. 우아한 걸음걸이로 자유롭고 당당하게 밝은 양탄자 위를 걸어간 게르다는 키가 크고 몸집이 풍만했다. 숱이 많은 진홍색 머리카락, 좁은 양미간에 푸르스름하고 미세한 그림자로 에워싸인 갈색 눈, 미소 지을 때 드러나는 희미한 빛을 내는 넓은 치아, 반듯하고 우뚝한 코와 놀랄 정도로 고상한 모양의 입을 지닌 스물일곱의 이 여자는 우아하고, 이국적이고, 매혹적이고, 신비스러운 아름다움을 소유하고 있었다. 그녀의 얼굴은 흐릿한 흰색을 띠었고 약간 거만해 보였다. 그렇지만 영사 부인이 부드러운 애정을 가지고 양손으로 그녀의 머리를 잡고서 순백의 반듯한 이마에 입맞춤을 하자 그녀는 머리를 숙였다. "그래요, 우리 집과 가정에 들어오는 것을 환영해요. 사랑스럽고, 아름답고, 축복받은 딸로서……." 그녀가 말했다. "우리 아들을 행복하게 해 줄 거예요. 걔가 얼마나 행복해하는지 모를 거예요." 그리고 그녀는 오른팔로 토마스를 끌어당기고는 그에게도 역시 입맞춤을 했다.

손님들을 경쾌한 마음으로 맞아들인 이 커다란 집이 지금만큼 명랑하고 화기애애한 적은 일찍이 없었다. 기껏해야 조부 시절에나 그런 일이 있었을지도 모른다. 티부르치우스 목사는 겸손하게 당구실 옆의 뒤채에 있는 어떤 방을 선택했다. 활동적이고 재기 있는 아놀트선은 뾰족한 수염을 지닌 오십 대 후반의 남자로, 몸을 움직일 때마다 공손한 태도로 감격해 마지않았다. 그의 큰딸은 괴로워하는 듯이 보이는 숙녀였고, 세련된 플레이보이형인 그의 사위는 크리스티안과 함께 시내를 두루 돌아다니며 그의 클럽에도 가 보았다. 게르다는 1층, 주랑 옆방에 머물렀고, 다른 이들은 2층에 있는 사용하지 않는 방들에 분산 투숙했다.

안토니 그륀리히는 지금 집에 목사라곤 지베르트 티부르치우스밖에 없어서 기뻤다. 아니, 기뻐하는 이상이었다! 그녀가 존경하는 오빠의 결혼, 그것도 자기 친구인 게르다가 선택되었다는 사실, 가족과 회사에 새로운 서광을 비추어 주는 엄청난 액수의 지참금, 암암리에 그녀가 엿들은 30만 마르크의 결혼 지참금 그리고 도시의 다른 가족들, 특히 하겐슈트룀가가 그에 대해 무슨 말을 할까 하는 생각…… 이 모든 것이 그녀로 하여금 끊임없이 황홀한 생각에 사로잡히게 했다. 적어도 한 시간에 세 번이나 그녀는 장래의 자기 올케를 격정적으로 포옹했다.

"아아, 게르다." 그녀가 외쳤다. "난 너를 좋아해, 알지? 난 언제나 너를 좋아했어! 그런데 네가 나를 좋아하지 않는다는 것은 알고 있어. 넌 나를 항상 미워했어, 하지만……."

"무슨 소리야, 토니!" 아놀트선이 말했다. "내가 어떻게 너를 미워할 수 있었겠니? 네가 내 혼을 쏙 빼 버리지 않았니?"

그렇지만 이러저러한 이유로, 필시 대화를 나누는 게 너무 기쁘고 흥겨운 나머지 토니는 게르다가 자기를 항상 미워했지만 자기는 이러한 미움을 항시 사랑으로 보답했다고 부득부득 우겼다. 그러면서 그녀의 눈에는 눈물이 흥건히 고였다. 그러고 나서 그녀는 토마스를 옆에 세우고 이렇게 말했다. "오빠, 잘했어. 아아, 얼마나 잘했는지 모르겠어! 아버지가 이 일을 보지 못하고 눈을 감으시다니…… 너무너무 슬픈 거 있지! 그래, 이 일로 틈을 메워야지. 더구나 중요한 것은 차마 이름을 입에 담기도 싫은 그 인간들의 문제야." 그런 다음 그녀는 게르다를 빈방으로 데리고 가서 벤딕스 그륀리히와의 결혼에 대해서 끔찍할 정도로 상세하게 죄다 이야기했다. 또한 그녀는 몇 시간 동안이나 기숙사 시절이며 당시 밤에 나눈 대화들이며 메클렌부르크에 있는 아름가르트 폰실링과 뮌헨에 있는 에바 에버스에 대해 수다를 떨었다. 지베르트 티부르치우스와 클라라의 결혼 문제에 대해서는 거의 신경 쓰지 않았다. 그 두 사람도 그러한 관심을 얻으려고 전혀 노력하지 않았다. 그들은 대체로 조용히 손을 마주 잡고 앉아 부드럽고 진지하게 아름다운 미래에 대해 이야기했다.

부덴브로크가는 아직 탈상을 하지 않았기 때문에 두 건의 결혼을 가족끼리만 축하했다. 그런데도 게르다 아놀트선은 시내에서 금방 유명해졌다. 그렇다, 주식 시장이나 클럽이나 시립 극장이나 사교 모임에서는 그녀가 주요 화젯거리가 되었다. "극상이야." 난봉꾼들은 이렇게 말하면서 입맛을 다셨다. 함부르크에서는 무언가 최고급품을 말할 때 이렇게 표현하는 것이 최신 유행이었기 때문이다. 이젠 적포도주, 시가, 만찬을 일컬을 때나 거래하면서 '품질'을 말할 때도 이러한 표현이 통용되었다. 하지만 견실하고 고루하며 체면을 소중히 여기는 시민들 중에는 이 표현에 고개를 설레설레 흔드는 사람들도 많았다. "이상해. 화장이며 머리카락이며 태도며 얼굴이며…… 좀 심하다 싶을 정도로 이상해." 상인 쇠렌손은 그것을 이렇게 표현했다. "그녀한테는 모종의 뭔가가 있어." 그러면서 그는 몸을 비틀어 꼬며 주식 시장에서 주식 신청을 잘못했을 때처럼 얼굴을 찡그렸다. 하지만 부덴브로크 영사는 그런 사람이었다. 그에게도 아놀트선과 유사한 점이 있었다. 토마스 부덴브로크는 다소 주제넘었다, 다소……. 달리 말하면 그의 조상과도 달랐다. 사람들은, 특히 포목상 벤티엔은 그가 최신 유행인 근사한 옷가지들뿐 아니라(그는 외투, 상의, 모자, 조끼, 바지, 넥타이 같은 것들을 무척 많이 갖고 있었다.) 속옷들도 함부르크에서 구입한다는 것을 알고 있었다. 그가 매일, 때로는 심지어 하루에 두 번씩이나 내의를 갈아입으며 나폴레옹 3세식으로 틀어 올린 콧수염과 손수건에 향수를 뿌린다는 것도 사람들은 알고 있었다. 그리고 이러한 모든 일은 회사와 그 대표를 위해서가 아니라('요한 부덴브로크' 회사는 그럴 필요가 없었다.) 극히 섬세하고 귀족적인 그의 개인적 취향 때문에 행해졌다. 이를 어떻게 표현하면 좋담, 빌어먹을! 그리고 그는 때때로 실제적인 업무를 볼 때, 사업상의 질문이나 시(市)에서 질문을 받을 때 하이네나 그 밖의 시인의 시구를 인용하면서 말했다. 그런데 이제 이 부인, 아니 실은 그 자신, 부덴브로크 영사한테도 '모종의 뭔가가' 있었다. 물론 그는 정말 존경받을 만한 입장에 있었다. 그 가문이 존경받을 만했기 때문이다. 그리고 그 회사는 최고였다. 또한 그 대표는 도시를 사랑하며 확실히 도시를 위해 헌신적으로 봉사할 분별력 있고 공손한 남자였다. 그런 데다가 아주 세련된 배필까지 맞아들였다. 대략 10만 탈러나 되는 지참금을 지녔단다. 그런데도 여자들 중에는 게르다 아놀트선을 아주 '속되다'라고 여기는 축도 일부 있었다. 여기서 기억할 점은 '속되다'라는 표현이 혹독한 비난의 의미를 담고 있었다는 것이다.

그러나 처음으로 거리에서 토마스 부덴브로크의 신부를 보고 감동한 나머지 열렬하게 숭배하게 된 사람은 바로 중개인 고슈였다. 클럽이나 '선원 조합'에서 그는 오색주 잔을 치켜들고, 소름 끼치는 표정을 짓고는 험상궂은 얼굴을 찡그리며 "하!" 하고 말했다. "어떤 여자인지 말씀드리자면, 여러분! 헤라와 아프로디테, 브륀힐데와 멜루지네를 섞어 놓은 얼굴이었어요. 햐, 인생이란 하지만 아름다운 것입니다!" 그가 불쑥 그렇게 덧붙였다. 오래된 선원 회관의 천장에 밑으로 걸려 있는 돛단배 모형과 커다란 물고기 아래에 위치한 묵직한 목조 의자에 앉아 술을 마시고 있던 사람들 중에서 게르다 아놀트선이 출현한 사건이 특이한 것을 동경하는 중개인 고슈의 보잘것없는 삶에 어떠한 의미가 있는지를 제대로 이해하는 사람은 아무도 없었다.

앞서 말했듯이 성대하게 연회를 열 의무가 없었으므로 멩가의 일가친척들은 그만큼 서로 친밀하게 사귈 여유를 갖게 되었다. 지베르트 티부르치우스는 클라라의 손을 잡고 그의 양친이며 젊은 시절이며 앞으로의 계획에 관해 이야기했다. 아놀트선의 식구들은 고향인 드레스덴의 계보를 이야기했는데, 그중에 자기 가족만이 네덜란드에 정착했다는 것이었다. 그러자 그륀리히 부인은 풍경실에 있는 사무용 책상 열쇠가 간절히 생각나서 가문 일지가 든 서류 가방을 진지한 표정으로 질질 끌며 가져왔다. 거기에다 토마스는 최근 날짜들도 이미 기록해 두었다. 그녀는 점잔을 빼며 벌써 대대적인 성공을 거두었던 로스토크의 재단사 할아버지에서부터 시작하여 부덴브로크가의 역사를 보고했다. 그녀는 오래된 축시를 낭독했다.

유능함과 단아한 아름다움이
우리 눈앞에서 하나로 되었도다,

비너스 아나디오메네와

화신(火神)의 부지런한 손이여…….

이 대목에서 그녀는 톰과 게르다를 곁눈질하며 혀를 윗입술 위로 내밀었다. 그리고 역사를 존중하는 의미에서 그녀가 본시 그 이름을 입에 담고 싶어 하지 않는 어떤 인물이 관계된 가족사를 언급하는 것을 결코 빠뜨리지 않았다.

그러나 목요일 네 시에 으레 찾아오는 손님들이 왔다. 유스투스 크뢰거가 몸이 약한 그의 아내와 같이 왔다. 그녀가 미국에 있는 아들, 상속권을 박탈당한, 막돼먹은 아들 야코브한테 돈을 계속 보내 주었기 때문에 그는 아내에 대해 아주 못마땅하게 생각했다. 그녀는 살림을 절약한 돈을 보냈기 때문에 남편과 함께 거의 오트밀죽으로 연명하는 도리밖에 없었다. 넓은 거리에 사는 부덴브로크가의 세 딸들도 왔다. 그들은 에리카 그륀리히의 몸무게가 늘지 않았고, 그녀가 사기꾼 아버지를 더 닮아 간다는 사실에 경의를 표하고 확인하려는 것이었다. 그리고 영사의 신부가 상당히 유난스러운 머리 모양을 하고 있다는 것을 확인하려고 했다. 그리고 세세미 바이히브로트도 왔다. 그녀는 발끝으로 서서 게르다의 이마에 '쪽' 하는 조그만 소리가 나게 입맞춤을 하며 떨리는 목소리로 이렇게 말했다. "행복하게 살거라, 애야!"

그런 다음에 아놀트선은 식사를 하면서 신랑 신부를 위해 축배를 들자고 재치 있고 상상력이 풍부한 말을 했다. 그런 후에 사람들이 커피를 마시는 동안 그가 집시처럼 야생적이고도 정열적으로 능숙하게 바이올린을 연주했다. 그러자 게르다도 늘 몸에 지니고 다니는 자기의 스트라디바리를 가져와서 감미로운 가락으로 연주했다. 그리고 그들은 풍경실의 오르간 옆에서 멋진 이중주를 보여 주었다. 바로 그 자리에서 옛날 언젠가 영사의 할아버지가 우미(優美)한 선율로 조그맣게 플루트를 분 적이 있었다.

"고상하구나!" 잔뜩 몸을 뒤로 젖힌 채 안락의자에 앉아 있던 토니가 말했다. "아 정말, 얼마나 고상한지 모르겠어!" 진지하게 점잔 빼는 표정으로 그녀는 위를 쳐다보면서 생생하고 솔직한 느낌을 천천히 계속 표현했다. "아니야, 있잖아, 인생이란 으레 그렇듯이…… 누구에게나 그런 재능이 주어지는 것은 아니야! 나에게는 그런 재능을 내려 주시지 않으니, 있잖아, 여러 날 밤마다 애원했지만 말이야. 난 바보 멍청이야. 그래, 게르다, 너한테 말해야겠어. 난 너보다 나이가 더 많을뿐더러 인생이란 뭔지 알고 있어. 너는 매일매일 무릎을 꿇고 창조주에게 감사해야 돼. 그처럼 신의 은총을 타고난 데 대해서 말이야!"

"……은총을." 게르다가 웃으면서 말할 때 희고 넓은 아름다운 치아가 드러났다.

나중에 그들은 모두 가까이 모여 당장 해야 할 일이 무엇인지 함께 의논하면서 포도 젤리를 먹었다. 팔월 말이나 구월 초에 지베르트 티부르치우스뿐 아니라 아놀트선 가족도 고향에 돌아가기로 결정을 보았다. 성탄절 직후에 주랑에서 클라라의 결혼식을 성대하게 열기로 했고, 암스테르담의 결혼식은

"목숨과 건강이 허락하는 한" 영사 부인도 참석할 작정이었으므로 다음 해 초까지 연기해야 했다. 그동안 쉬는 기간을 갖도록 하기 위해서였다. 토마스가 이의를 제기했지만 아무 소용이 없었다. "제발!" 영사 부인이 그렇게 말하고는 그의 이마에 손을 얹었다. "지베르트가 먼저 왔잖니!"

목사와 그의 신부는 신혼 여행을 포기했다. 하지만 게르다와 토마스는 이탈리아 북부 지방을 지나 피렌체로 가기로 합의를 보았다. 그들은 약 두 달 동안 집을 떠나 있을 예정이었다. 그동안 토니는 어부 골목에 사는 실내 장식가 야콥스와 함께 넓은 거리의 작고 아름다운 집을 손보아야 했다. 함부르크로 이사 간 어떤 독신자의 소유였던 그 집을 영사가 이미 사들였던 것이다. 아, 토니는 정말이지 그 일을 지극히 만족한 기분으로 처리할 것이다! "오빠네 집은 고상해야 돼!" 그녀가 말했다. 그리고 모두들 그 점에 대해 확신했다.

하지만 바싹 마른 휜 다리에 커다란 코를 지닌 크리스티안은 방에서 이리저리 왔다 갔다 했다. 그 방에서 두 쌍의 신혼 부부가 손을 맞잡고 결혼이며 혼수며 신혼 여행에 관한 대화를 나누었다. 크리스티안은 자기의 왼쪽 다리가 까닭 없이 아픈 것을 느꼈다. 그리고 움푹 들어간 작은 눈에 진지하고 불안한 표정으로 곰곰 생각에 잠겨 모두를 바라보았다. 마침내 그는 마르셀루스 슈텡겔의 말투를 흉내 내며 불쌍한 틸다, 늙고 조용하며 빼빼 말랐는데도 여전히 음식을 탐하면서 행복한 사람들 가운데 앉아 있는 틸다한테 이렇게 말했다. "자, 틸다, 이제 우리도 곧 결혼하자꾸나. 무슨 말인고 하니…… 각자 따로 말이야!"

9

약 칠 개월 후 부덴브로크 영사가 아내와 함께 이탈리아에
서 돌아왔다. 오후 다섯 시에 정면을 페인트로 칠한 수수한
집 앞에 마차가 멈추었을 때 넓은 거리에는 삼월인데도 눈이
내려 있었다. 몇몇 아이들과 어른들이 도착한 사람들이 내리
는 것을 보려고 서 있었다. 안토니 그륀리히 부인은 자신이 신
혼부부의 집을 꾸민 것을 자랑스럽게 생각하며 현관문에 서
있었고, 두꺼운 줄무늬 치마를 입은 두 하녀들은 흰 모자를
쓰고 팔을 걷어붙인 채 역시 주인을 맞을 채비를 하며 그녀
뒤에 서 있었다. 토니는 자신이 훤히 잘 알고 있는 그들을 올
케를 위해서 가려 뽑았다.

일을 하다가 그들이 온 것을 보고 기쁨에 들뜬 토니는 황
급히 편편한 계단을 달려 내려가, 트렁크가 실린 마차에서 모
피 외투를 입고 내린 게르다와 토마스를 끌어안은 채 현관으
로 들어갔다.

"이제 왔구나! 저 멀리 돌아다니다가 이제야 왔구나! 기둥
위에 지붕이 있는 이 집을 봤어? 게르다, 넌 더 예뻐졌구나. 이
리 와, 키스하자꾸나. 아니, 입에도 해야지. 그렇지! 안녕, 톰,
그래, 오빠도 내 키스를 받아 줘. 마르쿠스가 그러는데 오빠
가 없는 사이에 모든 일이 아주 순조로웠대. 어머니는 멩가에

서 기다리고 있어. 하지만 먼저 편히 쉬어야지. 차를 마실 거야? 목욕은? 모든 준비가 되어 있어. 불편한 게 전혀 없을 거야. 야콥스가 애를 많이 썼어. 그리고 나도 힘닿는 대로 일을 했어."

하녀들이 마부와 함께 짐을 안으로 운반하는 동안 토니는 앞뜰로 가서 이렇게 말했다. "여기 1층 방은 당분간 별로 쓸 일이 없을 거야. 당분간 말이야." 그녀가 되풀이하여 말하면서 혀끝을 윗입술 위로 내밀었다. "여기가 좋아." 그러면서 바로 오른쪽에 있는 바람막이 벽 옆의 문을 열었다. "거기엔 창 앞에 담쟁이덩굴이 있어. 수수한 목조 가구며 참나무며……. 저 뒤 복도 저편에는 좀 더 큰 방이 있어. 여기 오른쪽에는 부엌과 식당이 있어. 그럼 우리 올라가 보자. 아, 모두모두 보여 주고 싶어!"

그들은 진홍색의 넓은 융단을 밟으며 발을 딛기 편하게 만들어진 계단을 올라갔다. 그 위 2층의 유리문 뒤에는 좁은 복도가 있었다. 식당에는 물주전자가 끓고 있는 묵직한 둥근 식탁과 공단으로 된 진홍색 벽지가 있었다. 그 옆에는 호두나무를 잘라서 만든 의자와 육중한 찬장이 있었는데 의자의 앉는 부위는 등나무로 만들어져 있었다. 회색 천이 걸린 안락한 거실이 거기에 있었고, 그 거실은 푸른 무늬의 무명천을 씌운 안락의자와 돌출창이 있는 좁은 응접실과는 휘장으로 구분되어 있었다. 하지만 2층의 사분의 일은 창이 세 개 있는 어떤 방이 차지하고 있었다. 그러고 나서 그들은 침실로 건너갔다.

복도 옆의 오른편 침실에는 꽃무늬 커튼과 튼튼한 마호가니 침대가 있었다. 하지만 토니는 그 뒤의 체눈 세공이 된 작은 문으로 가서는, 손잡이를 눌러 나선형 계단으로 통하는 길을 열었다. 그 계단으로 내려가면 지하실이 나오는데, 거기에는 욕실과 하인방이 있었다.

"여기가 좋은데. 난 여기 있겠어." 게르다가 말했다. 그러고는 침대 옆의 팔걸이의자에 푹 주저앉으면서 안도의 숨을 내쉬었다.

영사는 허리를 굽혀 그녀의 이마에 입맞춤을 했다. "피곤하오? 그럴 테지요. 나도 몸을 좀 씻고 싶소."

"난 차 끓일 물을 봐야겠어." 토니가 말했다. "식당으로 와, 기다릴 테니까." 그러고 나서 그녀는 그곳으로 갔다.

토마스가 건너왔을 때 마이센제 찻잔 속에서 모락모락 김을 내는 차가 준비돼 있었다. "내가 왔어." 그가 말했다. "게르다는 반 시간 정도 쉬겠다는구나. 두통이 있는 모양이야. 멩가에는 나중에 갈 생각이다. 모두들 잘 있니, 토니? 어머니랑 에리카랑 크리스티안이랑? 그러면 이제⋯⋯." 그가 아주 공손한 동작을 취하면서 말을 계속했다. "네가 이렇게 수고한 데 대해 게르다와 나는 정말 너무 고맙게 생각해! 어쩌면 그렇게 깔끔하게 모든 일을 처리했니! 나의 아내는 돌출창에 종려나무 몇 개를 놓아두면 되고, 난 알맞은 유화 몇 점만 찾아보면 되겠어. 그런데 이제 좀 말해 보렴! 그동안 잘 지냈는지, 무슨 일을 하며 보냈는지."

그는 의자를 끌어당겨 여동생에게 앉으라고 권했다. 그녀가 이야기하는 동안 그는 천천히 차를 마시고 비스킷을 먹었다.

"아, 톰." 그녀가 대답했다. "내가 무슨 일을 하겠어? 내 인생은 다 간 거야."

"그런 소리 마, 토니! 넌 네 인생을……. 하지만 사실 산다는 게 아주 권태롭지?"

"맞아, 톰, 난 정말 너무너무 권태로워 죽겠어. 때때로 난 너무 권태로워서 소리를 지를 때도 있어. 난 이 집에서 일하는 게 즐거웠어. 오빠네가 돌아오기를 얼마나 행복하게 기다렸는지 모를 거야. 하지만 난 집에 있는 게 달갑지 않아. 그게 죄악이라면 하느님이 나를 벌주시겠지. 난 이제 삼십 줄에 들어섰어. 하지만 최하층 천국의 시민이나 게르하르트 부인 아니면 어머니 집에 찾아와서 음식을 작살내는 검은 옷을 입은 목사들과 친교를 맺을 나이는 아직 아니야. 톰, 난 그들을 신뢰하지 않아. 그들은 양의 탈을 쓴 늑대들이야. 사악한 독사의 무리지. 우린 모두 죄를 범하기 쉬운 마음을 지닌 약한 인간들이야. 그들이 이 불쌍한 현세주의자를 동정 어린 눈으로 깔보려고 한다면 난 그들을 마구 비웃어 줄 테야. 난 항상 만인이 평등하다는 생각과 우리와 하느님 사이에는 어떠한 중개자도 필요없다는 생각을 갖고 있어. 오빠는 나의 정치적 신조도 알고 있잖아. 내가 바라는 바는 시민의 국가에 대해……."

"그러니까 너는 뭔가 외톨이가 된 기분을 느낀단 말이지?" 토마스는 여동생이 다시 제 길로 들어서도록 하기 위해서 물어보았다. "너에게는 에리카가 있지 않니?"

"그래, 톰, 난 우리 아이를 진심으로 사랑해. 비록 어떤 인간은 내가 아이를 좋아하지 않는다고 주장했지만 말이야. 하지만 이것 봐. 난 오빠한테 마음을 털어놓고 있어. 난 솔직한 여자야. 난 내 마음 상태가 어떤지를 말하고 있어. 쓸데없이 말을 지어서 하지는 않아."

"바로 그게 너의 좋은 점이야, 토니."

"요컨대, 그 아이가 너무나 그륀리히를 생각나게 한다는 사실이 슬퍼져. 넓은 거리에 사는 부덴브로크 딸들도 그 애가 아빠를 너무 닮아 간다고 하지. 그리고 그 아이가 내 눈앞에 있으면 늘 이런 생각이 떠올라. 넌 다 큰 딸을 데리고 사는 나이 든 여자다. 그리고 네 인생은 다 갔어. 너도 예전엔 몇 년 동안 즐겁게 살았지. 하지만 얼마 안 가 일흔이나 여든이 될 거고, 그럼 여기에 죽치고 앉아 레아 게르하르트가 성경책을 낭독하는 것을 듣고 있을 거야. 그런 생각이 내 목구멍을 막고 짓누르는 게 슬퍼, 톰. 왜냐하면 난 아직 청춘이라고 느끼고 있거든. 그리고 난 또 한 번 인생의 바다로 나가 보고 싶은 생각이 간절해. 그런데 이제는 집에서뿐만 아니라 시내 어디에서도 마음이 편치 못해. 오빠는 내가 여러 상황에 대해 안목이 없다고는 생각지 않을 거야. 난 더 이상 바보가 아닐뿐더러 머리에는 눈이 달려 있어. 난 내가 이혼한 여자라는 것을 느끼게 되었어. 그건 아주 명백한 사실이야. 톰, 오빠 내 가슴이 늘 무겁다는 말을 믿어 줄 수 있을 거야. 나 자신의 죄는 아니라 하더라도 어쨌든 우리 가문의 이름을 더럽혔다는 생각이 들기 때문이야. 오빤 하고 싶은 일을 할 수 있어. 돈도 벌 수 있고 시내에서 제일인자가 될 수 있어. 그런데 사람들은 여전히 이렇게 말할 거야. '그래, 그의 여동생은 이혼한 여자라지.' 하겐슈트룀가 출신인 율헨 묄렌도르프는 나한테 인사도 하지 않아. 그건 멍청이 같은 짓이야! 하지만 모든 사람들이 그렇게 하고 있어. 그렇지만 난 뭐든지 다시 만회할 수 있다는 희망을 포기할 수 없어, 톰! 난 아직 젊단 말이야. 이만하면 아직 꽤 예쁘지 않아? 엄마는 나한테 더 이상 많은 지참금을 줄 수 없겠지. 하지만 아직 웬만한 정도의 돈은 있어. 내가 다시 결혼한다면? 솔직히 말하면, 톰, 그게 나의 가장 절실한 소망이야! 그것으로 만사가 해결되고, 모든 허물은 사라질 거야. 아, 정말이지 우리 가문에 어울리는 배필을 얻어서 다시 일어설 수 있다면! 그것이 절대 불가능한 일이라고 생각해?"

"당치도 않은 소리 마, 토니! 결코 그렇지 않아! 난 네 결혼 문제를 늘 생각해 왔어. 하지만 무엇보다도 일단 외지에 가서 기운을 좀 내고, 기분을 전환하는 게 필요할 것 같아."

"그래, 정말이야!" 그녀가 열을 내서 말했다. "이제 오빠한테 이야기해 줄 게 있어."

이러한 제안을 하고 매우 흡족한 마음이 된 토마스는 뒤로 몸을 젖혔다. 그는 벌써 담배를 두 개비째 피우고 있었다. 으스름한 어둠이 몰려오기 시작했다.

"그러니까 난 오빠네가 없는 동안 하마터면 자리를 하나 얻을 뻔했어. 리버풀에서 사교 부인으로 말이야. 그랬다면 화가 났을 테지? 더구나 다소 미심쩍기도 하고? 그래, 그래, 아마 품위를 손상시키는 일일지도 모르지. 하지만 어디로든 떠나가는 게 나의 간절한 소망이었어. 어쨌든, 그 일은 깨졌어. 난 그집 안주인한테 내 사진을 보냈어. 그런데 그녀는 나를 채용하는 것을 포기하고 말았어. 내가 너무 예쁘다는 거지. 집엔 다 큰 아들이 있다는 거야. '당신은 너무 예쁩니다.'라고 썼더군. 쳇, 난 일찍이 그렇게 즐거워했던 적이 없었어!"

두 남매는 속이 후련할 정도로 웃었다.

"하지만 이젠 다른 전망을 품고 있어." 토니가 말을 계속했다. "난 초청을 받았어. 에바 에버스가 있는 뮌헨으로 오라는 초청을 말이야. 그래, 그녀는 이제 에바 니더파우르라고 불려. 그애 남편은 양조장 사장이야. 이제 됐어. 자기를 찾아와 달라고 나한테 부탁했거든. 그래서 그 요구를 받아들일 작정이야. 물론 에리카는 데리고 갈 수 없겠지. 그 애는 세세미 바이히브로트의 기숙사에 넣을 거야. 거기서 극진한 대우를 받을 거야. 그에 대해 무슨 반대 의견이라도 있으면 말해 봐!"

"전혀 없어. 어쨌든 너는 다시 새로운 환경을 접할 필요가 있어."

"그래, 그럼 됐어!" 그녀가 고마워하면서 말했다. "하지만 이젠 오빠 차례야! 난 내 말만 줄곧 해 버렸어. 난 참 이기적인 여자지 뭐야! 이젠 오빠가 이야기할 차례야. 아, 정말이지, 오빠는 참 행복하게 살 거야!"

"그래, 토니!" 그가 힘주어 말했다. 잠깐 동안 아무 말이 없다가 그는 연기를 식탁 너머로 내뿜으면서 말을 이었다. "우선 결혼해서 가정을 꾸리게 된 것이 너무 기뻐. 너도 알다시피 난 독신으로 사는 것이 맞지 않아. 독신으로 사는 사람들은 모두 고독을 즐기고 빈둥거리는 경향이 있어. 너도 알다시피 나에게는 명예욕이라는 게 있어. 난 나의 경력이 사업상으로도,

농담조로 말한다면 정치적으로도 끝났다고 생각지 않아. 하지만 남자란 가장이 되고 아이 아버지가 되어야 제대로 세상의 신임을 얻게 되는 거야. 그렇지만 난 아슬아슬한 상황에 있었어, 토니, 난 좀 까다롭게 고르고 골랐어. 난 오랫동안 이 세상에서 적당한 배필을 얻는다는 게 가능한 일이라고 생각지 않았어. 하지만 게르다를 보자마자 갑자기 생각이 달라졌어. 난 내 배필감은 그녀밖에 없다고 즉각 결정을 내렸어. 물론 시내의 많은 사람들이 나의 취향이 어떻다는 둥 말들이 많다는 건 알고 있어. 그녀는 놀랄 만한 여자야. 확신하건대 이 지구상에 그녀만 한 여자도 몇 안 될 거야. 물론 그녀는 너와는 달라, 토니. 넌 성품이 단순하고 또 좀 더 자연스러워. 내 아내는 아주 정열적인 여자야." 그가 갑자기 어조를 낮추면서 말을 계속했다. "게다가 게르다가 정열적이라는 사실은 바이올린 연주에서도 잘 드러나. 하지만 이따금 다소 냉정해질 때가 있어. 요컨대 그녀를 일반적인 잣대로 평가할 수는 없어. 그녀는 예술가 기질을 지닌, 독특하고 신비스러우며 매혹적인 여자야."

"그래, 그래." 토니가 말했다. 그녀는 오빠의 말을 진지하고도 주의 깊게 경청했다. 등불을 켤 생각도 않고 그들은 어둠이 엄습해 오는 것을 그대로 방치해 두었다.

이때 복도의 문이 열렸다. 그리고 백설처럼 흰 주름진 면직물 실내복을 입은 어떤 형상이 으스름한 어둠에 휩싸인 채 두 사람 앞에 우뚝 서 있었다. 숱이 많은 진홍색 머리카락이 흰 얼굴을 에워싸고 있었다. 그리고 양미간이 좁은 갈색 눈의 언저리는 푸르스름하게 그림자가 드리워 있었다.

그 사람은 바로 앞으로 부덴브로크가의 어머니가 될 게르다였다.

6부

1

토마스 부덴브로크는 대개 혼자 그의 아름다운 식당에서 첫 번째 아침 식사를 했다. 그의 아내는 오전에는 종종 편두통에 시달리거나 대개 기분이 좋지 않아서 매우 늦게 침실에서 나오기 때문이었다. 그런 다음에 영사는 즉시 회사의 사무실이 있는 멩가로 가, 중간층에서 어머니, 크리스티안, 이다 융만과 함께 두 번째 아침 식사를 했다. 그리고 게르다와는 오후 네 시에 점심 식사를 할 때에야 비로소 다시 만났다.

1층에서 사무를 보았기 때문에 그곳은 활기와 생동감이 넘쳤다. 하지만 커다란 멩가의 위층들은 이제 거의 텅 비어 적막했다. 어린 에리카는 바이히브로트의 기숙사에 들어갔고, 불쌍한 클로틸데는 자신의 가구 서너 개를 가지고 어떤 고등학교 교사의 미망인인 여의사 크라우제민츠 집에 식비를 싸게 주고 들어갔다. 하인 안톤도 집을 옮겨 그를 더 필요로 했던 젊은 주인한테로 갔다. 크리스티안이 클럽에 있을 때면 영사 부인과 융만은 네 시 정각에 단둘이 둥근 식탁에 나란히 앉았다. 이젠 그 둥근 식탁으로 단 한 개의 쟁반도 들어오지 않았으며, 넓은 식당에 있던 신상도 어디론가 사라져 버리고 없었다.

요한 부덴브로크 영사가 사망하고부터는 멩가에서 사교 모임도 열리지 않았다. 이런저런 성직자들이 찾아오는 것을 제외하고는 손님이라곤 목요일에 모이는 가족들밖에 볼 수 없었다. 그런데 영사 부인의 아들과 며느리가 베푼 첫 번째 연회 때는 식당과 거실에 사람들이 가득 찼다. 요리사, 임시 고용인과 키스텐마커의 술로 치러 낸 그 만찬은 다섯 시 정각에 시작되었는데, 열한 시가 되도록 음식 냄새와 왁자지껄 떠드는 소리가 계속되었다. 이 만찬에는 랑할스, 하겐슈트룀, 후노이스, 키스텐마커, 외버디크 및 묄렌도르프가 참석했으며, 사업가와 학자, 부부와 난봉꾼 들이 참석했다. 만찬은 카드놀이와 음악 연주로 끝이 났다. 그리고 주식 시장에서 사람들은 일주일 동안이나 이 만찬에 대해 극찬했다. 젊은 영사 부인이 제대로 안주인 노릇을 할 줄 안다는 소문이 퍼졌다. 그날 밤 다 타들어가는 촛불이 일렁거리는 집에, 뒤죽박죽으로 옮겨져 있는 가구들 사이에, 맛좋은 음식과 향수, 포도주, 커피, 시가, 분장실과 식탁 장식대의 꽃에서 감미롭고 짙은 향내가 나는 가운데 톰은 아내와 단둘이 남아 그녀의 손을 잡고 이렇게 말했다. "아주 잘했어요, 게르다! 우린 부끄러워할 필요가 없겠어요. 그런 것이 정말 중요한 것이오. 나는 무도회를 열면 젊은 사람들이 여기를 마구 뛰면서 돌아다니는 것이 마음에 들지 않아요. 그러기에는 공간도 부족하고요. 하지만 분별력 있는 사람들한테는 우리 집이 구미에 맞았을 게요. 이런 만찬에는 비용이 좀 많이 들게 마련이지. 하지만 그런 것은 별로 문제가 되지 않아요."

"당신 말이 옳아요." 그녀가 가슴에서 대리석처럼 희미한 빛을 내는 레이스를 매만지면서 대답했다. "나도 무도회보다 만찬이 훨씬 좋아요. 만찬은 사람의 마음을 착 가라앉혀 줘요. 난 오늘 오후 연주를 하면서 좀 이상한 느낌이 들었어요. 벼락이 내리쳐도 얼굴이 창백해지거나 빨개지지 않을 정도로 지금 내 머리는 멍해요."

오늘 열한 시 반 정각에 영사가 아침을 들려고 어머니 옆에 앉자 그녀는 아들에게 편지 한 통을 읽어 주었다. 그것은 1857년 사월 이 일 토니가 뮌헨의 마리엔플라츠에서 보낸 편지였다.

사랑하는 엄마!

내가 여기에 온 지 벌써 일주일이나 지났는데도 아직 편지를 못 드린 것을 부끄러워하며 용서를 빕니다. 여기에 볼 게 하도 많아 무척 바빴답니다. 하지만 그 이야기는 나중에 하겠어요. 지금은 일단 어머니, 톰, 게르다, 에리카, 크리스티안, 틸다, 이다 모두가 잘 있는지 궁금해요. 그게 가장 중요한 일이지요.

아아, 내가 요 며칠 동안 뭘 구경했는지 알겠어요? 미술관이
며 조각관이며 궁정 양조장이며 궁정 극장이며 교회와 그 외
여러 곳을 보았어요. 그것에 대해서는 직접 입으로 이야기하겠
어요. 그것을 일일이 글로 쓰다간 죽을 때까지 다 못 쓸 거예
요. 또 마차를 타고 이자르 계곡에 다녀오기도 했어요. 그리고
내일은 뷔름 호수로 소풍을 갈 예정이에요. 늘 이렇게 보내고
있어요. 에바는 나한테 너무 잘해 줘요. 양조장 사장인 니더파
우르 씨는 상냥한 사람이에요. 우리는 도시 한가운데 아주 멋
있는 곳에 살고 있어요. 고향의 광장처럼 도시 중앙에는 분수
가 있어요. 그리고 아주 가까이에 시청이 있고요. 여태껏 그런
건물은 본 적이 없어요! 위에서 아래까지 온통 알록달록하게,
용을 죽이는 성 게오르크며 성장(盛裝)을 하고 문장이 그려진
방패를 든 옛 바이에른 영주들이 그려져 있어요. 그걸 상상해
보세요!

그래요, 뮌헨은 아주 각별히 내 마음에 들어요. 이곳 공기는
신경을 튼튼하게 해 준다고 해요. 그리고 나의 위는 현재 지극
히 정상이에요. 나는 아주 흡족한 마음으로 맥주를 많이 마셔
요. 여기 물이 별로 건강에 좋지 않아서 말이에요. 하지만 음식
에는 아직도 제대로 익숙해지지 않아요. 채소는 너무 적고 밀
은 너무 많아요. 이를테면 소스에 밀가루가 잔뜩 들어가는 게
정말 죽을 맛이에요. 송아지 등심이 어디에 들어 있는지 여기
서는 도저히 알 수 없어요. 여기서는 정육점에서 고기를 너무
얇게 썰기 때문이에요. 그리고 나한테는 생선이 너무 부족해
요. 그리고 늘상 오이 샐러드와 감자 샐러드에 곁들여 맥주를

꿀꺽 삼키다니 정말 미친 짓이지 뭐예요! 그러면 위에서는 꾸르륵꾸르륵 소리가 난답니다.

그 외에 여러 가지 다른 일에 일단 익숙해져야 해요. 여기는 낯선 고장이니까 그럴 수밖에 없겠지요. 여기 동전에도 익숙지 않고, 일반 상인들과 의사소통을 하기가 힘들어요. 나는 너무 말이 빠른 반면 그들은 무슨 말인지 알아듣기 힘들게 말하는 거예요. 게다가 여기는 알다시피 내가 싫어하는 가톨릭이 번성하는 지역이에요. 난 그걸 대수롭게 여기지 않지만 말이에요.

이때 향신료가 가미된 치즈를 바른 버터빵을 손에 들고 소파에 몸을 기대면서 영사가 웃기 시작했다.

"그래, 너는 웃는구나, 톰." 어머니가 그렇게 말하면서 가운뎃손가락으로 식탁보를 몇 번 두드렸다. "하지만 토니가 조상 대대로 내려온 신앙에 충실하고 신교가 아닌 겉만 번지르르한 것을 혐오하는 게 썩 내 마음에 드는구나. 네가 프랑스나 이탈리아에서 교황의 성당에 모종의 호감을 품었다는 건 내 다 알고 있다. 하지만 그것은 네 종교가 아니고 무언가 다른 것이야. 나도 그걸 이해는 한다. 하지만 우리야 참을 수 있다 해도 이런 일을 희롱하고 놀리면 크게 벌 받는다. 나는 너와 게르다가 나이를 먹어 감에 따라 하느님이 너희한테 필요한 진지함을 주십사고 기도한단다. 내가 보기에 게르다도 신앙이 돈독한 부류에 들지는 않는 것 같더구나. 이런 말을 했다고 나를 고깝게 생각지 말거라."

"분수 위에는……." 그녀가 계속 읽어 내려갔다.

"우리 집 창문에서 보이는 분수 위에 마리아가 서 있습니다. 가끔씩 거기에 화환을 바치는 사람이 있어요. 그리고 서민 출신의 사람들이 장미 화환을 내려놓고는 무릎 꿇고 기도하는 모습이 정말 아름답게 보여요. 그러나 거기에는 '네 방에 가라.'라고 씌어 있습니다. 여기서는 종종 거리에서 성직자들의 모습이 보인답니다. 정말 존귀해 보이지요. 그런데 엄마 상상해 보세요. 어제 테아틴가에서 교회의 어떤 높은 성직자가 마차를 타고 내 옆을 지나갔어요. 아마 나이가 지긋한 주교인 것 같았어요. 그런데 이분이 마치 근위대 소위처럼 창 너머로 몇 번인가 눈을 찡긋하지 뭐예요! 내가 우리 집에 찾아오는 선교사나 목사를 높이 평가하지 않는다는 걸 어머니도 잘 알고 있잖아요. 하지만 울보 트리슈케는 이 난봉꾼 같은 주교에 비하면 정녕코 아무것도 아니에요……."

"원, 참!" 영사 부인이 우려하는 소리를 냈다.

"토니도 참!" 영사가 말했다.

"어째서, 톰?"

"토니가 유혹의 눈길을 보내지 않았을까요? 시험조로 말이에요. 난 토니를 잘 알아요! 어쨌든 이 '윙크'에 토니는 정말 즐거워했을 거예요. 아마 그게 그 노신사의 의도였겠죠."

영사 부인은 이 문제를 더 깊이 따지지 않고 계속 읽어 나갔다. "그저께 니더파우르의 저녁 모임이 있었어요. 나는 그 담화 내용을 모두 알아들을 수는 없었고 때때로 어조가 상당히 모호하게 들렸지만 정말 멋있었어요. 궁정 오페라 가수도 와서 가곡을 불렀어요. 그리고 어떤 화가는 나더러 자기의 초상화 모델이 되어 달라는 거예요. 하지만 그게 온당치 못하다는 생각이 들어 거절했어요. 페르마네더 씨와 나눈 대화가 최고 재밌었어요. 이런 이름이 세상에 있을 수 있다고 이전에는 생각한 적이 없었겠지요? 홉 무역상인 그는 친절하고 나이는 지긋하지만 재미있는 사람이며 아직 총각이에요. 나는 그 사람 옆에 가서 착 달라붙어 있었어요. 모인 사람 중에서 신교도인 사람은 그 사람밖에 없었거든요. 왜냐하면 그는 선량한 뮌헨 시민이지만 원래 뉘른베르크 출신이라서요. 그는 우리 회사 이름을 아주 잘 안다고 자신 있게 말하더군요. 그의 말에 담긴 존경 어린 음성을 듣고 내가 얼마나 기뻐했는지 톰은 잘 알 거예요. 그는 우리 형제가 몇인지 등 기타 여러 가지를 꼬치꼬치 묻기도 했어요. 에리카며 심지어 그륀리히에 대해서도 물었어요. 그는 가끔 니더파우르 씨 집에 오는데 아마 내일은 우리와 함께 뷔름 호수로 갈 겁니다.

그럼 안녕히 계셔요, 엄마. 더 이상 쓸 수가 없어요. 어머니가 늘 말씀하시듯이 목숨과 건강이 허락하는 한 여기에 아직 한 삼사 주일 더 있겠어요. 그리고 집에 가서 직접 입으로 뮌헨 이야기를 하겠어요. 편지로는 무슨 이야기부터 시작해야 할지 모르겠으니 말이에요. 하지만 요리사한테 제대로 소스 만드는 법을 훈련시켜야 되겠다고 꼭 말하고 싶어요. 알다시피 나는 인생을 겪은 나이 든 여자예요. 그러니 지상에서는 더 이상 기대할 게 없어요. 하지만 이를테면 에리카가 나중에 목숨과 건강이 허락하는 한 여기서 결혼한다 하더라도 반대하지 않을 거예요. 그 점은 말해야겠어요…… 1857년 이월 뮌헨 마리엔플라츠 5번가에서."

여기서 영사는 다시 먹던 것을 멈추고 웃으면서 소파에 몸을 기댈 수밖에 없었다.

"어머니, 토니는 참 끝내주는 아이예요! 그 애가 눈 가리고 아웅 하려고 한다면 당해 낼 사람이 없겠지요! 나는 그 애가 위선적인 모습을 결코 보이지 않는 점이 정말 좋아요."

"그래, 톰." 영사 부인이 말했다. "그 애는 모든 행복을 차지할 만한 착한 애다."

그러고 나서 그녀는 편지를 끝까지 읽었다.

2

사월 말에 토니는 본가로 돌아왔다. 이제 또다시 모종의 삶이 그녀를 기다리고 있었고 옛날과 같은 생활이 시작되어 다시 예배에 참석해야 했으며 예루살렘의 밤에는 레아 게르하르트가 성경을 낭독하는 소리를 들어야 했지만 얼핏 보기에 그녀는 아주 명랑하고 희망에 차 있는 분위기였다.

그녀의 오빠인 영사가 역에 마중 나와(그녀는 뷔헨을 거쳐서 왔다.) 그녀를 데리고 홀스텐 성문을 통과하여 시내로 들어오면서 클로틸데가 옆에 있었지만 그래도 아직은 토니가 집에서 가장 아름답다고 칭찬하지 않을 수 없었다. 그러자 그녀는 이렇게 대답했다. "무슨 그런 소릴, 오빠, 미워 죽겠어! 이런 늙은 여자를 조롱하다니……."

그렇지만 그의 말은 옳았다. 토니는 여전히 빼어난 용모를 자랑하고 있었다. 가르마 양쪽을 부품하게 해서 작은 귀 너머로 넘기고 정수리에 넓은 별갑 빗으로 묶어 매고 있던 숱이 무성한 연회색 금발을 보거나, 회청색 눈과 귀여운 윗입술이며 우아한 계란형 얼굴의 뽀얀 혈색에서 나오는 부드러운 표정을 보면 누구나 그녀가 서른 살이 아니라 스물두 살 된 여자라고 생각할 것이다. 그녀는 아주 우아한 금귀고리를 달고 있었다. 그것은 모양은 약간 달라도 할머니가 달았던 것과 같은 종류의 귀고리였다. 레이스 달린 평평한 어깻바대와 새틴 단이 달린 짙은 색의 헐거운 실크 상의는 그녀의 가슴을 황홀할 정도로 부드럽게 보이게 했다.

앞에서 말한 대로 그녀는 기분이 아주 좋았다. 목요일에 넓은 거리에 사는 부덴브로크 딸들, 크뢰거 영사, 클로틸데 및 세세미 바이히브로트가 에리카를 데리고 와서 식탁에 앉았을 때 그녀는 뮌헨이며 맥주며 밀국수며 자신의 초상화를 그리려고 했던 화가며 그녀한테 가장 커다란 인상을 주었던 왕실 마차 이야기를 아주 실감 나게 들려주었다. 그녀는 지나가는 말로 페르마네더 씨도 언급했다. 피피 부덴브로크가 그 여행이 아주 유쾌한 여행인 듯하지만 실제적인 성공은 하나도 거두지 못한 것 같다면서 이런저런 지적을 해도 토니는 이루 말로 표현할 수 없는 위엄을 갖추면서 그 말을 못 들은 체 넘겼다. 그러면서 그녀는 머리를 뒤로 젖히면서 턱은 가슴팍 쪽으로 누르려고 했다.

게다가 그녀는 현관 종소리가 넓은 복도에 울리기만 하면 누가 왔는지 보려고 계단으로 달려가는 버릇이 생겼다. 이것은 무슨 의미였을까? 그 내막을 아는 사람은 토니의 보모이자 절친한 사이인 이다 융만밖에 없었다. 그녀는 가끔씩 토니한테 이런 말을 했다. "얘, 토니, 그 사람이 오는지 보려는 거지! 하지만 그럴 필요가 없을걸……."

가족들은 돌아온 토니가 명랑해진 데 감사하게 생각했다. 집안은 분위기가 밝아져야 할 절박한 상태에 처해 있었다. 사실 두 형제의 관계가 날이 갈수록 더 좋아지기는커녕 슬프게도 더 악화되어 갔기 때문에 그랬다. 이러한 사태의 추이를 근심스럽게 지켜보았던 그들의 어머니인 영사 부인은 양자의 관계를 임시방편으로 중재하는 걸로 만족해야 했다. 뻔질나게 사무실에 찾아가서 주의를 주어도 크리스티안은 들은 체 만체하며 침묵으로 일관했다. 형이 직접 주의를 주어도 그는 심각하고 불안한 태도로 생각에 잠겨 면목 없다는 듯이 아무런 항의도 하지 않고 그냥 다소곳이 있었다. 이런 일이 있고 나면 며칠 동안은 그는 영국과의 통신에 조금은 더 열성적으로 몰두했다. 하지만 형은 점점 더 동생을 멸시하는 태도로 대하게 되었다. 크리스티안은 형이 때로 그런 태도를 보이면 아무런 저항도 하지 않고 생각에 잠겨 주위를 두리번거릴 뿐이었다.

토마스는 긴장해서 일을 하는 바람에 신경이 피로해져서 크리스티안이 변덕스럽게 나타나는 자기의 병세를 자세히 말해도 관심을 갖고 냉정하게 들어 줄 여유가 없었다. 그는 어머니와 여동생한테 탐탁지 않다는 듯이 그 병을 가리켜 '지겹도록 자기 관찰을 하는 바람에 생겨난 칠칠맞지 못한 결과'라고 불렀다.

크리스티안은 왼쪽 다리가 까닭 없이 아픈 데 대해 얼마 전부터 몇 번 외적인 수단을 써 보았지만 아무 소용이 없었다. 그리고 음식을 제대로 삼키지 못하는 증상도 식사 중에 자주 재발했다. 그리고 최근 들어서는 때때로 호흡이 곤란해지는 천식 증상이 첨가되었다. 몇 주 동안 크리스티안은 그것을 폐결핵이라고 간주하고 그 본질과 결과에 대해 코를 찡그리며 가족에게 상세하게 설명하려고 애를 썼다. 그라보 박사가 왕진을 왔다. 그가 진단하기를 가슴과 폐는 거의 아무 이상이 없지만 때때로 호흡이 곤란해지는 이유는 어떤 근육들이 기능을 다하지 못하는 까닭이라고 했다. 그러면서 숨을 쉽게 쉬려면 첫째, 부채를 사용하고 둘째, 녹색 가루를 태울 때 나오는 연기를 들이마시라는 처방을 내렸다. 그래서 크리스티안은 사무실에서도 부채를 사용했다. 그런다고 사장이 뭐라고 하면 발파라이소에서는 사무실이 더워서 다들 부채를 사용했다며 이렇게 대답했다. "조니 선더스톰…… 젠장!" 그러다 하루는 제법 오랫동안 심각하고 불안한 표정을 지으면서 의자에서 몸을 이리저리 움직이더니 주머니에서 가루를 꺼내 가지고는 자욱이 연기를 피워 지독한 냄새를 일으켰다. 그 바람에 몇몇 사람들은 캑캑거리며 기침하기 시작했고 마르쿠스는 얼굴이 완전히 하얗게 질려 버렸다. 그래서 일대 소동이 벌어지고 분위기가 살벌해져서 당장에라도 폭발할 것 같은 상황이 되었다. 영사 부인이 또 한 번 얼버무려서 알아듣게 타이르고 사태를 호전시키지 않았더라면…….

문제는 이것만이 아니었다. 크리스티안이 집 밖에서, 그것도 동창생인 변호사 기세케 박사와 어울리는 것도 토마스의 마음에 들지 않았다. 토마스는 위선자도 판을 깨는 사람도 아니었다. 그는 사실 자기가 젊었을 때 행한 과실을 기억하고 있었다. 그는 상업적으로 아주 존경할 만한 시민들이 비교할 수 없을 정도로 근엄한 표정을 지으며 산책용 지팡이를 짚고 다니는 항구 도시이자 무역 도시인 그의 고향이 도덕적으로 완전무결한 곳은 결코 아니라는 사실을 잘 알고 있었다. 이곳 사람들이 며칠 동안 사무실 책상 앞에 죽치고 있었던 데 대한 보상으로 푸짐한 포도주와 요리만 즐기는 것은 아니었다. 하지만 우직한 연대성이라는 두툼한 외투가 이러한 보상을 해 주었다. 부덴브로크 영사의 제1법칙이 '체면을 차린다'였다면 이러한 점에서는 그의 동시대 시민들의 세계관에 완전히 동조하고 있었다. 기세케 변호사는 '상인들'의 생존 방식에 순순히 적응하는 '학자들' 부류의 사람이었다. 게다가 그가 '난봉꾼들' 부류에 속한다는 사실은 누구나 인정할 수 있었다. 하지만 생활에 여유가 있는 플레이보이들이 다 그렇듯이 그는 화를 내지 않으며 그의 정치적, 직업적 원칙에 대해 논란의 여지가 없는 세평을 받아들이는 기색을 보이는 법을 제대로 터득하고 있었다. 후노이스 양과 그가 결혼한다는 사실이 막 공표되었다. 그러니까 그는 결혼을 통해서 사회의 상류 계층이 되었으며 상당한 지참금을 획득하게 되었다. 그는 시의 일에 대단히 관심을 갖고 활동했다. 그래서 그가 시의회 자리에 눈독을 들이고 있으며 최종적으로는 고령인 외버디크 박사의 시장

자리를 노리고 있다는 말이 나돌았다.

하지만 그의 친구인 크리스티안 부덴브로크는 일찍이 단호한 발걸음으로 마이어드라그랑즈 양한테 걸어가서 꽃다발을 선물하며 이렇게 말한 장본인이었다. "오, 당신의 연기는 너무 아름답군요!" 크리스티안은 자신의 성격과 오랜 방랑 생활의 결과로 순수하고도 아무 거리낌 없는 난봉꾼으로 발전해 갔다. 그래서 가슴속의 문제나 그 밖의 일에 대해 자기의 감정을 다스리지 못하는 그는 사리분별력과 체통을 잃어버리는 경향이 있었다. 이를테면 야외 극장의 단역 여배우와의 그렇고 그런 관계에 대해서 도시의 모든 사람들이 흥미롭게 지켜보고 있었다. 종 만드는 사람들의 거리에 살면서 상류 계층 사람들과 교제하는 슈투트 부인은 듣고자 하는 여자들이면 누구에게나 '크리샨'이 또다시 '티볼리'의 그 여자와 함께 밝은 대낮에 공공연히 거리에 모습을 드러냈다는 이야기를 했다.

이러한 일도 사람들은 나쁘게 생각하지 않았다. 다만 진지하게 도덕적으로 분개하기를 주저하고 있었다. 크리스티안 부덴브로크와, 가령 사업이 몽땅 망하는 바람에 마찬가지로 악의 없이 사람들의 입에 오르내렸던 페터 될만은 입방아용으로 인기가 있었으며, 따라서 남자들이 모인 자리에서 빠질 수 없는 단골 메뉴가 되었다. 하지만 그들은 사실 진지한 대접을 못 받았다. 진지한 용무를 볼 때는 그들이 화제에 오르지 않았다. 특기할 만한 사실은 그들이 전 시내, 클럽, 증권거래소나 항구에서 '크리샨'이니 '페터'니 하고 이름만으로 호칭되었다는 점이다. 또 하겐슈트룀가 사람들처럼 악의를 품은 사람들은 크리샨의 이야기나 농담에 웃는 게 아니라 바로 크리샨에 대해서 비웃었다.

그는 그런 것을 생각하지 않거나 자기 식대로 조금 지나면 이상하게 불안한 표정을 짓고는 곰곰 생각에 잠기면서 대수롭지 않다는 듯 무시해 버렸다. 하지만 그의 형 토마스는 크리스티안이 가문의 적대자들로 하여금 공격할 계기를 마련해 주었다는 것을 알고 있었다. 안 그래도 이미 너무 많은 공격 재료들이 있었다. 외버디크와의 친척 관계는 소원해졌고 시장이 죽고 나면 완전히 끊어질 판이었다. 크뢰거는 이제 더 이상 아무런 역할을 수행하지 못하고 은퇴해 있었으며 아들과는 불미스러운 관계에 있었다. 고인이 된 큰아버지 고트홀트의 잘못된 결혼은 무언가 불만족스러운 결과를 낳았다. 재혼할 가망이 전혀 없는 것은 아니지만 영사의 여동생 토니는 이혼녀였으며 그의 아우는 사방의 우스갯감이 되었다. 일에 바쁜 사람들은 그의 광대 짓거리에 호의적인 웃음이나 조소적인 웃음을 지으며 한가로운 시간을 때우고 있었다. 그런데 그는 빚도 지게 되어 4/4분기의 말에 가서 돈이 다 떨어지게 되면 아주 공공연하게 기세케 박사로 하여금 대신 돈을 치르게 했다. 이것은 회사에 직접적인 수치가 되었다.

토마스가 아우를 미워하고 멸시하는 감정 그리고 동생이 그것에 대해 참으면서 생각에 잠겨 무관심한 태도로 대응하는 경멸감은 서로 의지하고 살아가는 가족 구성원들한테나 일어나는 모든 사소한 일에서도 그대로 드러났다. 이를테면 부덴브로크가의 역사가 화제에 오르면 크리스티안은 당연히 자기의 고향 도시와 선조에 대해 진지한 애정을 갖고 경탄할 수밖에 없는 기분에 빠졌다. 그러면 영사는 즉각 차가운 말을 던지며 대화를 중단시켜 버렸다. 그는 그러한 자세를 참을 수 없었다. 그는 아우를 너무 멸시해서 자기가 좋아하는 것을 아우도 좋아하는 것을 허용치 않았다. 차라리 크리스티안이 마르셀루스 슈텡겔의 사투리를 흉내 냈더라면 그는 훨씬 더 기꺼이 들어 주었을 것이다. 그는 자기에게 커다란 감명을 준 어떤 역사책을 읽고 감동한 어조로 그 책을 칭찬했다. 자주적인 성격의 소유자가 아닌지라 혼자 힘으로는 그 책을 발견하지 못했을 크리스티안이라 해도 감명을 받을 줄은 알았고 영향을 받을 능력은 있었다. 이런 식으로 그 책을 입수해서 읽고 감응을 받게 된 그 역시 그것이 아주 훌륭하다는 것을 알고 될 수 있는 한 정확하게 그의 감정을 표현했다. 이렇게 되자 그 후로 토마스는 그 책을 거들떠보지도 않게 되었다. 그는 그것에 대해 무관심하고 냉담하게 말했다. 그는 마치 그 책을 읽지 않은 것처럼 행동했다. 그는 동생 혼자 그 책에 경탄하도록 떠넘겨 버렸다.

3

부덴브로크 영사는 점심 식사를 하고 나서 한 시간씩 가지는 '조화' 독서회를 뒤로하고 멩가로 돌아왔다. 그는 총총걸음으로 뒤뜰을 가로질러 포장된 길을 지나 정원으로 왔다. 담쟁이덩굴이 자라고 있는 그 길은 앞뜰과 뒤뜰을 연결해 주었다. 그는 현관을 지나 부엌으로 들어가더니 크리스티안이 집에 왔는지 물어보았다. 동생이 오면 자기에게 알려 달라고 했다. 그러고 나서 사무실로 들어갔다. 그가 나타나자 책상에 앉아 있던 사람들은 계산서 위에 깊이 몸을 숙였다. 그는 자기 방에 들어가서 모자와 지팡이를 옆에 내려 두고 사무복을 입고 마르쿠스 맞은편의 창가 자리로 갔다. 눈에 확 띌 정도로 밝은 그의 눈썹 사이에 두 줄기 주름이 잡혀 있었다. 거의 다 타들어 간 러시아제 담배의 입을 대는 노란 끄트머리가 한쪽 입언저리에서 다른 쪽으로 불안하게 왔다 갔다 했다. 그가 종이와 필기 도구를 손에 쥐는 동작이 너무 급하고 거칠어서 마르쿠스는 조심스럽게 두 손으로 콧수염을 쓰다듬으며 천천히 동업자의 기색을 살폈다. 그러는 동안 젊은 직원들은 눈썹을 치켜올리고 서로를 쳐다보았다. 사장은 화가 나 있었다.

반시간이 지나, 펜으로 글씨 쓰는 소리와 마르쿠스가 조심스럽게 헛기침하는 소리밖에 들리지 않는 가운데 영사는 녹색 커튼 너머로 크리스티안이 오고 있는 것을 보았다. 그는 담배를 피우고 있었다. 그는 클럽에서 아침을 먹고 노름을 조금 하다가 오는 길이었다. 그는 모자를 약간 비스듬하게 쓰고 노란 지팡이를 흔들면서 오고 있었다. 그 지팡이는 '물 건너온' 제품으로 손잡이 부분에는 흑단재로 조각한 수녀의 흉상이 달려 있었다. 분명 그는 건강이 좋아 보였고 기분도 최상으로 보였다. 그는 혼자 어떤 노래를 흥얼거리면서 사무실에 들어와서는 "안녕히들 주무셨나요, 여러분!" 하고 말했다. 때는 어느 화창한 봄날 오후인데도 말이다. 그러고는 '조금 일이라도 해 보려는 듯' 자기 자리로 걸어갔다. 하지만 영사가 일어나서 옆을 지나가며 그를 쳐다보지도 않고 이렇게 말했다. "아, 두어 마디 할 얘기가 있는데."

크리스티안은 그를 따라갔다. 그들은 총총걸음으로 현관을 지나갔다. 토마스는 뒷짐을 졌다. 크리스티안은 자기도 모르게 같은 자세를 취하며 큰 코를 형 쪽으로 향했다. 덩그렇게 뼈만 앙상한 굽은 그 코는 영국식으로 입 위에 달린 붉은 금빛 콧 수염 위의 움푹 팬 두 뺨 사이에 우뚝 솟아 있었다. 뜰을 가로 질러 가면서 토마스가 이렇게 말문을 꺼냈다. "뜰을 거닐면서 이야기 좀 하자꾸나."

"좋아." 크리스티안이 대답했다. 그런 다음에 다시 꽤 긴 침 묵의 시간이 흘렀다. 그러면서 그들은 왼쪽으로 돌아 바깥 길 로 나가서 '정문'의 로코코식 정면을 지나 막 꽃봉오리가 맺히 기 시작하는 정원으로 갔다. 마침내 영사가 가쁜 숨을 가다듬 으면서 커다란 소리로 말했다. "사실 난 잔뜩 화가 나 있어. 네 행동이 그게 뭐니?"

"나 때문이라고……."

"그래. 난 '조화' 독서회에서 네가 어제저녁 클럽에서 한 이 야기를 들었다. 너무 어처구니없고 너무 지각 없는 소리라 내 가 무슨 말을 해야 할지 모르겠다. 이런 치욕을 가만히 앉아 견딜 수가 없었다. 그것은 너한테 모욕적인 일격이 되었어. 무 슨 말인지 생각해 봐!"

"아, 이제 무슨 말인지 알겠어. 도대체 누가 그런 말을 했지?"

"그게 무슨 상관이야? 될만이 말했어. 어찌나 큰 소리로 떠들어 대는지 그 이야기를 아직 몰랐던 사람들까지도 재밌어 야단이었잖아……."

"그래, 톰, 내 말해야겠어. 하겐슈트룀한테 창피를 줬던 거야!"

"뭐가 어쨌다고? 하지만 그건 말이야, 내 말 좀 들어 봐라!" 영사가 소리쳤다. 그러면서 그는 손바닥을 위로 향하고 앞으로 쭉 뻗으며 머리를 옆으로 기울인 채 시위하듯이 몸을 흔들었다. "넌 상인뿐만 아니라 학자들이 모인 자리에서 누구나 들을 수 있도록 '엄밀히 말하자면 상인이란 원래 모두가 사기꾼이야…….'라고 말했어. 회사의 구성원이자 상인으로서 전심전력을 다해 절대적인 완전무결성과 나무랄 데 없는 연대성을 추구해야 할 네가……."

"나 원 참, 난 농담을 했을 뿐이야! 그런데도 애당초……." 크리스티안이 덧붙여 말했다. 그러면서 그는 코를 찡그리며 머리를 약간 비스듬하게 하고 앞으로 내밀었다. 이런 자세로 그는 몇 발짝을 옮겼다.

"농담? 농담이라고!" 영사가 소리쳤다. "나도 농담을 이해한다고 자부하고 있어. 하지만 네 농담을 사람들이 어떻게 이해하는지 너도 알고 있잖아! '나 개인으로서는 나의 직업을 아주 높이 평가합니다.' 하겐슈트룀이 너한테 그렇게 답변했다지? 그런데 너는 건달처럼 빈둥거리면서 너 자신의 직업을 하찮게 여기고 있어."

"그래, 톰, 그게 어쨌다는 거야! 분명히 말하자면 그는 나의 농담을 망쳐 버렸어. 사람들이 웃는 게 내 말을 수긍한다는 표정들이었어. 그런데 거기에 하겐슈트룀이 앉아 있다가 몹시 심각하게 '나 개인으로서는……' 운운한 거야. 그 멍청한 녀석이 말이야. 나는 정말이지 그 녀석한테 창피를 준 거야. 어젯밤에 잠자리에 들어서도 오랫동안 곰곰 그 생각을 하면서 아주 색다른 기분에 잠겼어. 그 기분을 형은 모를 거야."

"그따위 말은 하지 마, 제발이지 그따위 말은 하지 마!" 영사가 그의 말을 가로막았다. 그는 너무 화가 나서 전신을 부르르 떨었다. "나도 인정해. 그 대답이 분위기에 어울리지 않고 상스러운 것이었다는 네 말은 인정해. 하지만 그는 그런 말을 들어도 싼 사람한테 한 거야. 한데 그런 말을 듣게 된다 하더라도 어처구니없는 그런 대답으로 모욕적인 일격은 당하지 말아야지! 하겐슈트룀은 우릴 능멸할 좋은 기회를 이용했어. 그래, 너뿐만 아니라 우리 모두한테 한 방 먹인 거야. 도대체 그가 말하는 '나 개인으로서는'이 무슨 의미인지 알기라도 하니? '당신은 그런 인식을 아마 형의 사무실에서 배운 거겠지요, 부덴브로크 씨?' 그런 뜻이야, 이 머저리야!"

"뭐, 머저리?" 이렇게 말하면서 크리스티안은 당황하고 불안한 표정을 지었다.

"말하자면 너는 혼자 몸이 아니란 말이야." 영사는 말을 계속 이어 갔다. "그렇다 하더라도 너 혼자 우스갯감이 된다면 아무 상관도 안 하겠어. 너 혼자서 우스갯감이 되란 말이야!" 그가 소리쳤다. 그의 얼굴은 창백했다. 두 갈래 머리카락이 활처럼 뒤로 넘겨진 그의 좁은 관자놀이에 푸른 혈관이 드러난 것이 뚜렷하게 보였다. 그는 밝은 눈썹 중의 한쪽을 치켜올리고 있었다. 길게 뻗은 콧수염의 끝조차 무언가 화를 내고 있는 것 같았다. 그러면서 그는 손을 내저으며 자갈길 위에 서 있는 크리스티안의 발치에다가 냅다 말을 퍼부었다. "너 자신의 연애 사건, 네 광대 짓거리, 네 병, 그에 대한 치료법을 가지고 우스개를 떨란 말이야."

"오, 토마스." 크리스티안이 말했다. 그는 아주 심각한 표정으로 머리를 흔들며 다소 서투른 동작으로 집게손가락을 치켜들었다. "알다시피 그 문제에 관해서 형은 제대로 이해하지 못해. 사실은…… 누구나 소위 자기 양심을 똑바로 지켜야해. 형이 이걸 알지 모르겠어. 목 근육이 아픈 데 대한 처방으로 그라보가 어떤 고약을 주었어. 그래, 알았어! 내가 그걸 사용하지 않고 끊게 되면 완전히 갈피를 잡지 못하고 속수무책일 것 같은 생각이 들어. 그럼 불안해지고 자신을 잃게 되고 근심되고 혼란에 빠져 음식을 삼킬 수 없게 될 거야. 난 그 약을 사용해야 의무를 다한 것으로 느껴지고 정상인 것으로 느껴져. 그럼 양심의 가책을 받지 않게 되고 안정돼서 만족한 기분이 들어. 또 음식도 잘 넘어가고. 고약이 그런 작용을 한다고 생각해. 형은 모르겠지만 말이야. 하지만 자명하게도 실은 어떤 이의를 제기하면 필연적으로 또 다른 이의가 제기될 수 있는 거야. 형이 그런 걸 아는지 모르겠어."

"아, 그래! 아, 그래!" 영사는 이렇게 외치며 잠시 양손으로 얼굴을 감싸쥐었다. "그럼 그렇게 해! 그럼 그렇게 행동하란 말이야! 하지만 그에 관해 이러쿵저러쿵 지껄이지는 마! 잡소리는 집어치우란 말이야! 네 역겨운 기지로 남을 건드리지는

마! 또 야비한 말을 지껄이면서 아침부터 밤까지 남의 우스갯
거리가 되렴! 그러나 거듭 말하지만 너 개인은 얼마든지 바보
가 돼도 상관없지만 내가 연루되게 하지는 마. 이 말은 꼭 명
심해 둬. 어젯밤처럼 회사에 누를 끼치는 일은 절대 하지 말
란 말이야!"

이에 대해 크리스티안은 아무 대답도 하지 않고 이미 숱이
얼마 없는 불그스름한 금발을 천천히 손으로 훑었다. 그리고
불안한 듯 심각한 표정을 지으며 얼이 빠져 멍하니 눈을 두리
번거렸다. 의심의 여지 없이 그는 자기가 마지막으로 한 말을
아직 생각하고 있는 모양이었다. 침묵의 시간이 흘렀다. 토마
스는 실망해서 조용히 앞으로 걸어갔다.

"너는 상인이란 죄다 사기꾼이라고 말하고 있다." 그가 다시
말문을 열었다. "좋아! 네 직업에 싫증 나니? 상인이 된 게 후
회되니? 너는 당시에 애써 아버지의 허락을 얻었잖아."

"맞아, 톰." 크리스티안이 생각에 잠겨 말했다. "차라리 정말
공부나 할 걸 그랬어! 형도 알다시피 대학에 다닌다는 것은
얼마나 멋진 일이야? 마음만 있으면 누구나 자발적으로 거기
에 앉아서 강의를 들으면 되지, 극장에서처럼 말이야."

"극장에서처럼? 아, 너한테는 카페에서 광대 노릇 하는 게
제격이지. 농담이 아니야! 난 네 은밀한 이상이 그것이라고 진
지하게 확신한다!" 영사가 힘주어 말했다. 그리고 크리스티안
은 그에 대해 전혀 반박하지 않았다. 그는 생각에 잠겨 골똘
히 허공을 응시했다.

"그런데 너는 뻔뻔스럽게도 그런 소견을 말하고 있어. 아무

것도 모르는 네가…… 너의 인생을 충만시켜 줄 일이라는 게 뭔지 하나도 모르는 주제에 말이야. 너는 연극이 어쩌니 하며 빈둥거리고 어리석은 짓거리나 하면서 일련의 감정, 느낌과 상태를 조성하고 있다. 그러한 상태에 빠져 그런 거나 관찰하고 북돋우면서 후안무치하게 지껄여 대고 있는 거야.”

“그래, 톰.” 크리스티안은 약간 슬픈 어조로 말하면서 다시 손으로 정수리를 쓰다듬었다. “그건 사실이야. 그 말은 정말 제대로 표현했어. 그게 우리 둘의 차이점이야. 형도 연극을 즐겨 보잖아. 우리끼리 얘기지만 형도 한때 놀아난 적이 있었잖아. 또 한동안은 소설이니 시니 그런 것에 빠져 열심히 읽은 적도 있었고……. 하지만 형은 늘 그런 것들을 정상적인 일이나 인생의 진지성과 연결시키는 법을 잘 터득하고 있었어. 알다시피 나는 그게 안 되었어. 나는 쓸잘데없는 데 힘을 잔뜩 소모했어. 그래서 정상적인 일에 쏟을 힘이 남아 있지 않았어. 난 형이 내 말을 이해하는지 모르겠어.”

“그러니까 너도 알고 있구나!” 토마스가 우뚝 서서 팔짱을 끼면서 소리쳤다. “아주 풀이 죽어 그 사실을 인정하는구나. 그러면서도 옛날 그대로니! 크리스티안, 네가 도대체 개니? 인간이라면 자존심이 있어야지, 제기랄! 인간이란 자신이 감히 변호하지 못하는 생활은 하지 않는 법이야! 그런데 너는 그러고 있잖아! 그게 네 본질이라니! 네가 어떤 사실을 깨우치고 이해해서 그것을 기술할 수만 있다면! 아니야, 나도 참을 만큼 참았어, 크리스티안!” 그러고는 빠른 걸음으로 휙 돌아서면서 팔을 수평으로 내뻗더니 격렬한 동작을 했다. “재차 말하지만 나도 참을 만큼 참았어! 지배인 봉급은 줄 테니 다시는 사무실에 나타나지 마라. 나를 화나게 만드는 것은 그게 아니야. 썩 꺼져서 지금까지 그래 왔던 것처럼 네 마음대로 살아라! 하지만 어딜 가든지 우리, 우리 모두를 너와 연루시키지는 말아라! 넌 우리 가족이라는 신체에 난 혹이고 암적 존재다! 네가 이 도시에 있으면 화가 된다. 이 집이 내 집이라면 널 밖으로, 대문 밖으로 쫓아 버릴 거다!" 그는 정원과 뜰과 현관을 지나는 동안 사납고 거친 동작을 보이면서 고함을 질러 댔다. 그는 제 분을 이기지 못했던 것이다. 오랫동안 삭여 왔던 분노가 일시에 폭발한 것이었다.

"뭐가 어쩌고 어째, 토마스!" 크리스티안이 말했다. 그도 분노가 폭발한 것이었다. 그것은 전에는 볼 수 없었던 그의 색다른 모습이었다. 그는 다리가 굽은 사람처럼 약간 몸을 구부리고 물음표 모양으로 머리와 배와 무릎을 앞으로 내민 자세로 서 있었다. 그리고 잔뜩 치켜뜬, 둥글고 움푹 들어간 그의 두 눈에는 그의 아버지가 성이 났을 때 그랬던 것처럼 광대뼈에까지 붉은 테두리가 쳐졌다. "나한테 어떻게 그렇게 말할 수 있어!" 그가 말했다. "내가 형한테 뭘 어쨌다고! 난 내 발로 걸어 나갈 거야. 날 쫓아낼 필요 없어. 쳇!" 그는 솔직한 비난의 말을 덧붙였다. 이 말을 하면서 손으로 짧게 앞을 후려치는 동작이 흡사 파리를 잡는 것처럼 보였다.

이상하게도 토마스는 동생의 이 말에 격렬하게 반응하지 않고 말없이 고개를 떨군 채 천천히 정원으로 돌아가는 길로 다시 접어들었다. 마침내 동생의 분노를 촉발시킨 것이 그를 만족스럽고 기분 좋게 만든 것 같았다. 드디어 동생으로 하여금 강력하게 대응하고 반발하게 만든 것 말이다.

"넌 내 말을 믿을 수 있겠지." 그가 다시 뒷짐을 지고 조용히 말했다. "이런 대화를 나누는 게 나로서는 정말 가슴이 아파, 크리스티안. 하지만 언젠가는 벌어져야 할 일이었어. 가족끼리 이런 장면을 보인다는 건 참으로 끔찍한 일이야. 하지만 언젠가는 터뜨려야 할 일이었어. 우리 아주 냉정하게 이 문제를 얘기해 보자. 내가 보기에 넌 지금의 네 위치가 마음에 들지 않는 것 같은데 어때, 그렇지?"

"그래, 톰. 그 점은 제대로 보았어. 말이 나왔으니 말인데 처음에는, 그래, 아주 대만족이었어. 모르는 회사에 근무하는 것보다 여기서 일하는 게 훨씬 더 나았어. 하지만 내 생각으론 나한테 부족한 게 자주성인 것 같아. 난 형이 앉아서 일하는 걸 볼 때마다 항상 형을 부러워했어. 엄밀히 말하자면 그게 형에게는 전혀 일이 아니기 때문이야. 형은 억지로 일하는 게 아니라 주인이자 사장으로서 일하는 거야. 그리고 형은 다른 사람들에게 일을 지시하고, 견적서를 작성하고, 통솔하고, 자유로워. 그건 내가 하는 일이랑 전혀 다른 거야."

"좋아, 크리스티안. 그런 얘기를 왜 진작 하지 않았니? 자주적으로 되고 안 되고는 네 자유야. 너도 알다시피 아버지는 우리 둘한테 똑같이 우선 5만 마르크를 유산으로 물려주셨어. 그리고 물론 나는 언제라도 네가 합리적이고 건실하게 활용하도록 이 돈을 너한테 줄 준비가 되어 있어. 함부르크든 다른 어느 곳이든 그 돈을 활용해서 벌일 수 있는 작은 규모의 안전한 사업들이 얼마든지 있다. 그리고 거기에 주주로서 참여할 수도 있고 말이야. 각자 한번 문제를 잘 생각해 보고 기회를 보아 어머니하고도 상의해 보자꾸나. 난 지금 할 일이 있어. 그리고 너도 며칠 내로 영국과의 통신을 완결해 버리는 게 어때?"

"이를테면 함부르크의 'H. C. F. 부르메스터 상사'는 어떻겠니?" 그가 현관에서 또 물어보았다. "수입과 수출을 하지. 난 그 남자를 알고 있어. 나는 그가 냉큼 수락할 것으로 확신해."

때는 1857년 오월 말이었다. 유월 초에 이미 크리스티안은 뷔헨을 지나 함부르크로 여행을 떠났다. 그것은 클럽, 시립 극장, '티볼리'나 좀 더 자유분방한 사교 모임으로서는 대단한 손실이었다. 기세케 박사나 페터 될만과 같은 모든 '난봉꾼'들은 역에 나와 그를 환송하면서 꽃이며 심지어 담배까지 가져다주었다. 그러면서 그들은 배꼽 빠지게 웃어 댔다. 의심할 여지없이 크리스티안이 그들에게 들려준 그 모든 이야기들을 생각하고 웃는 것이었다. 마지막으로 변호사 기세케 박사가 다들 환호하는 가운데 크리스티안의 외투에 커다란 가짜 금종이 훈장을 달아 주었다. 이 훈장은 항구 근처의 어떤 여관에서 나온 것이었다. 밤이면 대문 위에 붉은 등이 들어오는 그 여관은 늘 흥청거렸으며, 사람들은 거기에서 부담 없이 만나고 헤어졌다. 그리고 떠나가는 크리샨 부덴브로크가 특출한 공로를 세운 대가로 그에게 훈장이 수여되었던 것이다.

4

현관에서 종소리가 울렸다. 토니는 새로 생긴 버릇에 따라 계단에 나타나서 흰 래커칠을 한 난간 너머로 현관 쪽을 내다보았다. 그런데 밑에서 문이 열리자마자 그녀는 갑자기 몸을 쑥 아래로 굽혔다가 곧 되퉁겨 일으켰다. 그러고는 한 손으로는 손수건으로 입을 막고 다른 한 손으로는 치마를 거머쥔 채 약간 굽힌 자세로 헐레벌떡 위로 올라갔다. 3층으로 오르는 계단에서 융만과 마주치자 그녀는 아주 조그마한 목소리로 무어라고 소곤거렸다. 그러자 이다는 기쁘기도 하고 놀라기도 한 표정을 지으며 폴란드어로 "너무너무 좋겠구나!" 하고 대답했다.

같은 시각에 부덴브로크 영사 부인은 풍경실에 앉아 커다란 대바늘 두 개로 목도리며 이불이며 그 비슷한 것을 뜨고 있었다. 때는 오전 열한 시였다.

갑자기 하녀가 주랑을 지나와서 유리문을 쾅쾅 두드리고는 뒤뚱뒤뚱 다가와 영사 부인한테 명함을 건네주었다. 명함을 받아 쥔 그녀는 수예를 할 때 끼는 안경을 고쳐 쓰고 그것을 읽었다. 그런 다음 그녀는 하녀의 붉은 얼굴을 쳐다보더니 다시 한번 읽고 또 그녀를 바라보았다. 마침내 그녀가 친절하지만 단호하게 말했다. "애야, 이게 뭐니? 이게 뭘 의미하는 거니?"

명함에는 '엑스·노페 상사'라고 인쇄되어 있었다. 하지만 '엑스·노페'라는 글자는 연필로 박박 지워져 있어서 '상사'라는 문자밖에 남아 있지 않았다.

"네, 마님." 하녀가 말했다. "대문 밖에 어떤 신사분이 오셨는데 독일말을 하지 않아요. 그러면서 뭐라고 계속 말하는 거예요."

"들어오시라고 그래라." 영사 부인이 말했다. 왜냐하면 '상사'라는 문자로 보아 거래를 맺자는 것으로 생각해서였다. 하녀가 나갔다. 얼마 안 있어 다시 유리문이 열리더니 어떤 땅딸막한 사람이 들어왔다. 그는 방의 그늘진 배경에 한동안 선 채로 있다가 다소 길게 빼는 목소리로 말문을 열었다. "안녕하시어요."

"어서 오세요!" 영사 부인이 말했다. "좀 가까이 다가오시겠어요?" 그러면서 그녀는 손으로 살짝 소파 쿠션을 짚으면서 약간 몸을 일으켰다. 몸을 완전히 일으키는 게 좋을지 어떨지를 몰라서였다.

"전 상관없습니다." 그 신사가 다시금 길게 빼면서 낭랑한 어조로 대답했다. 그러면서 그는 공손하게 허리를 굽히고 두 걸음 앞으로 전진해서는 다시 우뚝 서서 무언가를 찾는 듯이 주위를 두리번거렸다. 앉을 기회를 엿보는 것 같기도 했고 아니면 모자와 지팡이를 놓아둘 장소를 찾는 것 같기도 했다. 모자뿐만 아니라 지팡이도 함께 방 안에 가지고 들어왔기 때문이다. 새 발톱처럼 T 자형으로 구부러진 그 뿔 지팡이는 길이가 족히 45센티미터는 되어 보였다.

그는 마흔 살가량의 남자였다. 수족이 짧고 비대한 그 남자는 갈색의 모직물 상의에다 꽃무늬가 있는 밝은색 조끼를 입고 있었는데 상의의 단추는 다 열려 있었다. 조끼를 입은 그의 아랫배가 불룩 튀어나와 있었다. 조끼 위에는 진짜 꽃다발과 뿔이며 은이며 산호와 같은 장식물이 주렁주렁 달린 금시계가 번쩍이고 있었다. 더구나 무슨 색인지 불명료한 회녹색 바지는 너무 짧은 데다가 유별나게 딱딱한 옷감으로 만들어진 듯이 보였다. 바지 밑동은 접히지 않고 둘둘 말려 올라가서 짧고 넓은 장화의 다리 부분을 에워싸고 있었기 때문이다. 드문드문 수실처럼 입을 덮고 있는 금빛 콧수염 때문에 뭉툭한 코에다 꽤 성기고 부스스한 머리카락을 지닌 둥그스름한 그의 얼굴은 마치 해구 같은 인상을 주었다. 이 낯선 남자의 턱과 아랫입술 사이에 난 수염은 콧수염과는 달리 약간 빳빳하게 서 있었다. 뺨은 무척 두툼하고 살이 찐 데다 부풀어 있어서 흡사 눈에까지 밀려 올라간 느낌이 들었다. 아주 가늘게 찢어 으깨어 놓은 듯한 담청색 눈가에는 잔주름이 잡혀 있었다. 이처럼 퉁퉁 부어오른 얼굴에는 성난 표정과 우직하고, 어색하고, 마음을 동하게 하는 선량한 표정이 뒤섞여 있었다. 작은 턱 아래에는 좁은 흰색 넥타이가 일직선으로 달려 있었다. 갑상선 종양처럼 생긴 목은 딱딱하고 높은 칼라는 견딜 수 없을 것같이 보였다. 아랫볼과 목, 뒤통수와 목덜미, 뺨과 코 같은 이 모든 것들이 구분이 안 되게 서로 겹쳐져 있었다. 얼굴 전체의 피부는 이처럼 모든 것이 불어 터진 탓에 지나치게 긴장하고 있어서 귓밥 부분과 코의 양쪽과 같은 몇몇 군데는 연한 붉은색을 띠고 있었다. 짧고 통통한 흰 손에 지팡이를 쥐고 있는 그 신사의 다른쪽 손에는 영양의 털이 꽂힌 티롤제 녹색 모자가 들려 있었다.

영사 부인은 안경을 벗고 여전히 엉거주춤 선 자세로 소파 쿠션을 짚고 있었다.

"무슨 용무로 오셨는지요?" 그녀가 공손하지만 단호한 어조로 말했다.

그러자 이 신사는 결연한 동작으로 모자와 지팡이를 오르간 덮개 위에 올려놓았다. 그러고는 흡족한 듯 아무것도 쥐지 않은 양손을 비비며 그의 불거져 나온 맑은 눈으로 영사 부인을 다정하게 쳐다보면서 이렇게 말했다. "명함이 그 모양이라 죄송합니다, 부인. 제가 갖고 있는 게 그것밖에 없어서요. 제 이름은 페르마네더라고 합니다. 뮌헨 출신의 알로이스 페르마네더입니다. 아마 제 이름을 이미 따님한테서 들으셨을지도 모르겠습니다."

이 모든 말을 그는 아주 크게 꽤 거친 억양으로 마디마디를 갑자기 이어 붙이는 것 같은 사투리로 말했다. 하지만 쭉 찢어진 눈을 친근하게 찡긋하는 모양이 마치 "우린 이미 서로 이해하는 입장이 아닌가요?" 하고 암시하는 것 같았다.

이제 완전히 몸을 일으킨 영사 부인은 머리를 옆으로 기울이고 손을 벌리고서 그한테로 걸어갔다.

"페르마네더 씨! 당신이신가요? 물론 딸한테서 당신 이야기를 들었지요. 딸이 뮌헨에 있을 때 당신이 그 애를 얼마나 유쾌하고 재미있게 해 줬는지 잘 알고 있답니다. 그런데 여기까지 오시게 되었군요?"

"네, 그렇게 되었습니다!" 영사 부인이 우아한 동작으로 자리를 권하자 페르마네더는 그녀 옆의 안락의자에 앉으면서 말했다. 그리고 그는 마음 편한 듯이 양손으로 짧고 둥근 허벅지를 비비기 시작했다.

"뭐라고 그러셨죠?" 영사 부인이 물어보았다.

"그렇게 되었다고 했습니다!" 페르마네더가 무릎 비비는 것을 그치면서 대답했다.

"좋습니다!" 영사 부인은 무슨 말인지 이해할 수 없었지만 이렇게 말하고 손을 무릎에 얹고서 짐짓 만족한 듯 몸을 뒤로 젖혔다. 하지만 페르마네더는 그 점을 눈치챘다. 그는 몸을 굽히고 그 말을 누가 알아듣겠냐는 듯이 손으로 허공에 십자가를 그리며 잔뜩 힘을 주어 말했다. "정말, 부인…… 놀라셨지요!"

"네, 네, 페르마네더 씨. 사실 좀 놀랐습니다!" 영사 부인이 기쁜 얼굴로 대답했다. 그러고 나서 잠깐 침묵의 시간이 흘렀다. 하지만 이러한 침묵을 깨기 위해 페르마네더가 신음 조의 한숨을 토하며 말문을 열었다. "그것은 정말 십자가입니다!"

"네? 뭐라고 그러셨죠?" 영사 부인이 맑은 눈을 약간 희번덕거리면서 물었다.

"십자가라니까요!" 페르마네더가 아주 크고 거친 목소리로 재차 말했다.

"좋아요." 영사 부인이 달래듯이 말했다. 그리하여 이 문제도 해결되었다.

"어떻게 이렇게 먼 길을 오시게 되었는지요? 뮌헨에서 오시려면 한참 걸렸을 텐데요." 영사 부인이 물어보았다.

"아, 볼일이 있어서요." 페르마네더는 짧은 손을 허공에 이리저리 돌리면서 말했다. "사소한 볼일이 있어서요, 부인. 발크뮐레에 있는 양조장에요!"

"아, 그렇겠군요. 홉 무역상이라 그러셨죠, 페르마네더 씨! '노페 상사'라고 그랬죠? 영사인 우리 아들한테서 가끔씩 당신 회사의 여러 장점에 대해 들었더랬어요." 영사 부인이 공손하게 말했다. 하지만 페르마네더가 그녀의 말을 도중에서 가로챘다. "그건 사실이지만 그 얘기는 그만하기로 합시다. 에, 또, 주된 요점은 부인을 찾아뵙고 댁의 따님을 다시 만나 보려는 것입니다! 실은 그래서 일부러 여기까지 찾아왔습니다!"

"고마워요!" 영사 부인이 또 한 번 손바닥을 완전히 뒤집어 뻗으며 진심으로 말했다. "그럼 내 딸더러 오라고 해야겠군요!" 그녀는 이런 말을 덧붙이며 일어서더니 유리문 옆에 달려 있는 수놓아진 방울 손잡이 쪽으로 걸어갔다.

"네, 천국의 성사(聖事)군요. 정말 기쁩니다!" 페르마네더는 이렇게 외치고 안락의자를 문 쪽으로 돌렸다. 영사 부인이 하녀한테 이렇게 명령했다. "그륀리히 부인보고 이리 좀 내려오라고 해라."

그러고 나서 그녀가 소파로 되돌아오자 페르마네더도 다시 자기의 의자를 바로 돌렸다.

"정말 기쁩니다." 그는 양탄자며 사무용 책상 위에 놓여 있는 커다란 세브르제 잉크병이며 가구들을 쳐다보면서 멍하니 같은 말을 반복했다. 그런 다음 여러 번 이런 말을 했다. "이것이 십자가입니다! 정말 십자가입니다!" 그러면서 그는 무릎을 비비더니 뚜렷한 이유도 없이 땅이 꺼져라 한숨을 지었다. 토니가 나타날 때까지 대강 이런 식으로 시간이 흘렀다.

그녀는 분명 약간 화장을 했고 밝은 상의를 입었으며 머리를 단정하게 매만진 흔적이 있었다. 토니의 얼굴은 그 어느 때보다도 싱싱하고 예뻤다. 그녀는 교활하게 혀끝을 입가에서 놀리고 있었다.

그녀가 방에 들어서자마자 페르마네더는 벌떡 일어서더니 무척 감격해서 그녀를 맞아들였다. 그의 모든 동작이 감동을 드러내고 있었다. 그는 그녀의 두 손을 잡고 흔들면서 이렇게 소리쳤다. "네, 그륀리히 부인이군요! 네, 그동안 안녕하셨어요! 네, 그간 잘 지내셨나요? 그동안 여기서 무얼 하고 지내셨어요? 정말 기뻐서 어쩔 줄 모르겠군요! 뮌헨과 우리의 그 산이 아직도 생각나십니까? 그땐 정말 즐거웠지요, 네? 다시는 그런 순간이 오지 않을 겁니다! 도대체 지금 누가 그걸 믿겠습니까?"

토니 쪽에서도 대단히 신이 나서 그를 맞이하고 의자를 끌어와서는 그와 함께 뮌헨에서 있었던 이야기를 떠벌리기 시작했다. 대화는 이제 아무런 막힘 없이 물 흐르듯 진행되었다. 영사 부인은 딸을 주시하고 있었다. 토니는 페르마네더의 말을 참을성 있게 들으며 힘을 북돋워 주듯이 고개를 끄덕이면서 그의 말을 이것저것 표준말로 옮겨 주었는데 영사 부인은 그게 이해가 될 때마다 만족한 기분으로 소파에 몸을 기댔다.

페르마네더는 안토니 부인한테도 또 한 번 자기가 여기에 찾아온 이유를 설명해야 했다. 하지만 이 양조장 '볼일'을 분명 별로 대수롭지 않게 치부함으로써 실제로는 여기서 아무

할 일이 없다는 인상을 풍겼다. 그 반면에 그는 둘째 딸이며 아들들에 대해 관심을 갖고 물어보았다. '가족 모두'를 만나 보려고 왔는데 클라라와 크리스티안이 없어서 그는 무척 아쉽게 생각했다.

이 도시에 계속 머무를 것인지에 대해서 그는 아주 모호하게 말했다. 하지만 영사 부인이 "페르마네더 씨, 우리는 이제나 저제나하고 아들이 점심 먹으러 오기를 기다리고 있습니다. 우리와 함께 버터빵이라도 드시겠는지요……."라고 하자 말을 채 끝내기도 전에 덥석 초대에 응했다. 마치 그것은 그가 기다리고 있다가 얼씨구나 좋아라 하는 격이었다.

영사가 왔다. 아침 식사 하는 방이 비어 있는 것을 발견하고 그는 사무복을 입고 서둘러 나타났다. 약간 맥이 풀린 듯 보이는 그는 눈코 뜰 새 없이 바빠서 급히 요기나 하려고 했다. 그러나 장식물이 잔뜩 달린 시곗줄을 걸고 모직물 재킷을 입은 어떤 낯선 손님과 영양의 털이 꽂힌 모자가 오르간 위에 있는 것을 알아채고 바로 그는 '누군가' 하고 머리를 쳐들었다. 그리고 안토니한테서 익히 들어 알고 있던 그의 이름을 듣는 즉시 황급히 여동생한테 시선을 던지고는 친절하기 짝이 없는 태도로 호의를 표시하며 페르마네더를 맞아들였다. 그는 자리에 앉지 않았다. 그들은 융만이 식탁을 준비해 둔 중간층으로 내려갔다. 주전자에서 물 끓는 소리가 났다. 그것은 티부르치우스와 클라라가 선사한 진짜 러시아제 주전자였다.

"좀 먹어 볼까요!" 페르마네더는 식탁에 앉아 차가운 요리가 차려져 있는 것을 보더니 그렇게 말했다. 가끔씩 그는 복수형을 써야 할 때 전혀 아무렇지도 않다는 식으로 이인칭 단수를 그냥 사용했다.

"이것은 물론 뮌헨의 호프브로이가 아닙니다, 페르마네더 씨. 그래도 이 지방 맥주보다는 낫지요." 그리고 영사는 갈색 거품이 이는 맥주를 그의 잔에다 따라 주었다. 그는 이때쯤 되면 으레 맥주를 마시곤 했다.

"고마워요, 감사히 먹겠습니다!" 페르마네더가 융만의 놀란 표정을 눈치채지 못하고 무언가를 씹으면서 말했다. 그처럼 옆에서 만류하는 기색을 보여도 맥주를 맛있게 마시자 영사 부인은 적포도주 한 병을 내오게 했다. 그러자 그는 눈에 띄게 더 즐거워하며 다시 그륀리히 부인과 이야기를 나누기 시작했다. 그는 배가 부른 까닭에 식탁에서 멀찍이 떨어져 두 다리를 쩍 벌리고 앉았다. 그리고 대체로 통통하고 흰 한쪽 손과 짧은 한쪽 팔을 팔걸이 아래에 수직으로 내려뜨렸다. 그러면서 해구 같은 콧수염을 기른 뚱뚱한 얼굴을 약간 옆으로 기울이고 좋아 죽겠다는 표정으로 쭉 찢어진 눈을 진지하게 깜박거리며 토니가 하는 말과 대답에 귀를 기울이고 있었다.

그에게 구운 고기를 썰어 주는 그녀의 동작은 귀여웠다. 그는 전혀 그런 일을 해 보지 않은 모양이었다. 그리고 그녀는 여전히 인생에 대한 이런저런 논평을 삼가지 않았다.

"오, 페르마네더 씨, 인생에서 모든 선과 아름다움이 그렇게 후딱 지나가 버리는 게 얼마나 슬픈지 모르겠어요!" 그녀가 뮌헨에 체류할 때의 이야기를 빗대서 말했다. 그녀는 한동안 나이프와 포크를 식탁에 놓고 진지한 표정으로 천장을 쳐다보았다. 게다가 그녀는 이따금씩 우스꽝스럽고 어색하게 바이에른 사투리로 말하려고 했다.

식사 중에 문을 두드리는 소리가 나더니 사무실 급사가 전보를 건네주었다. 영사는 기다란 콧수염의 뾰족한 끝을 천천히 손가락으로 쓰다듬으며 전보를 읽었다. 그는 전보의 내용에 몹시 마음이 쓰이는 눈치였으나 아주 경쾌한 어조로 이렇게 물었다. "사업은 잘되어 갑니까, 페르마네더 씨?" 그러고 나서 그는 곧장 "알았다." 하고 급사한테 말했다. 그러자 그 젊은이는 사라졌다.

"아, 그것 말이죠!" 페르마네더는 그렇게 대답하면서 영사쪽으로 몸을 돌렸는데 목이 뻣뻣하고 굵은 탓에 동작이 굼뜨기 짝이 없었다. 그러더니 이제 다른 쪽 팔을 팔걸이 아래로 내려뜨렸다. "그건 별로 말할 게 못 돼요. 대단찮은 것이니까요! 뮌헨에 가 보십시오." 그는 자기 고향 도시 뮌헨의 이름을 입에 올렸는데 그게 무슨 의미인지 제대로 알 수 없었다. "뮌헨은 상업 도시가 아니지요. 거기서는 누구나 조용함과 절도를 원하지요. 식사 중에 전보를 읽는 사람은 아무도 없지요. 여기는 옷차림이 다르군요, 정말! 고마워요, 또 한 잔 들겠습니다. 그것은 십자가입니다! 동업자인 노페는 막무가내로 뉘른베르크로 가려고 했습니다. 그는 기업가 정신이 있어 거기 주식 시장에 관심이 있죠. 하지만 난 뮌헨을 떠날 생각이 없습니다. 그럴 필요가 없어요! 정말 십자가입니다! 보십시오, 거기에는 경쟁이 없습니다, 정말이에요……. 그리고 수출은 엉망이지요. 그들은 조만간 러시아에까지 나무를 심고 집을 지으려 하니까요."

그러나 별안간 그가 영사를 흘끗 쳐다보더니 말을 계속했다. "게다가…… 액면 그대로 그렇게 나쁘지 않습니다. 꽤 알찬 사업입니다! 공동 출자한 양조장으로 돈을 벌지요. 사장이 니더파우르라는 사람이지요. 아주 작은 회사였지만 나한테 현금으로 돈을 빌렸지요. 사 푼으로 이자를 쳐서 담보를 잡고. 그것으로 건물을 몇 개 늘릴 수 있었지요. 그래서 지금 사업을 하고 있습니다. 매상과 연수입은 그저 그렇습니다!" 페르마네더는 이렇게 말을 끝맺었다. 그는 담배와 시가를 사양하고는 죄송하다고 말하며 주머니에서 기다란 뿔로 된 파이프를 꺼냈다. 그리고 연기를 빠끔빠끔 뿜어 내며 영사와 사업 이야기에 들어갔다. 그러다가 화제가 정치 이야기로 넘어가서 바이에른과 프로이센의 관계며 막스 왕과 나폴레옹 황제에 관한 이야기가 오르내렸다. 그런데 페르마네더는 가끔씩 통 알아들을 수 없는 표현으로 양념을 쳤다. 대화가 끊어지면 그는 별다른 이유도 없이 한숨을 푹 내쉬면서 무슨 뜻인지 알아들을 수도 없는 이런 말을 내뱉곤 했다. "그건 쓸데없는 일이지요!"라든가 "그 참 근사한 이야기군요!"처럼…….

융만은 입에 음식이 들어 있는데도 너무 놀란 나머지 씹는 것을 잊고 계속 어안이 벙벙해 반짝이는 갈색 눈으로 손님을 쳐다보고 있었다. 그러면서 그녀는 으레 하는 버릇대로 나이프와 포크를 식탁 위에 수직으로 세우고 그것을 약간씩 이리저리 움직였다. 이곳에서는 아직 그러한 소리를 들어 본 적이 없었고 담배 연기도 자욱하지 않았으며, 그렇게 팍 퍼져서 보기 흉한 꼴을 보이는 장면도 낯설었다. 영사 부인은 어떤 조그만 신교 지역이 유혹에 빠져 온통 가톨릭으로 넘어가게 된 데 대해 근심스러운 질문을 던지고 나서 도무지 이해가 되지 않는다는 듯 호의적인 표정을 지으며 잠자코 있었다. 토니는 식사가 진행되는 중에 다소 생각에 잠겨 불안해하는 것 같았다. 그러나 영사는 기분이 최고로 좋아져서 심지어 어머니에게 양해를 구해 적포도주를 또 한 병 가져오도록 시켰다. 그러고는 활기찬 어조로 페르마네더한테 넓은 거리를 한번 방문해 달라고 초대했다. 자기 부인이 아주 반가워할 거라면서……

도착한 지 꼭 세 시간이 지나서야 그 홉 무역상은 떠날 채비를 하기 시작했다. 그가 파이프의 재를 털고 잔을 비우며 '십자가'에 대해 이런저런 설명을 하고서 몸을 일으켰다.

"안녕히 계십시오, 영사 부인. 그륀리히 부인, 안녕히 계십시오. 부덴브로크 씨, 안녕……" 이다 융만은 이런 인사법에 흠칫 놀라면서 얼굴이 하얘졌다. "안녕, 아가씨……" 그는 가면서도 "안녕." 하고 말했다.

영사 부인과 아들은 서로 눈짓을 교환했다. 페르마네더는 자기가 묵고 있는 트라베 강가의 어떤 조그만 여관으로 간다는 의도를 전했다.

"뮌헨에 사는 내 딸의 여자 친구와 그 남편은……" 노부인이 또 한 번 페르마네더한테 다가가면서 말했다. "멀리 떨어져 있어요. 그래서 당분간은 그들의 환대에 감사의 뜻을 표할 기회를 가질 수 없을 겁니다. 하지만 당신이 이 도시에 계시는한 우리를 찾아오시면 언제라도 대환영입니다."

그녀는 그에게 손을 내밀었다. 그런데 페르마네더는 주저 없이 이 말을 받아들였다. 점심 식사 때와 마찬가지로 이 초대도 마치 기다렸다는 듯이 냉큼 받아들이고 두 여자의 손에 입을 맞추었다. 그러는 모습이 이상하게도 그에게 어울렸다. 풍경실에서 모자와 지팡이를 가져온 그는 즉시 트렁크를 자기에게 가져오게 하고 볼일을 마친 후 정각 네 시에 여기에 오겠다고 또 한 번 약속했다. 영사는 계단 밑까지 그를 바래다주었다. 하지만 현관문에서 그는 또 한 번 몸을 돌리고는 감격한 듯이 조용히 머리를 흔들면서 이렇게 말했다. "부디 나쁘게 생각하지 마세요, 이봐요. 여동생은 정말 사랑스러운 여자입니다! 안녕히 계십시오!" 그러고는 계속 머리를 흔들면서 사라졌다.

영사는 다시 위로 올라가서 여자들을 만나 보아야겠다는 간절한 욕망을 느꼈다. 이다 융만은 복도 옆방에 잠자리를 준비하려고 벌써부터 이부자리를 들고 집 안을 이리저리 돌아다니고 있었다.

영사 부인은 아직 아침 식사 방에 앉아 맑은 눈으로 천장에 난 어떤 얼룩을 응시하면서 흰 손가락으로 가볍게 식탁보를 두드리고 있었다. 토니는 팔짱을 끼고 창가에 앉아 품위 있고 심지어 근엄하기까지 한 표정을 지으며 좌도 우도 아닌 정면을 바라보고 있었다. 말없는 침묵이 지배하고 있었다.

"자, 이제?" 그가 문지방에 우뚝 서서 트로이카가 그려진 담뱃갑에서 담배 한 개비를 꺼내 들며 물었다. 웃는 바람에 그의 양 어깨가 위아래로 들썩거렸다.

"유쾌한 남자야." 영사 부인이 악의 없이 대답했다.

"제 생각도 똑같아요!" 그런 다음 영사는 재빨리 토니 쪽으로 몸을 틀면서 아주 우아하고 익살스러운 동작을 취했다. 이는 아주 공손한 태도로 그녀의 견해도 묻는다는 듯한 몸짓이었다. 그녀는 아무 말도 하지 않았다. 그녀는 근엄한 표정으로 앞만 응시하고 있었다.

"그렇지만 내 생각에 그 사람은 신을 모독하는 말투를 버려야겠더구나, 톰." 영사 부인이 다소 걱정스러운 표정으로 말을 계속했다. "내가 제대로 알아들었는지 몰라도 그는 성사(聖事)와 십자가에 대해 뭐라고 말하더구나."

"아, 그런 건 상관없어요, 어머니. 악의로 하는 말은 아닌 것 같으니까요."

"그리고 그의 거동이 너무 막돼 보이지 않았니, 톰, 어때?"

"네, 에이 그거야 남부 독일식이지요!" 영사는 이렇게 말하고 천천히 연기를 방으로 뿜어냈다. 그는 어머니를 보고 싱글싱글 웃으며 남의 눈에 띄지 않게 토니를 흘끗 쳐다보았다. 영사 부인은 그걸 전혀 눈치채지 못했다.

"오늘 게르다하고 같이 식사하러 오지 않겠니, 톰? 그래 줬으면 좋겠는데."

"그러지요, 어머니. 오고말고요. 솔직히 말하자면 그 손님이 집 안을 즐겁게 해 주거든요. 어머니 생각도 그렇지 않으세요? 그는 성직자들과는 판이한 인물이거든요."

"각자 자기 나름의 방식이 있는 거야, 톰."

"물론이지요! 저는 갑니다. 마침 시간이 돼서요!" 그가 문고리를 손에 쥐고 말했다. "토니, 네가 그 사람한테 확고한 인상을 심어 주었더구나! 아니, 아주 의심의 여지가 없어! 방금 저 밑에서 그가 너를 뭐라고 불렀는지 아니? '사랑스러운 여자'라고 그 사람이 그러더구나……."

하지만 이 말을 들은 토니는 몸을 홱 돌리더니 큰 소리로 이렇게 말했다. "좋아, 톰. 나한테 그런 말을 하다니……. 그가 오빠더러 그 말을 하지 말라고 하지는 않았을 거니까. 하지만 그렇다고 해서 나한테 그 말을 고자질해야 되겠어? 나도 알 만한 것은 다 알고 있어. 내가 말하고 싶은 것은 인생에서 중요한 것은 어떻게 말하고 표현하는지가 아니라 마음속으로 어떻게 생각하고 느끼는지라는 거야. 그런데 오빠가 페르마네더 씨의 말투를 희롱한다면, 오빠가 그를 가령 우스꽝스럽게 여긴다면……."

"누구를? 난 전혀 그렇게 생각하지 않았어, 토니! 왜 그렇게 열을 내는 거니?"

"그만들 해라!" 영사 부인은 이렇게 말하면서 아들한테 진지하게 부탁의 눈길을 보냈다. 그 눈길에는 "동생을 달래 줘라!"라는 의미가 담겨 있었다.

"자, 너무 화내지 마, 토니!" 그가 말했다. "너를 화나게 하려고 한 말은 아니었어. 그럼 나는 지금 가서 창고 인부에게 그의 짐을 이리 가져다 놓으라고 해야겠다. 그럼 갈게!"

5

페르마네더는 멩가에 들어왔다. 이튿날에는 토마스 부덴브로크와 그의 부인 댁에서 식사를 했고, 셋째 날인 목요일에는 유스투스 크뢰거와 그의 부인 그리고 넓은 거리에 사는 세 딸들과 인사했다. 그들은 그를 끔찍이도 우스꽝스럽게 생각했다. 그들은 '끔찍이'를 '꼼찍이'라고 말했다. 페르마네더는 그를 꽤 근엄하게 대했던 세세미 바이히브로트며 불쌍한 클로틸데, 어린 에리카와도 만나 보았다. 그리고 에리카한테는 사탕 한 봉지를 주었다.

그는 말할 수 없이 늘 기분이 좋았다. 그가 푹푹 내쉬는 한숨은 아무 의미가 없었으며 마치 너무 편해서 그러는 것 같았다. 그는 파이프 담배를 피우며 이상한 말투로 지껄이고 마셔댔다. 그는 엉덩이가 무거운 편이어서 식사하고 나서도 오랫동안 아주 편안한 자세로 그대로 앉아 버렸다. 그는 이 오래된 집안의 조용한 생활에 아주 새롭고 색다른 분위기를 제공했고, 그라는 존재 자체가 온통 이 집과 반대되는 스타일이었지만 이 집에 틀이 잡힌 습관을 하나도 방해하지 않았다. 그는 아침과 저녁 예배 행사에 성실하게 참가했으며 영사 부인이 여는 주일학교도 한번 참관하고 싶다고 간청했다. 그리고 심지어 예루살렘의 밤에도 잠시 얼굴을 내밀고 부인들을 소개받았다. 물론 레아 게르하르트가 낭독을 시작하자 그는 얼이 빠져 그 자리에서 나와 버렸다.

그가 나타났다는 소식이 삽시간에 시내에 좍 퍼졌다. 그리고 세도가에서는 바이에른에서 온 부덴브로크가의 손님에 대해 잔뜩 호기심을 품고 이야기들을 했다. 하지만 그 가문들이나 주식 시장에서 그와 연이 닿는 사람은 아무도 없었다. 그리고 세월은 유수처럼 흘러 대부분의 사람들이 바다에 갈 채비를 하는 때라서 영사는 페르마네더를 사교 모임에 데리고 가는 것을 단념했다. 그 자신은 기회가 닿는 대로 그 손님을 극진히 모셨다. 사업상의 일이나 시에서 꼭 해야 할 일이 있었지만 시간을 내서 그를 데리고 시내를 두루 돌아다니면서 중세에 만들어진 모든 명소, 교회, 성문, 분수, 광장, 시청, '선원 조합'을 구경시켜 주었다. 그러면서 있는 수단을 다 동원해 그를 즐겁게 해 주었고 더구나 증권거래소에서는 자기와 가까운 친구들을 소개시켜 주기도 했다. 그래서 그가 그토록 희생정신을 발휘하는 데 대해 그의 어머니인 영사 부인이 기회를 봐서 감사의 말을 하자 그는 시큰둥하게 이렇게 말했다. "참 어머니도, 그러지 않고 어떻게 하겠어요."

영사 부인은 이 말에 아무 대답도 하지 않았다. 그녀는 웃지도, 눈꺼풀을 움직이지도 않고 맑은 눈을 이리저리 굴리면서 어떤 다른 문제를 물어보았다.

그녀는 페르마네더한테 한결같이 친절하게 대했지만 딸이 그렇게 하라고 해서 그러는 것은 절대 아니었다. 그 홉 무역상은 벌써 두 번이나 '어린이날' 모임에 참석하게 되었다. 그가 이곳에 온 지 삼사 일 되던 날에 벌써 양조장 관계 볼일은 다 보았다고 무심결에 언뜻 내뱉고 말았지만 그로부터 어느덧 일주일하고 반이나 흘러가게 되었기 때문이다. 그런데 이 목요일이 되어 친척들이 모이는 자리에서 페르마네더가 말하고 행동할 때마다 그륀리히 부인은 가족, 유스투스 삼촌, 여자 사촌들이나 토마스를 흘끔흘끔 쳐다보며 수줍어서 얼굴이 빨개졌다. 그러면서 몇 분 동안이나 뚱하니 아무 말도 하지 않고 있거나 심지어 그 방을 빠져나가기조차 했다…….

3층에 있는 그륀리히 부인 침실의 녹색 커튼은 유월 밤에 부는 부드러운 바람에 하늘거렸다. 양쪽 창이 열려 있어서였다. 휘장이 달린 침대 옆의 침실용 탁자 위에는 반쯤 기름이 찬 기름병 속에서 조그만 심지들이 여러 개 타고 있었다. 그래서 쿠션에 보호용으로 회색의 리넨 팔걸이의자가 일렬로 배치된 커다란 방은 사방이 한결같이 고요하고 희미하게 빛나고 있었다. 그륀리히 부인은 침대에서 쉬고 있었다. 그녀의 예쁜 머리는 사방에 넓은 레이스가 달린 베개에 푹 파묻혀 있었다. 그리고 양손은 서로 맞잡은 채 누빈 이불 위에 놓여 있었다. 하지만 너무 골똘히 생각하느라 잠을 이루지 못하는 두 눈은 몸체가 긴 어떤 커다란 벌레의 움직임을 천천히 좇고 있었다. 그 벌레는 수백만 번이나 소리 없이 날개를 파닥이며 한없이 밝은 병 주위를 날아다녔다. 벽가 침대 옆, 중세의 도시 모습을 그린 오래된 두 개의 동판화 사이에는 이런 격언이 액자에 들어 있었다. "너의 길은 주께 맡겨라……." 하지만 한밤중에 홀로 눈을 뜨고 드러누워서 아무런 조언도 없이 자기 인생에 대한 결정만 내리는 게 아니라 가부의 결말을 짓고 결정을 내려야 하는 순간에 그게 위로가 되겠는가?

사위는 정적에 잠겨 있었다. 벽시계만이 저 혼자 똑딱거리고 있었다. 그리고 토니의 침실과는 단지 휘장만으로 구분되어 있는 옆방에서 융만의 헛기침 소리만 간간이 들릴 뿐이었다. 거기에는 아직 불이 밝혀져 있었다. 그 충직한 프로이센 여자는 매달린 등 아래에 놓인 접이식 책상 옆에 반듯이 앉아 어린 에리카가 신을 양말의 구멍 난 곳을 깁고 있었다. 세세미 바이히브로트의 기숙사가 지금 여름방학이라서 에리카는 멩가에서 지내고 있기 때문이었다.

그륀리히 부인은 한숨을 토하면서 약간 몸을 일으켜 세우고 턱을 손으로 괴었다.

"이다?" 그녀가 목소리를 죽이고 물었다. "아직 자지 않고 양말을 깁고 있어?"

"응, 그래, 토니." 이다의 목소리가 들려왔다. "그냥 자지 그러니. 내일 아침 일찍 일어나야지. 푹 자야 되지 않겠어?"

"그래, 이다. 그럼 아침 여섯 시에 날 깨워 주겠어?"

"여섯 시 반이면 충분해, 토니. 마차는 일곱 시 반에 오기로 돼 있어. 이제 계속 자. 그래야 몸이 가뿐해질 텐데."

"아, 아직 잠들지 못했어!"

"토니, 그래선 안 돼. 그러다가 슈바르타우에 가서 기진맥진 하려고 그러니? 물을 일곱 모금 마시고 오른쪽으로 누워 천까지 세어 봐."

"아, 이다, 이리 좀 잠깐 와 봐! 잠이 오지 않아 이다와 이야기를 나누어야겠어. 너무 많이 생각해서 머리가 다 아플 지경이야. 와서 봐. 열이 있는 것 같아. 또다시 배가 아파. 혹시 위황증인지도 모르겠어. 관자놀이의 혈관이 잔뜩 부풀어올라 팔딱팔딱 뛰는 바람에 아프단 말이야. 그런데도 머리에는 피가 너무 부족한 것 같기도 하거든."

의자가 뒤로 밀려나는 소리가 들렸다. 그리고 유행에 뒤진 수수한 갈색 옷을 입은 이다 융만의 뼈대가 굵고 건장한 형체가 휘장 사이에 나타났다.

"아니, 토니, 열이 있니? 어디 한번 보자, 얘야. 물수건을 좀 대 보자꾸나."

그러고는 다소 남자 같은 성큼성큼 힘찬 발걸음으로 옷장 쪽으로 걸어가 손수건을 꺼내서는 세숫대야에 담갔다. 다시 그걸 침대로 가져와서 조심스럽게 토니의 이마에 댔다. 그런 뒤 또 몇 번이나 두 손으로 이마를 반들반들하게 문질렀다.

"고마워, 이다, 기분이 좀 나아졌어. 아, 여기 내 옆에 좀 앉아 줘, 여기 베개맡에. 있잖아, 자꾸 내일 일이 생각나서 그래. 어떡하면 좋아? 머릿속의 온갖 생각이 빙빙 돌기만 하니."

이다는 그녀 옆에 앉아서 바늘과 실뭉치가 달려 있는 양말을 손에 쥐었다. 그녀는 반들반들한 회색 정수리를 숙이고 반짝거리는 갈색 눈으로 계속 바느질을 하면서 이렇게 말했다. "그 사람이 내일 물어볼 거라고 생각하니?"

"물론이지, 이다! 그건 두말할 필요 없어. 그는 그 기회를 놓치지 않을 거야. 클라라의 경우는 어땠니? 그때도 그랬잖아. 이봐, 물론 난 그걸 회피할 수도 있었어. 난 다른 사람들한테 붙어서 그가 나한테 접근하지 못하게 할 수도 있었어. 그러나 그럴 시기도 지나가 버렸어! 그는 모레면 떠난다고 했어. 게다가 내일 아무런 성과를 못 얻으면 더 있을 수도 없겠지. 내일 결판이 나야 해. 그런데 이다, 그가 물으면 도대체 어떻게 말해야 좋겠어? 이다는 아직 결혼을 안 해 봤기 때문에 엄밀히 말하자면 인생이라는 걸 몰라. 하지만 이다는 정직한 여자고 사리분별도 있고 마흔둘이야. 나한테 충고의 말을 해 줄 수 없겠어? 나로서는 그게 절실히 필요해."

이다 융만은 양말을 무릎에 내려놓았다.

"응, 그래, 토니. 나도 그 문제를 여러 번 곰곰 생각해 보았어. 하지만 내가 찾아낸 해결책이란 아무런 충고를 할 수 없다는 거야. 그는 다시는 뜨러질 수 없을 거야." 이다는 '떨어질'을 '뜨러질'이라고 발음했다. "너나 네 엄마하고 상의하지 않고는 말이야. 그리고 네가 원하지 않을 거라면 진작 그를 떠나보내야 했을 거야."

"이다 말이 맞아. 하지만 난 그럴 수 없었어. 결국에는 이렇게 될 수밖에 없기 때문이지! 늘 아직은 되돌아올 수 있다고 생각해. 아직은 그렇게 늦지 않잖아! 그런데 이렇게 누워 끙끙거리고 있으니……."

"토니, 그 사람이 마음에 드니? 한번 솔직히 말해 봐!"

"그래, 이다. 내가 그걸 부인한다면 거짓말이 될지도 모르겠어. 그가 잘생긴 남자는 아니야. 하지만 인생에서 중요한 것은 그런 게 아냐. 그리고 그는 근본이 착하고 화를 낼 줄 모르는 사람이라고 생각돼. 그륀리히를 생각하면…… 아, 젠장! 그는 늘 자기가 민첩하고 영리하다고 말했어. 그리고 음험한 방식으로 자기의 사기성을 얼버무렸어. 알다시피 페르마네더는 그런 사람이 아니야. 나는 그가 너무 편안하다고 말하고 싶어. 그는 인생을 너무 느긋하게 생각해. 그런 것도 다른 시각에서 보면 비난감이지. 그는 분명 백만장자는 되지 못할 거야. 그한테는 약간 천하태평인 점이 있는 것 같아. 저 아래 남부 지방 사람들이 흔히 말하듯이 '만만디'인 셈이지. 그 지방 사람들은 죄다 그래. 이다, 내가 말하려고 했던 점이 바로 그거야. 그게 문제의 본질이야. 즉, 그런 사람들이 있는 뮌헨에서 그렇게 말하는 사람들 사이에 있다 보니 그처럼 된 거야. 그래서 난 그를 곧장 사랑하게 되었고 그가 너무나 친절하고, 진심으로 대하며 푸근하다고 생각했어. 그리고 상대편에서 그렇게 생각한다는 것도 즉각 알게 되었어. 내가 겁나는 건 그가 그렇게 생각하는 것이 내가 부자, 실제보다 더 부자라고 생각해서가 아닌가 하는 점이야. 이다도 알다시피 어머니는 이제 나한테 많은 지참금을 줄 수 없잖아. 하지만 확신하건대 그는 그런 데는 개의치 않을 거야. 그는 그렇게 큰돈에는 뜻이 없는 사람이거든. 됐어…… 내가 무슨 말을 하려고 했지, 이다?"

"토니, 뮌헨에서 살 거니? 하지만 여기는?"

"하지만 여기는, 이다! 내가 무슨 말을 하려는지 벌써 눈치채고 있구나. 그가 자라난 환경과 다르고 모든 게 판이한 여기는 소위 말하자면 좀 더 엄격하고, 공명심이 강하고, 위엄이 있어. 여기서 살게 되면 분명 그 사람 때문에 난처한 일을 많이 겪게 되겠지. 그래, 그 점은 솔직히 고백해, 이다. 난 솔직한 여자야. 나로서는 안 좋은 일이라 하더라도 내가 그를 위해 희생해야겠지. 이봐, 그는 대화 중에 '나를' 대신에 '나한테'라고 말한 적이 여러 번이나 있었어. 이다, 저 아래 사람들은 그렇다고 생각돼. 많이 배웠다는 사람들도 기분이 좋을 때면 그런 일이 생겨. 그래도 아무도 마음 아파하지 않고 아무런 대가도 치르지 않으며 그렇게 같이 휩쓸려 들어가는 거야. 아무도 이상하게 생각지 않아. 하지만 여기서는 어머니가 그를 곁눈질해. 토마스는 눈썹을 치켜올리지. 그리고 유스투스 삼촌은 몸을 움찔하며 크뢰거가 사람들이 매양 그러듯이 싹 돌아서는 거야. 피피 부덴브로크는 자기 어머니나 프리데리케나 헨리에테한테 시선을 보내지. 그러면 나는 너무 창피해서 방에서 달아나고 싶은 생각이 굴뚝같아. 그래서 그와 결혼할 수 있을지 결정을 못 내리겠어."

"무슨 그런 소리를, 토니! 뮌헨에 가서 그와 함께 살아야겠구나."

"그래, 이다 말이 맞아, 이다. 그런데 이제 결혼식이며 잔치가 열릴 텐데 그의 처신이 별로 고상하지 못해서 내가 가족이며 키스텐마커며 묄렌도르프 앞에서 창피를 당하게 될까 봐 그러는 거야. 아, 그륀리히는 좀 더 고상한 반면에 물론 마음이 시커먼 사람이었어. 슈텡겔 씨가 그 옛날 늘 그런 이야기를 했던 것처럼 말이야. 이다, 머리가 어지러우니 수건 좀 물에 적셔 줘."

"하지만 결국에는 그렇게 되고 말 거야." 그녀가 안도의 한숨을 쉬고 냉찜질을 받으면서 다시 말했다. "중요한 사실은 내가 다시 결혼함으로써 이혼한 여자로 여기에 오래 있지 않을 거란 점이야. 아, 이다, 나는 요즈음 그륀리히가 처음 나타났던 당시를 자주 돌이켜 생각해 보게 돼. 또 그가 나하고 말다툼하던 때를 말이야. 그건 당치도 않은 일이었어, 이다! 그러고는 트라베뮌데에 있는 슈바르츠코프 댁에서 지냈지." 그녀가 느릿느릿 말을 이었다. 그리고 그녀의 시선은 에리카의 양말을 기운 자리에 가서 한동안 머물렀다. "그런 뒤 결혼하고 살림을 하게 되었어. 우리 집도 가지고. 고상한 시절이었어, 이다. 내 모닝 가운을 생각하면……. 페르마네더와는 그런 생활을 하지 못할 거야. 인생이란 사람을 좀 더 겸허하게 만든다는 거 이다도 알지? 또 클라센 박사며 아기며 은행가 케셀마이어며……. 그러다가 파경을 맞았어. 끔찍한 일이었지. 이다는 상상도 못 할 거야. 인생에서 그런 끔찍한 경험들을 하다니. 하지만 페르마네더 씨는 그런 추잡한 일에 연루되지 않겠지. 그런 일만은 절대 하지 않을 거야. 또 사업상의 문제에서도 우리는 그를 충분히 신뢰할 수 있어. 그가 니더파우르의 양조장과 관계하는 '노페'로 꽤 많은 돈을 번다는 게 사실인 것 같아. 이다, 두고 보면 알겠지만 내가 그의 부인이 되면 그가 좀 더 야망을 갖도록 만들 거야. 그리고 그가 일취월장하고 분투 노력해서 우리 모두의 영광이 되도록 하겠어. 부덴브로크가의 여자와 결혼하면 마침내는 그런 책무를 떠맡게 되기 때문이지!"

그녀는 두 손을 뒷머리에 깍지끼고 천장을 쳐다보았다.

"그래, 내가 그륀리히와 결혼한 지 어언 십 년이라는 세월이 흘렀구나. 십 년 말이야! 그런데 이제 원점으로 되돌아와서 어떤 남자한테 결혼 승낙을 해야 돼. 이다, 그런데 말이지, 인생이란 지독하게 심각한 거야! 그때와는 달라. 그때는 거창한 일이어서 모두가 나를 조르고 괴롭히더니 지금은 모두들 아주 조용하게 처신하며 내가 당연히 승낙하리라고 생각하는 거야. 이다, 이다도 알아 둬야겠지만 이 알로이스와의 결혼은, 결국은 그렇게 되고 말 거니까 나도 그냥 알로이스라고 말하는구나, 축제와 같은 즐거운 결혼이 절대 아니야. 여기서 중요한 것은 나의 행복이 아니라 내가 재혼을 하면서 아주 조용한 가운데 자명하게도 나의 첫 번째 결혼의 실패를 다시 만회하는 거야. 그게 우리 가문에 대한 나의 책무이기 때문이야. 어머니도 톰도 그렇게 생각하고 있어."

"무슨 그런 소리야, 토니! 네가 그를 원하지 않는다면, 또 그가 너를 행복하게 해 주지 못한다면……."

"이다, 난 인생이 뭔지 알고 있고 더 이상 바보가 아니야. 내 머리에 눈이 달려 있어. 어머니는…… 어머니는 그리 조르지 않을지도 몰라. 어머니는 미심쩍은 일은·피하라면서 '그만둬.'라고 하시기 때문이야. 하지만 톰은 그걸 바라지. 톰이 어떤 사람인지 가르쳐 줄게! 톰이 어떻게 생각하는지 알아? 그는 이렇게 생각해. '누구라도 좋다! 아주 형편없는 사람이 아니라면 말이야. 이번 결혼에는 대단한 배필이 중요한 게 아니라 재혼으로 첫 번째 결혼의 치욕을 그럭저럭 다시 씻어 버린다는 사실만이 중요한 문제이기 때문이야.' 그는 그렇게 생각해. 그리고 페르마네더 씨가 오자마자 톰은 아주 은밀한 방법으로 그의 사업에 대해 여러 가지를 캐물었지. 그래야 확신을 품을 수 있다는 거야. 그래서 제법 괜찮고 확실한 듯하자 그에 대한 결정을 내려 버린 거야. 톰은 정치가라서 자기가 무얼 원하는지 알고 있어. 크리스티안을 몰아낸 사람이 누구야? 이다, 좀 가혹한 말인지는 몰라도 일이 그렇게 된 거야. 그럼 뭣 때문에 그랬겠어? 회사와 가문에 누를 끼치기 때문이지. 나를 볼 때도 그의 눈에서 그런 점이 드러나, 이다. 행동이나 말 때문이 아니라 이혼한 여자라는 단지 그 이유만으로 말이야. 그는 그런 상황이 바뀌기를 바라고 있어. 그런 점에서는 그의 생각이 맞아. 그렇다고 해서 내가 그를 결코 덜 사랑하는 것은 아니야. 난 그도 그러기를 바라. 그래서 요 근래 들어 인생에 복귀해야겠다고 늘 마음먹고 있었어. 왜냐하면 어머니하고 사는 게 지루해 죽겠어. 그게 죄악이라면 하느님이 날 벌줘도 할 수 없어. 하지만 난 겨우 서른이야. 그리고 난 아직 젊다고 느껴. 이다, 인생이란 그런 점에서 각기 다른 모양이야. 이다는 서른에 벌써 머리가 하얘졌잖아. 이다네 가족 내력이 그렇잖아. 그리고 딸꾹질로 목숨을 잃은 이다의 삼촌 프랄도⋯⋯."

그녀는 이날 밤 이것말고도 여러 가지 생각을 밝히면서 가끔씩 재차 이런 말을 했다. "결국은 그렇게 되고 말 거야." 그리고는 다섯 시간 동안 새근새근 깊은 잠을 잤다.

6

시내가 온통 안개에 덮였다. 하지만 요한가에서 마차 대여업을 하는 롱게트는 여덟 시 정각에 덮개는 있으나 사방이 트인 유람 마차를 직접 멩가의 현관에 대놓고 이렇게 말했다. "한 시간쯤 지나면 해가 나올 겁니다." 그 말을 듣고 모두들 적이 안심되었다.

영사 부인, 안토니, 페르마네더, 에리카와 이다 융만은 같이 아침을 먹고 여행 준비를 마친 후에 한 명씩 커다란 현관에 나와 게르다와 톰을 기다렸다. 턱 밑에 공단 리본을 매고 크림색 의상을 입은 그륀리히 부인은 간밤에 잠을 푹 자지는 못했지만 그래도 너무나 아름다워 보였다. 그녀에게서 두려움과 번민이 사라진 것 같았다. 손님과 대화를 하면서 천천히 가벼운 장갑 단추를 채우는 그녀의 표정은 침착하고 자신만만했으며 거의 들떠 보였다. 그녀는 그 옛날 자신의 기분으로 되돌아왔다. 자신의 중요성과 자기의 처분에 맡겨진 결정의 중차대함을 자각하고 진지한 결단을 내림으로써 가문의 역사에 새 장을 여는 날이 또 한 번 왔다는 의식으로 충만되어 그녀의 가슴은 더 세차게 방망이질치기 시작했다. 어젯밤 그녀는 가문 일지에 자기가 재혼한 사실을 기록할 거라고 생각한 부분을 꿈에서 직접 목도했다. 그것은 일지에 있는 검은 얼룩을 지우고 삭제한다는 사실이었다. 그리고 이제 그녀는 톰이 나타날 때 의미심장하게 머리를 끄덕이며 맞이할 순간을 가슴 졸이며 기다리고 있었다.

영사는 좀 늦게 부인과 함께 왔다. 젊은 영사 부인은 일찍 화장을 끝마치는 데 익숙하지 않았기 때문이다. 작은 격자무늬가 있는 담갈색 양복을 입은 그의 모습은 밝고 쾌활해 보였다. 양복 가슴 부분의 옷깃이 너무 넓어서 여름 조끼의 끝이 보였다. 비할 데 없이 품위 있는 토니의 표정을 눈치챈 그의 두 눈은 미소 짓고 있었다. 반면에 시누이의 아리따운 건강미와는 달리 다소 병적인 불가사의한 아름다움을 지닌 게르다한테서는 일요일 나들이하는 기분이 전혀 보이지 않았다. 필시 잠을 푹 자지 못한 모양이었다. 외출복의 기본 바탕인 짙은 라일락색은 그녀의 빽빽한 검붉은 머리카락과 아주 이상하게 잘 어울렸다. 그래서 그녀의 안색이 더 창백하고 핏기가 없어 보였다. 바짝 붙어 있는 갈색 눈가에 나 있는 푸르스름한 그림자는 예전보다 더 깊고 어둡게 드리워 있었다. 시어머니한테 입맞춤을 받으려고 이마를 내미는 그녀의 표정은 차가웠다. 그녀는 페르마네더한테는 거의 비웃는 표정으로 손을 내밀었다. 그리고 그뤼리히 부인이 그녀를 보고 두 손을 마주 잡으며 큰 소리로 "어머, 게르다야, 어쩜 이렇게 예뻐졌니!" 하고 외치자 그녀는 단지 부인하는 듯한 미소로 대꾸할 따름이었다.

그녀는 오늘처럼 소풍을 가는 것에 깊은 혐오감을 품고 있었다. 그것도 여름에다 특히 일요일에 말이다. 대체로 거실의 커튼을 내리고 으스름한 분위기에서 지내는 게르다는 좀체 외출하는 법이 없었다. 그녀는 태양이며 먼지며 축제일처럼 차려입은 행락객이며 커피, 맥주, 담배 냄새를 두려워했다. 그리고 세상에서 그녀가 무엇보다도 싫어한 것은 더위와 혼란이었다. 뮌헨의 손님한테 유서 깊은 도시의 주변도 보여 주려고 슈바르타우와 '큰숲'으로 놀러 가기로 약속이 되었을 때 그녀는 무슨 말을 하다가 이렇게 말했다. "여보, 내가 어떤 체질인지 알잖아요. 내가 좋아하는 것은 오로지 휴식과 조용함이에요. 난 흥분과 기분 전환을 안 하도록 만들어졌어요. 나를 빼면 안 되겠어요?"

이러한 일에 남편이 근본적으로 찬성해 줄 걸로 확신하지 않았더라면 그녀는 결혼하지 않았을지도 모른다.

"그래요, 여보. 물론 당신 말이 옳아요. 그러한 일을 즐긴다는 것은 대개 상상에 불과하오. 하지만 남이나 자신한테 별난 사람이라는 평가를 받지 않으려면 남과 어울려야 하는 거요. 누구나 그런 허식을 갖고 있어요, 당신은 그렇게 생각지 않소? 그러지 않으면 남들은 당신이 고독하고 불행하다고 생각해 버리고 당신을 덜 존경하게 되는 겁니다. 그리고 또 한 가지 말할 게 있어요, 사랑하는 게르다. 우리 모두는 페르마네더 씨한테 약간 비위를 맞춰 줄 필요가 있어요. 나는 당신이 상황을 알아차리지 못하고 있다고는 생각지 않아요. 무언가 일이 진행되고 있어요. 그리고 그 일이 성사되지 않는다면 정말 애석한 일이오."

"여보, 지금 내 형편으로는 뭐가 뭔지 알 수 없어요. 하지만 그건 아무래도 상관없어요. 당신이 원하는 일이니까 그렇게 하도록 하죠. 이런 즐거운 일은 그럭저럭 참고 넘겨야지요."

"그렇게 해 준다니 정말 고맙소."

그들은 거리로 나섰다. 정말로 태양이 아침 안개 사이로 삐죽 나타나기 시작했다. 일요일이라 성 마리아 교회의 종이 울렸다. 공중은 온통 새 지저귀는 소리로 가득 찼다. 마부는 모자를 눌러썼다. 그리고 안주인으로서 호의를 가지고 영사 부인이 그에게 지나치게 친절히 인사할 때면 마부는 종종 약간 당황해하기도 했다. "아저씨, 안녕하세요!" 그러면서 그녀는 그를 올려다보며 고개를 끄덕였다. "여러분, 자 그럼 다들 마차에 올라타세요! 지금은 아침 예배를 드릴 시간이지만 오늘만큼은 자유로운 대자연 속에서 진심으로 하느님을 찬양하기로 합시다, 안 그래요, 페르마네더 씨?"

"옳으신 말씀입니다, 영사 부인."

그들은 한 명씩 두 개의 양철 계단을 지나고 좁은 뒷문을 통과해서 열 명을 수용할 수 있는 마차에 올랐다. 앉기에 아주 편안한 쿠션에는 의심의 여지 없이 페르마네더를 위해 바이에른의 색인 푸른색과 흰색 줄무늬가 있었다. 그러고는 문이 닫혔다. 롱게트는 혀를 차며 '호', '헤' 하는 서로 다른 소리를 내면서 근육질의 미간을 찡그렸다. 그리고 마차는 맹가를 굴러 내려가서는 트라베강을 따라가다가 홀스텐 성문을 지나갔다. 그러다가 이윽고 오른쪽으로 회전해 슈바르타우의 시골 길에 들어섰다.

들판, 초원, 숲, 농가가 나왔다. 그리고 점점 더 높이 퍼지며 엷어져서 푸르러지는 안개 속에서 종달새 소리가 들리자 사람들은 어디서 나는 소리인가 해서 하늘을 쳐다보았다. 담배를 피워 문 토마스는 곡식이 자라는 들판을 지나갈 때 주의 깊게 주위를 살펴보면서 페르마네더한테 그걸 보라고 가리켰다. 그 홉 무역상은 정말 젊은이다운 기분에 빠져 있었다. 영양의 털이 꽂힌 녹색 모자를 약간 비스듬하게 쓴 그는 굵다란 뿔 손잡이가 있는 지팡이를 희고 넓은 손바닥으로 잡거나 심지어 아래턱으로 괴고서 균형을 잡고 있었다. 그런 묘기가 번번이 실패로 끝나곤 했지만 특히 어린 에리카는 그걸 보고 좋아하며 박수를 쳤다. 그는 여러 번 이런 말을 반복했다. "꼭대기는 정말 좋을 거요. 오르면서 차츰 기분이 좋아지고 어릴 때처럼 마음이 들뜨게 될 겁니다, 그륀리히 부인, 안 그래요?"

그런 다음 그는 배낭과 피켈을 휴대하고 가는 등산에 대해 열을 내서 이야기하기 시작했다. 그것에 대해 영사 부인은 여러 번 "설마!" 하고 감탄사를 발하면서 맞장구를 쳤다. 그리고 어떤 이유에서인지 감격한 목소리로 크리스티안이 없어서 유감이라고 말했다. 크리스티안이 아주 재미있는 사람이라고 들었다는 것이다.

"그는 다채롭지요." 영사가 말했다. "이런 소풍에는 그를 따를 사람이 없지요, 그건 진짜입니다. 우린 게를 먹을 겁니다, 페르마네더 씨!" 그가 쾌활하게 말했다. "게와 발트해의 가재! 우리 어머니한테서 몇 번 그 맛을 보셨지요? 하지만 '큰숲' 레스토랑의 주인인 내 친구 디크만은 항상 최고급품을 내놓지요. 그리고 이 지방의 명물인 후추 과자는 어떻고요! 혹시 뮌헨에서도 그 명성을 들어 보지 못했나요? 이제 보게 될 겁니다."

그륀리히 부인은 두서너 번 마차를 세우게 하고 길가에 핀 양귀비꽃과 수레국화를 꺾었다. 그럴 때마다 페르마네더는 그녀를 도와주려고 야단이었다. 하지만 그는 마차에서 내리고 타는 것이 좀 겁이 났던지 그 일을 그만두고 말았다.

에리카는 까마귀가 나는 것을 보기만 하면 환호성을 질렀다. 비가 전혀 올 것 같지 않은 날씨에도 늘 우산 외에도 앞이 터진 긴 우비를 휴대하고 다녔던 이다 융만은 보모로서는 그만이었다. 그녀는 겉으로만 아이들 기분을 맞추어 주는 것이 아니라 자신이 직접 아이들처럼 느끼며 거리낌 없이 깔깔대고 웃었다. 그래서 가족끼리 있을 때 그녀가 우울한 표정을 짓는 것을 보지 못한 게르다는 다소 냉정하고 놀란 얼굴로 그녀를 자꾸 쳐다보았다.

일행은 올덴부르크에 당도했다. 너도밤나무 숲이 시야에 들어왔다. 마차는 그 지점을 통과하고 우물이 있는 장터를 지나 다시 들로 나왔다. 마차는 조그마한 아우강 다리를 통과하고 마침내 단층 건물인 '큰숲' 레스토랑 앞에서 멈췄다. 이 건물의 한쪽 옆 평지에는 풀밭이랑 모랫길이랑 시골풍의 화단이 있었다. 그리고 그 건너편 쪽에는 원형극장 모양으로 숲이 솟아 있었다. 각 층계들은 나무뿌리며 삐죽삐죽한 자연석으로 만들어진 거친 계단으로 연결되어 있었다. 나무들 사이의 층계에는 희게 칠해진 탁자와 벤치와 의자 들이 놓여 있었다.

부덴브로크네 식구 외에도 먼저 온 손님들이 있었다. 살집이 통통한 몇몇 하녀들과 두툼한 프록코트를 입은 남자 종업원 한 명이 바쁘게 좌석을 들락거리며 차가운 요리, 우유와 맥주를 식탁에다 날랐다. 좀 멀찍이 떨어진 곳에 아이들을 동반한 몇몇 가족들이 벌써 자리를 잡고 있었다.

주인인 디크만은 노랗게 수놓은 모자를 쓰고서 셔츠 바람으로 일행이 마차에서 내리는 것을 도와주려고 직접 달려나왔다. 롱게트가 말을 마차에서 풀려고 옆으로 가는 동안 영사 부인이 이렇게 말했다. "우린 먼저 소풍을 할 겁니다. 그러고 나서 한 시간이나 한 시간 반쯤 뒤에 점심을 먹고 싶습니다. 저 건너편으로 식사를 좀 날라다 주세요. 그렇게 높지 않은 곳에다가요. 저기 둘째 층계가 좋겠군요."

"디크만, 좀 잘해 주시구려." 영사가 덧붙여 말했다. "귀한 손님을 모시고 와 놔서⋯⋯."

페르마네더는 이 말에 이의를 제기했다. "그럴 필요 없어요. 맥주와 치즈만 있으면⋯⋯."

그러나 디크만은 그게 무슨 말인지 알아듣지 못하고 청산유수로 말을 이어 갔다. "영사님, 없는 것 없이 다 있습니다. 게, 가재, 여러 가지 소시지, 여러 가지 치즈, 훈제 뱀장어, 훈제 연어, 훈제 철갑상어⋯⋯."

"그만 됐어요, 디크만. 그런 걸 우리한테 주시구려. 그리고 우유 여섯 잔하고 맥주 한 조끼, 이렇게 하는 게 어떻겠어요, 페르마네더 씨?"

"맥주 하나, 우유 여섯⋯⋯ 달콤한 우유, 버터 우유, 새콤한 우유, 응고된 우유, 어떤 걸 말이지요, 영사님?"

"디크만, 반반으로 해요. 달콤한 우유와 버터 우유를. 한 시간 이내로요."

그들은 그곳을 지나갔다.

"먼저 샘에 가 보는 게 좋겠군요, 페르마네더 씨." 토마스가 말했다. "그 샘은 아우강의 샘이라 불리지요. 아우강은 조그만 강입니다. 그 강가에 슈바르타우가 있지요. 아주 옛날엔 도시가 강가에 있었지요. 그런데 화재가 나는 바람에⋯⋯. 아마 그 도시가 오래가지 못할 운명이었던 모양이지요. 그래서 트라베 강가에 다시 도시가 건설되었지요. 게다가 그 강의 이름은 고통스러운 추억을 생각나게 하지요. 어릴 때 우리는 서로의 팔을 꼬집으며 '슈바르타우 옆의 강 이름이 뭐니?' 하고 묻는 것을 재밌어했어요. 그러면 아프니까 어쩔 수 없이 그 이름을 댈 수밖에 없었지요. 저기를 봐!" 오르막길에서 열 걸음쯤 떨어진 곳에서 그는 혼자 이렇게 말하며 갑자기 말을 중단했다. "묄렌도르프가와 하겐슈트룀가가 우리보다 먼저 왔구나."

사실 저 위 숲속의 셋째 층계에서는 사돈 관계를 맺은 두 집안의 주요 식구들이 두 개의 탁자를 이어 놓고 앉아 활기차게 대화를 나누며 음식을 들고 있었다. 상석에는 노령의 묄렌도르프 시의원이 앉아 있었다. 얼굴이 창백한 그는 성기고 뾰족한 흰 구레나룻을 지니고 있었다. 그는 당뇨병이 있었다. 원래 성이 랑할스인 그의 부인은 손잡이가 긴 안경을 열심히 만지작거리고 있었다. 그녀의 회색 머리카락은 예나 마찬가지로 무질서하게 헝클어져 있었다. 그들의 아들 아우구스트는 금발의 젊은이로 외모가 출중했고, 성이 하겐슈트룀인 그의 아내 율헨은 작은 키에다 쾌활한 성격의 소유자로 반짝반짝 빛나는 커다란 눈은 검은색이었다. 거의 귀 크기의 귀고리를 달고 있는 그녀는 오빠들인 헤르만과 모리츠 사이에 앉아 있었다. 헤르만 하겐슈트룀 영사는 아주 잘살았기 때문에 몸이 매우 튼튼해지기 시작했다. 항간에 나도는 말에 의하면 그는 아침에 일어난 즉시 거위 간부터 먹는다는 것이다. 그는 턱과 뺨을 온통 뒤덮고 있는 불그스름한 금빛 수염을 짧게 깎고 있었다. 어머니의 코를 닮은 그의 코는 윗입술 위에 눈에 띄게 납작하게 달려 있었다. 가슴이 편평하고 안색이 노르스름한 모리츠 박사는 활발하게 이야기할 때 틈새가 벌어진 뾰족한 이가 드러났다. 율헨의 두 오빠는 부부 동반으로 놀러 왔다. 그 법학자도 몇 년 전에 결혼했기 때문이다. 그것도 함부르크 출신의 푸트파르켄 양과 결혼했다. 머리카락이 버터색인 그녀는 분명 영국 사람처럼 생겼는데 표정은 차디찼으나 이목구비가 수려한 아주 아름다운 여자였다. 문예 애호가로 명성이 자자한 그가 못생긴 여자와 백년가약을 맺을 리는 만무했기 때문이다. 마지막으로 헤르만 하겐슈트룀의 어린 딸과 모리츠 하겐슈트룀의 어린 아들도 거기에 와 있었다. 흰 옷을 입은 두 아이는 벌써 서로 약혼을 한 거나 다름없는 관계였다. 후노이스하겐슈트룀가의 재산이 분산되어서는 안 되기 때문이었다. 모두들 버터와 우유를 넣고 풀어서 다진 달걀과 햄을 먹고 있었다.

부덴브로크네 식구들이 아주 가까운 거리에 와서 옆을 지나 올라갈 때에야 비로소 서로들 인사를 교환했다. 영사 부인은 약간 멍하니 흡사 놀란 듯한 표정으로 머리를 숙였다. 영사는 의례적인 무슨 말을 하려는 듯 입술을 움직이면서 모자를 조금 쳐들었다. 그리고 게르다는 서먹서먹한 표정을 지으며 형식적으로 몸을 숙였다. 하지만 페르마네더는 산행에 신이 나서 아무 거리낌 없이 녹색 모자를 흔들며 흥겨운 목소리로 크게 외쳤다. "모두 안녕들 하슈!" 그러자 묄렌도르프 시의원 부인은 손잡이 달린 안경을 손에 쥐었다. 토니는 자기 나름대로 어깨를 약간 추켜올리고 머리는 뒤로 젖히면서도 턱은 가급적 가슴팍으로 당기는 자세를 취했다. 그녀는 마치 약간 높은 곳에서 아래로 인사하는 자세를 보였다. 그러면서 그녀는 율헨 묄렌도르프의 챙이 넓은 우아한 모자 너머로 시선을 던졌다. 이 순간 그녀의 마음속에서는 최종적으로 확고한 결심이 자리 잡았다.

"오빠, 우리가 한 시간 있다가 점심을 먹기로 한 것이 천만다행이야! 있지, 난 율헨한테 내가 식사하는 모습을 보이기 싫어. 걔가 어떻게 인사하는지 봤지? 거의 하는 둥 마는 둥이야. 그리고 내 개인적인 생각으로 볼 때 그녀의 모자는 너무 몰취미한 거 있지."

"모자는 잘 모르겠다만…… 인사하는 것으로 말하면 너도 그렇게 다정한 모습은 아니었잖니. 그리고 그렇게 화난 얼굴을 하지 말아라. 주름 생기겠다."

"화를 낸다고, 오빠? 아니야! 그 사람들이 자기가 제일가는 세력가라고 자처한다면 그게 꼴사나워서 그런 거지 다른 뜻은 없어. 율헨과 나 사이에 어떤 차이가 있는지 한번 묻고 싶어. 이다 말을 빌리자면 그녀는 사기꾼이 아닌 얼간이를 남편으로 맞아들인 데 불과해. 만약 그녀가 언젠가 내 짝이 난다면 재혼할 수 있을지 두고 보면 알 거야."

"네가 다른 남자를 얻는다고 어떻게 말할 수 있니?"

"얼간이 말이야, 오빠?"

"그게 사기꾼보다야 백 배 낫지."

"꼭 둘 중의 하나일 필요는 없어. 이제 그런 이야기 그만해."

"좋아. 우리가 제일 뒤처졌어. 페르마네더 씨가 신이 나서 오르는구나."

숲속의 그늘진 길은 평평했다. '샘'에 도달하기까지는 그리 많은 시간이 걸리지 않았다. 조그만 계곡 위에 나무 다리가 걸려 있는 멋있고 낭만적인 장소였다. 가파른 암벽에는 뿌리가 그대로 드러난 나무들이 밑으로 드리워 있었다. 그들은 영사 부인이 가져온 접이식 은제 컵으로 바로 샘터 아래의 돌로 된 조그만 홈에서 물을 길어 마셨다. 그들은 얼음처럼 차가운 신선한 물을 마셔 기분이 상쾌해졌다. 페르마네더는 여기서 약간 공격적으로 예의를 갖추는 말을 했다. 즉, 그륀리히 부인이 자기한테 물을 권하기 전에 먼저 맛을 보라고 주장한 것이다. 그는 대단히 고맙다면서 재차 이렇게 말했다. "아, 좋다!" 그는 영사 부인이나 토마스 외에 게르다와 토니 그리고 심지어는 어린 에리카하고도 신중하고 주의 깊게 대화를 나누었다. 여태껏 더위에 시달려 말없이 신경질적인 태도를 보이던 게르다도 이제 기운이 살아나기 시작했다. 일행이 빠른 걸음으로 다시 음식점에 돌아와 진수성찬이 차려져 있는 숲속의 둘째 층계에 자리 잡았을 때 페르마네더가 이제 얼마 안 있으면 떠나게 되는 게 유감스럽다고 사랑스러운 목소리로 말한 사람은 바로 게르다였다. 이제 서로를 어느 정도 알게 되었고 이를테면 사투리 때문에 오해가 생기거나 이해를 못 하는 경우가 점점 더 드물어졌다는 것을 쉽게 알 수 있다고 했다. 그녀는 자기의 친구이자 시누이인 토니가 뮌헨의 토종 사투리를 두세 번 능숙하게 썼다는 것을 증명할 수 있다는 것이다.

페르마네더는 떠난다는 말에 가타부타 확답하지 않고 우선 먹는 데 정신이 팔려 있었다. 식탁에 잔뜩 차려져 있는 음식들은 도나우강 저쪽에서는 매일 먹을 수 없는 것들이었다.

그들은 충분한 시간을 갖고 느긋하게 좋은 음식들을 먹어 치웠다. 어린 에리카가 다른 어느 것보다도 특히 좋아한 것은 박엽지(薄葉紙)로 만든 냅킨이었다. 그것은 집에 있는 리넨으로 만든 커다란 냅킨과는 비교도 안 될 정도로 아름다워 보였다. 그녀는 심지어 웨이터의 허락을 얻어 기념으로 몇 개를 주머니에 집어넣었다. 페르마네더는 맥주를 마시면서 시커먼 시가를 몇 대 피웠고 영사는 담배를 피웠다. 가족은 손님과 함께 꽤 오랫동안 그곳에 앉아서 잡담을 나누었다. 하지만 이상하게도 아무도 페르마네더가 떠나는 문제를 거론하지 않아서 앞으로의 일이 어떻게 될지 종잡을 수 없었다. 오히려 사람들은 과거의 추억을 주고받았으며 과거의 정치적 사건들에 관해 대화를 나누었다. 영사 부인이 고인이 된 남편한테서 들은 1848년의 일화를 들려주자 페르마네더는 우스워 죽겠다는 듯이 머리를 흔들며 뮌헨에서 있었던 혁명과 롤라 몬테즈에 관해 얘기했다. 그륀리히 부인은 그에 대해 지대한 관심을 보였다. 점심을 먹고 나서 한 시간 정도의 시간이 흘렀다. 에리카가 사방을 돌아다니며 민들레, 들국화와 풀을 잔뜩 꺾어 가지고 상기된 얼굴로 이다와 함께 돌아와서 아직도 호두과자를 살 수 있다는 사실을 일깨워 주었을 때 사람들은 서서히 아래쪽으로 발걸음을 옮기고 있었다. 그 전에 오늘의 주인 격인 영사 부인은 상당히 많은 금화로 계산을 치렀다.

한 시간 이내로 음식점 앞에 마차가 대기하도록 해 두었다. 빨리 시내에 돌아가 저녁 먹기 전에 좀 쉴 수 있도록 하기 위해서였다. 그런 다음 그들은 어슬렁거리며 산책했다. 먼지가 휘날리는 가운데 태양이 작은 마을의 낮은 집들을 비추어 주었다.

아우강의 다리를 지나자 즉시 자연스럽게 저절로 대열이 형성되더니 걷는 동안 죽 그대로 지속되었다. 즉, 보폭이 큰 융만이 선두에 나섰고 그 옆에서는 에리카가 지칠 줄 모르고 폴짝폴짝 뛰면서 배추흰나비를 잡으러 다녔다. 그다음에는 영사 부인, 토마스와 게르다가 걸었고 제일 뒤에는 몇 걸음 떨어져서 그륀리히 부인이 페르마네더와 함께 걸었다. 에리카가 환호성을 지르는 바람에 앞쪽은 시끄러웠다. 거기에 이다는 특유의 깊고 선한 웃음으로 킥킥거리면서 보조를 맞추었다. 가운데 있는 세 사람은 아무 말이 없었다. 먼지 때문에 신경이 거슬린 게르다의 기분이 다시 좋지 않아졌기 때문이다. 늙은 영사 부인과 아들은 생각에 잠겨 있었다. 뒤에서도 조용했다. 그러나 사실 토니와 바이에른에서 온 손님은 소리를 낮추고 소곤소곤 대화를 나누고 있었다. 무슨 대화를 나누었는가? 그들은 그륀리히에 대한 이야기를 나누었다.

페르마네더는 에리카가 아주 사랑스럽고 예쁜 아이인데 엄마는 하나도 닮지 않았다는 적절한 지적을 했다. 그러자 토니는 이렇게 대답했다. "걔는 아버지를 꼭 빼다 박았지요. 하지만 그게 결점이라고는 할 수 없지요. 그륀리히도 겉으로는 완벽한 신사였으니까요. 그의 황금빛 구레나룻은 정말 독특했어요. 그런 것은 두 번 다시 볼 수 없었어요."

그러자 그는 토니가 뮌헨의 니더파우르 댁에 있을 때 그녀의 결혼 이야기를 꽤 정확히 이야기했는데도 또 한 번 이것저것 상세히 물어보았다. 그는 근심스러운 듯이 눈을 깜박거리면서 파산에 관한 것도 꼬치꼬치 물어보았다.

"그는 나쁜 사람이었어요. 그렇지 않았더라면 아버지가 나를 다시 친정으로 데려오지 않았을 거예요. 그건 정말이에요. 세상 모든 사람이 다 착한 마음을 지닌 건 아니에요. 십 년 동안 이혼녀로 산 사람치고는 젊다고 생각하겠지만 인생이 나에게 그런 걸 가르쳐 줬어요. 그도 나쁜 사람이었지만 강아지처럼 어리석었던 은행가 케셀마이어 씨는 더 나빴어요. 그렇다고 해서 나 자신을 천사처럼 생각한다거나 아무 책임이 없다고 여긴다는 것은 아니에요. 나를 오해하지 마세요! 그륀리히는 나를 소홀히 취급했어요. 어쩌다가 내 옆에 있게 될 때에도 신문이나 읽는 거예요. 그는 나를 속이고 늘 집에만 붙어 있게 했어요. 내가 시내에 나가서 그가 궁지에 빠져 있다는 것을 알게 될까 봐 그랬지요. 하지만 나도 약하고 결점이 많은 여자예요. 그리고 늘 올바른 길을 걸은 것도 아니고요. 이를테면 난 경솔함과 낭비벽으로 새 모닝 가운을 마구 사 대서 그로 하여금 불평불만에 빠지게 했어요. 그렇지만 이 말은 꼭 덧붙여야겠어요. 미안하지만 난 결혼했을 때 어린애였어요. 난 바보였고 멍청한 인간이었어요. 내가 결혼하기 직전에야 사 년 전에 대학과 언론에 관한 연방법이 개정되었다는 걸 알았다면 믿으시겠어요? 그렇게 멋진 법률이 말이에요! 아, 페르마네더 씨, 인간이란 단 한 번만 살 수 있을 뿐, 또 한 번 인생을 시작할 수 없다는 게 정말 슬퍼요. 두 번째는 더 슬기롭게 해

나갈 수 있을 텐데 말이에요."

그녀는 아무 말 없이 긴장하여 길을 내려다보았다. 그녀는 아주 기술적으로 그가 대답하도록 출구를 열어 주었다. 사실 전적으로 새로운 삶을 시작하는 것은 불가능한 일이라 하더라도 좀 더 나은 새로운 결혼 생활을 시작하는 것이 불가능하지 않다는 것은 조금만 생각하면 알 수 있는 일이었기 때문이다. 하지만 페르마네더는 이러한 기회를 흘려 버리고 과격한 어조로 그륀리히를 욕하기만 했다. 이때 그의 조그맣고 둥근 턱 위의 수염이 곤두섰다.

"어리석은 녀석 같으니라고! 그 바보 녀석이 만약 여기 있다면 한 방 먹여 줄 텐데! 무슨 그런 돼지 같은 녀석이 다 있어……."

"피, 페르마네더 씨! 아니에요, 그런 말 마세요. 우린 용서하고 잊어야 해요. 주님께서 복수는 당신이 한다고 했어요. 어머니께 물어보세요. 당치도 않은 일이에요. 난 그륀리히가 어디서 어떻게 지내고 있는지 몰라요. 하지만 난 그가 잘 지내기를 바라요. 비록 그럴 자격이 없는 사람이긴 하지만 말이에요."

그들은 마을에 도달해서 빵가게를 겸하고 있는 어떤 작은 집 앞에 섰다. 부지불식간에 걸음을 멈추고 보니 에리카, 이다, 토마스와 게르다가 허리를 굽히고 아주 낮은 가게 문을 통해 사라지는 것이었다. 그들은 진지하게 멍하니 바라보았다. 그들은 여태까지 쓸데없는 이야기들을 장황하게 주고받았지만 그래도 대화에 몰두해 있었던 것이다.

그들 옆에는 울타리가 있었다. 그 옆의 길고 좁다란 화단을 따라서 억새풀이 몇 포기 자라고 있었다. 그륀리히 부인은 몸을 구부리고 열에 들떠서 푸석푸석한 검은 흙을 양산 끝으로 열심히 파헤쳤다. 영양의 털이 꽂힌 작은 녹색 모자가 이마에까지 미끄러져 내려온 페르마네더는 그녀 옆에 바짝 서서 이따금씩 지팡이로 같이 화단을 파헤치기도 했다. 그도 머리를 아래로 향하고 있었다. 하지만 툭 불거져 나온 그의 조그만 담청색 눈은 번쩍거렸고 심지어 다소 충혈되어 있었다. 그는 애착, 슬픔과 긴장이 뒤섞인 눈길로 그녀를 쳐다보았다. 코밑 수염이 수실처럼 내려뜨려진 그의 입도 같은 표정을 짓고 있었다.

"흡사 당신은……." 그가 말했다. "결혼에 대해 쓸데없는 공포감을 가지고 있는 것 같군요. 다시 한번 해 보지 않으시렵니까, 그륀리히 부인?"

이렇게 서투르게 물어보다니! 그녀는 생각했다. 그에 대해 내가 '네'라고 대답해야 할까? 그녀는 이렇게 대답했다. "이봐요, 페르마네더 씨, 솔직히 말하자면 결혼 승낙을 해 달라는 누군가의 말에 또 한 번 '네'라고 답하는 게 힘들 것 같아요. 난 그게 얼마나 중요한 결단인지 알게 되었어요 게다가 상대가 정말로 착하고, 고귀하고, 선량한 사람인지의 여부에 대한 확고한 확신이 필요할 것 같아요."

이에 대해 그는 자기를 그런 사람으로 보지 않느냐고 질문했다. 그러자 그녀는 이렇게 답변했다. "네, 페르마네더 씨, 당신을 그렇게 생각해요."

그러고 나서 아주 나지막한 소리로 몇 마디의 짧은 대화가 교환되었다. 그 대화에는 약혼식 문제와 집에 가서 영사 부인과 토마스한테 허락을 받는 내용이 포함되어 있었다.

다른 일행이 호두과자가 가득 든 커다란 봉지를 여러 개 들고 다시 바깥에 나왔을 때 영사는 은밀히 두 사람 쪽으로 시선을 보냈다. 두 사람이 당황해 어쩔 줄 몰라 하고 있었기 때문이다. 페르마네더는 그것을 은폐하려고 하지 않은 반면 토니는 짐짓 위엄을 부리며 아무렇지도 않은 체했다.

일행은 서둘러 마차에 올라탔다. 하늘에 잔뜩 구름이 덮였고 빗방울이 떨어지기 시작했기 때문이다.

토니가 짐작한 대로 영사는 페르마네더가 나타나자마자 그의 신상에 대해 정확히 조사를 했다. 그 결과 '엑스·노페 상사'는 좀 작지만 아주 견실한 회사라는 결론이 내려졌다. 니더파우르가 대표로 있는 그 양조 회사는 합자 회사로, 꽤 알찬 수입을 얻고 있었다. 토니가 1만 7000탈러를 대면 페르마네더는 자기의 지분으로 사치스러운 생활은 못 하더라도 부르주아적인 생활은 충분히 누릴 수 있을 것이다. 영사 부인은 그 점을 알고 있었다. 영사 부인, 페르마네더, 안토니와 토마스 간에 상세한 대화가 이루어져 풍경실에서 약혼식이 벌어진 바로 그날 저녁에 모든 문제가 아무런 장애 없이 해결되었던 것이다. 어린 에리카 문제도 토니의 소망대로 이루어졌다. 감격스럽게도 그녀의 약혼자가 양해해 주어서 같이 뮌헨에 데려가기로 했다.

이틀 후에 그 홉 무역상은 떠났다. '안 그러면 노페가 욕을 한다는' 것이었다. 하지만 칠월에 벌써 그륀리히 부인은 다시 그의 고향 뮌헨에서 페르마네더와 만났는데, 토마스, 게르다와 함께였다. 토니는 바트크로이트까지 사오 주간 오빠 부부와 동행했다. 반면에 영사 부인은 에리카랑 융만과 함께 발트해에 머물렀다. 게다가 두 커플은 니더파우르의 집과 아주 가까운 거리에 있는 카우핑어가의 집을 구경할 기회를 가졌다. 페르마네더는 그 집을 사서 그 대부분을 세내 줄 계획이었다. 그것은 아주 특이한 모습을 한 낡은 집이었다. 대문 바로 뒤에는 층계참도 없고 휘어지지 않은 좁은 계단이 하늘에 이르는 사닥다리처럼 2층으로 연결돼 있었다. 거기에 올라가면 복도 양편으로 방들이 있었다.

팔월 중순에 토니는 몇 주일 동안 혼수를 장만하는 데 전념하려고 집으로 되돌아왔다. 첫 결혼 때 마련한 것이 제법 남아 있었지만 새로 사야 할 것도 많았다. 하루는 함부르크에서 여러 가지 물건이 왔는데 그중에는 심지어 모닝 가운도 들어 있었다. 물론 공단으로 된 것은 아니었고 이번에는 줄무늬 장식밖에 없었다.

늦가을에 페르마네더가 다시 멩가에 나타났다. 그들은 일을 더 이상 미루지 않는 게 상책이라고 생각했다.

결혼식은 토니가 기대하고 소망했던 대로 진행되었다. 요란 법석을 떨지 않고 조용하게 일이 진행되었다. "간소하게 치르자." 영사가 말했다. "넌 재혼하는 거다. 네가 그 일을 포기하지 않았던 것처럼 그건 아주 간단한 일이야." 매우 적은 수의 청첩장만 발송했다. 하지만 율헨 하겐슈트룀만큼은 꼭 받게끔 그륀리히 부인이 신경을 썼다. 페르마네더가 '그런 쓸데없는 일'을 싫어했기 때문에 신혼여행도 생략했다. 또 토니도 여름 여행에서 돌아온 지 얼마 되지 않아서 뮌헨까지 가는 것도 너무 멀다고 생각했다. 주랑에서가 아니라 마리아 교회에서 개최된 이번 결혼식에는 가족 단위로 소수의 인원만 참석했다. 도금양 대신에 오렌지 꽃으로 치장한 토니는 품위가 있었다. 주임 목사인 쾰링은 이전보다 좀 약한 목소리이기는 하지만 여전히 강한 어조로 '절도'에 관해 설교했다.

크리스티안이 함부르크에서 왔다. 아주 우아하게 차려입은 그는 약간 몸이 안 좋아 보였지만 명랑해 보였다. 부르메스터와 함께 하는 일이 '끝내 준다고' 했다. 클로틸데와 자기는 아마 거기에서 결혼할 거라고 말했다. "물론 각자 따로따로 말이다!" 그는 클럽에 먼저 들르느라 교회에 아주 늦게 나타났다. 유스투스 삼촌은 이 일에 대단히 감격해서 언제나 그러듯 상냥한 모습을 보였다. 그는 신혼부부한테 이루 말할 수 없이 아름다운 무거운 은제 식탁 장식대를 증정했는데 그와 그의 부인은 집에서 쫄쫄 굶다시피 했다. 의지가 약한 어머니는 진작 유산 상속에서 제외당하고 쫓겨난 아들 야코브가 진 빚을 여전히 생활비로 갚아 나갔기 때문이다. 소문에 의하면 그는 현재 파리에 있다고 했다. 넓은 거리에 사는 여자 사촌들은 "이번에는 잘돼야지." 하고 말했다. 하지만 언짢은 점은 그들이 정말로 그걸 원했는지가 의심스럽다는 것이었다. 세세미 바이히브로트는 발뒤꿈치를 들고 이제 페르마네더 부인이 되는 자기 제자한테 조그만 소리가 나게 이마에 입을 맞추었다. 그리고 애정이 가득 담긴 음성으로 이렇게 말했다. "행복하게 살아라, 착한 애야!"

                        7

  아침 여덟 시면 곧장 침대에서 일어나 작은 문 뒤의 나선형
계단을 지나 지하실에 내려가서 목욕을 하고 다시 잠옷을 걸
치자마자 부덴브로크 영사는 공적인 사무를 보기 시작했다.
이때 손이 붉고 지적으로 생긴 벤첼이 부엌에서 따뜻한 물이
든 대야와 다른 도구들을 가지고 욕실에 나타났다. 같은 시의
원인 그는 이발사였다. 부덴브로크 영사가 커다란 등걸이 의
자에 앉아 머리를 뒤로 젖히고 있으면 벤첼은 거품을 내기 시
작했다. 그러면서 두 사람은 으레 밤에 잘 잤느냐는 인사며 날
씨 얘기를 나누면서 자연스럽게 대화를 나누곤 했다. 그러다
가 화제가 넓은 세상 이야기로 넘어가서 도시 내부의 이야기
를 나누다가 결국에는 사업 이야기나 가정 이야기로 끝을 맺
곤 했다. 그러다 보니 이발하는 데 많은 시간이 걸렸다. 영사
가 말을 할 때면 벤첼은 면도하는 것을 멈추고 면도기를 얼굴
에서 떼곤 했기 때문이다.
  "영사님, 안녕히 주무셨어요?"
  "고맙소, 벤첼. 오늘 날씨가 좋지요?"
  "서리가 내렸고 눈이 올 것처럼 안개가 끼었군요, 영사님.
야코브 교회 앞에 아이들이 벌써 십 미터 길이의 빙판을 만
들었더군요. 시장 댁에서 오다가 하마터면 곤두박질칠 뻔했지

뭡니까. 고약한 녀석들 같으니라고."

"벌써 신문은 보셨나요?"

"네, 《시보》와 《함부르크 신보》를 보았지요. 오르시니 폭탄이 터졌다는군요. 끔찍하게도 오페라 구경 가는 도중에 말입니다. 저 건너편에 제법 많은 사람들이 있었던 모양이던데."

"그쯤이야 아무것도 아닌 것 같소. 일반 시민들과는 아무런 관계가 없는 일이지요. 그래 봤자 그 결과란 경찰과 언론의 압력이 배가되는 데 지나지 않을 겁니다. 시장은 별다른 힘을 쓰지 못할 겁니다……. 그래요, 그런 불상사는 늘상 있는 일이지요. 그건 틀림없는 사실이지요. 그는 자신의 직위를 유지하기 위해 늘 새로운 계획들을 생각해 내야 하기 때문입니다. 하지만 나는 한결같이 그를 존경합니다. 융만 아가씨가 말하듯이 전통을 따르면 사람들은 적어도 허튼 일을 저지르지는 않습니다. 예컨대 그가 제과점 조합을 운영하고 빵값을 싸게 관리하는 방식에 나는 정말 깊은 감명을 받았습니다. 그가 일반 시민을 위해서 많은 일을 한다는 것에는 의심의 여지가 없습니다."

"네, 키스텐마커 씨도 전에 그런 말을 한 적이 있었지요."

"슈테판? 우린 어제 그에 관한 이야기를 했어요."

"그런데 영사님, 프로이센의 프리드리히 빌헬름은 사정이 좋지 않아 보입니다. 더 이상 지속되지 못할 것 같은데요. 얼마 못 가 왕자가 섭정해야 할 거라고 말하는 사람도 있답니다."

"앞으로 어떻게 될지가 궁금하군요. 빌헬름은 지금 이미 자유주의적인 면모를 드러내고 있지요. 그는 은밀히 헌법을 혐오하는 형과는 확실히 다르게 생각하고 있지요. 하지만 유감스럽게도 결국 그 불쌍한 남자는 그렇게 해서 무너지고 말 거요. 코펜하겐에서 온 새로운 소식은 없어요?"

"하나도 없는데요, 영사님. 그들은 원치 않습니다. 연방 정부가 선언하기를 홀슈타인과 라우엔부르크 연립 정부는 불법이라는 겁니다. 어떠한 일이 있더라도 거기에선 그걸 용납하려고 하지 않을 겁니다."

"그건 금시초문인데요, 벤첼. 그들은 의회한테 집행하라고 촉구합니다. 의회가 조금만 더 민첩하기만 하다면……. 아, 그래요, 그 덴마크 사람들은! 내가 아주 어릴 적에 이렇게 시작되는 가사에 무척 화를 낸 기억이 생생하군요.

'나에게 주소서, 진심으로 동경하는 그 모든 사람들에게 주소서.' 난 하느님이 덴마크 사람들한테도 무언가를 베풀어 주어야 한다는 사실을 이해하지 못했지요.

벤첼, 피부가 갈라 터지지 않도록 조심해야 합니다, 웃고 있군요. 이제 덴마크와 직통 철도가 개설되었습니다! 그건 외교전을 펼친 대가입니다. 그리고 코펜하겐으로부터 양보를 받아 내려면 아직도 그런 대가를 더 치러야 할 겁니다."

"네, 영사님. 알토나킬 철도 회사와 엄밀히 말하면 전체 홀슈타인이 거기에 반대한다는 것은 어리석은 짓입니다. 그 점에 대해서는 외버디크 시장도 이미 말한 바 있습니다. 그들은 킬이 번성할까 봐 전전긍긍하고 있습니다."

"그건 자명하지요, 벤첼. 발트해와 북해를 그렇게 새로 잇게 되니……. 두고 보세요, 알토나킬 회사가 음모를 그만두지 않을 테니 말입니다. 그들은 경쟁이 되는 선로를 건설하려는 중입니다. 오스트홀슈타인선이랄까 노이뮌스터선이랄까 노이슈타트선이랄까, 그럴 가능성이 전혀 없는 것은 아닙니다. 하지만 우린 두려워할 필요가 없습니다. 우린 함부르크로 통하는 직통 선로를 건설해야 합니다."

"영사님은 사태를 온건하게 받아들이시는군요."

"물론 내 힘이 닿는 한에는, 그리고 내 영향력이 미치는 한에는 그렇습니다. 나는 우리 나라의 철도 정책에 관심이 있어요. 그게 우리 가문의 전통이오. 왜냐하면 나의 선친께서는 1851년부터 뷔헨 철도 회사의 중역이셨으니까. 그리고 내가 서른두 살이라는 젊은 나이에 그 자리에 선출된 것도 바로 그런 이유 때문일 거요. 내가 세운 공로는 아직 별로 신통치 못하지만……."

"아, 영사님. 당시 시의회에서 그런 발언을 할 수 있었다니……."

"그래요, 그로써 아마 내가 단단히 인상을 심어 줬을 거요. 어쨌든 난 호의를 보였지요. 나는 아버지, 할아버지, 증조할아버지가 나의 길을 닦아 주셨으며, 그분들이 시에서 획득한 신뢰며 명성이 고스란히 나에게 넘어왔다는 것에 감사할 따름이오. 그러지 않았다면 난 지금처럼 행동할 수 없을 거요. 이를테면 1848년 이후와 1850년대 초에 우리 아버지가 우편 제도를 개혁하기 위해서 온갖 일을 하지 않았소! 벤첼, 급행 우편 마차와 우체국을 통합하기 위해 아버지가 시의회에서 어떤 주장을 했는지 한번 상기해 보구려. 그리고 당시 무책임하게 늑장을 부리던 시의회에서 아버지가 1850년에 새로운 제안을 함으로써 독일과 오스트리아의 우편 동맹을 성사시키도록 한 일을 생각해 보세요. 우리가 지금 편지를 보낼 때 싼 우편 요금을 치르고, 띠종이를 두른 우편물, 우표, 우체통 및 베를린과 트라베뮌데의 전신 연락이 가능하게 된 것을 생각하면 누구보다도 우리 아버지에게 감사해야 합니다. 아버지와 기타 몇몇 분이 시의회에서 집요하게 그런 주장을 하지 않았더라면 우린 아마 덴마크며 투른이나 탁시스 우편 제도보다 여전히 뒤떨어져 있을 겁니다. 그런데 이제 내가 그런 주장을 하게 되면 모두들 귀담아 듣거든요……."

"그야 누구나 잘 아는 사실이지요, 영사님. 그리고 함부르크 철도에 관해서는 외버디크 시장이 나한테 이렇게 말한 지 채 삼 일도 안 됐습니다. '우리가 함부르크에 역을 지을 적당한 대지를 구입할 수 있게 되면 부덴브로크 영사를 보내야겠어. 그러한 협상을 하는 데는 부덴브로크 영사가 웬만한 법률가보다도 더 낫단 말이야.' 그분이 그렇게 말했습니다……."

"그건 너무 추어 주는 말이군요, 벤첼. 그런데 턱 위에 거품을 조금 더 내 주구려. 거기를 좀 더 깨끗이 해야 하니 말이야.

그래요, 요컨대 우린 힘을 내야 해요! 난 외버디크한테 반감 같은 것은 없지만 그는 사실 연로한 편이지요. 만일 내가 시장이라면 난 매사를 좀 더 신속히 처리할 거요. 거리에 가스등을 달기 시작하면서 드디어 그 지긋지긋한 기름등이 하나씩 사라지니 얼마나 기분이 좋은지 모르겠소. 솔직히 고백하자면 나도 그러한 변화에 일조했다고 할 수 있지요. 아, 할 일이 지천에 깔려 있지 않소! 시대가 변하고 있어요, 벤첼. 우린 새 시대에 대해 많은 책무를 지고 있어요. 어린 시절을 생각해 보면……. 당시 사정이 어땠는지는 당신이 나보다 더 잘 알 거요. 인도도 없이 돌멩이로 포장된 길에는 30센티미터 높이의 풀이 자라고 있었고 집들은 현관과 벤치가 도로에까지 나와 있었지. 그리고 중세 때부터 내려오는 집들은 엉망으로 개축되어 추한 몰골을 하고 무너져 내려앉아 있었지요. 그렇지만 개개인은 돈을 좀 갖고 있어서 굶는 사람은 없었지요. 하지만 시에서는 수수방관만 하고 우리 매부 페르마네더가 말하듯이 만사를 느릿느릿하게 처리했지요. 수리할 생각은 하지 않고 말입니다. 당시는 느긋하고 한가로운 세대였지요. 당신도 알다시피 내 조부의 절친한 친구였던 장 자크 호프스테드는 이리저리 거닐면서 점잖지 못한 프랑스 시나 번역했지요. 하지만 늘 그렇게 지내고 있을 수는 없게 되었어요. 많은 게 변했어요. 또 점점 더 많이 변해야 할 거요. 그때 시 인구는 3만 7000이었지만 알다시피 지금은 벌써 5만이 넘고 있소. 또 시의 성격도 변하고 있소. 새로 짓는 건물도 많고 시는 교외로 팽창하고 있으며 우리의 위대한 시대에 지었던 기념비적 건물들을 복구할 수 있을 거요. 하지만 그런 것은 결국 외적인 일들일 따름이오. 대부분의 가장 중요한 일들은 아직 행해지지 않고 있소, 벤첼. 이제 나는 돌아가신 선친께서 말씀하신 '하지만 나는 이렇게 생각한다.'라는 견해에 도달했습니다. 관세 동맹 말이지요, 벤첼. 우리는 관세 동맹에 가입해야 합니다. 그런 게 더 이상 문제가 되어서는 안 됩니다. 내가 그걸 쟁취하기 위해 투쟁한다면 부디 나를 도와주시오. 사업가인 내가 외교관보다 세상 물정을 더 잘 안다는 사실을 믿으시겠지요. 독자성과 자유를 상실할까 봐 우려하는 것은 이런 경우 한낱 기우에 불과합니다. 내지인 메클렌부르크와 슐레스비히홀슈타인은 우리를 끌어들일 겁니다. 앞으로 북쪽과의 교역은 예전만큼 완전히 통제할 수 없겠지만 내지와 관계를 맺는 것이 더 바람직한 현상이 될 겁니다. 이제 됐어요. 수건 좀 주구려, 벤첼."

영사는 이렇게 말을 맺었다. 그러고 나서 호밀의 현 시세가 55탈러에 달해 점점 약세로 기울고 있다는 대화와 시내의 어떤 가족 이야기를 나눈 다음 벤첼은 거품을 담은 번쩍번쩍 빛나는 그릇을 거리에다 쏟아 비우려고 지하실에서 사라졌고 영사는 나선형 계단을 지나 침실로 올라갔다. 그는 그제야 일어난 게르다의 이마에 입맞춤을 하고 옷을 입었다.

이 활발한 이발사와 나누는 아침 대화는 활기차고 활동적인 하루의 서막이었다. 이처럼 하루하루는 생각하고 말하고 행동하고 쓰고 계산하고 나들이하는 것으로 채워졌다. 그의 여행, 지식, 관심 덕택으로 부덴브로크 영사는 주변에서 가장 개방적인 인물이 되었다. 확실히 그는 자기가 활동하는 범위가 협소하다는 점을 누구보다도 잘 느끼고 있었다. 하지만 그의 조국에서 혁명의 기운이 쇠퇴하자 공적인 생활에 대한 지대한 관심이 사그라들고 무기력하게 침체된 반전의 시절이 와서, 원기왕성하게 활동하기에는 너무 분위기가 착 가라앉아 있었다. 하지만 토마스 부덴브로크는 인간의 모든 업적은 단지 상징적 의미를 지니고 있을 뿐이라는 옛사람들의 현명한 말을 자신의 진리로 받아들이는 정신을 소유하고 있었다. 그래서 그는 그의 의욕, 능력, 열정과 힘을 다해 작은 공동체뿐만 아니라 가문과 회사에 봉사했다. 그는 조그만 사회에서 최상의 지위에 있었다. 하지만 그는 그 조그만 도시를 크게 만들고 그것의 힘을 키우려는 야심을 우습게 여기는 동시에 그것을 중요하게 생각하는 모순된 생각을 지니고 있었다.

그는 안톤이 날라다 준 아침 식사를 하자마자 몸치장을 하고 멩가의 사무실로 향했다. 그는 거기서 한 시간 이상 머물지 않았다. 그는 두세 통의 급한 편지와 전보를 쓰고 이런저런 지시를 하면서 사업이 잘 돌아가게 약간의 자극을 주었다. 그러고는 신중한 마르쿠스가 제반 사항을 처리하게끔 맡겼다.

그는 회의나 집회에 참석해서 발언을 했고 광장의 고딕식 아케이드 아래에 있는 주식 시장에 머물렀다. 그는 항구나 창고를 둘러보았고 선주로서 선장들과 협상을 했다. 그는 늘 이렇게 생활했으며 늙은 영사 부인과 잠깐 아침 식사를 할 때나 게르다와 점심 식사를 할 때만 이런 일이 중단되었다. 식사 후에 그는 반 시간쯤 안락의자에 앉아 시가를 피우거나 신문을 뒤적이며 보냈다. 그리고 저녁이 될 때까지 일거리가 산더미처럼 쌓여 있었다. 그것은 자신의 사업 문제뿐만 아니라 관세, 세금, 건축, 철도, 우편, 빈민 구호와 같은 문제였다. 또 그는 자신의 고유 영역이 아니라 대체로 '전문가' 소관 사항인 영역에도 일가견을 가지고 있었다. 특히 재정 분야에서 그는 급속도로 탁월한 재능을 보였다.

그는 사교 모임에도 빠지지 않고 참석하려고 주의를 기울였다. 사실 이 방면에서의 그의 시간 관념은 약간 문제가 있어 늘 마지막 순간에야 나타나곤 했다. 부인이 화장을 끝내고 마차가 아래에서 대기한 지 한 시간이나 지나서야 그는 "미안하구려, 게르다. 업무가⋯⋯." 하며 나타나서는 황급히 연회복으로 갈아입었다. 하지만 그는 만찬석상이나 무도회와 야회에서는 활발하게 흥미를 드러내며 우아하고도 재미있게 대화를 나눌 줄 알았다. 또 손님을 접대하는 태도 면에서도 그와 그의 부인은 다른 부잣집 사람들에 비해 손색이 없었다. 그의 부엌과 지하실은 '극상'이라는 말로 통용되었다. 그는 예의 바르고 주도면밀하고 사려 깊은 주인으로 평가받았다. 그의 익살스러운 건배의 인사말도 보통 수준을 넘었다. 하지만 저녁에는 조용히 게르다 옆에서 담배를 피우며 그녀의 바이올린 연주에 귀를 기울이거나 그녀가 골라 준 독일, 프랑스, 러시아 소설들을 함께 읽기도 했다.

그는 이렇게 활동하면서 성공을 거두려고 안간힘을 썼다. 시에서 그의 명성은 높아 갔다. 비록 크리스티안이 독립하고 토니가 재혼해서 돈이 많이 빠져나갔지만 그래도 회사는 이즈음 최고의 상태에 있었다. 하지만 그의 용기를 앗아 가고 정신의 탄력성을 위축시키고 기분을 우울하게 하는 일들도 종종 생겼다.

그때 크리스티안은 함부르크에 있었다. 그의 동업자인 부르메스터는 1858년 봄에 갑자기 졸도해 숨을 거뒀다. 그의 유산 상속자들은 회사에서 고인의 자산을 빼내 갔다. 그래서 영사는 아우한테 자기 자본만으로 사업을 계속하는 것을 그만두라고 간곡하게 타일렀다. 그는 갑자기 현저히 줄어든 자본으로 크게 벌여 놓은 사업을 감당하는 게 너무나 어렵다는 것을 잘 알고 있었기 때문이다. 하지만 크리스티안은 자신의 독립을 계속 유지하겠다고 바득바득 우겼다. 그래서 'H. C. F. 부르메스터 상사'의 자산과 부채를 자신이 떠맡았고 형제간의 불화는 우려할 만한 상황에 이르게 되었다.

한편 영사의 여동생 클라라는 리가에 있었다. 하지만 티부르치우스 목사와 그녀 사이에는 아직 자식이 없었다. 클라라 부덴브로크는 자식을 바라지 않은 데다가 어머니로서의 자질이 심히 부족했음에 틀림없었기 때문이다. 그녀와 그녀 남편의 편지에 따르면 그녀의 건강이 몹시 좋지 않은 모양이었다. 그녀가 어릴 때부터 앓아 왔던 심한 두통이 최근 들어서는 주기적으로 거의 참을 수 없을 정도로 찾아온다는 것이었다.

그것은 우울한 소식이었다. 하지만 세 번째로 근심이 되는 사항은 여기 본가에 회사의 안정된 발판이 아직 구축되지 않았다는 것, 즉 부덴브로크가의 후계자가 아직 생기지 않았다는 점이었다. 게르다는 이 문제에 대해 철저한 무관심으로 일관했다. 그것은 아주 혐오스러운 거부에 가까웠다. 토마스는 자신의 근심을 은폐했다. 하지만 늙은 영사 부인은 이 문제를 소홀히 넘기지 않고 그라보 박사한테 자문을 구했다. "박사님, 우리끼리 이야기인데 조만간 무슨 일이 터질 것 같지 않나요? 크로이트에 가서 산 공기를 쐬거나 글뤽스부르크나 트라베뮌데에 가서 바다 공기를 쐬는 건 별 도움이 안 될 것 같은데요.

박사님 생각은 어떠세요……?" 그런데 그라보 박사가 자주 쓰는 처방인 '엄격한 섭생, 비둘기 고기 약간, 프랑스 빵 약간'이 이번 경우에는 별로 효과가 없을 것 같았기 때문에 그는 피르몬트와 슐랑겐 해수욕장으로 가라고 처방을 내렸다.

이것이 부덴부로크가의 세 가지 걱정거리였다. 그런데 토니는? 불쌍한 토니!

8

그녀는 편지에 이렇게 썼다. "만약 내가 '경단'이라고 말하면 그녀는 그렇게 알아듣지 않고 '고기 요리'라고 이해하는 거예요. 또 그녀가 '카르피올'이라고 하면 어떤 기독교 신자가 그걸 '꽃양배추'라고 생각하겠어요? 그리고 내가 '군감자'라고 하면 그녀는 '머라꼬예!' 하면서 내가 '구운 감자'라고 말할 때까지 소리 지르는 거예요. '머라꼬예'라는 말은 '뭐라고 그러셨죠'라는 뜻이에요. 이렇게 말하는 아이는 두 번째 하녀예요. 카티라는 이름을 가졌던 첫 번째 아이는 하는 짓이 너무 무례해서 집으로 보내 버렸어요. 아니면 적어도 나한테는 그렇게 보였던 거예요. 왜냐하면 나중에 가서야 내가 오해했는지도 모른다고 생각하게 되었거든요. 여기서는 사람들이 친절하게 말하는지 무례하게 말하는지 도통 분간할 수가 있어야지요. 새로 온 아이는 바베트라는 이름을 가졌는데 퍽 호감이 가는 외모에다가 아주 남부적으로 생겼어요. 그 애처럼 검은 머리카락에다 검은 눈이며 아주 부러워할 만한 치아를 가진 사람들이 여기에는 제법 있답니다. 그 애는 의욕적인 성격이에요. 나는 그 애한테 우리 고향 요리 만드는 법을 여러 가지 가르쳐 줬어요. 이를테면 어제 나는 건포도와 수영[8]으로 만드는 요리를 가르쳐 줬어요. 하지만 커다란 걱정거리가 생겼지 뭐예요. 왜냐하면 페르마네더는 이 채소가 구미에 안 맞는다고(건포도는 일일이 포크로 골라내지 않겠어요.) 틀어져 가지고 오후 내내 나하고 말도 안하고 투덜거리기만 하는 거예요. 어머니, 인생이란 항상 쉬운 것은 아닌가 봐요.”

하지만 그녀의 삶을 불쾌하게 만든 것은 ‘고기 요리’나 ‘수영’뿐만이 아니었다. 바로 밀월 중에 그녀는 커다란 타격을 받았던 것이다. 예측하지 못한, 뜻밖의, 이해할 수 없는 사건이 그녀한테 들이닥쳐 그녀의 기쁨을 앗아 갔다. 그녀로서는 극복할 수 없는 그 사건의 전말은 다음과 같았다.

페르마네더 부부가 뮌헨에 몇 주 동안 살고 있을 때 벌써 부덴브로크 영사는 아버지가 토니의 재혼 지참금으로 물려준 5만 1000마르크를 현금화할 수 있었다. 굴덴으로 바꾸어진 이 돈이 마침내 한 치의 오차도 없이 페르마네더의 수중에 들어가게 되었다. 페르마네더는 이 돈을 안전하게 유리한 조건으로 예치해 두었다. 하지만 그런 다음 그는 아무 거리낌 없이 눈썹 하나 까딱하지 않고 부인한테 이런 말을 했다. “토넬.”(그

---

8) 북반구 온대 지방에 분포하는 마디풀과의 여러해살이풀. 어린 잎과 줄기는 식용한다.

는 토니를 그렇게 불렀다.) "토넬, 그 돈이면 나한테는 충분하오. 더 이상 필요치 않소. 나는 내내 일만 하고 살아왔소. 이젠 편안하게 쉬고 싶소. 아래층과 위층은 세를 줍시다. 우리한텐 좋은 집이 있고 돼지고기를 먹을 수 있소. 우린 발버둥 치며 살아갈 필요가 없어요. 그리고 저녁이면 호프집에 갈 수 있어요. 나는 부자라고 뽐내는 사람이 아니오. 그러니 아등바등 돈을 모을 생각이 없어요. 난 느긋하게 살고 싶소! 당장 내일부터 일을 그만두고 실업자가 될 거요!"

"페르마네더!" 그녀가 소리쳤다. 사실 그녀는 처음으로 목에서 울려 나오는 특이한 소리로 그의 이름을 불렀다. 그녀가 그 륀리히의 이름을 부를 때도 늘 같은 음을 내곤 했다. 하지만 그는 이렇게 대꾸할 따름이었다. "입 닥치고 가만있지 못해!" 그리하여 신혼의 단꿈이 채 식기도 전에 그들의 결혼 생활을 위태롭게 하는 싸움이 심각하고도 격렬하게 벌어지게 되었다. 그가 승리자였다. 그녀의 격렬한 저항으로 말미암아 그가 그토록 갈망하던 '느긋한 휴식'의 꿈은 산산조각 났고 드디어 페르마네더는 홉 장사에 들인 자본을 회수함으로써 노페는 노페 나름대로 명함에 기재된 '상사'라는 글귀를 푸른색으로 지워 버릴 수 있게 되었다. 그러고 나서 페르마네더는 대부분의 그의 친구들처럼 저녁이면 단골 호프집에서 카드놀이를 하고 규칙적으로 3리터의 맥주를 마시면서 집주인의 권한으로 집세 올리는 일이나 이자 지불표를 끊는 일에만 활동을 국한시켰다.

이러한 사실이 영사 부인한테는 아주 간단히 전달되었다.

하지만 페르마네더 부인이 자기의 오빠한테 보낸 편지들에서는 그녀가 느낀 고통이 제대로 전해졌다. 불쌍한 토니! 그녀가 우려한 최악의 상황이 현실로 드러난 것이었다. 페르마네더가 '활동력'이 없다는 사실은 토니도 진작부터 알고 있었다. 반면에 그녀의 첫 번째 남편은 활동력을 너무 과다하게 드러냈다. 토니가 약혼하기 전날 밤에 융만한테 털어놓은 기대를 그가 완전히 수포로 돌아가게 할 줄을, 또 그가 부덴브로크가와 혼인을 맺고서도 자신의 책무를 제대로 인식하지 못할 줄을 그녀는 전혀 예상치 못했다.

하지만 이러한 감정은 이겨 내야만 했다. 고향의 그녀 가족은 편지를 통해서 그녀가 얼마나 낙심하고 있는지를 충분히 알아채고 있었다. 그녀는 남편과 학교에 다니는 에리카하고 너무나 단조로운 생활을 했다. 그녀는 살림을 꾸려 가면서 마리아 광장에 있는 니더파우르 가족뿐만 아니라 아래층과 위층에 세 들어 있는 사람들과도 친교를 맺었다. 그리고 이따금 그녀의 친구 에바와 연극 구경을 간 사실을 쓰기도 했다. 페르마네더는 그런 것을 좋아하지 않았기 때문이다. 그가 '사랑해 마지않는' 뮌헨에 사십 년 이상이나 살면서도 그가 한 번도 미술관에 들어가 본 적이 없다는 사실이 밝혀졌다.

세월이 흘러갔다. 하지만 새로운 삶에 대한 토니의 진정한 기쁨은 페르마네더가 지참금을 받는 즉시 실업자 생활에 들어가면서부터 사라지고 말았다. 아무런 희망이 없었다. 그녀는 성공이나 비약적인 발전에 대해 결코 집에 보고할 수 없을 것이다. 지금 그대로 아무 걱정은 없겠지만 제한된 생활을 하면서 가엾을 정도로 평범한 생활을 하게 될 것이다. 이런 생활이 죽을 때까지 그대로 계속될 것이다. 이런 생각이 그녀의 마음을 무겁게 내리눌렀다. 그녀의 편지로 미루어 보건대 이렇게 착 가라앉은 그녀의 기분 때문에 그녀가 남독일의 생활 방식에 잘 적응하지 못하고 있음이 분명했다. 물론 사소한 일들은 별탈 없이 넘어갔다. 그녀는 하녀나 가게 종업원들이 쓰는 사투리를 알아듣게 되었으며 남편이 과일 수프를 먹고 나서 "아니, 무슨 맛이 이래." 하자 다시는 그것을 내놓지 않게 되었다. 하지만 대체적으로 그녀는 자신의 제2의 고향에서 늘 이방인으로 남아 있었다. 부덴브로크가 출신인 그녀가 남부 쪽에서는 전혀 주목의 대상이 되지 않는다고 느끼자 끊임없이 굴욕적인 감정을 느낄 수밖에 없었기 때문이다. 편지에 따르면 한 손에는 맥주잔을 들고 다른 손에는 무꼬리를 든 어떤 미장이가 그녀한테 이렇게 말을 걸었다고 한다. "이것 봐요, 몇 시나 됐지요?" 물론 익살기가 섞여 있기는 하지만 그녀가 상당히 화가 났다는 것을 감지할 수 있었다. 그녀가 머리를 뒤로 젖히고 대답하기는커녕 눈길조차 주지 않았다는 것은 불을 보듯 뻔한 사실이었다. 그녀로 하여금 정을 못 붙이게 만들고 호감을 갖지 못하게 한 것은 이러한 무례함이나 계층 간의 차별 의식이 부족한 탓만은 아니었다. 그녀는 뮌헨의 생활이나 활동에 깊이 파고 들어가지 못했다. 하지만 뮌헨의 공기, 무위도식하며 살아가는 예술가나 시민들로 가득 찬 대도시의 공기가 그녀를 에워쌌다. 그녀로서는 종종 그 분위기를 유머로 호흡하기가 곤란했던 풍기문란한 공기였다.

세월이 흘러갔다. 드디어 행복한 순간이 오려는 조짐이 보이는 것 같았다. 사실 넓은 거리와 맹가에서 기다리고 기다려도 오지 않던 그 소식이 왔다. 1859년 새해 초하루가 지나고 얼마 되지 않아 그녀가 두 번째로 어머니가 되려던 희망이 사실로 입증되었기 때문이다.

기쁨으로 인해 흡사 편지마저 떨고 있는 것 같았다. 편지는 옛날처럼 생기발랄하고 어린애 같고 의미심장한 표현들로 가득 차 있었다. 여름에 피서 가는 것 말고는 좀처럼 발트해를 벗어나지 않았고, 여행하는 것을 좋아하지 않았던 영사 부인이지만 이번만큼은 딸이 너무 멀리 떨어져 있는 것을 안타깝게 생각했다. 그래서 편지로나마 하느님의 은덕을 딸에게 확신시켰다. 톰뿐만 아니라 게르다도 세례할 때 참석하겠다고 알려왔다. 그래서 토니의 머리는 이들을 고상하게 영접하는 문제에 관한 계획으로 가득 차 있었다. ……아, 불쌍한 토니! 이 편지를 받고 그녀는 엄청나게 슬픈 감정에 사로잡히게 되었다. 꽃이며 캔디며 초콜릿을 차린 매혹적인 축제가 그녀의 눈앞에 아른거렸던 세례는 이루어질 수 없게 되었다. 그 어린 여자아이는 태어난 지 채 십오 분도 못 되어 삶의 혜택을 누려 보지도 못하고 하늘나라로 가게 되었다. 의사가 그 어린 유기체를 살려 보려고 안간힘을 썼지만 허사로 돌아가고 말았던 것이다.

부덴브로크 영사와 그의 부인이 뮌헨에 도착하고 보니 토니도 위험한 상황에 처해 있었다. 첫 번째 출산 때보다도 훨씬 더 심하게 그녀는 앓아누워 있었다. 이전에도 신경 쇠약으로 가끔 무력증에 빠진 적이 있었던 그녀의 위는 며칠 동안 음식을 거의 하나도 받아들이지 않았다. 그러다가 몸이 회복되었다. 그리하여 부덴브로크 부부는 그녀의 건강에 관해서라면 안심하고 떠날 수 있었다. 물론 다른 면에서는 근심할 점이 없는 것이 아니었다. 그들이 보기에는 문제점이 확연히 드러났다. 영사가 관찰한 바로는 부부가 아이를 잃었지만 서로의 관계가 좋아질 것 같지 않았다.

페르마네더가 착한 심성을 지닌 사람이라는 점은 의심의 여지가 없었다. 그는 정말 엄청난 충격을 받았다. 싸늘하게 식은 아이의 시신을 지켜보면서 통통 부은 눈에 닭똥 같은 눈물이 고이더니 부풀어 오른 뺨을 지나 술처럼 내려뜨려진 코밑 수염으로 흘러내렸다. 그리고 여러 번이나 땅이 꺼져라 한숨을 내쉬면서 그가 즐겨 하는 표현을 썼다. "아아, 정말 십자가야! 십자가! 아아!" 하지만 토니가 보기에는 그의 느긋한 성품 때문에 이러한 슬픔이 그리 오래 지속되지는 않을 터였다. 호프집에서 몇 시간 있더니만 그의 고민은 씻은 듯이 사라져 버렸다. "정말 십자가다!"라는 표현에 함축되어 있는 편안하고 선량한 숙명론, 다소 무뚝뚝하고 다소 둔감한 숙명론을 지니고 그는 계속 '느릿느릿 일을 해 나갔다.'

하지만 그때부터 토니의 편지는 온통 절망과 하소연으로 가득 찼다. "아, 어머니." 하고 그녀는 썼다. "왜 내가 이런 일을 한꺼번에 겪어야 할까요! 처음에 그륀리히와 그의 파산, 그 뒤에는 실업자가 된 페르마네더, 아이의 죽음 같은 일을 말입니다. 내가 무얼 어쨌기에 이런 불행을 당해야 할까요!"

고향에서 그런 표현을 읽은 영사는 웃음을 억제할 수 없었다. 행간에 구구절절이 고통이 스며 있었지만 동시에 우스울 정도의 자부심이 엿보였기 때문이다. 그는 토니 부덴브로크가 그륀리히 부인일 때뿐만 아니라 페르마네더 부인이 되어서도 여전히 어린애라는 것을 알았다. 그녀는 자신의 모든 성숙한 체험들을 신뢰하지 않고 어린아이처럼 진지하게 자존심을 지닌 채, 무엇보다도 어린아이처럼 끈덕지게 저항하면서 체험했다.

그녀는 자기가 무엇 때문에 그런 불행을 겪어야 하는지 이해할 수 없었다. 그녀가 비록 어머니의 신심을 비웃기는 했지만 사실 그녀 자신도 열렬하게 이 지상에서의 공덕과 정의를 믿었다. 불쌍한 토니! 두 번째 아이가 죽은 것이 그녀의 마지막 충격이었으면 좋으련만 그보다 더 가혹한 충격이 기다리고 있었다.

1859년이 끝날 무렵 끔찍한 일이 일어났다.

9

십일월 말경의 어느 날이었다. 당장에 눈이라도 쏟아질 것처럼 우중충하고 차가운 가을날이었다. 피어오르는 안개 사이로 가끔씩 태양이 빠끔 모습을 드러내기도 했다. 이런 날에는 항구 도시에서는 살을 에는 북동풍이 불어 육중한 교회 모서리에서 윙윙거리는 소리가 났다. 그러면 사람들은 폐렴에 걸리기 십상이었다.

토마스 부덴브로크가 정오경에 아침 식사 방에 들어와 보니 어머니가 코에 안경을 걸치고 책상에 앉아 종이 위에 몸을 굽히고 있었다.

"톰." 그녀가 아들을 쳐다보더니 종이를 옆으로 밀치면서 말했다. 그것을 그에게 보여 주고 싶지 않은 듯이 보였다. "놀라지 말거라. 좀 안 좋은 일이 생겨서……. 난 모르겠다…… 베를린에서 온 편지인데…… 무슨 일이 생긴 모양이구나."

"좀 보여 주세요!" 그가 짧게 말했다. 그의 안색이 창백해졌다. 일순간 그의 관자놀이 심줄이 불거져 나왔다. 이를 꽉 다물었기 때문이다. 단호한 동작으로 손을 내미는 게 마치 이렇게 말하려는 것 같았다. "빨리 좀 이야기해 주세요, 그렇게 뜸들이지 말고!"

그는 선 채로 종이 쪽지를 읽었다. 그러면서 밝은 눈썹을 찡그리며 콧수염의 뾰족한 끝을 손가락으로 천천히 잡아당겼다. 그 전보에는 이렇게 적혀 있었다. "놀라지 마세요. 당장 에리카와 돌아갈 거예요. 모든 게 끝났어요. 불행한 안토니가."

"당장…… 당장이라." 그는 흥분해서 이렇게 말하고 머리를 설레설레 흔들며 영사 부인을 바라보았다. "당장이란 말이 무슨 뜻이지……."

"개 말투가 그렇잖니, 톰. 별뜻 없는 거야. '곧' 오겠다는 말이겠지."

"그런데 베를린에서? 베를린에 뭘 하러 갔지? 어떻게 베를린에 가게 됐지?"

"그건 모르겠다. 아직 이해가 안 되는구나. 십 분 전에 전보가 왔다. 하지만 무슨 일이 일어난 게 분명하다. 단단히 각오하고 있어야겠다. 하느님의 은덕으로 모든 일이 좋은 방향으로 기울어질 거다. 얘야, 앉아 식사나 해라."

그는 자리에 앉아 기계적인 동작으로 높고 두꺼운 잔에 흑맥주를 따라 부었다.

"모든 게 끝났다고." 그가 되풀이 말했다. "그럼 안토니는 어린애같이⋯⋯."

그런 다음 그는 말없이 먹고 마셨다.

잠시 후에 영사 부인이 이렇게 운을 뗐다. "페르마네더하고 무슨 일이 일어난 걸까, 톰?"

그는 들은 체도 하지 않고 어깨만 추스를 뿐이었다.

나가면서 그는 문고리를 잡고 이렇게 말했다. "그래요, 어머니. 우린 토니를 기다려야 해요. 아마 토니도 밤늦게 불쑥 나타나고 싶지는 않을 테니까 내일 언젠가 올 겁니다. 그럼 나한테 알려 주세요."

영사 부인은 이제나저제나 하고 시시각각 기다렸다. 그녀는 제대로 잠을 이루지 못했다. 그래서 그녀 옆방 중간층의 제일 뒷방에 잠들어 있는 이다 융만을 불러서 설탕물을 타 달라고 했다. 그러고는 오랫동안 잠을 자지 않고 반듯이 앉아 뜨개질을 했다. 다음 날 오전도 불안한 마음으로 긴장하며 보냈다. 영사는 두 번째 아침 식사를 들면서 만약 토니가 온다면 뷔헨으로부터 오후 세 시 삼십삼 분에나 도착할 거라고 설명했다.

그 시각에 영사 부인은 풍경실의 창가에 앉아서 검은 가죽 커버로 제본된 책을 읽으려고 했다. 금박을 입힌 그 책의 커버는 종려나무 가지 무늬로 장식되어 있었다.

전날과 같은 날씨였다. 안개가 끼고 바람이 부는 추운 날씨였다. 단철의 격자 창살 뒤에 놓인 난로에서 타닥 하는 소리가 났다. 노부인은 마차 소리가 들릴 때마다 부르르 떨면서 창밖을 내다보았다. 그러다가 그녀가 내다보는 것을 그만두고 토니에 대한 생각을 거의 잊다시피한 네 시 정각에 집 아래에서 무슨 시끌벅적한 소리가 났다. 그녀는 급히 창 쪽으로 몸을 돌리고 입김을 호호 불어 손수건으로 유리창을 닦았다. 바깥에는 정말로 마차가 멈추어 있었다. 그리고 누군가가 벌써 계단을 올라오는 것이었다!

그녀는 손으로 의자의 팔걸이를 짚고 몸을 일으키려고 했다. 그러다가 무슨 생각이 들었는지 다시 주저앉고 말았다. 그녀는 딸이 방 안에 들어오자 머리만 그쪽으로 돌리면서 방어적인 표정을 지었다. 토니는 득달같이 영사 부인한테 달려든 반면에 에리카는 이다 융만의 손을 잡고 유리문 밖에 서 있었다.

페르마네더 부인은 털이 달린 외투를 입고 면사로 덮인 길쭉한 펠트 모자를 쓰고 있었다. 그녀는 안색이 아주 창백한 데다가 몸이 쇠약해 보였다. 눈은 충혈되어 있었다. 그리고 윗입술은 어린 시절 토니가 울 때 그랬던 것처럼 바르르 떨고 있었다. 그녀는 팔을 치켜들었다가 다시 밑으로 내리고는 곧장 어머니의 무릎에 몸을 던졌다. 그러면서 얼굴을 어머니의 옷자락에 파묻고 심하게 흐느껴 울었다. 그녀는 이런 식으로 뮌헨에서 단숨에 달려온 것 같았다. 이제 도피의 목적지에 도달한 그녀는 기진맥진한 채 그러나 안도의 한숨을 쉬면서 누웠다. 영사 부인은 한동안 아무 말이 없었다.

"토니!" 그녀가 부드럽게 책망조로 말했다. 그리고 조심스럽게 페르마네더 부인의 모자 밑에 꽂혀 있는 커다란 바늘을 끄집어내고는 모자를 창가의 의자 위에 올려놓았다. 그런 다음 사랑스럽게 딸을 달래는 듯 숱이 많은 그녀의 회색 금발을 쓰다듬었다.

"얘야, 무슨 일이니…… 무슨 일이 일어났어?"

하지만 이 질문에 대한 답변을 들을 수 있기까지는 꽤 오랜 시간이 걸렸으므로 영사 부인은 참을성 있게 기다려야 했다.

"어머니." 페르마네더 부인이 말문을 열었다. "엄마!" 그러고는 말이 뚝 끊겼다.

영사 부인은 고개를 들고 유리문 쪽을 바라보았다. 그녀는 한 팔로 딸을 껴안으면서 다른 손으로는 손녀를 향해 손을 내밀었다. 에리카는 저만치 떨어져서 집게손가락을 입에 댄 채 어쩔 줄 모르고 서 있었다.

"아가야, 이리 온. 이리 와서 인사해야지. 많이 컸구나. 몸이 튼튼하고 건강해 보이는구나. 그 점에 대해 우린 하느님께 감사해야겠구나. 에리카야, 이제 몇 살이지?"

"열세 살이에요, 할머니……."

"아이고 저런! 숙녀가 다 됐네."

그리고 토니의 머리 너머로 그녀는 어린 소녀한테 입맞춤

을 하고 말을 계속했다. "애야, 이제 이다와 올라가거라. 곧 저
녁을 먹을 거다. 하지만 지금은 네 엄마와 할 얘기가 있다, 알
겠지?"

둘은 가고 두 사람이 남았다.

"그래, 토니, 이제 좀 그만 울거라. 하느님이 우리를 시험하
시려는 건지도 모르니 침착하게 참아 내야 한다. 네 십자가를
지라는 말이다. 하지만 일단 올라가서 좀 쉬며 몸을 회복하고
나서 다시 여기 내려와 나하고 대화를 나누는 게 어떻겠니?
우리 착한 융만이 네 방을 치워 놓았다. 네 전보는 잘 받아 보
았어. 우린 전보를 받고 깜짝 놀랐단다." 그녀는 말을 중단했
다. 그녀의 옷자락에서 토니의 떨리는 목소리가 약하게 들려
왔기 때문이다. "그는 흉악한 사람이에요. 흉악한 사람이라고
요…… 흉악한……."

페르마네더 부인은 이러한 강한 표현을 쓰지 않을 수 없었
다. 그녀는 그러한 생각에 완전히 지배당하고 있는 것 같았다.
그녀는 얼굴을 점점 더 깊이 어머니의 무릎에 파묻고 주먹으
로 의자를 쾅쾅 치기까지 했다.

"네 남편을 두고 하는 말이냐, 애야?" 노부인이 잠시 쉬었
다가 물었다. "이런 생각 해서는 안 될 줄 안다마는 달리 떠오
르는 사람이 없구나, 토니. 페르마네더 씨한테 모욕당했니? 그
사람에 대해 불평하고 있는 거니?"

"바베트!" 페르마네더 부인이 내뱉었다. "바베트!"

"바베트?" 영사 부인이 되물으면서 따라 말했다. 그러고는
몸을 뒤로 젖히면서 창 너머로 시선을 돌렸다. 그녀는 이제 무

슨 문제가 일어났는지 감을 잡았다. 침묵의 시간이 흘렀지만 토니의 흐느낌으로 이따금 침묵이 중단되곤 했다. 토니의 울음이 점점 잦아들었다.

"토니." 영사 부인이 잠시 후에 말문을 열었다. "네가 정말 모욕당했다는 것을 이제야 알겠구나. 그건 불평할 이유가 충분히 된다. 하지만 그렇다고 해서 그렇게 격렬하게 표현해야겠니? 에리카를 데리고 뮌헨에서 여기까지 달려와서 마치 다시는 네 남편한테 안 돌아갈 것처럼 해야겠니? 나나 너는 사정을 아니까 그렇다 치더라도 모르는 사람이 보면 뭐라고 생각하겠니?"

"다시는 안 돌아갈 거예요! 다시는!" 페르마네더 부인은 머리를 불쑥 쳐들면서 소리쳤다. 눈물이 그렁그렁한 눈으로 어머니를 사납게 노려보았다. 그런 다음에는 갑자기 얼굴을 다시 옷자락에 파묻었다. 영사 부인은 토니가 부르짖는 소리를 알아듣지 못했다.

"……하지만 이제……." 그녀가 언성을 높였다. 그러고는 고개를 들어 천천히 다른 쪽으로 돌렸다. "하지만 이제 네가 여기 있으니 반갑구나. 마음을 진정하고 죄다 털어놓아 봐라. 그런 뒤에 사랑과 관용을 가지고 신중하게 해결책을 모색해 보자꾸나."

"결코 안 돼요!" 토니가 또 한 번 말했다. "결코 안 돼요!" 그녀가 이야기를 시작했지만 머리를 어머니의 옷자락에 파묻고 하는 이야기라서 제대로 알아들을 수 없었다. 그녀의 목소리는 극도로 격분한 나머지 폭발적이었다. 하지만 대강 다음과 같은 내용의 사건이 일어났더랬다.

　이번 달 이십사 일에서 이십오 일에 이르는 밤 사이에 페르마네더 부인은 위신경이 장애를 일으켜 잠을 이루지 못하다가 늦게서야 겨우 선잠이 들었는데 어떤 소리에 잠이 깨게 되었다. 계단 앞쪽에서 자꾸 무슨 소리가 나서였다. 목소리를 낮추어 말하는 무슨 비밀스러운 소리가 들렸다. 계단이 삐걱대는 소리, 헛기침하면서 낄낄대는 소리, 소리를 죽이며 거부하는 소리, 뭐라고 이상하게 투덜거리는 소리와 신음하는 소리가 들려왔다. 이게 무엇을 뜻하는 소리인지는 전혀 의심의 여지가 없었다. 페르마네더 부인은 잠결이지만 어렴풋이 그런 소리를 포착하자마자 그게 무슨 소리인지를 즉각 알아챘다. 그러자 뺨에서 심장으로 역류한 피가 모여서 가슴을 죄는 듯이 힘겹게 고동치는 느낌을 받았다. 몇 분 정도의 끔찍한 순간을 그녀는 마취당하고 마비당한 듯이 베개에 누워 있었다. 하지만 이러한 후안무치한 소음이 중단되지 않자 그녀는 손을 부르르 떨면서 불을 켜고는 의심과 분노와 혐오감에 가득 차서 침대에서 일어섰다. 그녀는 문을 열어젖히고 슬리퍼를 신은 채로 손에 등불을 들고 계단 쪽으로 단숨에 내달았다. 빨랫줄처럼 반듯한 그 '천국의 사닥다리'는 집 대문에서 2층으로 곧장 연결되어 있었다. 그리고 그 사닥다리의 위쪽 계단에서 사람의 형체가 시야에 들어왔다. 그것은 그녀가 침실에서 그 미심쩍은 소리를 듣고 경악하면서 마음의 눈으로 보았던 광경 그대로였다. 그것은 요리사 바베트와 페르마네더가 벌이는 하나의 격투 장면이었다. 그것은 있어서는 안 되는 불륜의 레슬

링이었다. 그 소녀는 열쇠 꾸러미와 촛불을 손에 들고 있었다. 밤늦게 그녀는 집 안 어디선가 열심히 일을 하고 있었던 모양이다. 그녀는 이리저리 몸을 비틀면서 집주인의 공격에 필사적으로 저항하고 있었다. 뒷머리에 모자를 걸친 그는 그 나름대로 그녀를 껴안고는 해구 같은 콧수염을 그녀의 얼굴에 갖다 대려고 안간힘을 쓰고 있었는데 이따금 그녀의 얼굴에 닿기도 했다. 안토니가 나타나자 바베트는 "오! 예수여! 마리아여! 요셉이여!" 하고 소리쳤다. 그러자 페르마네더도 같은 말을 하면서 그녀를 풀어 주었다. 눈 깜박할 사이에 그 하녀가 노련하게 자취를 감추는 동안 페르마네더는 팔이며 머리며 콧수염을 축 내려뜨린 채 부인 앞에 서서 말도 되지 않는 무슨 소리를 우물우물 말했다. "쓰잘데없는 짓이야! 정말 십자가라니까!" 그가 용기를 내어 눈을 떴을 때 그녀는 이미 그 자리에 없었다. 그는 그녀가 침실에 있는 것을 발견했다. 그녀는 침대에 반쯤은 앉고 반쯤은 누운 자세로 절망적으로 흐느끼면서 계속 '치욕'이라는 말을 되뇌고 있었다. 그는 흐트러진 자세로 문에 몸을 기대고 서 있었다. 그는 그녀의 옆구리를 찔러 마음을 풀어 주려고 그러는지 어깨를 추스르고 앞쪽으로 이동하며 이렇게 말했다. "토니, 왜 그래, 바보같이! 이봐, 프란츠 있지, 람자우어 프란츠 말이야. 바로 오늘이 그의 이름을 지은 날이야. 그래서 우리 모두 한잔 했지……." 하지만 그가 방 안에 지독한 술 냄새를 풍기자 그녀는 화가 머리끝까지 났다. 그녀는 울음을 딱 그치고 몸을 곧추세우며 표독스러운 표정을 지었다. 그녀는 자기의 기분을 주체할 수 없었다. 절망감에 몸부림치면서 그녀는 큰 소리로 그의 낯짝에다 구역질과 혐오와 경멸의 화살을 쏘아 댔다. 페르마네더는 잠자코 있지 않았다. 그의 머리는 뜨거워져 있었다. 그의 친구 람자우어의 성명 축일을 기려 많은 양의 '맥주'뿐만 아니라 '샴페인'도 마셨기 때문이다. 그는 사납게 대답했다. 그래서 페르마네더가 일을 그만두었을 때 벌어진 싸움보다 훨씬 더 끔찍한 싸움이 벌어졌다. 페르마네더 부인은 거실로 물러나려고 옷들을 주섬주섬 챙겼다. 하지만 바로 그 순간 결정적으로 그녀의 뒤통수를 갈기는 소리가 들려왔다. 그녀로서는 되풀이하기 싫은, 다시는 입에 담을 수조차 없는 한마디였다. 그 한마디…….

페르마네더 부인이 어머니의 옷자락에 얼굴을 파묻고 털어놓은 고백의 주된 내용은 이것이었다. 하지만 그 끔찍한 밤에 그녀의 억장이 무너지게 한 그 '한마디'만은 결코 말하지 않았다. 아, 정말이지 그녀는 결코 그 말을 입 밖에 내지 않았다. 그녀의 어머니는 그 말을 하라고 다그치지 않고 다만 대강 알겠다는 듯이 생각에 잠겨 천천히 머리를 끄덕였지만 토니는 결코 말할 수 없었다. 그러는 동안 영사 부인은 딸의 아름다운 회색 금발을 물끄러미 내려다보았다.

"그래, 알겠다." 그녀가 말했다. "못 들을 이야기를 들었구나, 토니. 난 네 마음을 죄다 이해한다, 얘야. 난 네 엄마일 뿐만 아니라 같은 여자이니까…… 나는 네 아픈 마음을 충분히 이해한다. 네 남편이 잠시 본분을 망각하고 네 약점을 건드렸구나."

"잠시라고요?" 토니가 소리쳤다. 그녀는 발딱 일어섰다. 그녀는 두 걸음 뒤로 물러나더니 흥분해서 눈물을 훔쳤다. "잠시라고요, 엄마? 그는 나와 우리 가문에 진 은혜를 망각했어요. 아니, 애당초 그런 건 모르는 사람이란 말이에요! 마누라의 지참금을 착복해서 놀고 먹겠다는 남자란 말이에요! 명예심도 야망도 목표도 없는 남자예요! 피 대신에 멀건 죽이 혈관에 흐르는 남자예요. 그래요, 장담할 수 있어요! 게다가 하녀하고 붙어서 추잡한 짓이나 벌이니. 그에게 쓸데없는 무용지물이라고 몰아대니까 한마디로 답한다는 게…… 한마디로……."

그녀는 다시 그 문제의 한마디, 그녀가 되풀이할 수 없는 그 한마디와 부딪쳤다. 하지만 느닷없이 그녀는 한 걸음 앞으로 전진하더니, 웬걸, 아주 침착하고도 부드러운 어조로 흥미를 보이며 이렇게 말했다. "아이고, 어쩌면 이렇게 아름다울까. 엄마, 이거 어디서 났어요?"

그녀는 갈대로 짠 바구니를 턱으로 가리켰다. 공단 레이스로 꾸며진 아주 귀여운 물건이었다. 영사 부인은 얼마 전부터 손을 그 안에 넣고 뜨개질을 하곤 했다.

"내가 샀단다." 노부인이 대답했다. "필요해서 말이다."

"아주 고상한데요!" 토니가 머리를 옆으로 숙이고 찬찬히 들여다보면서 말했다. 영사 부인도 그 바구니를 향해 시선을 고정시켰다. 하지만 실제로 그걸 보지는 않고 깊은 생각에 잠겼다.

"그런데, 토니." 그녀가 또 한 번 딸을 향해 손을 뻗으며 드디어 입을 열었다. "일이 어떻게 됐든지 간에 너는 여기에 와 있다. 그리고 나는 언제라도 너를 반갑게 맞아 주겠다, 얘야.

감정을 삭이고 차분히 이야기를 나누어 보자꾸나. 네 방에 가서 좀 편히 쉬거라. 이다 있니?" 그녀가 목청을 높여서 식당을 향해 소리 질렀다. "페르마네더 부인과 에리카가 잘 자리가 마련됐지!"

10

토니는 식사 후에 즉시 자기 침실로 돌아갔다. 토니가 도착한 것을 토마스가 알고 있을 거라고 영사 부인이 식사 중에 말했기 때문이다. 그리고 토니는 지금 오빠를 보는 것이 그리 달갑지 않은 눈치였다.

오후 여섯 시 정각에 영사가 도착했다. 그는 풍경실에 들어가서 어머니와 장시간 대화를 나누었다.

"토니는 어때요?" 그가 물었다. "어떻게 보입니까?"

"아, 톰, 마음을 정한 것 같지 뭐니. 원 세상에, 단단히 약이 올랐더구나. 그리고 그 한마디…… 난 그가 그 한마디를 했다는 것밖에 몰라."

"걔를 만나 봐야겠어요."

"그러렴, 톰. 그러나 너무 세게 노크하지 말아라. 걔가 놀랄지 모르니까. 그리고 차분히 대해라, 알겠지? 그 앤 신경이 무척 날카로워져 있다. 거의 아무것도 먹지 못했고 위에 탈이 났어. 차분히 말해라."

그는 으레 그러듯이 몇 계단씩 뛰어넘으면서 3층으로 급히 올라갔다. 그러면서 생각에 잠겨 콧수염을 감아 돌렸다. 하지만 문을 두드릴 때쯤에는 안색이 밝아졌다. 그는 가급적 오랫동안 이 일을 유머스럽게 처리할 생각을 품었기 때문이다.

그가 노크하자 "들어와." 하는 고통스러운 목소리가 들렸다. 그가 문을 열고 들어가 보니 페르마네더 부인이 아직 정장 차림으로 침대에 누워 있었다. 침대의 커튼은 닫혀 있었고 그녀의 등 밑에는 깃털 이불이 있었으며 침실용 탁자 위에는 약병이 놓여 있었다. 그녀는 턱을 손으로 괴고 몸을 약간 돌리며 입술을 샐쭉거렸다. 그러고는 미소 지으며 그를 쳐다보았다. 그는 손바닥을 펴고 정중한 몸짓을 하면서 몸을 잔뜩 숙였다.

"마님! 이렇게 찾아 주셔서 무한한 영광이로소이다."

"나한테 키스해 줘, 톰." 그녀는 이렇게 말하고 일어나서 그에게 뺨을 내밀고는 다시 몸을 눕혔다. "그동안 잘 있었어, 오빠! 뮌헨에 다니러 왔을 때하고 하나도 달라진 게 없네!"

"어두운 여기서는 제대로 판단을 내릴 수 없어. 어쨌든 네 인사말을 내가 면전에서 물리쳐서는 안 되겠지. 너야 물론 당연히 그런 말을 할 만하겠지만……."

그는 여동생의 손을 잡은 채 의자를 당겨 그녀 옆에 앉았다.

"너와 클로틸데에 대해 벌써 몇 번이나 말했는지 몰라."

"피, 톰! 틸다는 잘 있어?"

"그야 물론이지. 크라우제민츠 부인이 걔가 배를 곯지 않도록 보살펴 주고 있어. 틸다가 목요일에 여기 왔다가 마치 몇 주일분을 저장해 두는 것처럼 꾸역꾸역 집어넣는데, 도저히 막을 수가 있어야지."

그녀는 오래간만에 속 시원하게 웃음을 터뜨렸다. 그러다가 한숨을 쉬면서 웃음을 딱 그치더니 이렇게 물었다. "그런데 사업은 어때?"

"뭐, 그럭저럭 꾸려 가지. 그런대로 만족해야지 어쩌겠니."

"아, 다행이구나. 여기서는 그래도 모든 게 정상적으로 되어 나가는 모양이구나! 아, 나는 마음 편히 잡담이나 할 기분이 아니야."

"안됐구나. 그래도 유머 감각을 잃지는 말아야지."

"아냐, 그런 건 나하고는 끝났어, 톰. 오빤 죄다 알고 있어?"

"죄다 알고 있다니!" 그가 따라 말했다. 그는 그녀의 손을 놓고서 의자를 홱 뒤로 당겼다. "아니, 그게 무슨 소리야! '죄다'라니! 이 '죄다'라는 말에 무슨 의미가 담겨 있는 거야! 사랑도 아픔도 그대와 함께하기로 했잖아, 안 그래? 아니, 좀 들어 보자꾸나."

그녀는 아무 말이 없었다. 그녀는 적이 놀라고 상심한 눈으로 그를 흘끗 쳐다보았다.

"그래, 난 이런 표정을 기다려 왔어." 그가 말했다. "이런 표정이 아니라면 네가 여기에 오지 않을 테니까 말이야. 그런데 이런 말을 해서 뭣하다마는 넌 이번 일을 아주 심각하게 생각할지 몰라도 나는 별로 그렇게 생각지 않아. 우리 생각이 서로를 아주 멋있게 보충해 줄 테니 두고 봐라."

"너무 심각하게, 너무 심각하게 생각한다고, 톰?"

"그래, 아무쪼록. 우리 제발 비극을 연출하지는 말자! 좀 겸허한 마음으로 돌아가서 '모든 게 끝났다'라는 표현은 쓰지 말자, '불행한 안토니!' 날 오해하지 말아 줘, 토니. 너도 알다시피 난 네가 여기 온 걸 누구보다도 진심으로 반가워하는 사람이야. 난 네가 진작에 남편 없이 혼자서 여기 오기를 바랐다. 다시 우리 가족끼리만 재회할 수 있도록 말이다. 그런데 이제 네가 오기는 왔는데 이렇게 바보같이 오고 말았구나. 미안하다, 이런 말을 해서……. 그래, 말이 나왔으니 끝까지 해야겠다! 페르마네더가 형편없는 처신을 한 것은 틀림없는 사실이다. 그 점에 대해서는 그가 알아듣도록 귀띔할 생각이다. 그에 대해서는 나한테 맡겨라."

"그가 어떻게 나왔는지 알아, 토마스?" 그녀는 발딱 일어나서 한 손을 자기 가슴에 대며 그의 말을 가로막았다. "난 이미 그가 알아듣도록 말했어. '알아듣도록 말한' 것만이 아니었어. 그 남자와 여러 번 토론을 벌였지만 내가 볼 때 그는 씨알도 안 먹히는 인간이었어!" 그러고 나서 그녀는 다시 풀썩 주저앉더니 근엄한 시선으로 꼼짝도 않고 천장을 쳐다보았다.

그는 마치 그녀의 말의 무게에 눌린 듯이 몸을 숙였다. 그러고는 미소를 지으며 자기 무릎을 내려다보았다.

"그래, 그 사람한테 험악한 편지는 쓰지 않을 거야. 네 바람도 그와 마찬가지겠지. 결국은 네 일이니까. 네가 그를 바른길로 인도하는 걸로 충분해. 네가 그의 부인이니까 그게 네 의무인 셈이지. 엄밀히 말하자면 그의 상황을 참작해 줘야 할 구석이 없는 게 아니더구나. 친구의 성명 축일에 다녀왔더구나. 그는 분위기에 들떠 기분 좋게 집에 돌아왔어. 그런 기분을 억제하지 못하고 한눈을 팔다가 옆길로 빠진 거야."

"토마스." 그녀가 말했다. "난 이해가 안 돼. 오빠가 그런 말을 하는 의도를 모르겠어. 오빠는 원칙에 충실한 남자야…… 오빠는 그 장면을 보지 못했잖아! 그가 취한 상태에서 어떻게 하녀를 끌어안았는지, 그 꼴이 어땠는지……."

"생각해 보니 우스꽝스럽기 짝이 없었겠구나. 하지만 사정이 그래, 토니. 넌 그것을 우스꽝스러운 일로 보지 않는구나. 아마 네 위가 좋지 않아서 그러는 모양이다. 넌 남편이 불륜을 저지르는 현장을 목격했어. 그래서 그를 다소 가소롭게 생각했어. 하지만 너는 그 일에 대해 펄펄 뛰고 성을 낼 것이 아니라 오히려 고소해하면서 그와 인간적으로 좀 더 가까워지는 계기를 만들어야 했어. 물론 이 점은 분명해. 남편이 그런 짓을 저질렀는데도 네가 아무렇지도 않다는 듯이 미소를 지으면서 입다물고 용서해 줄 수는 없었겠지. 그건 당치도 않은 일이야. 네가 이리 달려온 것은 하나의 시위였어. 그건 좀 심하지 않니. 아마 너무 가혹한 벌일지도 몰라. 지금쯤 그가 얼마나 낙심해서 쭈그리고 앉았겠니. 난 그런 모습 보기 싫다. 하지만 그는 그런 꼴을 당해도 싸다. 내가 부탁하고 싶은 것은 그 일에 대해 좀 화를 가라앉히고 오히려 정치적인 관점에서 보란 거야. 그래, 우리끼리 하는 이야기지만 말이다. 부부 관계에서 중요한 점은 도덕적인 무게 중심이 어느 쪽에 있는지야. 내 말 알아듣겠니, 토니! 네 남편은 적나라하게 허점을 보였다. 그 점은 의심의 여지가 없어. 그는 자신을 조금 우스꽝스럽게 만들려고 작정한 거야. 그의 과실이 별것 아니고 별로 심각하게 받아들일 일이 아니기 때문에 그랬던 거야. 요컨대 그

의 품위는 손상당했어. 그래서 단연코 주도권은 네 손에 넘어
온 거야. 네가 이 일을 슬기롭게 이용할 줄만 안다면 너는 앞
으로 확실히 행운을 잡게 된다. 이제 네가 이번 주 안에 뮌헨
으로 돌아간다면(그래, 적어도 그 정도는 시간을 끌어야 되겠지!)
그때 알게 될 거야."

"난 뮌헨으로 돌아가지 않을 거야, 토마스."

"뭐가 어쨌다고?" 그가 물었다. 그는 한 손을 귀에 대고 몸
을 앞으로 굽히며 얼굴을 찡그렸다.

뒤통수를 기대고 뒤로 누워 있어서 그런지 그녀의 턱이 근
엄한 모양으로 튀어나와 보였다. "다시는 안 가." 그녀가 말했
다. 그런 다음 힘겹게 숨을 몰아쉬면서 헛기침을 했다. 오랫동
안 고의적으로 하는 마른 기침이었다. 이러한 버릇이 이제 거
의 신경질적인 습관이 되다시피 했다. 아마 그것은 그녀의 위
장병과 관계가 있는 모양이었다. 그러고는 침묵의 시간이 흘
렀다.

"토니." 그가 손으로 의자의 팔걸이를 짚고 일어나면서 갑자
기 말문을 열었다. "너 때문에 나를 추문에 휩싸이게 하지 말
아라!"

곁눈으로 흘끗 보니 그의 얼굴이 창백했다. 또 관자놀이의
힘줄이 불거져 나와 있었다. 그녀는 더 이상 참고 버틸 수 없
는 상황이었다. 그녀도 흥분 속에 빠져들었다. 그에 대해 느끼
는 두려움을 은폐하기 위해서 그녀는 소리를 지르고 성을 냈
다. 그녀는 용수철처럼 벌떡 일어나더니 발로 침대의 바닥을
굴렀다. 얼굴이 벌겋게 달아오른 그녀는 미간을 찌푸리고 머

리와 손을 움직이며 대들기 시작했다. "토마스! 추문이라고? 내 인격에 먹칠을 하는 치욕적인 일을 당했는데도 추문을 일으키지 말라고 명령하는 거야? 그게 오빠로서 할 말이야? 그래, 이런 질문을 내가 꼭 해야겠느냐 말이야! 체면과 사리분별이 좋은 것이란 건 나도 알고 있어! 하지만 그것도 한계가 있는 거야, 톰. 나도 오빠만큼은 인생을 알고 있어. 추문을 두려워하는 곳에는 비겁함이 도사리고 있는 거야! 바보 멍청이에 불과한 내가 이런 말을 해야 하다니 나 참, 기가 막혀서……. 그래, 난 페르마네더가 애당초부터 나를 전혀 사랑하지 않았다 해도 놀라지 않을 거야. 난 나이 든 추악한 여자일지도 모르니까. 바베트는 확실히 나보단 더 예뻐. 그렇다고 해서 그가 우리 가문이며 나의 교양이며 나의 감정을 마구 무시해도 좋은 건 아니란 말이야. 톰, 그가 이러한 본분을 얼마나 망각하고 있는지 오빠는 모를 거야. 백문이 불여일견이란 말도 있듯이 직접 눈으로 보지 못한 사람은 아무것도 모르는 거나 마찬가지야. 그가 얼마나 역겨운 인간인지는 도무지 말로 표현할 수 없어. 내가 거실의 소파에서 자려고 옷가지를 집어 들고 방을 나오는데, 글쎄, 그가 오빠의 동생인 나보고 뭐라고 그랬는지 알아? 그래! 그때 내 등에다 대고 뭐라고 내갈겼는지 알아? 한마디야, 딱 한마디! 요컨대, 토마스, 난 그 한마디 때문에 밤새 짐을 꾸리고 꼭두새벽에 에리카를 깨워서는 득달같이 이리로 달려온 거야. 언제 또 그런 말이 튀어나올지 모르는 남자 곁에 난 있을 수 없었어. 아까 말했듯이 그런 남자 곁에 다시는 돌아가지 않을 테야. 그렇지 않으면 난 타락해서 체면이고 뭐고 다 팽개쳐 버리고 더 이상 살아갈 기력을 잃어버릴 지도 몰라!"

"그가 어떤 저주스러운 말을 퍼부었는지 좀 말해 줄 수 없 겠니, 응?"

"절대 안 돼, 토마스! 내 입으론 절대 되풀이하지 않을 거 야! 이런 상황에선 이야기해야 할 책임이 있다는 건 알지만 말이야."

"그럼 너와 이야기해 봐야 아무 소용이 없겠어!"

"그럴지도 몰라. 난 더는 그 문제를 거론하고 싶지 않아."

"어쩔 테야? 이혼하려는 거니?"

"그럴 생각이야, 톰. 확고하게 결심했어. 이런 행동 방식이 나와 에리카뿐만 아니라 가족 모두에게 좋지 않다는 건 알고 있지만 말이야."

"그건 터무니없는 짓이야." 그가 구두 뒷굽을 돌리면서 냉정 하게 말했다. 그리고 이로써 모든 일이 처리되었다는 듯이 발 걸음을 뗐다. "이혼은 혼자서 하는 게 아니야. 페르마네더가 아무 이의 없이 거기에 동의해 줘야 하는 거야. 안 그러면 그 런 생각은 웃음거리에 지나지 않게 돼."

"그건 내가 할 걱정이야." 그녀가 기죽지 않고 말했다. "오빠 는 그가 반대할 거라고 말하지만, 그렇다 하더라도 그것은 내 돈 1만 7000탈러 때문이야. 그륀리히도 이혼을 원하지 않았 지만 그렇게 만든 거야. 다 방법이 있어. 크리스티안의 친구인 기세케 박사한테 가서 자문을 구해야겠어. 그는 나를 도와줄 거야. 물론 그때와는 다른 경우라는 것을 난 알고 있어. 오빠가 무얼 말하려는 건지 알고 있어. 그때는 '가족을 양육할 능력이 없는 남편'이었어. 오빠도 알다시피 난 이런 일에 대해 잘 알고 있어. 그리고 오빠는 마치 내가 처음 이혼하는 여자인 것처럼 생각한단 말이야! 하지만 그건 아무래도 좋아, 톰! 그건 아마 아무런 문제가 안 될 거야. 이혼이 안 될지도 모르지. 오빠 생각대로 말이야. 하지만 그렇다고 해도 내 결심은 아무런 변함이 없어. 그가 내 돈을 몽땅 꿰찰지도 몰라. 하지만 인생에는 좀 더 고상한 일이 있는 거야! 그는 다시는 나를 보지 못할 거야."

그러고 나서 그녀는 헛기침을 했다. 그녀는 침대에서 일어나 안락의자에 앉아서 팔꿈치를 팔걸이에 얹었다. 그리고 손으로 턱을 감싸서 네 개의 손가락을 굽혀 아랫입술을 덮었다. 상체를 비스듬하게 굽힌 채 그녀는 벌겋게 충혈된 눈으로 꼼짝 않고 창밖을 응시했다.

영사는 방 안을 이리저리 거닐었다. 한숨을 쉬고 머리를 설레설레 흔들면서 어깨를 추슬렀다. 마침내 그는 두 손을 비비며 그녀 앞에 멈추어 섰다.

"넌 어린애야, 토니!" 그는 기가 꺾인 채 애원조로 말했다. "네가 하는 모든 말은 유치하기 짝이 없어! 내 부탁한다마는 단 한순간이라도 좀 어른처럼 생각해 보지 않겠니? 지금 네가 무슨 심각하고 중대한 일이라도 겪었고, 네 남편이 너를 잔인하게 속여 뭇사람한테 창피당하게 하기라도 한 것처럼 네가 행동하고 있다는 것을 모르니? 하지만 아무 일도 없었다고 한번 생각해 봐! 카우핑거가에 있는 네 천국의 사닥다리에서 이런 어리석은 돌발 사건이 일어난 것을 아무도 모른다고 생각해 보란 말이야! 네가 태연자약하게 약간 야유하는 듯한 표정을 지으며 페르마네더한테 되돌아가면 우리의 체통을 지킬 수 있는 거야. 그 반대로 네가 그러지 않으면 우리의 체통을 구기게 되는 거야. 그렇게 되면 너는 별 대수롭지 않은 그 일을 가지고 정말 추문을 일으키는 거야."

그녀는 턱을 홱 치켜들고 그를 빤히 쳐다보았다.

"이제 그만해, 토마스! 이젠 내 차례야! 내 말 좀 들어 봐! 뭐가 어째? 시끌벅적하게 사람들 입에 오르내리지 않으면 치욕이나 추문이 없다고 생각하는 거야? 천만에! 남몰래 사람을 갉아먹고 자존심에 상처를 입히는 비밀스러운 추문이 훨씬 더 나쁘단 말이야! 이곳 사람들이 흔히 말하듯이 남들한테 '극상'으로 보이고 싶은 우리 부덴브로크가 사람들이니까 남들이 안 보는 집 안에서는 굴욕을 꾹 참고 지내자는 거야? 톰, 난 오빠한테 실망을 금할 수 없어! 아버지가 살아 계셨더라면 어떻게 하실지 한번 생각해 봐! 그러고 나서 아버지의 생각대로 판단을 내리란 말이야! 아니야! 깨끗함과 공개성을 판단의 토대로 삼아야 해. 오빠는 사업 장부들을 언제라도 세상에 내보이며 이렇게 말할 수 있잖아. 여기 있습니다. 이것 말고 다른 것은 우리한테 없습니다. 난 하느님이 나를 어떻게 만들었는지 알고 있어. 난 하나도 두렵지 않아! 율헨 묄렌도르프가 내 옆을 지나가면서 나한테 인사하지 않아도 좋아! 그리고 피피 부덴브로크가 목요일에 여기 와서 고소해하며 '어쩜, 벌써 두 번째 아니야. 물론 두 번 다 남자 책임이긴 하지만 말이야!' 하면서 호들갑을 떨어도 좋아. 난 그 점에 대해서는 말할 수 없을 정도로 초연해, 토마스! 난 옳다고 생각한 일을 했다는 걸 알고 있어. 그러나 내가 율헨 묄렌도르프나 피피 부덴브로크가 두려워서 모욕을 감수하고 막돼먹은 술 취한 사투리를 듣는다는 것은 있을 수 없는 일이야. 그들이 두려워 어떤 남자한테서 그런 말을 들어 가며, 천국의 사닥다리에서 그런 장면을 보며 그 도시에서 견딘다는 것은 무의미한 일이야. 나의 출신이며 교양이며 내 가슴속에 있는 모든 것을 부인하면서까지 거짓으로 내가 행복하며 만족하다고 꾸미는 것이야말로 무가치한 것이야. 난 바로 그런 것을 추문이라고 부르고 싶어!"

그녀는 말을 중단하고 턱을 손에 얹고는 흥분해서 유리창 쪽을 응시했다. 그는 두 손을 바지 주머니에 넣고 한쪽 다리에 의지한 채 그녀 앞에 서 있었다. 그는 시선은 그녀 쪽을 향했지만 그녀를 보지는 않고 생각에 잠겨 있었다. 그러면서 그는 천천히 머리를 이리저리 흔들었다.

"토니." 그가 입을 열었다. "네 말이 틀린 건 아니야. 그건 나도 진작부터 알고 있는 사실이지만 마지막 말은 네가 잘못 말했어. 문제는 그 남자가 아니라 그 도시인 거야. 문제는 천국의 사닥다리에서 벌어진 그 어리석은 일이 아니야. 모든 게 문제였어. 넌 거기에 동화할 수 없었던 거야. 내 말 맞지?"

"그래, 오빠 말이 맞아!" 그녀가 소리쳤다. 그러면서 심지어 그녀는 벌떡 일어나더니 손을 뻗으며 바로 그의 얼굴을 가리켰다. 그녀의 얼굴은 벌겋게 충혈되어 있었다. 그녀는 한 손으로 의자를 붙잡고 다른 손으로는 손짓을 하며 전투적인 자세를 취하고 서서 일장 연설을 했다. 정열적인 감동에 찬 목소리로 그녀는 끊임없이 연설을 토해 냈다. 영사는 적이 놀라 그녀를 관찰했다. 잠시 말을 멈추고 호흡을 가다듬자마자 다시 새로운 말들이 물밀듯이 쏟아져 나왔다. 그렇다, 그녀는 말의 실마리를 잡았던 것이다. 요 몇 년 동안 그녀가 마지못해 가슴속에 담아 두었던 모든 말을 토해 냈다. 다소 무질서하고 두서가 없는 말이기는 했지만 말이다. 그녀는 모든 것을 하나하나 숨김 없이 폭발적으로 쏟아 냈다. 마치 둑이 터진 듯 아무 거침이 없었다. 그것은 무언가 원초적인 힘이라서 더 이상 싸움이 될 수 없었다.

"그래, 오빠 말이 맞아! 다시 한번 말해 봐! 쳇, 난 내가 더이상 멍청이가 아니라고 분명히 지적했어. 난 인생을 어떻게 생각해야 하는지를 알고 있어. 난 세상 만사가 항상 깨끗하게 진행되지는 않는다는 것을 경험하면서부터 더 이상 고집을 부리지 않았어. 난 울보 트리슈케 같은 사람을 알고 있었고 그륀리히와 결혼했으며 이 도시의 난봉꾼들을 알고 있어. 내가 순진한 시골 처녀는 결코 아니란 점을 말하고 싶어. 그런 연관관계에서 본다면 바베트 사건이 나를 그렇게 만든 것은 아니야, 내 말을 믿어 줘! 토마스, 실은 그 사건이 잔을 넘쳐흐르게 한 거야. 그렇다고 해서 그게 대단한 역할을 한 것은 아니야. 왜냐하면 안 그래도 이미 가득 차 있었으니까…… 진작부터 가득 차 있었어, 이미 진작부터! 아무 일이 없었어도 넘쳐흘렀을지 몰라. 그런데 더군다나 이런 일이 터진 거야! 그래서 이런 면에서는 페르마네더를 도저히 신뢰할 수 없다는 것을 알게 된 거야! 그것이 여러 사건의 정점이었어! 그것으로 끝장이었어! 그로 인해 뮌헨을 탈출해야겠다는 내 결심이 단번에 무르익었어. 오랫동안 그런 생각이 내 마음속에서 서서히 자라고 있었어, 톰. 난 저 아래에서는 결코 살 수 없었기 때문이야. 하느님과 그의 천사들한테 맹세할 수 있어. 내가 얼마나 불행했는지 오빠는 모를 거야. 오빠가 다니러 왔을 때도 난 전혀 내색하지 않았거든. 난 분별력 있는 여자니까 불평불만을 잔뜩 늘어놓으면서 남을 성가시게 하지 않아. 그리고 날이면 날마다 내 마음을 너절하게 드러내 놓지도 않아. 그래서 늘상 꾹 참는 방향으로 살아왔어. 하지만 난 내 마음속에 맺혀 있는 것들로 인해 고통을 겪어 왔어. 말하자면 내 모든 인격으로 말미암아 고통을 겪어 왔어. 비유를 들자면 낯선 땅에 심어진 식물이나 꽃과 같은 신세였어. 어쩌면 오빠는 이러한 비유가 부적절하다고 생각할지도 모르겠어. 난 추악한 여자니까 말이야. 하지만 난 그보다도 낯선 땅에서는 살아갈 수 없었어. 그럴 바에야 차라리 터키에 가서 사는 것이 나을지도 몰라! 아, 우린 결코 여기 고향을 떠나서는 안 돼! 우리는 고향의 물가에서 고향의 음식을 먹으며 살아야 해. 오빠를 비롯해 우리 식구들은 기회 있을 때마다 내 귀족적 취향을 조롱해 왔어. 그래, 난 언젠가 어떤 재치 있는 사람이 나한테 한 몇 마디의 말을 최근 들어 가끔 생각해 보았어. '댁은 귀족에 대해 공감하고 계시는군요.'라고 그가 말했어. '이유를 말씀드릴까요? 댁자신이 바로 귀족이니까요! 댁의 아버님은 위대한 군주이고 댁은 공주인 셈입니다. 댁과 저 사이에는 깊은 심연이 가로막고 있어요.' 그래, 톰, 우린 자신을 귀족이라 느끼고 차별 의식을 갖고 있어. 그래서 우린 우리를 알아주지 않고 우러러보지 않는 곳에서 살려고 해서는 안 돼. 그렇게 되면 우린 바로 굴욕감을 느낄 것이기 때문이야. 사람들은 우리가 거만한 것을 보고 우스꽝스럽게 여길 거야. 바로 그랬어! 모두들 내가 거만한 것을 보고 우스꽝스럽게 여겼어. 나한테 직접 그런 말을 하지는 않았지만 난 항상 그런 분위기를 느꼈어. 그 점 때문에도 난 시달렸어. 쳇! 케이크를 칼로 먹는 지방, 왕자들도 엉터리 독일어를 쓰는 지방, 남자가 어떤 여자한테 부채를 부쳐 주면 그걸 보고 연애를 건다고 쑥덕거리는 지방에서는 까딱 잘못하면 거만하다는 말을 듣기 십상이야, 톰! 이런 곳에 동화하라고? 안 돼, 품위도 도덕도 야망도 고상함도 근엄함도 없는 사람들, 조야하고 무례하고 너절한 사람들, 그와 동시에 나태하고 경박하고 물에 물 탄 듯하고 피상적인 사람들……. 내가 오빠의 동생인 부덴브로크가 출신인 한에는 그런 사람들하고 동화할 수 없으며 결코 동화할 수 없을 것 같아! 에바 에버스는 할 수 있었어. 그렇지만 에바는 부덴브로크가 아니야. 그런 데다가 그녀의 남편은 제법 쓸모 있는 남자야. 그게 바로 그녀가 나와 다른 점이야! 곰곰 생각해 봐, 토마스, 원점으로 돌아가서 회상해 봐! 난 분주하게 움직이며 목표를 향해 애쓰는 것을 중시하는 이곳에서 태어나, 내 지참금을 착복하고 놀고 먹으려는 페르마네더한테 갔어. 쳇, 그건 눈곱만치도 틀리지 않은 사실이야. 정말 이상하기 짝이 없지만 말이야. 하지만 또한 유일하게 재미있는 점이란 그것밖에 없었어. 그러고 나서는? 아기를 낳으려고 했지! 내가 얼마나 기뻐했는지 몰라! 아이가 모든 것을 보상해 주었을지도 몰라! 그런데 어떻게 됐어? 아이는 죽고 말았어. 그건 페르마네더의 탓은 아니야, 물론 결코 아니지. 그는 자기가 할 수 있는 모든 일을 했어. 심지어 이삼 일 동안은 술집에도 가지 않았어, 결코! 하지만 제 버릇 개 주겠어, 토마스? 그래서 내가 더 불행해졌다는 걸 짐작할 수 있을 거야. 난 꾹 참으며 아무 불평도 하지 않았어. 난 혼자 오해해서 방자하게 고래고래 소리 지르고 돌아다니며 자신에게 이렇게 말했어. '너는 그에게 결혼을 승낙한 몸이다. 다소 굼뜨고 나태한 그가 네 희망을 앗아 가 버렸다. 하지만 그의 마음은 착하고 순수하다.' 그러다가 난 그 끔찍한 일을 체험하고 역겨운 짓거리를 하는 그를 목격하게 되었어. 그래서 난 스스로에게 이렇게 말했지. '그는 나를 잘 이해한다. 다른 어느 누구보다도 더 잘 나를 평가할 줄 안다.' 그런 그가 내 뒤통수에다 대고 뭐라고 했는지 알아? 막노동자가 개한테도 퍼부을 수 없는 말을 쏟아붓고 말았어! 그때 난 그와 나 사이를 이어 주는 끈이 끊어진 것을 알게 되었어. 그리고 그곳에 있는 게 치욕스러운 일이란 것도 알게 되었어. 내가 여기 역에 도착해 홀스텐가를 올라오는데 짐꾼 닐슨이 옆을 지나가다가 나를 보고 고개를 숙이며 실크해트를 벗어 들더군. 그래서 나도 답례를 했지. 마치 아버지가 사람들한테 인사하는 것처럼 전혀 거만하지 않게 말이야. 손을 흔들면서 말이야. 그렇게 해서 여기 온 거야. 오빠는 마음만 먹으면 스물다섯 필의 말이라도 준비시킬 수 있겠지. 하지만 나를 다시 뮌헨으로 쫓아 보낼 수는 없어. 내일 기세케한테 가 볼 거야!"

이것이 토니가 한 말이었다. 말을 끝마친 그녀는 기진맥진 해서 의자에 주저앉아 턱을 손에 파묻고 유리창을 응시했다.

그 말에 깜짝 놀라 얼이 빠진 영사는 충격받은 듯 그녀 앞에서 할말을 잊고 서 있었다. 그러다가 호흡을 가다듬고 팔을 어깨 높이까지 올렸다가 다시 허벅지 부근에 내려뜨렸다.

"그래, 어쩔 도리가 없구나!" 그는 나지막한 소리로 말하면서 곧장 몸을 돌리더니 문 쪽으로 갔다.

그녀는 그가 들어올 때와 같이 고통스러운 표정과 아울러 샐쭉한 표정을 지으며 그를 바라보았다.

"톰?" 그녀가 물었다. "나한테 화났어?"

그는 타원형 손잡이를 한 손으로 잡고 피곤한 모습을 보이며 다른 손으로는 부인하는 동작을 취했다. "아냐, 결코 그렇지 않아."

그녀는 그를 향해 손을 뻗으면서 머리를 어깨 쪽으로 비스듬하게 기울였다.

"톰, 이리 와. 가련한 동생이 역경에 처해 있어. 만사가 뜻대로 안 돼. 지금 이 순간 나를 도와줄 사람이 아무도 없는 것 같아."

그는 돌아서서 그녀의 손을 잡았다. 그러나 다소 무관심한 표정으로 피로한 기색을 보이며 그녀를 쳐다보지도 않았다.

갑자기 그녀의 윗입술이 부들부들 떨리기 시작했다.

"이젠 오빠 혼자 힘으로 꾸려 나가야 해." 그녀가 말했다.

"크리스티안한테서는 아무 좋은 소식도 기대할 수 없을 것 같고 난 이제 끝장이야. 난 망했어. 다시는 일어설 수 없어. 그래, 이 쓸모 없는 여자를 이제 죽을 때까지 돌보아 주어야 해. 오빠를 어떻게 해서라도 도와주려고 했는데 이렇게 완전한 실패로 끝날 줄은 정말 꿈에도 생각지 못했어. 이제 우리 부덴브로크가의 명예는 오로지 오빠의 어깨에 달린 거야. 신의 가호가 있길 바라."

그녀의 뺨에서 닭똥 같은 두 줄기 굵은 눈물이 주르르 흘러내렸다. 그녀의 피부도 이제 옛날 같지 않게 다소 꺼칠꺼칠한 모습을 보이기 시작했다.

11

토니는 무료하게 지내지 않고 제 할 일을 해 나갔다. 그녀를 진정시키고 달래서 마음을 돌리게 할 수 있다는 희망을 품고 영사는 당분간 한 가지 사항만이라도 지켜 달라고 부탁했다. 즉, 차분히 처신하고 에리카와 아울러 모녀가 대문 밖을 나서지 말아 달라는 것이었다. 만사가 좋은 방향으로 흘러갔다. 우선 시내에 아무런 소문이 나지 않았다. 가족이 함께 모이는 목요일의 모임은 핑계를 대서 취소했다.

하지만 페르마네더 부인이 도착한 바로 그날 변호사 기세케 박사는 그녀의 전갈을 받고 멩가에 나타났다. 그녀는 2층 복도 옆 중간 방에서 단둘이 그와 접견했다. 난로가 피워진 그 방에는 모종의 필요성 때문에 무거운 책상 위에 잉크병이 며 필기구며 아래 사무실에서 가져온 이절판의 흰 종이가 다 량으로 준비되어 있었다. 그들은 안락의자에 앉아 있었다.

"박사님!" 팔짱을 낀 그녀는 머리를 뒤로 젖히고 천장을 쳐 다보면서 말문을 열었다. "박사님은 인간으로서뿐만 아니라 직업상의 이유 때문에 인생을 아는 분입니다. 박사님께 탁 터 놓고 이야기드리겠어요!" 그런 다음 바베트 사건이며 침실에 서 있었던 이야기를 그에게 죄다 털어놓았다. 그러자 기세케 박사는 유감스럽게도 계단에서 일어난 불미스러운 사건이나 그녀에게 가해진 모종의 모욕만으로는 충분한 이혼 사유가 되 지 못한다고 설명했다. 그녀는 그 모욕적인 말을 자세히 털어 놓기를 거부했다.

"좋아요." 그녀가 말했다. "고마워요."

그러고 나서 그녀는 그에게 현재 법률상의 이혼 사유가 무 엇인지 설명해 달라고 요청했다. 그런 후에 지참금과 관계되 는 법률에 지대한 관심을 가지고 열린 마음으로 그의 말에 귀 기울였다. 이런 대화를 가진 후에 그녀는 정중하게 감사를 표 하면서 일단 그를 떠나보냈다.

그녀는 1층의 영사 개인 사무실에 내려가서 면담을 요청 했다.

"토마스." 그녀가 말했다. "지체하지 말고 그 남자한테 편지 를 띄워 줬으면 하는데…… 난 그의 이름을 들먹이고 싶지 않 아. 내 지참금에 관해 나는 아주 상세한 설명을 들었어. 그는 자신의 생각을 밝혀야 해. 어쨌든 간에 난 다시는 그와 만나지 않을 거야. 그가 법률상의 이혼에 동의한다면 계산을 해서 내 몫을 돌려 달라고 해야겠어. 만약 거부한다 해도 우린 하나도 겁낼 필요가 없어. 오빠도 알고 있다시피 내 몫에 대한 페르마네더의 권리는 법적으로 말하면 소유권이기 때문이야. 물론 그 점은 인정해. 다른 한편으로는 다행히도 내 편에서는 물질적 권리가 있어."

영사는 뒷짐을 진 채 이리저리 거닐면서 신경질적으로 어깨를 들썩거렸다. 그녀가 '몫'이라고 일컫는 대목에서 그녀의 얼굴이 이루 말할 수 없을 정도로 자신만만했기 때문이다.

그한테는 시간이 없었다. 그는 정말 눈코 뜰 사이도 없이 바빴다. 그녀는 인내심을 가지고 그 점에 대해 골백번이고 잘 헤아려야 했다! 우선 그는 내일 당장 함부르크에 갈 일이 있었다. 그것은 크리스티안과 담판을 지어야 하는 귀찮고 성가신 일이었다. 크리스티안은 도와 달라며 돈을 마련해 달라고 편지를 썼다. 그것은 언젠가 영사 부인의 유산에서 떨어져 나올 돈이었다. 그의 사업은 더없이 비참한 지경에 있었다. 사업은 날로 악화일로에 있었건만 그는 레스토랑이며 서커스며 극장에서 마치 왕처럼 즐기는 모양이었다. 이제 하나씩 모습을 드러내기 시작한 부채에 관해 말하자면 그는 명성이 자자한 자기 가문을 담보로 빚을 지고 있었다. 그는 자신의 실제 형편보다 훨씬 더 호사스러운 생활을 하고 있었다. 멩가의 식구나 클럽이나 전 시내에서는 그게 누구 탓인지 알고 있었다. 그 배후에는 여자가 개입되어 있었고 알리네 푸보겔이라는 이름의 그 과부한테는 귀여운 자식이 둘이나 딸려 있었다. 그녀와 모종의 관계를 맺으면서 돈을 펑펑 써 대는 사업가는 함부르크에서 크리스티안 부덴브로크뿐만이 아니었다.

요컨대 토니의 이혼 문제 말고도 토마스에게는 골치 아픈 일이 한두 가지가 아니었다. 함부르크에 가는 일도 긴박한 문제였다. 게다가 페르마네더는 그 나름대로 우선 한번 자기 말을 들어 보라고 할지도 모르는 일이었다.

영사는 여행을 떠났다가 우울한 기분에다 화가 나서 돌아왔다. 하지만 뮌헨으로부터 여전히 아무런 기별이 없어서 먼저 무슨 수를 써야겠다고 마음먹었다. 그는 냉정하고 객관적으로 다소 우월한 위치에서 내려다보는 식으로 편지를 썼다. 안토니가 페르마네더와 함께 살면서 말할 수 없는 실망감을 느꼈다는 식이었다. 자질구레한 일은 차치하고서라도 토니에게는 이 결혼 생활이 대체적으로 애당초 기대한 만큼 행복하지 않았노라고 썼다. 인연의 끈이 끊어졌다고 보는 그녀의 생각은 사리분별이 있는 사람이 볼 때 정당한 것으로 보이며 유감스럽게도 다시는 뮌헨에 돌아가지 않겠다는 토니의 결심이 확고부동한 것 같다고 썼다. 그리고 마지막으로 이러한 사태에 대해 페르마네더는 어떻게 처신할 것인지를 물었다.

피를 말리게 하는 며칠이 지나갔다! 그런 다음 페르마네더 한테서 답장이 왔다.

그는 아무도 예기치 않은 답장을 보냈다. 기세케 박사도, 영사 부인도, 토마스도, 토니조차도 예기치 못한 답장이었다. 그는 아주 간단히 이혼에 동의해 주었다.

그는 그 돌발 사건에 대해 진심으로 뉘우치며 안토니의 소망을 존중한다고 답장했다. 자기가 보기에는 두 사람에게 '어울리는 구석이 하나도 없다.'라는 것이었다. 자기로 인해 토니가 몇 년 동안 괴로운 나날을 보냈다면 모두 잊어버리고 자기를 용서해 주면 좋겠다는 것이었다. 이제 다시는 토니와 에리카를 볼 수 없을 것 같으므로 두 사람이 이 세상에 사는 동안 늘 행복하기를 바란다는 글을 썼다. 알로이스 페르마네더, 그는 지참금을 즉각 되돌려주겠다고 추신에 명백히 덧붙였다. 자기로서는 자기 재산으로도 아무 걱정 없이 살 수 있다는 것이었다. 그는 지체 없이 돈을 돌려주겠다고 했다. 왜냐하면 사업이 복잡하게 꼬인 것도 아니고 집도 자기 소유이기 때문에 돈은 당장이라도 청산할 수 있다는 것이었다.

토니는 이 편지를 읽고 약간 부끄럽다는 생각이 들었다. 페르마네더가 돈 문제에 하등 욕심이 없는 사람이라는 것에 대해 그녀는 처음으로 칭찬할 만하다고 느꼈다.

이제 다시 기세케 박사가 나섰다. 그는 이혼 사유를 무엇으로 할 것인지에 대해 남편과 연락을 취했다. '극복할 수 없는 쌍방의 혐오'로 하기로 정해졌다. 토니의 두 번째 이혼 재판이 시작되었다. 그 방면에 전문적 지식을 가진 그녀는 그 과정을 진지하고도 엄청난 열성을 가지고 지켜보았다. 그녀는 가는 데마다 그것을 화제에 올렸다. 그래서 영사는 여러 번이나 화를 내곤 했다. 토니는 당분간은 자신의 아픔을 함께 나눌 입장이 아니었다. 그녀는 '과실', '취득', '생산성', '지참금 청구권', '유형 자산'과 같은 말들을 사용했다. 그녀는 머리를 뒤로 젖히고 어깨를 약간 추켜올린 채 놀랄 정도로 유창하게 이런 말들을 입에 올리곤 했다. 기세케 박사와 장시간 나눈 대화 중에서 한 문장이 그녀에게 깊은 인상을 주었다. 그것은 지참금의 일부를 이루는 부동산에서 발견된 '재물'에 관한 것이었다. 지참금의 구성 요소로 간주될 수 있는 그것은 혼인 관계가 종식됨에 따라 청산되어야 한다는 것이다. 물론 실제로 존재하지 않았던 이 재물에 대해 그녀는 자기가 알고 있는 모든 사람들, 즉 이다 융만, 외삼촌 유스투스, 불쌍한 클로틸데, 넓은 거리의 부덴브로크 딸들한테 이야기했다. 이런 이야기를 들은 그들은 두 손을 무릎에 포갠 채 서로를 바라보았다. 이런 즐거운 소식을 듣게 된 것에 대해 그들은 어안이 벙벙해 말문을 잊었다. 이젠 심지어 에리카 그륀리히를 기숙사에서 교육시키고 있던 테레제 바이히브로트뿐만 아니라 여러 가지 이유로 그게 무슨 말인지 전혀 이해하지 못하는 착한 케텔젠 부인한테도 그런 이야기를 들려주었다.

그런 다음에 이혼이 법적으로 선언되는 날이 왔다. 그날 토니는 토마스로부터 가문 일지를 넘겨받아 자기 손으로 직접 새로운 사실을 기재함으로써 그녀가 치러야 할 형식적인 절차가 모두 끝나게 되었다. 이제 남은 일이라곤 새로운 상황에 익숙해지는 것밖에 없었다.

토니는 이 일을 용감하게 처리해 갔다. 그녀는 넓은 거리에 사는 부덴브로크 딸들이 아주 심술궂게 약점을 건드려도 의연히 품위 있게 참아 냈다. 또 거리에서 하겐슈트룀가나 묄렌도르프가 사람들과 마주쳐도 냉정하게 외면하면서 앞만 쳐다보고 걸었다. 그리고 사교 모임에도 일절 얼굴을 내밀지 않았다. 그러지 않아도 그런 모임은 이제 부모의 집이 아니라 오빠의 집에서 열렸다. 그녀는 영사 부인, 토마스, 게르다와 이다 융만, 세세미 바이히브로트, 어머니의 친구, 에리카 등과 긴밀하게 접촉했다. 그녀는 에리카를 고상하게 교육시키는 데 온 힘을 기울였다. 딸의 미래에 그녀는 남몰래 자기의 마지막 희망을 걸었다. 그녀는 그렇게 살았으며 그렇게 세월이 흘러갔다.

나중에 어떻게 하다가 밝혀졌는지는 몰라도 그날 밤 페르마네더가 무심코 입 밖에 낸 절망적인 그 '한마디'가 몇몇 가족들의 귀에 들어가게 되었다. 그가 뭐라고 말했던가? "지옥으로나 꺼져라, 이 추잡한 암캐야!"

이로써 토니의 두 번째 결혼이 막을 내리게 되었다.

(2권에 계속)

세계문학전집 56

부덴브로크 가의 사람들 1

1판 1쇄 펴냄 2001년 11월 15일
1판 38쇄 펴냄 2023년 3월 14일

지은이 토마스 만
옮긴이 홍성광
발행인 박근섭, 박상준
펴낸곳 (주)민음사

출판등록 1966. 5. 19. (제 16-490호)
서울특별시 강남구 도산대로1길 62(신사동) 강남출판문화센터 5층 (우편번호 06027)
대표전화 02-515-2000 팩시밀리 02-515-2007
www.minumsa.com

© 홍성광, 2001. Printed in Seoul, Korea

ISBN 978-89-374-6056-2 04800
ISBN 978-89-374-6000-5 (세트)

* 잘못 만들어진 책은 구입처에서 교환해 드립니다.

세계문학전집 목록

세계문학전집은 계속 간행됩니다.